ハヤカワ文庫 NV
〈NV1292〉

暗殺者の鎮魂

マーク・グリーニー
伏見威蕃訳

早川書房
7259

BALLISTIC

by

Mark Greaney

Translated by
Iwan Fushimi
First published 2013 in Japan by
HAYAKAWA PUBLISHING, INC.
This book is published in Japan by
arrangement with
TRIDENT MEDIA GROUP, LLC
through THE ENGLISH AGENCY (JAPAN) LTD.

恐ろしい愚行を終わらせようとして、国境の両側で毎日
働いているひとびとに捧げる

謝辞

カレン・メイアー、ジェイムズ・ロリンズ、マーシー・シルヴァ、マーレニ・ゴンザレス、デヴィン・グリーニー、ミレヤ・レデスマ、スヴェトラーナ・ガネア、ジェイムズ・イェーガー、ジェイ・ギブソン、ポール・ゴメス、タクティカル・レスポンス社、GetofftheX.com、ミステリー・マイク・バーソー、CovertoCoverbookstore.com、デヴォン・ギリランド、ボブ・ヘザリントン、パトリック・オダニエル、アンダーソン夫妻、レスリー夫妻、トライデント社のアレックス・スレイター、ペンギン社のケイトリン・マルルーニー-リスキとアマンダ・グ、クリエイティヴ・アーチスツ・エージェンシーのジョン・キャシアとマシュー・スナイダーに感謝する。

トライデント・メディア社のエージェントのスコット・ミラーと、ペンギン社の編集人トム・コルガンには格別に感謝している。

MarkGreaneyBooks.com

怪物と戦うものは、それと戦ううちに怪物にならないように、気をつけなければならない。

――フリードリヒ・ヴィルヘルム・ニーチェ

メキシコでは、問題を抱えて警察に頼ると、問題をふたつ抱え込むことになる。

――メキシコの歴史学者ロレンソ・メイエル

暗殺者の鎮魂

登場人物

コートランド・ジェントリー……グレイマンと呼ばれる暗殺者
エデュアルド・ガンボア
(エディー・ギャンブル)………GOPES（メキシコ連邦警察特殊作戦群）少佐
エレナ……………………………エデュアルドの妻
ラウラ（ロリータ）……………エデュアルドの妹
エルネスト………………………エデュアルドの父
ルス………………………………エデュアルドの母
ディエゴ…………………………エデュアルドの甥
イグナシオ………………………エデュアルドの兄
ルイス・コラレス………………ラウラの義父
イネス……………………………ラウラの義母
チャック・カリン………………エデュアルドの友人。退役米海軍大佐
マルティン
ラムセス…………………………GOPES軍曹。エデュアルドの部下
ダニエル・デ・ラ・ロチャ………メキシコの麻薬カルテルの頭目
エミリオ…………………………ダニエルのボディガード兼警護部隊指揮官
ハビエル・〝ラ・アラニャ〟・セペダ……黒服組武闘団の指揮官
ネストル・カルボ………………同情報部長
コンスタンティノ・マドリガル・ブスタマンテ……メキシコの麻薬カルテルの頭目
チンガリト………………………マドリガルの息子。通訳
エクトル・セルナ………………マドリガル・カルテルの情報部長
ジェリー・フレガー……………在メキシコ・アメリカ大使館員
デニー・カーマイケル…………CIA国家秘密本部本部長
マシュー（マット）・ハンリー……ジェントリーのCIA時代の管理官

プロローグ

人狩り屋《マンハンター》は、カヌーの舳先《へさき》近くにしゃがみ、川の曲がりの向こうから見えてきた遠い岸に視線を走らせた。深緑の熱帯雨林が、赤錆《あかさ》びた茶色の村へと、しだいに変わってゆく。突き固めた土と木と錆びたトタン板の家が、水ぎわにならんでいた。

「あれか？」船外機で舵をとっているうしろのインディオに、大声できいた。必要に迫られて、ここ数カ月でポルトガル語がだいぶ上達した。

「はい《スィン》、セニョール。あれです」

マンハンターはうなずき、股に挟んでいた無線機に手をのばした。

だが、思いとどまった。確認しなければならない。

七カ月。アムステルダムにいたときに電話がかかってきてから、七カ月たっている。雇い主とあわただしく話し合って、空路、大西洋を渡り、カラカスへ行った。がむしゃらにリマを目指し、そこから南下した。

さらに南下。マンハンターとその獲物は、この世の涯《はて》まで行き、そこで追跡は北へと折り返した。

さらに北上。程度のちがいはあるが、その間ずっと、獲物を急追していた。語りぐさになっているマンハンターの経歴にあって、最長の狩り《ハント》だった。

それがここで終わる。どういう結果になるにせよ、コートランド・ジェントリーを追う狩りは、ここで終わる。

1

エクアドルのキト郊外で、マンハンターはきわどいところまで接近した。抹殺チームも呼んだが、標的《ターゲット》は見つからなかった。馬鹿なことをした。その手ちがいにより、つぎの機会に抹殺チームの熱意が弱まるおそれがあった。誤報は二度とくりかえしてはならなかった。チリ北部でまだ新しいターゲットのにおいを嗅《か》ぎつけ、太平洋沿岸のずっと南でも気配を捉えたが、プンタアレナスで臭跡を見失った。

だが、リオでつきに恵まれた。デンマークから来ていた柔術修行中の若者が、大使館で紛失したパスポートの再発行手続きをしていたときに、国際刑事警察機構《インターポール》の指名手配ポスターを見た。その前に、若者はスラム街の道場で、修行中のべつの白人とたまたま出会っていた。それだけならどうということはないのだが、デンマーク人の若者は柔術をよく知っていた。その白人の闘いかたには、べつの修練の気配がいくつか見られた。過酷で残忍な戦士の性向を、その男は周囲に気取られまいとしていた。デンマーク人は、指名手配ポスターを思い出した。だれが見ても同一人物だというほどではなかったが、官憲に通報しなければならないと考えた。道場にいた男には、どこか不安を催させるところがあった。風貌、凄《すご》みのある態度。デンマーク人に品定めされているのに気づいているのか、かすかな疑念を漂わせていた。

マンハンターは、目撃情報を伝えられ、数時間後に自家用ジェット機でリオに到着した。容疑者はその日の稽古《けいこ》に現われず、翌日も来なかった。マンハンターは、現地の人間を雇い、聞き込み捜査をやらせた。数十人が、写真と現金を持ち、スラム街を虱潰《しらみつぶ》しに探した。荒廃した無法地帯のスラム街で、大半が乱暴されたり、脅されたりした。ひとりなどは、財布を奪われ、腕をナイフで切られた。だが、一軒一軒調べたことが功を奏した。情報を口にするもの、指さすもの、住所をささやくものがいた。

マンハンターは、偵察しにいった。自分では銃は撃たない。一九七〇年代にアンゴラで戦い、オランダ陸軍を除隊してから、一度も銃器を使ったことがない。だが、ターゲットがいるかどうかもわからない追跡で、待機している殺し屋たちをまた空まわりさせたくなかったので、武装した男八人を離れたところに残し、ふたりだけを連れていった。おぞましいまでに荒れ果てた界隈《かいわい》で、建物は糞便《ふんべん》で汚れ、暗い戸口が突き当たりにある三階の廊下は、小便のにおいがしていた。鍵を使い、殺し屋ふたりを従えてなかにはいるとき、マンハンターの両手はふるえていた。

二段ベッドの上の段で人影が動くのが、ぼやけて見えた。マンハンターの人生が、走馬灯のように目の前でひらめいた。と、バックパックがぼやけた人影の肩にかぶさり、そのまま三階の窓から跳び出した。マンハンターは人影を急いで追った。殺し屋ふたりが発砲し、人影のうしろでベッド、壁、窓枠が砕けた。殺し屋ふたりが弾倉を交換したとき、マンハンターは窓に達し、ターゲットがべつの建物の屋根に着地して転がり、まるでムササビのように横丁をふんわりと飛び越えて向かいの建物に達し、跳んだり転がったりして地面におりるのを見守った。殺し屋ふたりが遅ればせながら銃撃を再開し、地上のターゲットを追って小口径の銃弾が炸裂《さくれつ》した。

ターゲットは姿を消した。二段ベッドには、ぼろぼろの毛布にぬくもりが残っているほかに、なんの痕跡《こんせき》もなかった。

それが十週間前のことだ。

先週の日曜日、アマゾン川沿いにあるはるか北のフォンテボアから、電話がかかってきた。ターゲットが仕事を見つけられそうな職種のリストを、マンハンターはそれまでにこしらえていた。板金工からフランス外人部隊に至るまで、数百種ある。リストのなかばで、海洋サルベージという職種が目を惹《ひ》いた。ターゲットにダイビングの経験があり、度胸が据わっているからだ。アマゾン川支流の僻地《へきち》の小さな会社が、流れ者の外国人の白人を雇っているという。ブラジルのジャングルでは、怪しすぎる偶然の一致だった。そこで、マンハンターは空路フォンテボアへ行き、下流のあちこちの集落に乾物を運んでいる船頭に写真を見せた。

そしていま、ここに来ている。

股に挟んだ無線機をまさぐった。呼び出しをかければ、丸っこいヘリコプター二機に乗った殺し屋が地上におりて散開する手はずになっていた。監視員《ウォッチャー》が陣取っているフォンテボアのホテルの部屋で、衛星写真とホワイトボードを使い、攻撃計画を立ててある。無線連絡一本で、自然のままのジャングルは炎の海と化し、オランダ人マンハンターが七カ月もの長きにわたり追ってきたターゲットを始末できる。

だが、その前に確認しなければならない。

ホエザルが木から川に跳び込み、ちょこちょこと岸に戻ると、密生した藪《やぶ》に姿を消した。

数秒後、船外機付きのカヌーは速力を落として、桟橋《さんばし》に結びつけてあるタイヤに軽くぶつかった。カヌーの持ち主が、船外機を切ろうとした。

「だめだ」マンハンターは命じた。「切るな。すぐに戻る」

「ガソリンが無駄だよ」インディオの末裔《まつえい》らしい船頭が、口答えした。「五秒でかけられる」

「切るなといったんだ」マンハンターは、桟橋にあがり、細い杭の上に建てた丸太小屋のそばでぶらぶらしている男に向けて、土の坂を登っていった。ここだという確証を得たら、撃ち合いになる前に離れるつもりだった。いまや骨董品《こっとうひん》にひとしいウェブリーの中折れ式リヴォルヴァーをショルダー・ホルスターに収めてあるが、未開のジャングルで武器を持っているのを見せつけることが目的だった。殺しは自分の仕事ではない。無線連絡すれば、それで仕事は終わりだ。上流のフォンテボアに戻り、ホテルで待つ。

マウロは木蔭に座り、朝の漁獲とともに父親が戻るのを待っていた。十歳のマウロは、いつもなら父親といっしょに出漁し、網を取り入れるのだが、きょうは叔父の雑用を手伝うために残っていたので、白人を乗せたカヌーが現われたころに、ようやく桟橋におりていった。年配の白人が坂を登って、酔っ払いの前で立ちどまり、話しかけるのを、マウロは見ていた。

白人が胸ポケットから白い紙を出して、酔っ払いに見せてから、現金を渡した。

マウロはゆっくりと足をとめた。ためらった。

白人がうなずき、カヌーに戻って、無線機を口もとに当てた。

マウロは、桟橋から村とは反対にのびている細道に向けて歩いていった。ジャングルの樹冠に護られている暗がりにはいると、胼胝《たこ》のできた素足で精いっぱい速く駆け出した。

2

コート・ジェントリーは、命綱をすこし引いてたるませてから、目の前の沈船《ちんせん》のほうへ向き直った。手袋をはめた手をのばして、前方を探りながら、沈没した汽船の不格好な鉄の操舵室へ進んでいった。どんよりと濁った川の生ぬるい水を一〇メートルほど潜ったところの視程は、午前十時ごろのいまでも三〇センチに満たない。位置についたジェントリーは、ヘルメットのヘッドランプを調整して、溶接トーチを構え、火花が散る程度に炎を絞った。それから、高熱の炎を鉄板に当て、あらたな切り込みをこしらえていった。

命綱を三度強くひっぱられ、その位置から引き戻された。

「くそ」ジェントリーは毒づいた。声が真鍮《しんちゅう》のヘルメットのなかで反響した。ヘルメット内蔵の無線機は壊れているので、チームは命綱を引くことで指示を伝える。三度の短い引きは、〝ただちに浮上しろ〟という合図だった。ということは、藻《も》や油膜を抜けてこの位置に戻るまで、最低でも十分はかかる。

だが、ジェントリーはためらわなかった。〝ただちに浮上しろ〟という合図は無視できない。なんでもないのかもしれないが、装備に問題がある可能性もある。だとしたら危険だ。あるいは、蛇か鰐《わに》かピラニアの群れが、潜水している場所の近くで目撃されたのかもしれない。それも危険きわまりない。

四分後、ジェントリーは水面に出た。器材とウェイトをつけているので、歩いて岸へ上がるのは無理だった。命綱を引いて岸へ体を寄せた。腰までの深さになると、ヘルメットのアクリルのフェイスプレートについた緑色の汚れを拭《ぬぐ》ったが、留め金をはずして重いヘルメットを脱いだところでようやく、川縁の茂った葦《あし》や丈の高い草のあいだから、前方を見ることができるようになった。仲間の作業員ふたり、ティアゴとダヴィが、岸に立っていた。どちらも経験豊富なサルベージ・ダイバーだが、きょうは器材をつけていない。コンプレッサーが一台しか動かないので、三人交替で作業している。ひとりが潜り、あとのふたりは鰐、アナコンダ、ピラニアが出ないかと見張る。

「なんだ？」ジェントリーは、ふたりに向かって叫んだ。ポルトガル語はスペイン語の半分もしゃべれないが、用は足せる。ひとりが、腫瘍《しゅよう》みたいに川から醜くでっぱっている小さな沼地のほうへ親指をしゃくった。桟橋に通じる細道に、幼いマウロが立っているのが目にはいった。マウロは、赤と濃紺の二色から成るバルセロナのサッカー・チームのジャージーを着ていたが、名前を刺繍《ししゅう》されているブルガリア人選手は、一九九〇年代なかば以降、そのチームではプレイしていない。それに、裸足《はだし》だった。ジェントリーは、マウロが靴を履《は》いているのを見たことがなかった。

マウロと話をするだけのために浮上を指示されたのが、ジェントリーには意外だった。それでも手をふり、笑みを向けた。だが、すぐに真顔になった。マウロは目を丸くして、緊張していた。

なにか異変が起きたのだ。

ジェントリーは、沼地のまわりのぬかるんだ地面を重い足取りで進んだ。泥に足をとられる。マウロのそばへ行き、先に立って細道を歩きながらきいた。「どうしたんだ？」

「白人を見たら教えてほしいっていったよね」

「ああ、いった」ジェントリーも身をこわばらせた。

「どこかのおじさんがいた。ひとりで。栈橋に」

「だれかと話をしていたか？」

「うん、アマドにきいていた。紙を見せて、お金をあげてた。それから、無線機で話をした」

「無線機？」ジェントリーの視線がアマドを離れ、鬱蒼《うっそう》とした熱帯雨林の一キロメートル向こうの栈橋に通じる細道に向けられた。両手はすでに動き出し、ぼろぼろのウェットスーツを脱いで、下着一枚になっていた。

ティアゴがうしろから叫んだ。たぶん、昼休みにはまだ早いといっているのだろうが、ジェントリーは知らんぷりをした。

「そいつはいまどこだ？」

「帰っていった。カヌーに乗って上流に」

ジェントリーはうなずいた。英語でひとりごとをいった。「マンハンターだ」

「なに？《オケ》」

「いいんだ。でかしたぞ、マウロ。ありがとう」

「うん、ジム」

ほどなくジェントリーは、沼地の反対側で装備のそばにしゃがんでいた。マウロが岸までついてきて、大きなダッフルバッグをあけるのを上から見守った。ジェントリーは、銃身を短く切った、木製のピストル・グリップ付きの一二番径ショットガンを出した。バッグから財布をつかみ取る。ブラジル・レアル紙幣が詰まった財布を、マウロに差し出した。「取っておけ。自分の分をすこし抜いて、ママに渡すんだ」

マウロがそれを受け取った。驚きと困惑に、目を丸くしていた。「行ってしまうの？」

「ああ、坊主。出ていく潮時だ」ジェントリーは急いで手を動かして、汚れた茶色のズボンをはき、クリーム色の汚いシャツを着た。

「犬はどうするの？」

「おれの犬じゃない。おれのキャンプをうろついていただけだ。いい犬だ。面倒をみてやれば、犬もおまえの面倒をみてくれる。いいな？」

濡れた足を古いテニスシューズに入れ、紐《ひも》を締めはじめた。

マウロはうなずいたが、じつはどういうことなのか、まったくわかっていなかった。これほど早く移動する人間を、マウロは見たことがなかった。村人はどこへも行かないし、あっというまに決断することもない。子供に財布を渡すようなことはしない。どこかの間抜けなおじさんがカヌーに乗って現われたからといって、生活を変えることはない。

叔父さんのいうとおりだ。白人はいかれてる。

「どこへ行くの？」奇妙なアメリカ人に、マウロはきいた。

「わからない。これから考える――」

ジェントリーは言葉を切った。荷物を入れてある小さなリュックサックをダッフルバッグから出して背負いながら、首をかしげた。

マウロも聞いた。そしていった。「ヘリコプターだ」

ジェントリーは首をふった。ピストル・グリップ付きのポンプ・アクション・ショットガンを取りあげ、リュックサックの右側にマジックテープでしっかりと固定した。グリップを下にして、すぐに手が届くようにした。左側にはすでに山刀《マチエーテ》を取り付けてある。「ヘリコプターは二機だ。走って家に帰るんだ、坊主。弟や妹を家のなかに入れて、じっとしてろ。このあたりは騒々しくなるぞ」

そのあと、白人はもう一度、マウロが驚くようなことをやった。にやりと笑った。満面に笑みをひろげて、マウロのもじゃもじゃの黒髪をなで、ひとこともいわずに作業員仲間のふたりに手をふって、一気にジャングルに駆け込んだ。

ヘリコプター二機が、太陽のなかから突然現われ、梢《こずえ》の上に飛来した。編隊を組んで猛スピードで飛ぶとき、シュバシュバという音を響かせるローターの起こす風が、眼下の植物を叩いた。二機ともベル212、ヴェトナム戦争で米軍が使ったなかで、もっともありふれているヘリコプター――ツイン・ヒューイの民間型だ。ひどく古びてはいるが、性能には定評がある。

有人飛行の歴史にあって、ヒューイほどジャングルの樹冠をかすめ飛ぶのが似合う航空機はないだろう。

　そのヘリコプターはコロンビア警察の装備だが、乗員付きでＡＵＣ（コロンビア自衛軍連合）に貸し出されていた。ＡＵＣは武装解除を要求されている右翼準軍事組織で、ＦＡＲＣ（コロンビア革命軍）やＥＬＮ（国民解放軍）のようなコロンビアの反政府左翼組織と、抗争をつづけてきた。コロンビア政府は、ＡＵＣがＦＡＲＣと戦うためにコマンドゥ二十人を山地に送り込むのだと考えて、ヘリコプターを貸した。しかし、ＡＵＣはじつは金で雇われていて、国境を越え、アマゾン川流域を目指した。物的資源と人的資源の不正流用を、正副パイロットが報告する気遣いはない。大金で買収してある。

　この部隊の戦闘員はすべて、グリーンの戦闘服にブッシュハットといういでたちだった。大きなヘッケラー＆コッホＨＫ－Ｇ３アサルト・ライフルを両腕にかかえ、手榴弾と無線機を胸に固定し、腰にはマチェーテを吊っていた。

　部隊指揮官は、先頭のヘリコプターに乗り、プラット＆ホイットニー・ターボシャフト・エンジンの轟音に負けない大声で、同乗していた戦闘員九人に向けてどなった。「あと一分！　やつを見たら撃て！　撃ち殺せ！　生かしておく必要はないといわれている！」そこで訂正した。「生かしておくなといわれている！」

　九人が声をそろえ、爆音よりもひときわ高く、〝はい《シ》、指揮官《コマンダンテ》！〟と、どなった。

　ほどなくヘリコプター二機が分かれ、指揮官が乗ったヘリコプターは左に大きく機体を傾け、南に向けてくねくねとのびている細い流れのほうへ機首を下げた。

ジェントリーは、自信に満ちた大股で、頭上の樹冠から漏れてくるまだらな朝の光のなかを疾走した。ジャングルの細道を進みつづけ、背後のローターの音に耳を澄ましていた。ひとつに重なっていた連打音が、ほどなくふたつになった。二機が分かれたのだ。一機は背後に着陸した。おそらく潜水した場所から一〇〇メートル弱離れた、沼のような開豁地《かいかっち》だろう。膝まで泥にはまるはずだ。逃げる時間がすこしは稼げる。もう一機は上を通過し、左手にそれた。梢よりも低い。川の水面すれすれを飛んでいるにちがいない。乗っている連中をおろし、行く手をさえぎるように展開するつもりなのだ。

時間を稼げる見込みはなくなった。

さらに歩度を速めた。顔から笑みは消えていたが、三十七歳のアメリカ人のジェントリーは、自信に満ち、手足を力強く動かしつづけていた。アドレナリン――しばらくお目にかかっていなかった旧友――が、全身を駆けめぐり、筋肉と精神に力をあたえた。

ここに九週間いた。九週間楽しんだ。だが、成人してから、一カ所にそれほど長くいたのは、めったにないことだった。村の男の子にいったように、出ていく潮時だ。

指揮官のチームは、川岸にファストロープ降下した。最初の四人が泥に肘《ひじ》をつき、HKをジャングルに向けて、つぎの四人が降下するあいだ掩護《えんご》した。あとの四人は土の道へ進み、伏せて掩護した。指揮官と副指揮官が最後に降下し、道に駆けていって、部隊の先頭に立った。

もう一機のヘリコプターの戦闘員たちが、沼を苦労しながら進んでいるという報告が届いた。指揮官はスペイン語で悪態をつき、急げと部下たちにどなった。

ジェントリーは、自分の小さなキャンプを駆け抜けた。あっというまだった。すのこを敷いたテント、地べたに石を積んだ炉、地面に掘った便所までの踏み固められた道、蚊帳《かや》でくるんだハンモック、ネットに入れて木から吊るしたわずかな身の回り品。犬がいなかったので、ほっとした。食事時に近かったので、四足のちっちゃなしぶとい生き物は、おこぼれをもらうために、村に一軒だけある草葺《ぶ》き屋根の食堂へ行ったのだろう。そのあとは、漁師がきょうの漁獲を得て戻ってくる、椰子《やし》の日蔭に向かうはずだ。そこで犬はしばらく休み、あまった餌を船から投げてもらえるようなら、村の犬たちと喧嘩《けんか》して奪い合う。犬の毎日の予定が、自分の日課よりもよっぽど規則正しいことを、ジェントリーは知っていた。

ブローニングのセミ・オートマティック・ピストルを、テント内の鍵のかかるケースに入れてあったが、それを取ってくる手間ひまはかけなかった。その代わり、ふたり用のテントのカンバスの垂れ幕のすぐ内側にあったライターと、その横に置いてあった料理用燃料の小さな缶を取った。燃料をテントや木に吊るした持ち物に浴びせ、ハンモックにもかけた。一瞬の逡巡《しゅんじゅん》も後悔のかけらもなしに、我が家に火をつけ、ライターを地面に投げ捨てて、一五メートル離れた細流を目指した。

左手でひとりの男が叫んだ。勝ち誇ったような甲高《かんだか》いテナーを聞いて、見つかったのだとわかった。

敵が迫っている。

ジェントリーは、足首までの深さの細流に跳び込んで、南に向けて疾走した。足が流れる水をかきわける音が、大きく響いた。

指揮官は仰向《あおむ》けで岸から滑りおり、冷たい流れにはいった。川底の足場を確保し、銃を持ちあげたとき、ターゲットが左に向きを変えて、視界を出た。戦闘員たちが指揮官を追い抜いていった。目の色を変えて追跡し、殺戮《さつりく》の好機がめぐってきたことに興奮していた。

指揮官はHK－G3をおろして、部下たちとともに駆け出した。川に通じる道が前方にあるのはわかっていたが、この曲がりくねった細流はその道には通じていない。ターゲットは、ジャングルの三重の樹冠のせいで衛星写真では見つけられないような、ごく細い道を目指しているにちがいないと、指揮官は推理した。ターゲットが河床から跳び出してジャングルに戻るのが見えるようになるまで、距離を詰めればいいだけだ。そのあと、細道でターゲットを捕捉するのは、時間の問題だろう。ジャングルは密生しているから、逃げ込んで隠れるのは難しい。道はほぼ直線だから、指揮官と戦闘員が持っているHK－G3の強力な七・六二ミリ弾を避けることはできない。

指揮官は、部下とともに細流の曲がりを通過した。十人がともに走り、水飛沫《みずしぶき》が胸まであがっていた。髪が長く、リュックサックを背負った、浅黒い男の姿が、前方に見えた。左右の手には、なにも持っていない。不ぞろいな群れの前のほうの戦闘員が、一発放ち、ターゲットのかなり上の蔓草《つるくさ》が吹っ飛んだ。そのとき、男が左にそれ、細流から急斜面を登って、黒い穴のように見える狭い獣道に姿を消した。男を追っていたべつの戦闘員がまた発砲し、弾丸がジャングルに吸い込まれた。

「あそこだ！」戦闘員が叫んだ。「岸を登ってる！」

3

アサルト・ライフルの乾いた銃声が響き、ゆるい斜面を駆けおりるジェントリーの頭の上のほうで小枝や藪《やぶ》を切り裂いた。殺し屋たちは、すぐうしろに迫っている。ジェントリーはさらに足を速めた。筋肉組織で乳酸が精製され、太股《ふともも》が灼《や》けるように痛んだ。

この脱出をジェントリーは入念に準備し、何度も予行演習をしていた。ジャングルの自然の脅威を最大限に利用するためのルートだった。自然の脅威は、ジェントリーがもくろんでいる特定の人為的手段よりも、ずっと危険だった。

ジェントリーは、左手をうしろにのばし、リュックサックの横に固定してあったマチェーテの柄を握った。マジックテープから引きはがし、力強いひとふりで、右手の藪を薙《な》いだ。藪の奥には根や蔓草《つるくさ》だらけのさらに狭い獣道があり、樹冠のためにそこはいっそう暗かった。障害物に足をひっかけないように、爪先立ちし、膝を高くあげて進んだ。追跡している連中は、くだんの道をそれたことに気づくにちがいない。まもなくふたたび迫ってくるだろう。走りながら、ジェントリーはマチェーテを脇に投げ捨てた。気に入っていた刃物だし、もうじきまた必要になるのはわかっていたが、速い足取りに全神経を集中しなければならなかったし、リュックサックの右側のショットガンをはずすのには、体が憶えている動作に頼っていた。ピストル・グリップを引いて、前方にショットガンをふり出し、両手で保持してまっすぐ狙いをつけながら走った。銃身が顔のすぐ前にあった。

獣道がふたたび下り坂になり、太い幹の樹木に四方を囲まれた。薄日を精いっぱい利用するために、目を大きくあけ、めぼしをつけておいた木とその枝を探すために、獣道からつかのま視線をはずし、目当てのものを見つけた。

うしろからまた銃声――左耳のそばを通過する超音速の甲高《かんだか》い音が聞こえた。ハンターは三〇メートル以内に迫っている。こちらがいまいる場所に、あと七、八秒で到達するだろう。

完璧だ。

ジェントリーは、薄暗がりで見つけたその木と枝の下を走りつづけ、顔の前に構えたショットガンから真上に向けて一発放った。つぎの装弾《ショットシェル》を送り込み、もう一度撃った。反動が肩の関節を揺さぶった。

一五メートル上に、縦横が二メートルと一二〇センチのアフリカ蜂化ミツバチ《キラー・ビー》の巣があった。ダブルオー（直径八・三八ミリ）鹿撃ち弾《バックショット》二発が、蜂の巣の根元を吹っ飛ばし、大きな巣そのものが枝から離れて、木から転げ落ちるピアノよろしく、枝に激しくぶつかりながら葉叢《くさむら》を突き抜けていった。

ジェントリーが小高い尾根を越えて、宙返りで糸杉の倒木を跳び越したとき、二〇メートルほどうしろで、蜂の巣が地面に激突した。

指揮官は、三十代の壮健な男だった。それでも、若い部下とおなじようには走れなかった。

坂を駆けおりたときには、最後尾近くにいた。暗い前方で、ショットガンの炎がパッと輝くのが見えた。腹に響く銃声は、周囲の緑濃いジャングルの湿った大気に吸収された。指揮官も部下と同じように追跡で頭に血が昇っていたが、平常心が残っていたので、二度目の銃声を聞いたときには身をかがめた。そのため、狭い獣道を進む群れのしんがりになった。また歩度を速めたとき、前方で巨大な物体が樹冠を抜けて弱い光芒《こうぼう》のなかを落ちてくるのが見えた。

なんなのかは、わからなかった。想像を絶する、思いもよらない出来事だった。丈の高いふっくらした塊が地面に激突し、列の先頭のふたりが黒雲のようなものにほとんど覆《おお》われたとき、指揮官ははじめて、わけがわからないままに、脅威を特定するでもなく警告の叫びを発していた。

そして、最初の悲鳴のあと、手袋に覆われていない前腕に最初の灼けるような痛みを感じ、前方で部下が、激しくひろがりながら押し寄せる黒ずんだ霧に包み込まれたときにはじめて――それらすべてのあとではじめて、指揮官は気づいた。

蜂。何千匹も――いや、何万匹もの怒れる蜂が、悲鳴をあげ、身をよじり、狂乱している部下の体に、わんさとたかっていた。戦闘員たちは、たちまち空に向けて乱射しはじめたが、哀れっぽい無駄なあがきでしかなかった。練度の高い戦闘員が、獣道の左右の密生したジャングルに駆け込み、倒れ、狂ったように宙を蹴り、手ではたいた。

指揮官は顔や首を刺され、腕もまた刺されて、よろめき、向きを変えて走り出し、獣道をひきかえして坂を登ろうとした。群れの端のほうを抜けるとき、逆上したどす黒い蜂が四方から襲いかかった。煙草《たばこ》の火を押しつけられたような激痛が走り、皮膚を爛《ただ》れさせる酸が降り注ぎ、溶岩のようにねばねばの小さな火の玉に包まれた。

指揮官は悲鳴をあげ、ウォーキイトーキイのボタンを押して、また悲鳴をあげ、倒れた。蜂の針が、皮膚にいっそう深く突き刺さった。

なんとか立ちあがりかけたが、細流に向けて撤退しようと逃げてきた戦闘員たちが――パニックや苦痛と戦い、渦を巻いて押し寄せる蜂のせいでほとんど前が見えなかった――ぶつかってきて、またうつぶせに倒れた。

指揮官は膝を引き寄せて、もう一度起きあがろうとしたが、黒雲に飲み込まれた。全身の末梢《まっしょう》神経に火がつき、襲来する一万匹の蜂を撃退しようと、指揮官は拳銃をつかんだ。

ジェントリーは、走りつづけた。背後のジャングルの悲鳴やでたらめな発砲から遠ざかった。十人前後の姿を思い描いたが、推測にすぎなかった。一度たりとも、襲撃者を見るためにふりかえりはしなかった。その人数は、ヘリコプターの特徴のある爆音が教えてくれた事実に基づいていた。二機ともヒューイだった。コート・ジェントリーとおなじ世界に生きるものならだれでも、ヒューイにフル装備の戦闘員十四人が乗れることを知っている。

苦悶の声が、その推測を裏付けた。激痛に苦しんでいる男たちの吠えるような声は、たしかに十人くらいのものだった。つまり、もう一機のヘリにも、ほぼ同数が乗っていたはずだ。射撃チーム二個の規模に差をつける理由は、どこにもない。

ヘリコプター二機は、はるか上空で円を描いていた。戦闘員を降下させたあと、回収の指示を待っているのだ。

ジェントリーは、鬱蒼《うっそう》としたジャングルから道路に出ると、南に折れ、速度を落として小走りになった。もう一個のチームがどこにいるのか、見当がつかない。沼を抜けたのであれば、この道路に出た可能性があるが、だとしても一キロメートルは離れているはずだ。

ゆっくりと走りながら、一瞬ほっとした。だが、うしろからトラックの音が聞こえ、その一瞬は消え去った。村にトラックは一台しかない。古いフラットベッド・トラック（荷台が平らで左右と後部にあおり〔囲い〕がないトラック）で、サルベージの作業員仲間が所有している。船が沈没したところから桟橋まで、この道路を通って引き揚げた鉄のスクラップを運ぶときだけ使われている。桟橋からはフォンテボアまで、船が運ぶ。

ダヴィが運転しているものと思い、ジェントリーは歩度をゆるめた。

だが、そうではなかった。九〇メートルうしろに見えたのは、ダヴィのトラックだったが、ブッシュハットをかぶって武装した男たちが満載されていたので、ジェントリーは向き直り、必死で駆け出した。ライフルの銃声が聞こえた。

「くそっ！」ジェントリーは叫んで、道路からそれ、鬱蒼としたジャングルに戻って、蔓や藪やトラックのタイヤほどもある椰子《やし》の葉のあいだを抜けた。できるだけ体を縮めて、速く動き、逃れようとした。

もつれた下生えを押し分けて通りながら、あらたな計画を練っていた。もとの計画は単純だった。一三〇メートル前方の小さな橋の下に、カヌーを隠してある。道路を走って、岸を滑りおり、カヌーに乗って、ヘリに見つからないように、川にせり出している樹木の下を通って逃げるつもりだった。

だが、上流から橋に近づかなければならなくなった。それには、ひとつきわめて大きな障害がある。いや、見かたによっては、障害の数は十もしくはそれ以上に数えられる。橋の北は両岸ともに、文字どおり鰐《わに》に覆いつくされているのだ。

巨大な鰐に。

通過するのも困難な繁茂した植物のあいだを押し通りながら、ジェントリーはあらたな計画を決めた——自分にまちがいなくその技倆《ぎりょう》があるかどうかはわからないし、実行できるという自信はない。それに、あてにできるかどうかもわからない運も必要だった。

だが、トラックから何挺ものライフルが発射する銃弾を避けながら、道路を跳ねまわるよりはましだ。

うしろで男たちがジャングルにはいってくるのが、物音でわかった。何人かが、木立や藪めがけて撃っている。自分が通ったあとがすぐにもとに戻り、ふさがってしまうことを、ジェントリーは知っていた。もう追跡されるのを心配する必要はない。姿は見られないし、銃弾が届くこともない。

だが心配はある。前方の鰐のことが心配だった。

ライフルの射撃が激しくなった。まるで鉛玉でジャングルを切り拓こうとしているみたいだった。そうはいかないだろう。その前にジェントリーがジャングルを抜けるはずだった。

しかし、まぐれの一発がジャングルを突き抜け、後頭部に突き刺さらないという保証はなかった。

ジェントリーは、さらに身を低くして、ほとんど四つん這いで押し進み、手と膝をすりむいた。魚網ほどの大きさの蜘蛛《くも》の巣を引きちぎり、ショットガンの銃身で低く垂れた枝からボアを叩き落とした。その下をくぐるときに、怒った大蛇に首を絞められるおそれがあったからだ。

ほどなくジャングルを抜け出し、川岸を見おろす丘に出た。三五メートル左手に、陽光を浴びて差し招いているように見える橋がある。その下の日蔭に、カヌーが浮かんでいた。カンバスを太鼓の革のようにぴっちりと張り、保護してある。眼下では、その三五メートルのうちすくなくとも二〇メートルほどにわたり、二メートル弱から五メートル近いものまで、水ぎわに大小さまざまな鰐が十数匹ならんで、午前十時ごろの陽光を浴びていた。

ジェントリーは、斜め左に突き出している太い蔓《つる》を見つけた。川岸に沿ってのびたその蔓は、緑色の腕みたいに川の上に大きくせり出している、カポックのずっと上のほうの大枝に巻きついていた。そのカポックは高さ六〇メートルはあろうかという巨木だった。

橋には届かないかもしれないが、その脇の岸までは行けるはずだ。鰐からそれだけ遠ざかることができれば申し分ないだろう。

マチェーテはさきほど捨ててしまったので、ショットガンの幅広の銃身を、蔓が固い地面から出ている部分に向けた。

そこで躊躇《ちゅうちょ》した。走ってきたせいで息を切らし、手と膝に擦《す》り傷を負い、引っかき傷や虫に嚙《か》まれた跡もあった。ショットガンで撃とうと構えたまま、ジェントリーはじっと立っていた。村で夜に子供たちと蔓のブランコを何度もやった。蔓が丈夫で、ここからあそこまで運んでくれる力があることはわかっている。だが、心眼では、自分の計画がとんでもない失敗に終わるのが見えた。さらにいえば、これからの十五秒間が何事もなく過ぎるのは、思い描くことすらできなかった。

背後のジャングルの三〇メートルほど奥で自動火器の長く荒々しい連射が響いたおかげで、ジェントリーは目の前の作業に集中できた。ショットガンで蔓を撃つと、裂けてみごとにほぐれた。それがブランコのように離れる前に、空いたほうの手でつかんだ。片手ですばやくショットガンをリュックサックに固定し、跳びあがって、蔓のできるだけ上のほうにしがみついた。すりむけて赤くなった手で蔓を握り、両脚をしっかりと巻きつけて、丘から跳び出し、巨大な爬虫類《はちゅうるい》の群れの上を通過した。

蔓につかまったまま手前の岸を越え、水ぎわで眠たそうに日向《ひなた》ぼっこをしている鰐の上を通った。鰐はたいがい鋭い牙だらけの口をあけ、息を吸って体を冷やそうとしていた。上から見ると、そのせいでいっそう恐ろしげに見えた。

ジェントリーは蔓をしっかりと握っていた。そのせいで顔をゆがめていたが、重力の力を借りて川の上に出たときも力をゆるめず、膝で蔓を挟んで脚を前に突き出し、着地するつもりの橋のそばの岸に視線を据えていた。

蔓はしなやかで水気が多く、しっかりしていた。川を越えるのに頼りになると思えた。だが、蔓が巻きついている高木の枝のほうが、頼りなかった。もっと大きな枝との境にシロアリが巣食って、枝の付け根が弱くなっていた。ジェントリーがアクロバットをやらなくても、枝はあと一年しかもたなかっただろう。雨季になり、南米大陸を風が吹き荒れるころに、もろくなった枝は、嵐の最中にぽきりと折れたにちがいない。

だが、あと一年どころではなく、枝はいままさに折れようとしていた。

ジェントリーにとって最悪の想定が、ふたつの段階で推移した。

まず、木の枝に巻きついた蔓がずるずると滑った。ガクンと揺れ、ついでひっかかった。

ジェントリーは岸からだいぶ離れ、水面の三メートル上で、かなり速く移動していた。手はしっかり蔓をつかんでいたが、目的の地点から目を離し、命綱が木とつながっているところを見あげた。

目を瞠《みは》って遠くの一点に焦点を合わせたとき、枝がめりめりという音とともに折れた。

脚を前にのばしていたジェントリーの体が、モーメントで逆回転しながら、五、六メートル持ちあがった。重力が勝ったときには、うつぶせになっていて、本能的な恐怖の叫びを発しながら、水面へと落ちていった。

4

ジェントリーは、蔓《つる》を放した。もう邪魔物でしかない。平落ちして、腹で黒い水面を割った。両岸の鰐《わに》が目を醒《さ》まし、機敏になり、腹を立てるにちがいないとわかっていた。

息が詰まったまま黒い水のなかを沈み、リュックサックをはずすのに、思ったよりも手間どった。リュックサックもろとも汚泥のなかに沈んだ。そのあたりは、わずか二、三メートルの深さだった。リュックサックからショットガンを引きはずした。一二番径のショットガンをふりまわしながら泳ぐのは滑稽《こっけい》だろうが、四人乗りのカヌーの大きさの爬虫類が岸に群れをなしているところで、それを泥のなかに残していくのは、正気の沙汰ではない。

ショットガンをつかむと、ジェントリーは川底を蹴って、浮上し、その拍子にテニスシューズの片方をなくした。もういっぽうも蹴り脱ぎ、水面から顔を出した。目にかかる濡れた長い髪をふり払い、二〇メートルの距離にある近い岸のほうを向いた。

目の前で、大きな鰐が二匹、ずるりと川にはいり、こちらに向かっていた。二匹のうしろの川岸には、なにもいない。五メートル級の怪物がいたそこが、さきほど自分が跳び越した場所にちがいない。

ジェントリーは仰向《あおむ》けになり、顔を出し、ショットガンの銃口を岸に向けたまま、必死でキックした。手脚の動きがそろわない中途半端な背泳ぎで、効果的に速度をあげることはできなかったが、懸命さがそれを補っていた。

鰐はふつう生きている獲物は食べない。万力のような顎で嚙《か》みつき、しっかりと捕らえたまま水にひきずり込んで溺死《できし》させる。

だが、自分も含めて人間はそんなに強靱《きょうじん》ではなく、溺死するまで生きてはいないと、ジェントリーにはわかっていた。嚙まれただけでは死なないが、ふりまわされ、尾で叩かれたら、首が折れ、全身の骨が砕け、川の生ぬるい黒い水が肺を満たす前に、命のないぬいぐるみの人形になってしまうだろう。

カヌーまでの距離は、あと一七、八メートルだった。鰐は水中よりも陸上のほうが速く動けるので、岸へは行かず、揺れているカヌーをまっすぐに目指すことにした。パニックに呑み込まれそうになっていた。遠いほうの岸を見なくても、腹をすかしたやつらがそこにおおぜいいて、七七キロの新鮮な肉のランチを、手っ取り早く楽にいただこうとやってくるのが、目に浮かぶようだった。

ジェントリーはそちらを見ず、キックしている素足の立てる白波に視線を据えていた。

一四目が近づいてきた。泡立つ水を通し、太い灰色の木の幹のように見えていたが、やがて口をあけた。ジェントリーの爪先のすぐそばにいた。魂消《たまげ》た悲鳴をあげて、ジェントリーは脚を大きくひろげ、ショットガンを構えた。

カチリ。

蔓を撃ったあと、つぎの装弾を薬室に送り込むのを忘れていた。

鰐が襲いかかった。

ジェントリーは、鰐の口のなかに銃身を突っ込んだ。キックするのをやめてから二秒後に体が沈みはじめ、ともに水中に没するとき、鰐の前肢の鋭い鉤爪《かぎづめ》が脚に当たるのを感じた。口のなかを突かれた鰐が一瞬じたばたした隙に、ジェントリーは一二番径のショットガンの薬室に装弾を送り込んだ。体は仰向けのまま、どんどん沈んでいた。

完全に体が沈むと、ショットガンを鰐の喉の奥へつっこみ、片手で持ったまま引き金を引いた。

ズン！

反動で体がなおも沈み、そのおかげで、水面近くでのたうつ鰐がふりまわす巨大な尾を避けることができた。ジェントリーは向きを変えて、急いで下流へと泳ぎ、そこを離れた。カヌーに近づきながら、しばし川底まで潜った。水面に急上昇して、あらたな装弾を送り込み、ふりむくと、そこにもう一匹の鰐がいた。口をぱっくりとあけて、必殺のあぎとに捕らえようとしていた。体長三メートル以下の鰐だったが、恐ろしいことに変わりはない。ジェントリーは、灰色の怪物の目と目のあいだを撃った。

ダブルオー・バックショットの威力は、拳銃の三二口径弾の十発分に相当する。相手が巨大な鰐であろうと、致命傷をあたえられる。しかし、強力な生き物が瀕死で暴れれば、襲われるのとおなじくらい危険だ。だから、ジェントリーはまたしてもキックし、身をよじり、水を必死でかいて、遠ざからなければならなかった。

水に新しい血が流れているから、ピラニアがすぐに何百尾もやってくるはずだ。そこを離れなければならない理由は、数限りなくあった。空薬莢《からやっきょう》を排出して、新しい装弾を送り込み、必死でキックしてカヌーを目指した。

橋の下の小さなカヌーをつかんだとき、最初の速射の銃声が聞こえたが、いまのところは気にしないことにした。空いた手で、カンバスの防水布を二カ所の索止めに結びつけている紐をほどいた。ショットガンを防水布の上にほうり、体をカヌーに引きあげた。全長三・五メートルの鰐の大きな口が、背後の水面からせりあがる。つづいて、前肢が小さなカヌーの船縁を越えたが。口はなにもつかめないままぱたんと閉じられた。カヌーに前肢をかけた鰐がじたばたしたので、ジェントリーごとカヌーが転覆しそうになった。ジェントリーはショットガンをつかみ、片手で鰐の首を撃った。鰐がひっくりかえってカヌーから離れた。

あらたに装弾を送り込もうとしたが、もう撃ち尽くしていた。あとの装弾は川底のリュックサックのなかなので、ショットガンを投げ捨て、カンバスの覆いをすべて引きはがして、川に落とした。ふたたびライフルの長い連射が水飛沫《みずしぶき》をあげたが、カヌーやジェントリーに命中する前に、遠くの戦闘員のライフルは弾薬が尽きた。

ジェントリーは、三メートルの長さのカヌーの底に伏せて、船外機のスクリューを水中におろし、スロットルをスタート位置に入れて、スターターロープを引いた。

船外機が始動し、ジェントリーはすかさずカヌーを上流に向けて、敵のライフルと鰐とピラニアから遠ざかった。

橋から東へ一分進んだときも、まだ息が苦しく、水を吐いていた。下を見ると、濡れたズボンの左太股《ふともも》の部分が裂けていた。一四目の鰐に鉤爪でひっかかれたところが、長い裂傷になっていた。かなりひどい傷で、深く裂けたところは縫《ぬ》わなければならないが、最悪の結果になっていてもおかしくなかったのだから、これでもましなほうだ。先史時代からいる怪物に水中で襲いかかられたときのことを思い、身ぶるいした。

そして、長い嘆息を漏らした。カヌーを眺めた。いまやそれが自分のこの世での持ち物のすべてだ。

古いプラスティック製の懐中電灯、船外機の一リットル燃料容器、錆《さ》びた水中銃《スピアガン》。

それだけ。

ジェントリーは、長い髪を目の前から払い、空いた手に水中銃を抱えて、エンジンのスロットルをさらにあけると、上流のフォンテボアに向けてカヌーを操った。

5

マンハンターは、ホテルの部屋にひとり立ち、顔の汗を拭《ぬぐ》うと、二階の窓をあけて新鮮な空気を入れた。かび臭い部屋の空気よりはひんやりしていたが、腐った魚とロバの糞のにおいがしていた。

吐き気をこらえようとした。

無線機の電源を切り、スーツケースにほうり込んだ。服は荷造りしてある。あとは蓋《ふた》を閉めて、この不快なじとじとする部屋を出ればいいだけだ。十分後には桟橋《さんばし》にいて、コアリ行きの汽船の通板《みちいた》を登っているだろう。二日後にはほんものの街に到着する。といっても、地図についたコーヒーのしみみたいな、この孤絶した町とくらべればの話だ。さらに二日後には、マナウスにいて、オリンピックの短距離走者よろしく空港に急ぎ、リオかサンパウロ行きの飛行機に乗る。そこから、アムステルダムに帰る。

そこでようやく、ひと息つけるだろう。チューリップ園の手入れに一日か二日かけて、それから態勢を立て直す。ターゲットを再捕捉する。

コート・ジェントリーを、ふたたび見つけられるはずだ。こんどは片をつける、と自分にきつくいい聞かせた。こんどこそ、作戦全体をぶち壊すことがないような、しっかりした殺し屋チームを用意する。

まだ信じられなかった。二〇人のうち六人が殺された。ＡＵＣの指揮官まで。五人がなんと蜂に刺されて死に、あとのひとりは鰐がうようよいる川に滑り落ちて食い殺された。途方もない話だ。遺体と生存者を乗せてコロンビアに帰投すると、ヘリコプターから無線連絡があった。

おれをここに独り残して。

馬鹿野郎が。

ドアにノックがあった。

六十二歳のマンハンターの背すじを、さむけが駆けあがった。窓から向き直り、腋に吊った革のショルダー・ホルスターから、古びた三二口径のリヴォルヴァーを抜いた。ふるえる手で、それを構えた。

音をたてないように、そろそろとドアまで四歩進んだ。リヴォルヴァーは前に構えている。

「だれだ？」

「お客さん。お荷物を運びましょうか？」

マンハンターは、閂《かんぬき》を抜いて、掛け金をはずした。ドアの蔭に拳銃を隠すようにしてあけた。

安堵《あんど》の溜息を漏らした。フロント係の小柄な現地人だ。

「いや。自分で運べる」

「わかりました。フェリーは二十分後に出ます」フロント係が会釈して背を向け、がたのきた階段へひきかえしていった。

マンハンターは、ドアを閉めた。しっかりと閂をかける。年代物の拳銃をホルスターに戻し、ふりむいてスーツケースの蓋を閉めようとした。

部屋の向こう側に、コート・ジェントリーがいた。マンハンターが何ヵ月も追跡していたターゲットが、窓ぎわに立っていた。短い顎鬚《あごひげ》をはやし、マンハンターが持っているどの写真よりも髪が長かったが、ジェントリーにまちがいなかった。濡れて汚れているクリーム色のシャツを、ボタンをかけずにはおっている。茶色のコットンパンツの太股の部分が裂け、血で汚れている。

右手にはスピアガンを持っていた。

マンハンターは、ショックのあまり悲鳴をあげて、リヴォルヴァーをつかんだ。

水中銃のばね式の発射機構の音が、暑い部屋の空間で鋭く響いた。マンハンターは、木のドアにうしろ向きに叩きつけられ、その勢いで両腕が左右に大きくひらいた。

ターゲットから目を離し、下を見ると、水中銃の長い銛《もり》に貫かれているのがわかった。みぞおちをうがたれ、ドアに釘付けになっていた。傷口からしたたる血が、内股を濡らしていた。

なにが起きたかを存分に悟ってから、マンハンターはターゲットをゆっくりと見あげた。男が使い終えたスピアガンを小さなツインベッドにほうり、近づいていた。マンハンターは、ぐったりしながらも、そっと腋の下の拳銃をまさぐろうとした。

グレイマンという異名をとるコート・ジェントリーは、マンハンターの手をショルダー・

ホルスターからそっと遠ざけ、リヴォルヴァーを抜いた。それをしげしげと見て、肩をすくめてから、ズボンの腰のうしろに差した。

「チリからずっとおれを追っていたな？」ジェントリーの声がやさしかったので、マンハンターはびっくりした。半年以上もこの男のことに携わっていたが、しゃべるのを聞いたことは一度もなく、どんな声なのか想像したこともなかったと気づいた。

腹の痛みが灼《や》けるようだった。手足に力がなく、目もよく見えなくなりはじめていたが、それでもマンハンターはいった。「キトからだよ」

ジェントリーは、にやりと笑った。マンハンターに顔を近づけ、あいかわらず親子で話をしているようなやさしい声でいった。「エクアドルでは、あんたがいるのを感じなかった」

両眉をあげた。「すごい追跡だったな。あんたとおれの」

脚がぐらつき、腹を貫いている銛《もり》から激痛があらゆる方向にひろがって、マンハンターは悲鳴をあげた。ジェントリーはすばやくマンハンターの体をつかんで押しあげ、いくらか楽になるように支えてやった。マンハンターの目を覗き込んだ。「どういうことか、あんたにもわかっているよな。おれみたいな男たちは、自分を変えられない。おれたちが悪いんじゃない。あんたをよこしたやつは……おれがどういう人間か知っていた。おれが何者かを。あんたを殺したのは、そいつだ。おれじゃない」

マンハンターの目がうつろになった。それでも、かすかにうなずいた。

「名前を教えろ。そいつに代償を払わせる」

つぎの瞬間、口があいた。オランダ人マンハンターの顎に、血がひと条《すじ》したたった。しゃべろうとした。小さな音が出たが、言葉にならなかった。

ジェントリーは、マンハンターの顔のほうに身を乗り出した。

マンハンターが痛みに顔をしかめ、神経を集中するにつれて、目の光がいくらか戻った。しゃべろうとしていた。

ようやく声が出た。かすかな声だったので、ジェントリーは口もとに顔を寄せてどうにか聞き取った。

「シドレンコ」

ジェントリーは、体をそらして離れた。背すじをのばして、マンハンターの前に立った。うなずいた。グリゴーリー・シドレンコ。ロシア・マフィアの大親分で、去年の春にジェントリーを雇った。その際に、ジェントリーに裏切られたことを、いまだに根にもっているようだ。

「あんたをよこしたことで、やつを罰する。ゆっくり休め」

ジェントリーは、ドアとマンハンターの体から銛を引き抜いた。マンハンターには、その動きは感じられず、ベッドに横たえられたのもわからなかった。自分を寝かせて、足を片方ずつ持ちあげ、ブーツを脱がせているアメリカ人を眺めていたが、なにも感じなかった。

休みたかった。目がとろんとした。まぶたが閉じる前に最後に見たのは、スーツケースを調べて、財布とファーストエイド・キットと服を出し、ドアから出ていくターゲットの姿だった。

マンハンターは目を閉じて、チューリップのことを思った。

すぐにはチューリップを見られそうにない。それが無念だった。

6

三十八歳のエデュアルド・ガンボア少佐は、ゆっくりと浮上した。ネオプレン製の黒いフード、顔に塗った黒い耐水ドーラン、黒いマスク、口にくわえた秘密作戦用の黒いレギュレータなどすべてが、午前三時のバンデラス湾を流れる黒い水にガンボアが溶け込むのに役立っていた。一五メートル前方には、全長三六メートルの豪華ヨットが浮かび、プエルトバリャルタの観光名所――〝堤防《マレコン》〟と呼ばれる遊歩道の深夜の照明を、うしろから浴びている。ガンボアから十時の方角にあたる北では、街のホテル街のまばゆい明かりが、蛍のように瞬《またた》いていた。

ヨットの名は〈ラ・シレナ〉（ギリシャ神話のセイレーン）。七海里沖の湾内に錨泊している。港やマリーナを行き来する航路とはかなり離れているが、陸地とそう遠くないので、船主もその取り巻きも、プエルトバリャルタのすべての歓楽を味わうことができる。細長く均整のとれた形の美しいヨットだった。船尾の上甲板にはヘリパッドがあり、最新型の黒いユーロコプターを搭載している。だが、眼前のヨットの姿形などガンボアの眼中にはなく、船内の実態だけに注意を集中していた。水中に四十分いるあいだに、完全に夜目が利くようになっていた。上のサンデッキに見張りがふたりいて、船首近くに立っているのが、裸眼で見えた。反対側にもふたりいるのだと察しがついた。

ガンボアの右手の水中から、もうひとりの頭が浮かんできた。つづいてもうひとり。やがてさらに三人が、左手に浮上した。最後にふたりが、背後に浮上した。

合計八人のダイバーが、〈ラ・シレナ〉から五〇メートルの水面に、ぷかぷか浮かんでいた。そして、エデュアルド・ガンボア少佐が顎をしゃくると、それぞれがBC（浮力調整器）からすこしエアを抜いた。八人は黒い水面の下にふたたび潜降し、彼らの存在を示す形跡はなにひとつ残らなかった。

ガンボアとその部下は、メキシコ連邦警察の精鋭、GOPES（特殊作戦群）に属していた。ただし、この警察官八人は、ほとんどの人間には知られていないが、精鋭中の精鋭だった。警察や軍の特殊部隊から引き抜かれ、GOPESのそのほかの部隊とはべつに編成された。特殊強襲チーム任務部隊という編制《へんだて》で、連邦政府の司法長官が秘密裏に運用している。

任務は？　メキシコの大規模麻薬カルテルのボスを超法規的に処刑すること。

今夜のターゲットは？　〈ラ・シレナ〉の船主、ダニエル・アロンソ・デ・ラ・ロチャ・アルバレス。すべての人間に綽名《あだな》がある世界では、デ・ラ・ロチャは、その苗字のイニシャルを取り、DLR——スペイン語の読みで〝デ・エレ・エレ〟——と呼ばれている。

DLRは、麻薬売買と誘拐を専門とするメキシコ有数の犯罪組織、黒服組《ロス・トラヘス・ネグロス》の頭目だった。

四分後、ガンボアのチームのうちふたりが、〈ラ・シレナ〉の船尾近くで浮上した。マルティンとラムセスのふたりは、スキューバ器材、マスク、フィンをはずし、用心深くタラップを昇って、下甲板にあがった。減音器《サプレッサー》付きのステアーTMPサブ・マシンガンを携帯していて、タラップの最上段でいったんしゃがみ、それを構えた。暗視ゴーグルをかけていたので、前方の厨房《ちゅうぼう》と船首を覗き見ることができた。すぐにラムセスが、ヘッドセットで伝えた。

「乗り込んだ。位置につく」

ガンボアは、部下ふたりとともに左舷の舷側にいた。「了解《エンテンデイド》」と無線でささやいた。

一分後、マルティンとラムセスは、ヘリパッドの梯子《はしご》を闇のなかで音もなく昇っていた。そして、ユーロコプターの左右に伏せ、船首寄りのサンデッキにいる見張り四人にサブ・マシンガンの狙いをつけた。距離は約二〇メートル。船内にいるものが強襲中にヘリコプターで逃げるのを妨げ、指揮官からの命令があれば甲板の見張りを消すのが、マルティンとラムセスに課せられた任務だった。「チーム1《ウノ》、用意よし《リスト》」ラムセスが、ヘッドセットで報告した。

「了解《エンテンデイド》」やさしくうねっている湾の水面から、ガンボアが応答した。しゃべりながら、スキューバ器材をはずした。「チーム2《ドス》、強襲開始」

「開始する」応答があり、サンデッキの見張りの一二メートル下で、船首の錨鎖を登りはじめた。

二分後、三人が乗り込み、減音器付きの武器を構えて船橋甲板に視線を走らせた。「チーム2、用意よし」

「チーム3《トレス》、行くぞ《バモス》」ガンボアがいい、部下ふたりとともに、水をしたたらせて、船尾のタラップを昇り、上甲板に達して、ぴっちりと張ったカンバスの防水布に覆《おお》われた大きな救命艇のそばを過ぎ、用心深く前進して、船首の方向を目指した。厨房に通じる通路に達したとき、物音が聞こえ、正面の広いサロンから明かりが漏れているのが見えたので、暗視ゴーグルを額に押しあげた。サロンにそろそろと忍び込むと、見張りふたりが大きな白い革のソファに座り、正面にある五二インチのプラズマ・テレビを見ていた。

ガンボアは左手の見張りを選び、立ちあがったところを頭に一発撃ち込んだ。減音器付きのサブ・マシンガンの銃声は、延々《えんえん》とつづいていたテレビの銃撃戦の音にかき消された。ガンボアのうしろの将校が、右側の見張りの胸に三発撃ち込んだ。見張りがふたりともソファにひっくりかえり、手から拳銃が飛んで、両方の体から血だまりがひろがり、白い革の上でつながった。

連邦警察官三人は、すばやくサロンを横切っていた。テレビに映っているのが映画『ロス・トラヘス・ネグロス2』だというのを、ガンボアはすぐに見てとった。ダニエル・デ・ラ・ロチャの半生と行為をロマンティックに描いている、メキシコの映画会社製作のシリーズで、非常に人気がある。その第二作だ。デ・ラ・ロチャは、奥のマスター・スイートルームで眠っているはずだった。

傲慢な阿呆《ペンデホ》め、とガンボアは思った。自分の悪事を美化する映画を自分のヨットで流すとは、いかにもナルシストの麻薬王らしい。ガンボアは、部下ふたりと重なるようにしてサロンを突っ切り、マスター・スイートルームにつながっている通路にはいった。あとの船室は、デ・ラ・ロチャを始末してから掃討するつもりだったが、客はほとんどいないはずだった。〈ラ・シレナ〉を四十八時間監視し、デ・ラ・ロチャが今夜は、ボディガード数人とヨットの乗組員を伴っているだけだとわかっている。

　マスター・スイートルームのドア前で位置についたチーム3は、しばし待った。数秒後、上の甲板のチーム2が、乗組員区画の外で位置についたことを報《しら》せた。

「全チーム、三で開始。一《ウノ》……二《ドス》……三《トレス》」

　ヘリパッドのマルティンとラムセスが、減音器付きのステアーでそれぞれ二発を発射し、サンデッキの見張り四人の頭に命中させた。

　チーム2が、乗組員区画と船長室のドアをあけた。ひとりが船長のベッドに銃口を向け、あとのふたりが乗組員区画の明かりをつけ、そこで眠っているはずの八人に銃を突きつける予定だった。

　エデュアルド・ガンボア少佐が先頭のチーム3は、マスター・スイートルームのドアを蹴りあけた。サブ・マシンガンの下に取り付けた懐中電灯を点灯したが、部屋のなかはすでに明るい光に満ちていた。ここにも五二インチのプラズマ・テレビがあり、ダニエル・デ・ラ・ロチャのインタビューが映っていた。カメラの視界の外のレポーターに向かって話をしている。ガンボアはそれに目もくれず、キングサイズのベッドに駆け寄った。シルクのシーツが大きくふくらんでいる下に、ターゲットがいるはずだ。

　だが、ベッドまで行き、サブ・マシンガンを構えて撃つ前に、右手からの声に注意を奪われた。

「〈ラ・シレナ〉にようこそ、エデュアルド・ガンボア少佐」デ・ラ・ロチャの声だった。

　ガンボアは、驚愕して目をあげた。デ・ラ・ロチャが、テレビからまっすぐこちらを見ている。スタジオにいて、お定まりのイタリア製の黒いスーツを着ている。一分《いちぶ》の隙もない着こなしだった。「政府の刺客《アサシン》がここにいる。わたしを消すために。なんとまあ《ディオス・ミオ》！」画面の整った顔が、薄笑いを浮かべて、そういった。つややかな髪、山羊鬚《やぎひげ》、薄い口髭が、黒く輝いている。目はガンボアに据えられているようだった。

ガンボアは、通路のドアを見た。部下ふたりは、目を丸くしてテレビを見つめている。イヤホンから、チーム1の報告が聞こえた。「ターゲットは四人とも消した」つづいて、チーム2。「少佐……寝棚がほとんど空《から》です。三人しかいません。船長はいない」

そのとき、テレビから、デ・ラ・ロチャが唖然《あぜん》としているガンボアに向けていった。「ガンボア少佐、ひとつききたいことがある。きみが連邦政府のために働いているとするなら、わたしは連邦政府を所有している。すると、きみと部下はどうなるだろうね？」

ガンボアは、ベッドのふくらみを見て、手袋をはめた手でシーツをめくった。五〇キロ近くあろうかというC4プラスティック爆薬の塊に、赤い起爆装置が取り付けられていた。「くそ、なんだ《ケ・チンガドス》？」

「まだ答が出ないのか？　死だよ！　おまえとくそったれのチームは死ぬんだ、阿呆《ペンデホ》！」

エデュアルド・ガンボアは、爆弾に背を向けて、送信ボタンを押した。「罠だ！　脱出しろ！」

ガンボアの部下が目の前で向きを変え、通路を駆け出した。ガンボアはそのうしろを必死で走った。サロンに達し、ダニエル・アロンソ・デ・ラ・ロチャの犯罪を称《たた》える映画が映っているテレビの前を通ったとき、背後で閃光《せんこう》が炸裂《さくれつ》した。三人は灼熱《しゃくねつ》の爆風に包まれ、三千三百万ドルのヨットの壮麗な爆発のなかで死んだ。

ダニエルは、美しい〈ラ・シレナ〉の残骸《ざんがい》から約一〇〇メートル離れた海面にぷかぷか浮かんでいた。ボディガードのエミリオとフェリペが、非常用の救命筏《いかだ》をふくらまして、乗るのに手を貸してくれるまで、辛抱強く待った。三人とも乗り込むと、上甲板の木造救命艇からこっそりと抜け出して、バンデラス湾の海中に逃れたときに付けていたシュノーケリングの装備を投げ捨てた。サンデッキに残された四人が撃ち殺される前に、三人は泳いで一〇〇メートル離れた。四人が殺《や》られると、DVDプレイヤーと爆弾を作動する防水リモコンのボタンを押す潮時だと、ダニエルは判断した。

そしていま、ダニエルとボディガードふたりは、水面を覆っている炎を眺めていた。地元の港湾消防隊がまもなく救出してくれることを願っていた。この連邦政府による不法な襲撃によって、自分は生きながら殉教者になるだろうと、ダニエルは思った。この瞬間をできるだけ派手にするために、何カ月も前から準備してきたのだ。

〈ラ・シレナ〉はたしかに惜しい。しかし、ユーロコプターとともに保険をかけてあるし、船内に置いていなかった美術品の数々にも保険をかけてある。どのみち、アップグレードしてもいい時機だ。何カ月か前にフォート・ローダデイルで全長五〇メートルの宝玉のような船を見つけ、部下に命じて、船主が売る気になるように圧力をかけている。

マルティン・オロスコ・フェルナンデス軍曹と、ラムセス・シエンフエゴス・コルティリョ軍曹は、黒い水面に浮かんで揺られていた。ふたりとも負傷していた。ラムセスは脚に火傷《やけど》を負っていて、アドレナリンが消えて感覚が戻ると、海水がしみてすさまじく痛かった。マルティンは左手首を捻挫《ねんざ》していて、七海里も泳ぐのはものすごくつらいはずだった。しかし、ふたりともすこぶる優秀な水中戦闘員《スウィマー》だし、ウェットスーツには浮力がある。溺《おぼ》れることはないはずだった。

だが、それで気分が晴れるというものではない。チームのあとのものは死んだし、自分たちが上層部の何者かにはめられたことは明らかだった。その人物は、自分たちが目指している陸地のどこかにいる。今夜の強襲のことを知るものは、ごく少数だった。その少数のうちのすくなくともひとりが、デ・ラ・ロチャに情報を漏らしたのだと、ラムセスとマルティンにはわかっていた。

7

通例、ジェントリーは発展途上国のバス・ターミナルを好む。不審の目を向けられずに周囲の人間を観察でき、暗い片隅に独り座り、他人の体験を吸収できる。ジェントリーの置かれている窮状――きわめて剣呑《けんのん》な連中多数に命を狙われているという事実により、どうしても孤独な存在にならざるをえない。他人とは距離を置き、おおむね疑ってかかるようになる。そのため、三十七歳のジェントリーは、だいたいにおいて、ふつうの日常生活や家族や人間関係を味わうのを、しばしばバス・ターミナルでの観察で代用している。行儀の悪い子供を叱る父親、体をくっつけて笑っている若い男女、独りで食事をしている年寄りを眺める。そういう暮らしをもっぱら五年もつづけているわけだが、ＣＩＡの資産《アセット》（諜報員、協力者、秘密任務に使える非職員、装備、補給品、施設など、多岐にわたるものを指す）だったジェントリーは、〝目撃しだい射殺〟の制裁を避けるために、ＣＩＡの追跡もかわしている。とはいえ、よかれ悪しかれ、独りじっと座って他人の生活を観察するというのが、記憶にあるかぎりずっとジェントリーの人生そのものだった。

ブラジルを出てから、七日が過ぎていた。あれからずっと、陸地を旅してきた――自転車、バス、徒歩で、中米にはいった。一カ所に六時間以上いることはなかった。いまはグアテマラシティのバス・ターミナルにいて、メキシコやベリーズとの国境に近い北のジャングルへ行くチキン・バス（派手な配色の長距離バスで、乗客がしばしば家禽を運ぶのに使うので、こう呼ばれる）を待っている。

金はすこしはあるが、豊富とはいえない。マンハンターの拳銃はエルサルバドルで売り、財布から奪ったユーロがまだすこし残っていた。だが、パナマで古着とそれを入れるカンバスのバッグを買った。その代金や食べ物やバスの切符は、たいした金額ではなかった。ふつうのアメリカ人よりもずっと質素にやっていくことができる。それでも、まもなく金に困ることははっきりしている。

待合室の隅に、鉄柱に吊るされた白黒テレビがあった。メキシコシティのトーク番組が映っていて、馬鹿げたことで性倒錯者が撃ち合った事件を取りあげていた。ジェントリーは、テレビにはほとんど注意を払わなかった。老爺《ろうや》と米飯の皿に目を据えていた。バス・ターミナルの泥まみれの床にモップをかけ、便器をおざなりに拭いていた老爺だった。ジェントリーは、ここに長時間いるので、老爺が仕事をするのも見ていた。その清掃員がいまはカフェのテーブルで食事をしている。歯があまり残っていないので噛《か》めず、飯をすすって食べている。終夜仕事をしなければならないのだろうか？　朝に帰る家には、家族がいるのだろうか？

ジェントリーは、その老爺の物語を頭のなかでこしらえた。いろいろな意味で、ジェントリー自身の暮らしとそっくりだった。

そんな年寄りになるまで生きていられるとは思えない。孤独なうえに年寄りになるのはごめんなので、ひねくれた安心感をおぼえた。

アマゾンの村は、ジェントリーの迷妄《めいもう》をひらいてくれた。そこへ行くまで五カ月ずっと移動しつづけていた。リオに二週間、キトに二週間、その他の十数ヵ所の町では、それぞれ数日。その間ずっと、一ヵ所にとどまることを考えていた。その考えが意識を去らなかった。腰を据えて、仕事につき、周囲の人間にほんとうの身許を知られずにひとかどの人間だと思われるような場所を見つけたいと思っていた。旅をつづけて、周囲の人間と親しくならず、目にも留まらない毎日とは、まったくちがう。

あのアマゾンの村は、それらすべてをあたえてくれた。住民は親切で、あまり詮索《せんさく》しない。厳しい生活は、昨年四月のカラカス以来、通過する町々ですこしずつ捨てていった鎮痛剤中毒からいっそう遠ざかるのを助けてくれた。アマゾンのジャングルに行き着いたときには、薬をやらなくなってから二カ月が過ぎていた。それに、たえまない鍛錬《たんれん》と仕事と自然がもたらす危険は、薬物で緊張をほぐすというくだらないことを肉体が忘れるのに役立った。

だが、落胆することもあった。自分がずっと追い求めていたもの――安定、ある程度の安全、平凡な日々のくりかえし――には満足できないとわかった。認めるのは不愉快だが、マンハンターが来たことを幼いマリオの報せで知ったとき、打ち消しようもない安堵《あんど》が全身にみなぎるのがわかった。

戦い。アドレナリン。目的意識。

気に入らなかったが、もはや否定できない。アマゾンの村以降、殺し屋を満載したヘリコプターの襲撃に異様な安堵をおぼえたあとで、ひとつのことが明らかになった。

コート・ジェントリーは、あくまで暗殺者グレイマンなのだ。そして、グレイマンは、こういうろくでもないことのために生きている。

　ジェントリーは、油で汚れた壁にずっと頭をもたせかけて、プラスティックの椅子に座り、カンバスのバッグに足を乗せていた。だが、背中を動かすために座り直した。矢傷の傷跡がひきつれて気になる左肩の上のほうの筋肉を動かし、ストレッチしようとした。組織が癒着《ゆちゃく》した部分のしなやかさを保つために、毎日きちんとストレッチする必要がある。

　小さなテレビに夜のニュースが映り、ジェントリーは画面を見ずにうわの空で聞いていた。身をかがめて、腕を体に巻きつけ、肩甲骨《けんこうこつ》の下の筋肉をストレッチしながら、ときどき単語を聞き取っていた。

　〝プエルトバリャルタ〟、〝ヨット〟、〝爆発〟という言葉は、注意を惹《ひ》かなかった。しかし、〝暗殺《アセシナト》〟というスペイン語を聞いて、顔をふりむけた。暗殺関連のニュースには、プロフェッショナルとして重大な関心がある。

　夜明けにヘリコプターから撮影された、海でくすぶっている残骸《ざんがい》の映像を見た。と、黒いスリーピースのスーツを一分《いちぶ》の隙もなく着こなした、整った顔立ちのヒスパニックの男の写真が映った。ニュースキャスターが、その男はダニエル・デ・ラ・ロチャで、メキシコ連邦警察が承認した暗殺のターゲットにされたという推測があることを述べた。ジェントリーにすべてが聞き取れたわけではないが、デ・ラ・ロチャが生き延び、ヨットを爆破した警官がすべて死亡したのだとわかった。

　なんということだ、と思った。暗殺失敗か。どうしてヨットを爆破する必要がある？　陸地でそいつを撃てばいいのに。

画面の映像がまた変わり、メキシコ国旗の前に警察の制服で座っている男の、公式写真が現われた。格好のいい制帽をかぶり、制服のジャケットには勲章が飾られ、きれいに髭を剃《そ》った顔はいかめしく、真剣そのものだった。

ジェントリーは、小首をかしげた。すばやく二度、瞬《まばた》きをした。それ以外は、筋肉ひとつ動かさず、じっと見ていた。

ニュースキャスターの声が、警官の映像に重なり、解説をつづけていた。ジェントリーはスペイン語の文法を思い出しながら、その言葉に注意を集中し、精いっぱい聞き取ろうとした。

「情報源によれば、連邦警察特殊作戦群のエデュアルド・ガンボア少佐は、ダニエル・デ・ラ・ロチャ氏の生命を奪おうとしたそうです。さきほど申しあげたように、ガンボアとその部下たちは、デ・ラ・ロチャ氏のボディガード四人および〈ラ・シレナ〉の乗組員三人とともに、ヨットの爆発で死亡しました。生存者はデ・ラ・ロチャ氏と側近ふたりだけでした」

エデュアルド・ガンボア。「エデュアルド・ガンボア」ジェントリーは、そっとささやいた。くだんの映像が画面から消えて、携帯電話のプランを勧めるコマーシャルが流れたが、目にはまだ警官の顔が残っていた。

「エデュアルド・ガンボア」またそっとつぶやいた。「エディー」

もう一度目をしばたたき、顎鬚《あごひげ》ののびた顔を両手にうずめて、地獄で過ごした一カ月のことを思い返した。

ラオス
二〇〇〇年八月

グリーンの軍用ポンチョを着た兵士四人が、トラックの後部からアメリカ人をひきずりおろし、雷雨のなかで、ぬかるんだ細道を押していった。丸太小屋に向かう道で、アメリカ人が一度よろけた。手枷《てかせ》と足枷をはめられていて、兵士たちが妥当だと思う速さでは歩けなかった。それに、雨に濡れそぼった患者服と裸足のせいで、滑りやすい岩に足場を見つけにくかった。ラオス兵のひとりが、古いSKSカービンの銃床で背中を小突き、そのアメリカ人――ジェントリーに、もっと速く歩けと促した。小屋のポーチの屋根の下にはいると、ジェントリーはひざまずいたが、兵士たちにひきずり起こされ、ドアの鍵があけられるあいだ、ふらつきながら立っていた。暴風に煽《あお》られて揺れながら、ジェントリーは待っていた。ようやく兵士たちが、小屋のなかにジェントリーを連れていった。

兵士たちがポンチョを脱ぎ、壁のフックにかけていると、デスクの奥から将校が出てきて、階下の闇に通じている階段のドアを開錠した。ジェントリーはよろめいて、ひっくりかえりそうになったが、力強い手に背中と肩をつかまれ、狭い階段を下らされた。下でも鍵のかかったドアがあけられて、ジェントリーは煉瓦《れんが》の床に押し倒され、手枷と足枷がはずされた。兵士四人が、鋼鉄の監房の錠前をあけて、ジェントリーを押し込んだ。

監房の隅に倒れたジェントリーは、濡れた患者服のまま、そこに取り残された。鉄格子がガチャンと音をたてて閉まった。兵士たちが地階のドアを音高く閉めて、施錠し、階段を昇っていった。

ジェントリーは、かび臭いおがくずの上に倒れ込んでいた。口にいっぱいはいったのを吐き出して、横向きになった。目をあけて、あたりを見ようとした。横の床に、たたんであるベビーブルーの粗末なシャツとズボンがあった。それがどうにか見えた。ずっと上のほうの通風孔から、かすかな光が射していた。ジェントリーのいるところに、暗い光がわずかばかり届いていたが、周囲の監房のようすはわからなかった。

おがくずの上でのばした腕の先は、まったく見えない。

「くそ」ジェントリーはつぶやいた。「最高だぜ」

「イギリス人か？」正面の闇から、期待をにじませた声が届いた。鉄格子の内側で、ジェントリーの鼻先から四、五メートルの距離とおぼしかった。

ジェントリーは、答えなかった。

やがて、動きが聞こえた。人間が上体を起こし、服が石の壁をこする音がした。

「英語がわかるんだな？」アメリカ英語のようだが、外国のなまりが混じっていた。

ジェントリーは、質問を黙殺した。

闇からの声が、なおもいった。「おれはここに二週間いる。最初の二日ばかり、カメラや盗聴器がないかを調べた。だいじょうぶだ。ここの阿呆《ペンデホ》どもは、そんなに進んでいない」

ジェントリーは、ゆっくりと座り、背中を鉄格子にあずけた。闇に向かってうなずき、肩をすくめた。「英語はわかる」自分の声が弱々しく、かすれているのに驚いた。

「アメリカ人だな？」

「ああ」

「こっちもだ」

ジェントリーはいった。「変ななまりがあるな」

姿の見えない相手が、くすくす笑った。「メキシコ生まれだ。十八のときにアメリカに来た」

「それじゃ、故郷からずいぶん離れたものだな」

「ああ。あんたは？　どうしてここへ来るはめになった？」

「〝ここ〟というのが定かじゃないんだ」

「ヴェトナムから北西へ二時間、ヘロイン密輸業者の外国人をぶち込む軍事施設だ。正式な刑務所じゃない。裁判官や法廷や赤十字なんかは、関係がない。密輸業者をここへ連れてきて、訊問し、製造元《サプライヤー》の名前をきき出し、情報を残らず搾《しぼ》り出したと確信すると、強制労働キャンプへ送り込んで、ぶっ倒れて死ぬまで道路建設現場で働かせる。そうしたら、三週間後には雨季が終わって、道路が通れるようになると、やつらはいっている。ここにいるものはすべて労働キャンプに送られる」

「ちくしょう」またおがくずを吐いてから、ジェントリーはいった。

「捕まったとき、麻薬をどれぐらい運んでいたんだ？」

ジェントリーは目を閉じて、冷たい煉瓦《れんが》の壁に頭をつけた。肩をすくめた。「麻薬は運んでいない」

「だろうな、相棒。誤解だといってやれよ」

「それどころか、ここを運営している馬鹿野郎どもに捕まった間抜けなDEA（麻薬取締局）捜査官を助け出しにきたんだ」

ひどく長い沈黙が流れた。と、ふたたび忍び笑い。それから、暗い地下牢にはどうにも似つかわしくない、腹の底からの笑い声が聞こえた。つづいて闇のなかで動くのが聞こえた。ジェントリーの顔のそばの暗い光のなかに、顎鬚《あごひげ》の男が現われた。メキシコ人のように見える二十代後半の男で、ジェントリーよりも五センチくらい背が低かった。ベビーブルーの粗末なシャツとズボンを着て、治りかけている痣《あざ》のせいで目のまわりが黒いのが、暗がりでも見分けられた。男が手を差し出した。「エディー・ギャンブルだ。DEAフェニックス支局。特殊任務でバンコク支局に派遣されている」

ジェントリーは、その手を弱々しく握った。「おい、ギャンブル？　その特殊任務とやらはどうなった？」

「あんたの任務はどうなんだ？」

ジェントリーはにやりと笑った。顎の筋肉が痛い。「あんたと大差ないみたいだな」

「で、おれを助けにきたんだって？」

ジェントリーはうなずいた。

エディー・ギャンブルが、額の虫を叩いた。「あんたの部隊の仲間が梁《はり》から懸垂《けんすい》下降してきて、みんなでジェットパックを背負い、ここから飛び出すっていう筋書きかい？」

ジェントリーは、低い天井を見あげた。「ああ、それならいいんだがね」なにも起こらない。ギャンブルのほうを向き、肩をすくめた。「そうじゃなさそうだ」

ギャンブルがきいた。「あんた、どこの手のものだ？」

「おれは機密《トップ・シークレット》の保全許可を持ってる」

「いえない」

「それじゃ、女にもてるだろう？」ジェントリーはからかった。暗がりに目が慣れて、監房内をひとしきり見ることができた。ろくなものはなく、便所代わりのバケツと水桶、ぼろぼろの毛布だけが、調度品だった。

「つまり……どこの手のものかぐらい、いったってさしつかえないだろう」

「悪いな。おれは隠語《コード・ワード》秘密区分なんだ」隠語秘密区分の場合は、特定のコード・ワードを知る人間のみに情報が明かされる。

「それじゃ、さぞかし女にもてるにちがいない」

「それを教えてやれればな。でも、女にはコード・ワードなんか必要ない」

こんな場合にもかかわらず、それを聞いてギャンブルが笑った。「おれを救い出しにきたっていうのに、どこの手のものかいえないのか？」

「あんたを探しているのはDEAだ。おれはたまたま近くにいた。それで、うちの連中に、ようすを見てきてくれと頼まれた」

「それから？」

ジェントリーは、肩をすくめた。「ついてなかった。連絡員と会っているときに、気を失った。目が醒めたら病院にいた。偽装は職業だけで、書類は病院で詳しく調べられたら通らないようなものだった。それで、病院が警察に通報した。警察でも怪しげな書類だと見られて、軍情報部が呼ばれた。軍情報部はおれの書類でケツを拭いた。とまあ、そんなわけで、ここにいるわけだ」

ギャンブルが手をのばし、ジェントリーの額に触れた。「蚊《か》に食われたんだな？」

「十日ばかり前にメコン川を渡った。蚊にさんざん食われた。このあたりじゃ白い肉はめずらしいんだろうな」

「背中の痛み、筋肉痛、差し込み、気が遠くなる？」

「疲れやすく、関節が痛く、吐く」ジェントリーは、残りの症状をならべた。

「マラリアだな」ギャンブルが、重々しくいった。

「ありがとうよ、先生。もう見当はついていたよ」

ギャンブルが、ジェントリーの顔を長いあいだ眺めてからいった。「きょうだい、それはこういう場所では死刑判決とおなじだ。医者に診《み》てもらわないといけない。清潔な水もいる。ゴキブリがたかっていない、栄養のある食べ物も。ここでは、どれも無理だ」

ジェントリーは、肩をすくめた。「なんとかなる」

ギャンブルが、さっと立ちあがった。あまりにも速い動作だったので、ジェントリーははっとした。ギャンブルが鉄格子のほうへ行き、上の階の番兵に向かってどなりはじめた。ジェントリーにはわからない言葉だった。番兵はおりてこず、やがてギャンブルがいかにも悔《くや》しそうに座った。

「あんたを病院に入れさせないと」

「おれは病院から連れてこられたんだぜ」

「ペンデホ！」

「どういう意味だ？」

「スペイン語だ。なんていうか……阿呆《あほう》といったところかな」

ジェントリーはうなずいた。「さっき番兵を呼んだのは、ラオス語か？」

「タイ語だ。まったくおなじじゃないが、命令や指示には使える」

「メキシコ生まれのDEA捜査官は、中南米に送られるものと思っていた。タイ語ができるからここへ送られたんだな」

「あちこちに行かされるんだ。この仕事の前には、海軍に六年間いた。SEAL《ザ・チームズ》だ。あらゆる国へ行き、それで言葉を憶えた」

「ザ・チームズ？　SEALのことだな？」

「チーム3だ」

ジェントリーはうなずき、壁に頭をもたせかけた格好で精いっぱいの敬意を示した。「二週間前からここにいるんだろう。脱走して、海辺でぶらぶらしている女を一週間やりまくってから帰国しても、まだ時間があまっていただろうに」

暗がりでギャンブルがふくれ面をした。軟弱だとほのめかされたのが不愉快なのだと、ジェントリーにはわかった。「まあな。ここを脱出するのは簡単だ。毎朝、番兵がふたり迎えにきて、取調室の小屋に連れていく。そいつらの首を折り、着装武器《サイドアーム》を奪えばいいのさ。駐車場へ走っていき、直結ですぐさまエンジンをかけて、正面ゲートを突破し、メコン川を目指せばいいだけだ」

「だが、食事がうまいからここにいるんだな？」

ギャンブルが、信じられないという顔をした。「きょうだい……おれはDEAだ。もうSEALじゃない。アニメの〝秘密探偵クルクル〟とはちがうんだ。あんたみたいなコード・ワードなんとやらの強持《こわも》てとはちがう。ラオス兵を殺して逃げまわることなんかできない」

ジェントリーは、ゆっくりとうなずいた。自分はそれとはまったく異なる交戦規則に従って活動しているが、それを明かすつもりはなかった。

ギャンブルがきいた。「あんたはどうなんだ？　経歴は教えられないのか？　だって、生まれたときからコード・ワード秘密区分だったわけじゃないだろう？」

「この仕事の前のことは、すべて忘れた」

「くそ。CIAはあんたみたいな一匹狼の諜報員に厳しいんだな？」

ジェントリーは、その餌に食いつかなかった。CIAだというのを認めなかった。

ギャンブルが、すこし間をおいてからいった。「わかった。名前は？　名前ぐらいあるだろう？」

マラリアを病んでいるジェントリーは、壁にもたれたままで肩をすくめた。「偽装身分がだめになった。なにか考えてくれ。好きなのを」

ギャンブルが首をふり、肩をすくめた。「わかった、アミーゴ。あんたをサリーと呼ぶことにしよう（救世軍〔The Salvation Army〕のことを俗にサリー・アーミーという。「救世」と「救出」にひっかけたしゃれ）」

ジェントリーが大笑いし、しまいには喉をぜえぜえ鳴らして咳き込み、苦痛に襲われて、胎児の姿勢に体を丸めた。

8

ジェントリーの意識は、ラオスでの古代史から現在とこの場所に戻った。エデュアルド・ガンボアの墓を見おろした。台石のまわりで掘ったばかりの土が乾き、ぼろぼろになっている。

ガンボア少佐が死んでから八日たつ。太平洋から遺体の一部を回収するのに三日かかり、葬儀はおととい行なわれた。白い十字架が、すでにスプレー・ペイントで汚されている。

畜生《イホ・デ・プタ》！

卑怯者《カブロン》。

阿呆《ペンデホ》。エディーが教えてくれたその言葉が、本人の墓標にペンキで書かれている。スペイン語で〝雄山羊〟を意味する。

怒りのあまり、ジェントリーの顎に力がはいった。納得がいかなかった。エディーを恨むやつがどこにいるだろう？　チアパスのトルタ（メキシコのサンドイッチ）の屋台にあったラジオで聞いたニュースには、なにか裏があるにちがいない。ヨット爆破の追加報道を二分ほど小耳に挟み、そこでもガンボアは死亡した作戦指揮官だとされていた。

ジェントリーは確信していた。エデュアルド・ガンボアは、自分がエディー・ギャンブルとして知っていた男にまちがいない。

ラオス以降、エディーに会ったことは一度もなく、消息もまったく知らなかった。DEA捜査官のエディーがメキシコに戻ったことは知る由《よし》もなく、その事実にはかなり衝撃をおぼえた。ここで麻薬カルテルや政府の腐敗と戦うためにアメリカを去るというのが、理解できなかった。アメリカにも犯罪やろくでもないことは山ほどある。エディーはそれにあきたらなかったのか？

そんな現地調査が必要だったとは思えない。

エディーの死が報道されるのをテレビで見たとき、ジェントリーはメキシコ湾岸のタンピコを目指していた。ヨーロッパの貨物船が多数、そこに寄港すると聞き、東半球に戻る方策を見つけようと考えたからだ。そして、元の雇い主でいまはCIAとおなじように積極的にジェントリーを抹殺しようとしている、グリゴーリー・シドレンコを殺す。

しかし、プエルトバリャルタ発の第二報で、事情が変わった。ガンボア少佐は、死亡した場所から九十分北にある故郷の町サンブラスで埋葬される予定だという。

それほど遠くなく、一日あれば行けるので、せめて墓参でもしようと、ジェントリーは思った。

そういうしだいで、ジェントリーはいま、太平洋まで二・五キロメートルのところにある岩の多い山の斜面に立っている。まわりの急傾斜の墓地には、トタン板、リノリウム、プラスティック、コンクリートブロックでこしらえた、安普請《やすぶしん》の霊屋《れいおく》が、いたるところにあった。こうした大きな霊屋のあいだに、もっと質素な墓石もあり、蠟燭《ろうそく》やプラスティックの小さな像や造花が散らばっていた。肥ったイグアナが、割れた石の上で陽射しを浴び、丈の高い叢《くさむら》の、のび放題になっているバナナの広い葉の上で、追いかけっこをしている。昔の友人の最後の安息所を見やったとき、午後の熱風になぶられて、長い髪が目にはいった。

墓標の十字架にスプレーで書かれた汚い言葉を睨《にら》みつけながら、ジェントリーは頭のなかで問いかけた。このあたりの人間は、どうしてエディーに腹を立てているのか？

ラオス
二〇〇〇年

バンナムフォン陸軍抑留所は、マラリアにかかった人間には命取りになる、というエディー・ギャンブルの言葉は正しかった。粗末な食事、おがくずの冷たい床、どこもかしこも不潔なことが、弱っていたジェントリーの体調を日増しに悪化させた。エディーのいる監房にほうり込まれたとたんに、救出任務などお笑い種《ぐさ》になったが、いまは逆にエディーが必死で〝救世者《サーリー》〟を救おうとしていた。

ジェントリーは一日に一度、階段を昇らされて、狭い敷地を横切り、木造の建物に連れていかれて、デスクの前の床に押し倒され、英語がほとんど話せないラオス軍将校ふたりに取り調べられた。将校たちは、壁に取り付けた小さなテレビから流れる直接打撃制のムアイラオ（キックボクシング）の試合に、ずっと片目を向けていた。体を悪くして喉が渇いている囚人を苦しめるために、大きなペットボトルから水を飲んだ。どうやって入国したのか、だめかすことはなかった。ジェントリーは質問には答えず、薬と毛布と枕と新鮮な水がほしいといった。

訊問官たちは、それを毎日拒否した。

頭を何度か平手打ちしただけで、あとは暴力はふるわなかったが、病気に付け入って、供述書を書いてサインするまでマラリアの治療は受けさせないといった。

そして、毎日地下に連れ戻されて、おがくずの上にほうり出された。それと入れ替わりに、エディーが怠け者の訊問官の前に連れていかれた。

一週間後には、便所の代わりにエディーと使っているバケツまで這《は》っていくのにも苦労するほど、体力が衰えていた。エディーは、用を足すのを手伝い、水をかけて体を清潔にし、自分の割り当ての食事さえ半分あたえて、〝救世者〟の世話をした。食事はジャガイモとかび臭いパンとカブで、たまに骨でだしをとった冷たいスープが少量添えられた。エディーは、靴下を濡らして、真っ赤になっているジェントリーの額を冷やし、さむけがするときには腕や脚をさすった。ジェントリーは、そういうすべての世話を断わろうとして、自分が逃げ出す方法を見つけるのに集中しろと、たえずエディーを促した。

ジェントリーは、体も動かせないくらいひどく弱っていたが、鍛錬《たんれん》された頭脳は計画を立てる能力を失っていなかった。「なあ、エディー、おれたちはメコン川まで数キロのところにいるはずだ。タイとの国境はそのすぐ先にある。ここから逃げ出せば、国に帰れる見込みがある。だが、労働キャンプに連れていかれたら、そこは山のなかで、町や村まで何週間もかかる。国境まで何週間もかかる。キャンプに連れていかれる前に、ここから逃げ出せなかったら、勝負は終わりだ」

エディーは首をふった。「あんたを置いていけないし、あんただけ労働キャンプに行かせるわけにはいかない。死んでしまう」

「どうせ死ぬんだ、相棒。自分にできることに集中しろ。なんとかして逃げ出すんだ」

だが、エディーは頑として譲らなかった。弱った同房者の世話をつづけ、ひとりで逃げようとはしなかった。

二十四時間いっしょにいて、ほかにやることがなにもなかったので、ジェントリーとエディーは、信じられないくらい長い時間、話をした。ジェントリーが自分の情報をこれっぽちも明かそうとしなかったので、対話にならないこともあったが、エディーは話し好きだった。メキシコの太平洋岸の小さな町に生まれ育ち、不法移民としてテキサスで国境を越え、二年ほど正道をそれて、カリフォルニア州リヴァーサイドのメキシコ人ギャング団にいてから、アメリカ市民権を得るために軍隊にはいることを決めたという、これまでの半生を語った。

エディーが海軍を選んだのは、父親が漁師だったからだが、乗組員にはなりたくないと、すぐに悟った。SEAL選抜訓練を受ける資格があり、その過酷な訓練で秀でた成績をあげ、やがて幹部や仲間の下士官の尊敬を勝ち得た。海外派遣前の二年半の訓練と、チーム3での三年間を経て、退役し、DEAに転じた。カリフォルニア南部での暮らしで、麻薬と麻薬業者への憎しみが強まっていたのだ。世界のさまざまな地域で、エディーは重要な潜入捜査に携わった。

バンナムフォン陸軍抑留所に連れてこられてから二週間後に、ジェントリーは暗闇で目を醒ました。発汗を伴うさむけで、頭がおかしくなりそうになりながら、エディーが妹のロリータについて、会えなくてさびしいとか、アメリカに移住したときに、生まれ育った小さな猟師町に残していったのがつらかったとか、だらだらと話をするのを聞いていた。ジェントリーの意識は、エディーの半生の物語を離れて、目の前の問題に向けられていた。毎日、この小屋から出されて、狭い施設内をひきずられ、取調室のある建物にほうり込まれるまでのあいだに見たもののすべてを思い出すことに、集中力をすべて傾けていた。いつも雨が降っていた。トラックやジープは、砂利や泥の道路にタイヤが沈んでいて、中国製のAK-47アサルト・ライフルやSKSカービンで武装した番兵が二十数人いる。

ときどきほかの囚人も見かけた。たいがいモン族だった——ラオスの共産主義政権パテト・ラオのために何十年も迫害された少数民族だ。ジェントリーとおなじように、ヘロイン密輸にはぜったいに関わりそうにないひとびとだから、たまたま地元の共産主義者と揉めたせいで、こういう憂き目に遭っているのだろう。

いっこうにとぎれないエディーのとりとめのない話を精いっぱい締め出しているうちに——いまでは、ここを抜け出したら、お祝いにフォードのトラックの新車を買いたいといっている——ジェントリーの頭にひとつの考えが浮かんだ。計画の穴をつつき、問題点を是正しようとした。穴はいくつもある。戦術的な変更で、いくつかは繕《つくろ》える。いくつかは、そのまま残しておくしかない。ぜったいに成功まちがいなしの計画などない。現場で働いてきた五年間、痛い目を見てそれを思い知った。

ジェントリーの頭脳が迅速に回転しているあいだも、エディーは家族のことをしゃべっていた。「下士官になってからずっと、給料の三分の二はおふくろに送金している。でも、ロリータにはもっとやってあげたい。いま十九で、すばらしい子なんだ。このおれを見ていたら、すごい美人だといっても、信じられないだろう。アメリカに連れてきたいんだが、嫌だというんだ。メキシコで大学へ行って仕事を見つけたいと」

エディーが言葉を切った。めったにない長い沈黙だったので、ジェントリーはそちらに目を向けた。「おれたちはここから逃げ出さなきゃならない、サリー。おれを頼りにしてる人間が、国には何人もいるんだ」

「帰れるよ。約束する」

「あんたを置いていかない。そういっただろう」

ジェントリーは、自分の意識の流れをたどって、話題を変えた。「なあ、直結で車のエンジンをかけられるといったな？」

話がころっと変わったので、エディーはびっくりしていたが、腕まくりをしてみせると、得意げな笑みを満面にひろげた。「リヴァーディルでは、早業《はやわざ》エディーって呼ばれてた。どんな車でも、六十秒以内にエンジンをかけたからだ」

ジェントリーはうなずいた。「早業エディー。まだできるだろう？」

「ああ。そんなに昔のことじゃない。どうしてきくんだ？」

「ちょっと興味を持ってね」ジェントリーは受け流した。計画を練りあげる作業に戻った。

9

「セニョール？」

うしろから女の声が聞こえ、ジェントリーははっとして、あの夜のラオス高地からメキシコ太平洋岸の風の強い暖かな午後に引き戻された。

当然ながら、女はスペイン語で話しかけていた。ジェントリーにはわかりにくい方言だった。「いたずら書きをするつもりなら、先にやってくれる？　わたしが塗りつぶせるように。あとでまた来たくないから。わたしみたいな体では、坂を登りおりするのは骨なのよ」

ジェントリーは、女の声のほうをふりむいた。女は、うしろの坂をすこし下った土の小径《こみち》に立っていた。その曲がりくねった小径は、サンブラスまで下る砂利道に通じている。

女は独りきりで、黒い髪をひっつめにして、木綿の白いワンピースが、暖かな風に吹かれていた。白いペンキの小さな缶とブラシを持ち、大きなハンドバッグを肩にかけていた。

三十五歳ぐらいだろう。たいへんな美人だった。

それに、臨月が近そうだった。

「すみません」ジェントリーは、スペイン語で答えた。坂を小径のほうへ戻ろうとした。

「知り合いだと思ったんです。勘ちがいだった」ちょっと会釈して、目を合わさず、女のそばをすり抜けようとした。だが、女が立ちふさがった。昂然《こうぜん》と顔をあげ、胸を張って、不敵に挑んでいた。

ジェントリーは、足をとめた。

「だれのお墓を探しているの？　小さな町よ。ここに葬られている家族は、ぜんぶ知っているわ」明らかに嘘をついているのを見抜いていた。それに、面くらった表情からして、ジェントリーの発音に不審を抱いたようだった。

ジェントリーはためらった。見破られたのに見え透いた嘘を押し通すのは無意味だった。

肩をすくめて、ジェントリーはいった。「エディーを知っていた。たまたま近くにいたので、寄ろうと思ったんだ。申しわけない。バスに乗らないといけない。失礼する」もう一度すり抜けようとしたが、女がまた行く手に動いた。

「エディー？　アメリカ人ね？」英語に切り替えて、女がいった。

「そうだ」女はまだ警戒していて、笑みも浮かべず、うなずきもしなかった。だが、ゆっくりと小さな手を差し出したので、ジェントリーは手を握った。

「わたしはエレナ。ええ、エディーの妻です」

「おれはジョーだ」ジェントリーは、ふと浮かんだ名前をいった。

しばし女を観察した。「エディーは子供が生まれるところだったのか」口からその言葉が出てきただけでも、ジェントリーはたじろいだ。

「そうなの。男の子」

ジェントリーはなにもいわず、ただうなずいた。

「エデュアルドと、海軍でいっしょだったの？」

「いや」

「それじゃＤＥＡね？」

「いや」

考えをめぐらすあいだ、エレナが浅黒い顔をしかめた。「カリフォルニア時代の知り合いかなにか？」

ジェントリーはためらった。他人に事実を打ち明けるのには抵抗がある。ふだんのやりかたに反する。曖昧《あいまい》な話をすることにした。「遠い昔のことだが、ご亭主はおれの命を救ってくれた。自分の命を危険にさらして。ほんとうにそれしかいえないんだ」

エレナがだいぶ長いあいだ視線を据えているのが、感じられた。ジェントリーは二度ちらりと見たが、そのたびに見つめられていた。二度とも、ジェントリーは墓地のほうに顔をそむけた。

エレナが笑みを浮かべていった。「あのひとは、たくさんの命を救ったはずよ。ここでも、アメリカでも。善良なひとだった」

「ほんとうに気の毒だと――」

「追悼式のために来てくれたの？」

「追悼式？」

「あす、プエルトバリャルタで、湾内で殉職した警官八人の追悼式があるの。八人の犠牲を悼《いた》む地元のひとたちが、おおぜい出席するはずよ。あなたも出席するでしょう？」

ジェントリーは口ごもった。「そうしたいのは山々だが、旅をつづけないといけないんだ」

「残念ね」エレナは、信じていない目つきでそういった。ジェントリーの嘘がわかるようなら、嘘を見破るのによっぽど長《た》けていることになる。「十字架を塗り直さないといけないの」坂を登り、ひざまずいた。妊娠で体の重心が変わっているので、ぐらぐらしていた。ペンキの缶をあけると、肩ごしにふりかえり、笑みを浮かべて、あらたな招きを口にした。

「これからわたしの家にぜひ来てもらいたいわ。エデュアルドの家族がみんな来るし、お友だちも来る。殺されたあとの三人の親類も。今夜はみんなうちでお食事をするのよ。それで、あすの朝、いっしょに追悼式へ行くの。アメリカ時代のお友だちに会えたら、エデュアルドのご両親はとってもよろこぶでしょうね」

「行きたい気持ちはあるんだが、もう出発しないと――」

「ここまで来てくださったのに。エデュアルドとは仲がよかったんでしょう。わざわざ来てくださったのに、うちにお呼びしてお食事をしてもらわなかったら、天国のあのひとにどう思われるかしら」膝をついて、その話は決まったとでもいうように、手を動かしはじめ――黒いいたずら書きを、真っ白なペンキで塗りつぶした。

ジェントリーはまた断わろうとしたが、ちゃんとした食べ物が食べられるのがありがたいことはたしかだった。残りの現金では、メキシコを横断して、タンピコまで行き、通りの屋台でトルタかタコスを買うのが精いっぱいだった。エディーの妻と食事のことでやりあいたくはない。

ジェントリーは、いたずら書きを指さした。「だれがやった？」

「卑怯者ども《カブロンズ》」エレナがそういって、面目なさそうにジェントリーのほうを見た。「ダニエル・デ・ラ・ロチャのファンよ」

「麻薬王にファン・クラブがあるのか？」ジェントリーは、びっくりしてたずねた。

「まったく、あいつが正直なビジネスマンだというのよ。この地域にいいことをいっぱいやってきたと。でも、エデュアルドは、デ・ラ・ロチャのすべてを知っていた。デ・ラ・ロチャが善人なら、エデュアルドが狙うはずがないじゃないの」ペンキを塗り終えた。真っ白なペンキの斑点《はんてん》が、墓標の下のひび割れた地面に散った。「立派な霊屋を建ててあげるつもり。いたずら書きが絶えたらね。いまはそこまでやってもしかたがない」エレナが立ちあがった。

ジェントリーが缶とブラシを持ち、ふたりして墓地の出入口へと歩きはじめた。

ラオス
二〇〇〇年

蠅《はえ》とゴキブリと鼠《ねずみ》が、地階の監房に居ついていた。暑さと、人間の排泄物《はいせつぶつ》の吐き気を催す悪臭が、ジェントリーを日増しに弱らせ、病院を出てから一〇キロ近く体重が落ちた。水分とビタミンが不足しているせいで、皮膚がかさかさになって荒れていた。取調室と監房を毎日往復するだけで、運動はできず、自然光や新鮮な空気から遮断されていた。二週目の終わりに訊問官が、エディーとジェントリーを労働キャンプに移すと告げた。エディーは、同房の仲間は入院させるか、せめてマラリアの治療薬を投与してほしいと憤然と要求した。だが、ラオス軍将校は、欧米人の若い麻薬密売人がどうなろうが知ったことかという態度だった。怒ったエディーは訊問官につかみかかったが、後頭部に大きなSKSカービン二挺の銃床を叩きつけられて、引き離された。意識を失ったまま監房に戻され、血まみれの大きな瘤《こぶ》が頭のうしろにできていた。つづいて、ジェントリーが〝審理〟のために引き出された。

北の労働キャンプに移されると知らされると、ジェントリーはこういって訊問官を驚かせた。

「わかった。もうたくさんだ。ヴェトナムの連絡相手の名前や口座番号を教える。阿片を受け取る場所や、メコン川を越えてタイに運ぶ方法も教える」

訊問官ふたりの視線が、テレビのムアイラオの試合からそれて、前に座っている痩《や》せこけて汗にまみれた男に据えられた。

「よし。いま話せ！」先任の将校が命じた。

「いや、紙にぜんぶ書いたほうがいい。そのほうがわかりやすいだろう」

訊問官ふたりがうなずいた。「よし」

「でも、頼みがある」

「なにがほしい？」喜々とした表情が、疑念のせいですこし曇った。

「友だちが怪我をしている。頭に包帯を巻いてくれ。念入りに包帯してほしい」

先任の将校が、片手を宙でふった。「いいだろう」

「暖かい乾いた毛布がほしい。あんたたちが飲んでいるペットボトル入りの水がほしい」テーブルに置いた、二リットル入りのペットボトルを指さした。訊問官ふたりがまたうなずいた。「ほかには？」

「紙と書くものがあると助かる」

番兵がエディーに包帯を巻き、ジェントリーはそのそばに横たわって、弱々しい声と力ない手ぶりで、ガーゼと絆創膏《ばんそうこう》をもっと使えと指図した。エディーははじめのうちは、頭の瘤は包帯でぐるぐる巻きにしなくても治るといい張り、番兵を押しのけようとした。だが、ジェントリーが譲らなかったので、ようやく折れて、ジェントリーの指図で手当てさせた。

ジェントリーは、メモ帳とボールペンと、清潔なウールの毛布をもらい、午後から夜にかけて、供述書を書いた。夜のあいだにペットボトルの封を切って、汚染されていない水を大部分飲んでから、自分を生かしつづけてくれた男に残りを渡した。エディーがペットボトルを受け取って、ごくごくと飲み干した。だが、ジェントリーはすでに自分に必要な水分を取り入れていた。

翌朝、一日分の食事が運ばれてくると、ジェントリーが意外なことをいって、エディーを驚かせた。「あんたの分もぜんぶ食べる」

「いや、半分やるよ。あんたのケツを持ちあげて、用を足すのを手伝うには、カロリーがしこたまいるからな」

「なあ、きょう、おれは余分なエネルギーが必要なんだ」ジェントリーは、ブリキの皿を二枚とも自分のほうに引き寄せた。

「なんのために？　なにがはじまるんだ？」

「うまくいかなかった場合のために、あんたは知らないほうがいい。そのほうがあんたのためだ」

エディーが、心配そうな顔をした。「おい、サリー、あんたはなにかをやれるような状態じゃない。おれから番兵に話をするよ。あんたが情報を教え、おれが味方に不利な情報をしゃべると思わせれば、あんたに必要な薬がもらえるだろう」

「だめだ……肝心なのは薬をもらうことじゃない。ここから逃げ出すのが目的だ」ジェントリーは、ふた皿分食べはじめた。エディーが、飢えたようすでそれを見た。カブを噛《か》み、薄いスープをごくごく飲みながら、ジェントリーはいった。「そうだ、もうひとつ。あんたの包帯をぜんぶくれ」

どういうことなのかわからないままに、エディーはガーゼの包帯と絆創膏を頭からはずし、ジェントリーに渡した。

ジェントリーは、それから三十分のあいだ、毛布をかぶって、エディーに背を向け、横向きに寝ていた。なにがはじまるのかと、エディーは何度もくりかえしたずねたが、ジェントリーは答えようとしなかった。

エディーを取調室に連れていくために、番兵がやってきた。彼らが出ていくときに、ジェントリーは叫んだ。「ボールペンがもう一本ほしいといってくれ。インクが切れた。おれが呼ばれる前に渡してくれれば、リストを書きあげる」

エディーが、しばらくジェントリーのほうをじっと見てから、それを伝えた。なにかが起きようとしているとエディーが悟ったのは明らかだったが、興奮よりも不安のほうが大きいようだった。

エディーと番兵ふたりが出ていって、ドアが閉ざされると、ジェントリーは汚染されていない水とふたり分の食事から得た体力を精いっぱい使い、監房の鉄格子へ這《は》っていった。前日にもらったボールペンを出して、分解すると、プラスティックの筒からインクの芯《しん》を抜いた。鉄格子のあいだから手をのばして、芯の先端を錠前に差し込み、ふるえてはいるが熟練した手つきで、タンブラーを探った。何日か前から、エディーが眠っているあいだに錠前を調べていた。藁《わら》しべを使って内部を探り、仕組みをあばいていた。割れたプラスティック片をテンション・レンチ代わりに使い、シリンダーをまわした。この妙技は、ノースキャロライナ州ハーヴィー・ポイントでCIA独立資産開発プログラムの訓練を受けたときに、文字どおり何千回もやってのけている。それに、訓練で使われたたいがいの錠前よりも、この錠前のほうがずっと簡単に破ることができた。

監房の鉄格子の扉は、あっというまにあいた。

10

ジェントリーは、サンブラスの町を抜けて、三キロメートルほどエレナといっしょに歩いた。妊娠しているエレナは、それぐらい平気で歩けるようだったが、浅黒い肌は汗で濡れていた。道端のレストランやバス停留所のそばを通った。広場で寝ている野良犬、ゴミ捨て場で虫をついばんでいる鶏《にわとり》がいた。南に折れて、野天の青物市場を通り、そこでエレナがヤムイモとマンゴーをいっぱい買った。ジェントリーは、エレナにききたいことがいっぱいあった。きかずにはいられなかった。エレナはグアダラハラの生まれで、そこでエディーがDEA捜査官として活動していたときに出会った。結婚してからすぐにエディーはメキシコに再移民し、五年前から連邦警察に勤務するようになった。エレナには近い親類がいないので、自分の家族のそばにいられるように、エディーはサンブラスに家を買った。

市場を出たジェントリーとエレナは、運河通りという汚い細い道を進んでいった。舗装されてはいないが、門を構えた中くらいの広さの住宅がならんでいた。ぶらぶらと数分歩いてから、エレナがあいた門からはいった。ジェントリーは、そのあとから短いドライブウェイを進み、ブーゲンビリアや蔦《つた》に囲まれた、コンクリートブロックの二階建て住宅へ行った。黄色の庭に地元のひとびとがいて、そのなかで犬が何匹か駆けまわり、じゃれあっていた。

ポロシャツを着てベルトに警棒をつけた男女の警官が、ドライブウェイや庭を歩きまわっていた。

シルヴァーの大きなピックアップ——フォードF‐350スーパー・デューティが、ドライブウェイにとめてあった。ウィンドウにはスモークが貼られ、スポットライトのラックがあり、フロントには大きなウインチがあった。どこもかしこもクロームめっきで、リアウィンドウには古びた米海軍のステッカーが貼ってある。エディーの車にちがいない。エディーがフォードの大型ピックアップが大好きだという話をしていたのを憶えていたので、その理想の車を見て、ジェントリーは胸が痛くなった。

エレナが先に立ち、質素な家のなかにジェントリーを案内した。正面のリビングに十数人がいて、立ったり座ったりしてしゃべっていた。床のラジカセから、やかましいアコーディオンの音楽が流れていた。年配の夫婦にエレナが挨拶《あいさつ》するあいだ、ジェントリーはうしろに立っていた。エディーの両親のエルネストとルスだと、エレナが紹介した。ふたりが英語が話せないので、ジェントリーはスペイン語で、ご子息のアメリカ時代の友人ですと自己紹介をした。

ルス・ガンボアは六十代とおぼしく、丸顔で小柄だった。すぐに親しげな笑みを浮かべたが、目には深い悲しみが宿っていた。エルネストはもっと長身で痩《や》せていた。五歳くらい上のようで、顔は黒ずんだ深い皺《しわ》に覆《おお》われていた。海と潮風が刻んだその皺は、小さな漁船で太平洋に乗り出し、長い歳月にわたって太陽と風を浴びてきた生涯の証《あかし》だった。死んだ息子のリビングに佇《たたず》むアメリカ人に、エルネストは一抹の疑惑をおぼえたようだった。だが、ふたりは握手を交わし、エルネストは〝ジョー〟をメキシコ風に〝ホセ〟と呼び、サンブラスにようこそといった。

エレナが、十六歳の少年をエデュアルドの甥《おい》だと紹介して、買い物を手渡した。少年が、質素な家具しかないがひろびろとした家の裏のほうに姿を消した。つづいてエレナは、ジェントリーを連れまわして、エディーのおば、おじ、何人かの甥や姪《めい》、兄ふたり、近くの友人たちに紹介した。

エディーのおじのひとり、セサル・ガンボアが、よく冷えた壜《びん》入りの〈パシフィコ〉ビールを廊下でジェントリーに渡して、親しげに話しかけた。いっぽうエレナは、あらたな客に挨拶をするために、どこかへいなくなった。話をしながら、ジェントリーは廊下の写真を眺めた。エディーとエレナの結婚式の写真が、壁に飾ってあった。ラオスでエディーの満面の笑みを見たのを思い出した――あのときは、よくこんなときに笑えるものだと驚いた。釣り船で白髪のアメリカ人といっしょに映っているエディーの写真も、何枚かあった。一枚の写真では、巨大なカジキをいっしょに持ちあげていた。日に焼け、〈レイバン〉のサングラスをかけ、顔いっぱいに笑みをひろげている。

つぎに、SEALチームといっしょに映っている、もっと若いエディーの額縁入りの写真があった。武器を持った男たちが、ポーズをとっている。エディーは信じられないくらい若くて頑健そうだった。あとの隊員たちのほうが、メキシコ系アメリカ人のエディーよりも頭ひとつ分背が高いのに、エディー・ギャンブルは悠然と構え、〝采配をふって〟いた。

エレナが、うしろからジェントリーの肩を叩いた。ふりむくと、エディーとカジキの写真で見たばかりの男が目の前に立っていた。小柄で、七十がらみで、アメリカ海軍の将校用帽子《オフィサーズ・キャップ》をかぶっていた。

くそ、とジェントリーは思った。アメリカ人か。

エレナが、英語でいった。「ホセ、エディーの親しいお友だちの大佐《カピタン》チャックを紹介するわ」

「チャック・カリン、米海軍、退役」握手を交わしながら、年配のアメリカ人がいった。荒々しい握手を長くつづけ、威圧しようとしているのが明らかだった。目には不信の色があった。かなりの齢だが、無駄な肉がなく、頑健そうだった。体調にかなり気を配っていることがうかがえる。

ふたりがたがいに不信感を持っているのを察したのか、エレナがなおもいった。「ホセはエデュアルドのお友だちだったの」

カリンの日焼けしたいかつい顔がしわくちゃになり、気難しげな笑みが浮かんだ。「そうか、エディーの友だちなら、だれでもわたしの友だちだ」といったが、本心ではないと、ジェントリーにはわかった。自分の外見のことを考えた。どう見てもヘヴィーメタル・バンドの裏方だろうから、七十がらみの退役海軍将校の敬意が得られるとは思えない。あからさまに疑念を顔に浮かべて、カリンがきいた。「エディーとはいったいどういう知り合いだったんだ？」

「エディーがDEAにいたときに出会った」

「それじゃ、DEA捜査官なのか、それともエディーに逮捕されたことがあるのか？」カリンが冗談めかして、笑みを浮かべながらいったが、目の前の〝長髪の〟男を疑って当然だと思っているのは、察しがついた。カリンが、なにかいおうとした。どうせ棘々《とげとげ》しい言葉を浴びせようとしたのだろうが、エレナが戻ってきて、話に割り込んだ。

「忘れるところだった。ちょっと来て、ジョー。会ってもらいたいひとがいるの。おふたりは、あとで食事のときにでも話をしてね」

狭い廊下を進み、すぐ先のキッチンへ行った。さまざまな年齢の女が五、六人、食事の支度をしていた。狭いキッチンのあらゆる平らな場所を使って、果物や野菜を刻み、ビールを氷で冷やし、鍋《なべ》のスープや米をかき混ぜ、オーブンから焼きたてのバターブレッドを出していた。ふたりがエディーのおば、ひとりが義妹だと紹介された。

流しで、黒いショートヘアの女が、サツマイモを洗っていた。エプロンをつけて、ジェントリーとエレナに背を向けていたが、エレナになにかをきこうとして、つとふりかえった。

ジェントリーの視線が女に注がれ、そのまま目を離すことができなくなった。ものすごく美しかったが、エレナの美しさとはまたちがっていた。もっと小柄で、エレナよりも色が濃い、カフェラテの色の肌だった。輝く茶色の目は大きく、前髪に半分隠れていた。両手をタオルで拭くときに、彼女はその前髪を吹き払った。骨格と身ぶりがボーイッシュで、白地に花柄プリントの地味な手縫いのブラウスの下にある肩に、筋肉がついているのがうかがえた。

「こちらはアメリカ合衆国から来たジョー。ジョー、こちらは――」

ジェントリーは、その先をいった。「エディーの妹のロリータだね」うやうやしく、低い声でいった。エディーに似ているところを、いくつも見てとっていた。糞尿が飛び散っているラオスの監房で過ごした数週間の記憶が、一気によみがえった。エディーはロリータの話をするととまらなくなり、アメリカへ出国したことについて、たったひとつ悔やんでいるのは、妹を残してきたことだとくりかえした。下士官の安月給のほとんどを仕送りして、両親と妹を遠くから支えてはいたが、サンブラスに妹を置いてきたことを、見捨てたように感じていたからだ。

ロリータがタオルで手を拭き終え、歩を進めて、ジェントリーの手を握った。見つめられているのを、ジェントリーは感じた。お兄さんの旧い友だちだったというようなことを、ジェントリーはスペイン語でぼそぼそといった。なんとも間が抜けたいいかたのように思えた。

彼女の返事は英語だった。「だいぶ前から、もうロリータとは呼ばれていないの。ラウラよ。お会いできてうれしいわ」

「イグアルメンテ」ジェントリーは、母国語で話をしてもだいじょうぶだということを伝えるために、〝こちらこそ〟を意味するスペイン語で答えた。

「兄さんと海軍でいっしょだったの？」ラウラがきいたが、エレナがすぐに口をはさんだ。

「どうして知り合ったかはいえないのよ。秘密任務みたいなものだと思う」ジェントリーにウィンクした。目には悲しみが宿っていたが、秘密を共有しているというたわむれの色もあった。

ジェントリーはうなずいた。「ずいぶん前のことだ。エディーは偉大な男だった」

ラウラがうなずいた。「ええ」

ジェントリーは、ラウラの目を覗き込み、しりごみしそうになるのをこらえた。ラウラのために、スペイン語でつづけた。「おれは……エディーと長い時間いっしょにいた。エディーがきみの話をした。きみはまだ子供だったと思う」ほかにいうべきことがあるような気がして、口ごもったが、気のきいた言葉は出てこなかった。「きみの話をした」

ラウラははじめはほほえんだが、丸い目が閉じそうなくらいに細くなり、顔が赤らんだ。泣き出した。

「ごめんなさい《ロ・シエント》」どうしていいかわからないというように笑みを浮かべて、ラウラがあやまった。エプロンを持ちあげて、涙の流れる目もとを拭《ぬぐ》い、足早に出ていった。

エレナは、感傷的な場面を無視して、早くも手を動かし、流しのサツマイモを洗いはじめた。

ジェントリーは、キッチンのまんなかに茫然と立っていた。また馬鹿なことをいうのではないかと不安になっていた。

いいかげんにしろ、ジェントリー。

ラオス
二〇〇〇年

ジェントリーは十分前から、ペットボトルを持ち、階段に通じるドアの脇で壁にもたれていた。空《から》のペットボトルには、ウールの毛布をちぎった屑とエディーのガーゼの包帯が詰め込まれていた。それを毛布の切れ端でくるみ、白い絆創膏《ばんそうこう》でぐるぐる巻きにしてある。その作業で疲れて、何時間も眠ってしまいそうになった。眠気を必死でこらえた。舟を漕ぎかけたとき、階段をだれかが下ってくる足音が聞こえた。

ジェントリーは急いで立った。自分の汚物の悪臭が漂うかび臭い空気を吸い、つぎの瞬間の俊敏な行動に必要な酸素を肺に溜め込んだ。

ドアがあいた。ボールペンを持った番兵がはいってきた。ドアを閉めながら、四人が監房内にいないのに気づき、足をとめた。

ジェントリーはドアの蔭から襲いかかり、体当たりしながらベアハグをかけて、自分の体重で番兵を床に倒した。

ジェントリーは膝立ちになった。唖然としている番兵の頭を両手でつかんで持ちあげ、石の床に叩きつけた。一度、二度、三度。

死んだ若い番兵の目は、あいたままだった。ジェントリーは、その上に倒れ込んだ、体力を使い果たしていた。

数秒後に脚をのばし、素足でドアを押して閉めた。ようやく力が戻ると、ラオス兵のガンベルトから中国製の七七式拳銃を抜いた。使用する弾薬は威力の弱い七・六五×一七ミリ弾で、命を預けるのは気が進まなかったが、いまの状況ではやむをえない。下痢をこらえながら、苦労して床をひきかえし、ようやくドアとペットボトルのところへ行った。包帯や毛布の屑を詰め込んだペットボトルに、拳銃の銃身を突っ込み、できるだけしっかりと固定すると、立ちあがろうとした。

だめだった。立っているだけのエネルギーもバランスをとる力もなかった。

仰向けのままで戦うしかない。

ペットボトルは、一発か二発までなら、小さな拳銃の減音器《サプレッサー》の役目をなんとか果たすはずだった。発射音は弱まるが、まったく音がしないわけではない。弾丸が音速を超えて発生させる小さなソニック・ブームを消すことはできないからだ。

しかし、軍用の高性能減音器でもおなじだが、この代理減音器の目的は、銃を無音にすることではない。銃声だとわからなければそれでいい。

横の床で死んでいる兵士を見ながら、ジェントリーは作戦計画をもう一度修正した。監房にひきずり込んで毛布の残骸《ざんがい》をかぶせ、エディーといっしょに戻ってくる兵士の目をごまかすつもりでいた。しかし、自力で立つこともできないのだから、重い死体をひきずっていく力はないとはっきり悟った。

だから、ドアから一五〇センチ離れた床に仰向けになり、じっと待った。

眠り込み、錠前に鍵が差し込まれる音を聞いて、はっと目を醒ました。エディーと番兵がはいってきてドアを閉めるほうが望ましい。それなら、くぐもった銃声は上に届かないだろう。しかし、ドアのすぐ前に死体が転がっているから、それは見込めないとわかっていた。

そこで、鍵がまわり、掛け金が動くと、エディーを連れてきた番兵がひとりかふたりであることを願いながら、ジェントリーは上体を起こした。

だが、狭い階段を、五人の男が一列になっておりてきた。五人とも表の雷雨でずぶ濡れになり、二段と離れずに、密集してつづいていた。エディー・ギャンブルは三人目だった。先頭の番兵は、はいってきたときには、まだドアの掛け金に手をかけていた。ジェントリーは、右手で拳銃を構え、手製の減音器を左手でしっかりと銃身に押しつけた。先頭の兵士が反応する前に、ペットボトルを男の顔に向けて、一発放った。ペットボトルの底が裂けて、ほどほどに抑えられた銃声が響き、兵士の頭がうしろにがくんと動いた。血まみれの顔のほうに両手をあげながら、兵士が仰向けに倒れた。

ジェントリーは、ぐずぐずしていなかった。拳銃と煙をあげている減音器をさらに上に向けて、エディーの前の兵士を撃った。その兵士は、銃を抜こうとする間もなく、小口径弾を右目にくらい、即死した。

間に合わせの減音器のウールが燃えていて、二発目の銃声は一発目の倍ぐらい大きな音だった。つぎにエディーにペットボトルの底を向けた。エディーが気をきかして、階段のいちばん下の段でひざまずいた。そのうしろの兵士が、地階の意外な脅威に拳銃を向けかけていたが、ジェントリーに喉を撃ち抜かれた。

詰め物ごと燃えていたペットボトルが、その三発目でバラバラに砕け、プラスティックの鋭く尖《とが》ったかけらが、ジェントリーの左親指に刺さった。銃声はたしかに弱まっていたが、最初の二発ほど小さくはなかった。もはや減音器の用をなしていない。ジェントリーはペットボトルを投げ捨てて、最後の番兵に狙いをつけた。

最後尾のその番兵は、拳銃を抜こうとせず、階段を駆け昇って逃げようとした。エディーがぱっとふりむき、軽業師《かるわざし》のような動きで、手脚をばたつかせて逃げようとするラオス兵に躍りかかって、足首を捕まえた。兵士が悲鳴をあげながら倒れて、顔を打ち、まだ死んでいない仲間の兵士とエディーをひっかけながら階段を転げ落ちた。ジェントリーは兵士にぶつかられて、最初に撃った兵士の上にいっしょに倒れ、腕や脚がねじれた状態で六人が重なり合った。喉を撃たれた瀕死の兵士の傷から噴き出す血が、どろりとした生暖かい真紅の流れとなって、あらゆる体とあらゆるものにへばりついた。

ジェントリーは仰向けに倒れ、手から拳銃が落ちていた。力がなく、上でくりひろげられている戦いにくわわることはできなかった。エディーと四人目の番兵が、相手を蹴り、殴り、嚙みつき、ひっかいているあいだ、ジェントリーは両腕を左右にひろげて横たわっていた。取っ組み合っているふたりが離れ、喉からの出血で死んだ男が、ジェントリーの足に横向きに乗っていた。体格と体力と練度に勝るエディーが、やがて優勢になった。三十秒の獰猛《どうもう》な格闘の末に、エディーが番兵の顔に骨が砕けそうなパンチを送り込み、気絶させた。

疲れ切ってあえぎながら、エディーが転がってラオス兵から離れた。だが、すぐに回復し、ジェントリーのそばに這《は》っていった。ショックでエディーは目をかっと見ひらいていた。あえぎ、喉をぜえぜえ鳴らしながらいった。「起きろ、きょうだい！　早くここを出なきゃならない！」

ジェントリーは、自力ではまったく動けなかった。ただ首をふり、命令した。「よく聞け。番兵の銃を奪い、ポンチョを着て、まるでここの主《ぬし》みたいに正面から出ていくんだ。取調室の小屋の左にある駐車場へ行け。直結でエンジンをかけなければならない。行くんだ！」

「あんたを置いてはいかない、アミーゴ」エディーが答え、死んだ番兵の拳銃を取ると、ジェントリーを持ちあげて背負った。

「やめろ！　おれを連れていたら逃げられない！」

だが、エディーはいうことを聞かなかった。力が抜けているせいで、ジェントリーの体はよけい重かったが、木の手摺を左右の手で交互につかんで、体を引きあげながら、のろのろと階段を昇っていった。何度か膝の力が抜けそうになった。だが、階段の上に達して、ひと間しかない小屋の一階に出ると、そこにはだれもいなかった。ジェントリーを床におろすと、ドア脇のフックに掛けてあったグリーンのポンチョ二枚をひったくった。ジェントリーに一枚を着せ、自分も着た。ジェントリーはデスクにつかまって体を持ちあげ、どうにか立ちあがった。ふたりとも顔をフードで覆い、ジェントリーがエディーにもたれて、いっしょに小屋を出た。

午前十時過ぎの雨は、ほとんど横殴りの土砂降《どしゃぶ》りで、監視塔や水浸しになった敷地のほかの小屋のポーチからの視界をさえぎっていた。ジェントリーはよろけた。エディーが、ジェントリーをもっとしっかりと支え、駐車場までの五〇メートルをふたりはまっすぐに横切った。兵士四人がいる小さな倉庫のそばを通るとき、兵士たちが雨のなかを歩くふたりに目を向けた。追いかけてはこなかったが、視線をそらしもしなかった。

駐車場へ行くと、ジープ、セダン、ピックアップ、フラットベッドのトラックが、十数台とめてあった。エディーは、中国製の小型セダンのリアシートにジェントリーを乗せて、運転席に跳び乗り、ハンドルの下に潜り込んだ。

ジェントリーは、体を起こしてウィンドウの外を見ようとした。エディーがステアリングコラムのプラスティックの覆《おお》いを割る音が聞こえた。エディーがスペイン語の悪態を漏らした。いまにも殺されかねない危険な状態で、暗いなか、濡れた手でコードをショートさせるのは、かなり厄介だった。

リアウィンドウを流れ落ちる雨を透かして、ジェントリーはそのふたりを見た。フェンスのほうから兵士ふたりが近づいてくる、木の銃床のライフルを肩に吊り、顔がポンチョのフードに隠れて、まるで死神のような不気味な姿だった。エディーとジェントリーのほうへ、まっすぐに近づいてくる。

「おい！」ジェントリーはいった。「早業《はやわざ》エディー！　早くこいつを動かさないと、十五秒後にはお陀仏エディーになっちまうぞ！」

「盗んだことがない車種なんだ。だが、そんなに長くはかからないだろう」

「なんとかしろ！　お客さんが来る！」

「よし！　あとはこれを……」エンジンがかかった。ジェントリーが見やると、エディーは十字を切ってから、指先にキスをして、小さな車のダッシュボードに触れていた。ギアを入れ、ジェントリーのほうをふりかえって、「行こうぜ《バモノス》」といった。

中国製のセダンが、砂利と水溜まりの上を走り出した。エディーはできるだけ不自然でないようにゆっくりと走らせて、敷地のメインゲートを目指した。ジェントリーは、リアウィンドウからもう一度覗いた。兵士ふたりがライフルをおろしている。まごついているように見えたのは、ほんの一瞬だった。そのとき、離れてゆくセダンに、ふたりがライフルの銃口を向けた。

「すっ飛ばせ！」ジェントリーは叫んだ。

リアウィンドウが砕け、ガラスがリアシートに飛び散った。エディーがアクセルを踏みつけた。

雨のなかをセダンが突進した。上からライフルの乾いた銃声が聞こえ、ゲートのすぐ内側の左右にある監視塔の真下にいるのだとわかった。エディがつかまれとジェントリーに叫び、小さな四ドア・セダンが木と金網のゲートを突き破ると同時に、またリアウィンドウを数発の銃弾が吹っ飛ばした。左に急ハンドルが切られ、舗装道路でセダンが横滑りしたが、右側のタイヤがアスファルト舗装の路面をはずれる前に、エディーが逆ハンドルで立て直した。

セダンとアメリカ人脱走者ふたりは、抑留所からどんどん遠ざかった。

11

メキシコの太平洋岸に夕闇がおりるころ、エディーの家の広い裏庭にならべられたピクニック・テーブルに料理が出された。裏のドライブウェイには、全長七メートルの古い〈ボストン・ホウェーラー〉（商標名だが、安定がよく沈まないことを身上とするプラスティック製ボートの総称にもなっている）が、ブロックを台にして置いてあった。裏門のそばの壁に自転車が二台立てかけてあり、小さなガレージの横のフックに釣竿が掛けてあった。どれもエディーの持ち物で、本人がいない場所でそういう物に囲まれていることが、ジェントリーには薄気味悪く思えた。ラオスでは、エディーの持ち物は、ジェントリーとおなじベビーブルーの粗末な上下だけだった。あとはなにもない。こうしてエディーの世界にはいり込み、エディーの楽しんでいた物事や愛するひとを見てしまうと、エディーの世界に侵入していると思わずにはいられなかった。

数えると、テーブルには三十二人の客がいた。ガンボア一族、死んだGOPES隊員の遺族数人、地元の友人、プエルトバリャルタの葬儀の主催者だと紹介されたひとびと。集まりを眺めているのを先刻ジェントリーが目に留めた非武装の町警官が、八人に増えていて、ドライブウェイを歩きまわったり、家の正面の道路に出たり、ディナーのテーブルのまわりの庭までパトロールしていた。どうして警官がいるのか、理由がわからなかった。騒動が起きるおそれがあると思っているのか。だいいち、騒動が起きた場合、なにができると思っているのか。

ホイッスルと警棒だけでは、本格的な騒動を鎮圧することはできないと、ジェントリーにはわかっていた。

茶色い雄鶏《おんどり》も三羽、庭をうろついていた。そのパトロールのありさまが、非武装の警官たちとどことなく似ていた。いろいろな大きさの雑種犬数匹が、客たちのそばでぶらぶらして、食べ残しをねだっていた。ジェントリーには、その根源的な動機がよくわかった。自分もだいたいおなじような目的でここにいる。

チャック・カリン大佐は、制服組ではない客のテーブルの上座に座っていた。キッチンが真うしろで、家の横手の大きな炭火のバーベキュー・グリルが右斜めうしろにあった。頭のうしろの白い石目塗り漆喰《しっくい》の壁では、黒い大きなトカゲが何匹も這いまわっていた。

ジェントリーはカリンと向き合う下手の席に案内されていた。カリンが無言で、ジェントリーをずいぶん長いあいだ見つめていた。ジェントリーの右はエレナとガンボア一族だった。ジェントリーはできるだけ会話に引き込まれないように気を配っていた。きわめて上手に焼いてあるカジキにかぶりつき、サラダや野菜を食べた。一度にこんなに大量に食べるのは、いまだかつてないことだった。指が痛くなるくらい冷えているビールも飲んだ。

ここで何度もこういう食事があったのだろうと、ジェントリーは憶測した。カリンがいま陣取っている席に、エディーが座っていたにちがいない。

テーブルの向こう端から偏屈な年寄りのアメリカ人がまたしげしげと見ていることに、ジェントリーは気づいた。あいだには三十二人分の大きな皿がある。ジェントリーはできるだけ無視しようとした。その代わりに、ほかの人間を見つめた。

ラウラを。

ラウラは、テーブルの向かって右側のなかごろの席にいた。おばふたりのあいだで、ひっきりなしにキッチンを往復して、料理が山盛りになった皿やボウルやフライパンや、壜《びん》入りの飲み物を運んでいた。

一度か二度、ラウラがこちらを見た。見つめられているのに気づいたにちがいない。カリンの目つきとおなじだと思われるのは嫌だった。カリンがこちらを見る目つきは、無遠慮すぎる。

お祭り騒ぎの場ではなかった。小声で静かに言葉が交わされていた。出席しているひとびとは、悲しみ、怒りをたぎらせていた。テーブルを行き来しながら、ジェントリーは、訓練で身につけた他人の考えを読む技倆《ぎりょう》を発揮し、それぞれの頭のなかをなにがめぐっているかをはっきりと見極めようとした。

その技倆には長《た》けている。それだけに悲しかった。三十二人の客のほとんどが、たいせつなひとを失い、それぞれに悲嘆と激しい怒りにとらわれているのが察知できた。亡くなったのは、強くて恐れをしらない人物、一同のほとんどよりも優れた人物だった。

ジェントリーは、自分の皿に目を落とし、揚げバナナをフォークいっぱいにすくった。ビールをもう一本飲んだら出かけようと決意した。

ラオス
二〇〇〇年

「怪我をしたか？」運転席から、エディーがきいた。

ジェントリーは、血まみれの穴はないかと、体を調べた。なにもなかったので、「だいじょうぶだ」と答えた。

それから、体を起こし、リアウィンドウの残骸《ざんがい》のあいだから覗いた。「すぐに追ってくるだろうが、この天気がありがたい。ヘリを飛ばせないだろう」

だが、エディーはべつのことを考えていた。「あんたは番兵を殺すのを承認されていたんだろうな？　ここから脱け出しても、レヴンワースの連邦刑務所行きになるのはごめんだ」

「承認されている」

「それじゃ、質問もせずにだれでも殺したいやつを殺すのか？」信じられないという口調だった。

「おれの味方でいるかぎり、それを知る機会はないよ」ジェントリーはそうつぶやいて、シートに横になった。吐き気がするくらい疲れ、力がなく、座っていることもできなかった。途中までエディーに運んでもらったとはいえ、脱出するのにエネルギーの一一〇パーセントを使い果たしていた。

これではだれの役にも立てない。

「ほんとうか。心配ないといってくれ」

「心配ない。あんたはだれも殺していない」

「あんたがどこの手先なのか、教えてくれると助かるんだがね。じつはＣＩＡとも仕事をしたことがあるが、連中はあんたとは見かけもやりかたもちがっている」

「道路に注意を集中したほうがいい、エディー。ラオス軍は、できるだけ早く道路を封鎖しようとするはずだ」

エディーが憤然と溜息をついたが、いわれたとおりにした。

五分と走らないうちに、道路がＴ字路になった。エディーは右に曲がり、メコン川を目指した。

ジェントリーは、うとうとと舟を漕いだが、車がとまり、バックしはじめたときに、目を醒ました。やがて、セダンが向きを変えはじめた。

「どうした？」

エディーが、重々しく答えた。「道路封鎖だ。軍。四〇〇メートル先。車両が四台。歩兵が十五人以上いる」

ジェントリーは窓の外を見て、雨がやんでいるのに気づいた。「わかった。車を始末する場所を見つけよう。道のないところを行くしかない。そう遠くないだろう。南に進めば川がある。舟を持っているやつを見つけて、銃を顔に突きつけ、タイ側に渡してくれと、丁重に頼むんだ」

数秒のあいだ、車内に沈黙が流れた。ジェントリーはいった。「ひとりで行け」

エディーもおなじことで悩んでいたようだった。「なあ、サリー、ふたりで――」

「だめだ。おれは歩けないし、あんたはおれを運べない。おれはどこへも行かないよ」

エディーは、すさまじい葛藤に襲われているようだったが、ジェントリーの判断が明らかに正しかった。ようやくエディーがうなずいた。「あんたの隠れ場所を見つけよう。身を隠し、その場所になんとか目印をつける。応援を探して、戻ってくる。できるだけ早く迎えにくる」

風雨にさらされたらひと晩ももたないだろうとエディーが思っていることが、ジェントリーにはわかった。「川を渡ってタイへ行くんだ。おれを残してきた場所を、あんたの仲間にいってくれ。そうしたら、おれの仲間が迎えにくる」

ジェントリーは、説得力のある口調をこころがけたが、嘘だった。だれも迎えにこない。それはわかっていた。エディーも察したにちがいない。

二十分後、中国製セダンのルーフが、池の水に沈んでいった。ゴボゴボという音をたてて空気が車内から漏れ、やがて水面が落ち着くと、睡蓮《すいれん》が戻ってきて、岸近くに車を沈めたためにできた破れ目がふさがった。ジェントリーはそのそばに仰向けに横たわっていた。水ぎわから七、八メートル離れ、道路から切り立った斜面を一五メートル下ったところだった。体は丈の高い草に隠れている。エディーがバナナの葉で上を覆い、石や小枝でとりあえずまわりを囲った。すぐ近くに細い踏み分け道があり、池の横を通って南のメコン川の方角にのびていた。

ジェントリーの姿は、上の道路からは見えなかったが、だれかが思い切って斜面を下ってくれば、叢《くさむら》に人間の大きさの異常な部分があるのに気づくにちがいない。

エディーは、ジェントリーのそばにしゃがんだ。草が茂っているせいで、ほとんど相手が見えない。

「このあたりにはＵＸＯがある」ジェントリーは、弱々しくいった。ＵＸＯが不発弾を意味することを、エディーは知っていた。「アメリカはここに投下した爆弾の量は、第二次世界大戦中にドイツに投下した量よりも多かった。かなり多くの爆弾が爆発せず、ジャングルにそのまま残っていて、だれかが通りかかって蹴とばすのを待っている。踏み固められた場所だけを通ったほうがいい」

エディーは、踏み分け道を見やった。「ありがたい忠告だ。あんたを連れてくれば得をするとわかっていたよ」真剣な口調になった。「食べ物は手にはいらないが、水は問題ない。ただ口をあけて、バナナの葉から雨が落ちてくるのを待てばいい」

「わかった」

「だれかを迎えによこすよ。誓う」

「ああ。いろいろとありがとう。あんたはいつか女房をもらって、うまく手なずけるだろうな」

エディーがうなずいた。ためらっていた。しばし同房だったジェントリーを置いていくのが、明らかに心苦しいのだろう。「最悪でも二日後には会おう。あんたはバンコクの病院で、エキゾチックな看護師を口説いていて、おれは面会に行って、差し入れをする。なにかほしいものは？」

ジェントリーは頬をゆるめた。エディーが独りで助かるのに役立つのなら、この妄想に調子を合わせてもいい。「ルートビアはてきめんに効くんだよ」

「わかった」エディーは、葉のあいだからジェントリーの額を叩いた。「すぐにまた会おう、相棒」立ちあがり、踏み分け道を南に向けて歩き出した。

12

ジェントリーは時計を見た。もう九時をまわっている。何人かの客が、いつの間にかいなくなっていた。残っている客は、裏庭の切り株に座ったり、ボートのそばのドライブウェイにたむろしていたり、一階のあちこちにいた。町の警官たちは、集まりの周辺をぶらついていた。ラウラとエレナがさきほど警官たちに、大きな皿に盛った料理や、氷を入れたオルチャータの大きなプラスティック・カップを配っていた。オルチャータは、米やゴマからこしらえる清涼飲料で、シナモンとヴァニラの香りがしていた。警官たちは、片目を門の外の通りに向け、立ったままで料理を食べていた。

ジェントリーは、よく冷えた壜に水滴がついている〈パシフィコ〉・ビールの四本目を小さく飲み、今夜はどこで寝ようかと考えはじめていた。サンブラスのバス・ターミナルは夜は閉まっているだろうし、ホテルでの宿泊に無駄遣いできるような金はない。北に数ブロック行ったところにある小さな中央公園でベンチを見つけ、始発のバスでプエルトバリャルタに戻ろうと思った。

べつの方法もある。例の退役米海軍将校――カリン大佐がプエルトバリャルタに住んでいることを、ジェントリーは小耳に挟んでいた。乗せていってもらえないかと頼むことを、一瞬考えた。しかし、冷たい態度の年寄りの車に九十分も乗っていたら、あれこれ詮索《せんさく》されるはずだ。各国の機関が血まなこで探している無法者が、みずからそういう目に遭うのはまずい。

客たちにすっかり忘れ去られているのが、ありがたかった。敷地の裏塀《うらべい》に近い小さなピクニック・テーブルの前に、ジェントリーはひとりで座っていた。庭に吊られたイルミネーションや、地面のあちこちに突き刺してある松明《たいまつ》の明かりから離れている。四方のおしゃべりの輪とも遠い。裏門に目を向けた。閉まってはいるが、施錠されていない。その向こうの暗闇が、差し招いていた。

いまなら、だれにも気づかれずに出ていける。弔意を示すために来て、それは果たした。姿を消す潮時だ。

目立たない男《グレイマン》にとっては、作戦の定石だ。

ジェントリーは、ビールを飲み干した。ゆっくりと立ちあがる。

「あんたのことがやけに気になるのは、なぜなんだろう？」

ジェントリーがふりむくと、三メートルほどうしろにカリンがいた。片手にテキーラを持ち、親指くらいの大きさのプラスティック製ショットグラスを壜の注ぎ口《スパウト》に掛けて、反対の手にはグリーンに輝くライムをふたつ持っていた。

「さあ」

「いっしょに一杯どうだ？」カリンが答を待たずに、小さなピクニック・テーブルのジェントリーの向かいに腰をおろし、テキーラを前に置いた。カーゴショーツからポケット・ナイフを出して、ライムのひとつを櫛形《くしがた》に切った。

ジェントリーはためらった。「そろそろ行かないと」

「どこへ行くんだ、大将《エース》？」

「その、プエルトバリャル――」

「今夜は無理だ。タクシー代を百ドル奮発するんならべつだが。あんたはバスで来たと、エレナがいっていた」

「それじゃ……ホテルを探す」

「プエルトバリャルタまで乗せていってやるよ」

ジェントリーは、座り直した。カリンがとろりとした透明な酒を小さなグラスふたつに注ぎ、いっぽうをジェントリーのほうへ押しやった。ジェントリーは、テキーラをひと口飲んで、ライムをかじり、矛先をそらすために話題を変えた。「エディーとは、どうやって知り合ったんですか？」

カリンが背をそらし、にっこりと笑った。米海軍ミサイル駆逐艦〈ブキャナン〉のキャップを脱いで、差しあげた。庭のいたるところで燃えている松明の明かりに、銀髪が輝いた。

「艦《ふね》で会ったんですか？」

カリンは首をふった。「いやいや、ちがう。海軍にいたころは知らなかった。プエルトバリャルタで、四年くらい前に知り合った。わたしは毎朝ビーチをランニングしていた。そのころはな。いまはほとんどウォーキングだが、このあたりの海外移住者の年寄りどもよりずっと速い。それはともかく、ランニングのあと、ボードウォークで、強面《こわもて》のメキシコ人が近づいてきた。財布を狙っているのかと思ったが、そいつがこのキャップを指さした。海軍でなにをしていたのかきいた。話をすると、海軍にいたというじゃないか。当然、メキシコ海軍だと思った。元SEAL隊員だと知ったときには、肝をつぶしたよ。

それで、エディーと仲良くなった。エディーがプエルトバリャルタに来たときはいつも、わたしの船で釣りに行った。ここで、このテーブルで過ごした夜は数え切れない。いまあんたが座っているその椅子に、エディーが座っていた」

カリンは、小さな溜息を漏らした。カリンほどの齢になれば、だいじな仲間を失うことは何度も経験しているだろう。それでも、年下の友人の死に傷ついているのが見てとれた。

「わたしは長い時間をかけて、あのすばらしい若者のことを知ろうとした」

「わかります」

カリンがキャップをかぶり、身を乗り出した。「ひとついっておこう。エディーが殺された直後に、見知らぬ男がその家に現われた。どんなふうに思うものだろうね？」

ジェントリーは肩をすくめた。「お別れをいいに来ただけで、自分から望んでこの場にいるわけじゃない」

カリンがうなずき、考え込むようすでテキーラをひと口飲むと、まだ客がおおぜいいる家のほうを、肩ごしに眺めた。「みんなこれからつらいだろうな。エディーは、このあたりの大多数の人間にとっては悪党だ。マスコミはエディーを殺し屋《シカリオ》扱いしている」

「シカリオ？」

「殺し屋のことだ。エディーと部下たちは、デ・ラ・ロチャと対立するカルテルに雇われていたというのが、おおかたの見かただ。エディーが死んだあと、連邦警察とナヤリト州警察が来て、持ち物を徹底的に調べ、コンピュータと銃を押収した。捜査中は年金の支給まで停止される。でたらめだ。エディーはメキシコ国民を護ろうとして、命令に従い、死んだ。それなのに、腐敗した連邦警察官だと思われている」

「どうしてそう思うんですか？　ここで起きていることが、おれにはまるで理解できない」

「どうでもいいだろう、大将。あんたは明日には行ってしまう。メキシコの複雑怪奇な通念を学んでもしかたがない」

カリンになじられているのだと、ジェントリーにはわかっていた。通りすがりの流れ者のようにあしらわれている。それが悔《くや》しかった。エディー・ギャンブルのためなら、命を捨てても惜しくない。エディーがいまだに生きていれば、そうしていたはずだ。

「教えてください」

「なぜ？」

「関心があるから。それに、その問題について、あなたにははっきりした意見があるはずだ」ジェントリーは、テキーラを取って、おたがいのグラスに注いだ。

カリンがゆっくりとうなずき、ライムをふたり分、櫛形に切った。

「エディーは、八人編成のチームを指揮していた。エディーの部隊は、連邦政府の司法長官からの直接命令を受けていた。司法長官は、メキシコの主要カルテルの頭目を消すことを、大統領から承認されている」

「消す？」

カリンがうなずいた。

「政府の許可を得た暗殺部隊？」

「そのとおり」

ジェントリーは、瞬《まばた》きもしなかった。「それで」

「エディーと部下は優秀だった。この六カ月のあいだに、メキシコ国内の六大カルテルのうち四つの頭目を暗殺した。ダニエル・デ・ラ・ロチャが、五人目になるはずだった」

「だが、逆にチームが壊滅した」

「あいにくだが」

「ヨットを爆破したのが理解できない」

カリンが首をふった。「わたしもだ。わからないことが多すぎる。もちろん、エディーが作戦の詳細をわたしに教えるようなことは一度もなかった。ちょっと雑談でしゃべったぐらいのものだ」

ジェントリーは、テキーラをひと口飲んだ。「デ・ラ・ロチャとかいうろくでなしは、どうしてこのあたりでそんなに支持されているんですか？」

カリンが、片腕で大きな円を描いた。「このあたりだけじゃない。どこでもだ。やつが題材の映画、本、歌がある。やつはロック・スターまがいのセレブだ。父親も伝説的人物だった。一九八〇年代と九〇年代に、ポルフィディオ・デ・ラ・ロチャ・カルテルを取り仕切り、コロンビアのカルテルとじかに協力して、製品《ブツ》をアメリカに密輸した。だが、ダニエルは親の七光には甘んじなかった。軍隊にはいり、やがてGAFE——陸軍の精鋭パラシュート強襲部隊の特殊部隊空中機動群《グルポ・アエロモビル・デ・フェルサス・エスペシアレス》に入隊した。アメリカの陸軍駐屯地二カ所、フォート・ベニングとフォート・ブラッグで訓練を受け、フォート・ベニングでは陸軍米州学校《スクール・オブ・アメリカズ》（中南米の政府関係者に軍事訓練をほどこす国防総省の機関。その後WHINSEC〔西半球安全保障研究所〕と改称されて現在に至る）でも訓練を受けた。九九年に父親が政府によって殺されたときに除隊した。ダニエル・デ・ラ・ロチャも、二年の刑期をつとめている。出所すると、軍隊時代の仲間、特殊部隊の元兵士たちを側近にした。きわめて緊密な集団で、だれもがビジネスマンと軍補助工作員をかけ合わせたような格好をしている。髪型もおなじで、おなじスーツを着て、若々しい体形と体力を維持し、軍事作戦まがいにつねに車列を組んで移動する。マスコミはそいつらを黒服組《ロス・トラヘス・ネグロス》と呼ぶようになっている。

　出所後のデ・ラ・ロチャは、表向きはなんの犯罪歴もない。沿岸の大都市からシエラマドレのあちこちの町や村に商用の客を運ぶ、国内航空会社を所有している。ほかにもいろいろなビジネスを経営している。果樹園、農場、製材所。どれも公明正大だ。それで金を儲《もう》けていると主張していて、バランスシートをだれにも吟味されないように、役人をしこたま買収しているようだ」

「それでも、コカインを密売してるという、一〇〇パーセントの確信がある？」

　カリンが、テキーラを飲み干してから、首をふった。「デ・ラ・ロチャは、たしかにコカインやヘロインや大麻を売買しているが、儲けの大部分はそれ以外のものから得ている。黒服組は、世界で第二位のフォコ・カルテルを仕切っている」

「フォコ？」

「結晶メタンフェタミンのことだ。メキシコの麻薬カルテルはたいがい、特定の薬物に特化するのではなく、縄張りか、密売ルートを支配している。縄張り内でなんでもやる。大麻、コカイン、メタンフェタミン、誘拐、DVDの海賊版も作って売る。だが、デ・ラ・ロチャには、製造と密売網を組み合わせた、独自のビジネス・モデルがある。シエラマドレの山中に大規模な結晶メタンフェタミン製造工場をいくつか構えている——スーパー・ラブとやつらは呼んでいる——ということだ。しかし、どこにあるのかはだれも知らないし、発見されたとしても、それがデ・ラ・ロチャとじかに結びつけられるとは思えない」

「ここでそいつが好かれている理由が、まだわからない」

カリンがいくぶん好意を見せはじめているのを、ジェントリーは察していた。さきほどまでの口の重さが影をひそめている。「麻薬密売人《ナルコ》はたいがい影のような存在だが、デ・ラ・ロチャはちがう。映画スターみたいに自分のイメージをコントロールしている。カルテルの親玉の枠からはずれている。まだ三十九歳だ。子供が六人いて、浮気はせず、イギリス皇太子のような身なりで、メキシコのほんものの慈善団体の半分を支援している。このナヤリト州、ハリスコ州、ミチョアカン州で、州警察はデ・ラ・ロチャをかばっていると非難されている。非難には妥当な根拠があると考えるべきだろうな」

ジェントリーは、テキーラを小さく飲み、明るい星空を見あげた。

カリンが、身を乗り出した。「ダニエル・デ・ラ・ロチャをただの麻薬密売人だと思うのはまちがいだ。ロビン・フッドのようなものだと考えたほうがいい。やつは貧困者にあたえ、無力なものを護り、正しい大義をだれよりも強く支援している」

「だから、麻薬がどんな影響をひろげても、この国の人間は気にしない？」

「メキシコでは、どこのだれだろうと、アメリカの麻薬中毒者数百万人がブツをほしがっていることなどに関心はない。そいつらが自分の人生を狂わせようが、メキシコ人は気の毒に思いはしない。カルテルの親玉がここで人を殺すのは、だれだって嫌がっている。それは当然だ。しかし、メキシコの一般市民は、麻薬戦争で密売業者と戦うのに、警官や政府を応援してもはじまらないというのを知っている。ここではそれほど腐敗が蔓延《まんえん》している。社会に染みついている。すこしでも知恵のある人間なら、自分と家族を護るのにどうすればいいかを承知している。邪魔をせずにいるか、カルテルにはいるか、ふたつにひとつしかない。考えてもみるがいい、大将。カルテルにはいるほうが、傍観しているよりもずっと実入りがいいんだ。それに、はるかに安全だ」

ジェントリーが見抜いたとおり、カリンは自説を枉《ま》げない毒舌家だった。「警官、裁判官、軍人、市長……ここではだれも信用できない。たいがいの人間は、最初は崇高《すうこう》な善意を抱いている、ところが、麻薬密売人が選択を迫る。プラタ・オ・プロモ」

「銀か鉛か」ジェントリーはつぶやいた。

「〝カネか銃弾か〟という訳のほうが適切だ。どっちかをおまえにくれてやるから、好きなほうを選べ、というわけだ」

ジェントリーはうなずき、裏庭を囲むように立っている警官たちを指さした。「あの警官たち。警棒を持った彼も彼女も、エディーはいいやつだったと思っているようだけど」

あの連中はいまの話とは関係ないというように、カリンが宙で手をふった。「市警《ムニシパレス》。サンブラス警察だ。そう、彼らはエディーの家族が好きだ。エディーの父親のエルネストは、ずっと昔からここに住んでいた。だが、プエルトバリャルタの警官は、骨の髄まで腐っている。信用できない。州警察も信用できない。連邦警察もほとんどが信用できない。この地方に駐屯地がある陸軍も、悪に染まっている。エディーの部隊、特殊作戦群すら、どう見なせばいいのかわからない。デ・ラ・ロチャに対抗できる勢力が、ひとつの例外を除き、この数カ月のあいだにすべて掃討されたというのは、いささか怪しい気がする」

「その例外とは？」

「シエラマドレのずっと北のほうに、コンスタンティノ・マドリガル・ブスタマンテという人物がいる。エル・バケロ――〝カウボーイ〟――と呼ばれている。デ・ラ・ロチャよりも大物の悪党だ。エディーの警察特殊部隊は、ひそかにマドリガル・カルテルのために働いていたというものもいる。競争相手をすべて排除していたのだと」

カリンは、眉間に深い皺《しわ》を寄せた。「殺しに行くろくでなしのリストがあったとしても、マドリガルがリストの最後に載っていなかったことを知るすべはない」

ジェントリーは、陰気な笑みを浮かべた。「メキシコ人はそうは思っていない。陰謀理論もほどがすぎるのでは」

そういうことは、前にも聞いたことがある。ジェントリーも中南米の文化にまったくうといわけではなかった。

カリンは、まるで解けない数学パズルに取り組んでいるように、その問題をしばし考えていた。「エディーは善良な男だった。マドリガルの陰謀説は、片時も信じていない。連邦警察にも、たしかに善良な警官が何人かいる」

これまでに携わり、あるいは一時的に関わった、三十種類くらいの作戦分野で、ジェントリーはCIAの資産（諜報員）として、また一匹狼の殺し屋として、この手の情報はよく耳にしてきた。「つまり……ここでは善人は仮面をつける。それを頭に入れておかなければならない」

「そうだ。しかし、悪党ども、たいがい仮面をかぶっている」

「やれやれ」

ジェントリーは、自分たちの使い古したマウンテンバイクにもたれて、パティオでぶらぶらしている警官四人のほうを見た。ラウラがそのなかに立ち、プラスティック・ピッチャーから乳白色のオルチャータを、プラスティック・カップに注ぎ足していた。「味方の警官が警棒に自転車なのに、敵方の警官は銃とヘリコプターなのは、どういうわけだろう？」

「われわれは、ひいきにするチームをまちがえたのかもしれない」

ジェントリーは、テキーラを飲み干した。「エディーもそうだったのかもしれないと思えてきた」

カリンが、考え込むようすで、ジェントリーの顔を見た。「あんたが何者なのか、知りたいところだがね、ジョー」ジェントリーの偽名をいうときも、でたらめだと見抜いているのが明らかにわかるいいかたをした。

ジェントリーは、また話題を変えた。「エディーはどうして故郷に帰ってきたんだろう？その話をしたことは？」

カリンが、片手をふった。「国を救うため。麻薬テロリスト《ナルコテロリスタス》と戦うため。アメリカで憶えた技倆《ぎりょう》を、もっとも有効に使えるここに持ち帰るため」

「でも？」

「でも、帰ってきた理由は、そういったことじゃない」カリンは、ドライブウェイのほうをふりかえり、エディーの妹ラウラ・ガンボアを指さした。「エディーが帰ってきた理由はあれだ。ラウラのためだ。一から十まで。ラウラの亭主は、五年前に北のほうで殺された。陸軍中尉だった。ラウラの亭主は、五年前に北のほうで殺された。陸軍中尉だった。兵士を狙うのが専門の殺兵部隊《マタミリタレス》という殺し屋《シカリオ》の一団にトラックを襲撃された。殴られ、まだ生きているときに両眼をえぐり取られ、野良犬みたいに撃ち殺された。五五ガロンのドラム缶で死体を焼かれ、アリゾナ国境から見えるフェンスの杭に首をさらされた。

そのあと、ラウラはひどい状態だった。

ラウラにはエディーのほかに兄がふたりいるが、ふたりとも役立たずの負け犬だ。大酒飲みだ。独りは失業中の自動車整備士で、もうひとりは失業中の家電セールスマンだ」勝手口のそばに立って、煙草《たばこ》を吸い、酒を飲んでいる肥った男ふたり、ロドリゴとイグナシオを、カレンは指さした。ふたりとも、ひどく酔っ払っているようだった。食事のあいだに、ジェントリーはふたりの物腰や顔つきを読んでいた。どちらも来たくなかったのだとわかった。

「ラウラの亭主が死ぬと、エディーはDEAを辞《や》めて、このサンブラスに越して、連邦警察に勤務するようになった」カリンは、長い嘆息を漏らした。「いまラウラは、エディーが殺されたことで、自分を責めているにちがいない。エレナや両親よりも、それがこたえているんだ」

「なんてことだ」そういう家族の強い結びつきは大きな恵みだが、不都合な場合もあるのだと、ジェントリーは今夜はじめて気づいた。まるでそれが合図だったかのように、エレナが勝手口を出て、ジェントリーとカリンのほうへ庭を横切ってきた。英語でいった。「ジョー……ベッドを用意したの。チャック大佐とのお話が終わったら、寝室に案内するわ」

「ありがとう。でも、プエルトバリャルタに戻らないといけない」

エレナが首をふった。何時間か前に会ったばかりなのに、とてつもなく意志が強い女性だということを、ジェントリーは悟っていた。「泊まって。たとえひと晩でも。エディーのおじのフランシスコが、あしたの朝早くサユリタまで行くの、プエルトバリャルタのバス・ターミナルまで送って行ってくれるように頼むわ」ジェントリーの手を取り、ぎゅっと握った。

ジェントリーがこんな夜中に帰るといったことに、本気で怒っているようだった。

ジェントリーは、カリンの顔を見た。カリンが頬をゆるめて、両眉をあげ、うなずいた。

ジェントリーはいった。「泊まってもかまいません」

カリンがスペイン語に切り替えて、エレナになにかをいった。スペイン語に堪能なのが自慢なのか、それともわからないように話がしたいからなのか、ジェントリーには判断がつかなかった。「なあ、エレナ。あすの抗議行動に出るのをやめるように、考え直してくれたか？」

ジェントリーは、思わず口をはさんだ。かろうじて英語でいった。「なんの抗議行動？」

エレナが答えた。「いったでしょう。プエルトバリャルタであると」

「追悼式だといったね」

エレナが、肩をすくめた。「わたしとか、亡くなった警官たちの家族にとっては、追悼式なのよ。わたしたちは、故人を偲《しの》ぶ話をする。でも、チャック大佐は、それが黒服組反対集会に発展すると考えているの」カリンのほうを向いた。「わたしは行かないほうがいいというのよ」

カリンがいった。「たいへんな人出になる。妊娠七ヵ月の女性が、そんな騒ぎのなかに出かけていくのは、いい考えではないと思う。怒りも緊張も高まっている。あのあと……」言葉がとぎれた。

「エデュアルドがあいつらと戦って死んだあとということでしょう。わかっているわ、チャック。だから行くのよ」

ジェントリーは、カリンの肩を持たずにはいられなかった。「大佐のいうとおりだ。妊娠しているんだよ。なにも暴動のさなかに行くことはない。押されて――」

「暴動じゃないし、わたしは群集のなかじゃなくて舞台にいるから、だいじょうぶよ」

カリンが、首をふった。「よくないと思う。エディーがいたら、そんなところに行かせやしないだろう」

「エデュアルドは行くでしょうね。わかっているはずよ」

「ああ」カリンがいった。「エディーはアサルト・ライフルを持って、戦術チームといっしょに行き、デ・ラ・ロチャを支援する人でなしどものあらゆる脅威から、抗議行動を護ろうとするだろう。しかし、きみを行かせはしない。家族を行かせはしない。まだ生まれていない息子を行かせはしない。危険が大きすぎる」

エレナは、年配の男に長いあいだ笑みを向けていた。「わたしのことを心配しすぎよ、チャック大佐」そこでまたにっこりと笑った。「大佐はずっと家族のとてもいいお友だちでいてくれた」

カリンが居住まいを正した。「生きているかぎり、それは変わらない。エディーが亡くなってもおなじだ」

あまり好かれていないのはわかっていたが、ジェントリーはカリンに好感を持った。エレナやガンボア家のためになにかしてやりたいと思ったが、なにも思いつかなかった。正面の車に向けて歩いてゆくカリンに、別れの挨拶《あいさつ》をした。エレナのあとから家にはいり、毛布や枕を持って片隅に寝床を見つけようとしている五、六人のかたわらを通った。ジェントリーは二階に案内され、マットレスと毛布と枕が用意されている狭い寝室にはいった。壁はベビーブルーに塗られたばかりだった。目にすることがかなわなくなった息子のために、エディーがペンキを塗っているところを、ジェントリーは思い描いた。

13

ラオス
二〇〇〇年

午後の湿気が、船底のフジツボみたいに体にくっついていた。その午後、ジェントリーは無意識と意識のはざまを漂っていた。マラリアによる発熱でガタガタふるえたせいで、体を覆《おお》い隠しているバナナの葉が何枚か落ちたが、素肌の上に葉叢《はむら》を引き戻して、太陽を浴びるのを防いだ。

陽が落ちて夜になると、ほっとした。身を護るものを吹き飛ばすほど強い風が吹いたが、蚊を吹き散らすほどの強さではなかった。疲れた手でそばの地面から泥をすくい、顔や首に厚く塗りつけて、できるだけ皮膚を覆おうとしたが、たいして役に立たなかった。

虫刺されのせいで、夜通し眠れなかった。蜘蛛《くも》が体を這《は》いまわったが、それを殺すどころか払いのける力も残っていなかった。いろいろな生き物が足跡をつけるあいだ、ジェントリーは倒木のようにただ転がっていた。

熱のせいで頭のなかで脳がふくれているような心地がするとともに、現実を見失い、幻覚が見えはじめた。死んだと思い込んだことが、何度かあった。痛み、暑さ、飢え、弱さはもう感じず、ふわふわした心地と平穏だけがあった。だが、映像は残酷だった。砂漠の蜃気楼《しんきろう》のように音もなくジェントリーをなぶり、それが消えると、砂漠に置き去りにされたような絶望がふたたび戻ってきた。

池の横に大きなシヴォレーのピックアップ・トラックがとまるのが見えた。父親と弟のチェイスが、ピックアップからおりた。起きあがって運転台に乗れと、ふたりが差し招いた。町にパンケーキを食べにいくから、いっしょに来いといっていた。

ふたりに返事をしようとして、ちくちくと痛む声帯を動かすと、映像が消え、十四時間横たわっている場所に取り残された。

ちくしょう。

死にたかった。明朝、陽が昇るときまで生きていたくなかった。

明るい月光のなか、頭上でヘリコプターがホヴァリングし、池のそばに着陸した。CIAの主任教官のモーリスが跳びおりた。

「ものぐさなケツを持ちあげろ、違反者《ヴァイオレイター》」ヴェトナム戦争を経験している年配のモーリスが、ジェントリーを暗号名で呼んだ。

ジェントリーは、はじめは答えなかった。ただ首をふった。疲れていてとても動けない、と心のなかでつぶやいた。

「おまえが疲れていようが、敵兵《チャーリー》は気にかけてくれないぞ！」

「だめなんです」ジェントリーは答えた。「だめ」

だが、口をひらいて、夜の闇にほんものの音を発したとき、映像は消えた。独りぼっちで、弱り、傷ついていた。
死にかけていた。

だが、ジェントリーはその夜のあいだには死ななかった。朝まで生き延びた。嵐になるまで三時間、陽が照っていたあいだが、最悪の責め苦だった。雨よ降れと祈ると、雨になって、熱を冷まし、渇きを癒《いや》してくれた。だが、体のまわりに土が盛りあがっていたために、水溜まりができて、それがどんどん深くなった。何度か体が動くのがわかり、土砂降りの雨のために水浸しの地面の上に浮かんでいた。池にひきずりこまれそうな気がして、どす黒い水のなかで溺《おぼ》れることを思い、恐怖にかられた。

だが、ありがたいことに、雨に寝かしつけられて、眠り込んだ。

鳥の声で目醒め、やがて声が――人声が聞こえた。昼間だとわかった。雨がやんでいる。湿気の多い大気を強い陽光が貫き、肌を灼《や》いていた。

また声が聞こえた。また幻覚に襲われはじめているだけだと、ジェントリーは判断した。気分の高揚も恐怖も感じなかった。どうにか生きていたが、意識が薄れつつ、じっと横たわっていた。

最初は低い声だったが、やがてやかましくなった。しゃべっている連中が、近づいているような感じだった。夢を見ているのではないし、幻覚でもないと気づき、すこし不安になった。武器がない。あったとしてもおなじだ――脅威を見分けてターゲットに狙いをつけるどころか、親指で安全装置をはずし、引き金を引くこともできないだろう。

いまでは四方から声が聞こえていた。ラオス語でしゃべっているようだった。見つかったのだ。どうにでもするがいい、と思った。どうせなら、この場で撃ち殺してくれ。そのほうがましだ。斜面をひきずりあげられて、車に乗せられ、でこぼこ道を揺られて監房に連れ戻されても、数時間後に死ぬだろう。

嫌なこった、と思った。この問題について、ジェントリーの意識は信じられないくらい明《めい》晰《せき》だった。こいつらと戦う。ちびどもが連れていこうとしても、どこにも行かない。

ふたりが上にひざまずいて、まだ残っていたバナナの葉を、体からはがした。ジェントリーは、手をのばして相手を殴ろうとしたが、体の脇で腕がもぞもぞと動いただけだった。腕をふりあげることも、殴ることもできない。

さらに数人が来て、ジェントリーは地面から持ちあげられ、体が宙に浮いた。左腕が体と逆の方向にひっぱられたので文句をいいかけたが、痛みのためにそれが悲鳴になった。斜面を運びあげられているのだとわかった。男たちの吊っている銃が揺れて、ベルトの金属部分とぶつかる音が聞こえた。両脚が地面に落ちて、持っていた男たちが転んだ。そいつらがどなり合い、ジェントリーの体はまた持ちあげられた。

泥の池から遠ざかるあいだ、ぬかるみを踏むブーツの音がリズミカルに響いていた。

その連中が鋭く発している理解できない言葉が、ジェントリーの耳にアイスピックのように突き刺さった。

一行はようやく道路にあがり、ジェントリーは黒いバンへと運ばれていった。仰向けで頭を先にして運ばれていたが、武装した男たちが大股に進むあいだ、首が上下にぐらぐらと揺れた。黒いバンは後部ドアがあいていて、なかは暗かった。男たちが、口論でもしているように、早口でつっけんどんに話し合っていた。戦闘服からはなにも手がかりが得られなかったが、武器はAK‐47や長いSKSだった。ラオスの武装警官や抑留所の番兵とおなじだ。後部に滑り込むように乗せられ、ドアが閉まった。バンが大きく揺れて、猛スピードで走り出し、路肩の砂利地から舗装道路に出るときに跳ねた。ジェントリーは、頭を浮かそうとしたが、あきらめて、横向きになった。すこしあとで気づいたが、後部にはひとりも乗っていなかった。

独りきりだ。

どういうことだ？

いや、独りきりではなかった。助手席から後部にはいってくる人影があった。ジェントリーの首の筋肉には力がなく、頭がバンの固い床に落ちて、また壁のほうを向いた。

熱を測ろうとするかのように、額に手が当てられた。「あいにくな報せがある、サリー。ルートビアは飲めない。〈ビアラオ〉を持ってきた。ここのビールだ。それでいいか？」

ジェントリーはほほえんだが、それだけでも痛かった。日焼けした顔がちくちくした。だが、鎮痛作用のある安堵《あんど》の波が心のなかで生まれ、四方に、全身にひろがっていった。あらたなエネルギーが、首の筋肉をもう一度動かしてくれた。ジェントリーは、エディーのほうを向いた。涙があふれるのがわかり、泣くのをこらえようとした。声はかすかで、しゃがれていた。「とにかく冷えているんだろうな？」

エディーが首をふった。目を丸くして、ほっとした表情だった。口をひらいたとき、エディー・ギャンブルの例の笑みが、満面にひろがった。「地獄みたいに熱いんだ、アミーゴ。味はヤクの小便だ。あいにくだな」

「あの兵隊は？　タイから来たのか？」

「結局、ラオスを出なかった。タイまでいって人間を集めてあんたを探すんじゃ、手遅れになる。だからヴィエンチャンへ行った。反政府勢力に貸しがあったのを返してもらった。やつら、自慢してるほど強兵じゃないが、泥のなかから人間ひとりを運び出してバンにほうり込むぐらいの仕事はできると踏んだのさ」

ジェントリーは、精いっぱい力をふり絞って、片腕をあげた。エディーがそれをつかんで握手した。ジェントリーはいった。「戻ってきてくれてありがとう」

エディーがにやりと笑い、大きなバックパックを運転席と助手席のあいだから引き寄せて、薬液と注射器と薬がはいったポリ袋をいくつか出した。「泣きわめいたら、CIAの仲間に告げ口するぞ。さぞかし長ったらしいお説教をくらうだろうな」点滴の用意をして、ジェントリーの腕に針を刺した。「あんたをうちに帰らせてやるよ、アミーゴ」

14

午前十一時、ジェントリーはプエルトバリャルタの主要路線、セントラル長距離《カミオネラ》バスのターミナルで、バスの切符を買うために、のろのろと進んでいる列にならんでいた。グリーンのカンバス・バッグを前の床に置き、一分か二分置きに足で押していっしょに前進していた。

早起きして、寝具をたたみ、音もなく階段をおりて、床で眠っている客たちをまたぎ、勝手口から独りで立ち去った。サンブラスで始発バスに乗り、たっぷり三時間、窓から太平洋を眺めていた。エディーのことを思った。エディーの家族や、妹のラウラのことを思った。何度となくその思いを頭から払いのけようとしたが、それが容易ではなかった。長いあいだ眠っていた感情が、すがりついた。憧れ。孤独。欲望。

なんとしても、この土地を離れなければならない。

そのために、計画を立てた。グアダラハラ行きの切符を買い、そこに一日か二日いてから、メキシコシティ行きのバスに乗る。そこからタンピコへ向かう。自分の予定している移動手段では、メキシコ横断に一週間かそれ以上かかるはずだった。

ターミナルは混んでいたが、切符を買う列が進むのがいくぶん速くなった。窓口から四人目になり、安全確認のために周囲に視線を配ったとき、体が緊張し、頭のなかで警報が鳴った。

　いかにも軍人らしい決然とした早足で、チャック・カリン大佐がターミナルに跳び込んできた。

　カリンもターミナルのロビーに目を配った。こちらを探しているにちがいない。旅行客の群れのなかから、見つけ出そうとしているのだ。ジェントリーは、習い性になっている動きで、つと顔をそむけた。出発までカリンに見つからずにいるのは簡単だと、わかっていた。

　だが、カリンの歩きかたや、血相を変えて探していることが、気になった。

　ようすがおかしい。

　人ごみに溶け込む能力ゆえにグレイマンという異名をとるジェントリーは、物蔭から出て、バッグを持ち、列を離れて、暗がりから踏み出し、混雑したロビーのもうひとりのアメリカ人に向けて歩いていった。

「なにがあった？」用心深くたずねた。

　カリンは、驚きを隠そうとしなかった。ずっと目当ての男を探していて見つからなかったのに、それがどういうわけか目の前に現われたからだ。気を取り直して、カリンがいった。

「あんたは別れの挨拶《あいさつ》もせずに出ていったと、エレナがいった」

　ジェントリーは肩をすくめた。「代わりに伝えてください」

　カリンが、しばしジェントリーを睨《にら》みつけた。明らかになにかいいたげだったが、二度口ごもった。ようやく咳払いをした。「お若いの、あんたがだれなのか、何者なのか、わたしにはなにも手がかりがないが、こういうときに役に立ってもらえる人間だという気がする。

それに、あんたがだれだろうが、エディーの家族に義理があるにちがいないと思っている」

ジェントリーは、小首を傾げたが、うなずいた。ゆっくりといった。「そのとおり」

カリンがうなずき、語を継いだ。「エレナと家族のほとんどが、中心街の集会に行く」

ジェントリーには、意外ではなかった。「ああ。昨夜そういっていたし」

「わたしは中心街に住んでいる。けさはスピーカーをつけた車が家のある通りを走って、その音で目が醒めた。ひとり残らず追悼式に行って、政府の殺し屋たちに抗議しろと、住民に呼びかけていた。午前中ずっと、ラジオでもそういっている。地元のラジオ局は、連邦警察の暗殺未遂を悪意をこめてさかんに攻撃しているし、DJも煽《あお》っている。特定の……分子に、出てきて抗議しろと。デ・ラ・ロチャと黒服組の支持者もおおぜいいる。当局は、数万人が集まると予想している。通りはロープで遮断されるだろう。たいへんな……騒ぎになる。万一のために、わたしはそこへ行くつもりだが、あんたにも来てもらいたい。わたしはもうそんなに若くない」

「ほんとうに事件が起きると思っているんですね？」

「たぶん、組織的な事件は起きないだろう。しかし、いまのところ、プエルトバリャルタのデ・ラ・ロチャのファンは、エディー・ガンボアのファンよりもはるかに多い。群集の規模や、規制にあたっている警官の配置にもよるが、デ・ラ・ロチャ寄りの集団が聴衆を煽って、酔っ払いや犯罪者が抗議行動にまぎれ込んだら……たちどころに手のつけられない混乱が起きるにちがいない」

ジェントリーは、一瞬のためらいもなく、グリーンのカンバス・バッグを持ち、カリンの肩を叩いた。「よくわかりました、チャック。行きましょう」

カリンの赤い二ドアのフォルクスワーゲン・クロスフォックスで、ふたりは南に向かった。道路は混んでいたが、七十二歳のカリンは、車の流れをたくみに縫《ぬ》って走らせた。自分にはこの通りをそんなに速くは走れないだろうと、ジェントリーはひそかに認めた。

カリンが運転しながら、状況を説明した。「きょうは月曜日だから、港にクルーズ客船がいる。堤防《マレコン》と呼ばれているビーチの遊歩道に、観光客が何千人も出ている。それに、月曜日の中心街は、地元民の人出も多い。抗議行動なしでも、道路は大混雑だ。追悼式会場の東に車をとめられる場所がある。そこを見おろす坂の上だ」

「会場はどういうところですか？」

「郷士公園《パルケ・イダルゴ》といって、もとはれっきとした公園だったが、市が芝生をはがし、木を切り倒し、市場を撤去して、いまはコンクリートの平らな広場になっている。地下に駐車場がある。五〇メートル四方ぐらいだろう。ビーチからは、三ブロック内陸部にあたる。左手に広い階段があって、そこから上の坂に出る道がある。その坂に聖タルパ教会がある」

「教会は広場の監視に使えますか？」

「監視？　おいおい、わたしは歩兵をやったことはないが、いいたいことはわかる。ああ、使えるかもしれない。正直にいうと、確信はないが」

「広場の正面は？」

「往来が激しい中心街の目抜き通りがあるだけだ。三車線の一方通行で、この時刻には渋滞している。向かいはビル群だ。商業地区だよ。わたしの歯医者もそこにある。たしか、建築中のビルもあったと思う。どれも四階建てぐらいだ」

「電話が必要だ」行動計画が頭のなかでまとまりはじめると、ジェントリーはいった。

「ほら、わたしのを使え」カリンが、ベルトのブラックベリーを取ろうとした。

「いや、自分の電話がいる。別行動をとって、そっちに連絡できるように」

「どうして別行動をとる？　エレナや家族のそばにいなければならない。エレナは妊娠七カ月なんだ。ビール壜《びん》を投げつけられてもよけられない。エルネストとルスは、わたしより若いが、そんなに丈夫じゃない。ラウラは自分の面倒ぐらいみられるだろうが、エディーの兄ふたりは役立たずだ。おじやおばは山の人間だから、こんな大群集を見るのは生まれてはじめてだろう。われわれが家族を護ってやらなければならない」

「おれたちが護る。いいですか、おれを信じてほしい。おれのやりかたでやろう」

混雑しはじめている道路で車を走らせながら、カリンが目の隅でジェントリーを見た。

「あんたがどんな技倆《ぎりよう》を発揮してくれるのか、納得できるように説明してくれないか」

ジェントリーの戦いに挑む顔つきが、しだいに険しくなった。「武器があれば、もっといろいろな技倆を発揮してあげられる」

カリンが、溜息を漏らした。「ひどい状況を最悪の状況にするようなことは、やってほしくない。栄光を求めて突撃するようなことは――」

「おれは栄光を求めはしない。ほんとうにやばいことになったときには、おれがいた形跡すら残っていないはずだ」

「この集会は……マスコミも現場で取材すると考えられる？」

「まちがいなく取材するだろう」

ジェントリーは、カリンのほうに手をのばして、駆逐艦〈ブキャナン〉のキャップを取った。それを目深にかぶった。

運転しながら、カリンがジェントリーのほうを見た。

弁解のつもりで、ジェントリーはいった。「カメラが苦手で」

「なぜだか知りたいね」

ジェントリーは首をふり、道路を見た。「知らないほうがいい」

「なにをしでかしたんだ？」

「この土地の善良なひとびととおなじですよ。悪党どもがまわりにいっぱいいるから、顔を憶えられたくない」

カリンはうなずいたが、まだ怪訝《けげん》に思っているのが見てとれた。リアシートに手をのばして、まったくおなじ〈ブキャナン〉のキャップをフロアから取り、もじゃもじゃの銀髪の頭にかぶせた。

カリンがスーパーマーケットの駐車場に車を入れ、ジェントリーは急いで店内にはいっていって、数分後に携帯電話とイヤホンを、黒いレジ袋に入れて出てきた。カリンがクロスフォックスを駐車場から出したときには、ジェントリーはすでに箱から携帯電話をひっぱり出していた。

広場の上の急坂にある、石造りの大きなタルパの聖女教会の数ブロック裏の道に車をとめたときには、追悼式がはじまっていた。ジェントリーとカリンは、群集のざわめきの方角を目指した。坂を下っていると、金属的な音の音響《PA》システムから、CDかなにかの愛国的な音楽が流れていた。その音楽がやみ、ひとりの女性が聴衆に向けて話しはじめた。エレナ・ガンボアの声ではなかったが、昨夜の食事にくわわっていた、殉職警官の夫人ではないかと、ジェントリーは思った。その女性は、麻薬密売人や、メキシコの若者に就業機会がないことや、地元警察の腐敗を痛罵《つうば》していた。半分も理解できなかったが、感情をこめてはいても、とりとめがなく支離滅裂な演説のように思えた。ジェントリーとカレンが、木のバリケードを護っているプエルトバリャルタ市警の警官数人のそばを通ったとき、演説者はまさにその市警が、〝テロリスト〟ダニエル・デ・ラ・ロチャのいいなりになっていると非難していた。警官たちは、拳銃のグリップに右手を添えて、集会が行なわれている坂下の広場を睨《にら》みつけた。

「どうやらやばいことになりそうだ」広場の一辺を占めている長い石段の上で、屋台やうろついている連中をかきわけて進むとき、ジェントリーはいった。

「ああ」カリンが、そっけなく答え、手摺の端から舞台を見やって、ガンボア一家を探した。広い階段をおりてゆくには、交渉術と強引さの両方が必要だった。ジェントリーは、ひとりの肩を軽く叩いて、通してほしいと丁重に頼み、つづいてつぎのひとりは体で押して、自分とカリンが通る隙間をこしらえた。左手下の広場は、立錐《りっすい》の余地もないくらい混雑していた。一ブロックほどのところに二千人が密集し、演説を聞こうとしていた。聴衆のなかに騒ぎを扇動《せんどう》する人間が何人かいるだろうし、刺激を求め、騒ぎが起きるのを期待している野次馬もおおぜいいるはずなのが心配だった。

ようやく石段の下にたどり着くと、ジェントリーはいった。

「一家のそばに行ったほうがいい。悪いことが起きたら移動させて現場から遠ざかれるように、準備していてくれ」

「わかった。あんたはどうする？」

ジェントリーは、ゆっくりと三六〇度、体をまわした。それから、カリンのほうへ向き直った。「おれは周辺にいなければならない。動き、群集、道路のようすを肌で感じるために勘を働かせる」

「それでなにができる？」

「おれはこういうことにかけては凄腕なんだ。おれが役に立つかもしれないと思ったから、連れてきたんだろう。おれの力を発揮させてくれ」

カリンがうなずいた。「なにか見たら、電話してくれ」

「いま通信を確立して、電話はつなぎっぱなしにする」

カリンがジェントリーの携帯電話にかけて、イヤホン部分を耳に押しあてた。ジェントリーは、イヤホンをはめて応答した。「好運を祈る」マイク部分に向かってグレイマンがそういい、ふたりはそれぞれちがう方向へ進んでいった。

大群集のなかを舞台とは反対の西へ進むとき、ジェントリーはいざこざを起こすつもりでいる人間を即座に見分けた。あちこちに反対派の集団がいた。激しい言葉や口論が周囲から聞こえ、揉《も》み合っているものもいた。連邦警察が湾内でヨットを爆破したのは悪いことだとひとりの女がいうと、べつの女が、デ・ラ・ロチャは娼婦の息子で死ななかったのは残念だったとどなり返した。

カリンと別れてから六十秒とたたないうちに、ジェントリーはこういう場所にいるはずのない男たちを見つけた。屈強な男たち。強面《こわもて》のいかつい男たちが、演説者には目もくれずに周囲を監視している。ふたりが数メートル置いて立っているそばを、ジェントリーは通り過ぎた。警察か政府の潜入捜査官か、それとも麻薬カルテルの手先かもしれない。腰のあたりがふくらんでいるのは、ブルージーンズのウェストバンドに見えないように拳銃を差し込んであるからだ。中南米の抗議集会に私服警官がまぎれ込んでいるのは、よくあることだった。ブラジル、グアテマラ、ペルー、その他の五、六カ国で、さんざん見ている。たいがいは見かけほど危険ではないが、それでもそいつらには片目を向けておいたほうがいいとわかっていた。

ジェントリーは、携帯電話できいた。「チャック、エレナのところまで行けたか？」

「もうちょっとだ。舞台の上にいる家族のそばへ行く。いましゃべっている女のつぎにもうひとりいて、そのあとがエレナの番だ。エレナの演説が終わったら、みんなを石段から道路にあげて、ここから離れさせるよう努力する」

「了解した」

ジェントリーは、パルケ・イダルゴの下の三車線の通りに着いた。縁石に何台か乗用車やトラックがとまっていたが、走っている車はなかった。プエルトバリャルタ警察が、北行きのその道路を封鎖していたので、道のどまんなかや舗道に二百人が楽々と集まって、舞台に目を釘付けにしていた。

演説が終わり、礼儀正しい拍手と、反対派の怒った口笛を受けた。ジェントリーは、またごつい体つきの男のそばを通った。男は演説者には注意を払わず、東へと進んでいる顎鬚《あごひげ》の白人を睨《にら》んでから、聴衆のべつの部分に目を向けた。

ジェントリーの視線が、広場を見おろす建物に据えられた。一階と二階は完成している。歯科医、旅行会社、薬局、数社のオフィスがはいっていた。だが、道路のずっと上の三階と四階は建設中だった。鋼鉄の梁《はり》、鉄筋、コンクリートブロック、電線、足場があり、まだガラスがはいっていない大きな窓の奥は暗かった。そこから群集と舞台を一望にできる。コート・ジェントリーのような人間にとって、そこは有望に思えた。会場を鳥瞰《ちょうかん》できる場所――監視にはうってつけだ。

そのビルに向けて歩き出した。

つぎの演説者は男だった。州検察官で、エデュアルド・ガンボア少佐の短期間とはいえ傑出した経歴について、賛辞をならべはじめた。そのあとで寡婦《かふ》のエレナが、短い話をすることになっている。

身動きがとれないほど密集したひとだかりをようやく抜けたジェントリーは、ビーチまでずっと西へのびている路地を進んでいった。左手にアーチがあり、その奥のアーケードが、建設中のビルの下をくぐっていた。アーチを抜けたジェントリーは、ペット・ショップの店先を通った。アーケードの天井から鳥かごが十数個吊るされ、そこを通るには、かがまなければならなかった。アーケードにまで置かれている木の鳥かごでさえずっているフィンチやセキセイインコをよけながら、狭いアーケードをゆっくりと進んでいった。前方の明かりに向けて歩いていると、足元を鳩がぶらぶら歩きまわった。暗い通路の突き当たりに、階段がある。

そのとき、一〇メートル前方で、左手から影が現われた。ジェントリーは足をとめた。通路の光のなかを、男が横切った。左手の部屋から出てきて、右手の階段に向かっていた。頭のてっぺんから爪先まで、黒ずくめだった。顔は黒い目出し帽に隠れている。たしかに連邦警察官の格好だったが、それにしては、こそこそした移動のしかたや、身についた動作が、治安を維持するために出動した警官らしくなかった。

ジェントリーは凍りついた。通路を横切って階段に行くまで、こちらの暗がりを覗き込まれないことを願った。

男は視線を向けず、歩きつづけた。姿が見えなくなる直前に、男の左手のずんぐりしたサブ・マシンガンが目に留まった。

そのとき、うしろの路地に一台の車がはいってくるのが聞こえた。ふりかえると、連邦警察SWATの黒い装甲車が、さきほど通ったペット・ショップのアーチの下にとまるのが見えた。べつの出入口が見つからなかった場合、退路をふさがれることになる。

どうしたものかと迷って、ジェントリーは三十秒のあいだ、通路に独り佇《たたず》んでいた。前方の階段の上のどこかには、よからぬことをたくらんでいる、武装した男がいる。背後にも、人数は定かでないが、これまた怪しげな警官が現われて、会場から一ブロック離れた路地に陣取った。

「カリン、聞こえるか？」

通路は電波の状態がよくなかった。ＰＡシステムを通じてしゃべっている男の声の反響が、イヤホンから聞こえたが、カリンの声は聞こえなかった。

くそ。ジェントリーは階段のほうへ進んでいった。

二階のドアには鍵がかかっていたし、くだんの男がそこを通ったとは考えられなかった。ドアをあければ、掛け金の音がすぐ下の通路でも聞こえたはずだ。もう一度マイク部分に向けてささやき、カリンを呼び出そうとしたが、階段は通路よりもさらに受信状態が悪かった。

階段の上に足音が響かないように、ジェントリーはテニスシューズを脱ぎ、靴下のままでコンクリートの段を昇りはじめた。

三階で階段から建設現場に出て、サブ・マシンガンを持った連邦警察官を探した。まだ仕上げがなされていない三階の窓からは、パルケ・イダルゴとその四方の通りがよく見えた。暗がりと建設資材のなかに、目出し帽の連邦警察官がいるものと思ったが、そこにはだれもいなかった。群集のようすをたしかめるために、ジェントリーは奥へ進んだ。

眼下の広場は、びっしりとひとで埋まっていた。見晴らしのきくそこから眺めると、信じられないくらい人間が密集しているのが、ありありとわかった。演説者が話を終えて、演壇をエレナ・ガンボアに譲った。怒号や悪態は拍手喝采《かっさい》にかき消されたが、集会のなかで浮きあがっている反対陣営を見分けることができた。小突き、指をふり、その他の激しい身ぶりで不満を示している連中が、殉職した男たちの死を悼《いた》むために集まっているひとびとのなかに、点々と存在していた。

そのとき、右下の方角ですさまじいクラクションの音が鳴り響き、喝采をかき消した。まず一台が見えてきて、それが二台になり、最後には五台になった——白い大型SUVの車列が、人垣を押しのけてゆっくりと進んでいた。その五台は、一方通行を逆走していた。クラクションは鳴らしっぱなしで、運転手がサイドウィンドウから荒々しく手をふり、道をあけろと命じていた。大型SUV五台が、ようやく停止し、男たちがぞろぞろとおりた。あまりにも芝居がかった登場だったので、演壇のエレナ・ガンボアも演説の冒頭で言葉を切り、なにが起きたのかと見守っていた。

これも式の一環なのかと、ジェントリーはふと思ったが、演壇を一瞥《いちべつ》すると、そんな間抜けた考えは消滅した。遺族もそのほかの演説者も、新手の登場に困惑の態で棒立ちになっている。

プエルトバリャルタ市警の警察官たちが、群集のまわりにいたが、SUVやそれに乗っていた男たちには近づこうとしなかった。見物人たちとおなじように、ただ立ちすくんでいた。エレナ・ガンボアが、ためらいがちに演説を再開し、追悼式を取りまとめてくれた主催者や、夫をはじめとする殉職警官の仕事を称《たた》えるために集まってくれた聴衆に感謝の言葉を述べていた。だが、ジェントリーはSUVをずっと見守っていた。山羊鬚《やぎひげ》をはやし、黒いスーツにネクタイを締めた男が、二台目から出てきた。おなじ服装の男から、その男が拡声器を受け取り、大型SUVのボンネットに登るのを眺めていた。男が口をひらく前に、たちまち群集が歓声をあげ、あるいは恐怖に息を呑んだ。

「淑女と紳士《ダマス・イ・カバリェロス》のみなさん！ どうかご傾聴を、お願いします《ポル・ファボール》！」男がいった。ＰＡシステムで増幅されたエレナの声とくらべると、細くてうつろな響きだった。

ジェントリーは、携帯電話に向かっていった。

「おい、チャック。聞こえるか？」

「感明度良好」

「あの馬鹿は何者だ？」

間があった。ジェントリーは広場を見渡し、舞台の奥にいるひとの群れに混じっていたカリンを見つけた。爪先立ちして、白いＳＵＶとボンネットに乗っている男に目を凝らしている。すぐさまカリンが大声をあげた。「なんてこった！ やつだ！」

「やつって、だれだ？」

「あれがダニエル・デ・ラ・ロチャだ」

15

信じがたいあつかましさだと、ジェントリーは思った。そもそもこの行事は、あの男を殺そうとして殉職した警官たちを追悼するためのものだ。そこに姿を現わすとは、警察と殉職警官の遺族に対するあからさまな侮辱だ。「やつはここでなにをしようとしているんだ？」

「いつもの伝さ。ひと芝居打とうというわけだ」

ジェントリーの頭のなかで、混乱と懸念が重なり合った。群集に混じっていた私服警官のように見える男たちのことを考えた。あれはデ・ラ・ロチャの配下の殺し屋《シカリオ》か？　それともその仇敵コンスタンティノ・マドリガルに雇われているのか？　酔っ払いや殴り合いの喧嘩《けんか》やビール壜よりも恐ろしい脅威が、ここにあるのか？　「まずいな。ガンボア一家を連れ出せ。いますぐに」

「説得しようとしたんだ。演説を終えるまで、エレナは動こうとしない」

「くそ」このビル内にいる目出し帽の男を探すために、ジェントリーは急いで階段にひきかえした。

デ・ラ・ロチャは、拡声器で話をつづけていた。言葉はすべて聞こえていたし、わからない部分をジェントリーは文脈から考え合わせた。「きょうわたしがここに来たのは、国民の皆さんと官憲に、わたしが身を隠していないことを伝えるためです。わたしには隠れる理由はなにもない！　ヨットでわたしを暗殺しようとした企ては失敗した。それはわたしの護り手、救い主のおかげにほかなりません。暗殺を企てたのは政府の殺し屋《シカリオ》たちで、エル・バケロことセニョール・コンスタンティノ・マドリガル・ブスタマンテの直接命令で動いていました。マドリガルこそ、まさに麻薬密売人であり、犯罪者であり、地域とわたしたちの貧しい国を脅かしています。マドリガルとそれに買収された悪徳警官がわたしの死を望んでいるのは、連邦政府上層部の組織的腐敗の証拠を、わたしが握っているからです！　わたしはマドリガルのために働いている腐敗したやつらの名前を知っている」デ・ラ・ロチャは、聴衆のおおかたの注意を、舞台でまだマイクの前に立っていたエレナ・ガンボアに向けさせた。「セニョーラ、気の毒だとは思うが、あなたの亡夫の名前が、そのリストに載っているんだ！」

「嘘つき《メンティロソ》！」エレナが、演壇でマイクに向かって叫んだ。

デ・ラ・ロチャは、それには目もくれず、群集に向かって話しかけた。「きょうわたしが身の危険もかえりみずここに来たのは、殺人犯や悪党や不正な警官を支持するような集会がひらかれてはならないという強い信念があるからだ……」

デ・ラ・ロチャがしゃべりつづけ、いまでは群集の反応がまっぷたつに割れているように見えた。黒服組の登場に憤《いきどお》っているものも多かったが、あるものは怯《おび》え、あるものは奮い立っていた。

だが、ジェントリーは、そういったことをすべて意識から締め出していた。階段をひきかえして、上の階を目指し、潜んでいるはずの連邦警察官を探した。階段を昇り切ると、広場を見おろす窓に向けて、埃《ほこり》っぽい建築現場の薄暗がりを進んでいった。

やがて前方の暗がりにいるのを見つけた。目出し帽の男が、サブ・マシンガンを持ち、コンクリートブロックの壁の蔭にひざまずいて身を隠しながら、群集のほうを見おろしていた。デ・ラ・ロチャに反論しようとしているエレナの声がラウドスピーカーから聞こえ、群集がそれに喝采し、あるいはブーイングを浴びせていた。

連邦警察官がベルトの無線機を取り、小声でなにかをいいはじめた。なにをいっているのかは聞き取れない。ジェントリーは靴下のままで、壁ぎわをもうすこし近づいた。

警官がいる暗い部屋に踏み込むと、壁に沿って隅のほうへ進み、埃まみれのコンクリートに積んである壁《ウォールボード》材の低い山の蔭に伏せた。

警官がまた無線機で交信したが、やはりその小声を聞き取ることはできなかった。どうしてこんなところに昇って身を隠し、無線機で怪しげにこそこそとしゃべっているのか？　勤務中の警官がやることとは思えない。

警官が、サブ・マシンガンをゆっくりと構えた。〝寸足らず《ショーティ》〟と呼ばれるコルトM635サブ・マシンガンだとわかった。連邦警察官が、その銃身をコンクリートブロックの上に載せ、群集に銃口を向けた。どういうことなのか判断がつかず、ジェントリーはまだ動かなかった。この警官は、舞台にいるひとびとを護ろうとしていて、脅威を見つけたのか？　それとも、エレナ・ガンボアを殺そうとしているのか？　コルトM635は狙撃《スナイパー》ライフルではないが、長い連射を放てば、五〇メートルと離れていない演壇に九ミリ弾三十発を送り込むことができる。舞台にいる全員が撃ち殺されるはずだ。どうすればいいのか、わからなかった。この警官が善玉だとしたら、殺したくはないが、悪漢だとしたら、なんの罪もないひとびとに発砲するのを見ているわけにはいかない。

はっきりとはわからなかったが、目の前の状況は胡散《うさん》臭いと勘が告げた。その勘は、長年危険にさらされて、研ぎ澄まされ、狂いがすくなくなっている。ジェントリーは、決意が固まりかけたところで、暗がりに立ちあがり、靴下しかはいていない足の拇指球《ぼしきゅう》でコンクリートの床を踏みながら、黒ずくめの男に向けて歩いていった。背後から、五メートル、三メートル、一メートル半に迫った。足音はほとんどたてず、音がしていたとしても、通りと広場の騒音にかき消されていた。

ジェントリーは、しゃがんでいる警官の真うしろで、ガラスのはいっていない窓ごしに見えないように身を低くした。

「おい」

連邦警察官が、重心をかけていた足の上で向きを変え、さっと首をめぐらしたところで、ジェントリーのすさまじい左ジャブをまともに受けた。バキッという鋭い音がして、拳が顔に叩きつけられた。サングラスが飛び、見ひらいた目がぐらぐら動いて、体の力が抜け、警官は六四キロの小麦粉袋みたいにコンクリートの床に倒れ込んだ。ジェントリーはそれを受けとめて、仰向けに寝かせた。それから、すばやく武器を奪った。

その四階の高みからは、スパゲティのようにからみ合ったコードや電話線が、道路を渡り、地上の電柱にのびていた。ジェントリーはそのあいだから透かし見た。新手の黒ずくめの男たちが、群集を押しのけて通りを進んでいるのが見えた。やはり連邦警察官で、さきほど装甲車がとまった路地から出てきたとおぼしかった。ジェントリーの膝のそばに倒れている男と、まったくおなじ格好だった。

右下のほうでは、デ・ラ・ロチャが拡声器であいかわらず、脈絡もなくしゃべりつづけている。エレナは二度ほどい返そうとしたが、寸分の隙もない服装で、白いSUVのボンネットに立って陽射しを浴びているデ・ラ・ロチャは、話に割り込む隙をあたえなかった。しかたなくエレナは演壇に立っていた。起訴状もなかった、連邦警察のGOPES（特殊作戦群）は腐敗している、歌やアクション映画はただの娯楽だから、ひとりの人間を有罪だと判断する決め手にはならない、といったようなことを、デ・ラ・ロチャはしゃべっていた。自分に陰謀を企てている人間のリストだと称して、たたんだ書類を持ち、コンスタンティノ・マドリガルとその〝カウボーイ組《ロス・バケロス》〟を非難していた。

ジェントリーは、群集を押しのけて進んでいる連邦警察の一団を見おろした。群集も押し合い圧《へ》し合いして、その一団から遠ざかろうとしている。五人か、もしくはそれ以上の連邦警察官がいた。正午の熱い太陽に灼《や》かれ、波打ちながらあとずさっている一般市民多数のなかを動いているので、人数をたしかめるのは困難だった。

「セニョール！」エレナが、デ・ラ・ロチャに向けて叫んだ。「わたしは死んだ主人の代わりに話をしているのよ！　最後までいわせて！」

ジェントリーは、携帯電話に向かっていった。「怪しい感じの連中がすくなくとも五人、聴衆をかきわけて舞台に接近している。連邦警察官の格好をしている」

「くそ」カリンがその情報をラウラに伝えるのが聞こえた。ラウラが演壇に近づいて、エレナに話しかけた。エレナがラウラをそっと押し返し、デ・ラ・ロチャに向かって話しつづけた。

ジェントリーは、連邦警察官の一団に目を戻した。一般市民が文字どおり右往左往して行く手から逃げようとしていたが、目出し帽の警官たちは、手や腕や……銃まで使って、乱暴に押し進んでいた。さっきまでは手になにも持っていなかったが、黒い金属が見える。警官たちは銃を抜いている。コルトのサブ・マシンガンを持っているものもあれば、黒いセミ・オートマティック・ピストルを持っているものもいた。

広場に到着してから見聞きした光景と物音、五感と第六感がすべて、突然、合理的に結びついた。ジェントリーの腹のなかですべてが合わさり、動かせない確信の塊になった。

いまでは悟っていた。

これは暴動にはならない。

虐殺が起きる。そのすべてを、自分は一望にしている。

「早くエレナを舞台からひきずりおろせ。チャック！　銃撃が起きる！」

「わかった！」カリンがどなり返した。

カリンが、エレナに向けて叫ぶのが聞こえた。「行こう《バマノス》！」ジェントリーが視線をすこし上に動かすと、二千人以上の群集の向こうで、紺のキャップをかぶった白髪のアメリカ人が、エレナの腕をつかんでいるのが見えた。

そのとき、一発の銃声が鳴り響いた。

連邦警察官の一団のほうにいったん目を戻したが、すぐさま銃声が聞こえた右下に顔を向けた。ショックのあまり、口をあけた。ダニエル・デ・ラ・ロチャが、拡声器を落とし、両手を大きくひろげていた。二発目で仰向けに倒れ、巨大な白いシヴォレー・サバーバン・ハーフトンのボンネットから転げ落ちた。黒服のボディガードが、それを受けとめた。

SUVの前の群集のなかから、拳銃の煙が立ち昇った。

「まさか、こんなことが」ジェントリーはつぶやいた。

こんなことが起きるとは、予想していなかった。

16

「何者かがデ・ラ・ロチャを殺した」ジェントリーは携帯電話で伝えたが、そのとき、左手前方から銃の連射音が聞こえ、そちらに顔を向けた。黒ずくめの連邦警察官の一団が、演壇に向けて突き進みながら群集に向けて乱射し、行く手の一般市民を撃ち殺していた。

白いSUVの車列がクラクションを響かせ、タイヤを鳴らしてバックし、懸命に群集から脱け出そうとしていた。

なにか手を打たなければならない。ここにいて大量虐殺を眺めているわけにはいかない。

ジェントリーは立ちあがり、ガラスのはいっていない四階の窓ぎわに立った。そばにあった締めつけ具の山から、長さ六〇センチの鉄筋継手を取り、くの字に曲がったその鉄棒を右手で握って、コルト・ショーティを左手で首から吊るし、コンクリートの窓台に乗った。下をちらりと見ただけで、群集の上に跳び出した。悲鳴とクラクションと乾いた銃声が響いている四階下の道路に向けて、落ちていった。

落ちているとき、左手で一挺のサブ・マシンガンが横薙《な》ぎに弾倉の全弾を放つのを聞いた。

窓の一メートル下で、ジェントリーは電話線の束に鉄筋継手をひっかけた。左手を電話線の下からのばして、継手の反対の端をつかみ、両手でしっかりと握ったまま落下した。両肩にすさまじい力がかかったが、電話線が体重を支えて、どうにかぶらさがることができた。勢いで両脚と胴体が右に揺れて、体がほとんど水平になりかけたが、やがて重力が勝ち、電話線の被覆を鉄筋で引きはがしながら、四五度の傾斜でパルケ・イダルゴに向けて滑り落ちはじめた。

やがて通りの上に出て、銃をもった男たちから逃げ、身動きできない人の海から脱け出そうとひしめいている聴衆のはるか上を通過した。

地上から一〇メートルの高さを、ジェントリーは猛スピードで滑っていた。携帯電話とイヤホンが体から吹っ飛び、眼下の通りに落ちていった。舗道と広場のあいだにある石段の正面にいた群集は、北と南から銃弾が降り注ぐなかで、逃げまどっていた。タルパ教会に通じる階段の近くで、あらたに銃声が沸き起こり、そこにいたひとびとが逆方向に逃げて、ジェントリーが滑り落ちている電話線の末端にある電柱のそばで、おおぜいが手足をふりまわしたり、倒れたりして、ぶつかり合い、ロック・コンサートの舞台正面さながらの状態に陥っていた。

ジェントリーは、不運なそのひとびとを着陸地点に定めた。電話線を滑り落ち、三車線の道路のなかごろで、地面から足がまだ二・五メートルくらい離れているときに、鉄筋継手から手を離した。膝を胸に引き寄せた格好で宙を飛んでいると、片手に無線機を、反対の手に銀色のリヴォルヴァーを持っている、私服の大男が目にはいった。ジェントリーは、その肥った男の背中に激突し、男もろとも倒れて、すでに舗道に倒れていた連中の上に勢いよく落ちた。

ジェントリーは、その四階上からの急降下攻撃で倒れただれよりも早く、よろめきながら立ちあがった。コンクリートに倒れている若い男の背中を踏んづけて走り、舗道に沿った低い壁に跳びあがって、カリンがガンボア一家を広場から逃がすのに使う予定の石段を目指した。

　前方でまた銃声が荒々しく響き、群集が金切り声をあげた。男も女も子供も、虐殺から逃れようとして走り、争い、叫んでいた。ジェントリーは、発砲の源を探しながら走っていた。体をブルドーザーのブレードのように使い、空いた手を槍のように突き出し、ショックを受けて唖然《あぜん》としているひとびとをどかしながら、前方の脅威に向けて前進した。犠牲者の最前列にたどり着いた。弾丸で穴だらけになった死体、身もだえしている負傷者。混沌《こんとん》から脱け出そうとするひとびとが上に倒れ、負傷者はさらに苦悶した。道路と坂上の教会に向かう長い石段に向けて、ジェントリーは群集と揉《も》み合いながら進んだ。だれもがパニックを起こし、わめきながら安全な場所に向けて石段を昇ろうとしているせいで、前方のひとの流れは完全に詰まっていた。

　そのころには、チャック・カリンがエレナと家族を舞台からおろしていた。広場を出るために、カリンはエレナ、ラウラ、エルネスト、ルスをせかし、石段に向かわせていた。群集の混沌とした流れしだいで、前後左右に位置を変えながら、ガンボア一家のほかの八人がついてきた。エディーのおじとおばがふたりずつ、兄ふたり、義姉、十六歳の甥《おい》。〈ラ・シレナ〉で殺されたほかの連邦警察官の家族も、舞台から逃げ出し、石段を目指していた。だが、人垣は厚く、カリンの脱出計画はたちまち頓挫《とんざ》した。間断ない律動的な銃声が、どんどん近づいていたが、逃げることはおろか、息をするのにも苦労していた。果てしなく人波を押しつづけて、カリンはようやくガンボア一家を、石段脇の壁まで連れていった。また押し、争って、壁から石段へ曲がり込もうとしたが、恐怖にかられた群集が逆方向に流れていて、カリンの目論見《もくろみ》を邪魔した。

　ようやく石段の下で曲がることができ、カリンはエレナの手を引いて先導した。だれかが取り残されていないことをたしかめるためにうしろを見るのと、あらたな混乱が起きているかどうかを見定めるために階段の上に目を配るのを、交互にやっていた。脅威を避けるために注意を払い、危険から早く逃げ出せるチャンスを見つけようとした。

　またうしろから銃声が聞こえた。広場と道路の、これまでとはちがう場所からで、武器の種類も異なっていた。ラウラは両親のあとにつづいていて、石段の下で母親とともに薪《まき》の山のように重なり合って、息ができなくなっていた父親を押した。

すぐ上で、カリンが流暢《りゅうちょう》なスペイン語で、「行け！　行け！　進め！　進め！」と叫んでいた。だが、だれにでも意味は通じるだろうと気づき、英語でどなった。

　すし詰めの広場を苦労しながらのろのろと進むとき、ジェントリーには数メートル先しか見えなかった。ひとの群れと争い、殴り、押し、ひっかいて、強引に前進した。「どけ《ムエベテ》！　どけ《ムエベテ》！　どけ《ムエベテ》！」石段に近づくと、死体や負傷者をまたぎ、跳び越し、こちらに背中を向けている連邦警察の殺し屋三人に追いついた。三人は、うしろに武装した敵がいるとは知る由《よし》もなく、煙を吐いているサブ・マシンガンの弾倉を交換しながら、押し進んでいた。

三人は大きな抗弾ベストをつけていたので、アメリカ人刺客《アサシン》のジェントリーは、冷酷な決意を固めて、熱い舗装面に膝をついた。そうやって飛翔経路に角度をつければ、弾丸がターゲットを貫通して、なんの罪もない一般市民を傷つけるおそれはない。三人のヘルメットの下の首すじを狙い、慎重に短い連射を放った。三人の体がぐらりと前方に揺れて、逃げる一般市民のほうへ倒れ込んだ。三人のコルト・サブ・マシンガンとベレッタ・セミ・オートマティック・ピストルが、手から吹っ飛んで沈黙した。ジェントリーはサブ・マシンガンを右手で持ち、地面に倒れている三人それぞれの額に二発速射《ダブルタップ》を撃ち込んでから、その脇を進んでいった。

恐怖で凍りついている、怯えきった一団の前に来た。一家とおぼしく、飛んでくる弾丸や、蹴られたり突きのけたりされるのから、妻と子供三人を護り、なんとか逃げ出そうとして、父親が逆上しかけていた。父親の怯えた目とジェントリーの目が合ったとたんに、そのメキシコ人の首ががくんと横に倒れ、顎から血が噴き出した。ジェントリーがさっと首《こうべ》をめぐらすと、群集にまぎれ込んでいた私服の扇動要員が、大きな銀色のリヴォルヴァーの狙いをつけて発砲したところだった。その一発目は、ジェントリーには当たらなかった。身をかがめ、地面を転がったジェントリーは、ボウリングのボールみたいに周囲の人間にぶつかったが、二発目もよけることができた。うしろにいた無辜《むこ》の市民が、それをくらったにちがいない。

ジェントリーは、その肥った男の下腹に、距離三・五メートルからコルト・サブ・マシンガンの残弾すべてを撃ち込んだ。男が体を痙攣《けいれん》させ、仰向きに倒れて死んだ。

ジェントリーは、弾薬が尽きたサブ・マシンガンを投げ捨て、四つん這《ば》いで進んで、死んだ男のまだ煙をあげている拳銃を拾いあげた。

起きあがり、石段に向けて全力で駆け出した。あらたな武器からは、血がしたたっていた。押しのけ、かきわけ、無辜の市民に銃を向けて、行く手からどかした。すべての力をふり絞り、逃げようとしているカリンとガンボア一家に追いつこうとした。タルパ教会の前の通りに出る広い石段では、数百人が逆の方向に押し合っていて、ガンボア一家の姿は見えなかった。途中でベンチに登り、群集の背中や頭に跳びおりて、文字どおりボディサーフィンのようにして、恐怖のあまり動けずにいたプエルトバリャルタの住民の、まったく隙間のない群れの上を跳ねていった。

17

チャック・カリンは、石段の前方の二五メートルほど上にいた。ガンボア一家やほかのGOPES（特殊作戦群）隊員の遺族が、すぐうしろに従い、石段のなかごろまで昇っていた。右手の群集が突然まばらになったので、カリンはその方角に誘導しようと考えた。エレナがルスの手を引いて、四方で悲鳴をあげて騒いでいる人の波を通れるように、先頭をゆずった。

石段の上の一〇メートルほど離れたところに、スズキのバイクに乗った連邦警察官三人がいて、人ごみを突破してからバイクをおりた。ドロップレッグ・ホルスターから拳銃を抜いたその三人が、銃声が響いている石段の下に目を向けた。逃げてくる追悼式の参加者たちに手をふって進ませ、さっさと逃げるよう促した。広場の脅威に目を配り、群集を掩護《えんご》しているようにも見えた。

また銃声。クラクション。甲高《かんだか》い叫び、怒号。

苦しげな悲鳴。

エレナ・ガンボアは、家族を先導して石段を昇っていた。連邦警察官がいるのに気づいて、歩度をゆるめたが、エデュアルドが乗っていたのと似ているバイクが目にはいった。制服も、目出し帽も、サングラスも、エデュアルドが身につけていたものと変わりがなかった。身重の体で精いっぱいの速さで、混雑した石段を昇った。

石段の上の正面にいた警官が、空いた手でエレナを差し招き、脅威はないかと必死で群集に目を凝らしていた。

ふたたび背後で銃声が響き、エレナはエデュアルドの同僚がいる安全な場所へと急いだ。


チャック・カリンは、ルスをまた進ませてから、すばやく周囲をたしかめた。ラウラがエルネストの腰をつかんで押し、ルスのあとから進ませていた。エデュアルドのおじ、おば、甥、兄ふたりも、進みつづけていた。一行は、石段の左手にいたカリンのそばを通過した。七十二歳のカリン退役海軍大佐が、顔をめぐらすと、エレナが右手を足早に昇っていた。カリンがルスに手を貸したあいだに、エレナはだいぶ先へ行っていた。上に危険があったときにエレナを護り、教会の裏の路地にとめた車に連れていくために、遅れずに石段の上へ出ようと、カリンは足を速めた。

カリンはエレナの左手にいて、まだ数メートル遅れていたが、エレナのところから七段上にあたる石段のてっぺんに、警官がいるのが見えた。

ほかにふたりの連邦警察官が、カリンの左手にいた。いずれもセミ・オートマティック・ピストルを正面に構えていた。その銃口が、階段下の脅威からいっせいにそらされ、急いで昇ってくるGOPES隊員の遺族に向けられた。

この警官たちは、だれかを護ろうとしているのではない。刺客《アサシン》だ。

一挺の銃口が、妊娠しているエディー・ガンボアの寡婦《かふ》に向けられるのを見て、カリンは激しい恐怖にとらわれた。

カリンは、この四十年で最高の速さで、上に向けて突進し、四段をひとっ飛びして、拳銃とエレナのあいだに身を躍らせた。

拳銃が吼《ほ》え、下腹が激痛に引き裂かれたが、それでもカリンは警官の体をつかみ、ベアハグでがっちりと締めつけた。

目出し帽をかぶったもうひとりの警官が発砲を開始し、石段を昇り切ろうとしていたガンボア一家に上から鉛玉を降らせた。

カリンは、つかまえていた相手に脇腹を撃たれた。締めつけていた腕の力がゆるみ、警官の体をずるずると滑り、石段のてっぺんで膝をついた。そのままゆっくりと胸を下にして倒れ込んだとき、エレナが悲鳴をあげた。


石段のひとの群れを避けるために、ジェントリーは靴下だけの足を高く蹴りあげて、右端を上までのびている、幅の広い急傾斜の欄干《らんかん》に跳び乗った。バランスをとるために両腕をのばし、私服警官から奪った拳銃を持った右手を突き出して、駆け昇った。一瞬、足から目を離し、石段のてっぺんでつかえている密集したひとの群れのなかで、あらたに沸き起こった混乱を見あげた。そこの動きに目の焦点が合う前に、拳銃の銃声が響き、エレナの姿が見えた。その前にカリンがいて、その前には黒ずくめの連邦警察官がいた。

ジェントリーは、瞬時にすべてを察した。警官がエディーの寡婦をまだ生まれていない子供もろとも撃ち殺そうとした。カリンは身を挺《てい》して、その銃弾を受けたのだ。

また銃声。拳銃の速射がパッと輝く。あとの警官ふたりが、自分たちめがけて昇ってくる特殊作戦群の遺族を虐殺しているのが見えた。

ジェントリーは、石の欄干を上へと突進した。銀色のスミス&ウェッソンのリヴォルヴァーを構え、照星をエレナ・ガンボアの後頭部に向けてから、すこし右にそらし、三五七マグナム弾一発を放った。

リヴォルヴァーから発射された弾丸は、石段の群集の上を飛び越し、エレナ・ガンボアの右耳から五センチのところを通過して、チャック・カリンを殺した警官のケヴラー抗弾ベストのすぐ上で、左鎖骨に命中した。骨と筋肉の切れ端と血が肩から飛び散り、警官はもんどりうって地面に倒れた。拳銃が手から離れて、独楽《こま》のようにくるくるまわりながら、頭上を飛んでいった。

ジェントリーは、石段の上からまだ一〇メートルほど離れていた。銃撃はなおもつづき、ガンボア一家のうしろでは、上のあらたな危険から逃れようとして、群集がいっせいに向きを変え、石段を下りはじめた。若くて動きのすばやい数人が、飛び交う銃弾から逃れようとして、欄干を乗り越え、五、六メートル下のコンクリートの広場に跳びおりた。殺し屋の警官があとふたり残っていたが、そういう連中が何度も射線を横切り、ジェントリーは障害物なしに撃つことができなかった。

もうすこしで、上に出られる。ようやく前方のターゲットを照準に捉えた。警官はふたりとも、バイクの蔭で弾倉を交換しようとしていた。ジェントリーはひとりに狙いをつけ、欄干から石段に跳びおりながら、引き金を絞ろうとしたが、また射線をさえぎられた。脈がひとつ打つ前の刹那《せつな》に、引き金から指を離した。

さえぎったのはエレナだった。仰向けに倒れかけている。石段の上のほうはすでにだれもおらず、三メートル下で硬いコンクリートが待ち受けている。

ジェントリーは、エレナのほうに身を躍らせた。両手をあけるために、リヴォルヴァーは落とした。頭と腹の下に腕を差し入れ、石段を雪崩《なだれ》のように滑落している何人もの体といっしょに滑り落ちていった。

倒れるとき、ジェントリーは衝撃を受けとめた。エレナの頭と腹をかばい、安全なようにして、滑り落ちた。

下から自動火器の長い連射が聞こえ、ジェントリーは滑落をとめて立ちあがり、石段を昇ることに注意を集中した。エレナを腕に抱えて、その重みにあらがい、石段を落ちたときにぶつけた背中と腕の痛みを押しのけながら、昇っていった。下の殺し屋を群集がさえぎるような角度をとり、石段の左側に移動した。

左手で男も女も子供も倒れていた。エディーのおじふたりと、おばひとりが折り重なる死体のなかにいて、石段を下ろうとする負傷者たちが、転がり落ち、滑って、石段をあらたな血で染めているのを、ジェントリーは目の隅で見た。

エレナを両腕に抱えたまま昇りつづけた。さきほど落としたリヴォルヴァーを踏み、ひざまずいて拾った。妊娠しているエレナを抱えたまま立とうとしたとき、太股《ふともも》がふるえた。じきにおおぜいの一般市民が、とめようのない暴走する群れと化して、ジェントリーをうしろから押した。殺し屋のなかを突破するほかに逃げ場がなくなった群集は、石段の上の警官を押し倒していた。ジェントリーが上の舗道に出たときには、残った警官たちはバイクを捨て、北に撤退しながら、弾薬が切れた武器の弾倉を交換していた。

ジェントリーは、チャック・カリンの遺体を見おろした。うつぶせで、体の形がひどくゆがみ、上から三段にわたって横たわっていた。駆逐艦〈ブキャナン〉のキャップが、脱げてそばに落ちていた。ジェントリーは、エレナをそっとおろし、さきほど鎖骨を撃った男の武器を探したが、見つからなかった。

「ちくしょう！」死者や負傷者や怯えたひとびとのなかで、ジェントリーは叫んだ。石段の下ではふたたび銃を連射する乾いた音が響いていた。

18

パルケ・イダルゴの上の坂道にある教会の前で、ジェントリーはエレナ・ガンボアの手を握り、あちこちに顔を向けて、エディーの家族の生き残りを探した。一般市民が離れたところで悲鳴をあげて逃げていたが、エディーの愛するひとびとの姿は見当たらなかった。

ようやく、タルパの聖女教会の正面玄関から、大きな声で呼ぶのが聞こえた。「ジョー！ぼくたち、ここにいるよ《エスタモス・アキ》！」十六歳になるエディーの甥《おい》のディエゴが、教会のなかにはいれと差し招いていた。ジェントリーとエレナは、一車線の道路を渡り、なかに駆け込んだ。

聖堂は広くて暗く、避難したひとびとの悲鳴や甲高《かんだか》い叫び声が、鐘のように鳴り響いていた。古い建物のなかに、二十人ほどがいた。大部分がGOPES隊員の遺族で、祭壇の近くに固まって立ち、ふるえていた。泣き叫び、抱き合い、慰め合っていた。白い法衣を着た聖職者が、困惑と不安と恐怖の色を浮かべ、腰に手を当てて、一段高いところに立っていた。

はいるとすぐに、ジェントリーはエレナのようすをたしかめた。無理もないことだが、ショックを受けていた。顔に血の気がない。蠟燭《ろうそく》の明かりと、ステンドグラスの窓から射すわずかな陽光でも、それが見てとれた。だが、怪我はないようだった。ジェントリーはエレナの手を取り、会衆席のあいだを進んでいった。ディエゴが話しかけていたが、必死で早口にしゃべっていたので、聞き取れなかった。

「みんな無事？」エレナがそっときいた。「終わったの？」

「まだ安心できない」ジェントリーは正直に答え、祭壇のほうへエレナをなおも進ませた。死者の数を確認するひまはなかった。ここにいるものが逃げられるよう、手を尽くすつもりだったが、まだ銃撃がつづいている表に出るわけにはいかない。ガンボア一家はほとんどが殺されたものと思っていたが、ルスとエルネストは怪我もなく祭壇脇に立っていたし、エディーの妹のラウラもいた。ラウラの姿を見て、ジェントリーは一瞬、安堵《あんど》の溜息を漏らした。

「やつら、ぼくの両親を殺した！」ディエゴが叫んだ。こんどはジェントリーにも聞き取れた。

どう答えればいいのか、わからなかった。冷たく切り捨てるような言葉がスペイン語で出てきた。「くよくよ考えるのはあとにしろ」

視線を戻すと、祭壇のそばにいる生存者たちの多くは、ひざまずいて祈っていた。ゆったりした法衣姿の神父は、それを見おろして立っていた。祈りを手伝ってはいなかった。

愚かなやつらだ！ と、ジェントリーは心のなかでつぶやいた。

「おい！」ジェントリーは祈りをさえぎった。「なにをやっているんだ？ さっさとここを逃げ出さないと……」スペイン語に切り替えた。「そんなことをやっているひまはない《ノ・アイ・ティエンポ・パラ・エソ》！」

ひざまずいていたひとびとが、事件のショックが醒めやらず、見ひらいたままの目で、ジェントリーのほうをふりかえった。

ジェントリーは、中央通路をそっちへ駆けていった。ひざまずいていたラウラがふりむいた。ラウラが右手にベレッタを持っていることに、ジェントリーは気づいた。石段の上で撃ち殺した警官の拳銃が見当たらなかった。ラウラがそれを持ってきたにちがいない。ラウラがさっとベレッタを構えたので、ジェントリーはぴたりと足をとめた。ゆっくりと両手をあげる。

「ラウラ、だいじょうぶだ。それを床に置け。心配はいらないから」

ところが、ラウラの筋肉のついた前腕が動くと同時に、引き金を引くのが見えた。ジェントリーが通路のまんなかの床に伏せると同時に、二発の銃声が頭の上で響いた。聖堂に銃声がこだまし、耳が鳴っていたが、うしろの玄関でだれかが倒れる音が、たしかに聞こえた。肩ごしにふりかえると、一二メートルうしろで連邦警察官がうつぶせになっていて、そのそばでコルト・サブ・マシンガンがタイルの床を滑っていた。

ラウラは、警官の顔を撃ち抜いていた。

「よし」ゆっくりと起きあがりながら、ジェントリーはいった。「その拳銃はおれに預けてくれ」ラウラが、茫然とうなずいた。エレナとおなじくらいひどいショック状態にちがいない。それでも、銃は撃てた。

「みんな、よく聞け!」ジェントリーは英語でいい、またそこでスペイン語に切り替えた。

「車はどこにある？」

エディーの父親のエルネスト・ガンボアが、代表して答えた。

「パルケ・イダルゴの地下駐車場だ」

ジェントリーは悪態を漏らした。月の裏側にあるのと変わりがない。地下駐車場へ行くことはできない。それに、たとえキイがあったとしても、教会の裏にとめてあるカリンの小さな二ドアでは、全員を運ぶことはできない。キイもない。

背後の十字架のイエス・キリストのように身じろぎもしない神父に、ジェントリーは近寄った。「あんたの車を借りるよ、神父さん」

年配の神父は、激しく首をふった。「もってのほかだ！　教会の車は教区民のものだ。教区民はあのバンを必要としている！」

ジェントリーは一瞬のためらいもなく、まだ脇に垂らして持っていたリヴォルヴァーの撃鉄を起こした。暗い聖堂に、カチリという金属音が響いた。「あんたの教区民は、バンと神父のどちらかを失うことになる。決めるのはあんただ」

神父が、目を丸くしてリヴォルヴァーを見た。法衣の内側にゆっくりと手を入れて、鍵束を出し、そのまま渡した。

ジェントリーはうなずいた。「それが賢明だ、神父さん」

ラウラ・ガンボアの憎しみのこもった視線を、ジェントリーは目の隅で捉えた。カトリックの信仰が、合理的な判断をつかのま曇らせているのだろう。だが、上品なやりかたをしているひまはない。ラウラの反感を無視して、ジェントリーは撃鉄を戻し、リヴォルヴァーをウエストバンドに手挟《たばさ》んで、一行を教会の裏に連れてゆき、バンに乗せた。玄関で死んでいる警官のコルト・ショーティを取りに戻ろうかと思ったが、生存者を皆殺しにする新手の暗殺チームが来るまで、どれほどの余裕があるか、見当がつかない。

バンが満杯になり、ジェントリーは運転席に座った。エレナを助手席に乗せ、北を目指して出発した。

19

プエルトバリャルタの中心街から五キロメートル東の小高い砂利道に、白いサバーバン・ハーフトン五台が整列し、エンジンをかけたままでとまっていた。運転手五人は、運転席側のドアをあけて外に立っていた。ボタンダウンのシャツ、ベージュのたっぷりした戦術ベスト、カーキ色のカーゴパンツという服装だった。いずれも、メキシコ陸軍の標準装備であるメンドサHM-3サブ・マシンガンを持っている。べつの五人――イタリア製のおなじ黒いスーツを着たボディガード――が、SUVのそばでしゃがんだり、立ったりしている。こちらは、長い湾曲した弾倉の形から〝仔山羊の角《クエルノ・デ・チボ》〟と呼ばれるAK-47を操っている。男たちの目とAK-47の筒先は、坂の下の街に向けられていた。

道路から五、六メートルはずれた開豁地《かいかつち》で、ダニエル・デ・ラ・ロチャが、叢《くさむら》にひざまずいていた。頭《こうべ》を垂れて祈願し、整った顔には張りつめた真剣な表情が浮かんでいる。脇にひざまずいている男の右手を、左手でつかんでいた。その男、エミリオ・ロペス・ロペスは、デ・ラ・ロチャの腹心のボディガードで、警護部隊を指揮している。ロペスは右手で、黒《ロス・ト》服組《ラヘス・ネグロス》の暗殺・誘拐部門である武闘団を指揮するハビエル・〝蜘蛛《ラ・アラニャ》〟・セペダ・デュアルテの手を握っていた。

ひざまずいている三人の外側で、さらに十七人が輪をこしらえていた。全員がおなじ黒いイタリア製のスリーピース・スーツを着込み、腰か肩のホルスターに収めて拳銃を携帯していた。ラ・アラニャなど数人は、マイクロ・ウジ・サブ・マシンガンを携帯していた。

その二十人は、手をつなぎ、肩を抱き、体を押しつけられるくらいに密集していた。濃密な友愛を示す集団が、道ばたのけばけばしい御堂《みどう》の前で跪拝《きはい》していた。

ダニエル・デ・ラ・ロチャが、祭壇にもっとも近かったので、ラ・アラニャに強く握られていた手をしばし離して、膝の前の叢から一輪の白い薔薇《ばら》を取り、ベニヤ板の祭壇に祀《まつ》られた、高さ一八〇センチの石膏《せっこう》の骸骨《がいこつ》の足もとに置いた。頭蓋骨《ずがいこつ》が長い黒髪のかつらをかぶせられ、薄布のベールに覆われている。上半身と四肢は紫色の長いウェディングドレスにすっかり隠れていた。小さなトタン屋根で雨風から護られてはいたが、ドレスが陽光を浴びて、輝いていた。その女の骸骨は、右手に木と鉄でできた大鎌を持ち、左手の奉納蠟燭《ろうそく》には火がともっていた。

ダニエルは、数十本のさまざまな花や、燃え尽きて御堂のコンクリートの基礎に色とりどりの蠟のしみを残している蠟燭のあいだに、白い薔薇一輪を供えた。花や蠟燭のなかには、この聖像への供物があった。煙草、現金、テキーラ、銃弾、DVD、リンゴ。

そういったお供えのなかで、骸骨像は生気なく佇《たたず》み、冷たい笑いを浮かべて前方をうつろに眺めていた。

花を供えると、ダニエルはまた殺し屋《シカリオ》の指揮官の手を握り、目を固く閉じて、死の聖女《ラ・サンタ・ムエルテ》の祈りを唱えた。

死の聖女――ラ・サンタ・ムエルテを祀る道ばたの御堂は、メキシコの至るところにあり、その数は数百にのぼる。貧しいひとびとや無力なひとびとが、おもにこの聖像をあがめているが、麻薬密売にたずさわるものも多くが信仰している。

ダニエルは、畏敬の念に満ちた声でつぶやいた。「栄えある強大なる死神よ、きょうわたしを救ってくださったことに、わたしの心臓と喉をめがけて飛んできた銃弾をとめてくださったことに、わたしとわたしの同胞に危害をくわえようとしたものから護ってくださったことに、感謝いたします。

死の聖女よ、あなたはきょうわたしを救ってくださった。あなたはわたしにとって、かけがえのない大切なひとです。どんなときでも、わたしを見捨てないでください。あなたはパンを食べ、わたしにパンをくださる。あなたがこの世の闇の館の主、暗闇の女王でいるあいだは、敵が屈辱をなめて、わたしの足もとでひれ伏し、悔い改めるようにしてください」

黒服組の密集したひとの輪のなかで、ダニエルは周囲の面々とともに祈りを唱えつづけた。その間、SUVのそばの十人は、坂の下の街を監視し、御堂を囲む二十人に、ときどき不安げな視線を投げていた。

ネストル・カルボは、黒服組で最年長の五十七歳で、組幹部を十数年つとめている。御堂を囲む密集した人の輪にくわわってはいたものの、細目をあけてロレックスの腕時計を見ずにはいられなかった。プエルトバリャルタの方角からサイレンが聞こえているし、西寄りの上空をヘリコプターが旋回している。たったいま起きた虐殺の現場を確保するために、警察と軍が数百人態勢で活動しているとわかっていた。じきに捜索を組織し、手分けして周辺の山野で物証や殺し屋を探そうとするはずだ。ここにも来るだろう。それまでには姿を消していたい。それまで、正確にどれほどの時間の余裕があるのか、わかればいいのだがと思った。それが不明であることが、気になってしかたがない。情報部門を司るカルボの仕事は、物事を知ることだった。ボスに質問される前に、あらかじめすべてを知っておかなければならない。パルケ・イダルゴを離れてから十五分にもならないが、現場にいる情報源から、何度も矢継ぎ早に新情報が送られてきていた。計画どおりGOPES（特殊作戦群）の遺族多数を葬り去ったことがわかっていた。だが、最大の獲物——エデュアルド・ガンボア少佐の最愛の妻——に逃げられた。いまはもっと情報がはいっているはずだ。危険から猛スピードで遠ざかろうとしていたとき、最初に見つけたラ・サンタ・ムエルテの御堂のそばで車列をとめろとダニエルが命じた。その瞬間からずっと、携帯電話が震動しつづけている。カルボには重要な仕事があった。ボスと仲間の多くが信仰しているくだらないカルトのために馬鹿げた一時停止をするのは、愚かしいにもほどがあると思っていた。

だが、そこでじっと待つほかに、できることはなかった。親玉は信者、偶像崇拝者なのだ。それを偶像から引き離すのは、あまりいい考えとはいえない。まして、その偶像崇拝者が小切手を切り、銃を持っているのだから。

ダニエル・デ・ラ・ロチャは、死の聖女にお告げを求めていた。何物もただでは手にはいらないのはわかっているし、きょうは大きな贈り物をもらった。お返しがしたかった。いや、お返しをしなければならない。白い薔薇など、なんの価値もないとわかっている。死の聖女は、なにをほしがっているだろう？　どうすれば恩返しできるだろう？　三分のあいだ、ひざまずいて静かに待った。まわりの部下も沈黙している。この御堂の前で何時間過ごそうが、待っているだろう。ネストル・カルボおやじは、ぐずぐずしていることに、さぞかし気を揉《も》んでいるだろうが、邪魔をしないほうがいいことは承知している。

森閑としていた。梢《こずえ》で鳥がさえずり、背後の道ばたにとまっているSUVの無線機がときおり空電雑音を発するほかには、なにも聞こえない。もちろん、ヘリコプターの爆音と、海辺のほうからのサイレンはつづいている。だが、あとはなんの物音もしなかった。自分の心臓の鼓動が聞こえるほど静かだった。五感を意識したことで、弾丸が当たったのに貫かれなかった胸と喉の痣《あざ》に、ようやく注意が向いた。

ダニエルは、ゆっくりと目をあけて、かっと見ひらいた。胸を見おろすと、ジャケットの左ラペルに穴があいているのを見たとたんに、お告げを受けたことを悟った。急いでネクタイを取り、ジャケットのボタンをはずして脱ぎ、ベストも脱いだ。その下は特別仕立てのシャツで、肩と腕の筋肉ではちきれそうになっている。シャツのボタンをはずそうとしたが、なにを発見するかわかっていたせいで興奮し、手がひどくふるえていて、なかなかはずせなかった。指先を使う作業をあきらめ、シャツの前を乱暴にひらいた。象牙のボタンが、散弾みたいにひろがって飛んだ。ダニエルを囲んで跪拝《きはい》していた男たちが、シャツを脱ぐのに邪魔にならないように離れた。筋肉の盛りあがった胸と背中、腰につけたシルバーの四五口径の二挺拳銃がむき出しになった。

ダニエル・アロンソ・デ・ラ・ロチャ・アルバレスは、自分の体を見おろした。一発目の銃弾が当たったところが、赤い痣になっている。そこは心臓の真上で、胸に彫った死の聖女の大きな刺青《タトゥー》の腹と完璧に重なっていた。骸骨《がいこつ》の花嫁がなにかを探るように片手を差し出している図柄だった。

女の腹。

ダニエルの目に涙が浮かんだ。

お告げを得た。護り神がなにを自分に望んでいるかがわかった。お返しをする方法がわかった。

「ネストル」

一団のなかで最年長のネストル・カルボが、腕時計からあわてて視線をそらして答えた。

「はい《シ》、お頭《ヘフェ》」

「少佐の女房は生き延びたんだな？」

「シ、ヘフェ」

「ラ・アラニャ」

「シ・ヘフェ」

ダニエルは、ゆっくりと立ちあがった。まわりでひざまずいていた男たちも、それに倣《なら》ったが、エミリオ・ロペス・ロペスだけはかがみ込んだままで、親分のジャケット、ベスト、ネクタイ、シャツを地面からひろいあげていた。それをまとめてボディガードのひとりにほうり、ダニエルとならんで立った。

薄布の白いベールをかぶったうつろな目の骸骨を祀《まつ》った御堂と向き合って立った。指先にキスをして、手をのばし、薄笑いを浮かべている頭蓋骨《ずがいこつ》の石膏の歯に押しつけた。「ラ・アラニャ……その女を見つけろ。赤子を殺せ。死の聖女《ラ・サンタ・ムエルテ》のお告げがあった」

「シ、ヘフェ」

一分後、一行はサバーバン五台に戻り、東を目指した。ダニエルは、三台目のミドルシートに乗っていた。スーツのジャケットは着ていたが、シャツとベストとネクタイは、はずしたままだった。運転手のほかには、ボディガードのエミリオ、武闘団の指揮官ラ・アラニャ、ラ・アラニャの部下のなかで最高の狙撃手ふたりが乗っていた。ダニエルの情報部門の指揮官で専属顧問のネストル・カルボも、同乗していた。ダニエルは、カルボの不安を感じ取っていた。リアシートのほうをふりかえって、年上の相談役に笑みを向けた。「どうした、ネストル？ おれがあの骨ばかりの女に会いに行くのが気に入らないのか？ まだ死の聖女の力がわかっていないみたいだな」

灰色の顎鬚《あごひげ》を生やした五十七歳のカルボが、肩をすくめた。「お頭《かしら》の心臓を目指していた銃弾をとめたのは、死の聖女じゃありませんよ。十二万ペソのケヴラー・スーツを着ているからです。ポランコの仕立て屋が発明したスーツを、組織の幹部が毎日着るようにと進言したのは、このわたしですよ」肩をすくめ、皮肉をこめて一揖した。「鳩の糞を頭に乗せている道ばたの聖女には、詫《わ》びておきますがね」

ダニエルは大声で笑った。おおぜいが乗っている狭い車内で、吼《ほ》えるような笑い声が響いた。カルボが冗談をいうのは、不満をためているときだ。カルボの不満が限界に近づいているとわかり、ダニエルは溜飲《りゅういん》が下がった。黒服組の頭目のダニエル・デ・ラ・ロチャは、部下が正直で率直であることを評価していたが、組織における自然な秩序が、部下が日常的に意見を具申することを、おおむね妨げている。自分に反対した雇い人や同業者を殺したことは何度となくあるし、それはやむをえないことだと思っていた。しかし、そのために部下の遠慮ない意見が押し殺されていることはいなめない。

だが、ネストル・カルボは、ダニエルの父親の親友だったし、カルテルの世界では天才的な手腕を誇っている。黒服組の情報部長として、カルボは政府、警察、軍との折衝役をつとめているので、ダニエルの暴力的な制裁を受けないと承知していた。ダニエルは、その気難しい老悪党を父親のように慕っていて、死の聖女に不滅の魂を捧げつつ、なんでも意見を聞くようにしていた。たとえ冒瀆的《ぼうとくてき》な意見であっても。

ダニエルは、喉の痣を指さした。「これが見えるか、ネストル？　二発目が当たったここが？」

「ネクタイの結び目でしょう」

「そうとも！」

「ケヴラーのネクタイの結び目でしょう？」

「いいかげんにしろ、ネストル。ネクタイが防弾だというのは知ってるが、弾丸がネクタイの二センチ上に飛んできたら、喉にくらっていた」

カルボが、肩をすくめた。「したがって、女の服を着せた合成樹脂製の骸骨が弾丸の弾道を左右しているというのが、お頭の結論なんですね？　そもそも集会に行くといい張り、拡声器を持ってボンネットに乗るようなまねをしなければ、骨女の魔法なんか必要なかったはずですよ。あの暗殺未遂がなくても、舞台の遺族を襲撃するためにラ・アラニャが配置したチームが、危険な環境を生み出すのがわかっていましたから、身をさらけ出すべきではなかった」

ラ・アラニャ・セペダが、腹立たしげに反論した。「おれの部下はサバーバンがどういう位置にいるかを把握していたし、舞台以外は銃撃しないことになっていた。お頭を撃ったのは、おれの殺し屋《シカリオ》じゃない」

ダニエルが口論に割ってはいろうとしたが、カルボが震動している携帯電話を取って、電話に出た。そこで、ダニエルは、右側に座っていた警護部隊指揮官のエミリオに向かっていった。「わたしを撃った男だが、殺《や》ったか？」

「殺ったと思います、お頭」

「思う、だと？」

「おれは車の反対側にいましたが、部下がそのくそったれ野郎《チンガド・カブロン》を殺したと断言してます」

「いいか、おまえの仕事は、わたしが怪我をするか殺される前に、そのくそったれ野郎を殺すことだ。わたしが怪我をしていたら、おまえはいまごろは生きていない。それがわかっているのか？」

エミリオがいった。「死の聖女は、お頭とおれの両方にきょう贈り物をくれました」

ダニエルは、長いあいだエミリオを睨《にら》みつけていたが、やがて満面に笑みを浮かべて腕をのばし、抱き締めた。「たしかになあ、アミーゴ」

こんどはダニエルの携帯電話が震動した。ダニエルは、画面を見てから出た。妻からだった。「やあ《オラ》、マミ。いや、いや、わたしはぴんぴんしてる。神さまのおかげだ。そうだ、どこかの間抜けがわたしを撃ち殺そうとしたが、失敗した。エミリオと部下がそいつを始末した。子供たちはどうしてる？　すばらしい《エスセレンテ》。そうか《ブエノ》、おまえ《ミ・アモール》。子供たちにキスを伝えてくれ。もうじき帰る」

電話を切り、水をひと口飲むと、打ち身のせいで飲み込むときに喉がひりついた。

「お頭《ヘフェ》」カルボが、携帯電話をポケットにしまいながらいった。

「なんだ、無信仰者？」笑みを浮かべて、ダニエルはいった。

カルボは、笑みを返さなかった。「地元警察の情報提供者からです。白人野郎《グリンゴ》があそこに、パルケ・イダルゴにいたそうです」

「ああ、見た。紺の帽子をかぶった年寄りだろう」

「いや、その男ではない。もうひとりいたんです。若い男で、紺の帽子をかぶり、顎鬚《あごひげ》を生やしている。その男がわれわれの使った連邦警察官五人と、プエルトバリャルタ警察のわれわれの手先ひとりを殺した」

ダニエルは、だいぶ長いあいだ、かっと目を見ひらいていた。顔がしだいに高潮した。ついにカルボをどなりつけた。「殺し屋《シカリオ》が六人殺されただと？　この二年間、コンスタンティノ・マドリガルや政府との抗争でも、一度に六人を失ったことはなかった。そのグリンゴは何者だ？」

そのとき電話を切ったラ・アラニャが、その質問に答えた。「その男がガンボア一家を連れて逃げたことがわかりました。何者か、わからないが、突き止めます」

リアシートから、カルボが大声でいった。「わたしも調べる」

「警察の刺客の家族は？」

「二十人ばかり殺しました」

外国人がどこからともなく現われて、ラ・アラニャの手配した連邦警察の殺し屋を一個分隊壊滅させたという事実が、ダニエルにはまだ納得がいかなかった。こんなはずではなかった。連邦警察の殺人部隊は、舞台にいた全員を射殺し、姿を消すことになっていた。ところが、現場には、身許が確認できる警官の死体がいくつも残された。何人かは、組織との関連をたどれるかもしれない。とはいえ、大がかりな捜査が行なわれないことはわかっていた。連邦政府はこちらのいいなりだし、マスコミや街の北部にある駐屯地の幹部将校の大半もおなじだ。きれいには片づかなかったが、そのうちにほとぼりが冷める。

いずれにせよ、政治的悪影響はカルボに処理させる。それは心配には及ばない。これから数日は、宣伝活動にいそしむのが自分の役割だ。

そして、ガンボア少佐のまだ生まれていない子供を殺し、死体を祭壇に捧げて、死の聖女を鎮めなければならない。

20

コート・ジェントリーは、教会のバンを北に向けて走らせ、ハリスコ州を出て、ナアリト州にはいった。ほかの家族の生き残りを、空港やバス停やレンタカー会社でおろした。だれもがプエルトバリャルタから必死で遠ざかろうとしていた。

いまでは、バンに乗っているのはガンボア一家の生き残りだけだった。エレナ、ラウラ、イグナシオ、ディエゴ、エディーの両親のエルネストとルス。

バンのラジオが合わせてある局では、プエルトバリャルタの銃撃事件のことだけを報じていた。最初は犠牲者十一人、つづいて二十二人、最終的には二十八人が殺されたということだった。著名なビジネスマンで、麻薬王ではないかと疑われている、ダニエル・アロンソ・デ・ラ・ロチャ・アルバレス、プエルトバリャルタ市警の警官三人、連邦警察官五人、ドイツ人とアメリカ人がひとりずつ、そこに含まれていた。ほかに一般市民と警官が合わせて三十数人、怪我を負った。デ・ラ・ロチャが政府の殺し屋かマドリガル・カルテルの殺し屋《シカリオ》に撃たれたあと、群集にまぎれ込んでいた殺し屋、警官、ボディガードが、たがいに撃ち合い、この五カ月ほどのあいだで最大の大量殺人事件が引き起こされたというのが、当初の推測だった。

ラウラ・ガンボアは、ジェントリーのうしろに乗って、道を教え、たえず指示を出していた。「あそこを左」、「陸軍基地の前を通るのは危険だから、脇道を行きましょう」、「サユリタには検問所があるはずだから、手前でおりて、その先でハイウェイに戻ったほうがいい」等々。ラウラは、プエルトバリャルタの道路やハイウェイや交通状況に、ことに精通しているようだった。わめいたり泣いたりしているあとの五人とは正反対で、なぜか理知的で落ち着いていた。ラウラはショック状態なのか、それとも現実を否定する心理が働いているのだろうかと、ジェントリーは不思議に思った。それとも、これまでの人生で混乱と危険と近親者の喪失をさんざん味わっていて、だからこれも乗り切れるのかもしれない。

エレナは、四度目の電話をかけていた。親類や知人の生死を確認したいという必死の思いにとらわれているのだとわかっていたので、ジェントリーはしばらく目をつぶっていた。だが、秘密保全をあからさまに破られることに、我慢できなくなった。「電話を切れ」ジェントリーは強い口調で命じた。エレナは聞こえないふりをして、プエルトバリャルタの友人や病院や診療所に電話をかけつづけて、エディーの兄とおばとおじの安否をたしかめようとした。

これまでの電話では、なにもわからなかった。ただ、教会のバンの車内で事件をふりかえることで、愛するひとびとのたどった運命を五人は察していた。

「ロドリゴは殺された。息子をまたひとり亡くしたわ!」

「オスカルおじさんを見た。おなかを撃たれていた。死んだと思う!」

「エスペランサおばさんは、わたしの横にいたの。悲鳴をあげていたけど、声をたてなくなって倒れた」

「オルテガ一家は、わたしたちの前にいたと思うけど、教会には来なかった。無事だといいけど――」

「セニョール・オルテガは、通りに倒れていた。脚から血を流していたけど、生きていたわ」

「チャック大佐は死んだ。見たでしょう？」

ジェントリーは、会話にはくわわらなかった。興奮してどなっているスペイン語が、ほとんど理解できなかった。ガンボア一家を逃がすことに、意識が向いていた。

それに、自分が逃げることにも。彼らを家に送り届けたら、警察がガンボア一家に事情を聞きに来る前に、逃げ出さなければならない。

エレナが、舞台にいたべつの遺族に電話をかけようとした。その女性が生きていて電話に出られるかどうかもわからないのに。

「電話を切れ！」ハンドルを握っていたジェントリーは、どなりつけた。エレナはうなずいたが、だれかが出るのを願い、呼び出し音をずっと聞いていた。

ジェントリーは、サイドウィンドウをあけてから、手を自分の体の前にまわして、エレナの手から携帯電話をひったくり、ハイウェイに投げ捨てた。

「どうしてそんなことをするの？」

「電波を追跡される。きみはターゲットなんだ」

「ターゲット？」

「そうだ。あの連邦警察官たちは、遺族だけを狙い撃っていた。でたらめに乱射していたわけではなかった」

「デ・ラ・ロチャは殺された。どうしてあいつを殺してから、GOPES隊員の遺族を殺そうとするのよ？」

「わからない。ただ、複数の異なる集団が群集に混じっていたということも考えられる。どれかの集団が、きみたちを殺そうとした。ほかの集団が、デ・ラ・ロチャを殺そうとした」首をふった。「この国はまったくめちゃくちゃだ」

エレナが、両手で頭を抱え、泣き出した。

「車を替えないといけない」六人に対してというよりは、自分にいい聞かせるように、ジェントリーはつぶやいた。

「どうして？」エレナがきいた。「このバンじゃいけないの？」

「作戦上の安全措置だ。われわれは現場からこのバンで逃げた。足がつかない《クリーン》車が必要だ」

エレナが、車内を見まわした。「清潔《クリーン》みたいだけど」

ラウラが、うしろからいった。「犯罪現場から逃げるのを見られた車じゃだめなのよ。ジョー、どこでその車を手に入れるの？ 空港にあったのが、最後のレンタカー会社よ」

「使えるような車なら、なんでもいい。おれには銃がある」

バンの車内にしばし沈黙が流れ、リアシートのルス・ガンボアの低いすすり泣きだけが聞こえていた。ようやくラウラがいった。「べつの車を盗むことなんかできない」

「賭けるか？」

「法律に反する」ジェントリーは笑った。そういう言葉が出てきたことが、大きな驚きだった。「なんだって？　きみは警官か？」

「そうよ」

「わかった」車を走らせながら、ジェントリーは首をふった。それから、バックミラーでラウラを見た。「本気か？」

エレナが、ティッシュで鼻をかみながら、会話にくわわった。「プエルトバリャルタの旅行者用警察《ツーリスト・ポリス》よ。ほんとうの警官じゃないの」

ラウラが、義姉にどなり返した。「ほんとうの警官よ。訓練も責任もおなじ――」

エレナが義妹に大声で反論し、ふたりの口喧嘩が激しくなった。ジェントリーは、しだいに気を取り直した。道路や検問所や交通状況にラウラが通暁《つうぎょう》していたわけが、納得できた。

そこで、ラウラの肩を持つことにした。地雷原を突破しようとする心境で、ふたりのメキシコ女の口論に割り込んだ。「そのほんものの警官が、きょうはなんの罪もないひとびとを殺すのを見た。それに、ラウラの射撃の腕前は拝見したよ。ラウラが味方でよかった」バックミラーで、ラウラの顔を見た。「どうして警察の人間だといわなかったんだ？」

ラウラが肩をすくめた。「きかなかったから」

「そうか」またもやジェントリーは、ラウラから視線をはずすことができなくなった。無理やり前方の道路を見つめた。

ラウラがつづけた。「とにかく、エデュアルドが殺されたとき、わたしは停職になったの。

兄が許可なく行動していたと主張するひとが多くて、わたしは調査を受けて嫌疑が晴れてからでないと、復職できないという立場に追い込まれたわけ」

「そんな馬鹿な」

「それはそうだけど、そういわれたのよ。エディーの銃を家から押収するときに、わたしも銃を取りあげられた」

「教会で使ったベレッタは、まだ持っている？」

ラウラは首をふった。「いいえ。神父さんにあげて、持っていてといったの。捕まったときに銃を持っていたらまずいから」

ジェントリーは、溜息をついた。自分もまずいのはおなじだが、銃を持っていないわけにはいかない。ラウラがベレッタを持ってくれればよかったのにと思った。だが、その話はやめて、また目をあげ、ラウラとバックミラーごしに長いあいだ見つめあっていた。「あそこでは、みごとな働きをしたね」

「あなたもね」ラウラがいった。「ありがとう」ジェントリーの視線が前方の道路に一瞬向けられたが、またバックミラーを見た。ラウラ・ガンボアが、ずっとこちらを見つめている。

「車は盗まないで」

ふたりは長いあいだ見つめあっていた。ジェントリーは、ようやく目をそらした。「いうとおりにするよ、おまわりさん」

ガンボア一家は、ともに祈っていた。ラウラが導いた。エルネストの声がいちばん大きく、イグナシオはぼそぼそとつぶやくだけで、ルスは言葉をなぞりながらめそめそと泣いた。お祈りのあとは、話がとぎれた。ガンボア一家の生存者六人は、ウィンドウの外に目を凝らし、ジェントリーは運転をつづけた。体を酷使し、危険をくぐり抜けて、疲れ果てていた。海軍大佐のことを思うと、悲しくなった。カリンは偉大な人物だったと気づいた。あとひと晩、テキーラを飲みながら話を聞くことができたら、どんなに楽しかっただろう。髪が長いことや、漠然とした返事しかしないことを叱られても、さぞかし楽しかったにちがいない。だが、あの気難しいじいさんは、いかにも英雄らしく死んでいった。天晴《あっぱ》れな最後だった、としかいいようがない。

午後三時前に、一行はエレナの家に帰り着いた。エルネストがすぐさまテレビをつけて腰をおろし、ルスはキッチンへ行って、昨夜の残り物の料理を出した。肥ったイグナシオは、冷蔵庫からビールを出して、煙草を吸うために裏庭に出ていった。ディエゴはバスルームに行ってしまい、エレナとラウラは、これからどうするかを議論しながら、家中を駆けまわった。

ふたりの女の言葉は、ジェントリーにはひとこともわからなかった。

ジェントリーは、エルネストのいるリビングに立ち、プエルトバリャルタ発のテレビのニュースを見た——レポーターが、現地の霊安室の床にならべられた遺体のあいだから、現場報告を行なっていた。血の染みたシーツや毛布が遺体にかぶせられ、足だけが突き出していた。紙の名札が、遺体の右親指に赤い紐《ひも》で結びつけてある。

このエディーの家にも、もうじき警察が来るはずだ。どういう警察なのか、見当がつかない。味方なのか、それとも敵なのか。生き残った家族に、街を離れるだけの分別があればいいのだが、と思った。黒服組の勢力があまり根付いていない地域の知人か家族を頼ればいい。

だが、ジェントリーのほうは、沿岸を北上するあいだに、身についた自衛本能が働きはじめ、自分の置かれている苦境をまざまざと認識していた。ガンボア一家はどう考えてもまだ危険を脱していないが、ジェントリーも大きな問題を抱えていた。メキシコには違法入国した。何人も射殺した。その大半が警察官だった。どんな警官に出くわしても、それを追及されることはまちがいない。

姿を消すほかに、自分にできることはほとんどない、と理屈をつけた。官憲がやってくるまでぐずぐずしているのは、ごめんだった。メキシコ政府は、不法移民の取り扱いについてアメリカ政府に文句をつけているが、メキシコ国内で捕らえられた不法入国者は、なんの権利も認められずに刑務所に送られる。

マスコミもやってくるはずだ。ガンボア一家は全員が追悼式に出席した。ここにいる六人は、襲撃が沸き起こったときに舞台にいた遺族のなかで、もっともおおぜいが生き残った一家だった。それに、親指に名札をつけられた遺体は、テレビのインタビューの相手にはならない。

いますぐに逃げなければならない理由を説明し、一家の好運を祈るために、ジェントリーはエルネストのそばに行こうとした。だが、そのとき、テレビの映像が、現場レポーターから突然、パルケ・イダルゴに切り替わった。事件そのものが映し出されるにちがいない。広場には人間があふれていた。カメラは、道路のすぐ上にある広場の端に設置されていた。

デ・ラ・ロチャが撃たれてSUVのボンネットから落ちるところを、ビデオカメラマンは捉えていた。と、画面が揺れて、カメラの向きが変わった。レンズの前をひとの群れが動き、カメラマンはよろけたようだったが、やがて周囲の押し合いのなかで、バランスを取り戻した。

ジェントリーは、ソファの端に腰かけて、自分のきょうの活躍が再演されるのを眺めた。乾いた銃声、群集の上に漂う灰色の発射煙、それから……まさか……そうだ……ちくしょう、と心のなかでつぶやいた。

カメラが、それを捉えていた。

紺のキャップをかぶり、しわくちゃのチノパンをはき、茶色のシャツを着た、顎鬚《あごひげ》の男の映像がテレビに映し出されると、ジェントリーはうめいた。銃身の短いサブ・マシンガンを胸からぶらさげ、曲がった鉄棒を使って電話線を滑りおりているところだった。地上に達すると、群集にまぎれて見えなくなった。

いま、この瞬間に、ヴァージニア州ラングレーのCIA本部で、コーヒーを手にした男女職員数人が、照明を落とした部屋の大型モニターで、この映像を眺めている。ジェントリーは、それを一点の曇りもなく認識していた。いまごろはだれかが眼鏡をかけ直して身を乗り出し、まわりの人間にいっているだろう。「魂消《たまげ》たな。これは違反者《ヴァイオレイター》じゃないか？」

その部屋に自分がいるかのように、一部始終が頭に浮かんだ。CIAにいたときのその暗号名が局の上層部に伝えられ、コルト・ショーティをぶらさげて電話線でジップラインをやっている間抜けの画質を向上した画像が、いっしょに仕事をしたことがある人間すべてに配布される。かつてはCIAの資産《アセット》で、いまは目撃しだい射殺指令の対象となっている人物を、確実に識別するために。

そして、SAD《S A D》が出動する。CIA特殊活動部は、ジェントリーの命を狙っている。それに居場所を知られた。ヴァージニア発の社用《エグゼクティヴ》ジェット機が、数日どころか数時間以内に、プエルトバリャルタに到着するだろう。

ジェントリーは、それを声に出していった。その日、ガンボア家ではじめて口にした英語だった。「さっさとずらからないといけない」

立ちあがり、出ていこうとした。リビングから全力で駆け出さないように、精いっぱい我慢した。

だが、テレビの画像がまた変わり、パルケ・イダルゴの現場はもう映っていなかった。ダニエル・デ・ラ・ロチャがインタビューされている。昔のインタビューかと思った。髪を短く刈り、レーザー剃刀《かみそり》で山羊鬚《やぎひげ》を整えている美男のデ・ラ・ロチャが、いつもの黒いスーツとネクタイを着こなしている。場所は質素なカトリック教会の、質素な木の会衆席だった。

隣に座ったレポーターが、マイクを持ち、小声でうやうやしく話しかけていた。美人のレポーターは、プロフェッショナルらしく真剣な物腰に見せようと努力していた。しかし、ジェントリーのような炯眼《けいがん》で見れば、表情や体の動きから、被取材者《サブジェクト》に異性として強く惹《ひ》かれていることがわかる。

「きょう、どういうことがあったのか、お話ししていただけますか、セニョール・デ・ラ・ロチャ」

「司法長官の周辺が腐敗していることを糾弾《きゅうだん》するために、広場に行きました。わたしに対する不当な告発に反対するために。司法長官の手先をつとめた刺客《しかく》の追悼式をやるなど、言語道断です——」

立っていたジェントリーの右手で、エルネストがソファに腰かけていた。スペイン語は母国語なので、当然、テレビでなにが伝えられているかが理解できる。そのエルネストが大声で叫び、ジェントリーははっとした。「くそったれ《チンガド》！　ひとでなしめ、生きていたのか！」

そんなはずはない、とジェントリーは思った。あの野郎は、胸に二発もくらった。三時間後にインタビューに応じるなど、ありえない。だが、インタビューは生中継で、得意げな顔のデ・ラ・ロチャは、かすり傷ひとつ負っていないように見えた。デ・ラ・ロチャが銃撃されたときの光景を、ジェントリーははっきりと見ていた。現場でも、さきほどの録画でも。上半身を保護する防弾衣《ボディ・アーマー》はもとより、ケヴラーの抗弾ベストすらつけていなかった。

「撃たれたあと、もうこれで終わりかと思いました。妻や幼い子供たちのことを考えました。しかし、仲間が病院へ運ぼうとしたとき、わたしはこういったんです。『おい、みんな、ちょっと待ってくれ。弾丸は体にはいっていないぞ』。まるで奇跡でした。神に感謝します」

カトリック式に十字を切り、目の涙を拭った。レポーターが、ティッシュを渡した。デ・ラ・ロチャが、うなずいてティッシュを受け取った。ジェントリーには、すべて芝居のように思えた。あらかじめ決めておいたとおりに、信仰、悲しみ、弱さ、魅力をふりまく。デ・ラ・ロチャが、レポーターに笑みを向けた。「ありがとう《グラシアス》。失礼しました。感情の起伏の激しい一日だったんです」

ジェントリーが見まわすと、ルス、エレナ、ラウラがリビングに来ていた。廊下からディエゴがはいってきて、父親の叫び声を聞いたイグナシオまでもが、庭から戻ってきた。一同の顔の灼熱《しゃくねつ》した怒りを、ジェントリーは見てとった。なにか自分にできることがあれば、と思った。ガンボア一家は、さきほどの予想よりもずっと厄介な状況に置かれている。

しかし、くそ……出ていくしかない。

インタビューが終わるころには、デ・ラ・ロチャはレポーターをすっかり手なずけていた。女性レポーターが、気遣うような顔できいた。「テレビをご覧のみなさんにお伝えしたいことが、ほかにありますか、セニョール・デ・ラ・ロチャ?」

「マドリガル・カルテルの手先になっている政府の工作員が、この二週間のあいだに二度、わたしを殺そうとしました。そのカルテルと政府の結びつきを示す証拠を、わたしがつかんでいるからです。パルケ・イダルゴできょう信じられないほどの死者が出たのは悲しいことですが、麻薬テロリスト、コンスタンティノ・マドリガルの手先として、警察がだれでも殺したい人間を殺すことが許されているとするなら、これはほんの幕開きにすぎないでしょう。事件の真相は、わたしにははっきりと見えています。メキシコシティの連邦政府当局者も知っているはずです。二週間前にわたしの暗殺に失敗したGOPESに代償を払わせるために、セニョール・マドリガルが、けさのプエルトバリャルタでの虐殺を命じたのです。マドリガルが自由の身でいるかぎり、こうした悲劇は何度となく起きるでしょう」

デ・ラ・ロチャが話をしているあいだ、ガンボア一家はテレビに釘付けになっていたが、ルスだけはちがっていた。六十五歳の主婦のルスは、廊下の先のキッチンへ行っていた。すぐにエンパナーダ（魚や肉のパイ皮包み揚げ）、豆、バナナ、サラダを盛った皿を載せたトレイを運んできた。昨夜の残りだ。その軽食を渡されたとき、ジェントリーは内心うめいた。

ラウラが、ジェントリーのほうを向いた。「これからどうするの？」

だれかに話しかけたのかと思い、ジェントリーは肩ごしにうしろを見た。だれもいない。

「ど《コ》うって《モ》？　うーん」

「これからのこと。わたしたちの計画は？」

「なんでおれにきくんだ？」

ラウラが、まごついたような顔をした。「それは……わたしたちがどうすればいいか、あなたなら教えてくれると思って」

「きみたちがなにをしなければならないかは、おれにはわからない。メキシコにいるのも不法なんだ。ひとりで脱出しなければならない」

「行ってしまうの？　ここにわたしたちを置いて？」

「ここはきみたちの住まいだ」

「ここにいたほうがいいというの？」

むろんいるべきではない。ジェントリーにはわかっていた。しかし、メキシコに友人はいないし、人脈もない。あえていうなら、どこにも友人などいないのだが。

「おれといっしょに来たくはないはずだ。安全な場所を探せ。力を貸してくれる友だちに連絡しろ」

エレナが、ラウラの前に出てきた。「だれが信じられるか、わからないの」

「おれにもわからない。この土地の人間じゃないからね」

「エディーが殺されるまでは、GOPESが信じられた。チャック大佐のことも信じていた。あなたのことも信じている」

くそ。

ジェントリーはいった。「エディーの友人がいるはずだ。政府や、軍に。きみたちを護ってくれるだろう」

自分たちの命を救ってくれた男が去ってしまうと気づき、エレナの胸にパニックがこみあげ、声が高くなった。「エディーの部隊は全滅したのよ。上官たちが腐敗に関わっているにちがいない。だれに頼ればいいの？」

「アメリカに行ったら？」

エレナが首をふった。「エディーは、十三年間、潜入捜査ばかりやっていた。ほとんど海外にいた。潜入捜査では友だちはできない。海軍には友だちがいたはずだけど、わたしは知らない。身重で殺し屋から逃げまわっているのに、突然行って、知らないひとに助けてくれなんていえない」

ジェントリーは、進退きわまっていた。ガンボア家の全員に見つめられ、知らず知らずあとずさって、コンクリートブロックの壁にぶつかった。そっと肩をすくめる。「おれには……わからないんだ。みんなここから逃げるべきだと思う。でも、どこへ行けばいいのか……なにをすればいいのか……だれが信じられるのか？　といったことになると、皆目《かいもく》わからない。手助けできない。力になれればいいと思ってはいるんだが」

長いあいだ、だれも言葉を発しなかった。ジェントリーは、切実な思いで玄関のほうを見た。そこが果てしなく遠く思えた。

ディエゴが、不愉快そうに首をふり、背を向けて廊下に出ていった。ジェントリーの英語がすべてわかったわけではないだろうが、ジョーが立ち去るつもりだという事実だけは聞き取ったのだ。

ラウラがいった。「力になれるはずよ。現に助けてくれたじゃないの。みんなを統率して。プエルトバリャルタでの射撃とか、いろいろなことで、あなたは——」

彼らに理解してもらいたいと、ジェントリーは思った。「射撃とか、いろいろなこと……あれはほとんどがおれの専門だ。ほかのことでは、たいがいお手上げだよ。悪党どもが消えうせたとたんに、計画が底をついてしまう。きみたちはみんな、町を出なければならない。黒服組から逃げるんだ。おれにはそれを手伝う力はない」

エレナが、行かないでほしいと哀願しはじめた。

「このひとの好きにさせれば」エレナの言葉をさえぎって、ラウラがどなった。「わたしたちにもう用はないということよ！　それならそれでいいじゃない」ジェントリーの顔を見た。「いろいろとありがとう。わたしたちはだいじょうぶよ」ジェントリーの意思疎通能力は、さほど研ぎ澄まされていないので、ラウラの言葉が皮肉なのかどうかは判断できなかった。だが、ジェントリーは、物事を額面どおりに受け取るたちではなかった。

うなずいた。全員と握手を交わし、好運を祈り、正面玄関から出ていった。

21

サンブラス教会の正面に、町の広場がある。ジェントリーは、広場の北側の道路に沿った市場《メルカド》を抜けて歩いていった。ガンボア一家を見捨てるのはつらかったが、いますぐにここから脱出しないと、CIAかグリゴーリー・シドレンコの殺し屋に発見されて殺される。あるいは――情けないことに、これが最善の筋書きだが――書類を持っていないために、もしくは連邦警察官を殺したために、メキシコの刑務所にぶち込まれる。

それに、もしロシア人刺客がサンブラスに現われたら？　町警察は、さぞかし困惑するにちがいない。

ガンボア一家ならだいじょうぶだ。ラウラ、エレナ、ディエゴ、ルス、エルネストのことは心配ない。昨夜のように地元の人間がまわりに集まって、護ってくれるはずだ。デ・ラ・ロチャがプエルトバリャルタでの銃撃事件について自説を開陳したおかげで、ガンボア一家はスポットライトを浴びている。当面は安全だろう。

エレナとラウラに説明したように、銃撃戦なら力になれる。しかし、ほかの状況では自分がいるとかなり足手まといになる、そう自分にいい聞かせた。なにしろテレビに映ってしまったのだ。

グレイマンほどテレビと反《そ》りが合わない人間は、どこにもいないというのに！

教会の前を通り、両腕をぶらぶらとふりながら、バス停留所に近づいた。カンバスのバッグは、チャック・カリンの車に置いてきたので、財布のほかに、実弾が三発だけ残っているリヴォルヴァーを隠し持っているだけだ。理髪店と化粧品店の前を通り、一瞬歩きつづけてから、歩度をゆるめた。

食料品店《ボデガ》の壁に貼られた大きな黄色いポスターが、目を惹《ひ》いた。学校や自動車保険やソフトドリンクを売り込んでいるまわりの広告と、あまり変わらないように見えた。

だが、そうではなかった。

まったくちがっていた。

〝マドリガル・カルテルのカウボーイ組《ロス・バケロス》の兵隊募集〟と書いてあった。〝各種手当て、生命保険、家族や子供の住める住宅を用意。スラム街に住み、バスに乗る生活に見切りをつけよう。希望により、新車の乗用車もしくはトラックを支給。警察官、陸軍もしくは海兵隊の兵士は入隊しだい特別手当てを受給できる〟。

ほほえんでいる仲のいい家族の写真が何枚も載っていて、その下に電話番号が書いてあった。

ジェントリーは、はたと足をとめた。もう一度読み、ちゃんと読解しているかどうかを確認した。まちがいない。そのとおりに書いてある。

どういうことだ？　麻薬カルテルが、おおっぴらに雇用しているとは？

この国はとんでもなく狂っている。

「〃麻薬の旗印《ナルコバンデラス》〃といわれてる。カルテルの協力者募集広告だ。信じられんだろう《インクレイブレ》？」コンビニの前のベンチに座っていた年寄りが、ジェントリーがポスターの文句を読んでいるのを見て、声をかけた。口をぽかんとあけているのに気がついたからだろう。さもなければ、顎鬚《あごひげ》の男がその仕事に興味を示したと思ったにちがいない。

ジェントリーは、年寄りに目を向けた。「マドリガルがこんな広告を打つことができて、警察も撤去しないのか？」

年寄りが肩をすくめた。「ときどきは撤去する」

やれやれ。ひとり残らず腐敗しているわけではないようだ。「それはよかった」

「シ、DLR《デ・エレ・エレ》を支援している警官が、ときどきマドリガルの広告を撤去するのさ。それとも、ポスターの下のほうに書き込む。黒服組のほうがカウボーイ組よりもいい生命保険のプランを用意している、と」

ジェントリーは、信じられない思いで首をふった。

麻薬組織の人間は、いたるところにいる。ここにも。カルテルの魔手は、悪性の癌《がん》のようにひそかにのびて、メキシコ太平洋岸の生活のあらゆる部分に巣食っている。

自分をごまかしてはいけない。ラウラとエレナを含め、ガンボア一家には、生き延びられる見込みはない。

だが、自分がそれをどうにかできるというのか？

ジェントリーは、バス停留所のほうを見て、そちらに二歩進んだところで、また足をとめた。

優柔不断。迷いが大きくて決められない。

どうするんだ、ジェントリー。


リビングで家族が延々《えんえん》と議論をつづけた。生き残った家族と兄の寡婦《かふ》エレナ・ガンボア・ゴンサレスを、ラウラ・ガンボア・コラレスがひとまず取り仕切っていた。午後にサンブラスを出るべきだと、自分の決断を明らかにした。一時間ほど内陸部へ行ったテピクに一族の友人がいるから、そこへ行けばいい。有名な弁護士だから、力になってくれるにちがいない。

エレナは、議論に疲れ果て、義妹の希望に従うことにして、疲れが出ている腰とむくんだ足を休ませるために、ソファに横になった。エルネストとルスは、最初のうちは逃げるという決定に抵抗した。サンブラスは自分たちの故郷なのだ。だが、ふたりが行かないのなら自分も行かないと、ラウラが断言したので、しぶしぶ同意した。

ディエゴは、きょう両親を亡くし、名目上はエルネストとルスが保護者だが、ひとりで決められる年齢に達している。自分が望むなら裏口を出て自転車に跳び乗り、走り去ることもできた。だが、ガンボア一家のもとに残ることにした。

エルネストおじいさんは年老いているし、イグナシオおじさんは役立たずだとわかっていたからだ。

自分は男にならなければならない、とディエゴは考えた。そう決断するのは、生易《なまやさ》しいことではなかった。プエルトバリャルタやサユリタで、シナロア産の大麻をアメリカ人のサーファーやバックパッカーに売っているから。組織のいちばん末端であるとはいえ、マドリガルの組織の一員ではあった。だが、それはもう過去の話だ。これに金は関係ないし、善悪も関係ない。重要なのは家族と、家族が生き延びることだ。家族の安全をはかるためなら、なんでもやるつもりだった。

イグナシオは、ビールとテキーラを飲み、この一時間で酔っ払いかけていた。家族とともにテピクへ行くことに、反対しなかった。妻子はないし、プエルトバリャルタのすこし北の沿岸にある家のほかに、行くあてもなかった。

気を静めるためにテキーラをショットグラスで四杯ひっかけ、ビールを二杯飲んでも、きょうの事件のあとでは、ほかに選択の余地はないということがわからないほどには、酔っていなかった。

計画ができたことで、ラウラは満足していたが、ジョーが手を貸してくれたら、もっと安心できたはずだった。よそ者のアメリカ人が自分たちを見捨てたことに、落胆していた。ジョーはみんなの命を救ってくれた。パルケ・イダルゴでの活躍はじかに見ていないが、ニュースによれば、群集のなかで銃撃していた殺し屋《シカリオ》六人を、何者かが殺したという。ラウラが撃ったのはひとりだけだった。だから、あとは謎のアメリカ人が片づけたにちがいないと推理していた。

魅力を感じていたこともたしかだが、彼が行ってしまったいまは、それを抑え込んでいた。夫が北部で麻薬密売人《ナルコ》に拷問されて殺されたときから、何年も男に目を向けることはなかった。だが、ジョーには目を向けた。理由はわからない。兄のエデュアルドとの結びつきが、たまの電話や、遠い国の都市の色とりどりの葉書だけだった時代に、ジョーが兄と知り合いだったから、興味があるだけなのかもしれないと思った。そのせいで、昔からの友だち同士のような親しみを感じていた。

そしていま、謎のアメリカ人は、やってきてすぐに去っていった。姿を現わしてから、姿を消すまで、二十四時間もたっていない。ラウラの人生からいなくなってしまった。

きょう、これほどさまざまな出来事があったのに、なぜそんなことが気になるのか、さっぱりわからなかった。

ラウラは、家族に出発の準備をさせた。六人がエデュアルドの大きなフォードF－350スーパー・デューティに乗る。エルネストが荷造りをして、ルスがキッチンへ行って、食料と飲み物をかき集めた。ディエゴは通りの先のガソリンスタンドにフォードを運転していって、ガソリンを満タンにし、オイルも足した。

エレナはソファで休んでいた。イグナシオは裏庭に出て、煙草を吸い、酒を飲んでいた。

リビングの電話機が鳴った。家族が帰宅してから、はじめての電話だった。エレナが電話に出た。

「もしもし《ブエノ》？」

「こんにちは、エレナ？　ご家族は元気かね？」

「だれなの？」

「ダニエルというものだ」

エレナは、返事をする前に息を呑んだ。声でわかった。「ダニエル・デ・ラ・ロチャ？」

「どうぞご贔屓《ひいき》に。きょうは正式な顔合わせがなかった。ご主人とも正式に引き合わされたことはなかった。エデュアルドのことは残念だった」

エレナはあえいでいた。「わたし……あなたが撃たれるのを見た」

ダニエル・デ・ラ・ロチャが笑った。「セニョーラ、アメリカ人に殺しの方法を訓練された、あんたの強い夫に、わたしを殺すことができなかったんだ。そう簡単に殺せると思っているんじゃないだろうな？　とんでもない。かすり傷ひとつない」

「どうして電話してきたのよ？　なにが狙い？」

「狙いをいってやろう。不愉快かもしれないが、いってやろう。あんたの赤ん坊がほしい。あんたの夫の犯罪の代償を、あんたの息子が払うんだ。赤ん坊さえくれれば、命は助けてやろう。もうあんたや家族を脅かしはしない」

「わたしの赤ちゃんを？　殺す気ね？」

「ああ。だが、そんなに悲しいことじゃない。いいか、できるだけ楽にしてやる。あんたが医者に行けば、こっちから医者に事情を説明する。医者が措置をして、わたしの望みのものをあんたから取り出す。いうとおりにすれば、あんたも、けさプエルトバリャルタから生還したあんたの家族も、死なずにすむんだ。あんたの赤ん坊を手に入れるのを邪魔するやつらも、命を落とさずにすむ。謎の白人《グリンゴ》も含めて」

「赤ちゃんがほしいって……正気じゃないわ」

「正気そのものだ。わたしは理性的なビジネスマンだ。それに、命で払ってもらう期限が来たのを延長してやるといっているんだぞ。いま同意しなかったら、後悔することになる」

「あんたは正気じゃない。ほっといてちょうだい。わたしも家族もおなかの赤ちゃんも、あんたがわたしたちから奪ったものすべてのために嘆きつづけるわ」

デ・ラ・ロチャの上品な口調が一変し、棘々《とげとげ》しくなった。「よくきけ、くそあま！　おまえの亭主こそ、わたしから奪おうとしたんだ！　そのためにやつが引き起こした損害は、やつの命ぐらいじゃ取り戻せない。やつの命は、わたしの靴にくっついた糞《くそ》ほどの値打ちもない。赤ん坊をよこさないと、ひとり残らず――」

エレナ・ガンボアは、受話器を叩きつけ、両手で顔を覆《おお》って、甲高《かんだか》い悲鳴をあげた。ラウラがエレナを両腕で包み込み、ぎゅっと抱き締めた。リビングに立ったまま、ふたりは大声で祈りはじめた。

「神さま、わたしたちをお護りください！」

玄関のドアがあき、ふたりの女はいっしょにそっちを向いた。例のアメリカ人、ジョーだった。ラウラはびっくりして、なにがなにやらわからないまま、とぎれがちにいった。「なにか……忘れ物でもしたの？」

ジェントリーは、決まり悪そうに足を動かした。「今夜だけは見張ろう。あすになっても事態が落ち着かないようだったら、警官が来たときには、エディーの船に隠れる」

エレナが、デ・ラ・ロチャからの電話のことを、すぐさまジェントリーに打ち明けた。ルス、エルネスト、ディエゴ、ラウラに囲まれて、エレナが話をした。お腹の大きいエレナが、まだ生まれていない赤子の命をデ・ラ・ロチャが要求したことを伝えるあいだ、ジェントリーは顎の筋肉をひくつかせていた。

「なぜだ？」ジェントリーはきいた。「なぜ赤ん坊を？」

「わからない。エデュアルドのたったひとりの子孫だからかもしれない」「あの野郎は、生まれてくる世紀をまちがっていた」ジェントリーは、首をふりながら、そっといった。「逃げなければならない。いますぐに、ここから逃げ出さないと」

ラウラがいった。「テピクに行くことになっているの。友人がいるから。有名な弁護士で。きっと――」

「だめだ」ジェントリーはいった。「友人はだめだ。近くの友人は、黒服組にすぐに突き止められる。辺鄙《へんぴ》なところでないといけない。だれが味方なのかを見極めるあいだ、一日か二日、姿をくらますことができるような場所だ」ロごもった。「そういう場所を思いつくことができたら……いっしょに行く。そこへたどり着けるように」

イグナシオが、大きな腹を掻《か》いて、ジェントリーの顔を見た。「マサトランに家を持っている従兄弟《いとこ》がいる。そこへ行けばいい」

「だめだ。友人や親戚はだめだ」

ラウラが割り込んだ。「わたしが知っている場所がある」

「どこだ？」ジェントリーはきいた。

「シエラマドレの上のほうの農場。道路状況によるけど、ここから三、四時間よ。亡くなった夫の家族が所有しているんだけど、年取ったので街に越したの。わたしの知るかぎりでは、その大農場《アシエンダ》には、だれも住んでいない」

「そこへ行こう」ジェントリーは、きっぱりといった。

ふたたびみんなを統率していた。

22

ジェントリーひとりだったら、いまごろはかなり遠くへ行っていたはずだった。山地の農場を目指すと決断したら、六十秒とたたないうちに出発していただろう。しかし、ひとりではなく、この旅行にはほかに六人が同行する。グレイマンのような人間にしてみれば、うしろに長い尻尾《しっぽ》が突き出しているような心地だった。その尻尾がひきずられて地面に跡を残し、かつまた動くたびにいろいろなものにひっかかる。裏門を通って出てゆき、裏手の路地を抜けて、土埃《つちぼこり》のなかに姿を消すというわけにはいかない。女三人、子供、肥った酔っ払い、年寄りが、支度をするのを待たなければならない。ジェントリーは、はじめのうちこそせかしたが、六人は、時間を無駄にできないということに同意しても、あれを手に取り、これを戻して、家のなかを走りまわるばかりだった。

待っているあいだ、ジェントリーは歩哨に立っていた。三発しか残っていないリヴォルヴァーだけが武器だ。シャツの下で腰のうしろに差し、エディーのピックアップのそばに立っていた。七人がどうにか乗れる大きさだし、馬力のある4WDなので、必要とあればオフロードでも走れる。荒れた山道で役に立ちそうな馬鹿でかいフラッドライトまで、ルーフに装備していた。ディエゴが運転台に案内して、ライトとウインチの操作方法を教えた。キイをイグニッションに差し込まなくても、ボタンを押せばエンジンを始動できることも教えた。

ガンボア一家を付け狙う可能性のある悪徳警官によく知られている、派手な大型車を乗りまわすというのは、ジェントリーにとって望ましい選択肢ではなかったが、ディエゴに命じて、ラウラの小さなホンダの二ドアと、前後のナンバープレートを取り替えさせた。サンブラスから遠ざかるあいだ、しばらくそれでごまかせることを願った。

〝尻尾《しっぽ》〟の用意ができるのをいらいらと待つあいだ、ジェントリーは短いドライブウェイの突き当たりの門にずっと目を光らせていた。そこに立ってから一分か二分ほどで、サンブラス警察の中年の女性警察官が門のところに現われ、こちらを覗き見た。昨夜の食事のときに見かけた警官だった。裏庭に立っていたうちのひとりだ。ラウラを何度か抱き締めたのを見ている。そんなことに気づいたのは、ジェントリーがラウラを見つめていたからだった。ジェントリーはうなずいて、さっと手をふった。女性警官は睨《にら》み返しただけだった。昨夜とは態度が一変している。プエルトバリャルタの事件に関与したのを知っているのだろうか、と思った。

早く出かけなければならない！　そう自分にいい聞かせた。ガンボア一家にそういっても、時間の無駄だからだ。

女性警官はすぐに離れていったが、べつの警官が門に近づいてきた。その警官もすぐに行ってしまったが、ほどなく警察無線の甲高《かんだか》い雑音が塀《へい》の向こう側の通りから聞こえたので、その警官と、おそらくくだんの女性警官も、そのあたりに立っているのだと察しがついた。ガンボア一家を護るために来たのならありがたいが、黒服組が現われたら、あのちゃちな警棒ではどうにもできないだろう。

三人目と四人目の警官が、ぼろぼろの白いピックアップに乗ってやってきた。運転台からふたりがおりて、それまでのふたりとおなじように、ただ通りに立っていた。ディエゴが家から出てきたので、エディーのF-350の荷台に大きなバックパックふたつを積み込むのを、ジェントリーは手伝った。

武器を持っていない警官が、さらにふたり、自転車を漕いでやってきて、門から覗き込んだ。鉄格子ごしにおおぜいの目を向けられて、ジェントリーは動物園の猿になったような心地がした。町警察の警官たちがドライブウェイを見て、同僚と話をするときの態度から、神経を尖《とが》らせているのが察知できた。先任とおぼしいひとりが、ようやく近づいてきて、鉄格子の向こうから睨みつけた。エルネストを呼んできて話をさせたほうが賢明だと、ジェントリーは判断した。

家のなかにはいり、いくつか部屋を通り抜けると、エルネスト以外の全員を集めてエレナが居間でまたお祈りをしていたので、ジェントリーはいらだちをつのらせた。そのまま憤然と裏庭に出ると、エディーが復元しかけていたボストン・ホウェーラーのそばのテーブルに向かって、エルネストがぽつねんと座っていた。

泣いていた。独りきりで、めそめそと泣いていた。

まったく、ジェントリーは思った。泣いているひまはないんだ。

「すまないが《ベルドナメ》、エルネスト」やさしく、頼み込む口調でいった。「表に警察が来ている」

エルネストが、ジェントリーの顔を見て、こういった。「息子をひとり亡くし、きょうは兄弟をふたり亡くした」

「お気の毒です」というほかはなかった。

「娘のことだが」

「ラウラ？」

「護ってくれるね？」

「できるだけのことはする。あなたたちみんなのために」

エルネストが手をのばして、エディーのボストン・ホウェーラーのなめらかな船体をなでた。「どうか、ホセ。わたしが残った家族を救うのに手を貸してくれ」

「ロリータの面倒はみる。警察がなんの用があるのか、たしかめてくれ」

エルネストが立ちあがり、ジェントリーをしっかりと抱き締めた。ジェントリーは、心を動かさず、無情でいようとした。エルネストの心にわだかまる痛みは想像を絶するものだろう。しかし、どうしてやることもできないのだ。


エルネストが、家のなかを通って、玄関から門に向かった。ジェントリーはあとに従い、うしろから動きを見守っていた。エルネストが背負っている耐え難い喪失感が、肩を落としてうつむいたその姿に、ありありと表われている。高齢にもかかわらず、エディーの父親は肉体的には壮健に見える。だが、精神的にはかなり脆《もろ》くなっていた。

エルネストが、門を開錠してあけた。口髭を生やしたがっしりした体つきの警官が、その前に立っていた。

「マルティネス巡査部長。なにが起きたか、聞いただろう？」

「シ、セニョール・ガンボア。まことにお気の毒です」ふたりがぎくしゃくと抱き合った。

ジェントリーは、F－350のそばにいた。姿を見られたくなかった。怪しまれて問題を起こしたくなかった。

エルネストがいった。「わしらはここにいると危ないんだ。黒服組《ロス・トラヘス・ネグロス》にきょう殺されそうになった。もうじき出発する」

巡査部長が、一瞬通りのほうを見てからいった。「申しわけないが、エルネスト、サンブラスを出ないようにしてもらいたい」

「どうしてだ？」

「その……じつは理由がわからない。テピクのナヤリト州警察長官から、電話があった。あんたに自宅にいるように指示しろと、命令された」

エルネストがうなずいた。「なるほど」

ほかの家族が、玄関からぞろぞろと出てきた。いろいろな包みやバッグや箱を持っていて、七人が乗るピックアップの容量の限界を超えそうだった。荷物が積み込まれて、ラウラとエレナがすぐに通りに出て、エルネストとならんで立った。あとの四人もまもなく出てきた。

エルネストと巡査部長が、話をまとめようとしていい合っていた。

巡査部長は、口調こそ丁寧《ていねい》だったが、家族には自分や警官たちといっしょに署に来てもらい、そこで指示を待つようにと要求した。

エルネストは、保護してくれるのはありがたいといったが、家族には警察といっしょに行けとは指示しなかった。

気心が知れている人間同士の奇妙な対決が、その通りではじまっていた。

自分が護ることになっている家族を早く出発させたいジェントリーは、そのなかに割り込んだ。こいつらは礼儀正しくしているが、本心はわかったものじゃない、と思った。友好的で、脅しつけるようなところはまったくないが、この警官たちは黒服組からの逃亡を遅延させることで、ジェントリーの作戦にとっては大きな脅威になりつつあった。ジェントリーはスペイン語でいった。「巡査部長。あんたは移動するなといっている。みんなはそれに従わないといっている。議論することはなにもない。あばよ《アディオス》」ガンボア一家のほうを向いた。「みんな、車に乗れ。出発する」

巡査部長がいった。「セニョール、あなたはお引きとめしない。あなたにここにいてもらうようにという命令は受けていない。しかし、ガンボア一家には、署まで同行してもらう必要がある」エルネスト・ガンボアのほうをふりかえった。「みなさんをそこで保護します。さあ、こちらへ」笑みを向け、エディーのピックアップの半分くらいの大きさなのに、全員が荷台に乗れるとでもいうように、自分のピックアップを指し示した。

「逮捕するのか?」ジェントリーはきいた。

「むろんちがう。しばらく見守りたいだけだ」

「一家はおれといっしょでなければ、どこにも行かせない。さあ。そこをどいてくれ」

「アミーゴ、警察の業務を妨害したら、あんたを逮捕することもできるんだぞ」

「やってみろ」ジェントリーは、大柄な警官を睨《にら》みつけたが、ラテン系に男の意地という特質があるのを、うっかりして忘れていた。肥り気味の中年の警官など、汗ひとつかかずに叩きのめすことができる。しかし、男同士の体を張った対決で、この警官が引き下がることはありえない。

ふたりは荒々しい目つきで睨み合っていた。マルティネス巡査部長がいった。「書類を見せろ」

ジェントリーは、まじろぎもしなかった。「書類はあまり持たないんだ」

「パスポートは？　入国ビザは？」

ジェントリーはただ首をふった。「ない」

「どうやって入国した？」

「チアパスであんたの同僚を買収して、グアテマラから国境を越えさせてもらった。メキシコには汚職警官がしこたまいるみたいだな」

巡査部長の口髭が、一瞬ひくついたが、体のあとの部分は、石のように微動だにしなかった。ふたりの男は、かなり長いあいだ睨み合っていた。巡査部長の頭がめまぐるしく回転しているのが、目に見えるようだった。この白人《グリンゴ》は、どんな揉《も》め事を引き起こすだろうか？

エルネストが進み出て、睨めっこに割ってはいり、差し迫っていた激突を回避した。「い《ブ》いだろう《エノ》、巡査部長。結構だ。保護するという話を受け入れよう。あんたといっしょに行くよ」

「あの車に乗るな」ジェントリーはとめようとしたが、エルネストと従順な妻のルスは、警察のピックアップに向けて歩いていった。警官ふたりがリアゲートをおろし、老夫婦が荷台に乗るのに手を貸した。そばを通ろうとしたエレナにも、ジェントリーはおなじことをいった。エレナは不安げで、どうしたらいいかわからないようだったが、当面、サンブラスから急いで逃げ出すことはできないという事実を受け入れていた。

こんどはラウラがそばを通り、小声でジェントリーにいった。「このひとたちは友だちよ。麻薬密売人とは関係ない」

「しかし保護できない。殺し屋《シカリオ》が来たら、あるいは連邦警察が連行しにきても、阻止できない。州警や陸軍が――」

そのとき、道路から轟音が聞こえて、全員の顔がそちらを向いた。オリーヴドラブ色のピックアップ三台が、広場からの道路を曲がってきて、ガンボア家のあるカナリソ通りを走ってきた。いずれも荷台に、大きな黒いG3アサルト・ライフルを持ち、かさばるグリーンの防弾衣をつけたメキシコ陸軍兵士ふたりが乗って、運転台のルーフに身を乗り出していた。さらにふたりがうしろ向きに乗り、通りにライフルを向けていた。運転手と助手席の兵士を勘定に入れると、武装した兵士十八人と、ライフル十八挺が現場に到着したことになる、とジェントリーは気づいた。

「大部隊というわけだ」ジェントリーは、ラウラではなく自分に向けて、そういった。

ジェントリーには、三五七マグナム弾が三発しかない。なにもないよりも、ずっと最悪に思えた。

陸軍の車両が停止し、兵士がおり立ち、跳びおりて、サンブラス警察の警官六人と話をはじめた。かくして、警官たちの警棒とベイビーブルーのポロシャツという装備では、だれも保護できる見込みがないことが露呈した。

23

五分たっても、話がつかなかった——というより、さらに予断を許さない状況になった。町警の警官を満載したピックアップが到着し、サンブラス警察側は、これで十一人になった。警察官たちは、メキシコ国防軍の兵士十八人と対峙《たいじ》していた。マルティネス巡査部長が、道路のまんなかで陸軍中尉といい合った。はじめのうちは丁重だったが、やがて議論が激してきた。

ふたりのうしろで、兵士と警官の乱闘が起きていた。ひとりの兵士が町警のピックアップに寄りかかっていて、若い警官がその兵士を突き飛ばした。中尉が部下にどなり、兵士たちが警官たちにライフルを向けた。

通りに充満する男性ホルモンと男の意地のせいで、プエルトバリャルタで午前中に起きたのとおなじような騒ぎが勃発しそうだった。

エディーの兄のイグナシオ・ガンボアは、弟の家の壁にもたれ、すこし日蔭になっているそこで高みの見物を決め込んでいた。兵士たちがライフルを構えると、降参だというように大男のイグナシオが両手をあげた。だれもおなじようにしなかったので、のろのろと手をおろした。

中尉の主張からして、プエルトバリャルタの駐屯地の上官から、ガンボア一家を連れ戻すよう命じられているのだと、ジェントリーは推察した。いっぽうサンブラス警察は、ハリスコ州警がこの沿岸部に迎えにくるまで、ガンボア一家を足止めするようにと、上層部に命じられていた。州警もまた、一家をプエルトバリャルタの警察に連れていって、パルケ・イダルゴの銃撃事件について、そこで事情を聞くことになっている。

だが、ガンボア一家は、どちらの側ともいっしょに行きたくないと考えているようだった。ジェントリーの見たところでは、エルネストもあとのものも、怪しみはじめていた。警察も軍も、プエルトバリャルタのおなじ警察からの命令に従って行動していると主張しているが、双方の受けた命令は実質的に相反している。

そうだ、これはまやかしだ、とジェントリーは思った。エディーの家族を連行しようとしてるふたつの集団のうち、どちらか、もしくは両方が、嘘をついている。警察も軍も、麻薬密売人《ナルコ》かそれぞれの組織の腐敗した一派と直接のつながりがあるか、それとも知らず知らずのうちに利用されているのだと、容易に察しがついた。延々《えんえん》とつづく口論が、脅しに変わり、双方が小突き合ったり、睨《にら》み合ったりして、ただの対決が遺恨を含むようになった。それを見ているうちに、土埃《つちぼこり》の立つ午後の道路でくりひろげられているこの権力抗争は、司法権の管轄とはまったく関係がないと、ジェントリーはいよいよもって確信した。ここで争われているのは、ガンボア一家の首にデ・ラ・ロチャがかけた懸賞金なのだ。いずれにせよ、ふたつの集団、もしくは双方の親玉が、それを手に入れようと決意している。

ガンボア一家とジェントリーは、家の前の通りに立っていた。ピックアップには荷物を積み込み、いつでも出発できるようになっている。口論がつづいているあいだに、一家を乗せて走り去ろうかと、ジェントリーはふと思ったが、兵士が二班に分かれて道路の両側を固めていたので、その考えを捨てた。だめだ。ここでじっとして、どちらが議論に勝つかを見ているしかない。勝ったほうがガンボア一家という獲物を手に入れる。

戦闘になれば町警に勝ち目はないが、怒れる大男マルティネス巡査部長は、なにはともあれボス猿的性格の男だから、一歩も引かないにちがいない。

やがて、精密に調整されたエンジンの遠い爆音が、北から伝わってきて、大気をふるわせた。その音はどんどん大きくなった。この小さな町には、適当に見つくろったエンジンを載せた古い車やおんぼろトラックや、蒸気機関車よりも大量に灰色の煙を吐き出すオフロード・バイクぐらいしかないが、それとはまったくちがう音だった。ピックアップの荷台の兵士たちは、そのマシーンが接近してくる北に銃口を向けたものの、顔を見合わせて、指揮官の指示を仰いだ。

自分が無関係なら、この滑稽《こっけい》な情景を眺めて楽しむことができただろうと、ジェントリーは思った。何者がやってくるのか、そいつらが来たらどうすればいいのかもわからず、三十人もの男が、ただ茫然と立っている。強がって、敢然としているように見せかけているが、その第三者がくわわったら、すべてが一変することを知っている。

二台のバイクが、シナロア通りから大広場に面したカナリソ通りに折れてきた。距離が一〇〇メートル弱あったが、制服、ヘルメット、目出し帽、黒いゴーグルからして連邦警察だと、ジェントリーは見分けることができた。グリーンの縁取りのある白いバイクで、馬力のあるスズキのクロッチ・ロケット（姿勢を低くして乗る、空力特性に優れた高性能スポーツ・バイク）だとわかった。バイクのふたりは、ガンボア家の正面の道路に群がっているひとびとに向けて、自信たっぷりに猛進してきた。

傍目《はため》にも明らかだった。連邦警察官はわずかふたりで、劣勢とはいえ、自分たちがこの場を支配していると、そのふたりは考えている。

忍者まがいの格好のそのふたりは、三時間半前にプエルトバリャルタで自分が撃ち殺したのとおなじ部隊に所属しているにちがいないと、ジェントリーは確信していた。広場から逃げようとするGOPES隊員の遺族を石段の上から銃撃した本人かもしれない、とも考えた。

その可能性が高いだろう。

「やっほー、おれたちは助かった」ジェントリーは、声を殺し、皮肉をこめてそういった。

一瞬、ほんの一瞬だが、さっと脱け出して、ガンボア家のドライブウェイにひきかえし、裏門から跳び出そうかと思った。すべてを置き去りにして逃走することは可能だ。

逃げられる。

だが、逃げなかった。

連邦警察官ふたりが、道路のまんなかにバイクをとめた。銃口を下にしてコルトM635サブ・マシンガンを背中に吊っている。ドロップレッグ・ホルスターには黒い拳銃。ブーツは黒で、つややかに光っている。サングラス、ヘルメット、目出し帽で、顔は完全に隠れている。ふたりが同時にキックスタンドをおろしてエンジンを切り、完璧におなじ動作で同時にバイクからおりた。町警の警官と正規軍の兵士が睨み合っているなかに、悠然とした自信と、打ち消しようのない権威を漂わせながら、入っていった。

ふたりはまず兵士たちのあいだを通り、ガンボア一家の前を過ぎて、町警の警官を指揮している巡査部長のところへ行った。ひとりが話しかけた。大柄なマルティネス巡査部長に、低い声でしゃべっていた。マルティネスが反論しかけたが、連邦警察官が黙らせて、親しげに肩に手を置いて、なおも話をつづけた。

マルティネスが、こんどは胸をふくらませていい返そうとしたが、それよりも小柄な連邦警察官が首をふり、物やわらかだが強い権威をこめて話しつづけた。

話をはじめて六十秒とたたないうちに、マルティネスはうなずき、ポロシャツにキャップといういでたちの男女警官たちに向かい、所定の勤務に戻るよう命じた。問題は片がついた。

連邦警察官が、その場を乗っ取っていた。

サンブラス警察が最初にひきさがったのは、ジェントリーにしてみれば意外ではなかった。マルティネス巡査部長は、上司に激しく叱られるか、あるいは黒服組の約束した賞金がもらえなくなったために、がっかりしていた。それでいて、上位の組織の人間が来て、部下の警官と兵士たちが衝突しかねないような対決から解放してくれたのを、ありがたく思っているようにも見えた。

だが、警棒しか持たない士気の低い男女警官たちがいなくなっただけでは、ジェントリーは安心する気にはならなかった。自分のほうに向けられている強力なアサルト・ライフルから、目が離せなかった。

警察のピックアップと、自転車と、徒歩の巡査たちは、すぐに姿を消した。説得係の連邦警察官が、こんどは陸軍中尉に話しかけた。中尉は反論し、どなったが、連邦警察官は、あくまで落ち着いた、有無をいわさない口調を保った。どちらの言葉もジェントリーには理解できなかったが、ガンボア一家と白人野郎《グリンゴ》は自分と同僚が護送してプエルトバリャルタに連行すると、忍者姿の連邦警察官がいっていることは、察しがついた。

議論が終わった。

好運を頼みに、一家のもとに残ることを決めた。そして、おなじ船に乗るはめになった。ジェントリーは、ラウラとならんで、ガンボア家を囲む漆喰《しっくい》の塀にもたれていた。エルネストとディエゴが、さきほど家のなかに戻り、裏庭のピクニック・テーブルからベンチを持ってきて、ルスとエレナのために日蔭に座るところをこしらえていた。ルスとエレナは、そこに腰かけて、道端の溝から拾ってきた古新聞で顔を扇《あお》いでいた。

黒ずくめの警官の長い説得が終わると、ジェントリーと肩をならべて立っていたラウラが、耳もとでささやいた。「なにをいっているか、わかった？」

この一分間、ふたりの口論はひとことも理解できなかった。「いや。どうなってるんだ？」

「連邦警察官は、あの中尉に約束しているの。自分と相棒が来て連行するまでのあいだ家族を引きとめたことで、この陸軍部隊は褒美《ほうび》をもらう権利があることをラ・アラニャに伝える、と」

ジェントリーは、一瞬考えた。「ラ・アラニャ？　〝蜘蛛〟のことだろう。何者だ？」

「ハビエル・セペダ」

「そうか、そのハビ――」

「DLR《デ・エレ・エレ》の幹部のひとり。黒服組よ。殺し屋《シカリオ》の頭目だといわれている。DLRのシカリオ」

「まいったな」

「みんなの身が危ない、ジョー」

〝いまさらなにいってやがる〟という言葉が口をついて出そうになったが、大きな茶色の目を見おろしてこらえ、「心配ない」といった。

「これからどうするの？」

「まだわからない」

「それなのに、どうして心配ないっていうの？」

「弾丸が三発ある。連邦警察官はふたりだ。そっちといっしょなら、なんとかなる」

ラウラが、目を丸くした。「ジョー……殺すのはやめて。武器を奪えば――」

「やむをえないとき以外は殺さない」とジェントリーはいったが、やむをえないときしか考えられなかった。

連邦警察官と中尉の交渉は、まとまりそうだった。ジェントリーのような人間にしてみれば、興味深い力関係だった。軽武装の警官ふたりが、重武装の二十人近い兵士を相手にしている。警官は武器に手をかけもせず、無線機を出して大声で応援を呼んでもいない。わめいたり脅したりしていない。警官のほうが年かさで、自分の力を確信し、若い陸軍中尉を威圧しているのだろう。そして、丁重な言葉で、権威と自信で圧迫している。まるで薄い手袋をはめた手で金属の籠手《こて》をやんわりと押し、いいなりにしているように。

ふたりは悪党にちがいない、そうジェントリーは確信していた。だが、このささやかな戦いでは、応援したい気持ちになっていた。

連邦警察官の威圧が功を奏した。中尉が部下に作戦休止を命じ、車両に戻らせた。一分とたたないうちに、兵士たちを乗せた陸軍のピックアップが、カナリソ通りから右折して南を目指し、午後の道路に砂塵《さじん》を残して見えなくなった。

連邦警察官ふたりは、陸軍部隊を見送ってから、ガンボア一家のほうをふりかえった。ところが、一五〇センチの距離から狙っている白人《グリンゴ》の拳銃を見つめるはめになった。

説得を担当していたほうの警官が、両腕をあげて降参の仕種《しぐさ》をすると、完璧な英語でいった。「おれの顔から狙いをはずしてくれ、アミーゴ」

「おれがおまえのアミーゴなら、顔を銃で狙いはしない。ちがうか？　道路に伏せろ。ふたりともだ！　腕をひろげて、うつ伏せになれ」

「おれの話をしっかり聞いてもらわないといけないんだ、セニョール」

「地べたに顔をくっつけないと、セニョール、おまえの頭を吹っ飛ばすぞ。わかったか《コンプレンデ》？」

ふたりともニーパッドをつけた膝をゆっくりと曲げて、やがて土埃にまみれた熱い道路にうつぶせになった。

「わかってないな。おれたちはガンボア家の人間を殺した正規の連邦警察とはちがう」

ジェントリーの目が鋭くなった。「ああ、そうかい。正規の昔ながらの殺し屋なんだろうな。そのほうが、おまえたちを殺したときに、ややこしくならない」

「ちがう。おれたちは特殊作戦群——GOPESだ。ガンボア少佐に指揮されていた。少佐の家族を黒服組から護るために来たんだ」

ジェントリーは、道路に伏せた男ふたりを、リヴォルヴァーでぴたりと狙っていた。「嘘だ。エディーのチームは、全員ヨットで殺された」

「ちがう。おれたちふたりは生き延びた。自分たちの家族を護るために、身を隠していた」

ジェントリーは、話をしている男のそばにしゃがんだ。「それじゃ、おまえのズボンの血はどこでついたんだ？」太股《ふともも》に血のしみがあるのに、さきほどから気づいていた。

男が身を起こそうとしたが、ジェントリーはその後頭部にリヴォルヴァーの銃口を押しつけ、道路に顔をくっつけたままで話をさせた。言葉が発せられると、黒い舗装面の土埃や砂が舞った。「ここまで、おれの車で来たが、黒服組が使っている周波数の無線を傍受した。殺し屋の連邦警察官ふたりが、エレナを殺しに来るとわかった。ここの一五キロメートル南でそいつらを殺して、バイクを奪った」

どこまで信じられるのか、ジェントリーにはわからなかったが、かなり説得力のある口調だった。英語とスペイン語が混じっていたが、真実を語っているのが察せられた。しかし、もうひとりの印象もつかむ必要がある。もうひとりの目出し帽をかぶった連邦警察官のそばにしゃがんだ。その男は、まだ口をきいていない。ジェントリーは、その男のうなじにリヴォルヴァーを押しつけた。「英語ができるか？」男が首をふった。ジェントリーはスペイン語に切り替えた。「よし《ブエノ》、それじゃ、おまえの言い分は、クソ野郎《カブロン》？」

男は答えなかったが、首をゆっくりまわしながら、ジェントリーのほうを見あげた。熱いアスファルトから右手を離して、ヘルメットと、サングラスと、目出し帽を脱いだ。右の頬から顎にかけて、青黒い拳《こぶし》大の痣《あざ》ができていた。ジェントリーは、パルケ・イダルゴと道路を隔てた建築現場にいた男のことを思い出した。そこで目出し帽の男の顔を殴って、気絶させた。

「おれがやったのか？」

「シ」口のなかにテニスボールがはいっているみたいに、もごもごした声だった。

「そうか……」ジェントリーはじっくりと考えた。この男は、ほんとうに家族を護るためにあそこにいたのかもしれない。それは確認しようがない。銃撃がはじまる前に、殴り倒してしまったからだ。

ジェントリーはいった。「すまん」

「いいんだ《ノ・アイ・プロブレマ》」と相手は答えたが、何日かのあいだ、顎を動かしづらいだろうと、ジェントリーにはわかっていた。

「名前は？」

「マルティン。マルティン・オロスコ・フェルナンデス軍曹」

最初の男のほうをふりかえって、ジェントリーはきいた。「あんたは？」

「ラムセス・シエンフエゴス・コルティリョ軍曹だ」

「そんなに英語が上手なのは、どこで習ったんだ、ラムセス？」

「子供のころ、テキサスのエルパソに六年いた」

「アメリカ人か？」

「わかった。不法移民だな」ラムセスが、上にしゃがんでいるジェントリーのほうを見た。「書類不備移民という言葉のほうが好きだがね」

「ちがう」

「だろうな」

目出し帽の下で、ラムセスが笑みを浮かべた。「あんたはどうなんだ？　きょうの働きぶりを見た。刺客《アサシン》なんだろう」

「〝書類不備処刑人〟という言葉のほうが好きだ」

ラムセスがうなずいた。「アメリカ政府の関係者か？」

「ちがう。エディーの昔の友だちで、たまたまこのろくでもない事件に巻き込まれた」

「残って手を貸すつもりだろう？」ラムセスは、マルティンにスペイン語でちょっと話しかけてから、銃を持った男に注意を戻した。「起きあがってもいいか？」

「ゆっくりとな」ジェントリーは、ふたりが立ちあがるのを待ったが、拳銃の狙いはそらさなかった。ふたりが黒い制服から砂と土埃を払い落とした。「追悼式でなにをやっていたんだ？」

ラムセスが説明した。「事件が起きるだろうと予想していた。同僚の遺族を見守るために行ったんだ。マルティンが上から監視した。おれは群集のなかにいた。あちこちに殺し屋が立っているのが見えた。黒服組の兵隊だとわかっているやつらだ。そこへデ・ラ・ロチャが現われた」

「それで?」ジェントリーは促した。答はわかっているという口調で、つけくわえた。「はずさなかった。どうして生きているのか、わからない。そのあと、虐殺がはじまった」

「それで……やつを撃った。二度」わけがわからない。そのあと、虐殺がはじまった」

ジェントリーは、ラムセスの話を信じた。目つき、声、体の動きや態度がすべて、おなじように一部始終を不思議がっていることを示していた。ジェントリーは、リヴォルヴァーをズボンに差し込み、家のなかへいっしょに来るようにと、ふたりに命じた。一家は全員が門内にはいっていた。F-350に荷物を積み終え、ラウラがふたたびお祈りを導いて、道路での対決が無事にすんだことを神に感謝していた。

ジェントリーは、連邦警察官ふたりにきいた。「それじゃ、あんたたちは死んだふりをして、あちこちを移動しているんだな? ちゃんとした計画とはいえないな」

「自宅には帰れない。おれたちが生きているのがばれるのはまずい。ばれたら、家族はきょうのような目に遭う。おれたちは死んだも同然だ――それは承知している――でも、家族は安全だ。それに、ガンボア一家を護ることができれば、おれたちの死は名誉の死になる。いま出発するのなら、バイクで先導して前方の安全を確保する。バイクはどこかで捨てなきゃならないが、しばらくは乗っていてもだいじょうぶだと思う」

ジェントリーはうなずいた。一瞬、これを立ち去る口実にしようかと思った。エレナに、こういう味方が現われた。エレナとガンボア一家を護れる友人が。いや、だめだ。自分に都合のいい考えかたをしていると気づいた。このふたりは、悪徳警官やカルテルの殺し屋五、六人なら撃退できるだろうが、悪徳警官やカルテルの殺し屋は、どこにでも数え切れないくらいる。ガンボア一家に武装した男がふたり張りついただけでは、この緊急事態から完全に手を引くわけにはいかない。

そうとも。ガンボア一家に必要とされるあいだは、ずっとそばにいる。このふたりとも協力して。

だが、ふたりには目を光らせていよう。ひとを信じられるような状況ではないのだ。

24

農場に到着したのは、九時過ぎだった。ガソリンを補給せずに行き着いた。ジェントリーは一度も車をとめなかった。大型の4WDは、岩場の多い山道で真価を発揮した。ラウラが断言したように、その隠れ家は、四方を遮蔽《しゃへい》された小さな谷間の奥という、ひと目につかない場所にあった。五〇キロメートル手前で、ジェントリーの小規模な車列は、テキーラという町を抜け、果てなくひろがるリュウゼツランの畑を通って、ここに着いた。だが、農場のまわりは鬱蒼《うっそう》と茂った森や、耕作されていない農地だった。ジェントリーは、ラウラの指示に従ってエディーのピックアップで先導し、スズキのバイク二台があとにつづいた。一行は一車線の道路から砂利道に折れて、漆喰《しっくい》で石を固めたアーチの下の錆《さ》びた鉄の門に行き当たった。アーチの左右は白い化粧漆喰の塀《へい》で、夜の闇のなかへずっとのびていた。敷地全体を囲んでいるのだろうと、ジェントリーは推測した。ラムセスがバイクをおりて、ピックアップの後部の工具箱にあったボルトカッターで錠前の鎖を切った。ラムセスが門扉《もんぴ》を押すと、ひんやりする山の大気を締め出すためにサイドウィンドウを閉めていたにもかかわらず、錆びた蝶番《ちょうつがい》が抵抗してギイギイ鳴るのが聞こえた。

そこからは、バイクに乗った連邦警察官ふたりが先導した。地面がうねって舗装の栗石《くりいし》がはみ出している長い坂道の私道を、三台は進んでいった。母屋《おもや》に向けて進むあいだ、私道の左右の手入れされていない植え込みが、ピックアップの両側から車体をこすった。ここには何年もだれも住んでいないように見えた。ヘッドライトが照らし出す光景は、野生の植物相そのものだった。耕されていない斜面が、のび放題の松、サボテン、イトスギ、ライム、オレンジ、大量の蔓草《つるくさ》、丈の高い草に覆われていた。

塀の内側と周囲の広大な土地は、かつては大農場だったのだと、ラウラが説明した。一八二〇年代に開拓されたリュウゼツラン農場だった。塀で囲まれた敷地が、農場の中心だという。森の奥に建っている数棟の崩れた石造りの建物を、ラウラは指さした。ほとんどが、蔓草とゼラニウムとアザレアに埋もれていた。

ほどなく一行は、農場の敷地にある母屋、大邸宅《カサ・グランデ》に着いた。ひびのはいった石積み、古びた漆喰、ピンクの壁のせいで、闇のなかだと幽霊屋敷のようだと、ジェントリーは思った。あっというまにのびて分厚く茂る緑色の蔦《つた》が建物を這《は》い登り、拱廊《アーケード》をなしている正面の長いポーチの柱をくるみ込んで、二階のバルコニーの鉄の手摺を抜けて、建物自体とそこで合体していた。ピックアップとバイク二台は、まんなかに古い噴水がある、円形の砂利の車まわしに駐めた。女性の身長の半分くらいある石の天使が、噴水の上に立っていた。翼の折れた天使は、フロントウィンドウごしに白い目でジェントリーのほうを覗き込んだ。ジェントリーはエンジンを切り、ヘッドライトを消した。天使の下の噴水が藻《も》とゴミに埋もれているらしいことが、月明かりのなかでも見てとれた。

突然、二階の窓に光が現われた。かすかな光で、蠟燭《ろうそく》のように揺れていた。

「だれかがいる」ジェントリーはそういって、ラウラのほうを見た。ラウラは驚きのあまり目を丸くしていた。

「そんなはずはないわ。ありえない。三年前から、だれも住んでいないはずよ」

ジェントリーはピックアップをおりて、砂利を踏みしだきながら車まわしを横切った。ラウラもおりて、ジェントリーを追いかけ、腕をつかんだ。小さな指だったが、力は強く、放そうとしなかった。

「行きましょう。他人を危険に巻き込むわけにはいかない」

「どこへ行くんだ？」悪路を四時間走るあいだ、エレナは車のなかで横になっていたんだ。休ませてあげないといけない。ここにいるしかない。せめて今夜だけでも」

ラウラが不安げに眉を曇らせたが、それ以上反対しなかった。〝ジョー〟と連邦警察官ふたりのあとから、崩れかけた石段を昇り、オークと鉄のドアの前に行った。ズボンに差し込んだ拳銃のグリップに右手を近づけながら、ジェントリーがノックした。

ラウラがすぐうしろに来た。「管理人かもしれないし、近くの村の農民が忍び込んだのかもしれない。わたしに話をさせて」

「そうしてくれ」

一分後に、ドアがゆっくりとあいた。ドアから離れて、石畳の暗いホールにひとりの男が立ち、銃身の長い二連式ショットガンを持って、ジェントリーの胸に狙いをつけていた。月明かりが家のなかに射し込み、灰色の亡霊のような男を照らしていた。

ジェントリーは、拳銃を抜かなかった。怪しまれるのも無理はない。ラウラが事情をすばやく説明して、この年寄りを納得させることを願うしかない。

ラウラが驚愕のあまり息を呑み、小さな手を小さな口に当てた。気を取り直し、低い声で話しかけた。「こんばんは《ブエナス・ノチェス》、セニョール・コラレス。わたしです。ラウラです。ギリェルモの妻の」

「ギリェルモ？」

「そう、ギリェルモよ、お義父《とう》さま」

　男がかなり高齢だということは、ジェントリーにもわかった。エルネストよりもずっと齢をとっているようだ。白い口髭が左右で長く垂れ下がっている。硬い髪があちこち突っ立っているのは、うつぶせに寝ていたからだろう。

「シ、セニョール・コラレス。お元気ですか《コモ・エスタ・ウステド》？」

「ギリェルモも来たのか？」コラレスと呼ばれた老爺がきいた。

　ラウラは、そっと答えた。「いいえ、セニョール。ギリェルモは来ていません」

　そのとき、べつの亡霊のような人影が、コラレスの背後の、あいたドアから射し込む月光のなかに現われた。家の奥から玄関に向けて、人影が近づいてきた。

「ロリータ？」年老いた女の声だった。

「イネス。お元気ですか？」

「元気よ、おちびさん」月光のなかにさっと出てきた老女が、ラウラをぎゅっと抱き締めた。

「ルイス、銃をおろして、みなさんをなかに入れなさい」

　コラレスがショットガンの筒先を下げて、進み出ると、ジェントリーを抱き締めて、スペイン語でいった。「ギリェルモ、息子よ。よく来てくれたな」

そういった言動から、ラウラの義父コラレスが認知症を発していることが、すぐさま明らかになった。

五分後には、この屋敷の住人と客人合わせて十一人が、蠟燭《ろうそく》に照らされた広い居間に座っていた。居間を巻くように二階に通じる階段があったが、暗くて欄干《らんかん》までしか見えなかった。

ラウラの義母イネスが、新鮮ではあるが生ぬるいオレンジジュースを持ってきて、欠けたカップやプラスティックのコップに注いで、長い木のコーヒー・テーブルにならべた。その横にテキーラが置かれたが、オレンジジュースにそれを入れたのは、ふくれっ面で黙っていたイグナシオだけだった。

その大邸宅は広壮だったが、文字どおり老夫婦の上に崩れ落ちそうだった。居間の暗い隅には蜘蛛《くも》の巣が厚く張っていて、床には埃が積もり、オークやヒマラヤスギの太い丸太で頑丈に作られた古い家具調度が、人間の重みでぎしぎし音をたてた。

天井は高く、床は石畳で、蠟燭の蠟、埃、かびのにおいが、薄暗いなかに充満していた。ささやき声よりも大きな声を出すと、反響した。広い家のなかは、修道院のような雰囲気があった。こんな薄気味の悪い家でよく暮らせるものだと、ジェントリーは思った。

黒とグリーンのトカゲが、壁や天井を走りまわり、蠟燭の明かりが投げる長い影を出入りした。

たしかめる気はなかったが、キッチンの外でうなっている発電機のほかに、この家には電気は来ていないのだろうと、ジェントリーには見当がついていた。広い部屋の暗い四隅の壁にある燭台へ行くのに、イネスは小さな懐中電灯を使っていた。木のマッチで燭台の蠟燭をともすと、すこし明るくなり、幽玄な雰囲気も増した。

ルイス・コラレスは、大きなウィングバックチェア（隙間風を防ぐための翼形の耳が背もたれの左右に突き出している安楽椅子）に座り、夜の客人たちを眺めて、きょろきょろと視線を動かしていた。イネスのほうもすこしぼけていると、ジェントリーはすぐに気づいた。それでも、ラウラが念を入れて正直に、やってきたわけを説明すると、亡くなった息子の嫁が置かれている窮状のことが理解できるくらいには、頭がはっきりしているようだった。

ここにいるみんなは〝神の手〟に委《ゆだ》ねられているのだし、いつまでも好きなだけいていいと、イネス・コラレスが全員にいった。それから、暗い廊下を先に立って進み、壁龕《へきがん》を囲んで手をつないでほしいと一行に頼んだ。壁に窪《くぼ》みがあり、奉納蠟燭に囲まれてキリストの小さな木像が安置されていた。しばらく蠟燭をともし、小さな祭壇と全員の顔を赤い光で照らしてから、ラウラにお祈りを導いてほしいと頼んだ。ジェントリーにはほとんど理解できなかったし、たとえお祈りが英語だったとしても、なじみのない言葉ばかりだっただろうが、みんなは文句をそらんじているらしく、唱和していた。それぞれの声音《こわね》で、信仰の度合いを察することができた。

お祈りが終わると、ルスがイネスといっしょに、エレナが楽に寝られる場所を探しにいった。ひどい道でずっと揺られるのは、妊婦にはつらかっただろうが、エレナが一度も愚痴《ぐち》をいわなかったことに、ジェントリーは感心していた。旅のあいだ、ラウラといい合うこともなかった。

車からバックパックをおろしているときに、ジェントリーはラウラを脇に呼び寄せた。小声でたずねた。「あのふたりはどうしたんだ？」

「だれのこと？」

「老夫婦」

ラウラが、肩をすくめた。「病気なの」

「病気？」

「この大農場《アシエンダ》は、二百年前からコラレス家のものだったの。ルイスは生まれたときからずっと、ここで暮らしてきた。ヒマドル——リュウゼツランを栽培する農民——だったの。でも、アルツハイマーで。イネスも……そうね、すこしぼけているんだと思う。ギリェルモが死んでから、ふたりとも衰えてしまったのよ。ふたりにとっては、この世のすべてだったから」

「ここにいるはずはないと思った理由は？」

「ふたりともグアダラハラにある高齢者向けの施設に移ったのよ。でも、イネスの話では、お金がなくなったので帰ってきたそうよ。ふたりが住んでいると知っていたら、ここには連れてこなかったのに——」

「だいじょうぶだ」

「だいじょうぶじゃない。ふたりともここにいたら危険よ」

「おれたちがここにいるあいだ、ふたりによそへ行ってもらったら」

ラウラが首をふった。「ふたりを見てよ、ジョー。どこへも行けやしないわ。わたしたちが護ってあげないと」

「約束できない。おれたちの居所を知ったら、デ・ラ・ロチャは猛攻撃をかけてくるだろう。エレナを捕まえるために、やつの殺し屋《シカリオ》はだれでもかまわず殺すはずだ」

ラウラが、泣きそうな顔をした。だが、泣きはせず、遠くに目を向け、敷地の正面にある森を眺めた。「ここはふたりの家なのよ。出ていかなければならないのは、わたしたちのほうよ」

「そうだ。しかし、麻薬王に命を狙われているのはおれたちなんだ。つぎにどこへ行くか、算段がつくまで、しばらくここにいるしかない」

ラウラの表情は変わらなかった。ようやくジェントリーのほうを向いて、こういった。

「どちらにしても、すべて神さまの手に委ねられているのよ」

「そうかもしれないが、きみと神さえかまわなければ、ドアにはぜんぶ鍵をかけるようにしたい」

十時前に、ジェントリーは塀の内側の敷地を、マルティンとラムセスとともに歩きまわった。三人とも意見が一致した。この山中の孤絶した広大な農場は、隠れ家としてはすばらしいが、敵が攻めてきた場合、防御にはまったく適していない。敷地を囲む塀は三メートルの高さだが、蔓草《つるくさ》に覆《おお》われ、難なく乗り越えることができる。裏の広いパティオと庭園は二階のベランダから見張れるが、生い茂っている植物や木や彫像がいたるところにあり、四百年前の導水渠《きょ》や耐火煉瓦《れんが》の細長い四阿《あずまや》まであるので、敵はどの方向からも、遮蔽物《しゃへいぶつ》や身を隠す物に不自由せず、大邸宅に向けて前進できる。

塀の内側には、さまざまな建物があった。石造りに瓦《かわら》屋根の質素な礼拝堂、メキシコのふつうの住宅なみの大きさの物置、崩れ落ちた木造の納屋や厩《うまや》——そういったもののせいで、その農場は城壁をめぐらした城というよりは、壁に囲まれた小さな村の風情があった。

ここに長居できないことは、はっきりしていた。黒服組がここを発見したら、包囲され、塀を破られ、一気に制圧されてしまう。

錠前がしっかりかけられ、人間が通れるような穴がないことを確認しながら、闇のなかで塀ぎわを歩くうちに、棘《とげ》の多い丸っこいリュウゼツランの茂みにはまった。そこから必死で脱け出そうとしながら、ジェントリーはラムセスにきいた。「あんたたちは、どうやってデ・ラ・ロチャのヨットから逃げ出したんだ？」

闇にまぎれてしまいそうな小声で、ラムセスがそっと答えた。「おれたちの役目は、デ・ラ・ロチャがヘリコプターで逃げるのを防ぎ、上甲板の見張りを殺すことだった。少佐は寝室を強襲するチームを率いて、船内にいた。おれにわかっているのは、罠だからヨットから逃げ出せと、少佐が無線でいってきたことだけだ。おれたちはヘリパッドにいたから、海に跳び込んだ。とたんにヨットが爆発した。岸まで十時間かかった」

「つまり、あんたたちは爆弾を持ち込んでいない」

ラムセスが、きっぱりと首をふった。「ああ。あの話は嘘っぱち《メンティラ》だ。たしかに、デ・ラ・ロチャを殺そうとしていた。ヨットに乗っていた人間は、ひとりも生かしておくつもりはなかった。なにしろ苦しい戦いなんだ。敵はおれたちを皆殺しにする。おれたちもおなじにやるしかない。だがな……〈ラ・シレナ〉まで泳いでいって爆弾を仕掛けるようなことはやらない。それをやるのなら、船体に爆弾を取り付けて、逃げていたはずだ。乗り込む必要はまったくない」

ジェントリーは、ラムセスの言葉を信じた。ほかに筋の通った説明はない。デ・ラ・ロチャは、暗殺計画のことを知らされていたのだ。「〈ラ・シレナ〉強襲のことを知っていた人間は？」

ラムセスが、肩をすくめた。敷地の端まである大きな池に差しかかっていた。狭い岸でバランスをとるために、蔦《つた》に覆われた塀に右手を添えながら、その池の向こう側の枝垂《しだ》れ柳をくぐった。「ガンボア少佐とおれたちふたり、チームのあとの五人、それから上層部。GOPESじゃなくて、連邦政府の上層部だ」

「具体的にいうと？」

「司法長官と、この計画を担当した特別検察官だ」

「それじゃ、そのふたりのうちのどちらかだな？」

歩きながら、ラムセスが忍び笑いを漏らした。「それ以上絞り込むのは無理だな。ガンボア少佐は、司法長官はずっとコンスタンティノ・マドリガルとつながりがあると感じていた」

ジェントリーは、闇のなかでつと足をとめた。「ボスがマドリガル・カルテルに依頼された仕事をやるよう命じたことを、エディーは知っていたというのか？」

ラムセスが肩をすくめたが、自分たちの立場をわかってもらいたいと思っているのは明らかだった。「ガンボア少佐はいつもいっていたよ、〝おれたちはぜったいに最後の目標にはたどり着けない。これをすべて仕組んでいるのは、その最後の目標だからだ〟。少佐は……英語ではなんていうのか？　致命的《フェイトゥル》——致命的だった」

「宿命論的《フェイタリスティック》だった、ということだな」ジェントリーは正した。

「シ。情報があまりにも正確だったから、カルテルの親玉に代理戦争の兵隊に使われているんだと、少佐は見抜いていた。マドリガルとロス・バケロスは、叩き潰すカルテルのリストでは最後だったから、マドリガルが糸を引いているにちがいないと、少佐は考えていたんだ。しかし、デ・ラ・ロチャ強襲で裏切られるとは、思ってもいなかった。ただひとつ考えられるのは、特別検察官がダニエル・デ・ラ・ロチャの操り人形だということだ」

「つまり、あんたはこういいたいんだな。司法長官はマドリガルと組んでいる。そして、特別検察官はデ・ラ・ロチャと組んでいる」

「そして、おれたちはそのあいだにはまり込んだ」ラムセスが相槌《あいづち》を打った。

「そのとおり《エクサクタメンテ》」腫《は》れた顎で、マルティンがつぶやいた。自分の意見がいえる程度には、英語が理解できたようだった。

「権力を握っている連中は、どいつもこいつも信用できないわけだ」ジェントリーは、ひとりごとのようにいった。

ラムセスが、まったく明るさのない笑い声をもらした。「いまごろわかったのか？　それじゃ、友よ、ようやくこういえる。メキシコにようこそ」

くそ、ジェントリーは心のなかでつぶやいた。危険きわまりない作戦は、これまで何度となくやってきた。極悪非道な目的をごまかすために自由、正義、名誉などの旗をふる怪しげな悪党どもを、相手にしてきた。しかし、これほど社会に深く染み込んだ腐敗とは、遭遇したことがなかった。チャック・カリンがいったことや、ラムセスがいまいっているようなことが事実とすれば——これまでの三十六時間、メキシコ西部でジェントリーが目撃し、経験してきた物事からして、事実である可能性が高いが——ガンボア一家はだれも信用できないということになる。

そういう条件のもとで、万事を承知して仕事をするというのは、かなりシニカルだと、ジェントリーは思った。エディーは、自分勝手な目論見《もくろみ》を抱いている腐敗したボスから情報をもらい、暗殺を実行していたのだ。しかし、ジェントリーは納得した。それがここではルールなのだ。

不愉快なルールであろうと、ルールにはちがいない。

自分の身が危険で、深みにはまっていることを、エディーはずっと承知していた。はたして、息子を見るまで生き延びられると思っていたかどうか。知るすべのないことだが、快活な友人の心にそういう重荷があったのかと思うと、ジェントリーは暗澹《あんたん》とした。

ジェントリーの心であらたな決意がふくらんだ。エディー・ギャンブルのためになにかを救い、護る、という決意だった。それに、チャック・カリンのためにも。ささやかな勝利、ありふれた報復、善良なふたりからすべてを奪った人間へのあからさまな挑発。

25

大邸宅《カサ・グランデ》に戻ったジェントリーとGOPES隊員ふたりは、敷地全体を見張る歩哨を立てるのにもっとも適した場所を調べた。一七七〇年代にメキシコで建てられたスペイン帝国の建造物は、オスマン帝国支配下のスペインに点々とあるムーア建築の要素をかなり取り入れている。敷地を一望にできる、展望台《ミラドル》と呼ばれるアーチの装飾がある屋根付きのバルコニーも、そうした建造物の共通点のひとつだった。この屋敷は馬蹄形に造られ、凹部が南に面して、広いパティオとプールを囲んでいる。カサ・グランデには二階に三カ所の展望台《ミラドル》があり、正面の私道、パティオと裏の塀、塀ぎわの池の手前までひろがっているのび放題の果樹園を、それぞれ眺めることができる。

見張りそのものは、そう厄介ではない。

三人は、手持ちの武器の数量を確認した。カサ・グランデの十一人が使える武器は、GOPESのふたりが携帯していたコルト・サブ・マシンガン二挺、ルイス・コラレスの古めかしい二連式ショットガンと鳥撃ち《バードショット》用の弾薬ひと箱、九ミリ口径のベレッタ・セミ・オートマティック・ピストル二挺と予備弾倉が二本、弾薬が三発だけ残っている大きな三五七マグナム・リヴォルヴァー。

暗視装置はなく、安物の懐中電灯が二本あるだけで、長距離から敵を狙い撃てる武器もない。

悪党どもが来たら、悲惨なことになるだろう、とジェントリーは思った。激しい攻撃を受けたら、数分で片がついてしまうだろう。

十時半に、広い居間で二度目の会議が行なわれた。コラレス夫妻は寝室に引き取って眠っていたが、あとの全員が集まっていた。エレナはむくんだ脚をクッションで高くしてソファに横になり、ルスがそれをさすっていた。あとの七人は、壁にもたれるか、テーブルの前の埃っぽい椅子に座っていた。ジェントリーは、マルティンの拳銃をラウラに渡した。ラウラは警察学校で訓練を受け、腕っぷしが強く面倒見のいい兄にも撃ちかたを教わっていた。それに、プエルトバリャルタでの行動からして、必要とあればなんなく敵を撃ち殺せるはずだと、ジェントリーにはわかっていた。もう一挺は若いディエゴに渡された。ディエゴは銃を撃ったことがなかったので、ラウラが脇へ呼んで、安全装置の場所や、弾倉と照準器の仕組みなど、初歩を急いで手ほどきした。イグナシオは、二時間前にテキーラを出されてからずっと飲んでいるので、戦いの役には立たないだろうと、ジェントリーは判断した。エルネストは、四十五歳のイグナシオを叱りつけて、二階の寝室に引き取らせた。

一同は安全策についてしばらく話し合ったが、ガンボア一家は、この農場にいればまず危険はないと考えているようだった。だが、可能なかぎりの備えをする必要があると、ジェントリーはいい張った。屋敷でもっとも安全な場所はどこかと、ジェントリーがきくと、イネスはキッチンの先にある、暗い地下通路におりる急な階段のドアへ、一行を案内した。通路の突き当たりに地下蔵《セラー》があり、この農場が盛んだったころには、樽に寝かせたテキーラが保存されていたという。女たちがそこに全員の分の寝具を運び込み、隠れ場所兼住まいをこしらえたが、当面、そこで休むのはエレナとルスとイネスだけにした。

ジェントリーは、地下蔵を最後の防御陣地と見なしていた。隠れ場所としては都合がいいし、攻撃側は全員を狭い通路に送り込まなければならず、防御側にとってはそこが必殺の漏斗《ろうと》状の射界になる。

しかし、ほかに逃げ道がないこともわかっていた。脱出の手段がなにもない。

どうとでもなれ、と思った。この馬鹿でかく暗い恐怖の館で自分たちにできるのは、これが精いっぱいだ。防御陣地を選ぶような贅沢《ぜいたく》は許されない。

ジェントリーは、ルイスのショットガンを取りあげ、奪ったリヴォルヴァーはそのまま携帯した。ルイスは寝床に行く前に、ぶらぶら歩きまわって、ジェントリーを何度かギリェルモと呼んだ。朝になったら、屋敷のなかで起きていることをどう解釈するか、わかったものではない。わけがわからなくなっている年寄りが、一二番径のショットガンを持って敷地内をうろつくようなことになるのは、避けたかった。そうでなくても、敷地外から厄介な問題が押し寄せてくるおそれがあるのだ。

ショットガンは古い素朴な武器で、至近距離でないと威力を発揮しないが、なにもないよりはましだった。マルティンにサブ・マシンガンを渡してくれと頼んだが、正気かという目つきを向けられただけだった。

「あんたにおれの銃は渡さない」腫《は》れた口で、マルティンがそう返事をした。

無理もないと思い、ラムセスには頼まなかった。

もうひとつ、秘密保全上の問題があった。大きな問題だが、対処するいい方法が浮かばなかった。この窮地から脱け出すには、レポーターに助けにきてもらうか、軍の腐敗していない人間か、どこかにいるはずの権威がある人間に救い出してもらうしかない。それには、ガンボア一家のだれかが電話をかけなければならない。エレナが電話をかけるような相手は、直接か、もしくは腐敗した警察にいる手先を通じて、かならず麻薬密売人に監視されている。居場所がわかるような情報をだれかがうかつに明かしたり、エレナがどこかに隠れていると悪党に教えるおそれがあるかもしれないと、ジェントリーは心配していた。そのどこかが、義妹の義理の父母が所有する朽ち果てた大農場だということが、わからないともかぎらない。

そういう結びつきがばれるかもしれないと考えるのは、取り越し苦労かもしれない。しかし、麻薬密売人の手先になったことも、敵になったこともあるジェントリーは、麻薬産業に、ほとんど無尽蔵の労働力を動かすだけの資金と悪事遂行能力があることを、身をもって学んでいた。じゅうぶんな人力がじゅうぶんな手がかりを追えば、いずれガンボア一家の敵はコラレス邸にたどり着く。

それに、正面切って戦えば自分たちに勝ち目がないことを、ジェントリーは承知していた。だから、悪党どもが来る前に、自分と自分が命を懸けて護ろうとしているひとびとが逃げられるようにしたいと考えていた。

しかし、その問題は、あす考えればいい。今夜はだれも携帯電話や屋敷の固定電話を使わないようにと、ジェントリーは全員に命じた。闇にまぎれてここを攻撃されたら、まちがいなく大虐殺になる。

ネストル・カルボは、午後から夜にかけて、ずっと仮設オフィスをもうけた裏のパティオにいた。デ・ラ・ロチャの所有するヘリコプター二機が、プエルトバリャルタからグアダラハラの三十分南西にある豪奢《ごうしゃ》な館に、黒服組二十人を運んだ。カルテル上層部が所有する十五カ所ほどの隠れ家とおなじように、ここも十数名の武装警備員が建物と敷地を巡回している。いずれも軍で特殊作戦訓練を受けたつわものだ。外周警戒線を固めているのは、すべて歩兵訓練を受け、数年勤務して組織への忠義が実証されたものたちで、ピックアップに乗ってハイウェイや脇道を走りまわっている。館の屋根の警備チームは、何者も――警察、軍、もしくは競合するカルテルが――空から攻撃できないように、対空ミサイルまで配置していた。

カルボはキューバの葉巻を吸い、生ぬるいドミニカのラムをゆっくりと飲みながら、ノート・パソコンにメモを打ち込み、プエルトバリャルタの情報提供者とたえず電話で連絡をとっていた。寝室から持ってきてバスルームの窓から衛星放送に接続した大型テレビも、ずっと両目でちらちら見ていた。

黒服組の情報部長のカルボは、プエルトバリャルタの虐殺事件への国際社会の反応、メキシコ連邦政府の公式な対応、軍、政府、警察の裏ルートの情報を掌握し、事情に精通していた。

ふつうなら十人分の作業だが、カルボはなんなくこなしていた。正直なところ、この仕事が大好きだった。術策、交渉、マスコミに対する公《おおやけ》の姿勢、舞台裏での脅し。それこそがカルボの本領だし、きわめて大きな満足が得られる。

だが、きょうはそれとはべつの仕事があり、そのことでひどくいらいらしていた。若きボスのダニエルは、馬鹿ばかしい偶像のお告げを受けたといい、その奇想をかなえるために、胎児を見つけて殺すことしか頭にない。情報部長の報告よりも、ベッド脇のテーブルに置いたプラスティックの像のまなざしのほうを重んじている。メキシコ第二のカルテルを切り盛りする仕事よりも、偶像の命令に専念するようにと、ダニエルはカルボに命じていた。

このくだらない無駄な骨折りのために、カルボは三時間に五十回の電話をかけたり受けたりした。乗り気のしない仕事だし、間抜けなしろうとにもできることだと思った。自分の注意や、黒服組や、資材や、政治資本を、胎児ひとりの命を奪うという、くだらない仕事に向けるのは、とんでもない時間の無駄だと思っていた。それでも、カルボはとことんプロフェッショナルだったので、きちんと仕事をした。

そして、ガンボア一家のだいたいの居所を突き止めたという事実からもわかるように、みごとな仕事ぶりだった。

ダニエル・デ・ラ・ロチャが、裏口から飛び出してきた。午前一時だったが、まだスーツを着て、ネクタイを締めていた。きちんと整えてある口髭と山羊鬚《やぎひげ》のまわりの顔は、部下との食事に備えてきれいに剃《そ》ってあるので、前日の午前八時に最初に顔を合わせたときとおなじように清らかに見えた。

「エミリオに聞いた。話したいことがあるそうだな」

「シ、ダニエル」

「重要な手がかりを見つけたんだろうな！」

「見つけましたよ」

ダニエルが近づき、デスクの横の革と籐《とう》の長椅子《セティ》に腰かけた。カルボのそばに置いてあった〈ウォーターフォード〉のセットのグラスにラムをワンショット注ぎ、セティにもたれて脚を組んだ。

「どんな手がかりだ？」

「プエルトバリャルタで例の白人野郎《グリンゴ》に殺されずにすんだ連邦警察の殺し屋《シカリオ》ふたりが、エレナ・ガンボアを始末しにいく途中、ナヤリトで殺されたのはご存じでしょう」

「ああ」

「道路でふたりが襲撃されるのを目撃していたものが、シカリオを殺したふたりは連邦警察の制服を着ていたといっているんです」

「連邦警察官同士が殺し合いを？」

「シ」

「マドリガルの手先がやったのか？」

「ちがうと思います」

「それじゃ、ロス・バケロスの仕業《しわざ》でないとしたら、どう判断する？」

「推論があります」

ダニエルは、にやりと笑った。「もちろんあるだろうな、法律顧問《コンシグリエレ》」

カルボはうなずいた。「〈ラ・シレナ〉に——ガンボア少佐の強襲部隊は何人いましたか?」

「八人」

「そして、回収された死体は?」

ダニエルは、考え込むようにうなずいた。「六人だけだ」〈ウォーターフォード〉のグラスから生ぬるいラムをひと口飲んだ。

「そのとおり《エクサクタメンテ》。ふたりは発見されていない。そしてきょう、連邦警察官がふたり現われて、われわれのシカリオを殺した。ナヤリト州で脱走者が出たという報告はないと、連邦警察の手づるが報告しています。当番のものは全員、所在がわかっていると。もちろん、非番の警官がやった可能性もありますが、動機がない。その地域で、政府の部隊をすこしでも支配しているのは、ほかにはコンスタンティノ・マドリガルだけですが、この連中はロス・バケロスの手先ではなかった……死んだ連邦警察官の女房を殺しに行こうとしていたシカリオを殺して、マドリガルにどんな得がありますかね」

ダニエルは、カルボの推論に納得していた。「マドリガルは、自分の得にならないことはやらない」

「同感です。ガンボアの部下ふたりがいまも生きている可能性は高いと思います。〈ラ・シレナ〉が爆発したときに、どういうわけか生き延びていたんです。そして、われわれのシカリオふたりを殺し、サンブラスでガンボア一家を町警と陸軍から救い、そしていま、エデュアルド・ガンボアの一家の生き残りを護るのに協力している」

「あのグリンゴといっしょにな」

「そうです」

「わかった……それで、われわれはどうするんだ？」

カルボは、デスクに道路地図をひろげていた。それをお頭《ヘフェ》のほうに向けた。ダニエルが覗き込んだ。カルボは、マニキュアをした指の爪で、メキシコの内陸部の街を指さした。

「テキーラか？　説明しろ」

「連邦警察のスズキのバイクが二台。われわれのシカリオが乗っていたのと似たバイクが、テキーラ近くの道路で目撃されています。大型のフォードのピックアップがいっしょでした。故ガンボア少佐が所有していたのとおなじ型です」

「テキーラ市警はわれわれが握っているんだろうか？」

「もちろんそうです《ポル・スプエスト・ケ・シ》」

ダニエルは立ちあがり、ラムの残りを喉に流し込んだ。

「完璧だ《ペルフェクト》！　警察を出動させろ。隠れ場所を見つけろ。蜘蛛《ラ・アラニャ》に、地元で殺し屋を集めて配置しろと命じるんだ。ガンボア一家を見つけて、隠れ家でまちがいなく殺す」

カルボは、咳払いをした。オークのデスクを指で叩いた。「ダニエル、きょうはすばらしい声明を出したばかりですよ。ガンボアの女房を見つけて殺すぐらい、われわれには朝飯前だが、それがなにかの役に立つんですか？　しばらくほうっておいたらどうですか？」

ダニエル・デ・ラ・ロチャが、パティの闇に目を向けて、溜息をついた。「理由をいってやろう。マドリガルは連邦警察の一部を支配し、町警や司法機関や州警にも手先がいるが、それは見逃してもいい。しかし、GOPESは見逃せない。だめだ……やつらは腐敗していない。そいつらがマドリガルのために働きはじめたら、見せしめに――」

「ガンボア少佐が、マドリガルの仕事をやっているのを自覚していたとは思えないんですが」

ダニエルは手をふり、その考えを斥《しりぞ》けた。「ガンボアは切れ者だったが、自分で思っているほどには頭がよくなかった。マドリガルの組織の情報を利用しておいて、自分がマドリガルを始末するつもりでいた。ルールどおりに動かない切れ者は、ほうっておけない。それに、自分は純粋で、腐敗していなくて、非の打ちどころがなく、頭がいいと思っている人間が、ほかにもいるだろう。わたしがそいつを殺すだけじゃなくて、愛する家族を皆殺しにするということを見せつけておきたい」

カルボは黙っていた。

「エレナ・ガンボアを見つけろ。ラ・アラニャの配下に、女と赤ん坊と周囲の人間すべてを殺させろ」

カルボは、ボスに向かってうなずいた。翻意させることはできないだろう。「はい、親分《パトロン》」

ダニエルが、向きを変えて家にはいろうとしたところで、ふりむき、法律顧問のカルボに大声でいった。「それから、ネストル。このことで二度とわたしに反対するな」

「シ、パトロン」

26

農場に電気は来ていなかったが、電話はあった。午前二時にその電話が鳴り、全員がはっと驚き、眠っていたものも目を醒ました。ラウラはちょうど地下蔵《セラー》から出てきたところで、蠟燭《ろうそく》に照らされた居間に駆け込み、電話に出た。六度目の呼び出し音でラウラが受話器を取ったとき、ジェントリーも裏のパティオからはいってきた。それまで二時間、襲撃がないことを祈りながら、それに対する準備をしていた。

「もしもし《ブエノー》」

「おはよう。というには早すぎで申しわけない。セニョーラ・エレナ・ガンボアと代わってもらえるかな」

ラウラは、ジェントリーのほうを見た。顔が蒼白になっていた。「デ・ラ・ロチャからよ」とささやいた。

ジェントリーはすぐさま暗がりを突進し、広い部屋の埃《ほこり》が積もった石畳の床を横切った。

ラウラが差し出した受話器を、ジェントリーは口もとに当てた。

「英語はしゃべれるだろうな、ケツの穴野郎！」石の壁に声が轟き、暗く淋《さび》しい廊下を渡り、古い窓ガラスを震わせた。

長い沈黙があり、やがて低い笑い声が聞こえた。「ほほう。アメリカ人《ノルテアメリカノ》か。テレビに猿みたいな姿を映されていた男だな。ようやく男同士で話ができてよかった」

「貴様がなんなのか知らないが、腹のなかの赤ん坊を殺すといっているんだから、人間じゃないことはたしかだな、くそったれめ」

「おまえにはわからないんだ。わたしたちの文化は独特だから、欧米とわたしたちの信仰の体系には大きな相違がある。遺憾《いかん》ながら、おまえはわたしの目的を邪魔するだろうから、セニョーラ・ガンボアといっしょに死ぬことになるだろう」

ジェントリーは、怒りのこもった笑い声をあげた。「貴様の配下の戦いぶりは、口ほどにもない。おれがとっくに六人ばかり片づけたのを忘れたのか？」

「ああ、おまえの行動については逐一聞いている。そういうことが得意のようだな。わたしのところで働けば、想像もつかないくらい稼げるぞ。なあ、おまえたちの隠れ家をわたしが見つけたことは、はっきりしている。もう農場の塀《へい》の外に手の者を配置している。おまえもガンボア一家も、完全に包囲された」

「こっちには武器がじゅうぶんにある。おれたちを殺《や》りにいけと、そいつらに命じたらどうだ」

ガンボア一家のあとの面々が、居間にはいってきた。イグナシオまでが階段に立ち、壁にもたれて、電話のいっぽうの自分にはわからない言葉に耳を澄ましていた。

デ・ラ・ロチャが、また笑った。「落ち着け《カルマテ》、アミーゴ。落ち着け。話を聞くんだ。おまえが降伏して出ていくことを許す。なんなら、エレナ以外の全員といっしょに出てきてもいい。こっちがほしいのはエレナだけだ」

「では、これがわたしたちの最後の話し合いになる。おまえたちは夜明け前に死ぬ。しかし、それがおまえの選ぶ途《みち》なら、わたしはいっこうにかまわない」

「断わる」

回線が切れた。ジェントリーは、受話器をいじって、それをたしかめた。まちがいない。電話線を切られた。

「みんな、携帯電話を確認しろ」ジェントリーが命じると、それから二分間、携帯電話を出して電波を得るために、だれもが居間のあちこちをおたおたと歩きまわった。

だめだった……付近の基地局の機能が停止されている。

くそ。携帯電話の基地局の機能を停止させるには、人力と諜報能力がかなり必要とされる。麦藁《むぎわら》帽子をかぶった肥っちょのメキシコ人牧童数人が襲撃してくるわけではないと、ジェントリーは悟った。ちがう……デ・ラ・ロチャは、こんな僻地《へきち》でも有能な配下を組織している。

マルティンとラムセスは、階段の踊り場にいた。ふたりとも、カサ・グランデのそれぞれ反対側の部署から来ていた。ひとりが北の展望台《ミラドル》に、もうひとりが南のミラドルに配《はい》されていた。ジェントリーは、一階の居間でガンボア一家のそれぞれをゆっくりと見た。状況を糊塗《こと》せず、ずばりといった。「やつらが来る」

だれも動かなかった。

「ルイスは？」

「寝ています」イネスが答えた。

「地下蔵《セラー》に連れていけるか？」

イネスが首をふった。「無理よ。理解できないでしょう。行かないわ」

ジェントリーはうなずいた。いまはルイスのことを案じているひまがない。総勢九人の情けない部隊を見まわして、大きな吐息をついた。グレイマンはつねに末端の労働力で、管理職ではなかった。指導者《リーダー》の柄ではない。部隊を統率する秘訣《ひけつ》がわかっていればと思った。なにをいえばいいのか、ほんとうにわからない。結局は自分、ラムセス、マルティン、ラウラが中心に働くことになるだろう。あとの哀れな連中は――襲撃のさなかに誤って味方に撃たれないことを祈るしかない。

ジェントリーはつぶやいた。「やばいことになった」

エレナが立ちあがった。それまでソファに座っていた。「わたしたちは、やつらを阻止できる」

ジェントリーは、唖然《あぜん》としてエレナを見つめた。力添えになるようなことをいおうとしたが、なにも思いつかなかった。

オーブンで焼いているパンを出さないといけないと、イネスがいった。ルスがそのあとからキッチンへ行った。老女ふたりがいなくなる前に、ジェントリーは、もっと差し迫った問題があると注意した。

ジェントリーは、残った家族と、階段から見おろしているGOPES（特殊作戦群）のふたりのほうを向いた。「練度の高い戦士が、ここに四人いる。威力がある武器を持っているのは、ふたりだけだ。おれが持っているのは、弾倉が半分空《から》の回転式拳銃《ホイール・ガン》と、五十年前のばら弾銃《スキャターガン》。西部劇の悪の巣窟《ダッジ・シティ》じゃあるまいし」その比喩《ひゆ》は、だれにもわからなかった。アメリカ人の護り手のほうを見つめるばかりだった。

暗がりでジェントリーはエレナとラウラを見た。エルネストと、ディエゴと、イグナシオを見た。どの目にも信頼の色があった。希望があった。

愚か者の目。

頭をすばやく働かせた。差し迫っている襲撃と、それにどう対処できるかを考えた。

エレナがいった。「ジョー、わたしたちを見捨てないで。わたしたちは兵隊じゃないけど、みんな手伝える。みんななにかしらできるはずよ！」

焼きたてのパンのにおいが、キッチンから漂ってきた。

　ジェントリーは、溜息をついた。「パンを焼くぐらいじゃ、これを切り抜けることはできないんだ、エレナ！」エレナ・ガンボアの顔が、怒りともどかしさで真っ赤になった。

上の踊り場で、ラムセスがくすりと笑った。

「チミチャンガ（トルティーヤの包み揚げ）を敵に投げつけるほかに、なにか名案はないのかね？」

ラウラが、拳銃を差しあげた。「シ。いい考えがある。はいってきた間抜け野郎《ペンデホ》をひとり残らず撃ち殺したらどう？」

ジェントリーは、肩をすくめた。「まあ……そうだな。それくらいしか計画はないな」身をこわばらせた。「全員、位置につけ。やることはわかっているな」

家族のそばを走り抜けて、いちばん近い壁の燭台に近づき、蝋燭《ろうそく》の火を吹き消した。

また家族のそばを通り、裏口に向かった。「好運を《ブエナ・スエルテ》」とつぶやいた。掛け金に手をかけたところで立ちどまり、ふりむいて、最後にもう一度、ガンボア一家のほうを見た。闇のなか、石造のように佇《たたず》み、じっと見返している。ルスとイネスが、ロールパンのトレイを持って、キッチンから出てきた。

「いいかげんにしてくれ！」窮地に打ちひしがれそうになっていたジェントリーは、いらだちのあまりどなった。「エレナ、ルス、イネス、地下へ行け！　エルネストは地下蔵《セラー》の通路で女たちを護れ。ラウラはこの部屋を見おろす二階の踊り場へ行け！　途中で蠟燭はすべて吹き消せ。早くしろ！　そんなに難しいことじゃないぞ！　それから、窓にはぜったいに近づくな！」

全員がそれぞれの方向へ動き出し、ジェントリーはそれぞれが位置についたのを見て、いくぶんほっとした。

「くそ」と、ひとりごちた。

踊り場に目を向けた。マルティンは持ち場に戻ったが、ラムセスが見おろしていた。闇のなかでラムセスがいった。「好運を、アミーゴ」

「それが必要だな」ジェントリーは答えた。

そして、裏口から闇のなかに出ていった。

第一波は十六人だった。精鋭の殺し屋《シカリオ》ではなかったが、冷酷非情な男たちで、武器を扱う訓練は受けていたし、カルテルの親玉の望みをかなえるようにと、上の人間にしっかりと〝督励〟されていた。

メキシコの麻薬カルテルの隠語では、この男たちは〝兵隊《ソルダード》〟と呼ばれる。もっと軽蔑的な表現では、〝棒杭《エスタカ》〟とも呼ばれる。要するに第一線級ではないが、銃を手に棒立ちになり、仕事をやる能力はある。

年齢は十七歳から六十一歳までまちまちで、親子二組、兄弟二組がいた。全員、陸軍にいたことがあり、ひとりは将校だったので、この寄せ集めの殺し屋集団の指揮官になった。

この十六人は、黒服組が召集できるなかで最高の腕利きではなかったが、農場にもっとも近いところにいたので、使わざるをえなかった。いずれもこのあたりの丘陵や山地に住み、ときどき駆り集められて、黒服組の仕事をやっていた。

そのうち三人は、司法機関関係者――ハリスコ州警の警官だった。六人は近くのテキーラ町警の警官だった。州警と町警のパトカーが、農場の裏塀の外にある未舗装路にとまっていた。そのほかに、ピックアップ二台と、古ぼけた乗用車三台がとまっていた。

ラ・アラニャがこの地域の暴力団の頭目に連絡したのは、午後十一時過ぎだった。殺し屋集団がここまで来るのに、それから三時間かかった。ピックアップと鎖を使って、二カ所の携帯電話基地局を倒壊させ、指示を待って電話線も切断した。

ほとんどが警察の装備のショットガンか、M1カービンを持っていた。六十年前のアメリカ製のカービンは、いまなおメキシコ各地で目にすることができる。おもに銀行や百貨店などの警備員が使っている。現代の最新式ライフルとくらべると、かなり古めかしいが、威力のある三〇口径弾を発射し、弾倉には十五発はいるから、じゅうぶんに仕事ができる。

ジェントリーとGOPESのふたりが地形を偵察して予想したように、襲撃隊は裏塀を乗り越えて、闇のなかにおりた。

　ふたりひと組で、遠くに見える黒っぽい屋敷を注視したまま、のび放題の叢《くさむら》を抜けて前進した。プールとパティオがあいだにあり、まだ優に五〇メートルは離れている。ひとの手がはいらないまま繁茂している裏手の果樹園で、ライムやオレンジの木の蔭にしゃがんでから、息を切らし、短いジグザグを描いて、彫像がいくつも立っているほうに走った。そしてまた蔭にうずくまった。

　もうだいぶ近づいていた。十六人は、裏のパティオの端に達した。柱廊まで二五メートル。邸内に通じる裏口のドアが、そこで差し招いている。十六人は、まとまりのない交互跳躍《リープフロッグ》で前進しはじめ、何人かはぶつかりそうになった。プールのまわりにあるプランターの蔭に跳び込んだものもいた。

　あと一五メートル。雑多な銃手の指揮官に任命された元陸軍将校が立ちあがり、手をふって全員を前進させた。抵抗もなしにここまで来られるとは予想していなかったし、全員を一カ所から突入させるつもりもなかったが、パティオのドアはすぐそこにあるし、なかに突入してから分かれて殺しをはじめればいい。

　ラ・アラニャが約束した金を、十六人はすでに頭のなかで勘定していた。

「突撃《アタケ》！」元将校が叫んだ。

　と、なんの前触れもなく、パティオにいた元将校の右手にあたる、長方形のプールの向こう側から、大型エンジンの咆哮《ほうこう》が轟いた。巨大なピックアップ・トラックが、柱廊の外壁にぴったりとくっつけてとめてあった。正面の車まわしから離れたそこで、蔦《つた》をかぶせられ、完全に見えないようにしてあった。十六人が、まわりの彫像とおなじように棒立ちになり、茫然として貴重な数秒を無駄にしているあいだに、馬鹿でかいフォードF-350のハイビームのヘッドライトとルーフラックのフラッドライトがいっせいに点灯し、裏のパティオ全体が目もくらむような白光であふれた。

指揮官の元将校は、光源のほうをさっと向いて、強烈な光から目を護りながら、片手でカービンを持ち、撃とうとした。

そのとき、ブーツの爪先から三メートル離れたどす黒い汚いプールで、なにかの音がして、元将校はそこの動きに目を奪われた。

グレイマンは、三分近く水に潜っていて、十秒前から頭とショットガンだけを、腐った木の葉が浮く油ぎったどろどろの水面から出していた。襲撃隊が来ることをマルティンがかすかなささやきで知らせたときに水に潜り、目をぎゅっとつぶって竹筒で息をして、ピックアップの爆音が行動するタイミングを教えてくれるまでじっと待った。シカリオたちが交戦できる距離に近づいたところで、ラムセスがリモコンキイを使い、エンジンをかけた。

浮上するとき、ジェントリーは巨大なフラッドライトのほうを向かないように気をつけた。即座に目の前のはずしようのないターゲットを捉え、情け容赦もなく反応した。竹筒を口から吐き出しながら、水中から身を起こし、水平二連銃身の長大なショットガンを、最初に目にはいった男に向け、出っ張った腹に鳥撃ち用散弾を撃ち込んだ。

ドーン！

男の上のほう、右手から、九ミリ口径のサブ・マシンガンの短い連射が聞こえた。ラムセスが二階の展望台《ミラドル》から発砲している。地上でもべつの拳銃が乾いた銃声を発した。パティオのドアから撃っている。だれなのか、ジェントリーにはわからなかった。そこにはだれも配置していない。

ドーン！

べつの銃身から二発目を放ち、グリーンの警官の制服を着た男の下腹部に小さな鋼球を百個ばかり撃ち込んだ。男はきりきり舞いをして、パティオを離れていった。

水飛沫《みずしぶき》が水面を縫《ぬ》うように近づいてきたので、ジェントリーは睡蓮《すいれん》の下に潜り、水中でショットガンの再装塡《そうてん》を行なった。弾薬は前のポケットに入れてある。空薬莢《からやっきょう》を出して、あらたに弾薬をこめると、プールの浅いほうへ身を躍らせ、潜ったのとはちがう場所で水面を破った。

どす黒い水からふたたび肌寒い夜気のなかに跳び出すと、カサ・グランデに向けて走りながら真横を通っていたターゲットふたりを見つけて、背中の下のほうを撃った。ふたりがつんのめって倒れた。ジェントリーはまたもや水に潜って再装塡しながら、プールのべつの場所へと泳いだ。

十秒とたたないうちにシカリオ六人が撃たれ、襲撃隊のうしろのほうにいたものは、まぶしい光のなかから後退して、丈の高い草のなかに跳び込んだ。だが、ハリスコ州警のふたりは、リモコンでエンジンをかけたピックアップがあるプールの右側を進んだ。ふたりともM

1でピックアップを撃ち、ヘッドライトが割れたが、フラッドライトは破壊できなかった。

味方が自分たちのほうへ撃ちはじめたので、ふたりは急いでそこを離れた。

屋敷の裏手をずっとのびている柱廊に、そのふたりが到達した。そこは漆黒の闇で、味方の流れ弾が飛んでくる気遣いもなかった。パティオのドアからは、走って遠ざかった。化粧漆喰《しっくい》の壁に右肩をくっつけたまま、一分近く進み、屋敷の南西の側の角をまわった。蔦が食い込んでいる化粧漆喰に沿い、深い闇のなかをなおも進んだ。はるかうしろでは、銃撃の音が、いまではまばらな乾いた銃声と、応射の重い音だけになっていた。

ふたりは一階の窓に達した。鍵がかかっていたが、ひとりがカービンの床尾でガラスを割った。手を突っ込んで掛け金をはずし、窓を上に引きあげてあけ、なかに跳びおりた。もうひとりがつづいた。

ふたりの原動力は、信義や義務感や名誉ではなかった。この殺しをやれば金がもらえるし、黒服組に評価され、自分たちの町で威張れるからだった。

そこは明かりのない部屋で、主寝室らしく、オークのどっしりした家具があった。窓と向き合って大きなドアがあり、閉まっていた。その奥にだれかがいたとしても、まだまばらな銃声がつづいていたし、窓ガラスを割る音には気づかれなかったのだと、州警官ふたりは判断した。立ちあがり、石畳の床をドアに向かった。半分も行かないうちに、突然、左手の動きが注意を惹《ひ》いた。

闇から声が聞こえた。「ギリェルモか？　息子か？　そこにいるのは――」

ふたりの警官は、M1カービンで発砲した。発射炎の明かりで、ベッドに起きあがっている老人が見えた。胸が破裂し、横に倒れて、まっさかさまにベッドから転げ落ち、部屋の隅に丸まった格好でとまった。

ラムセスとマルティンは、邸内の銃声に反応し、居間で合流した。マルティンを先頭にし、武器を肩当てして前進した。たがいを掩護《えんご》しつつ、前方の敵を攻撃できるように、熟練した戦術機動を行ないながら移動した。直角に進んで廊下に出ると、角のすぐ向こうから、拳銃の銃声が二度と、女の叫び声が聞こえた。

GOPES隊員ふたりは、双子のように呼吸を合わせて、さっと角をまわった。マルティンが前方左で、ラムセスがやや遅れて右に位置していた。サブ・マシンガンのライトを廊下に向けると、ラウラ・ガンボア・コラレスが、あいたドアの前で両膝をつき、こちらに背中を向けていた。拳銃は主寝室の闇に向けている。

そのとき、けたたましい銃声と閃光が寝室からほとばしった。ラムセスがうしろ向きに吹っ飛んで、肺から激しく息を吐き、うめきながら床に倒れた。

マルティンが寝室のなかに向けて発砲し、ラウラの頭の上から九ミリ弾を撒《ま》き散らした。倒れている相棒を掩護するために、撃ちながら右に移動した。

サブ・マシンガンは、三秒で弾薬が尽きた。マルティンはひざまずき、弾倉を交換した。

だが、部屋のなかからの応射は熄《や》んでいた。

マルティンが、ラウラの脇を抜けて突っ走り、サブ・マシンガンのライトで、あいた窓のそばで死んでいる州警官ふたりを見つけた。壁は銃撃のために穴があき、砕けていた。そして、ベッドの向こう側の壁に、ルイス・コラレスのぐったりしたなきがらがあった。ラウラがマルティンにつづいて寝室にはいり、悲鳴をあげながら追い抜いて、義父の遺体にかがみ込んだ。

マルティンは、ラウラを残して廊下の相棒のところへ行った。ラムセスが両肘をついていたので、ほっとした。白人《グリンゴ》もそこにいて、闇のなかでひざまずき、ラムセスのようすを見ていた。体がずぶ濡れだった。ラムセスは、胸のセラミック・バリスティック・プレート（防弾板）に一発をくらっていた。一瞬、息が詰まったが、怪我はなかった。三人は顔を見合わせ、ほっと安堵《あんど》の息を漏らした。

戦いは終わった——当面は。

27

ジェントリーは、マルティンとラムセスとともに南の展望台《ミラドル》にいて、敷地の裏手を三人の目で監視していた。濡れたシャツを脱ぎ、ルイスのクロゼットにあったデニム・ジャケットに着替えていたが、サイズが合う乾いたズボンは、どこにもなかった。銃の火薬の鼻を刺す煙のにおいがまだ漂っていたが、パティオの死体の悪臭がすぐにそれをしのいだ。ガンボア一家とともに夜明け前もここにいるようなら、死体に石のプランターをくりつけてプールに沈めようと、ジェントリーは考えていた。大人の死体を見て、腐臭を嗅《か》いでも、自分はどうとも思わないが、カサ・グランデには、そういうことを経験したことがない一般市民が何人もいる。太陽を浴びてふくれ、虫やイグアナのたかった死体が転がっているところで活動していると、士気がなえてしまうおそれがある。

邸内に戻ると、女たちが泣いているのが聞こえた。大声で祈りを唱えては、また泣き叫んでいた。ルイスの死体を見つけると、ラウラはひどく取り乱した。自分に責任があると、責めているにちがいない。イネスとルスとエレナが、ルイスが倒れているところにそのまま毛布をかぶせた。ジェントリーの知るかぎりでは、まだそのままになっているはずだった。

正午にはルイスの死体は腐臭を放ちはじめるはずだ、とジェントリーにはわかっていた。

銃撃戦が終わり、生き残った殺し屋《シカリオ》が、農場の南の塀へとひろがっている闇に消えると、ジェントリーはエディーのピックアップを調べた。タイヤ四本のうち三本が、ライトをつけたあとの一斉射撃でパンクしているとわかり、すばやく逃げ出すことは望めなくなった。ボンネット、フロントグリル、左フェンダーにも穴があいていたが、エンジンはかかるし、しばらくはもちそうだった。

だが、タイヤが三本パンクしていたのでは、なんの役にも立たない。

めそめそ泣き、祈り、無表情で空を見つめるあいまに、イネス・コラレスがジェントリーに、カサ・グランデの東の納屋に農場の古いピックアップ・トラックがあると教えた。何年もエンジンをかけていないが、走れるはずだという。イグナシオは馬鹿面の酔っ払いだが、自動車整備士でもあるので、十人が乗って逃げ出すのに使えるかどうか調べてこいと、エルネストが命じた。

ジェントリーは、若いディエゴを北の展望台《ミラドル》に配置し、敷地の正面を見張らせた。死んだ警官のいっぽうのM1カービンを持たせ、肩に床尾を当ててターゲットに向け、プロフェッショナルの戦闘員がそばに来るまで、引き金を引きつづけろと指示した。

ラムセスが、小声でジェントリーにいった。「おれたちはよくやったな。十一人のうち死んだのはひとりだ。向こうは八人失った。おそらく十五人か二十人のうちで。それに、カービンや弾薬が手にはいった」

ジェントリーには、そういう楽観的な見かたはできなかった。「ああ、しかし、生き残りは必要な情報を手に入れた。おれたちが手薄だというのを知った。突入点すべてを監視できないことを知った。家のだいたいの間取りを知った。あいつらは、DLR《デ・エレ・エレ》が二時間で召集できた烏合《うごう》の衆だ。いくら想像をたくましくしても、精鋭《Aチーム》だとはいえない」溜息をついた。「早くここから逃げ出さないと。二度目の襲撃は切り抜けられないだろう」

「どこへ行く？」

「案があったら聞かせてくれ」ジェントリーは、率直にいった。

GOPES隊員ふたりは、黙っていた。

ジェントリーは疲れ、とてつもない焦燥にかられ、計画がなにひとつなかった。その焦《あせ》りが、辛辣《しんらつ》な言葉となって出てきた。「それで、あんたたちふたりのほかには、信用できるメキシコ人はこの国にはひとりもいないというんだな？」

しばらくのあいだ、その非難が宙に浮いていた。

ラムセス・シエンフエゴスが、ようやく返事をしたとき、声にはまがいようもない怒気がこめられていた。「信頼できる人間はおおぜい知っている。兵士、警官、一般市民、公務員。麻薬密売人と戦って死ぬ覚悟があり、死んでいくメキシコ人はおおぜいいる。しかし、これに巻き込んだら、そういうひとびとを危険にさらすことになる。この国では、あらゆる組織のすべてのレベルに腐敗が存在している。あんたらアメリカ人が毎年注ぎ込む六百億ドルが、その腐敗を勢いづかせているんだ」

ジェントリーは、肩をすくめた。「あんたらの内戦を、おれたちのせいにするな」

「あんたたちアメリカ人が、内戦をやらないとでもいうのか？」

ジェントリーは、その皮肉を聞かないふりをしたが、ラムセスの反駁《はんばく》は終わっていなかった。

「麻薬の需要がなければ、アミーゴ、デ・ラ・ロチャやその他の麻薬密売人は、小麦でも栽培するしかなかっただろう。アメリカの麻薬中毒者どもと話をしてみるがいい。ここの死や殺人すべてに関して、そいつらの責任はかなり重い。法律を破ってメキシコを不安定にするような、ろくでなしのアメリカ人が減れば、信頼できるメキシコ人はもっと増えるだろうよ」

暗闇でジェントリーはうなずいた。ラムセスのいいたいことはわかった。馬鹿なことをいったと気づいた。「悪かった。気が立っていたもので」

ややあって、ラムセスがいった。「いいんだ。みんな気が立ってる」

三人は、銃をまさぐりながら、闇に目を凝らした。

イグナシオが納屋でピックアップのエンジンを始動しようとしている音が、左手の五〇メートルほどのところから聞こえた。スターターをまわすことはできていたが、まだエンジンはかからなかった。

ジェントリーは、溜息をついた。ピックアップが走るようにできないと、どうにもならない。たとえ走るようになったとしても、メキシコのどこへ逃げればいいのかわからない。この国には詳しくない——。

待て。ひとつの案が浮かんだ。「そうだ」

「なにが？」ラムセスがきいた。

「アメリカが責任を負うべきだと、あんたはいったな。エレナと家族をアメリカに連れていくことはできないか？　デ・ラ・ロチャも、アメリカの官憲までは握っていないだろう」

「ああ。そこまでは握っていない」

「アメリカに潜入するのは、そんなに難しくないだろう。メキシコ人は毎日のようにやっている」

ラムセスがうなずいた。「去年、おれはAFI（メキシコ連邦捜査庁）に臨時配属されて、メキシコシティにいた。アメリカのFBIにあたる捜査機関だ。アメリカ大使館領事部に勤務するアメリカ人が、入国書類を売っていたことを、われわれは突き止めた。その男を逮捕してやめさせることができる証拠をすべてつかんでいたが、捜査は打ち切られた。アメリカ側にも伝えなかった」

「どうして？」

「どうしてだと思う？　メキシコは、国境を越えてアメリカに渡る労働者のおかげで、巨額のドルを得ている。その男を阻止する理由はない。むしろ手助けしてやろうと考えた」

「なるほど。メキシコにはろくでもない隣国があるわけだ。それがどうおれたちの助けに――」

「その男の身許を知っている。ガンボア一家のビザを買って、アメリカに入国させればいい」

ジェントリーは、しばし考えた。「金がなかったら？」

「お金ならある」ラウラがいった。二階の廊下から展望台《ミラドル》にあがってきて、四十八時間前までは顔も知らなかった三人が自分の家族の運命について話し合うのを、うしろで聞いていたのだ。

ジェントリーは、ラウラのほうをふりかえった。「金があるって？」

「亡くなった夫のギリェルモの陸軍年金。毎年すこしずつ受け取っているの。減額されるけど、一時金でも受け取れるのよ」

「どれほどの額がもらえるんだ？」

「五十万ペソ」

ジェントリーは頭のなかで換算した。「四万ドルか」ラムセスの顔を見た。「足りるか？」

ラムセスが、肩をすくめた。「八人分だからな。わからない。しかし、領事部の男は関心を持つだろう」

ジェントリーは、ラウラのほうを向いた。「そうするのか？　その金をすべて、エレナと両親と――」

「あたりまえじゃない」心外だという口調だった。「わたしの家族なのよ。どんなことでもやるわ」

「それで、きみもアメリカに？」

ラウラは首をふった。「四人は行くべきよ。母、父、エレナ、ディエゴ。でも、わたしは行かない。わたしの故郷はメキシコよ。離れたくない」

「どうして？」ジェントリーは、信じられない思いできいた。

「荷物をまとめて、すべてを置き去りにすることなんかできない」

「どうしてだ？」ジェントリーはくりかえしてから、つけくわえた。「おれはしじゅうやっている」

闇のなかで、ラウラはジェントリーを長いあいだ見つめていた。「それじゃ、どこかを居所にするのがどういうことなのか、あなたにはわからないでしょうね」

下のほうで、イグナシオがまたピックアップのエンジンをかけようとしていた。キイをひねってスターターをまわし、それでも始動しないというくりかえしで、バッテリーが弱っているのが、音でわかった。三度目にスターターを長くまわし、エンジンが始動しなかったときに大声でののしるのが、ミラドルの四人に聞こえた。

「くそったれめ《イホ・デ・プンタ》！」

「その前にやることがある。ここから脱け出すまで、先は長そうだ」ジェントリーはいった。

ラムセスとマルティンが、カサ・グランデのべつの場所へ移動した。礼拝堂のそばの庭を囲む西棟全体を、ときどき巡回する必要があった。ミラドルからは監視できない。だが、ラウラはジェントリーとならんで、ミラドルに座っていた。濃いブラックコーヒーを飲み、裏のパティオの向こうをふたりで見渡した。

「この屋敷、なかなかのものでしょう？」しばらくして、ラウラがいった。

ジェントリーは、荒れ果てた地所を見やって、くすりと笑った。「ああ、まったくのくそ壺だ」

ラウラが一瞬目を向けたのを感じた。すぐにラウラは目をそらした。「わたしは好き。ギリェルモが兵役を終えたら、ここでいっしょに住むつもりだったの」

くそ、コート、たまには、どうにかして、まともなことをいうように心がけろ。「いや……すてきだ……そういおうとした……すこし手入れが必要だが」

ラウラが低く笑うのが聞こえた。背後の寝室にまで、笑い声がこだました。聞いていて心地よかったが、ラウラの悲しみに満ちた生真面目《きまじめ》で敬虔《けいけん》な性格にはそぐわなかった。「そうね。修繕には何年もかかるでしょうね。でも、ギリェルモは両親の世話をして、農場を再開して、ここで子供をつくり、楽しい家にしたいと思っていたの」

「なにもかも、気の毒に思う」ジェントリーはいった。

「わたしも口惜《くや》しい」と、ラウラが答えた。

二時間たってもまだ、イグナシオは納屋でピックアップと取り組んでいた。ジェントリーは、屋敷の北側へ行き、正面玄関の真上にある二階の窓から見張っていたディエゴと交替していた。うつぶせになって、林のきわと、吹きさらしの岩の多い私道に目を配った。一〇〇メートルほど北の正門までくねくねとのびている私道は、暗い月明かりの届くところまでしか見えなかった。

横の石畳に置いたルイスの古いショットガンをまさぐった。M1カービンはみんなに配り、テキーラ町警の警官がショットガンに使っていたダブルオー・バックショットを持ってきた。警官のショットガンは、撃ち合いの際に銃身が損傷していたので、パティオにそのまま転がしてある。ハリスコ州警の警官が倒れているそばにもポンプアクション式のショットガンがあったが。銃身が長くて重い二連銃の感触と機能が気に入っていたので、ルイスのそのショットガンをおもな武器として使うつもりだった。

眠かったが、ルスがとてつもなく濃いブラックコーヒーを持ってきてくれたので、あと数時間はそれが効いてくれるはずだった。

コーヒーの効き目だけではなく、温かさも必要だった。気温は一〇度を切っていたし、デニム・ジャケットと濡れたズボンだけで、バルコニーで夜風にさらされていた。とくそ、なんとかしてここを脱け出さないといけない。

それについて、多少の進展はあった。エディーのF‐350のバッテリーを、エルネストとディエゴが納屋に運んでいた。ガソリンもサイホンで抜いて、古いピックアップに移した。全員がぎゅう詰めになって乗り、正門に向けて突っ走れるようになるまで、そう時間はかからないだろう。マルティンとラムセスがコルト・ショーティをぶっ放しながらバイクで先導する。ここから生きて脱出するには、かなりの好運が必要だろうが。

ジェントリーは、ひりひりする目をこすった。一分前からこれで三度、眠気に襲われている。

時計を見た。四時六分。黒服組がべつの一隊を組織できたとすると、夜明け前にまた襲ってくるはずだ。それをためらう理由はなにもない。夜が明けるまで待つ理由はない。

これがふつうの状況なら、攻撃の最適時間帯を過ぎてしまったといえる。最初のうち、ジェントリーはしめたと思った。第一波を撃退したおかげで、自分たちの小部隊は敵を逡巡《しゅんじゅん》させ、隊伍を整える時間ができたと考えたからだ。

だが、それは実情とはまったくちがっていた。通常、敵陣を攻撃するのが午前三時と決まっているのは、標準的な歩哨の交替時間に基づいている。そもそもこの屋敷には、じゅうぶんな監視要員がいないことを、敵は知っている。交替するどころか、休んだり食事をとったりするひまもない。そうか、敵のほうが抜け目がない。こっちは、そのことをいままで考えもしなかった。夜明け前にもう一度攻撃してくるはずだ。人数の多寡《たか》にかかわらず、敵はそうするだろう。早くしろ、イグナシオ、酔っ払いの役立たず。さっさとピックアップのエンジンをかけろ！

28

第二波はわずか十二人だったが、失敗に終わった第一波よりも練度が高く、装備が整い、情報に詳しく、攻撃計画もずっとましだった。十二人全員がメキシコ海兵隊員で、ラ・アラニャ本人から命令を受け、グアダラハラの駐屯地から車両でやってきた。

十二人は正規軍の兵士でありながら、黒服組のために副業で殺し屋《シカリオ》をやっていた。小部隊の強襲戦術の高度な訓練を受けていて、ヘッケラー&コッホMP5サブ・マシンガンと特殊閃光音響弾を携帯し、防弾衣と、シエラマドレのこの地域で夜明け前のグリーンと黒の風景に溶け込める、オリーヴドラブ色の戦闘服を身に着けていた。また、カサ・グランデの裏塀《うらべい》の前で、第一波襲撃隊の生き残りから情報を聴取していた。ショットガンの散弾も九ミリ弾もくらわずにまた塀を乗り越えて、安全な場所に逃げた〝棒杭〟たちは、戦争神経症《シェルショック》に陥っていたが、つぎの襲撃要員に敵情を伝えるためにそこに残れと命じられていた。海兵隊員たちが二トン積みトラックの横で装備を整えるあいだ、〝棒杭〟の警官たちは不安げに煙草を吸い、自分たちが見たことをあらいざらい話した。

海兵隊員たちは、武器と無線機の最終点検を行なうと、四人編成のチーム三個に分かれ、敵に圧倒されて疲れ果てているアマチュアに別れを告げて、農場の塀へと歩いていった。

四人組のチーム A《アントニオ》——英語の〝アルファ〟にあたるスペイン語の音標文字——が、丈の高い草や野生のアオリュウゼツランが茂る、西側の金網の門を乗り越えて、農場の敷地に侵入した。ふたりずつ組んで、移動しながら、いっぽうの二人組がほかの二人組を掩護し、明かりのない屋敷を目指した。崩れた石造りの穀物貯蔵塔《サイロ》まで行き、カサ・グランデの西側から突き出している礼拝堂に近づいた。

チーム B《バルセロナ》は、三時間前に第一波が乗り越えたあたりで、裏塀によじ登った。敷地内にはいると、右に向きを変え、家畜置き場の木の柵を通って、木が腐っている古い厩《うまや》の裏にまわった。石や材木やがらくたにつまずかないように、足もとに用心しながら進んだ。

チーム C《カルメン》は、東から農場に侵入し、池に近い柳の木立の裏に着地した。カサ・グランデの横手から正面にまわり、石と木でできた納屋に注意を集中して、そちらへと進んだ。内燃機関が必死で内燃の行程をはじめようとしている音が、そこから聞こえていた。

チーム Bは、パティオの東にある格子棚に数分で到達した。チーム Aと無線連絡し、そちらがカサ・グランデの西で位置についたことを知った。チーム Aは、独立して建っている礼拝堂の石の隙間から見える光を調べさせるために、ひとりを送り出していた。塀を越えてから七分後には、三チームは屋敷の防御隊を三ヵ所から同時に攻撃する支度が整っていた。

ジェントリーは、また目をこすった。時計を見ようとした。

屋敷の反対側から叫び声。男——マルティンか？

た。

ライフルのパーンという銃声。

鍛錬《たんれん》の賜物で、ジェントリーは持ち場から動かず、正面の木立と私道から目を離さずにい

松の梢《こずえ》が揺れた。それ以外には、屋敷のこちら側に動きはない。

くそ、くそ、くそ。訓練で叩き込まれたすべてが、陣地を守れ、向きを変えるな、自分の計画、防御の強化、それぞれの射撃範囲に責任を負っている仲間を信じろと告げていた。

攻撃されたのは、マルティンの部署だった。ラムセスとラウラがその左右にいて、状況を見定め、屋敷の反対側にいるこちらよりも的確に対応できる。

三人を信じろ。持ち場を離れるな。計画を信じろ。

また銃声。そして、こんどはサブ・マシンガンの連射が響いた。

ジェントリーは、不安を凝縮させて、前方の闇を見据える集中力に変えた。

なにもない。動きはない。攻撃もない。まったくなにもない。

計画を信じろ、コート。

また銃声。背後から叫び声。

計画を信じろ、コート。

爆発。特殊閃光音響弾が二階のどこかで炸裂した。

くそ！　計画を信じろ、コート！

ラウラ・ガンボアの声。叫び声。

悲鳴。

計画など知ったことか。

ジェントリーは、膝を曲げてさっと立ちあがり、重いショットガンを右手に持ち、向きを変えて、急いで邸内に戻った。持ち場を捨てて。

まったくの僥倖《ぎょうこう》で、ジェントリーはひとり目の敵を見つけた。西側の壁に沿い、暗い居間に飛び込んだ。キッチンに通じるアーチが左手前方にあり、右手は晩餐室《ばんさんしつ》のアーチ状の戸口だった。居間を駆け抜け、ラウラを配置したホールを見おろす踊り場へ行くつもりだった。だが、三メートルと離れていない行く手の暗がりに、晩餐室から黒い銃身の先端が現われた。ジェントリーは、ひとっ跳びで反応した。両足を高くあげ、野球の選手が本塁にスライディングするような感じで、石畳に身を投げた。晩餐室の戸口に滑り込むと、闇のなかに敵の姿が見えた。物音は聞いたはずだが、まだその方角に銃口を下げてはいなかった。

体がとまると同時に、ジェントリーはショットガンの筒先を相手のベルトのバックルの下に押し込み、引き金を引いた。轟音が轟き、直径八・三八ミリの鋼球九個を下腹にぶち込まれて体がちぎれかけた男が、大きな短い炎の向こうで仰向けに吹っ飛んだ。晩餐室のテーブルに、ずたずたに引き裂かれた死体が載った。中枢神経系が発した最後の信号が筋肉に流れ、死体がのたうち、痙攣《けいれん》した。

ジェントリーは、男がテーブルにぶつかる前に膝をついていた。男の武器が飛んでいった方向は見ていなかったので、闇のなかで探す無駄な手間はかけず、立ちあがって走りつづけた。階段に達したときには、煙を吐いている大きなショットガンに弾薬をこめ終えていた。

一度に三段ずつ駆けあがった。

また銃声。こんどは二カ所から聞こえた。階段の上で右に曲がったとき、ホールの脇の部屋からすさまじい爆発音が聞こえた。煙と埃と闇を透かして、ラウラ・ガンボアが主寝室から急いであとずさっているのが見えた。拳銃を前に突き出しているが、弾薬を撃ち尽くして、遊底被《スライド》が後退したままになっているのが見えた。

ジェントリーはラウラに近づいた。よろけながら廊下に出てきたラウラが倒れないように、ジェントリーは体を支えた。撃たれたのかと心配になったが、特殊閃光音響弾の影響だとすぐにわかった。瞳孔が拡張し、膝の力が抜けていた。「何人だ？」ジェントリーはきいた。ラウラは小柄だが、筋肉が発達した強靭《きょうじん》な体つきだった。ジェントリーは手を貸して、しっかりと立たせた。

ラウラがすこし回復し、ジェントリーの顔を見た。「わからない。海兵隊みたい。ホールに突然現われたの」

「家のなかにいるのか？」

「シ、あちこちにいる！」

ジェントリーは、ラウラの腕を乱暴につかみ、向きを変えて、ホールをひきかえした。展望台《ラドル》から遠ざかり、暗い居間を見おろす踊り場を駆け抜けて、屋敷の東側を目指した。

イグナシオ・ガンボアは、近くから銃撃が聞こえても、キャブレターの最終調整をやめなかった。視界を曇らせ、顔を流れ落ちる涙にもめげなかった。エンジンに立てた一本の赤い蠟燭《ろうそく》の明かりで、ねじを締め終えるところだった。すぐにボンネットを閉めて、あいた助手席のドアによろよろと歩いていくと、半分空《から》になった透明のアニェホ（一年以上熟成）・テキーラを、ダッジ・ピックアップの錆びたルーフから取った。

長いあいだ、ごくごくと飲んだ。

戦闘が激しくなると、さまざまな口径の銃が発するパーン、バン、ダダダダという銃声が、うしろのカサ・グランデから頻繁に聞こえるようになった。

イグナシオはさっとふりむき、テキーラを納屋の向こうに投げつけた。石壁に当たった壜が砕けて、濡れたクリスタルのかけらとなった。イグナシオは古いダッジのピックアップの運転席に乗り、キイに手をのばした。一度まわしただけで、エンジンがかかった。咳き込み、点火にばらつきがあったが、じゅうぶんな馬力があり、回転は安定していて信頼できた。

イグナシオは、両手で頭を抱えて泣き叫んだ。

一時間前から作業しているあいだずっと、エンジンはかかると確信していた。ハンドルを握り、レバーをドライブに入れ、こいつを運転して、みんなを置き去りにすることもできる。

両親、妹、甥《おい》を。

弟のまだ生まれていない息子を。

どうやっても、みんなを救うことはできない。自分が助かる方法はこれしかない。

ヘッドライトをつけた。

黒服組の死刑執行を免れて生き延びることは、だれにもできない。家族といっしょにいるのは自殺行為だし、自殺には自分にはないとはっきりわかっている力が必要だ。自分は、敵と勇敢に戦い、家族や友人たちをつねに養ってきた弟のエデュアルドとはちがう。

妹のロリータ——ラウラともちがう。ラウラはひとに分けあたえ、信仰を支えにしている。そうとも。イグナシオ・ガンボアには、生まれつき勇猛さも信仰心もない。ただの人間。弱い男で、怯《おび》えている。

兄のロドリゴには似ている。弱く、臆病で、自分のことだけをやり、他人がくれるものをもらう。

きのうの朝、パルケ・イダルゴで、ロドリゴが額を撃たれるのを見た。脳が破裂するのが見えた。ロドリゴとは共通点が多かったが、死にざままでおなじになるのは、まっぴらごめんだ。

いやだ、とイグナシオは自分にいい聞かせた。おれは死なない。逃げる。生き延びる！

みんなには黙っていたが、黒服組に捕まらないような行き先のあてがあった。マドリガルの支配するドゥランゴに友だちがいる。デ・ラ・ロチャとイタリア製スーツを着た兵隊どもが足を踏み入れるのをためらうような村は、数百とはいわないまでも、数十カ所ある。たしかに、ドゥランゴ州でシエラマドレの山中にはいったら、ロス・バケロスの手先になって、大麻やコカや罌粟《けし》を栽培するか、大麻、コカイン、ヘロイン、メタンフェタミンの売人になるか、そういう麻薬のことでひとを殺すしかない。だが、それでもかまわない。ロドリゴやエデュアルドみたいに殺されるよりはましだ。

家族にいわなかったのは、いっしょに行くつもりはないからだ。これからもいわない。いっしょには行かないからだ。

独りで行く。

汗にまみれた肉付きのいい毛むくじゃらの腕で、目の汗を拭うと、セレクターをドライブに入れた。

納屋の両開きの正面扉を突き破るつもりだったが、前方で扉が細目にあいた。ヘッドライトの光のなかに、ふたりの男が現われた。

ふたりとも銃の狙いをつけていた。

「やめろ！」イグナシオは、アクセルを踏みつけた。

殺し屋《シカリオ》ふたりが、MP5で撃ちはじめ、フロントウィンドウを吹っ飛ばし、ボンネットを撃ち抜き、ハンドルを握っていた大柄な男を蜂の巣にした。痙攣《けいれん》し、ひくついている体を真鍮被覆弾《メタルジャケット》が穴だらけにするあいだ、ピックアップが前進して、殺し屋《シカリオ》のそばを過ぎた。イグナシオの顔がハンドルにぶつかると、ピックアップは左に曲がり、アクセルから足が離れて速度が落ちた。円形の車まわしのまんなかにある石の噴水にそっとぶつかって停止した。

殺し屋《シカリオ》ふたりは、サブ・マシンガンの弾倉を交換し、肥った男のまだひくついている体を撃った。


イネス・コラレスは、決められた場所にいなかった。三十分前には、エレナとルスとともに、ジェントリーに命じられたとおり地下蔵《セラー》にいて、寝具に横になり、蠟燭一本の明かりのそばで祈り、亡くなった愛するひとびとの話をしていた。だが、地下蔵にはいってから一時間後に、イネスはふたりにご不浄を使うといって、通路に出た。石段でうとうとしていたエルネストのそばを通り、階段をあがるとディエゴがいて、キッチンの床に寝ていた。ディエゴは眠っていなかったが、すぐに戻るとイネスはいった。だが、居間にはいると、西棟に通じる長い廊下のほうへ行った。

屋根のない狭い裏庭を横切り、冷たい石壁の柱廊を進んで、奥にある埃っぽい貯蔵室にはいり、闇のなかを手探りして、外に出るドアに向かった。

肌寒い風が吹いていたが、夜の闇は静かだった。雑草や蔦《つた》がはびこっている、使われていない石畳の小径《こみち》をたどり、礼拝堂へ行った。腐った木のドアを、ゆっくりとあけた。地下蔵に連れ戻されたくないので、邸内にいるアメリカ人と警官ふたりを警戒させるような音はたてたくなかった。礼拝堂にはいると、蠟燭の光が漏れないように、ドアをしっかりと閉めた。ライターを持ってきていて、それで蠟燭をともし、奥の壁にある小さな祭壇へ持っていって、膝がきしんだり、体重で折れたりすることがないように、ゆっくりとひざまずいた。

さらに何本かの蠟燭をともした。目の前の真鍮《しんちゅう》の十字架さえ照らされれば、それでよかった。蠟燭の蠟と芯《しん》が燃えるにおいが、空気中のかびや埃のにおいとしだいに混じり、七十九歳のイネス・コラレス・ヒミネスは、祈りはじめた。

ほどなく、表で銃声が沸き起こった。暗いなかで、イネスは目を丸くしてドアをふりかえったが、気を静めた。

向き直って礼拝した。

独りで礼拝堂に来たのは、わずか三時間前に死んだ夫のために祈りたかったからだ。夫はここで洗礼を受け、一九五七年に結婚したあとは、ふたりしてここで蠟燭をともした。息子のギリェルモも、キリストを愛することをここで憶えた。だから、夫のためにこの場所で祈りたかった。

表の銃声も、イネスの人生にとっても家族にとっても、ここが大切な美しい場所であることは変えられない。

背の高いガラスの燭台をしっかりと持ち、十字架に向かってイネスは祈りを唱えた。

背後でドアが勢いよくあき、吹き込んだ風が小さな礼拝堂の蠟燭の炎を揺らし、長い影が壁で前後に大きく揺れた。

驚きと恐怖で、イネスは身をこわばらせたが、ふりむいて見ることはしなかった。ただ頭を垂れ、すばやく十字を切った。

海兵隊員の殺し屋《シカリオ》が、コルト45セミ・オートマティック・ピストルで、イネスのうなじに一発撃ち込んだ。年老いたイネスの華奢《きゃしゃ》な体が、祭壇のほうへぐらりと揺れ、十字架の下で動かなくなった。手にした蠟燭が宙を舞い、ふっと消えた。

ディエゴとその祖父のエルネストは、地下蔵からキッチンに出る階段の上にいて、居間の人影に向けてカービンで撃っていた。人影のほうが先に撃ってきたので、ラウラおばさんや、顎鬚《あごひげ》の白人《グリンゴ》や、エデュアルド叔父さんの部下だったGOPES隊員ふたりが、そんなことをするはずはない。だから、ときどきひらめく発射炎の背後の黒い影は、敵にちがいないと判断した。

十六歳のディエゴも、七十歳のエルネストも、射撃の訓練は受けたことがなかったので、適切な間隔をあけていなかった。ほとんど肩を触れ合うようにして撃っていたので、敵にひとつの方角のターゲットに向けて撃てばいいという利点をあたえてしまった。それに、どちらかが弾倉を交換するときに、もうひとりが掩護するという手順も、ふたりは知らなかった。だから、適当に撃ったり、撃つのをやめたりして、弾薬が尽きたときに弾倉を交換した。そのため、戦闘中に危険な中休みができて、敵が都合のいい射角を得るために這《は》い進む隙をあたえてしまった。

エルネストが片膝を立てて、尻ポケットからM1カービンの三本目の弾倉を出そうとした。身を乗り出して、ディエゴの耳もとでなにかを叫ぼうとしたとき、九〇度体をまわして、カービンを取り落とし、右肩の上のほうをつかんだ。仰向けになって階段のなかばまで落ち、被弾の衝撃でなにやら叫んだ。まるでラバに肩を蹴られたような心地がしていた。

階段の下にルスが現われた。蠟燭を持ち、悲鳴をあげ、泣きながら昇ってこようとした。エルネストは、ルスをどなりつけ、だいじょうぶだから地下蔵に戻れと命じた。

腕がしびれ、小さな漁船を呑み込む冷たい高波のように、さむけが全身に打ち寄せてきたが、エルネストは木製のカービンを拾いあげながら、孫とともに戦うために階段を昇っていった。

ラムセス・シエンフエゴスは、二階南の展望台《ミラドル》で敵をふたり撃退した。はじめは、ガンボア少佐の妹のラウラとともに戦っていたが、ミラドルから二階の応接間に特殊閃光音響弾を投げ込まれ、それがふたりのあいだで炸裂《さくれつ》した。ラウラはよろけながら廊下に後退し、見えなくなった。ラムセスはすぐに回復し、撤退せずに前進した。ミラドルに敵がふたりいて、攻撃しようとしていたが、ラムセスが果敢な戦術で不意を衝《つ》いた。敵は下のパティオに跳びおりて逃げ、ラムセスが欄干《らんかん》へ行って下を覗いたときには、カサ・グランデの西側の夜陰に姿を消していた。敵は隊伍を整え、一階から突入するつもりにちがいなかったので、階段へ走っていって、駆けおり、西棟に通じる廊下に曲がり込んだ。

いくつかの部屋の前を通って、廊下を走り、急に曲がって、裏庭に出た。そこに屋根はなく、ゴミだらけの大きな噴水がまんなかにある雑草の生い茂る庭園を、矩形《くけい》の柱廊が囲んでいる。月明かりが射し込んでいて、前方の石畳を見渡すことができた。ラムセスは、裏庭の向こうの戸口へ駆け出した。

ドアの奥の部屋をサブ・マシンガンを構えて確認し、そこが古い貯蔵室であることを知った。表に通じるドアがあいている。

くだんの男たちはすでに邸内にはいったのだと、即座に察した。

背後のどこかにいる。

ラムセスは、いま来た道をひきかえした。屋敷の向こうからも銃声が聞こえたが、この短いあいだに、さっきの男たちがそこまで行けるはずがない。裏庭に戻り、東西にのびている柱廊を東にたどって、カサ・グランデの中心に通じる廊下に戻ろうとして北に折れた。

小走りに駆けながら、丈の高い草や雑草の蔭にだれかが隠れているかもしれないと思い、一瞬視線をそらして裏庭を覗き込んだ。

うしろを見たとき、その男がいた。一〇メートルほど離れていて、石畳の柱廊をこちらに向けて走っているのが見えた。

フル戦闘装備の海兵隊員。MP5を持っている。

メキシコ人ふたりは、同時に相手に気づいた。驚きと恐怖のために目をかっと見ひらき、ふたりとも銃を構えた。

海兵隊員がMP5を廊下の方角に向けて撃ち、GOPES隊員めがけて銃弾をばらまいた。ラムセスは廊下側からコルトM635で撃ち、海兵隊員めがけて銃弾を撒《ま》き散らした。ラムセスが先に倒れた。右上腕に熱い打撃を感じ、右肩にもくらい、つづいてヘルメットが砕け、頭からはずれて吹っ飛んだ。もんどりをうちながら、ラムセスはサブ・マシンガンを撃ちつづけ、海兵隊員の右腕と胸の防弾板に命中させた。海兵隊員がうしろによろけ、仰向けに倒れた。

ふたりとも冷たい石畳に仰向けになり、距離は八メートルも離れていなかった。暗い柱廊で血を流していた。どちらも主要な武器の弾薬が尽き、上半身を起こして弾倉を交換しようとしていたが、怪我と銃と弾倉が血でぬるぬるしていたせいで、再装塡がままならなかった。

「クソ野郎《カブロン》！」ラムセスは、右腰を下にして転がり、空《から》になった弾倉をサブ・マシンガンからはずし、その腕で強襲ベストの予備弾倉を抜いて、はめ込もうとした。

「くそったれの連邦警察《チンガド・フェデラレ》め！」海兵隊員がいい返した。柱廊と裏庭に、その声がこだました。海兵隊員は弾倉を交換するのをあきらめ、サブ・マシンガンを押しのけると、左手を体の前にまわし、苦痛に悲鳴をあげながら、右腰のドロップレッグ・ホルスターから拳銃を抜いた。脱力感と戦いながら、左に転がり、狙いをつけて撃とうとした。

いっぽう、ラムセスは、歯を食いしばって、銃創の灼《や》けるような痛みをこらえ、海兵隊員に悪態を浴びせたが、敗北を悟った。サブ・マシンガンのコッキング・ハンドルを、動かせるほうの手で引くのに苦労していた。目をあげると、海兵隊員の手には黒い拳銃があり、血だまりがひろがっている石畳の上で体をずらし、銃口を動かして、必殺の一撃を放とうとしているのが見えた。

敵が狙いをつける前にサブ・マシンガンを発射できるようにするのは無理だと、ラムセスは悟った。片手でコッキング・ハンドルを引くには、銃床を石畳で押さえなければならないが、そのひまはない。拳銃はない。ガンボア少佐の妹に渡した。弾薬を装塡していないサブ・マシンガンでは、敵と戦うことはできない。だから、サブ・マシンガンを床に落とし、冷たい石畳に座っていた。両脚は前に投げ出し、緊張を解いて、家族のことを考え、死ぬのを待った。

海兵隊員が向こうで脇を下にして身を乗り出し、苦痛に顔をしかめながら、拳銃を持ちあげた。連邦警察官を殺《や》れると確信したと見えて、苦しげにゆがんだ顔が、笑顔に変ろうとしていた。

ラムセス・シエンフエゴスは、長く息を吸って、吐いた。自分を殺そうとしている男が、その一瞬を楽しんでいるのを眺めた。

「くそくらえ《コメ・ミエルダ》！」ラムセスはわめいた。

そのとき、大農場《アシエンダ》を吹き抜ける夜明け前の風のように、音もなくすばやく、アメリカ人が角をまわって、海兵隊員の背後の柱廊に現われた。旧式の長大な水平二連式ショットガンを持ち、あけた薬室に視線を落としていた。弾薬を込め直そうとしているのだ。だが、前方の光景を見て、アメリカ人が目を見ひらいた。肩ごしに弾薬二発を投げ捨て、大きなショットガンを前にほうり、アメリカ人が全力で駆け出すのを、ラムセスは見ていた。

海兵隊員は、うしろから迫っていた危険に気づいていなかった。たっぷりと時間をかけて、前方の石畳に座っている負傷した敵にSIGザウァーの狙いをつけた。

木の銃床のばら弾銃《スキャターガン》は、うしろ向きに回転しながら宙を飛んでいた。アメリカ人はそれを両手で受け止め、銃身の銃口近くを握ると同時に、よもや敵がうしろにいるとは知らない海兵隊員に迫った。アメリカ人は銃身を両手でしかと握り、走りながらのびあがって、渾身の力をこめてショットガンをふりおろした――フェンス越えの一打を放とうとするバッターのように、ドライバーのヘッドにエネルギーのすべてを集中しようとするゴルファーのように――ショットガンのヒッコリーの銃床が、まさに引き金を引こうとしていた海兵隊員の後頭部に激突した。

硬木が肉と骨を打った衝撃は、胸が悪くなるようなものだった。猛スピードで走っているトラックから落ちた西瓜《すいか》が、道路にぶつかったような感じだった。裏庭に音が響き渡り、海兵隊員が座っていたところの前方の石畳と化粧漆喰《しっくい》の柱に、血飛沫《ちしぶき》が飛び散った。たとえ斬首されても、これほどの即死ではなかっただろう。月明かりにギラギラ光る血飛沫を追うように海兵隊員がつんのめり、顔から倒れた。

ラムセスは、喜びのあまり恍惚《こうこつ》として、長い溜息をついた。拳銃は体の下に見えなくなった。アメリカ人が、ショットガンを置き、ようすをたしかめようとして柱廊を走ってきた。

そのとき、さらにふたりの海兵隊員が、アメリカ人の背後に現われた。そのふたりは、最初に左ではなく右を見るという過ちを犯した。ラムセスは、敵がターゲットふたつを見つける前に、そのふたりを見つけた。一瞬にしてふたりは態勢を整え、左手に走りながら、武器を構えた。

「うしろだ《アトラス》！」ラムセスはアメリカ人に向けて叫びながら、石畳の上でずんぐりしたサブ・マシンガンをそちらに滑らせた。「装塡《カルガ》しろ！」ラムセスがどなると、顎鬚《あごひげ》のアメリカ人は、すぐさま悟り、両腕をのばして頭から身を躍らせ、胸で滑ってサブ・マシンガンをつかんだ。

敵がサブ・マシンガン二挺で熾烈に撃ち、乾いた銃声と衝撃が狭い柱廊をふるわせた。ラムセスとジェントリーの頭のすぐ上で、壁の化粧漆喰や石がはがれ、二百年前に建てられた古い屋敷の建築資材の鋭い破片が、ジェット推進のスズメバチみたいに四散した。ジェントリーは、ラムセスから三メートルも離れていないところで、血みどろの小さなサブ・マシンガンをつかみ、仰向けになりながらコッキング・ハンドルを引き、ターゲットを捉える前から射撃を開始した。

新手の殺し屋《シカリオ》ふたりの銃弾は、ジェントリーとラムセスの左右で壁の下のほうに縫《ぬ》い目をこしらえていた。いっぽう、ジェントリーの応射は石畳の表面を進み、断層線を思わせる亀裂が、十数メートル向こうのふたりへとのびていった。耐火煉瓦《れんが》が火花と煙を発して砕け、着弾が殺し屋《シカリオ》ふたりにぐんぐん近づいて、ついにふたりともうしろ向きによろめいた。何発もの銃弾をくらって、もんどりをうち、ガクンと揺れて、ぐらりと倒れ、死んだ。

「くそ！」ジェントリーは叫んだが、自分の声が聞こえなかった。耳が鳴っていた。煙っている月光を透かし、前方に倒れている敵ふたりを見つめて、弾薬がとぼしくなったコルトで狙いつづけていた。うしろでラムセスが這《は》う音が聞こえた。

「だいじょうぶか、アミーゴ？」照準器から目を離さずに、ジェントリーはきいた。

ラムセスは、ジェントリーのそばに這っていき、その左側の石畳に横になった。口にはいった化粧漆喰と耐火煉瓦と汗を吐き出した。ラムセスの返事は英語で、下手《へた》な物まねがいの言葉だった。「ああ、相棒。みごとなもんだぜ」

ジェントリーは笑った。血中を駆けめぐるアドレナリンのせいで、耳が鳴っているあいだはずっと神経がぴりぴりしているはずだとわかっていた。そのあとで、どっと疲れが出る。

29

防御陣の生き残りのほとんどが、十五分後に居間に集まった。雄鶏《おんどり》が時をつくり、夜明けが近いとわかったが、表の空は漆黒だった。

ジェントリーは、両手を腰に当てて立っていた。デニム・ジャケットの胸からズボンの上のほうにかけてついた血が、乾きかけている。顎鬚で汗の粒が光っていた。表の車まわしから戻ってきたばかりだった。農場の古いピックアップの運転席で、エディーの兄イグナシオが死んでいた。くたびれた声で、ジェントリーは一同に告げた。「イグナシオが死んだ」

「わたしたちを救おうとして死んだのね」と、ルスがいった。

「そうにちがいない」ジェントリーはそう答えたが、ぜったいにちがうと考えていた。エルネストをちらりと見て、父親ですらイグナシオが英雄になろうとしたとは思っていないことがわかり、疑念が裏付けられた。

だが、ふたりとも口にはしなかった。

ガンボア一家の生き残り五人は、ソファに寄り固まって座り、すすり泣き、大声で泣いていた。エルネストはいまでは、心がどこか遠くにあるように見えた。涙は浮かべているが、あとの家族とはちがい、そう激しく嘆いてはいない。ルスがせっせと夫の肩に包帯を巻いた。

エルネストは顎を突き出して痛みを意に介さず、暗い部屋の片隅に視線を据えていた。

ジェントリーは、さらに悪い知らせを告げ、英語がわからないもののために、エレナが通訳した。「ラムセスが負傷した。二発くらったが、しぶといやつだからな。また攻撃されても戦える」ラムセスはキッチンで、透明なテキーラを腕と肩にふりかけていた。すさまじく痛いが、ちゃんと消毒できる。エレナがシーツを裂いてこしらえた包帯で止血する。

ジェントリーは、つぎにラウラのほうを見た。「イネスも死んだ。礼拝堂で見つけた」言葉を切り、〝適切な〟言葉を考えた。「あっというまに。苦しまずに」

ラウラが、茫然とうなずいた。疲労とショックで、打撃が鈍くなっているのだ。涙も流していないことに、ジェントリーは気づいた。

なおもつづけた。「あいにく、まだあるんだ。ピックアップは走れない。穴だらけで、壊れている。それから……」

「まだあるの？」ディエゴがきいた。お守りの毛布みたいに、M1カービンを握り締めている。二十分前に、ここにいた男めがけて二十発撃った。死体も、逃げ去るときの血痕もなかったが、襲撃を撃退して家族を護ったと、ディエゴは感じていた。

「それから、表に出たときに、遠くからトラック数台の音が聞こえた。農場の塀《へい》の向こう側から」

「トラック？」

「ああ、大型の装甲車のような音だった」

ラウラが、血走った目を瞠《みは》った。どういうことかを悟り、うなずいた。「連邦警察ね」

ジェントリーはうなずいた。「味方ではないと想定することにしよう。五、六台か、それよりも多い。塀の向こうに五十人ほどいる可能性がある」

ジェントリーは、みんなとおなじように戦争神経症にかかっていた。この部屋がすべての生気を吸い取ってゆくような気がした。デ・ラ・ロチャの手先は、まだ任務を達成してはいないが、防御側の生き延びる意欲をすでに叩き潰していた。

たとえかすかでもいいから希望の光が見えないだろうかと、ジェントリーは知恵を絞った。くそ、自分が指導者《リーダー》か将校で、みんなを鼓舞できればいいのにと、切実に思った。こういう場合に、何度も決めつけられたとおり、ジェントリーはただの〝突入係〟、〝突破野郎〟、〝鉄砲を持った猿〟でしかなかった。

ようやく、すこし気を楽に持った。「明るい知らせも……すこしはある。もうすぐ夜が明けるし、昼日中に攻撃してくるとは思えない。こっちに使える武器がしこたまあるのを知っているし、やつらは装甲車にたてこもって戦うことはできない。だから、おれたちには、日暮れまでこの窮地を脱する方法を考える余裕がある。なにかしら思いつくだろう」

鬼将軍パットンなら、こういうときにそんな消極的な演説はしないだろう、とジェントリーは気づいた。

ラウラが首をふった。「ジョー、あなたは寝ていない……まともに働くのは――」

「だいじょうぶだ」ジェントリーは、手をふって斥《しりぞ》けた。睡眠が必要かどうかなどという議論をしているひまはない。「死んだ海兵隊員を調べて、サブ・マシンガンのほかに、無線機、双眼鏡一台、携帯電話一台を見つけた。無線機の暗号はもう変えられただろう。携帯電話が盗聴されたり、追跡されたりしているかは、調べる必要がある。近くの基地局は機能していないが、持っていよう。そのうち役に立つかもしれない」

アメリカへ行くことを、しばらく話し合ってから、全員が防御のための持ち場に戻った。ジェントリーは、裏の展望台《ミラドル》から監視する。いまもそちらから襲撃される可能性が高い。マルティン、ディエゴ、ラムセス、ラウラには、邸内のあちこちへ移動して、窓からできるだけ目を配るようにと指示した。負傷した年配のエルネストには、地下蔵《セラー》でルスやエレナと休むよう命じた。ラウラがエルネストに拳銃を渡し、家族を護るという些細《ささい》な役割を担《にな》う名誉をあたえた。

二十分後、ジェントリーは二階の展望台《ミラドル》に伏せて、東に面し、晴天の夜明けのやわらかな光が森の上をゆっくりと進むのを眺めた。まるで目の前の黒いカンバスに描かれているように、白い裏塀がしだいに姿を現わした。

日中の襲撃は予期していなかったが、あらたな危険があることに気づいた。明るくなるとともに、遠くの高みから狙撃されるおそれが生じた。ミラドルに出るものは、四つん這いで欄干《らんかん》の下に隠れていなければならない。

雄鶏《おんどり》がなおも時をつくっていた。いまいましい雄鶏め。この二十四時間、血流にアドレナリンが分泌されては消えるということが、何度もくりかえされていたし、新しい一日がはじまるいま、睡眠が必要になっていた。

遠くから音が聞こえた。塀の向こう側。あらたなアドレナリンの分泌で、視界がはっきりした。男ひとりの叫び声。それが聞こえた個所の塀に、注意を集中した。五五メートル向こうに白い帯のような塀が見えるだけだ。また叫び声。そのとき、なにか黒いものが、宙を飛び、塀を越え、蔓《つた》がからみあったジャカランダの木を越え、深い叢《くさむら》に落ちた。長細いボールのように、ぶざまに高く弾んだ。転がって、濁ったプールの向こう端から七、八メートル離れた低い草のなかでとまった。

ラムセスとマルティンが、ミラドルのジェントリーの横に現われた。ふたりは邸内を〝游《ゆう》動《どう》〟パトロールしていて、おなじものを目にしていた。

「あれはなんだ？」マルティンがきいた。

ジェントリーは、死んだ海兵隊員から奪った双眼鏡を取り、覗き込んだ。小型の双眼鏡には、また明るさが足りなかったが、叢に丸いものが落ちているのが見えた。「さあな」と、ジェントリーは答えた。

「爆弾かな？」マルティンがきいた。

「爆弾だったら心配ない」ジェントリーはいった。屋敷から、かなり離れている。

「首かな？」血が染みている腕の包帯をいじりながら、ラムセスがいった。麻薬密売人《ナルコ》が斬首を好むことは、だれでも知っている。

マルティンが、くすくす笑った。「弾むのが見えただろう？　首じゃないよ」

ラムセスも笑ったが、傷が痛み、顔をしかめた。「ああ。首じゃない」

ジェントリーは、塀をひとしきり調べながら、悪趣味なユーモアにくわわった。「それに、首がなくなったら、おれたちにわかるはずだ。みんな首がつながっているよな？　頭数を数えてみようか」

ラムセスが大笑いして、マルティンに通訳すると、マルティンも笑った。精神的重圧と過労で、みんな惑乱しているのだと、ジェントリーは悟った。

双眼鏡をおろし、目をこすった。ルスがさきほど持ってきたコーヒーの残りを口に含んだ。

やがて太陽が昇り、東シエラマドレの峰々が朝の輝きを帯びて、だいぶ見やすくなった。

ジェントリーはまた双眼鏡を持ち、陽光がもっと輝いてその物体がなんなのか教えてくれることを祈りながら、首をかしげて目を凝らした。敵が、それを見せつけるつもりであることは、たしかだった。壁を越えてほうり投げたときに、そこに目が向くように叫んでいた。

突然、惑乱がもたらしたユーモアが消えうせた。胸の底から悪い予感がこみあげた……叢のあの物体のことで。

あれがなんであるにせよ、いい前兆ではありえない。

待て……物体の左側に、もうすこし光が当たり、しだいにはっきりと見えてきた。「あれは……サッカーのボールだ」ゆっくりと安堵《あんど》の息を吐いた。途中でそれがとまった。午前六時に塀を越えてサッカー・ボールが蹴り込まれるものだろうか？

「メモでもつけてあるのかな？」マルティンがきいた。

ジェントリーは、なおも眺めていた。右側がもっと照らされないと、よくわからない。

ラウラも裏手のミラドルにあがってきた。遠くに狙撃手がいるおそれがあるのを意識しているかどうかはわからないが、三人に倣《なら》って四つん這いで寝室から出てきた。ジェントリーに近づいてぴたりと伏せるまで、手も膝も石畳でまったく音をたてなかった。「なにを見ているの？」

マルティンが、だれかがボールを塀越しに蹴り込んだのだと説明した。マルティンとラムセスとラウラが、いろいろな推理を話し合ったが、ジェントリーはやりとりにはくわらなかった。双眼鏡をずっと覗いていた。

「あれはいったいなんだ？」

谷間に射し込む光が増した。光をもっと取り入れようとして、ジェントリーは目を見ひらいた。

あれは……。

まさか……まさかそんな。

なんてことだ。

ジェントリーは、目をぎゅっとつぶった。

やっとわかった。英語でつぶやいた。「この国の人間は、どうかしてる」

「なに《ケ》？」ラウラがきいた。

ジェントリーは、双眼鏡を置き、ラウラのほうをふりかえった。「ラウラ、大きなポリ袋とタオルとペットボトル入りの水を見つけてくれ。携帯電話も貸してほしい」

「携帯電話は通じないのよ」

「カメラ機能があるだろう？」

「シ」

「持ってきてくれ」

「なんのために《ポル・ケ》？」

「いいからやれ！」ジェントリーは語気鋭く命じた。緊張し、腹を立てていたが、そこで我慢した。「頼む」ラウラが向きを変え、這い戻っていった。

ラムセスがきいた。「なんだ？　なにが見えた」

「は……はっきりしないが」

マルティンがいった。「ただのサッカー・ボールなんだろう？」

ジェントリーは膝をついて、二連銃身のショットガンを持ち、二階の部屋に這い戻っていった。「だといいんだが」

五分後、ジェントリーはパティオに出て、アザレアが満開のプランターの蔭にしゃがんでいた。植物が鬱蒼《うつそう》と茂っている地形を利用し、人間に可能なかぎり体を低くして、プールまで進んでいった。数メートルごとにとまって、人間のたてる物音がしないか、動物のたてる音がとぎれないかと、たしかめた。鳥のさえずりが聞こえ、プールでは蛙《かえる》が鳴いていたので、すこし安心した。農場の裏庭には自分しかいないと納得すると、その確信を原動力にして前進した。三五メートルほど離れている塀を敵が越えてきたら、窮地に追い込まれることは、じゅうぶんに意識していた。弾薬を込め直さないかぎり、ショットガンには二発しかないし、弾薬をいっぱい詰め込んだポケットから再装塡するのは、あまり効率的とはいえない。

ショットガンは最後の手段として持っていたが、いまここで銃撃に巻き込まれるのは得策ではないとわかっていた。ラムセスとマルティンが上のミラドルにいて、死んだ海兵隊員から奪ったMP5で掩護しているが、あとは独りで戦うしかない。

デ・ラ・ロチャの第一波襲撃隊の死体数体のそばを通った。ジェントリーとマルティンとラムセスは、使える装備や情報を死体から根こそぎ奪っていたので、パティオの蚊と蛙がはびこるプールの横を這《は》い進むときには、遮蔽物《しゃへいぶつ》に使っただけだった。五時間前には、そのプールに潜って戦ったものだった。

塀の向こうからまた声が聞こえた。大きな叫び声、異様な哄笑《こうしょう》のような裏返った声。ジェントリーは体を低くしたまま、這うのをぴたりとやめた。数秒後、攻撃を仕掛けてくるはずはないと気づいた――位置を明かしてから塀を乗り越えるわけがない。防御陣に事前に知られて、身をさらけ出すことになる。ジェントリーには読めた。敵は農場を防御している側が、十五分前に塀ごしに投げ込んだものに注意を向けるように仕向けているのだ。

そのことは直接攻撃よりも激しい不安をかきたてた。

ジェントリーはまた進みはじめ、目的のものに到達するのは気が進まなかったが、冷たい石畳の上ですこし動きを速めた。双眼鏡のレンズを通してじゅうぶんに見ていたので、なにを目にすることになるかは察していた。ズボンのウェストバンドにくりつけたポリ袋と、それに入れた水と、尻ポケットのカメラ付き携帯電話を持ってきたのには、れっきとした理由があった。

双眼鏡も持っていた。グラススネークみたいに腹ばいにパティオを進んできて、ここで使うためではなかった。ちがう……カサ・グランデにいるものたちに、サッカー・ボールの正体を知られたくなかったからだ。自分がこれからやることも、見られたくない。これは独りでやり、悲惨な状況をできるだけ取り繕《つくろ》い、屋敷の一同に、その状況をできるだけうまく説明しなければならない。

包囲されているひとびとにとって、戦意はきわめて重要だ。この死の館ではその戦意がぼろぼろになっている。この先、それが一気に崩れてしまうはずだと、ジェントリーにはわかっていた。

丈の高い叢《くさむら》にはいり、腐敗した警官や、はした金で雇われる一般市民の殺し屋の死体のそばを通って、前方の草のなかに横たわる物体に近づいた。

ジェントリーは、これまでの半生で数え切れないほど悲惨なことを経験してきたし、その経験によって、率直にいって、どんなことにも吐き気をおぼえないような人間になった。だが、草のなかのボールに近づいたときには、顔が引きつり、そのそばの地面が血で汚れているのを見て、いくぶん逃げ腰になった。手をのばして、自分のほうに転がすのに、ためらいを感じた。それでもそうした。腕を差しのべ、ボールに指先をかけて引き寄せた。そのとき、冷たくやわらかなものに手が触れて、思わず叢に吐きそうになった。心を鬼にして、ボールを目の前に転がし、見つめた。

力が抜けてたるんだ人間の顔。若い男。それが黒い革糸でボールに縫《ぬ》いつけられていた。血にまみれ、草でこすれたところの色が変わっている。芝生の切れ端が、うつろな眼窩《がんか》にひっかかっていた。この首がだれのものなのか、ジェントリーには見当もつかなかったが、屋敷のだれかが知っている人間にちがいない。

地元のだれかを適当に殺し、気味の悪い遊び道具に変えたわけではないだろう。

ちがう。これはだれかの愛する人間だ。

これはメッセージだ。降参して出てこないと、おまえの愛する人間をひとり残らず殺す。

ジェントリーは、それをポリ袋に入れて、膝をつき、体を低くして、崩れかけた石造りの物置に向けて全力で駆けた。なかはかび臭く、暗かった。作業できるようにドアをあけたままで、顔を縫いつけたボールをポリ袋から出した。ペットボトルの水で、洗い流した。それからタオルで拭い、顔をできるだけきれいにして、水気をとった。それをやるだけで胸がむかむかしたが、ジェントリーの計画ではそうするしかなかった。精いっぱい顔を洗い、なんとか〝ひとに見せられる〟状態になると、しばらく眺めた。人間の顔の一部だというのが、やっと見分けられた。額の縫い目が破れて、皮膚がべろんと垂れている。ジェントリーはそれを戻してくっつけた。顔の皺《しわ》を取るまずい美容整形《フェイスリフト》とは逆に、口もとが強くひっぱられ、顔がゆがんでいた。

ジェントリーはうめき、三度目の吐き気をこらえながら、カメラ付き携帯電話を出した。


十分後、カサ・グランデの広大な居間に戻っていた。マルティンを裏のミラドルに、ラムセスを正面玄関に配置し、どちらにも一八〇度の範囲を監視させた。理想的とはいいがたいが、ガンボア一家を全員集める必要があった。ジェントリーは、エレナ、ラウラ、エルネスト、ルス、ディエゴと向き合い、腰をおろした。

恐ろしい報せを伝えて、気力をなえさせるよりは、この情報を握りつぶすべきかもしれないと、ジェントリーはふと考えた。しかし、重要な情報だった。いまつかんでいる情報は乏しいし、だれが敵に見つかって殺されたかを知る必要がある。この男は情報提供者なのか？この闘争でだれが敵でだれが味方なのかが、この男の死ではっきりするかもしれない。

だから、この重要な情報を伏せておくわけにはいかない、と判断した。

ここで適切なことをいえる見込みはまったくないとわかっていた。慰めになるようないいかたで、だれかになにかをいうのは無理だ。自分はひとを慰めるような訓練は受けていないし、生死が関わっている問題で言葉を飾って時間を無駄にするのは、合理的ではないと思った。

だが、それを自分が口実に使っていることは、いなめなかった。ごくあたりまえの思いやりのあるやりかたで、他人とコミュニケーションをとろうとしないのは、そのためだと。

作戦のためを考えて、せめてできるだけ巧みに情報を伝えるよう努力することにした。

「われわれはメッセージを受けた」

「どんなメッセージ？」エレナがきいた。サッカー・ボールの顔の男をエレナが知っていて、ショックが妊娠に影響するのではないかと、ジェントリーは心配になった。しかたがない、と自分にいい聞かせた。体が緊張するのがわかり、やんわりと伝えようという計画は捨てた。

「いいか、気の毒だが、こういうことだ。どこかの男が殺し屋《シカリオ》に殺され、顔を切り取られて、サッカー・ボールに縫い付けられた。そのボールが、裏塀を越えて蹴り込まれ、いまはポリ袋に入れて、物置に置いてある。動物にやられないように、高いところに吊るした。だれかが知っているかもしれないと思って、顔を写真に撮った」いいよどんだ。「つまり……その男の顔を見てほしい」

ガンボア一家は、じっと座っていた。茫然とジェントリーを見つめていた。

「だれかにとって大切な人間にちがいない。みんなにとって、そうかもしれない。気の毒だが」

これがなにを意味するかを、一同は理解して、精神的重圧を受けて恐怖と苦痛にゆがんでいた顔に、あらたな懸念が刻まれた。だが、エルネストがうなずき、そっといった。「わしに見せてくれ。知らない人間だったら、つぎに渡す。全員が見る必要がなければ、それに越したことはない」

ジェントリーはうなずき、カメラ付き携帯電話に画像を表示して、エディーの父親に見せた。

エルネストの顔の皺《しわ》がすこし深くなったが、ほかには感情を見せなかった。左手で携帯電話を左見右見《とみこうみ》した。右肩の銃創のせいで、右腕がいまは使えない。のばしてボールに縫い付けられた肉片の顔を見分けようとして、かなり長いあいだ見ていた。ほかの家族がそれを見て心を痛めるのを避けたいからだろうと、ジェントリーは察したが、やがてエルネストはただ肩をすくめた。

「残念《ロ・シエント》だが」エルネストがいった。「この若者は知らない」

ディエゴが手をのばして、祖父から携帯電話を受け取った。ショックのあまり口に手を当てて、一所懸命気を取り直そうとした。男らしさを誇示したいのに弱さを見せてしまったと思い、傷ついているようだった。

十秒後に、ディエゴはいった。「知らない」

ルス・ガンボアが携帯電話を受け取り、画像を見て、すぐにつぎにまわした。悲しみと精神的重圧と睡眠不足で、目の下に茶色い隈《くま》ができていて、それがすこしひきつったように見えたが、ルスは首をふった。つぎはラウラの番だった。泣きはしなかったが、顔が真っ赤になった。十字を切り、死者のために無言で祈った。だが、その男がだれであるかは知らなかった。

エレナが最後だった。みんながかばおうとしたが、エレナは携帯電話を受け取り、画像を見た。めそめそと泣いたが、首をふった。

くそ。ジェントリーは心のなかでつぶやいた。だれか重要な人間のはずだ。だれもこの哀れな男を知らないのなら、こんな手間をかけるはずはない。もう一度五人に確認するよう頼んだ。自分たちを脅しつけるために殺された人間の身許がわからないのが、腹立たしかった。

いや、ちがう。ここのだれかが知っている顔のはずだ。黒服組は、コラレス夫妻が殺されたことを知る由《よし》もない。ひょっとして――。

ちがう。そうじゃない。

しだいに真相がわかった。目の前の哀れなひとびとにもう一度見るよう頼む前に、それを考えなかったことが悔やまれた。だが、思いついた。ジェントリーはラウラにラムセスと交替するよう頼み、ディエゴはマルティンの持ち場に行かせた。エレナとルスとエルネストに、地下蔵に行って休息するよう指示した。

一分後、ＧＯＰＥＳ隊員ふたりが、ジェントリーの前に座っていた。事情を説明すると、

ふたりとも理解した。ラムセスがぞんざいに携帯電話を受け取り、いいほうの腕で持って、画像を見た。マルティンが肩ごしに覗いた。ジェントリーは、ふたりの顔を見ていた。無情な特殊部隊員のどちらかが示す反応が見たいと思っていることに気づいた。

その思いがかなえられた。マルティン・オロスコの顔が真っ赤になり、視線が揺れて、下を向いた。意識が現在を離れて、記憶をたぐっている。それがすっかり顔に出ていた。マルティンが知っている人間——近親者か、長年親しかった人間なのだ。

大好きな人間。マルティンの表情を見ただけで、ジェントリーはそっといった。「兄弟なんだね」

「パブリト」マルティンが、すすり泣くようにいった。目から涙をぼろぼろこぼしながらスペイン語でつぶやいた。「ああ、神さま。ろくでなしどもが、弟を殺しやがった」怒りと恐怖と絶望のはざまで、顔がひくひく痙攣《けいれん》していた。「弟は……ただの商人《あきんど》だ。クエルナバカの。兵隊じゃない……やつらにとって重要でもなんでもない」

ラムセス・シエンフエゴスが、怪我をしていないほうの腕で親友を抱き、悲しみと嫌悪をこめて首をふった。

「だが、あんたはやつらにとって重要だ」ジェントリーはいった。「あんたはここにいる」

マルティンが、遠くを見る目でうなずいた。

「やつらは、あんたが生きているのを知っている」ジェントリーは、ラムセスのほうを向いた。「つまり、おそらく——」

「おれが生きているのも知っている」ラムセスが、重々しくいった。その脳裏になにがあるのか、ジェントリーは想像するしかなかった。妻、きょうだい、両親、子供たちのことを考えているのはたしかだ。

こういうときには、天涯孤独なのがありがたいと、ジェントリーは思う。

「クソ野郎どもに報いを受けさせてやる」マルティンが、弟の無残な顔を見つめたままでいった。

ジェントリーは、携帯電話を取り返しながら、現状を考えた。すぐさま決断し、マルティンの肩に手を置いた。「よく聞いてくれ、アミーゴ。すぐに出発しろ。残った家族を護ってもらいたい」

マルティンが、激しくかぶりをふった。「いや。おれはここでガンボア少佐の家族を――」

「正体がばれたんだ。あんたの家族のひとりがやつらに殺《や》られたということは、ほかの家族も危ない。そういうことを考えたら、ここにいてもらうわけにはいかない。やつらが、あんたがおれたちを裏切るように仕向けるかもしれないと心配するのは――」

「ぜったいに裏切らない――」

「信じている。それが本心だと信じている。しかし、この作戦に残ってもらいたくない。逃げてもらうほうが、作戦には役立つ。敵に付け入られる要素が減るからだ。あんたにもそれはわかっているはずだ、アミーゴ」

マルティンにはわかっていた。ゆっくりとうなずいた。

「すぐに脱出を図ってくれ」ジェントリーはいった。

マルティンがうなずいた。まだ遠くを見つめていた。「ありがとう」

ジェントリーは、つぎにラムセスを見た。「あんたもだ、アミーゴ。マルティンがヨットの爆発で死ななかったことを、やつらが知っているとしたら、あんたが生き延びたことも知っているだろう。やつらが敷地の周囲を常時くまなくパトロールすることはできない。それぞれ逆の側に向かって、姿を見られずに塀まで行けば、タイミングを見計らって乗り越え、リュウゼツランの畑を通って逃げられるだろう」

ラムセスが、首をふった。「ジョー、あんたとガンボア一家は、日が暮れたら一時間も生き延びられない。みんな訓練も受けていないし、能力も――」

「そんなことはどうでもいい。いいか、まだあんたの家族が狙われていないとしても、やがて狙われる。殺され、拷問されるだろう。クソ野郎どものやり口は、あんたも知っているはずだ」

「あんたたちを見殺しにはできない」

「逃げてもらいたいんだ」

「あんたはどうする？」

ジェントリーはいった。「計画はあるが、あんたが黒服組に捕まった場合のために、いわないほうがいいだろう」

ラムセスがちょっと考えてから、のろのろとうなずいた。胸掛け装備帯《チェスト・リグ》から携帯電話をはずした。その動きに顔をゆがめた。腕の傷がかなり痛むのだろう。携帯電話を、ジェントリーに渡した。「これを持っていてくれ。脱出したら、その電話にかける。ガンボア一家をアメリカに入国させるビザを用意できるアメリカ大使館の人間に連絡する。メキシコシティまで行ければ、会えるよう手配する」

「ありがたい」

「だが、この農場から脱出し、敵の手から逃れるのを、たった独りでやることになる。いったいどうやって――」

「やってみせる」

　マルティンは、この話にはくわわっていなかった。目の前の床を茫然と眺めていた。視線が落ち着かない。弟のパブロ（パブリトは愛称）のことを思っているのだろうと、ジェントリーは察した。ふたりが白昼に農場を抜け出すには、どうすればいいかを話し合うことで、ジェントリーはマルティンを会話に引き込んだ。ジェントリーは、ふたりが逃げ切れるとは思っていなかった。だが、同時に逆方向に逃れれば、いっぽうが逃げ切れる可能性はじゅうぶんにあると、三人は意見が一致した。

　むろん、バイクを使うのは自殺にひとしい。カサ・グランデから正門までの私道は、二〇〇メートル以上の長さだから、逃げようとしているのを敵が察知し、兵力を正面に集中して、逃げる前にバイク乗りを撃ち殺す時間がじゅうぶんにある。

　だから、徒歩で逃れるしかない。同時にやるしかないし、マルティンとラムセスは、いますぐに脱出しなければならない、と三人は決断した。

30

GOPES隊員ふたりは、車まわしの正面で抱き合った。アメリカ人と、ガンボア一家の生き残りには、すでに別れを告げていた。ペットボトル入りの水とロールパンを、ズボンのポケットに入れ、屋敷のまわりに転がっている海兵隊員の死体から奪った武器にフルに装弾し、時計を合わせて、塀を越えるタイミングを検討した――マルティンが東へ、ラムセスが西へ行く。スズキのクロッチ・ロケットの前を通り、それぞれ反対の方向へ歩いていった。

ジェントリーは邸内に戻った。

まだ午前九時なのに、ジェントリーは疲れ果てていた。ここを脱出するおおざっぱな計画はあったが、成功の可能性が低いのは承知していた。あまりにも危なっかしい計画なので、ガンボア一家がおじけづくはずだから、ぎりぎりになるまで打ち明けないことにした。だが、生き延びるにはそれが唯一の方法だということも、わかっていた。

いれたてのコーヒーをもらうために、キッチンへ行き、それを持って裏の展望台《ミラドル》に出て、石畳に座り、ちびちびと飲んだ。

時計を見た。十分後にはラムセスとマルティンが、敷地の東西の塀ぎわにいるはずだった。ミラドルの高みからもふたりの姿は見えなかったので、ただじっと待った。銃声が聞こえないことを祈った。

あと五分。ラウラがさきほどあがってきて、地下蔵《セラー》ですこし眠ってもだいじょうぶかとたずねた。あとで睡眠がとれなくなるので、何時間か眠っておくようにとジェントリーは指示し、ラウラはしばらくミラドルにいた。これまでのことに、ラウラが礼をいった。どうということはないと、ジェントリーは答えた。ふたりはたがいの疲れた目をしばらく見つめ合っていたが、やがてラウラが階段をゆっくりとひきかえした。

ジェントリーは、疲れた目でラウラを追った。なんて美しいんだ。しぶとく、決意が固いが、親切でやさしい。彼女に触れ、彼女に触れられるのは、どんなふうだろうと思った。どこか安全な静かな場所で、いっしょにいられたらと思った。

馬鹿な。幻想を抱くんじゃない。

ジェントリーは首をふって、思考を明晰《めいせき》にしようとした。とはいえ、遠い昔にエディーがいったことは正しかったと思った。ラウラはかけがえのない女だ。

時計を見た。時間だ。いまこの瞬間に、ふたりは塀の上によじ登っているはずだ――ひとりは東、ひとりは西で――腐敗した連邦警察のパトロールの間隙を見極め、不利をはね返して、自由に向けて突進する。

銃声は聞こえない。いい兆候だ。これまでのところ――。

ジェントリーがいるミラドルとは反対にあたるカサ・グランデの正面で、バイクのエンジンをふかす音が響いた。どういうことだ？　いったいだれが？

ジェントリーは跳び起きて、ミラドルから寝室に駆け込み、廊下に出て、階段を一度に三段ずつ下り、居間に出て、キッチンを駆け抜けた。ディエゴがそこにいて、ジェントリーのあとから走り、ホールに出た。玄関のドアをあけた。

マルティン・オロスコ・フェルナンデスが、スズキのバイクに乗って車まわしから躍り出て、土埃と砂利をうしろに高く捲《ま》きあげていた。イグナシオの遺体が乗っているぼろぼろのトラックの横を通り、猛スピードで私道を下っていった。ヘッケラー&コッホMP5サブ・マシンガンを右手に持ち、前に突き出していた。バイクが石の上で弾んだが、マルティンは片手で制御し、正門を目指して私道を走り、森にはいって見えなくなった。

敵は音を聞いて集まり、バイク乗りを地獄の底まで吹っ飛ばそうとして、正門近くに陣取っているはずだ。マルティンは、その敵のまっただなかに向かっていた。

そして、この動きで、西の塀のラムセスは、脱出の時間とチャンスをあたえられた。

正門の方角で銃声が沸き起こり、エンジンのうなりよりもひときわ高く響いた。ジェントリーは、ショットガンを持って正面ポーチに立ち、首をふっていた。マルティンは、親友が安全な場所へ逃れられるように、命に換えて貴重な時間を稼いだのだ。ラムセスにも、バイクの音や正門の銃声は聞こえているだろう、親友が自分のためになにをやっているかを悟ったはずだ。

二カ所に銃創を負ったラムセス・シエンフエゴスが、横ざまに塀を越え、未舗装路を走って渡り、涙を流しながらリュウゼツランの畑に飛び込む姿が、ジェントリーの脳裏に浮かんだ。

遠い銃声は、まだつづいていた。

バイクのエンジンがとまった。

やがて銃声がまばらになり、完全に熄《や》んだ。

マルティンが多少なりとも復讐を遂げたことを、ジェントリーは強く願った。悪党どもを何人か殺し、なんの罪もない弟パブロが拷問を受けて殺された仕返しができただろうか。

ジェントリーとディエゴは、言葉も交わさずに邸内に戻った。

十分たっても、ラムセスが逃走をはかった方角からは、一度も銃声は聞こえなかった。マルティンが最後の任務を成功させたことがわかった。

ラムセスは逃げおおせたのだ。


正午の邸内で、眠っていないのは、ジェントリーとラウラだけだった。ルスとエレナは、暗い地下蔵で眠っている。ディエゴは居間のソファで眠りこけている。エルネストは、正面玄関の上にあるミラドルで、メキシコ海兵隊員のMP5を膝に置き、椅子に座ってうたた寝していた。肩の傷が灼《や》けるようにうずきはじめていたが、ルスが痛みを和らげるアスピリンとテキーラを飲ませていた。それに、エルネストは屋敷の防御で役割を果たすといい張っていた。

女たちといっしょに地下蔵に隠れることを、いまでは断固として拒絶している。

ジェントリーは、裏のミラドルにいて、日蔭のひんやりする石畳に座っていた。二度ばかり舟を漕いだが、六十秒以上は眠らなかった。全員をここから脱出させる方法を考えようとしたが、思いついた唯一の方法もまったく成算がなさそうだった。

下のパティオの物音が、注意を惹《ひ》き、ジェントリーは身を乗り出し、最初の銃撃戦でかなり破壊された石柱のあいだにしゃがんだ。そのときは、フォードのピックアップのライトでパティオを皓々《こうこう》と照らし、ラムセスがこの高みから敵を掃射した。エディーのご自慢のピックアップは、いまでは藪《やぶ》のなかの動物の死骸《しがい》みたいにじっとしている。いっぽうに傾き、生気がまったく感じられない。バックショットやライフル弾を、優に百発はくらっているはずだ。

そのパティオに、ラウラがいるのが見えた。テキーラ町警の制服を着た男の死体の上に、かがみ込んでいる。武器や現金など、利用できるものを漁ろうとしているのだろうかと、ジェントリーは思った。

弾痕だらけの死体から、価値のあるものはすべて奪ったと、上から声をかけようとした。だが、口をひらきかけたとき、ラウラはロザリオを手に十字を切り、祈りはじめた。

兄を殺し、カサ・グランデにいる全員を殺そうとした男のたましいのために祈っている。

ジェントリーは首をふった。そこまで情けをかけ、許すというのは、まったく理解できなかった。

おれの世界とはちがう。

ここはおれの世界じゃない。おれの世界に逃げよう、とそのとき決意した。

キッチンへ行くと、エレナが大きな水差しから水を汲《く》んでいた。ジェントリーは、居間に来てほしいと頼んだ。エルネストには見張りをつづけさせ、ルスには地下蔵にいてもらい、エレナ、ラウラ、ディエゴだけと話をするつもりだった。

「よく聞いてくれ。ラムセスが町か、電話ボックスか、車まで行けるとしても、日没までに行くのは無理だろう。暗くなったらすぐに、連邦警察が襲ってくる。それはぜったいにまちがいない」

「それで、わたしたちはどうするの？」

「おれが突破して、応援を呼ぶか、車を見つける——」

「行って、ジョー。あなたは精いっぱいやってくれた。あなたがいなかったら、ここまで来られなかった。いろいろとありがとう」ラウラがそういった。こうなるのを予想していたような口ぶりだった。ジェントリーは及び腰になった。

「わたしたちを置いていくのね」エレナが、事実を述べる口調でいった。このアメリカ人なしでも自分と赤ん坊が生き延びられる、などという幻想は抱いていないのだ。

「あんたたちを置いて逃げるわけじゃない。ただ、このままでは——」

「いいのよ」信じていないことは明白だった。

ジェントリーは、ラウラのほうを向いた。「町までたどり着いたら、トラックかなにかを手に入れる。あっというまに戻ってくる」

「どうやって敵に見つからないようにするの？」

ジェントリーは、計画について問いただされるとは予想していなかった。塀を越えたあとの計画はなかった。しかし、ここを脱け出し、べつの角度から地形を見れば、なにかを思いつく能力が自分にあるはずだと、確信していた。

「ラムセスは逃げられた。おれもそっち側から敷地を出る」

エレナが、喧嘩腰になりかけていた。腹のなかの子供のことしか考えられないのだろう。

「ラムセスにはマルティンがいて、命を捨てて敵の注意をそらしてもらった。あなたはわたしたちに――」

「もちろんちがう。おれは独りでこっそり脱け出せる」言葉を切り、疲れ、怯《おび》え、戦いでショックを受けた一同の目を見まわした。「そういうことを、長いあいだやってきた」

「こっそり脱け出すのを？」エレナが、腹立たしげにいった。

「そうだ」ジェントリーは正直にいった。「だが、おれは戻ってくる」

エレナとディエゴは、明らかに信じていなかった。ジェントリーは、ラウラの大きな茶色の目を覗き込み、やさしさと思いやりと憐《あわ》れみを見てとったが、なにを考えているのかはわからなかった。

ジェントリーは、裏口近くで死んでいた海兵隊員の迷彩Tシャツを脱がせた。頭を撃たれていたので、クルーネックの襟に血がこびりついていたが、気にしないことにして、デニム・ジャケットを脱ぎ、死人のTシャツに着替えた。

屋敷を抜けて西棟に向かったときには、午後二時を過ぎていた。山脈の上に太陽が高く昇り、午後の陽射しは全天の一割ないし五割《スキャタード》の雲にさえぎられていた。エレナは別れの挨拶《あいさつ》もせずに地下蔵に戻ったが、ラウラとディエゴはホールまで見送った。

「あんたたちはここにいろ。見張りは強化したほうがいいが、敵が攻撃してきたときには、屋敷を護ろうとするな。地下蔵にこもって、そこで戦え、狭い通路を進んでくる襲撃側に、かなりの損害をあたえられるはずだ」

その事実の裏側をジェントリーはいわなかった。逃げ道のない狭い穴に釘付けにされた防御側に、攻撃側は甚大な損害をあたえることができる。

「銃を持っていかないの？」ジェントリーが丸腰なのに気づいていたディエゴがきいた。

「ああ」

「どうして？」

「あんたたちには、銃と弾薬がありったけ必要だ。それに、銃はおれにはなんの役にも立たない。塀の外で銃撃戦がはじまったら、五十人がたちまちおれに襲いかかるわけだからな」

ディエゴが、不服そうに首をふった。「ちがう。そうじゃない。気がとがめるからだよね。あんたは逃げるんだ。銃はぜんぶ渡しておこう、それが精いっぱいだって、自分にいい聞かせれば、気が楽になるからだよ」

ひとを信用することを憶えたほうがいいと、ジェントリーはディエゴにいいたかったが、思いとどまった。ちがう。ディエゴはひとを信用することを憶える必要はない。この土地ではそういう助言はいらない。自分もディエゴとたいして変わらない理由から、他人は信用していない。

ディエゴもラウラも、これまで何度もひどい目に遭ってきた。騙《だま》され、裏切られた。おれはちがうといいきることができるか？

できない。ちがうということは、身をもって示すしかない。

ジェントリーは背を向け、ホールにふたりを残して出ていった。

這《は》い進むのに、午後いっぱいをかけた。叢《くさむら》を通るあいだ、十分置きにカサ・グランデから聞こえる銃声に耳を澄ました。

デ・ラ・ロチャの配下は日が暮れてから襲撃するはずだというのが、ジェントリーの予想だったが、敵情を探るために明るいうちから観測手や工兵を送り込んでくる可能性がまったくないとはいえない。それを防ぐか、あるいはそういう昼間侵入チームの展開を遅らせる唯一の方法を思いついたジェントリーは、日が暮れるまで、さまざまな方角に十分ほどの間隔をあけて発砲しろと、ラウラとディエゴに指示した。変則的にときどき撃てば、連邦警察官が侵入していた場合、見つかったと思って、じっとしているか、あるいは塀を越えて撤退するかもしれない。

時間を無駄にできないから、もっと速く動ければいいのだがと思ったが、起伏の多い丘陵や山に囲まれているので、敷地を駆け抜けることはできない。狙撃手がいるはずだから、かならず見つかって撃ち殺される。

身を低くして這い進むのは、時間がかかるが、それを避けるための有効な手段だった。

五時半に塀にたどり着いた。枝垂《しだ》れ柳の下をすばやく進み、小さなペットボトルを出して、水を飲み干した。疲れ、日焼けし、膝と前腕と手がひっかき傷で血だらけになっていた。肩と尻の筋肉も疲れていた。七カ月前に矢傷を負った左肩甲骨《けんこうこつ》の傷痕の組織が、凝ってひきつれているように感じられた。座って休むあいだ、手をのばしてそこを揉《も》んだ。物蔭にわずか二分いただけで、立ちあがり、池の狭い岸を歩いた。木の蔭にはいったときに、二度ぬかるみに踏み込んだ。濁った池をミズヘビが泳いで近づいてくるのが見えたが、無視して、もっと先へ進み、太い枝が塀の上を越えている木に登った。

そこからは、谷間のほかの部分も一望にできた。塀のすぐ外を通っている未舗装路が見えた。体をゆすって道路に跳びおりれば、向こう側に渡って、身を低くして移動し、丈の高い雑草のあいだに生えている、ひょろ長くて背の高いアオリュウゼツランの茂みにまぎれ込むことができる。

そうしようとしたとき、赤いピックアップが右手から来た。ライフルを持った男がぜんぶで八人、ぎゅう詰めに乗っていた。ジェントリーの真下を通過し、舗装されていない山道でガタゴト揺れながら走り、一〇〇メートルほど左手で塀をまわって見えなくなった。

ブルージーンズに麦藁《むぎわら》のカウボーイ・ハットという格好の、地元の農民たちだったが、畑仕事をしているのではない。だれかに雇われて、塀の周囲をパトロールしているのだ。

ほどなくバイクに乗った連邦警察官が、反対側から道路を走ってきた。

その警官が塀の南端をまわって見えなくなったとき、ジェントリーの耳に早くもピックアップの音が聞こえた。それが現われた。黒いピックアップで、連邦警察の標章がある。警官ふたりが荷台に立ち、片手でロールバーにつかまり、運転台のルーフに載せたM4カービンをもういっぽうの手で保持していた。

古い未舗装路は、農場がリュウゼツランを栽培し、テキーラを蒸留していたとき以来の賑《にぎ》わいを見せていた。

ジェントリーは、葉叢《はむら》の奥に引っ込んで、いくぶん楽な姿勢を取り、薄暗くなるまで待つことにした。襲撃隊がカサ・グランデ攻撃の準備をするあいだ、パトロールが中断することを願っていた。その中だるみに付け込むつもりだった。

だが、攻撃開始直前まで待っていては、主要道路まで行って車両を乗っ取るか、ほかの方法を編み出して、邸内の家族を救うチャンスを逃すかもしれない。その前に敵たちが大挙して襲撃するおそれがある。だめだ。脱け出すのをぎりぎりまで待ったら、ガンボア一家を救う時間がなくなる。

それでも、自分はまちがいなく助かるだろう。背後で屋敷が襲撃されるのを待ち、塀から農場の外の闇に跳びおり、リュウゼツランの畑や森に逃れれば、生き延びられるはずだ。失われた大義など、捨ててしまえばいい。生き延びて戦いつづければいい。ヨーロッパに戻り、アマゾンのジャングルにまで刺客《しかく》を差し向けたグリゴーリー・シドレンコを付け狙う。シドレンコを殺して、人生の一部を取り戻す。仕事を見つけて、ダニエル・デ・ラ・ロチャと、このメキシコのおぞましい内戦のことは忘れる。二度とふりかえらない。

そうしたいのは山々だった。

だが、残してきた五人を見捨てることはできない。

五人はおれを頼っている。ほかにだれもいないからだが、それは関係ない。助けられるのなら助けるし、助けられないようなら、助けようとして死ぬのもいい。

五人を置き去りにするつもりはなかった。そんなことはできない。

31

日暮れが近づくと、パトロールがまばらになった。正門前で打ち合わせが行なわれているのだろう。武器を首からぶらさげているおおぜいの戦闘員に、作戦の指揮官が強襲作戦を説明している光景を、ジェントリーは思い描いた。

迅速に行動しなければならないとわかっていた。強襲作戦には脱出を阻もうとする阻止部隊が含まれ、全方位の塀《へい》ぎわに配置されるはずだ。

午後六時、農場の西側の塀全体が安全になったので、木から滑り落ちて、両腕でぶらさがり、そのまま一車線の未舗装路に跳びおりて、足首と膝と背骨への強い衝撃を和らげるために、地面に転がった。硬くなっている路面を一気に横切り、のび放題のアオリュウゼツランの畑の丈の高い叢《くさむら》に隠れた。そして、しばらくひざまずいて、叫び声や銃声や接近する車両の音がしないかと耳を澄ました。不安を呼び覚ます音はなにも聞こえず、立ちあがり、パトロールが来たらいつでも樹木の蔭に隠れられるようにしながら、道路脇の茂みを北へと進んでいった。

農場の塀の北西の角をまわったときには、谷間は暗闇に沈んでいた。ジェントリーが藪《やぶ》を進むあいだに、ピックアップ五、六台が右手の道路をのんびりと通過した。一般市民の車で、ライフルを持った男たちが荷台にいっぱい乗っていた。地元の農場の下働きだ。口髭を生やし、カウボーイ・ハットをかぶって、真っ黒に日焼けしている。近所の農場で人力の農作業をやっている連中で、ふだんの日給の一週間分に当たる報酬でこの仕事に雇われたのだろう。この未熟練労働者たちは、襲撃にはくわわらないだろう。ただ周辺をパトロールしているだけだ。強襲中に農場からだれかが逃げ出した場合、谷間を脱出する前に捕まえるために、何カ所かで道路を封鎖している可能性もある。

彼らは極悪非道な殺し屋ではない。黒服組ではなく連邦警察に雇われていると思い込んでいるのだろうが、確実にそうだとはいえない。ただ、どう考えても、メキシコの麻薬売買から利益を得ているとはいえない。たまたまちょっとした仕事にありついた下働きだ。黒服組は、必要とあればどんな労働力も手に入れられる。この谷間を脱出できたときには、それを肝に銘じておく必要があるだろう。

こいつらは悪党とはかぎらないが、邪魔になっている。ジェントリーは敵とおなじように殺すつもりだった。

二〇〇メートルほど前方に、農場の正門があった。道路にとまっている数台のヘッドライトが見えた。SWATが使うたぐいの黒い装甲トラック。ピックアップ、ふるぼけたセダンが一台。連邦警察がMCV（移動指揮車）に使っている、バスなみの巨大な装甲車まで、一台とまっていた。カサ・グランデに乗りつけてガンボア一家を救出できるように、武器か人質か車を奪うために、ジェントリーはさらに近づくことにした。ひらけた牧草地を迂回し、低い松林に隠れて、目当ての場所に接近した。武器を持った数十人の男たちが、計画を実行するのを妨げているが、それでも夜の闇をついて近づいていった。犬の吠える声が聞こえた。これだけおおぜい男がいて犬も何頭もいたら、騒がしく吠えるのが当然で、犬は早期警戒の道具にはならないはずだ。

距離四五メートルで、身を低くした。SWATの制服を着た連邦警察官が見分けられるほど近かった。すでに射撃チームに分かれている。数十人が武器を再点検し、体に予備弾倉を取り付けている。射撃チームが無線点呼を行なっているのが聞こえた。無線機数十台の交信、ブザー音、空電雑音が、肌寒い夜気に響いていた。

やがて、チームが完全に分かれた。一チームが十人ないし十二人で、連邦警察の装甲トラックに乗った。フォードBATT（防弾装甲戦術輸送車）だというのを、ジェントリーは見てとった。大型の黒い車両のエンジンが轟然とかかった。べつの十二人が、ピックアップ二台の荷台に乗った。それだけ離れていて、戦闘員と装備の重みに応じて、白いピックアップの車体がシャシーが沈み込むのが見えた。

ピックアップ二台が、農場の周囲の道路で右に曲がり、遠ざかって見えなくなった。巨大なBATTのうちの一台が、ゆっくりとジェントリーの方角に近づいてきた。

残った一台のBATTは、エンジンをかけたままで正門前にとまっていた。連邦警察官たちが乗り込み、サイドドアが閉じてロックされるのを、ジェントリーは見ていた。つぎの部隊が、折り重なるようにして、そのうしろで整列した。装甲移動指揮車は、すべての車両のうしろにとまっていて、サイドドアからひとが出入りしていた。

西に移動したBATTが、ジェントリーの四五メートル左を通過した。その明るいヘッドライトの範囲の外は、運転手には見えないだろう。見つかるはずはないと、ジェントリーにはわかっていた。

連邦警察の攻撃計画が、おおよそ読めた。十二人ずつに分かれた三チームが、南、東、西から農場を同時に強襲する。それよりも規模の大きい二十人ないし二十五人の部隊が、私道を登ってゆくはずだ。

カウボーイ・ハットをかぶってショットガンを持った農場の下働きが、塀のまぎわにいて、ほんとうの戦いの周辺にたむろし、締まりのない阻止部隊の役目を演じている。

これで状況がわかった。重武装の練度の高いメキシコ連邦警察官が約六十人いる。それにくわえ、地元農民が二十数人、武器を持って支援している。

それに対抗するのは、妊婦、老女、負傷した老爺、十六歳の少年、金のために人殺しをしようとして命を落としたくそったれのために、ロザリオをまさぐって泣く女。

ちくしょう。ジェントリーは心のなかでつぶやいた。栄光の輝きのなかに飛び込む潮時だ。

正門のBATTの後部まで、わずか二〇メートルに近づいたとき、それが前進しはじめ、農場の敷地にはいった。徒歩の警官が、二列縦隊で小走りにつづいた。カサ・グランデに向かう私道は、瘤《こぶ》や凹凸《おうとつ》が多く、二〇〇メートルにわたって曲がりくねっている。大型の重い装甲トラックは、坂をのろのろと登り、森のなかに見えなくなった。ヘッドライトとテールライトが、木立のなかで揺れ、不気味な影が下の門までずっとのびて、恐ろしいダンスを踊っていた。

犬は徒歩の警官たちとともに、私道の坂の上に見えなくなった。

ジェントリーは、膝をついて藪《やぶ》や叢《くさむら》を這い進み、キッチン・テーブルなみの大きな野生のリュウゼツランの横をまわった。進むにつれて、動きを遅め、音をたてないようにした。指揮車の近くには歩哨がいるはずだし、まだだれの姿も見えないとはいえ、音は夜の闇では遠くまで伝わりやすい。

ほどなく道路のピックアップ二台のちょうどなかごろに達した。正門まで一五メートルほどだった。巨大な装甲指揮車の補助動力のうなりよりもひときわ高く、何人もの人声が聞こえた。

道路の向かいに視線を投げると、反対側の浅い排水溝に上半身裸の死体があるのが見えた。月明かりでも、その男の口もとの大きな黒い痣《あざ》が見えた。

マルティン・オロスコ軍曹だった。両脚、両腕、胸に、十数個の弾痕がうがたれていた。とどめの一発は、額のまんなかに撃ち込まれていた。

「気の毒に、アミーゴ」つぶやきながら、ジェントリーは四つん這いで進んでいった。

正門の指揮車の向こうにとまっている左手のピックアップに目を向けると、ショットガンの銃床を腰に当てているメキシコ農民五、六人の姿が見えた。

森を透かして二〇〇メートル上の戦闘を見物しようというのか、ほとんどが門の脇に立っていた。態度や声の抑揚から、興奮していることがわかった。すっかり見物人の気分なのだ。自分たちが危険にさらされたり、ショットガンで撃てと命じられたりするとは、思ってもいないのだろう。

キイがなくても、そいつらのピックアップのエンジンをかけるのに、一分とかからないことはわかっていた。それで私道を突っ走り、装甲車と徒歩の警官隊を追い抜いて、ガンボア一家を乗せ、敷地を走り抜けて、西の塀の小さな門を突破し、そちら側から攻撃をかけてくる敵から逃れる。

朝飯前だ。

ただし、難点がある。メタルジャケットの鋭い鉛玉が一千発ばかり、自分と自分が護ろうとしている五人めがけて、秒速九〇〇メートルで飛んでくる。そのうち一発でも当たれば、人間の頭はピンクの霧に包まれて消滅する。

ピックアップ強奪計画は、見込みがない。

正門にまだ装甲車がいて、その装甲車がロックされておらず、イグニッションにキイが差してあれば、そのときこそおれの出番だ。

だが、BATTはいなくなってしまい、それがないと――。

トレイラートラックなみの大きさの移動指揮車のサイドドアから、若い連邦警察官が出てきて、そのうしろでドアがロックされた。農夫たちに背を向けて、道路の向かいの藪へ歩いてゆき、ベルトをはずした。せっかちに放尿しようと体をゆすった。ほとばしる小便がかからないよう、前に吊ったショットガンをずらすために、首をまわした。

ジェントリーは、指揮車のロックされたドアを見て、小便休憩をとっている警官は鍵をもっているだろうかと考えた。こんなに大きな車両でなければいいのにと思った。しかし、装甲車にはちがいない。ライフル弾を食いとめられる装甲がほどこされている。フロントウィンドウは厚く、直撃を数十発くらうまで持ちこたえるはずだ。

運転するのはほとんど不可能に近いだろうが、いまは車を選ぶような贅沢《ぜいたく》は許されない。

ちくしょう。

狭い道路の向こう側で、警官がズボンをたくしあげて、ジッパーを閉め、ポケットに手を入れた。キイチェーンがぎらりと光るのを、ジェントリーは見届けた。

ジェントリーはぱっと立ちあがり、コブラのように襲いかかった。

身を低くして道路を横切ったとき、警官が向き直って指揮車に戻ろうとした。カウボーイや下働きの群れは、八メートルほど左手で、いまも私道の上のカサ・グランデに目を凝らしている。硬い路面をジェントリーは影のように進んで、最後の刹那《せつな》にナイフを抜き、警官の左の浮動肋骨《ろっこつ》のあいだに突き刺すと同時に、右手で口を押さえた。ナイフを柄もとまで押し込み、相手を藪のなかへ押していった。キイのようにナイフをまわして、いっしょに茂みにはいり、硬い地面にともに倒れ込んだ。

相手がキックし、腕をふりまわすのを、体重をかけて押さえ込んだ。サッカー選手かもしれない、と思った。驚くほど頑健で、予定どおりに反応してくれなかった。五秒もたてばぐったりすると思ったが、手脚から生命がうせるまで二十秒近くかかった。ジェントリーは疲れ果てていた。跳びはねる野生の馬にふり落とされないようにしながら、痛めつけられている馬が音をたてるのを食いとめていたという感じだった。手をのばし、藪に落ちていたキイチェーンを拾った。ちょっとそれを手探りして、ドアをあけるのにふたつの選択肢があると肚《はら》を決めた。キイチェーンを持ち、もういっぽうの手でショットガンを拾いあげた。

そして立った。移動指揮車を目指した。

すぐに車内にはいった。ドアを閉め、右を向いた。そちら側が後部にあたる。運転台から声が聞こえた。藪のなかで死んでいる相棒に、なにかたずねたのだろう。ジェントリーは、もうひとりの運転手を始末しようとして、ナイフを出してふりむいたが、運転台の片側の上にある金属製の棚に気づいて、動きをとめた。

ありとあらゆる武器と弾薬が棚に載り、あるいはその上のフックに吊るしてあった。

ジェントリーは目を丸くしてから、顔をひきつらせ、残忍な笑みを浮かべた。いや、こいつはたまげた、と心のなかでつぶやいた。

向きを変え、前部にいる運転手を殺しにいった。


強襲部隊の指揮官は、家の正面に向けて私道を登るよう部下たちに指図した。これまでは、カサ・グランデの窓やベランダからの銃撃を、前方の装甲車が防いでくれていた。しかし、接近するにつれて部隊は散開し、いまは夜の闇のなかをおずおずとゆっくり進んでいた。装甲トラックが速度を落として、とまり、まぶしいライトで正面玄関を照らした。

ふつうであれば、指揮官は正面攻撃などかけなかったはずだった。防御されている石造りの建物に、どまんなかからまっすぐ突撃することなど、ふつうはありえない。しかし、午前中に観測手を送り込んで、敷地内を調べると、正門からの私道がほとんど屋敷からは見えないとわかった。私道の左右には藪や木が繁茂し、玄関はアーチに囲まれている、栗石《くりいし》舗装の部分ですら、丈の高い雑草が茂っている。真昼間に二十五人が二列縦隊で私道を登るほうが、夜中に裏塀を乗り越えるよりも、よっぽど隠密裏に攻められるとわかった。

それでも陽が落ちるのを待った。防御側が、闇がおりるとすぐに攻撃があると予期していた場合に備え、さらに一時間待った。そしていま、午後九時になり、もう待ってはいられなくなった。屋敷のろくでもないくそったれどもを攻撃し、動くものはすべて――男、女、子供、犬、猫、鶏《にわとり》、山羊《やぎ》、なんだろうと――皆殺しにする。

他の方角から接近しているべつのチームと連絡をとりたかったが、将校のひとりが無線機の送信ボタンを押したままにしているとみえて、指揮官からの指令を出すこともできず、部下からの連絡も聞けない。その大馬鹿野郎《チンガド・カブロン》がまちがいに気づいて、ボタンを解除するまで三十秒待ったが、まだ通信が回復していなかった。

二十秒後には攻撃命令を下す準備ができている。くそったれ《イホ・デ・プンタ》がくそ無線機を使えるようにしなかったときには、そいつのちんぼこを――。

背後の森から、光が射し込んだ。屋敷に向けて私道を登ってくる。

指揮官は周囲の部下たちを見やってから、カサ・グランデの正面にある円形の車まわしを縁取る低い石壁の蔭に、あわてて跳び込んだ。近づいてくるヘッドライトでシルエットが浮かぶ前に、ここを離れなければならない。

ふりむいて光源に目を凝らすと、思わずわが目を疑った。

ＭＣＶ（移動指揮車）が、栗石舗装の私道で派手に跳ね、こちらに向かっていた。

ＭＣＶには運転手ふたりを残し、正門にとめてきた。だが、攻撃にくわえることはおろか、エンジンをかけることすら命じていない。

無線が機能していないにもかかわらず、指揮官は送信ボタンを押して、わめいた。「馬鹿野郎！　なにをしている？」

四五メートル離れた森のなかで、ＭＣＶの赤いブレーキライトが輝いた。

森のなかで停止したＭＣＶが、狭い私道で方向転換しはじめた。

指揮官は、屋敷のほうをふりかえった。運転手がなにをやっているにせよ、これでは同時攻撃がだいなしになる。身を起こし、Ｍ16アサルト・ライフルで正面玄関を撃ちはじめた。無線機が機能していないので、そうやって攻撃を開始するほかに手がなかった。左右で部下たちがそれに倣《なら》い、石のファサードに火花が散り、木のドアに銃弾が食い込んだ。

指揮官は、銃声のなかで音を聞きつけ、そちらをふりむいた。驚きのあまり、低い壁の蔭から立ちあがり、アサルト・ライフルを腰のところまでおろした。

巨大な装甲ＭＣＶが、栗石舗装の私道をバックで登り、どんどん速度をあげていた。ブルーの巨大な装甲車が跳ね、大きく揺れ、何トンもの重さの防弾板のせいでシャシーがきしんでいた。

指揮官はそのＭＣＶを運転したことがあるので、バックミラーの視界がひどく悪いのを知っていた。この新米の運転手は、やみくもに加速し、制御できないような速度でカサ・グランデに向けてバックで登っていた。

「とまれ《アルト》！」指揮官は、無線機に向けて叫んだ。問題は、目の前でこの攻撃のあらゆる様相がくそに《ミエルダ》変わりつつあるのに、そのマイクから無線に声が流れていないことだった。ＭＣＶ

は、もう一台の装甲トラック――車まわしにとまり、広壮な暗い家にヘッドライトを向けていたＢＡＴＴ――に向けて、バックで突進していた。

ＭＣＶは、やるべき仕事をやっているように見えた！

時速六五キロメートルに達したとき、ＭＣＶはひっくりかえりそうになった。ＢＡＴＴを三〇センチの差でかすめ、二両とも運転席側のサイドミラーがちぎれた。

壁ぎわに立っていた指揮官は、三つのことをたてつづけに悟った。ひとつ、さきほどまで運転手にうしろがよく見えていなかったとすると、ミラーがなくなって車まわしをバックしているいまは、なにひとつ見えないはずだ。ふたつ、その運転手は、指揮官の部下ではない！　そして三つ――時速六五キロメートルでバックしているＭＣＶは、屋敷の前の石段に乗りあげようとしている。


ジェントリーは、無線機の送信ボタンを離して床にほうり投げ、アクセルを踏みつけた。動きの鈍い大きなＭＣＶが私道でしだいに加速し、ガタゴト揺れながらバックで坂を登っていった。シートベルトをきつく締めていたので、アクセルをしっかりと踏むことができた。重心が高いＭＣＶの車内はめちゃくちゃに揺れて、巨人の体内にいる縫《ぬ》いぐるみの人形になったような心地がした。それでも、一瞬たりともアクセルから足を離さなかった。

狙いをつけていた、といってもさしつかえないとしたら、たしかにカサ・グランデの正面玄関を狙っていた。しかし、ミラーがなくなると、正確に狙いをつけようなどという気持ちは捨てた。そして、ひたすらアクセルを踏み、ハンドルに一所懸命しがみつき、ヘッドレストに頭を強く押しつけた。たとえ生き延びられたとしても、どれだけの衝撃があるかわからない。

激しい衝突で体を揺さぶられ、シートに叩きつけられて、アクセルペダルを踏んでいた足が滑ったが、まだ屋敷には到達していないと気づいた。車体の下が石をこすっていたので、車まわしのまんなかの天使像にぶつかったのだろうと判断した。正面玄関にちゃんとぶつからず、左にだいぶずれてしまった。

ハンドルをすこし右にまわし、またアクセルを踏みつけたとき、自動火器の連射が防弾の厚いフロントウィンドウを薙《な》いだ。イグナシオ・ガンボアの遺体がフロントシートにある壊れたピックアップのそばを、すばやく通過した。

ジェントリーの運転する装甲ＭＣＶは、カサ・グランデの玄関前の石段をまっすぐに登り、荒々しい力でアーチの西側を叩き潰し、二百年を経ているオークのドアを丸太と木っ端に変えた。

ＭＣＶが激しく揺れてとまった。ジェントリーは、セレクターをパーキングに入れ、シートベルトをはずして、後部に身を躍らせた。背後では、さきほどまでの混乱した、遠慮がちでまばらな銃撃が、激しい一斉射撃に変わっていた。車まわしをバックで進むのを追って撃っているうちに、味方の車両が暴走したのではなく、包囲されている家族の突破作戦だと気づいたのだ。

後部でジェントリーは二度転んだ。頭が痛く、ぼうっとして、闇で一瞬方向を見失い、棚から落ちた武器の上に倒れた。すぐに回復し、目当てのものをふたつ見つけて、後部ドアをあけた。

ディエゴが居間のソファの蔭にひざまずいて、裏のパティオで動きがあるほうを撃っていた。エルネストは二階の展望台《ミラドル》へ行って応戦していたが、M1カービンを撃つ音が聞こえなくなってから、一分以上たっていた。

想像を絶する量の自動火器の銃撃が、屋敷の正面を打ち砕いていた。ディエゴが、たいした遮蔽物《しゃへいぶつ》にはならないソファのうしろでしゃがんでいると、エンジンの轟音が聞こえた。巨大な青いトラックの後部が、カサ・グランデの玄関口を突き破り、そのまま建物のなかに食い込んだ。パニックを起こしたディエゴは、立ちあがって拳銃で撃ったが、後部ドアに当たった弾丸が火花を散らしただけだった。弾薬が尽きた拳銃がカチリと音をたて、スライドが後退したままになった。

十六歳のディエゴは、あわてて再装塡しようとして、石畳の床に弾倉を落とし、ウィングバック・チェアの手前まで追いかけて拾うと、拳銃のグリップに差し込んだ。戦う準備が整う前に、トラックの後部ドアが勢いよくあき、巨大な武器をふたつ持った男が、車内でかがんでいるのが見えた。

「ディエゴ！おれだ……」興奮のあまり、ジェントリーは偽名を忘れていた。「白人《グリンゴ》だ！全員ここに連れてきて、この車に乗せろ！　行け《アンデレ》！」

それを理解するのに五秒かかったが、納得するとすぐにディエゴはうなずき、テニスシューズの踵《きびす》を返し、キッチンへ駆けていった。走りながら叫んだ。「おじいちゃん《ミ・アブエロ》が二階にいる！」

ジェントリーはうなずいたが、すぐには二階に行かず、崩れかけた玄関口のほうを向いた。巨大なMCVと割れた石や化粧漆喰《しっくい》のあいだには、ほとんど隙間がなかったが、ジェントリーは都合のいい射撃位置を見つけて、右手をあげた。回転弾倉に十二発の高性能爆薬弾を装塡した、ホークMM‐1擲弾発射機《グレネード・ランチャー》を持っていた。重くてかさばる武器なので、ふつうならジェントリーは両手で保持して発射するが、かならずしも両手を必要としない。重い引き金を引くと、よくふったシャンパンのコルクを抜くようなポン！　という大きな音がして、一発目の擲弾《てきだん》が銃身から飛び出した。

ズズーン！

三五メートル前方で炎と煙が炸裂《さくれつ》し、土くれが飛び、連邦警察官数人がもんどりうって倒れた。攻撃側がならんでいる壁に向けてさらに三発を発射してから、ジェントリーはMM‐1をおろし、左手に持っていた似たような武器を構えて、CSガス——暴徒の鎮圧に使われる強力な催涙ガス——が充塡された発射体三発を発射した。三発目の円筒形の容器がまだ宙を飛んでいるあいだに、反対の方角を向き、左右の武器から交互に発射した。室内で弧を描いたそれぞれの発射体が、ガラスが割れた引き戸からパティオに飛び出し、プールを越えて裏庭で炸裂した。

ジェントリーは、これまでは運よく生き延びたが、裏手から攻撃している敵をひとりでも殺せたとは思っていなかった。殺傷することよりも、ルールが変わったことを見せつけるのが目的だった。女子供や老人相手の卑怯な襲撃が、いまや高性能爆薬が詰め込まれた擲弾を浴びるはめになったのを、はっきりと教えてやる必要がある。

居間から西にのびている廊下にもCS催涙弾を一発放ち、ガスが漂ってきて居間が耐え難い場所になる前に全員が脱出できることを願った。

催涙弾発射器を捨て、階段を駆けあがった。MM‐1を二挺も抱えていると、動きが鈍くなる。右に折れて、廊下の短距離で使えるショットガンか拳銃かなにかを持ってくればよかったと思いながら、エルネストの名を呼んだ。

裏の展望台《ミラドル》のほうへ折れると、血だまりに仰向けに倒れているエルネストが目にはいった。

32

エルネストが目をしばたたき、浅く息を吸った。暗いベランダに立ちはだかっているアメリカ人を見あげた。

ジェントリーは、展望台《ミラドル》の上に身を乗り出し、月光のなかで見えた家畜の囲い地のそばの動きに向けて擲弾二発を発射した。木と石と炎が、六メートルの高さに噴きあがった。

ジェントリーは、エルネストのそばに戻ってひざまずいた。「歩けるか――」

いままでは見えていた。エルネストの左脚が血まみれで、外側によじれていた。筋肉の切れ端とジーンズだけでつながっている状態だった。闇のなか、ミラドルの石畳が血に覆《おお》われていた。

エルネストは、高性能ライフル弾で大腿部を直撃されていた。

ジェントリーは、エルネストの顔に視線を戻した。目が裏返り、最後の息が肺から吐き出された。

ジェントリーはすばやく身をかがめて、エルネストの耳もとでささやいた。「家族はおれに任せろ。安全な場所へ連れていく。四人とも」

そういうと、立ちあがり、邸内に急いでひきかえした。化粧漆喰《しっくい》の壁が、左右で土埃《つちぼこり》と化した。

ジェントリーがMCVの後部に四人を乗せたとき、全員が催涙ガスのせいで咳き込み、苦しげに息をしていた。ジェントリーは、CS弾用のホークMM-1を構え、悪党どもがそのあたりにいることを願い、車まわしとその向こうの林に残弾をすべて撃ち込んだ。回転弾倉が空《から》になり、カチリという音がすると、玄関の石畳に投げ捨てた。MCVの後部の家族のうしろに乗り込んだ。ルスが目の前にいて、ジェントリーの肩ごしにうしろの暗い煙っている部屋を見た。

「エルネスト？ エルネストは？」

周囲で悲惨なことが起きていても、ルスの声に狼狽《ろうばい》は感じられなかった。ジェントリーはただルスを奥に押しやり、MM-1一挺をエレナの横のクッション付きベンチに置いて、後部ドアを閉め、ロックした。

「悪いが、おれは――」

運転しないといけないといいかけたとき、後部ドアのほうに投げ出された。ルスが上に倒れてきて、MCVが動き出していることに、ジェントリーは気づいた。後輪がカサ・グランデの石段で弾んでいる。それに、だれが運転しているにせよ、アクセルをめいっぱい踏んでいる。

ジェントリーは通路を這い進んだ。MCVのシャシーが弾み、大きく揺れるせいで、ごろごろ転がった。銃撃が左右の装甲板を薙《な》ぎ、地獄の土砂降りみたいに金属の当たる音がたえまなくつづいていた。

運転台へ行くと、ラウラがハンドルを握っていた。まだ割れてはいないが、被弾してひびがひろがっているために白く曇っているフロントウィンドウから、すこしでも外をみようとして、身をかがめていた。

「見えない！」ラウラが悲鳴をあげた。

ジェントリーは、ラウラの上に乗り出し、シートベルトを締めてやった。そうしながら、耳もとで叫んだ。「心配するな！　ただ前進しろ！　どこだってここよりはましだ！」

装甲車一台をかすめて、車まわしから完全に出て、牧草地に出たところで、方向をまちがえたのを修正するために、ラウラが急ハンドルを切った。ＭＣＶの片側の車輪が一瞬浮いたが、サスペンションのスプリングがのびて、弾み、栗石舗装の私道に着地した。

長大なＭＣＶの後部では、警察の装備が飛びまわり、エレナとルスとディエゴにぶつかっていた。

ラウラが、小さな木にぶつけてしまい、ＭＣＶが左に跳ねかえって、ジェントリーはダッシュボードに投げ出された。

「おれよりも運転が下手《へた》だな！」ジェントリーはわめき、助手席の上を這い、装甲の重いドアをあけて、表に身を乗り出した。たとえ敵の銃撃にさらされることになっても、だいたいの方角を知る必要がある。

「右《デレチャ》！　右だ！」ジェントリーが英語で叫ぶと、ラウラが左にハンドルを切った。

「右方向《ア・ラ・デレチャ》！」ジェントリーは叫んだ。

ラウラが修正した。今回は適度なハンドルさばきだった。「ごめんなさい！　ごめんなさい！」

銃弾がすぐそばを飛ぶ音が聞こえたが、ジェントリーはラウラのために観測をつづけた。後部ドアにも車体にも、銃弾が当たった。ジェントリーは体を引いてから、また首をさっと出して、曲がりくねっている長い私道を走って森を抜けるあいだ、ラウラに方向を指示した。

二十秒後には森《ウッズ》の奥にはいり、屋敷を囲んでいる敵に攻撃される気遣いはなくなったが、比喩的な意味では、まだ危地《ウッズ》を脱していないことを、ジェントリーは承知していた。屋敷を包囲している部隊には無線機がある。正門近くにとまっているピックアップや装甲車が、いまごろは位置につき、逃げ道をふさごうとしているはずだ。

ジェントリーは、車内に頭をひっこめた。ラウラが、銃弾が当たったせいで白く曇っているフロントウィンドウの片隅に、小さい透明な部分を見つけていた。シートベルトをひっぱるようにして身を乗り出し、その小さな覗き穴から前方に目を凝らしていた。

ジェントリーは、後部に向けてどなった。「ディエゴ、擲弾発射機《グレネード・ランチャー》を渡してくれ！」擲弾発射機に該当するスペイン語を知らなかったので、そこだけ英語でいった。

「なにを？」暗い後部から、ディエゴがどなり返した。

ラウラがスペイン語で叫び、すぐにディエゴが大きな灰色の筒のような武器を持って現われた。ジェントリーはそれをひっつかみ、車外に体を出した。助手席の下の細い踏み板に足を載せ、右手であいたドアをつかみ、左手でホークＭＭ－１を持って、ドアの上に銃身を置いた。でこぼこの私道でＭＣＶが上下左右に揺れていたので、狙いをつけるのはほとんど不可能だった。

正門に近づいていた。ラウラがその方角に車を向けようとしていたが、助手席の外からジェントリーは叫んだ。

「べつの出口から出る」

「えっ？」

装甲車に擲弾を命中させれば、損害はあたえられるだろう。しかし、ハリウッド映画と現実はちがう。装甲車が宙に吹っ飛んで、邪魔にならないところに都合よく落ちることなどありえない。

それよりも、古い塀《へい》に通り抜けられるような穴をあけるほうがいい。最適の条件では、M‐1の有効射程は一五〇メートルだ。ジェントリーの射撃の条件は、最悪の条件という尺度にすら当てはまらないくらいひどいが、一か八かやってみるしかない。

予想したとおり、連邦警察のBATTが、あいた正門の前に陣取り、ヘッドライトが私道のジェントリーを嘲《あざけ》るように睨《にら》んでいた。

ジェントリーは、正門の一〇メートル東を擲弾発射機で狙った。

ポン。

ズズーン！

一発目は低すぎて、化粧漆喰《しっくい》の壁の数メートル手前で爆発した。

「はずれ！」ラウラが叫んだ。急に前がよく見えるようになったのだろうかと、ジェントリーはいぶかった。

二発目を発射し、農場の塀を完璧に直撃した。炎、石、白い土埃《つちぼこり》が、闇のなかで向こう側と上に噴きあがった。ジェントリーはまた撃ち、命中したが、二発目の弾着とはすこし離れていた。塀に黒い穴があき、一五〇センチ幅の石の〝柱〟がまんなかに立っていた。邪魔になるその残骸《ざんがい》にできるだけ慎重に狙いをつけて、引き金を絞った。

擲弾が尽きていた。

くそ。ジェントリーは後部に這っていって、発射機をガンボア一家のあいだの床に投げてから、助手席に戻ってシートベルトを締めた。

「ぶつけろ！」

「ぶつけろ？」ラウラが、信じられないという声できき返した。

「どまんなかにぶつけろ！　思い切り！」それから、後部のほうを向いて、一家の生き残りに大声で命じた。「なにかにつかまれ！」

その前に銃撃が襲いかかった。正門前にいた農民《カンペシノ》たちが、ＭＣＶの前方にいた。農民たちのショットガンのばら弾は、のしかかるように迫る巨大なＭＣＶのフロントウィンドウや車体を軽くなでただけだった。

ラウラ・マリア・ガンボア・コラレスは、重さ六トンの装甲車を二百年たっている塀に激突させた。塀が砕け、石のかけらと土埃と笞《むち》のようにしなう蔦《つた》と化した。車体がすさまじい衝撃を受けて、ひびだらけのフロントウィンドウが完全に割れてはずれ、傾斜した短いボンネットを滑り落ちた。後部の三人は肝をつぶしたが、前方の道路が見渡せるようになったので、ラウラは運転しやすくなった。ハンドルを左に切って、藪《やぶ》を突っ切り、ダットサンのピックアップの左側のあおりにぶつけた。小さなピックアップが衝撃でおもちゃみたいに道路の向こう側へ吹っ飛び、ショットガンを持った農民たちが物蔭に逃げて、麦藁《むぎわら》帽子が風に吹かれた木の葉みたいに宙を舞った。

ジェントリーは、シートベルトをはずして、四つん這いで後部へ行った。MM－1をつかむと、後部ドアのそばの壁にボルトで固定してあった擲弾の箱のなかを漁った。そこでしばらく手を動かしていた。暗く赤い照明のなかで、ディエゴとルスとエレナが、それを見守っていた。

「ラウラ！　とめてくれ！」十秒後に叫んだ。

「正気の沙汰じゃないわ！」

「いいからとめろ！」ラウラがMCVの速度を落とすと、ジェントリーは後部ドアをあけた。転げ落ちそうになった。さっきの衝突のせいで脚に力がなかった。一二〇メートルうしろの闇で、カサ・グランデに取り残された連邦警察の殺し屋《シカリオ》数十人が、私道を下り、配置されたそれぞれの車両に戻ろうとしていた。ジェントリーは、擲弾発射機を構え、照尺と照星という肉眼照準器《アイアンサイト》で狙いを定め、催涙弾五発を、装甲車やその他の車両めがけて発射した。

それが済むと、最後の一発が着弾する前にMM－1を道路に投げ捨て、後部に跳び乗った。

「行くぞ《バマモス》！」運転席のラウラに叫び、ラウラが大きなMCVを発進させた。MCVがガタガタ揺れ、なにかがこすれる音がした。指揮車が耐えられるような当たり前の扱いをせず、ひどく酷使してしまったが、おかげで五人は生き延びられた。

「どこへ行くの？」ジェントリーが運転台に戻ってくると、ラウラはきいた。

助手席に座ったジェントリーは、シートベルトをきつく締めた。「おれにわかるわけがないだろう」と白状した。

33

エディーのすばらしいピックアップを置いてきたのはつらかったが、かなりの損害を受けているとはいえ、MCVを捨てるのは、死ぬ思いだった。ぼろぼろになり、煙を吐き、〝ランフラット・タイヤ〟(パンクしても一〇〇キロメートル程度は走れるタイヤ)は一キロメートルごとに裂け、フロントウィンドウはなくなっていたが、それでも頑丈で、安心感があった。とはいえ、長距離を走ればかならずどこかで注意を惹《ひ》くだろうし、給油しようとすれば、弾痕だらけの連邦警察の指揮車を近くで見ようとする客がおおぜい集まってくるのは避けられない。

グアダラハラの西の郊外にある、ラベンタ・デルアスティレロという町の廃車置場の裏にMCVをとめたときには、十一時半になっていた。幹線道路はできるだけ通らないようにしたので、火曜日の深夜に走っている車には、ほとんど出会わなかった。

フロントウィンドウがないために冷たい風が車内に吹き込み、耐え難いほどだった。運転していたラウラは、ことにつらかった。小さな筋肉のついた腕に鳥肌が立っているのが、暗いなかでも見えた。廃車置場に着いたときには、ラウラはガタガタふるえていた。

ふるえ、泣いていた。父親の死が、心を激しくさいなんでいた。ジェントリーは、ラウラが気の毒になり、手をのばして触れ、ラウラが運転するあいだ手を握り、だいじょうぶだといってやりたかった。

だが、そうしなかった。

悲しんでいる美しい女に触れるすべを知らなかったからだ。

それに、なにもかもだいじょうぶだとは、思っていなかったからだ。


ジェントリーがフェンスを乗り越えて、廃車置場におり立つあいだ、ガンボア家の四人は道端で待った。ルス・ガンボアがラウラの腕をさすって、温めていた。エレナは、腰にかかる負担を和らげるために、大きな腹を抱えて、むくんだ左右の脚を交互に動かしていた。ディエゴは、両腰に手を当てて、見張っていた。一家がいっしょに祈ると、フェンスの奥で犬が吠えた。

十分後、エンジンがかかり、板金のゲートがうめき声とともに何度か押されてあいた。濁った薄緑色のフォルクスワーゲンのミニバスが現われた。ヘッドライトはつけていない。それが通りに出て、ジェントリーが跳びおり、ディエゴがゲートを閉めた。

ジェントリーは、MCVに駆け戻って、九ミリ口径の拳銃二挺と予備弾倉を持ってきた。一挺をラウラに渡し、もう一挺をズボンのウエストバンドに差し込んだ。

ディエゴのほうを向いた。「見かけはボロだが、エンジンはちゃんとまわる。ナンバープレートも付けたから、ハイウェイ・パトロールに見とがめられることはないだろう。北を目指して、ひたすら国境に近づくんだ。交替で眠れ。ひとりが起きていて、ふたりが眠る。ティファナに着いたら、ホテルをとって、おれたちを待て。二日後の午前十時に、国境検問所へ行け。三十分待て。おれたちが来なかったら、そこを離れて、午後三時にもう一度行け。それでも来なかったら、翌日もおなじようにする。おれたちは連絡をとれない。電話も、会うのもだめだ。おれたちが捕まったときには、おまえたちの居所は知らないし、連絡方法も知らないとしらを切る」

ディエゴがうなずいた。自分が家族を率いる男になったのを意識したのだとわかった。そして、ジェントリーにとってありがたいことに、ディエゴはその責任を担《にな》っていた。ショックや悲しみがあとでやってくるのはわかっていた。それを味わうのは生き延びられた場合だけだ。

「ラウラとおれは、ラムセスと連絡をとる。ラムセスがまだ生きていて、大使館のアメリカ人と連絡をとっていればの話だが、おれたちはメキシコシティへ行って、金と書類を用意する」

エレナがきいた。「二日か、三日たっても、あなたがティファナに現われなかったときは？」

「自力で国境を越えてもらうしかない」

三人が、ジェントリーの顔を見た。ジェントリーは肩をすくめた。「おれにはそれが精いっぱいだ。うまい計画だとはいわなかったぞ」

エレナが目の涙を拭《ぬぐ》い、進み出て、ジェントリーをぎゅっと抱き締めた。ジェントリーは、腹のなかの赤ん坊、旧友の子供に、蹴とばされるのを感じて、目を丸くした。

エレナが、ジェントリーの耳もとでささやいた。「あなたはわたしたちのために、あんなにたくさん尽くしてくれた、ホセ。あなたみたいな友だちがいるのが、エデュアルドはさぞかし自慢でしょうね」

ルスもジェントリーを抱き締め、お祈りらしきものをつぶやいた。ジェントリーには理解できなかったし、ルスが語りかけているあいだ、目を見ることができなかった。この二週間、ジェントリーのような経歴の人間にとっても想像を絶する悲劇が、この老女の身にふりかかったのだ。

三人がラウラを抱き締め、もちろん涙が流され、いうまでもないがお祈りもあった。やがて、四人が寄り固まり、ジェントリーはすこし離れて見守った。

「やれやれ。またグループハグか」四人が抱き合っておたがいにすがりつくと、ジェントリーは声を殺してつぶやいた。

やがて、フォルクスワーゲンのミニバスが、がたこと揺れながら走り去った。国境近くまで走れることを、ジェントリーは祈った。だが、そろそろ自分の作戦のほうを心配する潮時だった。

午前一時半、ジェントリーとラウラはメキシコシティに向かう道路に出ていた。ジェントリーは、廃車置場から数ブロック離れた住宅街の物置からバイクを盗んだ。まことに申しわけないができるだけ早く弁償のお金を送ると書いた無記名のメモを残そうと、ラウラがいったが、ジェントリーは断じて許さなかった。そこでラウラは、その小さな家の住所を憶えて、なんとか弁償する方法を探すと、ジェントリーにいった。

メキシコシティまでは五二〇キロメートルあり、強行軍でバイクを走らせても六時間はかかるが、うまくするとラウラの取引銀行が開店する十時までに行けるかもしれなかった。グアダラハラ郊外から数キロメートル離れると、ジェントリーは暗い道端にバイクをとめて、ラムセスが置いていった電話で連絡をとった。ラウラは、ルスがフォルクスワーゲンの後部で見つけた汚い毛布にくるまり、ジェントリーが電話をかけるあいだ、叢《くさむら》で眠っていた。

最初の呼び出し音で、ラムセスが出た。ラムセスはすぐに、マルティンと、塀を乗り越えたときに聞こえたバイクの音のことを問いただした。親友を逃がすためにマルティンが命を捨てたことを、ジェントリーはしぶしぶ打ち明けた。

ラムセスはそれを冷静に受けとめ、アメリカ大使館の人間と接触し、書類を何通か大至急ほしがっている人間がいることを伝えたといった。領事部の男は、メキシコシティで午後二時に会うことに同意したという。ラムセスは、場所をジェントリーに教えた。

ジェントリーとラウラは、それから二時間、バイクで走り、ガソリンを補給した。洗面所から出てきたジェントリーが、バイクに戻るときにすこしふらついた。ラウラがそれに気づき、しばらく運転を代わるといった。バイクのリアシートに乗ることは、ジェントリーの男の誇りが許さなかった。まして運転するのは身長一五〇センチくらいの女なのだ。それが馬鹿げているのは自分でもわかっていたが、ラウラもこの二日間ほとんど眠っていないのはおなじなのだ。そこで、しばらく走ってから、ハイウェイをそれて、起伏の多い牧草地を通っている未舗装路の脇のこんもりと茂った林を見つけ、そこにバイクを隠した。

草の上にならんで横になった。すぐにラウラが毛布の一部をジェントリーにかけて、暖をとるために抱きついた。

「ごめんなさい。すごく寒いの」というと、ラウラはジェントリーの脇に頭を乗せ、筋肉質の腕を胸に巻きつけた。

ジェントリーは黙っていた。

「いいでしょう？」ラウラがきいた。

「ああ」ジェントリーは星空を見あげて、心臓の鼓動を抑えようとした。

ひどく疲れていたにもかかわらず、眠りに落ちるまで四十五分かかった。

正式名称をメキシコ連邦区というメキシコシティを、メキシコ人は単純に〝ＤＦ《デ・フェ》〟と呼ぶ。世界最大の都市のひとつだ。市の人口は千五百万ないし二千万人で、多くはスラム街で極貧の暮らしをしている。

ラウラとジェントリーは、午前十時にメキシコシティの周辺に到達したが、なにしろ広大な都市なので、最初の目的の場所へ行くのに、あと一時間ほどかかる。中心街に着いたときには、十一時をだいぶまわっていた。ファストフード店の化粧室で身ぎれいにしてから、ジェントリーは、並木のあるレフォルマ大通りの銀行の前でラウラをおろした。ラウラから目を離すのは嫌だった。だが、ジェントリーがいっしょに銀行にはいったら警報が発せられると、ふたりの意見は一致した。ジェントリーのぼやけた映像は、テレビで流されたばかりだし、ラウラ・ガンボアの兄は、メキシコでもっとも凶悪な麻薬カルテルの頭目を殺そうとして全滅したチームの指揮官だった。ラウラに注意が向けられるおそれがある。だから、ラウラがひとりで行き、金を引き出す。そして、ジェントリーが自分の用を足して戻るまで、表の公園で待つ、という段取りだった。

ジェントリーは、緊急の場合に備えてラムセスの携帯電話をラウラに渡した。だが、ふたりの所持金を合わせても、もう一台携帯電話を買うのには足りなかった。まずいことになった場合、ラウラがだれに電話するのか、見当もつかなかったが、そのほうが賢明に思えた。ラウラは、ハンドバッグにベレッタを入れているし、使いかたも知っている。それがせめてもの慰めだった。ジェントリーは、ミラーガラスのドアの向こうにラウラが姿を消すまで見送り、時計を見て、しぶしぶ背中を向けた。

ラウラが金を受け取るあいだに、ジェントリーにはやることが山ほどあった。大使館員と午後に会う場所を下見する必要があり、残った金でバイクのガソリンも入れなければならない。それから、ホテルに泊まれるまともな地区を見つける。部屋をとるには、ラウラとその金が入り用だったが。安全な場所の感じをつかむために、付近をバイクで走りたかった。

偵察と安全確認を終え、バイクにガソリンを入れて、九十分後に銀行前に戻った。ラウラは通り沿いの公園にいて、ベンチに座り、コーヒーを飲んでいた。ふたり分買ってあったので、ジェントリーはそばに行って腰をおろし、コーヒーを取ろうとした。

ラウラがカップをさっと引き寄せて、きっと睨《にら》んだが、すぐに目つきが和らいだ。

「どうしてそんなふうに、どこからともなく現われることができるの？　まるで幽霊ね」

ジェントリーはそれには答えなかった。長年の訓練と実践の経験で、気づかれないように行き来するのが、無意識の動きになっていることを、説明するつもりはなかった。

「銀行で問題はなかった？」

「ぜんぜん。全額を引き出すのに驚いていたけど、詮索《せんさく》はされなかった。丁重だったわ」

「その金は？」

ラウラが、ショッピングバッグから小さなカンバスのリュックサックを出して、ジェントリーに渡した。

「これよ。渡したわよ。信用しているわ」

ジェントリーはリュックサックを背負い、バイクをとめてある通りの先の駐車場まで連れていくときに、にやりと笑った。「きみから金を奪うのが目的だったとしたら、この三日間、ずいぶんぶざまなやりかたをしたもんだ」

ラウラが笑い声をあげたが、顔に笑みはなかった。

アメリカ大使館は、レフォルマ大通りを五分ほど歩いたところにあった。正面は錬鉄の巨大な格子で、道路からそこまでの歩道には、コンクリートのバリケードが置いてあった。英語とスペイン語で〝写真撮影禁止〟と書かれた注意書きが、あちこちに貼ってある。市警の警官がパトカーに乗り、あるいは歩道を巡回していた。警官たちは、折りたたみ銃床の古くて頑丈な九ミリ口径ウジ・サブ・マシンガンを肩から吊るしていた。

メキシコ政府は、アメリカ大使館をあまり歓迎していないように見える。それに、アメリカ大使館の建物も、メキシコ人を寄せつけまいとしているように見えた。

だが、これが国際社会の実相だ。

ジェントリーとラウラは、新しい携帯電話を二台買い、大使館員と会う前に暗いレストランでランチを食べた。壁を背にして、狭い店の奥に座った。疲れていて、あまり話をしなかった。砂糖をたっぷりと入れたコーヒーを飲み、ローストポーク、米飯、豆をちびちびと食べながら、午後二時が来るのを待った。

34

会合の場所は、大使館から大通りを数分歩いたところにあるショッピング・モールだった。ジェントリーは、二階の食料品売り場にラウラをいさせて、一階の〈スターバックス〉のそばの洗面所に行った。二時間前に偵察したので、行きかたは知っていた。

五分遅れてそこへ行った。接触相手は来ていた。ジェリー・フレガーという名前だと、ラムセスに聞いていた。フレガーは洗面台に身を乗り出し、鏡を覗いていた。鼻のニキビをつぶしているように見えた。

フレガーは若かった。三十そこそこだろう。背が高く、痩《や》せている。癖のある茶色の髪は短く、細い顔はめったに陽に当たらないように見える。黒いベルトレス・スラックスに、白い半袖のボタンダウン・シャツという服装だった。細いネクタイはコットンではなく、ポリエステルのように見えた。

「ロメオ?」フレガーがいった。

「ジュリエット」ジェントリーは、溜息まじりに答えた。

合言葉は、フレガーの発案だった。馬鹿げていると、ジェントリーは思った。

フレガーが手を差し出し、ジェントリーは握手した。ぐんにゃりした手で、生の魚の切り身をふっているような心地がした。

「よし」フレガーが目を剝《む》いた。「さっそく仕事の話をしよう。今回の一件は奇妙だな」

「なにが奇妙だ」

「だって、おれはこれをしじゅうやってる。列にならびたくない連中に書類を用意する。どうってことはない。だけど、おれに電話してきた男は、アメリカ人に会うことになるといった……それが奇妙なのさ」

「急いでアメリカへ行かなければならない家族の書類がほしい」

「おとり捜査のたぐいじゃないと、どうしてわかる？」

「おれが大使館に勤めているように見えるか？」ジェントリーの髪は長く、もつれ、顎鬚《あごひげ》は五カ月生やしている。

フレガーが、首をふった。「それだけか？　おれを安心させるようなことが、ほかにないのか？　頼むよ」

「いいか、ジェリー。あんたに電話してここで会うように手配した男は、おれの知り合いだ。書類が必要な家族も、おれの知り合いだ。おれはただの仲介役だ。悩むことはない。われわれが必要なものをすぐに用意すれば、あんたにとっていちばん楽な取り引きになるだろうよ」

フレガーがゆっくりとうなずき、もう一度せかせかとうなずいた。ぎくしゃくした物腰は、気分を変える物質が体内にある証拠だと、ジェントリーは見破った。

こいつは、まちがいなく薬物をやっている。

ジェントリーは、心のなかでうめいた。最悪だ。この馬鹿野郎は、コカインを吸っていたにちがいない。

フレガーが、話をつづけた。両手をふり動かしながら、早口でしゃべった。「だって、ふつうおれは移民するメキシコ人とじかに話をするんだよ」肩をすくめた。「アメリカ人に顔を見られてやったことはない」ニクソン大統領が、ホワイトハウスを去るときに、敬礼と両手のVサインをしたのをまねて指をふり、ニクソンの演説をもじった下手《へた》な口まねをした。「〝わが同胞アメリカ人よ〟。ハハハ。策略家《トリッキー》ディック（ニクソンの綽名）だっけ？」

「ああ……」くそ。「それで……あんたが用意する書類があれば、国境検問所を通れるんだな」

フレガーがうなずいた。「ティファナかメヒカリで越境し、貧乏人のルートを使わずにすむように、すべてそろえる」

「貧乏人のルートというのは？」

片腕を波のようにゆすって、フレガーがいった。「砂漠、リオ・グランデ、棒高跳びでフェンスを越える、あるいはドブネズミみたいに下水を抜ける。ファレスとティファナとマタモロに仲間がいて、おれとおなじように、働き者のメキシコ市民に国境を越えさせ、アメリカ経済を活気づけてるが、おれの場合は、胸を張って国境を渡れるように手配できる。労働者ビザやグリーン・カードも用意できる。どれも正式の書類に見えるのは、じっさいそうだからだ」

「いくらだ？」

「エンチラーダ一式の値段か？」フレガーが、にやりと笑った。「きょうは特別価格だ。一式全部そろって、ごく、ごく、お安い値段、メキシコ人ひとり当たり、一万五千で手を打とう」

ジェントリーは、その値段と、フレガーが舌がもつれていることに目を剝いた。「一家四人だ」

「それじゃ六万だな」

「団体割引は？」

フレガーが笑い、手を叩いた。それから、首をもたげた。ややあって、考え込むふうでうなずいた。ジェントリーは、脅しつけるように睨んだ。効果があるかどうかは、見当がつかなかった。

「なんだよ？　それじゃ五万だ」

ひと睨みしただけで、一万の割引。悪くない。拳銃をちらつかせれば、あとの五万からも割り引くかもしれないと、ジェントリーは一瞬思った。「それなら用意できる。どういう手順だ？」

「全員の写真付き身分証明書が必要だ。その情報をもらって、そっちが必要なものを作成する」

ジェントリーは、リュックサックに手を入れて、ガンボア一家の身分証明書の束を出した。エルネストの運転免許証が含まれていたことを思い出した。書類をまさぐって、それだけ抜いて、かすかに顔をしかめながらポケットに入れた。

あとの身分証明書を、フレガーに渡した。「どれぐらいかかる?」

フレガーが身分証明書を眺めるのを、ジェントリーは注意深く観察した。プエルトバリャルタの追悼式で命を狙われた家族の書類を頼まれていることに気づく可能性は高い、とわかっていた。しかし、ガンボアという苗字に心当たりがあったとしても、フレガーはそれを顔には出さなかった。「ひと晩。あすのランチには渡せる。メキシコでは、午後二時がランチだ。おなじ時刻、おなじ場所で」

「それだと助かる」

「電話はあるか? ほかの情報が必要になるかもしれない」

ジェントリーは渋った。「どんな情報だ?」

「あんた、信用してくれよ。身分証明書というのは、なんかしら抜けている場合が多い。適当にでっちあげたくないんだ。その連中は、アメリカではずっと、この身許に頼ることになる。tの横棒やiの点が落ちていたら困るはずだ」

ジェントリーは、新しい携帯電話を出した。番号を読んで、フレガーに教えた。

「わかった」フレガーがいった。「前金がほしい。半額だ」

ジェントリーは、リュックサックから金の袋を出し、二万五千ドル数えてフレガーに渡した。フレガーが自分で勘定してからポケットに入れた。

男の子がふたり、洗面所にはいってきて、アメリカ人ふたりには目を向けず、小便器のほうへ歩いていった。

ひとつうなずいて、ジェントリーとフレガーは別れた。ジェントリーが最初に出てゆき、フレガーは鏡に向かってニキビをつぶした。

食料品売り場に戻ると、ラウラの姿がなかったので、ジェントリーはうろたえた。首をしきりにまわして、ランチタイムの混雑した店内に視線を走らせ、ひとを押しのけてエスカレーターに戻ろうとした。

携帯電話を出して、かけようとしたとき、黒い髪をショートのボブにした小柄な女が、紳士用品店のレジにならんでいるのが見えた。ラウラが手をふり、ちょっとほほえんだ。レジから出てくると、ラウラがいった。「ふたりの服を買ったの。気に入るといいんだけど」

ラウラを叱りたかったが、時間を有効に使ったのだと気づいた。ふたりとも新しい服が必要だった。ちびのラウラはよくやってくれた。ジェントリーはそう褒《ほ》めた。

ラウラがジェントリーに笑みを向け、ふたりして眠たげにショッピング・モールの出口を目指した。

ジェントリーが選んだホテルは、歴史地区《セントロ・ヒストリコ》にあるメトロポリタン・カテドラルから一ブロック北のドンセレス通りにある。小ぢんまりとして、警備員付きのゲートがある通りから奥まっている。盗んだバイクをとめる、目立たない駐車場もあった。フロント係が現金を受け取り、ツインベッドのある三階の部屋の鍵を渡した。通りが見える部屋をジェントリーが希望し、窓からの視界は申し分なかった。

疲れ果ててはいたが、ラウラはヌエストラ・セニョーラ・デル・ピラル教会の真向かいのホテルだったので、おおよろこびだった。そう大きくはないが、二百五十年前のバロック建築の教会で、女学校だったこともある。部屋にはいるとすぐに、ラウラは教会へ行ってお祈りがしたいといった。ジェントリーが目を白黒させて、ついていこうとしたが、部屋で休んでいたらどうかと、ラウラが勧めた。ジェントリーは、いま抜いたばかりの拳銃をズボンのウェストバンドに戻し、シャツで隠して、ラウラのあとから部屋を出た。

「おれたちは離れないようにするんだ、ラウラ」

「いいわ。いっしょにお祈りする?」

階段まで行くと、ジェントリーは肩をすくめた。「ふたり分、お祈りしてくれ。おれは見張っている」

混雑している道路を渡り、教会へ行った。ジェントリーは会衆席に座り、ラウラがそばでひざまずいて、頭《こうべ》を垂れた。ジェントリーは、疲れた目をあけたまま、四方に注意を向けたが、聖堂にはほかに数人がいるだけで、ジェントリーとラウラを抹殺することよりも、自分が救われることに関心があるのは明らかだった。

祭壇は高く、金めっきがほどこされていた。内陣の左右の壁も金めっきで、聖像が飾られていた。スピーカーから静かな音楽が流れ、ひんやりとして暗かった。ステンドグラスから射し込む自然光があたりを照らし、金色の壁や装飾物から反射していた。

ジェントリーは、うとうとと眠りかけた。ラウラが隣に座ったときに、ようやく目があいた。

ラウラは、膝で両手を合わせ、祭壇の十字架に双眸《そうぼう》を向けていた。低い声でいった。「あなたは信者じゃないのね？」

「おれは……カトリックの育ちじゃない。手順がさっぱりわからない」

ラウラが、ジェントリーのほうを見あげて、にっこり笑った。ふたりは肩を触れ合って座っていた。「手ほどきしてあげる」

「ありがとう。でも、きょうはだめだ。ほんとうに疲れている」

「信仰が必要なエネルギーをあたえてくれる」

「睡眠が必要なエネルギーをあたえてくれる」

ラウラは、がっかりしたようだった。「それじゃ、またこんど」

「そうだな」

ラウラは、奉納の蠟燭《ろうそく》の台のほうへ歩いていき、献金箱に金を入れた。蠟燭を一本ずつともしながら、そのたびに祈りを唱えた。三本目をともしたとき、死んだ家族の分だと、ジェントリーは気づいた。

ジェントリーは、壁に背中を向けて、ラウラのそばに立ち、出入口と、聖歌隊席と、ほかの礼拝者たちを見た。

ホテルに戻る途中で、ラウラは、何本も蠟燭をともさなければならない。ラウラが小さな食料品店を見つけた。翌日の会合の前に出かける危険を冒さなくてすむように、食料を買っておいたほうがいいと、ふたりは考えた。パン、ジュース、水、トルタを買い、五時前にホテルの部屋に戻った。

ラウラはすぐさま片方のベッドにうつぶせになって、目を閉じた。

ジェントリーは、紳士用品店で買った服の袋を持ち、バスルームにはいった。何日もの汗と汚れを、長いシャワーで洗い流した。バスタブの底に赤い血の渦巻きができるのを見て、肌まで染みていままで付着していたその血は、自分が殺したおおぜいのなかの、どの相手の血なのだろうと思った。長い髪を洗うと、そこからも血の色の湯がしたたり、草、小石、ガラスの破片、火薬の残りかすも流れ落ちた。足もとにそういったものがたまった。ものによって、渦を巻いたり、沈んだりするのを、じっと眺めた。

ジェントリーにとって、それはここ数日の日誌だった。プエルトバリャルタの追悼式。農場。移動指揮車。バイクでの旅。

そういったすべてを見ていると、疲労がよけい深まった。

湯をとめて、シャワーから出ると、タオルで体を拭き、袋のなかを見た。

プレスのきいた茶色のチノパン、生成《きな》りの麻のシャツ、四角い銀のバックル付きの黒いベルト。黒い靴下に黒いテニスシューズ。サイズがひとつ大きかったが、ほぼ合っていた。すばやく着ると、新しい服が洗いたての体にすごく気持ちがよかった。何日も眠れるくらい睡眠不足だとわかっていたが、生まれ変わったような心地がした。

寝室に戻り、ベッドに横たわって、九ミリ口径のベレッタを胸に置いて、ラウラのほうを見た。ラウラは寝返りを打って仰向けになり、目を閉じて、両手を腹に置き、小さな胸が呼吸につれて上下していた。

ジェントリーがいままでの人生で出会ったなかで、もっとも美しい女だった。

首をまわして、目をそらそうとした。横向きになり、すぐに眠りに落ちた。

35

午後八時前、グアダラハラ近郊のサポパンにある高級レストランの前に、二台の白いユーコンXLデナリが乗りつけた。装甲をほどこしたSUVの運転手は乗ったままで、道路に四人が出てきて、付近の車や通行人に目を光らせた。四人ともイタリア製の黒いスーツで、手にはなにも持っていない。動きはすばやく、無駄がなかったが、レストランの入口とのあいだの歩行者に対しては無作法だった。壁に背を向けて立ち、いっせいにジャケットのボタンをはずして、通りのあらゆる方角に視線を配った。

その通りには、グアダラハラ市警のパトカー三台が、二重駐車していた。一ブロック四方のウィンドウに、回転灯の光が反射している。一台当たりふたりの警官がおりて、通りを走る車を規制しはじめた。レストランの近くは、どこも駐車を禁じられた。

ぴかぴかの白いSUVから、さらに四人がおりて、レストランの両開きのブロンズ製ドアからはいっていった。その四人もおなじ黒服で、携帯無線機とからの黒いナイロン袋を持っていた。支配人とボーイ長が、バーの前のロビーで四人を出迎え、六人がふた手に分かれた。ボーイ長と黒服組ふたりが、蠟燭《ろうそく》がともされたテーブルを一卓ずつまわり、小声で客に話しかけた。携帯電話が取りあげられた。男たちは、立ってジャケットの前をひろげてほしいといわれ、無作法な行為をできるだけ丁重に見せかけて、服の上からボディチェックされた。事情を察した客もいた――だが、たいがいはまごついていた。ほどなく、客たちの携帯電話は、すべてナイロンの袋に入れられた。ボーイ長が店内の客に説明した。どうぞお食事とお飲み物を召しあがって、おくつろぎください。まもなくいらっしゃるお得意さまが、みなさまのお勘定を持ってくださいます。息を呑む音やまばらな拍手がある、腕時計を盗み見るものがいた。

長い夜になりそうだ。

いっぽう、あとの三人は、準備が整っていた宴会場を点検していた。リネンや客ごとにならべられた食器のセッティングを乱さないように、テーブルの下を覗いた。盗聴器がないかどうかを調べ、給仕と手順を話し合った。つぎに厨房《ちゅうぼう》にはいった。支配人が先に立ち、スタッフがならんで、すばやいボディチェックを受け、奥のほうにいた女たちまで調べられた。それから、配膳室、冷蔵室、乾物貯蔵室、冷凍室まで捜索された。

厨房の人間は全員、この手順をよく知っていた。

さらに六人の黒服組が、もう一台のユーコンXLデナリでやってきた。ふたりがそのまま店内にはいり、そのうちのひとりが今晩の食事を奢《おご》ってくれる人間なのかと、客たちは思った。だが、ふたりは厨房を抜けて、裏口から出た。ジャケットの前をあけ、路地で見張りに立った。あとの四人は、肌寒い表から店内にはいり、軍隊なみの几帳面《きちょうめん》な動きで、四隅に陣取った。やはりジャケットの前をあけて、どこか一点を見据えることなく、前方のすべてに目を配った。

店内に最初にはいったうちのひとりが、無線機でなにやらいった。

五分後、白いSUVがさらに三台、レストランの前でとまった。おなじ黒いスーツを着た一団が密集して店にはいった。ひとつの塊になって速く移動していたので、人数を数えるのは不可能だったが、十人を超えていたのはまちがいなかった。服、髪型、きちんと刈った口髭など、なにもかもが似通っていた。その一団がダイニング・ルームを通るとき、テーブルの客たちは首をのばし、口をぽかんとあけて眺めた。背中をそらしてどんな有名人かを見極めようとしたひとりの女が、ワイングラスを倒した。

有名な闘牛士？　それとも今夜、アウディトリオ・テルメックスで公演した歌手？

何者か、だれにもわからなかった。どれがだれなのか、見分けがつかなかったからだ。その一団はあっというまに奥の宴会場にはいり、ドアが閉まり、ダイニング・ルームとの境のドアに、黒服の男ふたりが立った。

ダイニング・ルームでは、憶測がささやかれた。数人が、「黒服組」だといったが、あちこちに立っていた黒いスーツの男たちは、ひとりもうなずいたり、それに答えたりしなかった。

じきにあちこちのテーブルからワインが注文され、給仕たちがふんだんにグラスを満たした。シャンパンのコルクを抜く音がして、落ち着いたレストランが、馬鹿騒ぎの様相を呈していった。

ダニエル・デ・ラ・ロチャは、宴会場の長いテーブルの上座で、スコッチをなめながら、糊《のり》のきいた白いテーブルクロスの置かれたティーライト・キャンドルを見つめた。ぱりっとしたフランスパンのやわらかいまんなかをつまみ、固いボールに丸めてから、口にほうり込んだ。テーブルは十二人分のセッティングだったが、着席しているのは五人だけだった。あとは携帯電話や無線機で話をしながら、歩きまわっている。ふたりが、隅の配膳台に置いたノート・パソコンにかがみ込んでいた。

ダニエルの近接ボディガードで警護部隊指揮官のエミリオ・ロペス・ロペスが、ボスから一五〇センチと離れていないところで、壁にもたれていた。

白いお仕着せのウェイターがメニューを差し出したが、ダニエルは手をふって斥《しりぞ》け、軽いものを出すよう料理長に指示してくれといった。ウェイターがさがると、ダニエルはまた蠟燭を見つめた。

ひどい一日だった。エレナ・ガンボアは、テキーラ近くの山中の農場で、襲撃を生き延び、逃走した。ラ・アラニャが動かした海兵隊員、連邦警察官、ハリスコ州警の警官、テキーラ町警の警官が十九人死に、農民もふたり死に、多数が負傷した。

カルボが、魔法のような広報を展開した。海兵隊と官憲の十九人と一般市民ふたりは、プエルトバリャルタの追悼式で銃撃戦を起こしたマドリガル・カルテルの生き残りと戦って、英雄的な死を遂げたと、ニュースでは伝えられた。しかし、この手の失態は、すぐには帳消しにはできないし、代償も高くつく。コンスタンティノ・マドリガル、メキシコ連邦政府、カルボがそう簡単には操れないおせっかいな外国のマスコミから、反動が来るにちがいない。

何人かが着席すると、ダニエルはいくぶん気持ちが楽になった。ここには同志がいる。カをあわせて、このろくでもない窮地を切り抜ける。ガンボア一家はいずれ見つけて殺す。GOPESの第二波の〝英雄〟どもがこっちを付け狙うようになるまでには、まだ時間がかかるはずだ。

一同は昔話をした。ともに軍務に服したころの話をした。ダニエルもその仲間に戻った。こういうひとときは楽しい。二十数人の警護部隊と、地元警察との数時間にわたる共同作業が必要であるとはいえ、自分の敷地を離れるのは気分がよかった。

ダニエルは、立ちあがった。一同が起立したが、ダニエルは手をふって座らせた。特別に作らせた隅の祭壇へ行って、死の聖女《サンタ・ムエルテ》の前でひざまずき、独り祈った。祈りを終えると、ダブルのスコッチを死の聖女像にふりかけ、グラスをその脇に残して、テーブルに戻った。

ネストル・カルボは、さきほどまで携帯電話を持って歩きまわっていたが、席をはずし、数分後に戻ってきた。ダニエルの右の席に座ると、ボスの耳もとへ身を乗り出した。

「午後はずっとアメリカ大使館の人間と話をしていました。ときどき、あれやこれやに使っている男です」

ダニエルの料理が来た。シタビラメの切り身、バターは控えめ。マンゴーソース。アスパラガス。ダニエルはうなずき、フォークを手にした。ウェイターが安堵《あんど》の息を吐いて、離れていった。ダニエルは、顔を起こさずに、カルボに答えた。「あれやこれや？　ときどき？　そうか。それじゃ話にならないぞ。どういうやつなんだ？」

「国境の向こう側のだれかを狙うようなときに、ラ・アラニャが部下をアメリカに入国させるのを手伝っているんです」

　ダニエルはうなずき、熱い魚をすこし食べた。表情は変わらなかった。

　カルボがつづけた。「そいつが……そのアメリカ人のことですが、きょうの午後、わたしの部下に連絡してきて、貴重な情報があるが、どうしてもお頭《かしら》に会って伝えたいというんです。わたしは折り返し電話して、いま話がしたいといっています。空港から電話してきました。そいつがメキシコシティから飛行機で来て、地獄に落ちろといいました。そいつがメキシコシティから飛行機で来て、いま話がしたいといっています。わたしがどうにか説得して、どういうことなのかしゃべらせ、迎えを行かせて、ここに連れてきました」

「地獄に落ちないで、わたしのところへ来たわけだ」

　カルボが、肩をすくめた。「お頭が聞きたいような話ですよ」

「ボディチェックはしたのか？」

「空港でもここでも、洗面所で。頭のてっぺんから爪先まで」

　ダニエルはようやく肩をすくめて、うなずいた。皿から顔をあげずに食べていた。「連れてこい」

　カルボが、宴会場の向こうのドアに配置された黒服に、顎をしゃくった。その男が出ていき、すぐにジェリー・フレガーを連れてきた。

　フレガーは、衣服が乱れていた。洗面所でだいぶ手荒くボディチェックされたにちがいない。白い半袖シャツはしわくちゃで、細いネクタイを締めている。高級スーツを着て髪を整えた男たちばかりの豪奢《ごうしゃ》な宴会場で、ひどくみすぼらしく見えた。ボディガードが、テーブルの奥にいるダニエルの左手へ連れてきた。ダニエルは立ち、相手の手を握った。

「お目にかかれて光栄です、閣下」満面に笑みを浮かべて、フレガーがいった。

ダニエルは溜息をついた。白人野郎《グリンゴ》め。「そう呼ぶな。座れ」ふたりとも腰をおろした。

ダニエルは、うしろの壁ぎわに控えていたウェイターに目を向けた。「アンヘロ、アメリカの白人《ブランコ》の友だちに、白ワイン《ピノ・ブランコ》を持ってこい」

グラスに白ワインが注がれると、フレガーは一気に飲んだ。ダニエルはシタビラメを食べはじめた。そのあいまにきいた。「あんたになにをしてやれるかな?」

「先日はお怪我がなくてなによりでした」

「まったくだ」

「ニュースでは……ヨットでデ・ラ・ロチャさんを殺そうとした男がいて、そいつの女房が、プエルトバリャルタの追悼式にいたと」

ダニエルが食べるのをやめて、フレガーの顔を見た。

フレガーがつづけた。「カルボさんが、そいつらの居所にデ・ラ・ロチャさんが関心があるかもしれないといっていました」

「ああ、関心があるかもしれない」

「きょう、メキシコシティで、アメリカ人がおれのところに来ました。女三人と少年ひとりの偽造ビザを用意してくれというんです」

ダニエルは、フレガーのほうをちらりと見ただけだった。「で、そのモハドどもは何者だ?」リオ・グランデをアメリカ側へ渉る不法入国者を、アメリカの俗語で尻を濡らすやつら《ウェットバック》という。モハドはそれに相当するスペイン語だった。

「ルス・ロサリオ・ガンボア・フエンテス、エレナ・マリア・ガンボア・ゴンサレス、ラウラ・マリア・ガンボア・コラレス、ディエゴ・ガンボア・フエンテス」

「ラ・アラニャ！」ダニエルは叫んだ。肝をつぶしたフレガーが、座ったまま背すじをのばした。ハビエル・〝蜘蛛《ラ・アラニャ》〟・セペダは、隅でコンピュータに向かっていたが、さっとふりむき、お頭のほうへ走ってきた。ダニエルは、殺し屋《シカリオ》の指揮官の前で、フレガーにいまの話をくりかえさせた。

「メキシコシティにいるのか？」期待をこめて、セペダがきいた。

「わからない。でも、白人《グリンゴ》はいる」

「つぎにそいつと会うのは？」

「あすの午後二時」

ダニエルは、首をふった。「十七時間もある。もっと早く、そいつをひっ捕らえられないか？」

「ええ。携帯の番号を知っています。逆探知する方法をご存じでしょう――」

「エステバン」こんどはセペダがフレガーをさえぎり、部屋の向こうにいるエステバン・カルデロンを大声で呼んだ。エステバンは黒服組の技術指導者だった。もとは特殊部隊の通信士で、電気通信と電子工学の学位を持っている。エステバンが急いでやってきて、メキシコシティのような人口密集地で携帯電話の信号を頼りに相手を見つける際の障害を、メキシコ人たちは話し合った。

ようやく、じゅうぶんな装備と人員があり、すこし時間をかければ、携帯電話の位置は正確に突き止められるという結論が出た。ダニエルは、フレガーのほうを向いた。この五分間、フレガーはすっかり忘れ去られた存在だった。ただし、エミリオと壁ぎわのボディガードには監視されていた。

フレガーは、シャルドネをグラス一杯飲み、さらに半分飲んで、待っていた。

ダニエルはいった。「おまえの望みはなんだ？」

「いつまでも変わらない感謝」

ダニエルは、フレガーを見据えた。身ぶりやしゃべりかたからして、黒服組が扱っている製品《ブツ》の常用者《ユーザー》にまちがいなかった。

自分の冗談がまったく受けないとわかると、フレガーは真顔になった。「正直いって、ほしいものはたいしてないんです。あのアメリカ人さえ渡してもらえれば」

「アメリカ人を？　一家はこっちがもらい、おまえがアメリカ人をもらうというのか？」

「そうです」

「どうしてやつに興味があるんだ？」

「アメリカ政府のお尋ね者らしいからです。きょうの午後、大使館ではメキシコに逃亡犯がいるという情報が乱れ飛んでいました。そいつが政府の探している男だとすると――そうにちがいないとおれは思っていますが、賞金が出ます。この情報をそちらに教えれば……そちらで人数を用意して、捕まえられるだろうと思いました。ガンボア一家を捕らえて、アメリカ人だけ大使館に引き渡してくれませんか。それから、情報の分の報酬もいただきたい」

ダニエルは、ワインをすこしずつ、ゆっくりと飲んだ。「アメリカは、どうしてその白人《グリ》野郎《ゴンゴ》を探しているんだ？」

「わかりません。機密に関することらしい。きょうの午後、大使館に現われた男がいて、まちがいなくＣＩＡのスパイでした。そのスパイとお尋ね者のグリンゴは、いっしょに仕事をしたことがあるらしく、連邦警察に逮捕されたときに身許確認するつもりらしかったです」

ダニエルが、考え込むようすでうなずき、カルボの視線を捉えた。ふたりは立ちあがって、テーブルから離れ、宴会場の静かな隅へ行った。

カルボが口をひらいた。「ＣＩＡがそのグリンゴをそんなにほしがっているとしたら、取り引きに応じるかもしれません」

「わたしもそれを考えていた。なにを要求すればいい？」

「相手は偉大な中央情報局ですよ。マドリガルについてつかんでいる確実な情報があれば、役に立つじゃありませんか」

ダニエルは、顎鬚《あごひげ》をしごいた。「ペルー、エクアドル、コロンビア――そういう政府のマドリガルの人脈を知っているはずだな」

「すべて知っているにちがいありません」

「この殺し屋のグリンゴの見返りに、そういう情報をよこすかな？」

「さっそく探りを入れましょう。大使館と連絡をとる中継網を設置して、ＣＩＡと接触します。この男に向こうがどれほど熱中しているか、判断しましょう」

「いずれにせよ、フレガーを使って、エレナを見つける必要がある」

カルボは、グリンゴをネタにＣＩＡと情報を取り引きできるという見通しに、狂喜していた。カルテルの宿敵に対する、画期的な情報戦の勝利になる。

死んだGOPES隊員の身重の寡婦《かふ》を殺すという本来の任務の話に戻ると、カルボの熱意は薄れた。

それでも同意し、すぐさまポケットから電話を出した。CIAと交渉する前に、安全器《カットアウト》（秘密活動の要員間の接触を秘匿するために第三者を使う仕組み）を設立しなければならない。それには時間がかかる。

ダニエルは、宴会場の部下たちに向けていった。「全員、ただちにメキシコシティ《DF》へ行く！」

ジェリー・フレガーが立ちあがり、ワインを高く掲げて乾杯しようとした。宴会場のメキシコ人たちはそれを無視して、お頭が暗殺されるおそれがないよう一丸となって店を出るために、デ・ラ・ロチャのまわりに集合した。

36

午後十時にジェントリーとラウラは目を醒ました。それぞれのベッドに座って向き合い、冷めた食事を食べながら、ホテルの部屋の窓に吹きつける小雨の音を聞いていた。ラウラはシャワーを浴びて、濡れた前髪が目まで垂れていた。黒いポロシャツにブルージーンズという新しい服を着ていた。

ロザリオを首に掛けている。

動きやすい服装だし、とてもすてきに見えると、ジェントリーは思った。

ふたりは、夜を迎えようとしていた。ジェントリーは、テレビのプラグを抜いて、スタンドごとドアに押しつけ、オークのチェストもそのうしろに置いた。侵入しようとするものは、たとえ鍵があっても、頑丈な肩で何度も強く押さなければならない。

食事を終えるまで、あまり会話はなかったが、食べかすをゴミ箱に入れると、ラウラが家族やサンブラスでの子供時代の話をした。ジェントリーがおなじような話をすると思っていたのだとすると、がっかりしただろう。

ラウラの話がとぎれても、ジェントリーが話をはじめなかったので、ラウラはずばりときいた。

「兄だけど、あなたによく似ていたの？」

「どういうところが？」

「どういうところって？　そうね……戦えるところ。わたしたちを護ってくれるところ。エデュアルド兄さんもおなじだった？」

「エディーはいいやつだった。強い男だった。でも、おれが知っていたときは、どうかな？　ちがう……おれとは似ていない。殺し屋じゃなかった」

「あなたが殺し屋だとは思えない」

「おれをよく見ていなかったからだよ」

「ちがう。あなたがひとを殺してきたのは知っている。たしかに殺した。でも、わたしたちを救うため、自分を救うためだった。必要だった。この国の殺し屋は、正しい理由でひとを殺していない。邪悪な理由で殺す」

ジェントリーは答えなかった。ペットボトルの水をすこし飲んだだけだった。

ラウラが、話をつづけた。「神さまがあなたを通じて働いているのよ。それを知っていないと」

忍び笑いとあえぎが混じったような音が、ジェントリーの口から漏れた。顎から水が垂れた。「そんなことは知らない」

「たしかよ。わたしたちを見守るために、神さまがあなたを遣わしてくださったのよ」

「ずいぶん単純に考えるんだね」

その言葉について、ラウラはずいぶん長いあいだ考えていた。ひどく強い視線で目を覗き込まれたので、ジェントリーはそっぽを向かなければならなかった。「そうね……そんなに単純じゃないかもしれない。でも、信じているの……わたしたちが必要としているときに、あなたが遣わされたと」

「おれを必要とするひとびとが十人くらいいた。いまでは四人しかいない。あとはどうなった？」

ラウラが泣き出した。

ジェントリーは、天井を仰いだ。くそ。どうしてそんなことをいったんだ？

すすり泣きが落ち着き、ラウラが立ちあがって、ジェントリーのベッドに来て、隣に座った。インディアンのように胡坐《あぐら》をかき、ジェントリーのほうを向いた。「善と悪があるのは信じるでしょう？」

ラウラがそばに来ると、動悸《どうき》が激しくなるのがわかった。部屋の向かいを見た。「おれは自分の目で見たものを信じる」

「つまり？」

「悪があるのは信じる」

「この世で善は一度も見たことがないの？」

ジェントリーは、ラウラに目を戻した。血が全身をめぐり、顔や手が温かくなった。「善も見てきた。でも、そんなに多くはない」

「そう、わたしも自分の目で見たものを信じるわ。あなたにはいっぱい善がある、ジョー。あなたは善良なひとよ」

「眠ったほうがいいんじゃないか。一日ずっと旅してきたし――」

ラウラが身を寄せた。ジェントリーの言葉をさえぎった。「だれかいるの？」

「えっ――なにが？」

「奥さん。恋人」

「いない」

「ひとは永遠に独りではいられない」

ジェントリーは頬をゆるめた。視線をそらす。「永遠に生きるつもりもない」

「それは……この世にあるかぎりという意味よ。神さまは人間が独りで生きることを、お望みにならない」

ジェントリーは答えなかった。

「わたしは五年のあいだ独りだった。ギリェルモが死んでから。孤独がどういうものかを知っている。人生をともにする相手がいないせいで、なにもかも心に秘めておかなければならないのがどんなにつらいかを知っている。でも、わたしには信仰がある。あなたにないとしたら……ジョー、あなたの心《ハート》が生きていけるのかどうか、わたしにはわからない」

「おれの心臓《ハート》ならだいじょうぶだ」胸のなかで激しく打っているから、それはわかっていた。

「この世は闇ばかりではないのよ、ジョー。明るいこともいっぱいある」

「おれは仲睦《なかむつ》まじくないほうの、特定交流集団《ソーシャル・サークル》（ソーシャル・ネットワークのなかで形成される個別的な集団）にくわわっている」

ラウラには、その定義がよくわからなかったようだったが、わかったような顔をしていた。

「あなたは神さまの仕事をしている」

「おれはただの男だよ、ラウラ。特別なところはない」

「ちがう。あなたは特別よ。悪魔がこの世を奪おうとして戦っている。邪悪なやりかたで。あなたはこの世のために悪と戦う」肩をすくめた。「悪魔と戦っている」自分の論理で締めくくった。「あなたは神さまの仕事をしている」

「ありがとう」ジェントリーはいった。ときどき、自分はいったいなにをやっているんだろうと思う。ラウラの持論はジェントリーにとってはひとつの意見にすぎなかったが、それでも、それを聞くのは気分がよかった。

「眠らないと」ジェントリーはいったが、ラウラはベッドから離れようとしなかった。

「いっしょにいちゃだめ？　きのうの夜みたいに。そばにいちゃだめ？」

「いいよ」気乗りのしないふうをよそおって、ジェントリーはいった。ラウラには見抜かれているにちがいない。

手をのばして、明かりを消し、仰向けに寝た。靴もズボンもシャツも脱がなかった。拳銃はサイドテーブルに置いてある。

ラウラがそばで丸くなり、片手をジェントリーの胸に置き、濡れた頭を肩に乗せた。ラウラは身長が一五〇センチくらいだが、ベッドはふたりの体でいっぱいになった。じきにラウラが脚を動かし、ジェントリーの脛《すね》に乗せた。

明かりは消えていたが、ジェントリーは目をあけていた。見えない天井を見据えて、浅くゆっくりと呼吸しようとした。

「怖いの？」ラウラがきいた。動悸が速くなっているからだろうかと、ジェントリーは思った。

「いや」すぐに答えた。「怖くない」

「だって、おおぜいがわたしたちを殺そうとしているのよ。それでも怖くないの？　わたしはすごく怖い」

「ああ、そのことか。そうだな。おれは……訓練を受けているからだろう。恐怖のエネルギーを自分に都合よく使うように。戦闘中は怖いが……それを一定の方向に向け、すくんでしまわないように訓練されている」

「科学みたいね」

「科学だ」こういう話はありがたかった。膝を曲げて太股《ふともも》に乗っているラウラの脚から、意識をそらすことができる。

「あなたに護ってもらえて好運だった」

「きみの戦いぶりを見た。ちゃんとした訓練を受けているね」

「ええ、エデュアルドが生きていたとき、よく射撃に連れていってくれたの。ただの旅行者《ツーリスト》用警察《ト・ポリス》でも、なんにでも備えておくのがだいじだと、エデュアルドは考えていたのよ。キックボクシングも習った」

「いい体をしているのがわかる」

「そうなの？」笑いを含んだ声でラウラがいった。ジェントリーは、ラウラの顔が恥ずかしさのあまりほてるのを感じた。ラウラの手が、胸をゆっくりと動きはじめた。

「いや、運動で鍛えているという意味だよ。よかったね。これがすべて終わるまでに、いろいろな技倆《ぎりょう》が必要になるかもしれない。道路で黒服組にばったり会ったら、やつらがなにを――」

「ジョー」

「うん」

「キスしてもいい？」

いいよ、と心のなかでつぶやいた。だが、「それはまずいと思う」といった。

「どうして？」

どうしていけないのか、ジェントリーにはわからなかった。エディーのこと、眠らなければならないこと、おれが何者でどういう人間か知らないだろうといったことを、たどたどしくいった。

「馬鹿ばかしい。エデュアルドは、だれか見つけたほうがいいといってたわ。いい男を見つけろって」

「ラウラ、おれはいい男じゃない。ただの男だ。助けようとしているだけだ」

「それじゃ、助けて」

「なにを――」

「わたしを助けて」

ラウラが、ジェントリーの上に乗り、顔のほうに身を乗り出して、口にそっとキスをした。ジェントリーは目を瞠《みは》り、キスに応えなかったが、逃げもしなかった。ラウラがもう一度キスし、ジェントリーは石のように体を硬くしたが、三度目のキスでゆっくりと目を閉じた。

目をあけた。「待って」ジェントリーはいった。

「だめ」ラウラが答えて、全身でもたれて、両腕で首を抱き、今度は舌を入れたキスをした。

ジェントリーにはラウラが見えた。目をあけると、闇に慣れていて、ラウラがぎゅっと目を閉じ、唇や頬や首にキスするときに、濡れた前髪が頭の動きにつれて揺れるのが見えた。急にラウラが動きをとめて上体を起こし、ジェントリーの腰に重みがかかった。自分の両手がラウラのほうへ動き、腰をしっかりと抱いていることに、ジェントリーは気づいた。

ラウラがジェントリーを見おろした。窓から射し込む明かりで、はっきりと見えた。「ジョーっていう名前じゃないでしょう」

ジェントリーはただ首をふった。

「ほんとうの名前を教えて。セックスするときに、ジョーって呼びたくないから」

ジェントリーは、目をぱちくりさせた。セックス？　また首をふった。

ラウラがいった。「お友だちにどう呼ばれているか、教えて。幼いころの呼び名とか、自分に大切ななにかでもいいから」

ジェントリーは、違反者《ヴァイオレイター》という暗号名を教えそうになった。英語とスペイン語の単語はよく似ている。だが、そう呼ばれたくはなかったので、ちょっと考えてからささやいた。

「シックスと呼んでくれ」

「六《セイス》？」ラウラの目で、混乱と欲望が入り混じった。

「そうだ」

「わかった《ビエン》、セイス」納得すると、ラウラはポロシャツを脱いで、ブラをはずし、二台のベッドのあいだの床に落とした。それから、ジェントリーのシャツのボタンをはずした。ジェントリーは、ラウラの手を一瞬押さえて、ボタンから引き離そうとしたが、ほんとうはやめてほしくなかった。エディーとエルネストのことを思った。ラウラを護るためだったら、ふたりはなんでもやったはずだ。それに、ラウラに危害をくわえようとしている連中のことを思った。これまでラウラを護ってきたが、誘いに応じたら、傷つけることにならないだろうか。ラウラが身を乗り出して、キスをした。こういうのはあいかわらず苦手だと思いながら、ジェントリーは目を閉じて、口をあけた。

携帯電話が鳴った。

ジェントリーはほうっておいた。

ラウラもそれに目もくれなかった。

鳴りつづけた。とまり、また鳴った。

こんなときに、やめてくれ。

ラウラはそれに目もくれなかった。

「大使館の男にちがいない」やっとのことで、そういった。携帯電話に手をのばそうとしたが、ラウラがジェントリーの頭をしっかと抱えて、口を押しつけていた。

揉《も》み合うようにして、離れなければならなかった。「もしもし」

「やあ、同国人。晩《おそ》い時間にすまないが、おれはオフィスで深夜残業してる。で、いくつかききたいことがあるんだ」

「わかった。いいよ」

ジェリー・フレガーが、ガンボア一家四人の以前の職業について、細かいことを質問した。労働ビザのために職業を記入する必要があるし、でっちあげてもかまわないが、書類の情報が正確なほうが、国境の向こう側の吟味にも耐えられる、と説明した。

ジェントリーは、ラウラに相談して、フレガーの質問に答えた。頭の半分では、邪魔がはいったせいで自分とラウラの欲情が冷めればいいと思っていた。昔の友人の妹に手出しをして思いを遂げようとしているのが、うしろめたかった。だが、あとの半分では、携帯電話に邪魔されたところから再開できればいいと思っていた。

五分後、ジェントリーとラウラは、途中でやめたところからはじめていた。ラウラが上に乗って、ジェントリーの顔が大切な宝物であるかのように、キスの雨を降らせた。ジェントリーの力強い腕は、そのあいだずっとラウラの体をぎゅっと抱き寄せていた。

シャツを脱ぐために、ラウラに上半身を引き起こされたとき、ジェントリーは心配になっていた。前に女と寝てから、どれぐらいたっているのか、思い出せなかった。ラウラにというより、自分に向かっていった。「こういうのは……教わっていない」

「教わる？　なんの話？」

「気にするな」黙れ、ジェントリー、しゃべるんじゃない。

「たいがいのひとが、これを教わると思ってるの？」

「いや……ただ――」

「わたしが名人かなにかだと思ってるの？」

「そんなことは――」

「変なひとね、シックス。ほんとうに好きだけど、すごく変」

「ああ」

ジェントリーは、それからしばらく自意識過剰になっていた。廊下から足音が聞こえただけで、注意がそれた。だが、足音が遠ざかって消えると、自制心がそのあとをついていった。

ラウラの小さな指先が、ベルトにかかった。つづいて、ウェストからはずされた。チノパンのボタンがはずされ、もうラウラをとめられなかった――ただ見ていた。ズボンを脱がすと、ラウラがまた体の上に乗った。左太股にラウラの手が触れると、ジェントリーはうめき声を発した。

「ごめんなさい」といって、ラウラが脚を調べた。もう三週間も前の深い裂傷のあとを、繊細な指先で上下になぞった。

「どうしたの？」

「鰐《わに》だ」ジェントリーはいった。あのアマゾンの支流から、意識は一〇〇万キロメートルも離れていた。

ラウラが笑った。「鰐？」スペイン語でいい、また笑った。「嘘でしょう。秘密ばかりなのね」心臓の上あたりの胸に手を置いた。その手をどかして、そこにキスをした。「秘密にしてもいいのよ、シックス。心のなかに入れといて。でも、そこにわたしのはいる隙間もこしらえて。いい？」

「いいよ」と答え、ジェントリーはもうあらがわなかった。ゆっくりと上半身を起こして、ラウラの口にキスし、そっと仰向けに倒した。

ラウラの体は温かく、引き締まっていたが、緊張した硬い筋肉をもっちりしたやわらかな肉が包んでいた。速い鼓動が感じられた。ラウラは採点のために冷静に眺めている教官とはちがい、自分と心をひとつにしていると知って、ジェントリーはほっとした。ジェントリーの動きが遅くなると、ラウラが引き寄せた。ジェントリーが深く息を吸うと、その口を口で覆《おお》った。窓やドアにジェントリーが顔を向けると、ラウラがその頭を両手でつかみ、自分のほうを向かせた。ジェントリーが太股の痛みにたじろぐと、ラウラが自分の上にのしかからせ、痛みが去るまでキスをした。

そしてようやく、ドアや窓は意識から消えた。もはや危険も痛みもなかった。すべての危害を避け、この小さなベッドにいるふたりだけしか、存在しなかった。

ふたりは何時間も愛し合った。

ジェントリーは、何年も味わったことがないような深い眠りから目醒めた。まわりのベッドが陽射しで温まっていた。

ラウラがそこにいた。ジェントリーにくっついて体をぎゅっと丸め、肘の内側に小さな顔を乗せている。左手はジェントリーの胸に置いていた。ラウラの呼吸、体の温かみ、肌の香り。なにもかもがすばらしかった。

その肌が香ることすら、ジェントリーは知らなかった。

ラウラは、身動きしなかった。ジェントリーはラウラの顔を見おろし、豊かな唇と鼻先だけが目にはいった。短い漆黒の髪が、すこしもつれている。もっとも長い房は、短いゴムバンドを使い、耳のうしろで束ねていた。

エディーのことを考え、ジェントリーは肝を冷やした。これは過ちではないか？　突拍子もない罪の意識が、どこからともなく襲いかかった。こんなふうに感じるのは、生まれてはじめてだった。友人の墓地に立ち、別れを告げたときのことを思い出した。三日後に、その妹とセックスをしている。エディーが生きているあいだには、なんとしても護ろうとしていた大切な妹と。

ジェントリーが目をあけると、ラウラが見あげた。

「だいじょうぶ？」ジェントリーは、おずおずときいた。

ラウラがキスをした。ジェントリーは肝を冷やしたのを忘れた。

「何時？」ラウラがきいた。

「寝坊した。もう出かけないと」

「どこへ行くの？」

「車がいる。ガソリンを入れて、出発できるようにしておかないといけない。フレガーと会って書類を手に入れたら、国境を目指す。交替で眠り、夜通し走る。あすの午後三時には、きみの家族と合流できるはずだ」

「車を盗むのね？」ラウラが、溜息をついた。「車を盗まれたひとに弁償するために、わたしがアメリカで仕事を見つけられるようにしてね」

一家といっしょにこっちも国境を越えると想定しているのだ。書類がないことは前に話したが、もしかしてフレガーとのあいだで話がついたと思っているのかもしれない。

くそ。嘘をつきたくはない。だが、ラウラがこのメキシコにいると危険なように、自分はアメリカにいるともっと危険なのだと説明するわけにはいかない。あらたな罪の意識が、べつの方向から襲いかかった。国境の向こうでもいっしょにいられると思ったから、ラウラはセックスをしたのではないか？

これが終わっても、ラウラといっしょにいられる方法はないだろうか？

あくびとのびをしながら、ラウラはジェントリーにしがみついた。

「ほんとうに起きなきゃならないの？」笑いを含んだ声で、ラウラがきいた。

ジェントリーは、廊下の足音を聞いた。それに耳を澄ましながら答えた。

「そうだ、起きないといけない。勝手のわからない街で〝大自動車泥棒《グランド・セフト・オート》〟（クライムアクションゲーム）をやるには、時間がかかる」

「ヌエストラ・セニョーラ教会にちょっと寄れない？ ちょっとでいいから」

ジェントリーは、溜息をついた。そういわれるのを予想しておくべきだった。セックスまでしたのに、ラウラの教会好きをすっかり忘れていた。

「十五分だけだ。さもないと――」

ジェントリーは、話をやめた。

「なに《ケ》？」

無言で、部屋の向こうのドアに注意を向けた。

「なに？」

ジェントリーはすばやく上体を起こし、サイドテーブルからベレッタをつかんだ。ドアに狙いをつける。ドアは、テレビとチェストに半分隠れていた。首をすこし傾げたまま、ジェントリーはなにもいわずにいた。

数秒のあいだ、静まり返っていた。ラウラも言葉を切り、息を呑んで、ベッドに起きあがったアメリカ人の筋肉隆々の背中を見つめていた。左肩甲骨《けんこうこつ》の醜い傷痕に目が留まったが、喉から心臓が飛び出しそうだった。彼はなにかを聞きつけたのだろうか？

ジェントリーは、身動きしなかった。ドアに拳銃を向け、音のほうに小首をかしげていた。ボクサーショーツだけの姿で、ゆっくりと立ち、首を右にまわして、下の通りを見ようとした。拳銃はドアを狙ったままだった。

ドンセレス通りを見おろした。駐車している車が数台。往来はない。通行人もいない。閑散としている。ふつうの朝にしては、静かすぎる——。

目の前に、上からおりてきた黒いブーツが現われた。窓を蹴ろうとしている。ジェントリーは脅威の方角に拳銃を向けようとしたが、うしろでドアが爆発する音がした。ふたつの脅威に挟まれ、銃口はまだ向きを変えている途中だった。

裸の胸から一メートルと離れていないところで、ガラス窓が砕け、透明な破片が四散した。黒いブーツがくり出され、ジェントリーにまともに命中した。

ジェントリーはうしろ向きに吹っ飛び、一回転して、拳銃が右手から離れた。懸垂下降して窓から突入した連邦警察官の姿が、一瞬見えた。その男は尻餅《しりもち》をついたが、すばやく体勢を立て直し、向かいの床に倒れているジェントリーにMP5の狙いをつけた。

左手から二度目の爆発が聞こえた。テレビとチェストが、部屋のなかを吹っ飛んで、壁にぶつかった。その残骸《ざんがい》の向こうから、つぎつぎと男たちが突入してきた。ふたり、四人、やがて六人になった。目出し帽にゴーグルをかけ、サブ・マシンガンを持ち、防弾衣をつけた連邦警察官。ドアと障害物を吹っ飛ばした爆薬の煙でぼやけ、いっそう不気味な姿に見えた。

懸垂下降してきた警官が立ちあがり、ガラスが踏みしだかれる音がした。

ラウラが悲鳴をあげた。

ジェントリーは両手をあげ、ラウラに向かっていった。「動くな！　いわれたとおりにしろ！　おれたちは捕まったんだ」

37

セダンの後部フロアは熱かった。三人分のブーツが、うつぶせにされたジェントリーの背中、尻、脚を押さえつけていた。絶縁テープで口をふさがれ、うしろ手に手錠をかけられ、黒い頭巾《ずきん》をかぶせられて、いっそう息苦しかった。しばらくすると、汗がひどく目にしみて、悲鳴をあげたが、テープのせいでくぐもった音しか出なかった。声をたてるたびに、後頭部にブーツのヒールが食い込み、黙らされた。胸がガラスの破片で切れているのがわかり、血と汗がゴムのフロアマットを濡らしている生ぬるい感触があった。肩に体重をかけて痛みを楽にしようとしたが、そうすると頭巾に顔を押しつけてしまい、ほとんど息ができなくなった。

MP5の減音器《サプレッサー》が、腰のうしろに押しつけられていた。セダンが道路のでこぼこを越えるたびに、それが肉に食い込んだ。

カーラジオからメキシコのダンス音楽が流れていて、上の男たちがなにを話しているにせよ、けたたましいアコーディオンやシンバルを打ち鳴らす音のせいで聞き取れなかった。

ラウラもべつの車にほうり込まれたにちがいないと思った。手錠をかけられ、口にテープを貼られるときに、ホテルの正面におなじような特徴のない四ドア・セダンが何台かとまるのが、窓からちらりと見えた。頭巾をかぶせられてなにも見えなくなる前に、ラウラのほうを盗み見た。ラウラの大きな目が、激しい恐怖のためにいっそう見ひらかれていた。男たちがラウラをベッドにうつぶせにして、手錠をかけていた。

ラウラは裸だった。

彼らがほんものの警官なのか、あるいは本物の警官だとしても、悪党なのかそうではないのか、ジェントリーにはまったく見当がつかなかった。どこへ連れていかれるのかもわからない。メキシコシティに生まれ育った都会っ子でも、頭巾をかぶせられてうつぶせになり、何十回も角を曲がったら、居場所がわからなくなるはずだ。

ようやく車がとまり、肩をつかまれてひきずり出された。全身が汗にまみれていたために、手袋でつかもうとした男たちの手が滑った。脇を抱えられて無理やり歩かされ、陽射しのもとを離れて、広い部屋らしい反響が聞こえた。なおも進まされて、音からして荷物用エレベーターらしきものに乗せられ、三階以上、下っていった。

エレベーターをおりると、数メートル押されて、向きを変えさせられ、手錠をはずされて、冷たい鉄格子にうしろむきに押しつけられた。フェンスかもしれない。両腕を同時にのばされ、体から離れたところで、また手錠をかけられた。左右の腕にふたりずつ取りついていた。内股を蹴られて、脚をひろげさせられ、股を大きくひらいた格好で足首に鉄の枷《かせ》がはめられた。

背中、腕、脚、尻が、冷たい金属に押しつけられていた。

長い冷たい鋏《はさみ》が、ボクサーショーツにはいってきた。鋭い金属の感触に、身を引こうとしたが、動けなかった。ショーツが切り落とされた。ジェントリーはいまや素っ裸で手足をひろげ、冷たい金属に固縛されていた。

寒さのためにふるえはじめた。

そこでようやく頭巾が取られた。髪と顎鬚《あごひげ》から湯気が立ち、一瞬視界がさえぎられた。睫《まつ》毛《げ》から大きなしずくが頬に垂れて、鬚のなかを顎へと伝い落ちた。

そこは石造りの四角い地下室だった。六メートル四方で、天井が低く、床はコンクリートだった。天井のまんなかの裸電球一本が、部屋のなかごろと壁のほとんどを照らしていたが、隅のほうは真っ暗だった。かび臭かったが、においはそれだけではなかった。

まがいようのない死の臭気が漂っていた。ここは殺戮の館、拷問部屋だ。壁には乾いた血痕があり、コンクリートの床にはまんなかの排水口に向けて、どす黒い血の流れの跡が残っていた。

ジェントリーの向かいには、貨物用エレベーターの木のドアがあった。その脇に、ドアのない狭い階段がある。

あたりに男四人が立っていた——ふたりは連邦警察の制服を着ている。目出し帽、ゴーグル、ヘルメットは、はずしていたが、サブ・マシンガンはチェストリグから吊っている。

あとのふたりは、革のエプロンをかけていた。メキシコ人で、警官ではなかった。陰気で凶悪な感じだった。ひとりは小柄で肥っていた。頭が禿《は》げて汗にまみれ、上の明かりを受けて光っていた。ジェントリーの左前方一八〇センチくらいのところにいて、カート付き作業台でなにやら真剣に手を動かしていた。もうひとりは二十代とおぼしい若者で、おなじいでたちだった。

　こいつらが拷問係にちがいない。

　そこに黒服組がひとりもいないのを、ジェントリーははじめのうちはいい兆候だと思ったが、希望の光を探すのには苦労した。自分が素っ裸で固縛されている鉄のフェンスのすぐ前に、台車に載せた自動車用バッテリーがあり、カート付き作業台の金属製の奇怪な装置に向けて、コードがくねくねとのびていた。その装置からべつのコードがのびて、フェンスに大きな鰐口《わにぐち》クリップでつないである。

　ジェントリーはこういうことに詳しい。電気ショック拷問装置は、見ればすぐにそれとわかる。そしていま、素っ裸でそれに固縛されている。

「地獄にようこそ」肥った男が、スペイン語でいった。「恐怖を味わわせ、苦しめ、じわじわとおまえの命を絶つまで、わしがおまえのツアー・ガイドをつとめる」

　ジェントリーは黙っていた。

「わしはちびのヤブ外科医《エル・カルニセリト》と呼ばれている」禿頭《はげあたま》の肥った小男が、作業に気をとられながら、そういった。カート付き作業台の道具をならべ替えながら、話をしていた。鋸《のこぎり》、ハンドドリル、裸電球の光を浴びてギラギラ光るステンレスのハンマー、ナイフ、鉗子《かんし》、ケリソン骨鉗子、その他の外科手術用器具が、テーブルのいくつかの棚にびっしりとあった。道具から目をあげないで、小男がつづけた。「わしはダニエルお頭《かしら》のところで働いてる、苦痛をあたえて、情報を明かしたがらないやつの口を割る。その仕事がいたって得意でね」

「おまえのおふくろは、さぞかし自慢だろうよ」ジェントリーは、強がってそういったが、本心はその反対だった。拘束されている手足を引いたり蹴ったりしたが、この仕掛けから逃げることはできない。

つまり、一巻の終わりだ。

ヤブ外科医と名乗った小男は、にやりと笑っただけだった。「こいつはわしの弟子だ」エプロンをかけた若者のほうへ、肥った手をふった。それから、また作業を再開した。小男が装置のダイヤルをすこしまわすと、背骨を電気が流れるのが感じられた。黒い装置の表面のダイヤルを、小男がちらりと見た。苦痛がなかったところを見ると、ただのテストだったのだろう。ダイヤルを戻し、自分の獲物のほうを見た。

「電気は、わしが使う手段のひとつにすぎない。これから何時間か、信じられないような苦しみを味わわせてやろう」

小男が歩を進めて、ジェントリーの体に近づき、連邦警察官が窓から突入したときにできた切り傷から、手袋をはめた手でガラスのかけらを引き抜きはじめた。ジェントリーは痛みにたじろいだが、できるだけ顔の表情を崩さないようにした。どれほど痛いかを教えて、このサディストを勢いづかせるのはまっぴらだ。

小男がにやりと笑った。なにか考えが浮かんだのだと、ジェントリーにはすぐにわかった。さっと向きを変えて、弟子のほうへ行き、小声でなにやら命じた。弟子がうなずき、足早に階段をあがっていった。

その男が駆けあがる足音が聞こえなくなると、カッカッというあらたな足音が上から響いてきた。ひとりは黒服だった。若く、身なりが整い、髪が短く、顎鬚と口髭を生やしていた。

犯罪組織の上層部にお決まりの組み合わせだ。ヘッケラー&コッホUMPサブ・マシンガンを、右肩に吊っていた。

男の高級スーツとさっぱりした顔は、地下の地獄の穴のむかつく光景や悪臭とは、まったくそぐわなかった。

その隣の男も、地下牢とは対照的だった。アメリカ人。色白で、痩《や》せて、茶色い髪に癖があある。しわくちゃの半袖シャツにチノパンという格好だった。

ジェントリーは目を剝《む》いた。

ジェリー・フレガー。

明かりのなかに出てきたフレガーを、ジェントリーは睨《にら》みつけた。冷ややかにいった。

「わが同胞アメリカ人」

若いアメリカ大使館員は、あたりを見まわした。ここに連れてこられたことに、肝をつぶしているにちがいない。自分の領分ではないところに来て、狼狽《ろうばい》し、怯《おび》えている。隠そうとしていたが、ジェントリーはフレガーの顔に恐怖を見てとった。

「こいつがまだ生きている理由がわかるか?」部屋にはいりながら、フレガーが周囲の男たちにスペイン語でいった。

きょろきょろと見まわしていた。死のにおいを嗅《か》ぎ、壁と床の血痕に目を留めたにちがいない。ここがどういう場所か、わかっているのだ。ここでなにが行なわれるかを知ったのだ。

それをふり払い、ジェントリーのほうを見た。「おれはアメリカ人なのさ。これがアメリカの流儀だ。どうしてもここに来るといった……この事業で自分の権益を護るために」

ジェントリーはいった。「やつらはあの女を殺すつもりだ。女の義姉と腹のなかの赤ん坊を殺そうとしている」

フレガーがうなずいた。はっきりとではなかったにせよ、うすうす察していたようだ。

「気の毒にな」

「金のためか？」

フレガーがうなずき、それから肩をすくめた。「じつは金だけじゃない。声明を出すのさ」

「声明？」

「ここが大嫌いだっていう声明だよ」

「メキシコを憎んでいるのか？」

「もちろんだ。あんたは？」

ジェントリーは答えなかった。

「ああ、まあ、あんたはさかりのついたメキシコ女とやってるからな。気に入ってるだろう」

「それでも教育のある外交官か。やれやれ」

「デンマークに行ったことは？」

ジェントリーは嘘をついた。「ない」

「デンマークは糞だ。おれはデンマークの大学に行った。デンマーク語がしゃべれるし、コペンハーゲンの裏通りを掌《たなごころ》みたいに知ってる。国務省に採用されたとき、本省《フォギー・ボトム》の馬鹿ども、おれをどこに配属したと思う？　デンマーク？　フィンランド？　ノルウェー？　はずれ！　メキシコだ！　冗談じゃねえよ。四年間、メキシコ人どものビザのスタンプを捺《お》しているんだ。もうごめんだ！　だから、ここにいるあいだに、ついでに金を稼ごうというわけだよ」

「ラウラをデ・ラ・ロチャに引き渡して、礼金をもらうんだな？」

フレガーが、にやりと笑った。「ああ……わかってないな」

「なにがだ」

「デ・ラ・ロチャに女は渡す。しかし、そっちは無料《ただ》だ。あんたをCIAに渡すほうで金を稼ぐ」

ジェントリーは首をふり、ゆっくりといった。「ジェリー、ジェリー、ジェリー。ちょっと頭を使え。領事部の職員が黒服組に協力したと知ったら、CIA本部《ラングレー》の連中はどうするかな？　コペンハーゲンには行けなくなるぞ」

フレガーが、目の前の裸の男の千倍も頭がいいと思っているように、またにやにや笑った。「CIAに渡すのは、黒服組がやる。それから、そいつらがこっちに礼金を渡す。金をもらったら、おれはここを逃げ出す。あばよ、メキシコ。あばよ、国務省」

「なにもかも考えてあるようだな」

「デ・ラ・ロチャ本人と取り引きした」

「悪魔との取り引きは、長い目で見ればたいがい引き合わない」

「やつはビジネスマンだし、おれもビジネスマンだ。なにもかも申し分ない」フレガーはそこで、ふたりが英語でしゃべっているあいだ、辛抱強く立っていたちびのヤブ外科医のほうを向いた。スペイン語でいった。「それは電気ショック装置だろう？」

ヤブ外科医がうなずいた。

「それじゃ、おれのためにこのくそったれにちょっと電気をかましてやれ、大将」

ヤブ外科医がにんまり笑い、テーブルから古い革の財布を取った。「口をあけてくれ。おまえから話をきかなきゃならないから、舌を嚙《か》まれたら困る」

ジェントリーは、いわれたとおりにした。なにが起きるかは知っていた。革をくわえていたほうがいいことも知っていた。ジェントリーが舌をひっこめて、財布を強く嚙むと、ヤブ外科医がダイヤルをまわした。

爪先から肛門や首まで、電流が体を引き裂いた。ジェントリーはのけぞり、目玉が飛び出し、財布の奥の喉深くから、ふるえを帯びた悲鳴がほとばしった。

数秒後に、ダイヤルが戻された。ジェントリーの顔と胸に、あらたな汗が噴き出した。

ヤブ外科医が、つかのま拷問をやめた。ジェントリーの口から財布を取った。「エレナ・ガンボアはどこだ？」

「〝くそくらえ〟は、なんていうんだ《コモ・セ・ディセ》？」

財布が口に戻され、ジェントリーは嚙んだ。また全身で電流が脈動した。頭が勝手にうしろに動き、フェンスに激突した。

拷問が中断した。財布がとられた。おなじ質問がくりかえされた。

「エレナ・ガンボアはどこだ？」

「おれのケツに――」

財布が戻された。電気ショックが強められ、痛みが激しくなった。筋肉が痙攣《けいれん》して、体があちこちによじれた。

黒服の男と連邦警察官ふたりが、見物していた。

ジェリー・フレガーは、顔をそむけていた。

数分後、装置の技術的な不具合で、ジェントリーはしばらく苦痛を味わわずにすむようになった。ヤブ外科医が電気ショック装置をいじくっていると、弟子が食料品店の袋を持って、階段をおりてきた。

ジェントリーはぼやけた目で、その男の動きを追った。テーブルに近づいた弟子が、袋の中身を出した。

プラスティックのピッチャー、塩の大袋、胃がただれそうな安物のテキーラ一本、大きな袋にいっぱいのライム。

ジェントリーはうめいて、ずたずたになった革の財布を口から床に吐き出した。怖れているのを態度に出したことを、すぐさま後悔した。この小男が増長する。小男が、装置から離れて、ライムを半分に切りはじめた。弟子もライムを切り、ふたりとも海の家で働いているバーテンみたいに見えた。弟子に手伝わせてふたりでライムを搾《しぼ》り、ピッチャーに入れてから、皮も刻んでいっしょに入れた。

弟子が、その上からテキーラを注いだ。ヤブ外科医が、塩の袋をあけた。

ジェントリーは、なんとか茶化した。「おれは塩なしで飲むよ」

あとのメキシコ人三人が、興味津々《しんしん》で見ていた。三人が笑い、冗談をいい合ったが、ジェントリーはどんなおもしろいことをいったのかを聞き取るのに集中する気分ではなかったので、さっぱりわからなかった。

ピッチャーがテキーラ、塩、ライムジュースでいっぱいになると、ヤブ外科医がそれを持って、裸の囚人のほうへ歩いていった。ジェントリーの顔の前で掲げ、確実に注意を惹《ひ》くために何度か平手打ちをしてから、右乳首の下に刺さっていた小さなガラスの破片をいじくった。

「腫《は》れている傷口にこれがはいったら、どんな感じか、想像できるか?」にやにや笑いながら、ヤブ外科医がいった。

ジェントリーは、黙っていた。

「これから、セニョーラ・ガンボアがどこに隠れているかときく。しかし、お願いだ……お願いだから、いわないでくれ。これをやりたいからな!」

エレベーターのそばの三人が笑った。フレガーが顔をそむけた。

ジェントリーはうなずき、長い息を吸って、残忍なちびのメキシコ人の顔に唾《つば》を吐いた。

弟子が駆け寄って、ジェントリーの鼻を殴った。

ヤブ外科医は、唾を拭こうともしなかった。それどころか、にっこり笑った。「わしの仕事を楽しくしてくれるじゃないか。二時間後に、おまえの首を生きて呼吸してじたばたしている体から鋸《のこぎり》で切り落とすころには、悲しくなるだろうよ。楽しい一日が終わるのが惜しくて」

そういいながら、ピッチャーを持ちあげて、刺激性の液体を傷だらけの裸体に注ぎ、両手で塗りたくって、傷口の奥まですり込み、ジェントリーの悲鳴よりひときわ高く、鶏《にわとり》の鳴き声のような笑い声をあげた。

一分後に、エレベーターが地上階から呼ばれて昇っていった。連邦警察官ふたりがイヤホンに手を当て、黒服が携帯電話を見て、電話を受けそこねていたことに気づいた。狭い部屋で甲高《かんだか》い苦悶の声が響いていたせいで、呼び出し音が聞こえなかったのだ。

黒服が発信者をたしかめる前に、警官のひとりが、かすかに身をこわばらせ、ヤブ外科医のほうを見た。「DLRが来た」

ジェントリーは、苦悶《くもん》のうめきを発しつづけた。

すぐにエレベーターがおりてきた。どすんと音をたてて到着するまで、三十秒かかった。木のドアが上にひらいた。黒服の三人が現われた。暗いせいでぼんやりとしか見えない。

ジェントリーは、苦痛に身をよじった。だれも注目していなかった。筋肉のひくつきの名残が数秒後におさまると、新手の三人のなかにデ・ラ・ロチャがいるのに気づいた。

38

デ・ラ・ロチャは、アメリカ人を食い入るように眺めた。フレガー、ヤブ外科医、その若い弟子、ラ・アラニャのナンバー・ツーのカルロス、車からここへ囚人を連れてきた警官ふたりは、暗く寒い部屋の脇のほうに立っていた。ダニエル、エミリオ、ラ・アラニャが歩を進め、囚人に近づいた。

ダニエルが、アメリカ人の鼻先から九〇センチのところで立ちどまった。

「おまえか？　おまえなのか？」

ジェントリーは睨《にら》み返した。

非の打ちどころのない服装のダニエルが、スペイン語でいった。「わたしが予想していたのは……なんというか、ランボーみたいな」一同が爆笑した。男が英語でつづけた。「おまえのせいでだいぶ迷惑した、アミーゴ。好奇心からきくんだが……なぜだ？」

目立たない男《グレイマン》の異名をとるジェントリーは、答えなかった。口がきけるかどうかもわからない。歯が鳴っていた。

ダニエルは肩をすくめ、さまざまな装置や手術器具が置かれたカート付き作業台を見おろしてから、囚人のほうを向いた。

「わたしの友だちと、どんなお楽しみをやっていたんだ、でぶ《ゴルド》？」

「まだ電気ショックだけです。それと、ガラスの破片による外傷を利用しました」空《から》になったピッチャーを差しあげた。ダニエルがそれを嗅《か》いだ。一瞬眉をひそめてから、にやりと笑った。「グリンゴ・マルガリータか」

「シ、ダニエルお頭《かしら》」

「たいへん結構《ムイ・ビエン》。ロバ追いの突き棒《プロッド》はまだ使っていないのか？」

「まだです。ご覧になりますか？」

ダニエルは、天を仰いでみせてから、部下たちのほうを向いた。「ご覧になるかだと？」

ジェントリーのほうに向き直った。「そんなものが見たいのはホモ《マリコン》だけだ。おまえの睾丸《ウエボス》に家畜用の突き棒を押しつけて電気を流すのを見ないですむように、専門の拷問係を雇っているのに」

ジェントリーは、下唇を嚙んで、ふるえをとめようとした。

ダニエルは、拷問係のほうを向いた。「エレナ・ガンボアのことは、なにかわかったか？」

「まだなにも。やつは、そっちのアメリカ人《ノルテアメリカノ》と英語で話をしていました。わしには皆目《かいもく》わかりませんでした。でも、役に立ちそうなことは、なにもしゃべっていません。なかなか手強いやつで」

ダニエルは、フレガーを一瞬見てから、カルロスに目を向けた。カルロスは英語がわかるし、アメリカ人ふたりが話をするあいだ、この場にいた。

「なにもないです、お頭《ヘフェ》」

ダニエルは、フェンスに固縛されている男のほうに向き直った。「腰にきれいな傷痕がある な。太股《ふともも》にも古い銃創がある」近づいて、それを見た。「せいぜい一年前だな」指先で、ジェントリーの顔を左に向かせた。「首に火傷《やけど》の痕。もっと古い。五年か」

返事はなかった。

「顔と腕の小さな切り傷は？　胸の痣《あざ》は？」ダニエルは、肩をすくめた。「苦痛と無縁ではないようだな。おまえから情報を引き出そうとするわれわれの奮闘に抵抗するかもしれない。どうでもいい。エレナの義妹を捕らえてある。昨夜おまえたちは寝たそうだな。われわれの文化の味わいを楽しめたか？　ラテン系の女は激しく燃え、すこぶる情熱的になるんだよ。おまえがしゃべらないのなら、女のほうを責めてみよう。われわれが使うテクニックで、その情熱はあっというまに冷める。一時間でゾンビに変えてやる」ダニエルは、ジェントリーに笑みを向けた。

そして、きいた。「いま、エレナ・ガンボアはどこにいる？」

引きのばされている腕で、ジェントリーは精いっぱい肩をすくめた。

「あの女をアメリカに行かせるよう手配したことが、わかっているんだぜ」

拷問を受けている目の前の男からは、なんの返事もなかった。

「女はメキシコから出られない」ダニエルはつづけた。「どうしてそこまでやる？　おまえの家族じゃないだろう？　おまえに家族はいるのか？」答はなく、ダニエルはさらにいった。

「家族はこの世でもっとも大切なものだと思う。どうなんだ？」

ジェントリーは、その機会に乗じて、落ち着きを取り戻そうとした。できるだけ力強い声で答えた。「おまえが死んだら、家族はさぞかし悲しむだろうな」

「ハハハ。脅しか？　やっと口をきいたと思ったら、こいつ、わたしを脅したぞ、ヤブ外科医」

「シ、親分《パトロン》」肥った小男は、ぼろぼろになった財布をくわえさせないで、ダイヤルをまわした。ジェントリーは半狂乱になった。体が勝手に動き、苦痛から逃れて安らぎを見つけたいという必死の願いを除くすべての思考が停止し、胸のなかで心臓が早鐘《はやがね》を打った。潜っていると、上に鰐《わに》が来て、ショットガンが見つからず、鋭い歯がどんどん迫ってきたときのように——。

ヤブ外科医が、ダイヤルを戻した。

疲れ果てて、ジェントリーはがくんと首を垂れた。下を見ると、小便を床に撒《ま》き散らしているのがわかった。裸体から小便と血にくわえて、汗がしたたり落ちていた。舌を嚙まずにすんだのはさいわいだった。

ようやく顔をあげたとき、階段からラウラが部屋に押し込まれるのが見えた。前で両手を縛られ、黒服ひとりがうしろから押している。ラ・アラニャにラウラを引き渡すと、黒服は向きを変え、階段を昇って見えなくなった。

苦痛を味わっていても、ジェントリーはラウラの前で失禁したのが面目なく、誇りを傷つけられた。

ラウラは、ブルーのコットンのウォームアップパンツに白のタンクトップという、簡素な身なりだった。右目のまわりが黒と赤に変色している。唇が腫《は》れている。ラウラが立っているところは薄暗かったが、拳がすりむけて血にまみれているのが見えた。

反撃していたのだ。

偉い女だ。

ダニエルが近づいた。「もうすこしで、わたしのスーツに小便をかけるところだった。そんなことになったら、ものすごく腹を立てていただろうな」

ラウラの肩を押さえている男のほうを向いた。「ラ・アラニャ、明るいところに女を連れてきて、白人野郎《グリンゴ》の前で四つん這いにさせろ。ふたりの愛がどれほど濃密か、見てやろうじゃないか」

男が小柄なラウラを、ジェントリーのすぐ前のコンクリートの床に押し倒した。銀色の四五口径セミ・オートマティック・ピストルを抜き、ダニエルに渡した。それを受け取ると、ダニエルはラウラの黒いボブヘアのなかに銃口を押しつけた。

「わたしの手下がどこでエレナ・ガンボアを見つけられるかを、いますぐにいわないと、このきれいな顔を吹っ飛ばす。三つ数えるなんていうまねはしない。痛めつけるという脅しも抜きだ。いまここで殺す。おまえの口から出るつぎの言葉が、ガンボア少佐の未亡人の居所でなかったら」

狭い部屋で、ラウラが叫んだ。「いっちゃだめ――」

ダニエルが、四五口径のグリップでラウラの頭を殴った。ラウラが、汚れた床に這いつくばった。茫然として、膝立ちになろうとした。

ジェントリーは顔を起こし、ダニエル・デ・ラ・ロチャのほうを見た。ゆっくりと、かなり緩慢にうなずき、低い声でいった。「わかった。わかった。よく聞いてくれ」

デ・ラ・ロチャが、デコッキングした撃鉄をもう一度起こして、ラウラの頭に強く押しつけた。「ああ、よく聞いているぜ、アミーゴ」

ジェントリーは、またうなずいた。それから、肩をすくめた。「女を撃ち殺せ。おれの知ったことじゃない」

デ・ラ・ロチャが、口をすこしあけて、じっと見つめた。うしろの黒服をふりかえった。「冷酷な野郎だな。ちがうか、ラ・アラニャ？　おまえに似てる」ジェントリーに向かっていった。「はったりだな。みごとなお芝居だが、はったりだ。この女がどうなるか、気になるくせに」アメリカ人がそういうとは予期していなかったので、しばらく考えていた。

ジェントリーはいった。「金で雇われただけなのに、ひでえ目に遭うもんだ。例のアメリカ人のじじい、カリンが、五千ドルの報酬で、死んだ友だちの家族を二日ばかり世話してくれといったんだ。二千が前金、三千はプエルトバリャルタから戻ったときにもらうことになってた。カルテルが襲ってくるなんてことは、まったく聞いてない」

デ・ラ・ロチャが黒い眉を寄せ、眉間に皺《しわ》が刻まれた。ジェントリーの英語をじっくりと聞き、その言葉を推し量った。「警備員？　ボディガードだと？」

「前はな。仕事をやめたばかりだ」

デ・ラ・ロチャがラ・アラニャとしばらく相談した。なにをいっているのか、ジェントリーにはわからなかった。やがてデ・ラ・ロチャがふりむき、首をふった。

「いや、いや、セニョール。信じられん。惜しかったな。わたしの相談役が、おまえは農場をいったん脱け出してから、ひきかえして、一家を助け出したといっている。どこの雇われガンマンだろうと、そんなことをするとは考えられない」

ジェントリーは口をひらきかけたが、デ・ラ・ロチャはべらべらとしゃべりつづけた。話をさえぎられることは、めったにないのだろう。

「それじゃ、こうしよう。ここで殺すのはやめる。うちの麻薬でいかれたサディスティックな殺し屋《シカリオ》どもに、あの女のふしだらなケツ《プタ・クロ》を死ぬまで犯させる。ちょっとばかり時間がかかるだろうが、部下たちにはいい褒美《ほうび》になる。おまえの目の前で、ヤブ外科医にやらせてもいい」

ジェントリーは、革のエプロンをかけた禿頭のでぶのほうを見た。ヤブ外科医は、舌なめずりをしていた。

携帯電話が鳴った。エミリオが、スーツのズボンの前ポケットから出し、画面を見て、デ・ラ・ロチャに差し出した。受け取って発信者を見たデ・ラ・ロチャが、溜息をつき、携帯電話をひらいた。「ネストル、待てないのか？」短い間があった。「いいだろう《エスタ・ビエン》」拳銃をラウラの頭から遠ざけ、代わりに足で押さえた。イタリア製のローファーで、ラウラを押し倒すと、ラウラの後頭部をぐいと押し、コンクリートの床にうつぶせにした。小便にまみれた床にラウラを押し倒すと、デ・ラ・ロチャは向きを変えて、階段のほうへ行った。

ヤブ外科医が、ラ・アラニャと話しはじめた。ジェントリーは、ラウラの視線を捉えようとした。だが、ラウラは縛られた手をコンクリートに突いて、ひざまずき、顔を伏せていた。ジェントリーはラウラに話しかけて、きみが生き延びる唯一の途《みち》は、生きようが死のうが関係ないというふりをすることだと、伝えたかった。それでも見込みは薄い。生き延びられる可能性は低い。しかし、ほかの方法は見つからなかった。

冷酷非情にならなければならない。ラウラの命はおれを動かす梃子《てこ》にはならないというふりをしなければならない。

そのとき、ラウラが床からジェントリーのほうを見た。わけがわからないという目つきで、失恋の悲しみまでもが宿っていた。さっきの芝居がラウラのためだったということが、わかっていないように見えた。知ったことじゃないという言葉を、額面どおりに受けとめたのだ。

ジェントリーは、ラウラの悲しげな目から視線をそらし、階段のところにいる麻薬王を見た。こちら側の話は聞こえたが、早口でメキシコの俗語が混じっていたので、ほとんど理解できなかった。それでも、やりとりの一部を聞き取った。

「それはだめだ。情報を聞き出すのに時間がかかる。二十四時間——いいだろう。ひとりだけ見にこさせてもいいが、手は出させない——やつを殺す？　結構……わかった。しかし、われわれが必要なことを聞き出したあと、死体を渡すだけだ。それをはっきりさせておけ」

デ・ラ・ロチャが電話を切り、地下牢に戻ると、ラ・アラニャと小声で相談した。しばし口論になったが、すぐに落ち着いた。デ・ラ・ロチャが、ジェントリーとラウラに向かっていった。「計画変更だ。だれかが、このくその塊《ミエルダ》の身許を確認しにくる」

フレガーが、隅のほうからきいた。「だれが？」

「CIAのだれかだ」

フレガーのつぎの言葉は、哀れっぽいきいきい声になっていた。「CIAがここに来るのか？ これから？」

デ・ラ・ロチャが、うなずいた。「こいつがやつらが探している阿呆だというのを、どうしても確認したいそうだ。まちがいなければ、CIAのやつは帰る。そのあと、われわれはこのろくでなしの白人野郎《ピンチェ・グリンゴ》を痛めつけて、必要な情報を得る」ジェントリーに向かってこういった。「そのあとでおまえを殺して、首を大使館の近くに捨ててほしいそうだ」

フレガーが、暗い隅からデ・ラ・ロチャに詰め寄った。「待ってくれ！ だめだ！ CIAのスパイが来るんなら、おれはここを出ないといけない！ 顔を見られたくない！ あんたらと組んでるのがわかれば、刑務所行きだ！」

デ・ラ・ロチャが、肩をすくめた。ジェリー・フレガーがどうなろうが、知ったことではないのだろう。それでもこういった。「おまえは獲物といっしょにここにいろ。そう指図されなかったか？ だれか、ジェリーに目出し帽を貸してやれ」連邦警察官のひとりが、カーゴパンツの脇ポケットから目出し帽を出し、フレガーのほうに投げた。目の穴を合わせるのに苦労しながら、フレガーがそれをかぶった。準備ができると、ジェントリーのほうを向いた。いくら目出し帽をかぶっていても、この囚人にばらされたらなんにもならない。無意味だ。ナイロンの目出し帽の下から、フレガーはいった。「デ・ラ・ロチャさん、もし――」

「うるせえんだよ！」デ・ラ・ロチャが、四五口径をフレガーに向けた。フレガーが口を閉じて、両手をあげて従い、壁ぎわに戻った。

デ・ラ・ロチャが、ジェントリーのほうを向いた。「おまえは友だちがすくないんだな。CIAがおまえを殺せとしつこくいっている」

ジェントリーはきいた。「見返りになにがもらえるんだ？」

「マドリガル・カルテルの南米各国政府の人脈について、CIAがDEAから情報を引き出してくれる」

フレガーが、また光のなかに出てきた。「それに賞金も。おれはそれも――」

デ・ラ・ロチャが、拳銃をまたフレガーに向けた。「銀か鉛か《プラタ・オ・プロモ》？」

「銀です、お頭《ヘフェ》。そりゃあ、お金に決まってます」フレガーがまたひっこんだ。

デ・ラ・ロチャが語を継いだ。「だから、おまえをしばらくほうっておく。相談役が、CIAが来たときには、わたしがいないほうがいいと、いい張っている。だが、女は連れていく。スパイは、ここでおまえを識別したら、すぐに帰らせる。ヤブ外科医が、それから二十四時間かけて、エレナ・ガンボアについておまえが知っていることを聞き出す。おれがそのあと一生かけて、ちっちゃなロリータがエレナ・ガンボアについて知っていることを聞き出す」

部屋は静まり返っていた。

「問題は、どっちが自分の仕事をいっぱい楽しめるかだな」

ラ・アラニャが、髪の毛をつかんでラウラを立たせた。立ちながらラウラが悲鳴をあげた。出ていく途中で、デ・ラ・ロチャが最後にもう一度、ジェントリーを見た。「おまえのせいでだいぶコストがかかった。弁償してもらうぞ」

階段を昇りながら、うしろに向かって叫んだ。「ヤブ外科医、アメリカ人の友だちジェリーを助けるために、スパイが身許確認をしにきたときに囚人が口をきけないように痛めつけておけ」

でぶが答えた。「シ、お頭《ヘフェ》」そして、テーブルのダイヤルを最大電圧にまわした。

39

黒服組が、チャプルテペック公園でＣＩＡの男を拾った。手はずどおり、赤いネクタイを締めて、国立人類学博物館の石段に立っていた。肥満体で、ブロンドの長髪が襟首にかかり、おとがいが肉に埋もれてほとんど見えなかった。一分ごとに男は肥満していた。石段の向かいの屋台で買ったドゥルセデレチェ（コンデンスミルクのようなジャム）のアイスクリームを食べ終えたところで、黒服の車が来たときには、肥った手で口の食べかすを拭いていた。

かつては頑健で引き締まった体つきだったが、すっかりたるんでしまった。現在の仕事では、体型を維持することは求められていない。

灰色のバンが、石段の前のグルタス通りでとまり、サイドドアがスライドしてあいた。ＣＩＡの肥満体の男が乗り込んだ。

バンが南のレフォルマ大通りに向けて走り出すと、さっそく四人の慣れた手が、男のボディチェックをはじめた。ブリーフケースが奪われて調べられ、頭巾《ずきん》をかぶせられ、体を探られた。ポプリンのズボンから財布が抜かれ、発信器のたぐいのコードがないかどうかを調べるために、白いボタンダウンのシャツがめくられた。

いま体を探っているその手が、親玉に命じられたら自分を殺す手になることを、ＣＩＡの男は知っていた。

バンが左折したのを、頭巾で目隠しされていても察したが、どこへ連れていかれるのかがわかるとは思っていなかった。

メキシコシティには前にも来たことがあるが、自分の縄張りではない。

車の流れを縫《ぬ》ってバンが走るあいだ、男は世話役たちのあいだに黙然と座っていた。地元の用心棒に囲まれ、頭巾をかぶせられて車で運ばれるのは、数え切れないくらい経験している。ベイルート、コソヴォ、タイ、ソマリア――神に見放された惑星のあちこちにある、くそだらけのゴミ溜めで。

いつもなら、洗濯物みたいにくるまれて車に乗せられ、秘密の場所へ行って、連絡員と会う。だが、今回はちがう。ＣＩＡのほかの間抜けではなく、ほかならぬ自分がメキシコに来たのには、理由がある。たったひとつの理由が。

男には、ほかのだれかにはない能力がそなわっていた。

コートランド・ジェントリーを確実に識別するという能力。暗号名ヴァイオレイター、コールサインＳ６《シェラ・シックス》、別名グレイマンを、一秒フラットで身許確認できる。

それも当然だ。五年もいっしょに仕事をしていたのだから。

肥満体のＣＩＡ局員は、プエルトバリャルタで二日間待機し、ターゲットが見つかったと地元の工作担当官が報せてくるのを待っていた。特殊活動部《SAD》の暗殺チームも戦域《シアター》に到着しているはずだと思ったが、そちらから連絡が来ることはありえない。こちらから連絡することもありえない。きのうの朝、空路メキシコシティに来て、好ましからざる人物ナンバー・ワンの元工作員ではないかと本部《ラングレー》が考えている男の目撃情報がはいるのを、大使館で待った。プエルトバリャルタの銃撃事件現場の上で、電話線を滑りおりる男の写真が、大使館の壁にべたべたと貼ってあった。その写真を見ただけでは、もとの同僚かどうかは判断できなかったが、ヴァイオレイターのやりそうな離れ業《わざ》だし、あの男ならやり遂げられるだろう。くそ、たとえ賭け事であろうと、コート・ジェントリーを敵にまわすべきではない。近接戦闘や、ドアを蹴り破って、室内の悪党どもを始末するときや、大規模な部隊が相手の勝ち目の薄い戦いに小規模な秘密部隊を送り込むときには、シエラ・シックスことジェントリーが、最高の精鋭だったのだ。

だから、ジェントリーにちがいないと考えていた。ジェントリーがこの国にいて、麻薬密《ナル》売《コ》人と徹底的に戦っている。

神よ、麻薬密売人に慈悲をたれたまえ。

ヨットで爆死したGOPES（特殊作戦群）チームの指揮官とジェントリーの結びつきも、調べがついていた。エデュアルド・ガンボアは、長年DEAに勤務していて、十年以上前にジェントリーはラオスの監獄で数週間、同房だったことがある。

よくいっても、たいした根拠ではなかったが、CIA本部を動かす力はあった。肥満体の局員は本部からの電話で、寝ているのを叩き起こされ、CIAのリアジェットに押し込まれて、急遽メキシコに送られた。そこで、肥った尻を据え、ターゲットを確実に識別できる機会を待った。

こうしてバンの車内で揺られ、デ・ラ・ロチャの組織のごろつきどもと肩をぶつけ合っているのには、そういういきさつがあった。極悪非道の黒服組が、ヴァイオレイターもしくはそれにかなりよく似た男を、メキシコシティのどこかで捕らえていると主張している。金には困っていないやつらだから、賞金目当てではない。上層部でなにやら取り引きがあったらしい。本部がこういう連中と協力しているのは気がかりだった。しかし、現在のNCS（国家秘密本部）本部長デニー・カーマイケルは、ヴァイオレイターのこととなると見境がないから、その身柄と交換で、デ・ラ・ロチャに恩を売るのにやぶさかでないのだろう。

肥満体の男は、そういったことをすべて考えていた。

ジェントリー。ヴァイオレイター。シエラ・シックス。グレイマン。

おれの人生を台無しにしたくそったれ。

バンが一瞬とまった。ここが終点かと思ったが、ちがった。また走り出し、右折した。両側の男もろとも、体が揺れた。

CIAの情報分析が正しく、それがほんとうにヴァイオレイターだとしたら、自分がどれほど迷惑をかけたかを、まもなく教えてやれる。

それに、命令も受けている。身許確認を命じられているが、それだけではない。

黒服組が許可したら、コート・ジェントリーが死ぬまで見届けるよう命じられていた。

ほんのひとときだが、ジェントリーには、自動車用バッテリーを使う全身電気ショックが懐かしく思えた。ちびのヤブ外科医と拷問装置で十分間電気ショックをかけられるあいだに、ジェントリーは二度ブレーカーを遮断させた。古い装置のヒューズが飛び、交換された。だが、ジェントリーはこれまでフェンスに固縛されて電気を流されただれよりも長く耐えられた。そこで、電気ショック装置は脇に追いやられて、新しい方法が試されることになった。

ロバ追いの突き棒。

ヤブ外科医は、はじめは尖《とが》った電極ふたつを、ジェントリーの血まみれの胸に触れさせただけだった。それまでの装置から受けていた全身電気ショックよりも、ずっと鋭い電撃だった。刺すような、灼《や》けるような痛みはすさまじかったが、自動車用バッテリーからフェンスに流される電気で筋肉がよじれる激痛を味わうよりは、ましに思えた。やがてヤブ外科医が、もっと激しい苦痛を味わうような部分に、突き棒を押しつけはじめた。当然ながら、睾丸が狙われた。そこに二度、電撃をくわえた。最初はきちんと接触せず、ブーンという音がしただけだった。

だが、二度目には睾丸に電極を荒々しく突きたて、ヤブ外科医がボタンを押した。ジェントリーは二メートル近く離れたところまで、げろを吐いた。

メキシコ人五人が爆笑した。

ジェントリーはすぐに悶絶したが、せっかくの場面を見逃さないように、芳香塩を嗅《か》がされて、意識を回復させられた。

ジェリー・フレガーは、脇の壁ぎわに立っていた。残酷な拷問からはとうに顔をそむけて、かびの生えた目の前の煉瓦《れんが》を見つめていた。体がふるえている。地下牢の空気が霊安室なみに冷たいからだと、自分にいい聞かせていたが、それだけではなかった。

フレガーは怖くなっていた。これらすべてに百万ドルの価値があるのだろうか、と思い悩んでいた。

小男のヤブ外科医が壁のそばに置いたゴムのバケツのほうへよたよたと歩いてゆき、たっぷりと濡らした鉄棒を取るのを、フレガーは眺めた。また顔をしかめて隅に顔を向けた。道具の準備をするあいだ、地下牢の主が囚人にそっと話しかけるのが聞こえた。「おまえはもう、だいぶ痛い思いをした、これ以上苦しまないためには、エレナ・ガンボアがどこで見つかるかを話すしかないぞ」

長い鉄棒からは、黒いオイルがしたたっていた。小男が、なにかの賞品でもあるかのように、それを差しあげた。

ジェントリーはうなだれていたが、それが見えた。嫌悪のあまり全身の筋肉に力がこもるのを、フレガーは見ていた。

それがどこに向けられるか、ジェントリーは知っていた。

エレベーターがまた動き出し、ゆっくりとおりていった。

鉄棒はバケツに戻されたが、ヤブ外科医はいった。「すぐにお楽しみのために戻ってくる、アミーゴ。しばらくあれこれ考えるんだな」

貨物用エレベーターのドアがあき、薄手のポプリンのスーツを着て、頭巾《ずきん》をかぶせられた大柄な男が、連邦警察の制服の男ふたりに連れられてはいってきた。手は縛られていない。部屋のまんなかの明かりの下に立たされ、頭巾がはずされた。裸電球の光にたじろぎ、やがて眼前の光景に目の焦点を合わせた。

血にまみれ、濡れている裸の囚人が、壁とコンクリートの床にボルトで固定された金属のフェンスに固縛されていた。コードがカート付き作業台と台車に載せたバッテリーにつながっている。

ブロンドの男は、しばらく周囲を眺めて、そこにいた六人を品定めし、空気のにおいを嗅《か》いだ。人間の肉が腐るにおいがしていた。男は悲惨な光景にも動じず、この拷問室にはさして見るべきものはないとでもいうように、無表情でさらに数秒のあいだ見まわしていた。

やがて口をひらいた。こういう状況でも悠然としていられる男らしく、自信たっぷりの落ち着いた口調だった。スペイン語で、男はいった。「どうやら、おれ抜きでパーティをはじめちまったようだな」

身許確認のためにはCIAの元同僚が来るにちがいないと、ジェントリーにはわかっていた。自分がいた特務愚連隊《グーン・スクワッド》のチーム指揮官ザック・ハイタワーと睨《にら》み合うことになると思い込んでいた。

だが、ザック・ハイタワーではなかった。

ハンリーだった。マシュー・ハンリー。

ジェントリーは、ハンリーとは五年以上も会っていないし、当時もいっしょに過ごすことはまれだった。ハンリーは特殊活動部《SAD》幹部で、ジェントリーが以前いたタスクフォース・ゴルフ・シエラ——別名特務愚連隊——を本部から管理し、おもにチーム指揮官のザック・ハイタワーを通じて指示を下していた。ザックがその命令を、チームの面々に伝えるという手順だった。

ジェントリーは、春にザックと会い、ハンリーがSADをやめて、どこかの新興国で事務職をつとめていると聞かされた。ハンリーが上層部の不興を買ったのは、ジェントリーの責任だという。

そしていま、極悪な麻薬カルテルがメキシコシティ近辺で使っている秘密拷問室に、そのハンリーが現われた。

はじめのうち、ふたりは言葉を交わさなかった。ハンリーが、テーブルの向こうの肥った小男にいった。「あんたがここの責任者か？」

「ここがわたしの事務所だといってもいいだろうな」と、得意げな返事があった。

ハンリーは、そっけなくうなずいただけだった。それから、ジェントリーに近づいた。

「囚人に触《さわ》らないようにしてくれ」うしろの黒服がいった。連邦警察官ふたりが一歩進んだが、ハンリーがうなずいたので、立ちどまった。

肥満体のアメリカ人は、両手を脇に当てていたが、そのまますらにジェントリーに近づいた。たがいの顔の距離が数センチになるまで、ゆっくりと進んだ。

ジェントリーは、口もきけないほどの怪我をしているように見えた。両目が腫《は》れ、血まみれの唇にげろがこびりついている。ハンリーの見るかぎりでは、くたばりかけていた。だが、ジェントリーはしゃべった。穏やかな声だったが、その場にいた英語を話す人間すべてに聞こえるくらい力強く、音量があった。「おれのことは好きにすればいい。だがな、隅にいるあいつは国務省の外交官で、黒服組の手先だ」

マット・ハンリーがふりむき、隅にいる男をちらりと見た。チノパンに白い半袖のボタンダウンシャツという服装で、目出し帽をかぶっているのが、ちぐはぐな組み合わせだった。ほかに顔を隠しているのは、SWATフル装備で銃を持ったふたりだけだ。フレガーは声を出さず、動こうとしなかった。ただ見つめ返していた。ハンリーが肩をすくめた。「おれには関係ない」

ジェントリーはまた口をひらいたが、声を出すときに顔がゆがみ、筋肉が痙攣《けいれん》した。「そいつは……犯罪組織網を動かしている……不法移民にビザを売っている」

ハンリーは、固縛されているジェントリーを睨《にら》みつけた。「そうかい」またフレガーのほうを見た。「商売は繁盛してるか？」

「そ……そうじゃない。ただ――」

「こっちを見ろ、小僧！」ウェストヴァージニアののんびりしたなまりで、ハンリーがコンクリートの地下牢に響き渡るどら声をあげた。

「はい」

「その靴下みたいな代物を顔からはずせ」

フレガーが、助けをもとめるように、ひとりだけ残っていた黒服組のカルロスを見てから、連邦警察官ふたりに視線を向けた。それから、ヤブ外科医とその弟子を見た。メキシコ人五人は、じっと立ったままで、なにもしなかった。フレガーが、のろのろと目出し帽を脱いだ。

ポケットに突っ込んだ。

「おれが監察総監室の人間に見えるか？」またしても砲声なみの大声で、ハンリーがきいた。

フレガーが、ほんのすこしだけ首をふった。「いいえ」

「よし。それじゃ、あせるな。おれは国務省の人間じゃないし、おまえに用があって来たのでもない」ジェントリーのほうを向いた。「その大物に用事があるから来た」

フレガーが、大きな溜息をついた。「それじゃ、あんたたちが探している男なんですね」

ハンリーがうなずいた。断言した。「こいつだ」

「最高。それで、賞金も出るんでしょう?」

「ああ」

「最高」フレガーがくりかえした。「この男、なにをやったんですか?」

ハンリーが、囚人の顔をまた近くで覗き込んだ。しげしげと眺める。「なにをやったかだと? なにをやったんだ、ヴァイオレイター?」

「命令されたことをやった。命令したのはあんただ」

「埒《らち》を越えたときは、そうじゃなかった」

怒りで力を得たかのように、ジェントリーがはじめて顔を起こした。「埒を越えたことなんかなかった。ザックの作戦命令にとことん従っていた。どんなときも! それなのに、あんたはチームにおれを殺せと命じた!」

「昔の話だ」

「それじゃ、どうしてここに来た?」

ハンリーが、にやりと笑った。ジェントリーから一歩遠ざかり、部屋を見まわした。

カート付き作業台をしげしげと見た。スペイン語でいった。「いいね。原始的だが、いいね」

「原始的《プリミテイボ》？　なんだと。こいつは最高の――」

「いやいや、でぶちん、おれたちがこういうのを使ってたのは、八〇年代の終わりだ」そこまではスペイン語だったが、ジェントリーのほうを向いて母国語に切り替えた。「〝正当《ジャスト・》な大義《コーズ》〟作戦（一九八九‐九〇年の米軍のパナマ侵攻）のときに、ハワード空軍基地の悪たれのひとりと、ノリエガの用心棒にこれで電気をかけたことがある」

ダイヤルに手をのばした。スペイン語に戻る。「いいかな？」

ヤブ外科医が、薄笑いを浮かべた。「いいとも。しかし、こいつはしぶとい。二度もヒューズが飛んだ。この白人野郎《グリンゴ》……いや、アメリカ人《ノルテアメリカノ》のせいで」

ハンリーが、ジェントリーを見てから、ダイヤルをまわした。以前の部下の中枢神経系に、強い電気ショックを送り込んだ。ジェントリーの体が痙攣し、がくがく動いた。あらゆる筋肉が、めいっぱい収縮した。顎の腱が皮膚の下で、ギターの弦みたいにぴんと張った。

ダイヤルを戻すと、ハンリーはくすくす笑った。「効き目は昔と変わらないな」ヤブ外科医のほうを見た。「すこし弱くないか？」

「バッテリーがあがりかけてる。この男のせいでだいぶ放電した」

「こいつはしぶといんだよ」

武闘団のナンバー・ツーのカルロスが進み出て、英語でいった。「あんたたちの探してる男を、おれたちが捕らえてるのがわかっただろう。チャプルテペック公園まで送る。四人を始末したら、手はずどおり大使館近くに死体の一部を捨てる」

ハンリーがうなずいた。「こいつはあんたらが引き出したい情報を知ってるのかい？　それとも後学《シッツ・アンド・グリンズ》のためにこういうことをやってるのか？」

カルロスが、ぽかんとした顔でブロンドのアメリカ人を見た。「くそ《シッツ》……と……グリーン？」

「あの囚人のことだよ。あんたらが知りたいことを、聞き出したいんだろう？」

カルロスがうなずいた。

ハンリーは、床のバケツを見おろした。鉄棒が突き出している。「ああ……なるほど。仲睦《なかむつ》まじくやろうってわけだ」なおも周囲を見まわした。作業台の手術器具や、いろいろな容器、束縛器具、絶縁テープその他もろもろが載っている棚を見た。まわりの男たちに視線を戻した。

だれもなにもいわない。

ハンリーが語を継いだ。「訊問に立ち会いたい」

カルロスが、首をふった。「それはだめだ。どれだけ時間がかかるかわからない」

「残念だな」そういうと、ハンリーはジェントリーのほうを向いた。「おい、阿呆。目を醒ませ。おまえのせいでおれがどれほど苦労したか、わかってるのか？」

ジェントリーは、また首を垂れたが、どうにか笑みを浮かべた。「そういわれるのは、これがはじめてじゃない」

「おれは成功していた。出世の真っ最中だった」

「で、なにがあった？」

「で、ある日、突入隊員《ドア・キッカー》のひとりがへまをしたと聞いた。アメリカ合衆国にとてつもない政治的打撃をあたえるようなへまだ。取り引きがなされた。おれたちとよその国の取り引き、合意がまとまった。おれたちが失態の後片づけをして、困り者の一党を厄介払いすれば、よその国は問題を水に流す。

それで、ジェントリーを墓場に送り込めと命じられた。どうしろっていうんだ、コート？ザックやチームを、おまえのところに行かせた。むかついたが、命令は命令だ。気がついたときには、おまえがチームを皆殺しにしていた」

「そのあたりの話はよく知っている」

「そのくそがすべて、おれの頭にふりかかった。それで、いまのおれがいる。五十一歳になって、くそハイチ支局の支局長補佐だ。閑職だよ。月の裏側に配属されたようなもんだ。暑さ、伝染病、虫、ハリケーン、麻薬——嫌な物だらけだ。おれはいまじゃ、自分の人生のすべてを呪ってる。おまえがいい子にして、兵隊らしく死んでくれなかったおかげでな！」

声がどんどん大きくなり、分厚い唇のあいだから唾《つば》が飛んだ。

「おまえが、役立たずのくそったれのおまえが、おれの人生を台無しにしたんだ！」

黒服組でひとりだけ残っていたカルロスが、進み出た。「いいかげんにしやがれ！　公園に戻るバンの用意ができてるんだ」

部屋にほかの人間がいるのを忘れていたとでもいうように、ハンリーがカルロスの顔をちょっと見た。詫《わ》びるように両手をあげた。「わかった。すまんな、アミーゴ」ジェントリー《ロ・シェント》のほうを向いた。「もうちょっといて、おまえが死ぬのを見届けたいが、行かなきゃならない」ハンリーが向きを変えると、まわりのメキシコ人も向きを変えた。またハンリーがジェントリーのほうを向いた。「短い訣別の辞をくれてやる。故国のご先祖様から教わった諺《ことわざ》だ」ジェントリーの顔を見て、ゆっくりといった。「口をしっかり閉じて、やつらの首をつかめ《ツゴ・ザクロイ・ロット・イ・デルジ・イフ・ザ・シェユ》」

ジェントリーが、汗まみれの眉間に皺《しわ》を寄せた。ロシア語だった。

妙だ。

マット・ハンリーの一族はスコットランド人だ。

ハンリーがエレベーターに向かい、警官ふたりの前を二歩過ぎて、拷問の道具が満載されたヤブ外科医の作業台とおなじ高さに手が来たとき、その左腕がさっとのびて、長く薄いメスをつかんだ。

40

カルロスは、貨物用エレベーターのほうを向いていた。連邦警察官ふたりは、ハンリーに頭巾《ずきん》をかぶせるために、武器から手を離していた。

スパイクが空《くう》をひらめくような動作とともに、外科手術用のメスが裸電球の光を受けてきらめいた。ハンリーは、目の前の黒服のうなじにメスを突き立て、頸動脈《けいどうみゃく》を貫いた。血の噴流が横向きに飛び出した。カルロスが傷口を押さえようとしたとき、ハンリーは一八〇度体をまわし、連邦警察官のほうを向いた、小柄なふたりの防弾衣をひっつかんでうしろ向きにすると、巨体と怪力をめいっぱい使い、ジェントリーと鉄のフェンスのほうへぶん投げた。

警官ふたりは完全に不意を衝《つ》かれて、頭から倒れ込み、ジェントリーの左右で金網に激突した。ジェントリーは、手首を縛られている手でふたりを捕らえた。ひとりの制服の襟と、もうひとりのサブ・マシンガンの負い紐《ひも》をつかんだ。

ハンリーが、ヤブ外科医をテーブルから押しのけ、電気ショック装置のダイヤルをめいっぱいまわした。その間にジェントリーは手をのばして、ひとりの首を絞めていた。感電した警官ふたりが、たちまち体を痙攣《けいれん》させた。ひとりがフェンスから離れようとしたが、ジェントリーが負い紐をつかんでいたせいで仰向けに倒れた。強烈な電流が中枢神経系に流れて、その警官も身をよじった。

ヤブ外科医の弟子は、黒服の動脈から噴き出した血を顔に浴びて、きりきり舞いしながら離れ、目をこすっていた。ようやく向き直り、エプロンの下から銃を抜いた。ハンリーはその脅威に気づき、腕をのばして押しのけ、血まみれの壁に釘付けにすると、三八〇ACP弾を使用するアルゼンチン製の小さなセミ・オートマティック・ピストルを、ふるえる手から奪った。その銃をくるりとまわして、弟子の額に押しつけ、なんのためらいもなく撃ち殺した。

つぎに、ヤブ外科医の太鼓腹を二度撃った。小男が下腹を押さえ、冷たい地下室の床に倒れた。ハンリーは電気ショックのダイヤルを戻し、三人がいるフェンスのほうをさっと向いた。ひとりは裸でフェンスに固縛されている。SWAT装備をつけたあとのふたりは、ぐったりして茫然と床に倒れていた。

ハンリーは、無力化された連邦警察官ふたりの上に立ちはだかり、それぞれの頭を一発ずつ撃って、どちらも殺した。

ジェリー・フレガーは、隅のほうの床に倒れていた。死んだ弟子の隣で、コンクリートの壁に背中をくっつけていた。汗まみれの白い半袖シャツに血飛沫《ちしぶき》がかかり、絞り染めのような模様になっている。顔は十秒前のシャツとおなじくらい白く、目を瞠《みは》って、しきりと瞬《まばた》きしていた。部屋のまんなかにいるブロンドのアメリカ人を、目を丸くして見つめた。

メキシコ人五人は、それぞれちがう不自然な格好で、床に転がっていた。ヤブ外科医のエプロンはめくれて顔にかかっていた。まだ生きていて、腹からどくどくと血が出ていた。

ハンリーが、天井の裸電球を消し、あたりがほとんど暗闇に呑まれた。かすかな暗い光が、階段から漏れているだけだった。ハンリーはつづいて、ジェントリーの足もとでかがんで、死んだ連邦警察官のいっぽうが首に吊っていたサブ・マシンガンを取った。身を低くして向き直り、コッキング・ハンドルを引いて、階段に狙いをつけた。

「なん人だ？」ときいた。襲ってくる脅威に備えることに極度に集中し、無駄な言動はいっさいなかった。

ジェントリーは、意識が朦朧《もうろう》としていた。ハンリーが最後にかけた電気ショックで、死ぬ寸前だった。それでも、推測をつぶやいた。「さあ。連邦警察官がふたりか、もうすこしいるかもしれない」

「わかった」

数人の足音。階段を駆けおりてくる。

ハンリーは待った。

ジェントリーは、いましめからぶらさがっていた。見物するしかない。完全に身をさらけ出して。

黒ずくめの連邦警察官が何人か、暗い階段に姿を現わした。ハンリーがまず脚を連射して倒し、それから防弾衣の上の顔や首を連射した。ふたり、いや三人が死んだ。四人目は喉に一発くらい、よろよろと戸口から出てきて、部屋のまんなかで倒れた。サブ・マシンガンが手から吹っ飛び、ガタガタ音をたててコンクリートの上を滑った。

それがフレガーの膝もとに飛び込んだ。銃だとわかると、フレガーの目がさらに見ひらかれ、まるでそれが生きているガラガラヘビででもあるかのように払いのけた。すると、サブ・マシンガンは足の上に落ちたので、躍起《やっき》になって蹴とばし、両腕を高くあげた。武器など触《さわ》りたくない。それを存分に示そうとした。反撃するつもりはない。ハンリーに撃たれる口実をあたえたくなかった。

ハンリーは、あらたな武器に持ち替えて、階段に踏み込んだ。物音は聞こえないし、だれの姿も見えない。

ハンリーが拷問室にひきかえし、天井の明かりをつけると、ヤブ外科医がうめいた。血まみれの腹を拳で押さえ、恐怖と困惑の宿る目で、武器を持っているアメリカ人のほうを見た。

「こいつに用はあるか？」肥った小男をMP5の銃口で指し示しながら、ハンリーがきいた。

ジェントリーは首をふった。「ない」

なんのためらいもなく、ハンリーが小男の胸に三発撃ち込み、うめき声が熄《や》んだ。

数秒の静寂のあとで、ジェントリーはいった。「ありがとう。マット」

ハンリーが、死んだ連邦警察官の胸から、新しい弾倉を取った。マガジン・リリースを押して弾倉を交換しながら、こういった。「くそったれのヴァイオレイター。この阿呆どももおまえも、おなじくらい憎たらしいぜ」

「そうか」

つづいて、ハンリーはジェントリーの手首の拘束具のねじをゆるめはじめた。「舌を嚙《か》み切らなくてよかったな。ロシア語を忘れたんじゃないかと、心配になったよ」

「口をしっかり閉じて、やつらの喉をつかめといったんだろう」

「首だよ。まあ、おなじようなものだが」

左右の手枷《てかせ》をはずすと、ハンリーは足首の拘束具もゆるめた。ジェントリーはよろめき、片膝をついてから、冷たいコンクリートの床に座った。筋肉が痛み、痙攣《けいれん》がとまらなかった。右脚のふるえがひどかったので、両手で床に押さえつけなければならなかった。

ハンリーは早くも死んだ連邦警察官のひとりから、ブーツとズボンをはぎ取っていた。その手をとめて、ヤブ外科医の弟子から奪ったベルサ380セミ・オートマティック・ピストルを取り、ジェントリーのほうに滑らせた。

そして、隅のほうで座って、恐怖におののいているジェリー・フレガーのほうに、顎をしゃくった。

「あの馬鹿は任せる。殺すなりなんなり、好きにしろ。おれはどうでもいい」

「いや、あいつは必要だ」

フレガーが強くうなずき、あらたな希望を見出して目を丸くした。「そうだよ！　そうだよ！　あんたにはおれが必要だ！」

「ダンスしてもらう必要はないな」

「ダンス？　いったい――」

ジェントリーは、もとのボスに進呈された拳銃を構えて、左足の甲を撃った。茶色のローファーに、破れた靴下と革に縁取られた丸い穴があいた。

フレガーが、血まみれの靴を数秒見つめてから、悲鳴をあげた。

叫び声と悲鳴にハンリーが顔をしかめ、黒い戦闘服のズボンを、ジェントリーのほうに投げた。

「撃つ必要があったのか？」

ジェントリーはまだあえいでいた。苦痛をしのぐために、しばし冷たい床に仰向けになった。こともなげにいった。「こいつを逃がしたくない。いま追いかける気にはなれない」

フレガーが、悲鳴をあげ、唾《つば》を吐き、洟《はな》と悪態をふんだんに撒《ま》き散らしていた。「おまえを殺してやる。いかれたクソ野郎——」

ジェントリーは、隅で血を流しているフレガーのほうに、四つん這いで近づいた。ステンレスのセミ・オートマティック・ピストルが、床にぶつかってカチカチと音をたてた。座り、フレガーの右手に銃口を押しつけて、コンクリートに釘付けにした。「タイプも叩かなくていいんじゃないか」

「やめろ！」

ジェントリーはためらった。「態度を改めるか？」

「嫌だ！　いや、わかった、わかった！」

「よし、止血しろ。心配ない」ふるえる脚でのろのろと立ち、棚のほうへ行くと、タオルと絶縁テープを投げた。床で身をよじっていたフレガーが、受けとめそこね、悲鳴と泣き声と悪態を撒き散らしながら、肘で這《は》って取りにいった。

ジェントリーは、戦闘服のズボンをゆっくりとはいた。電気ショックのせいで、まだふらふらしていて、動きが鈍かった。ハンリーが、もうひとりのTシャツをはぎ取って渡した。

一分後には、階段をあがっていた。

倉庫の正面に出た。午後八時で、長い犬小屋のフェンスの奥に犬が何匹かいるだけで、敷地にはだれもいなかった。ラウラ・ガンボアを連れて、デ・ラ・ロチャが姿を消してから、だいぶ時間がたっている。ちらりと見ると、酸のはいったドラム缶が壁ぎわにならんでいるのが、目にはいった。ドラム缶の液体に髪の毛が浮かんでいる。この死の館を訪れた前の客の名残だ。

ジェントリーとフレガーが、よろけながら表に出るあいだに、ハンリーが通りの車のエンジンをキイなしでかけた。盗んだフォードで、三人はすぐにその地区から遠ざかった。ハンリーが運転した。ジェントリーはまだ筋肉が痙攣していて、ハンドルを握れる状態ではなかった。フレガーはトランクに入れてある。絶縁テープの残りで、ジェントリーが後ろ手に縛りあげた。往来の激しい交差点に近づくと、ハンリーが道路標識を探した。「わかった。場所がわかった。ティピトだ。柄の悪い界隈《かいわい》だが、文明からそう遠くない」

「どこへ行く？」

「ちょっと話ができる場所を見つける。それから、おまえにこの車をやる。おれはタクシーで大使館に戻る。デ・ラ・ロチャの配下が、まだ知らないとしても、いずれなにが起きたかを知るだろう。メキシコシティに長居は無用だ」

車を走らせるあいだ、ふたりはほとんど口をきかなかった。フレガーのうめき声と悪態が、ときどきトランクから聞こえたが、だいぶくぐもっていた。ジェントリーは、筋肉の制御を取り戻そうとした。腕と脚に力がなく、ぐにゃぐにゃしているように感じられたし、腹筋が痛く、背中と首に鈍痛が残っていた。背中、尻、手首、足首に、電気ショックでできた火傷《やけど》がある。ズボンは短く、Tシャツは窮屈だった。襟《えり》にすこし血がついている。足にはなにもはいていない。

ベルサ・サンダー380セミ・オートマティック・ピストルは、弟子のズボンのポケットにあった新しい弾倉に交換してある。たいした武器ではないが、小さく、隠し持ちやすい。体の制御を取り戻すのに意識を集中するいっぽうで、ジェントリーは計画を練るために意識の一部を温存していた。大きく発展しつつあったその計画では、目立たないことが重要になる。連邦警察官が携帯していたMP5や大きなベレッタは、そういう用途には向かない。ベルサは威力が弱いが、簡単に隠せる。

逃走中に殺し屋《シカリオ》か道路強盗に遭った場合に備えて、ハンリーはベレッタを持ってきた。

ハンリーが、エクアドル通りの食料品店に乗りつけ、無言で跳びおりたので、ジェントリーは驚いた。一分とたたないうちに、テキーラを一本持って戻ってきた。車の流れに戻ると、テキーラを股に挟み、キャップを取って、ごくごくと飲んだ。

ジェントリーに勧めた。

「筋肉が攣《つ》っているのに効くぞ。飲め」

「いや、いらない」

ジェントリーは、テキーラを受け取って、おずおずと飲み、たじろぎ、それからもっとゆっくり飲んだ。生《き》のテキーラが喉をおりていくのを我慢し、ハンリーに返した。「〈テカテ〉ビールの六本パックを買ってきてくれれば、パーティができたのに」

ハンリーが、テキーラをがぶ飲みし、笑って、また飲んだ。「いや、強い酒のほうが効くんだ。ビールの時間じゃないぞ、ヴァイオレイター」

ハンリーの運転するセダンが、ようやく幹線道路をそれて、建設現場に向けて路地を進んでいった。まだ半分しかできていないホテルの地下駐車場に通じる斜路を見つけた。跳びおりて、オレンジ色のドラム缶二本をどかし、暗い駐車場へはいっていった。

車をとめた。フレガーが息をしやすいように、ジェントリーはレバーを引いてトランクをあけた。明かりをとるためにドアはあけたままにして、後部にまわった。フレガーは、足を高くして、仰向けになっていた。薄暗いなかで見おろしているアメリカ人スパイふたりを、怯《おび》えた顔で見あげた。

「殺さないでくれ。なんでもやると誓う——」

ハンリーが、またテキーラをラッパ飲みした。「黙らないとトランクを閉める」

フレガーが、口を閉じた。

ハンリーが、ジェントリーの肩を抱いて、駐車場の隅へ歩かせた。フォードのルームランプの淡い光がどうにか届いてる。ふたりはならんで立った。ジェントリーは、テキーラを受け取って、筋肉のふるえをそれが抑えてくれることを願いながら、すこし飲んだ。

テキーラを返すと、ハンリーがごくごくと飲んでからたずねた。「それで、メキシコで麻《ナ》薬《ル》密売人《コ》を相手に死に物狂いの喧嘩《けんか》をやってるのは、どういうわけだ？」

「たまたま巻き込まれた」

「あまり賢明じゃないな。ここの麻薬戦争はめちゃくちゃだ。コロンビアよりもすさまじい。こんなひでえのを見たことがあるか？」

「ああ……じつは、ある」

ハンリーが、ジェントリーの顔をしげしげと見てから、ゆっくりとうなずいた。

「ボスニアで仕事をしたことがあるんだな」

「あるのかもな」ジェントリーは、肯定するでもなく答えた。ハンリーは聞き流した。ジェントリーの特務愚連隊《グーン・スクワッド》以前の経歴はよく知らなかったし、知る必要もなかった。

「おまえがガンボア少佐っていうGOPESの指揮官と知り合いだったと、本部《ラングレー》はいってた」

「ああ。遠い昔だ」

「それで、デ・ラ・ロチャがガンボアの家族を付け狙ってる」

ジェントリーはうなずいた。「おれはそれに対抗してきた」

「応援できればいいんだが、公式には、おれの雇用主はガンボアなんかに関心はない。おまえに関心があって、おまえが死ぬことしか願っていない」

「どうしておれを助けた？」

ハンリーが、肩をすくめた。「おまえはおれの人生を台無しにした。だがな、上の人間も、そいつをもって台無しにすることはできないのさ」

ジェントリーには納得がいかなかった。それを察したハンリーがつづけた。「なあ、おまえはおれのために働いた。特殊愚連隊《グーン・スクワッド》で、みごとな仕事をやった。おれたちが討手《うちて》を差し向けたときに反撃したのは当然だ。文句はいえない。ダニエル・デ・ラ・ロチャの野郎がおまえを死ぬまで拷問するのを、見ていられなかっただけのことだ。本部《ラングレー》のお偉方にとって、おまえは好ましからざる人物なのかもしれないが、メキシコの麻薬王がアメリカ人の愛国者を殺すのを見物するために、こういう仕事を選んだおぼえはない」

ジェントリーはうなずいた。冷たいコンクリートに背中をあずけた。

ハンリーがいった。「デニー・カーマイケルの指示で、おまえの身許確認のために送り込まれるのは、これがはじめてじゃない」

「そうなのか」

「二年前、おれはパラグアイにいた」くすりと笑った。「パラグアイがいいところだっていうのを、そのときは知らなかった。ハイチはひでえんだ。想像もつかないくらい」

「長話をしている時間はない」

「とにかく、例のキエフの事件だよ。カーマイケルがアスンシオン発キエフ行きの局有ジェット機に押し込まれ、頭がくらくらするような速さで送り込まれた。ひとりであれがやれるものかどうか、あそこで作戦をやったのがおまえかどうか、確認するためだ。だが、おたがいに、おまえじゃなかったことは知ってる」

ジェントリーはうなずいた。ハンリーがジェントリーを睨《にら》みつけた。自分の言葉になにか反応がないか、表情を読み取ろうとしているのだ。中枢神経系を突っ走った電流の影響で、顔がまだひくついていた。いまの状態では、大脳の辺縁系から生じる嘘発見器向けの手がかりは、どれもあてにならないだろう。

ハンリーがあきらめた。「とにかく、ただでヨーロッパ往復の旅をした」

あいかわらず、ジェントリーから反応はなかった。

　ハンリーが、また笑みを浮かべた。「あいかわらず無口だな。仕事はあらかた自分がやり、けっして文句をいわない。ハイタワーがあのなかじゃ、いちばんやかましかった」

「ザックは元気か？」

「元気かだと？　本気でそんなことをいうのか？　死んだよ。全員死んだ」

「どの全員だ？」

「グーン・スクワッド全員。おまえが殺したんじゃないか、相棒。四四口径の二連発デリンジャーの銃口を、ザック・ハイタワーの胸に押しつけ、窓から下に吹っ飛ばした。ザックはその場で死んだ」

　なんてことだ、とジェントリーは思った。マット・ハンリーは、ほんとうに情報にうとくなっている。ザックはその銃撃を生き延びたし、七カ月前に北アフリカでともに作戦をやった。スーダンでザックは重傷を負い、そのあとで生き延びたかどうかは知らない。しかし、特殊活動部《SAD》上層部の事情については、ハンリーよりもこっちのほうがずっと詳しい。

　グレイマンは、ＣＩＡの目撃しだい射殺指令にさらされている。それでも、マット・ハンリーほどには、蚊帳《かや》の外に置かれていない。

「目撃しだい射殺指令を出したのは、だれだ？」

　ハンリーが、テキーラに目を向けた。どれくらい飲んだかを計ろうとしているように見えた。「おれに連絡してきたのは、デニー・カーマイケルだった。おまえには死んでもらわなければならないといって」

「理由は？」

「知らない。ほんとうに知らない」

「嘘だ」

「カーマイケルは知ってる。上層部の何人かが知ってる。おまえは敵だから、目撃しだい射殺しろといわれた。そういう趣旨の大統領命令も見せられた。外国が関係しているというようなことが書いてあったので、どういうことかと、おれはデニーにきいた。おまえよりもずっと上の人間のあいだで取り引きができている、黙って命令を実行しろといわれた。ジェントリーを始末するには頭の上から統合直接攻撃弾薬《JDAM》（米空軍・海軍共同開発の精密誘導爆弾）を落とすしかないと、おれはデニーにいってやったが、チームを使ってあんたをばらせと命じられた。それでザックに命じ、チームの連中に命じ、いまじゃみんな死んでる」透明な酒を、それまで以上に長くぐびぐびと飲んだ。酔っ払ってすこしふらついているのがわかった。

　ハンリーが、ちょっと笑った。「おれから聞いたことはだれにもいうな」また笑った。「クビになっちまう」

　ジェントリーは、もとの上司を啞然《あぜん》として見つめた。「マット……あの地下であんたがやったことは、クビになるぐらいじゃすまないぞ」

「連邦刑務所か？　自宅に暗殺班か？　いや、あんたがどうにかして逃げたとごまかす。おれは友だちや同僚を騙《だま》すことで、けっこうな暮らしをしてきた」ハンリーがにやりと笑ったが、不安がっているのをジェントリーは見てとった。「カルテルの悪党ども、殺した甲斐《かい》があった」

「マット……本部《ラングレー》はおれを助けたことで、あんたを殺すだろう」

ハンリーが、肩をすくめた。「連中を納得させるしかない。あんたは撃ちまくって地下室から逃げた。おれを人質にして、殴り、道端に捨て、大使館のくそったれを連れて逃げた」

言葉を切った。「それらしく見せかければいい。目のまわりの痣《あざ》とか、肋骨《ろっこつ》一本折るとか」

ジェントリーは、ゆっくりと首をふっただけだった。

「なにか名案があるか？」

「あんたがいったとおり、それらしく見せかける」

ハンリーが、長い嘆息を漏らし、これを予期していたかのようにうなずいた。たてつづけに三度、テキーラをあおり、駐車場の壁ぎわへ行った。テキーラを下手投げで遠くの闇にほうり投げた。壜《びん》が割れた。ハンリーはつぎに右肩の上のほうを指さした。「ここだ。やれ、ヴァイオレイター」

ジェントリーは、ベルサ・サンダー380をズボンのポケットから出した。数歩さがり、構えた。まもなく訪れるはずの痛みと苦悶《くもん》を予期して、ハンリーが半眼に構え、ジェントリーを見た。

そのとき、ジェントリーが照準器から視線をそらし、ハンリーのなかば閉じた目を見た。

「悪いな」

「悪いって、なにが？」

拳銃が下に向けられた。

「やめろ！」

ジェントリーは、ハンリーの腹を撃った。右脇の灼《や》けるような痛みに、ハンリーが両手を当てた。太い指のあいだから、温かな血があふれてきた。ハンリーは弱々しくあえいだ。

「後生だから、コート」肥った管理官は両膝をつき、冷たいコンクリートに倒れ込んで、腹を下にして転げ、苦痛に身をよじった。

ジェントリーが二発目を放ち、こんどは右肩をうしろから撃った。

「うわっ！」ジェリー・フレガーが悲鳴をあげた。トランクのなかで上半身を起こし、壁ぎわの出来事が見えていた。ジェントリーはそちらを向き、拳銃を構えて車のほうに突進した。フレガーが、トランクのなかにひっこんだ。ジェントリーはトランクリッドを勢いよく閉め、打ち放しのコンクリートの上を転げまわっているハンリーのそばに戻った。ハンリーが仰向けになって滑り、ジェントリーから逃げようとしたが、逃げられるわけがなかった。

大男のハンリーを見おろすように立ち、ジェントリーはいった。「肩に教科書どおりの銃創の穴があるだけじゃ、だれも信じない。おれみたいな人間が、それですますはずがないからな」

「ごまかせたはずだ。ちくしょう！　信じさせることができた！」

「頼むからわめかないでくれ。肩ほど都合がいい場所はないんだ。弾丸が大量の脂肪のなかでとまる。ちかごろハイチで肥っているのは、あんただけじゃないだろう？」

「失血死する！」

「いや、死なない。いいか、あんたが三発撃ち込まれてるのを見たら、さすがの本部《ラングレー》も、あんたがおれを助けたんじゃないかとは思わないだろう」

ハンリーは、ショック状態と闘っていた。それでも目を剝《む》いた。

ジェントリーは身を起こし、すばやく狙いをつけて、もとの上司の右太股《ふともも》を撃った。

「くそったれが！」肥満体のハンリーがわめき、横向きに転がって、太股を押さえた。

「よく聞け、マット。これはあんたのためだ。おれを殺そうとしたやつが、顎をぶん殴られる程度で許されるはずがないというのを、カーマイケルは知っている。内臓も動脈もはずしたから、命に別状はない。あんたとおれがぐるだとカーマイケルが思ったらどうなるかを考えたら、このほうがずっといい。腹はちゃんと押さえたほうがいいぞ。太股と肩は心配いらない。命に関わるような場所は撃っていない」

「口でそういうのは簡単だ！　くそ、ヴァイオレイター！　おまえを助けてやったのに！」

「だからあんたを助けるのさ！　よし、マット、もう行かないと」

「おれを置いていくのか？　出血多量で死んじまう！」

「いや、死なない。本部《ラングレー》で、あんたはすごくもてるようになるぞ。グレイマンとの撃ち合いで生き延びたんだからな。格好いいぞ」

「どこが格好いいんだ、くそったれ――」

ジェントリーはかがみ、ハンリーの頭をなでた。「おれに感謝することになるよ。断言する」もう一度、そっとなでた。「もう行くぞ。あらためてありがとう」立ちあがり、フレガーの携帯電話をポケットから出して、電波の状態を見た。「バーが二本出てる。大使館に電話しろ」ハンリーの肥った腹に携帯電話を投げ、フォードの運転席に乗って、駐車場を出た。

ハンリーは、闇に横たわり、腹と肩を押さえた。「くそったれのヴァイオレイター！」声をかぎりにどなった。がらんとした駐車場で、自分の声がこだまして戻ってきた。
そこで肩から手を離し、血まみれの指で携帯電話の番号ボタンを押した。

41

午後九時過ぎ、ダニエル・デ・ラ・ロチャは、メキシコシティから車で四十五分ほどの距離にあるクエルナバカ郊外の自宅のリビングで、ソファに座っていた。子供たちが、隣や、膝や、ソファのあちこちにいた。妻は足もとの床に座っている。一家は巨大なプラズマ・テレビで、メキシコのサッカークラブ二強、チバス・デ・グアダラハラとクルス・アスルのリーグ戦を見ていた。

黒いスウェットパンツの前ポケットに入れてあった携帯電話が鳴り、ダニエルはひどく不愉快になった。今夜はなにがあっても邪魔するなと、部下に指示してある。

電話の音に妻も気づき、怒った顔でダニエルを見た。

「だれも邪魔しないって――」

ダニエルは電話を見た。「すまない、おまえ《ミ・アモル》。ネストルだ。だいじな用にちがいない」

「家族とひと晩だけ、安らかに過ごしたいっていったのに」

ダニエルの長女で九歳のガブリエラが、試合を見てるんだから静かにしてといった。

「ダニエル……アメリカ人が逃げた。カルロスと拷問屋を殺し、連邦警察官も六、七人殺して、CIAの男を撃ち、フレガーを連れて逃げた。どっちかが負傷しているようだ。血の跡が地下からずっと――」

「待て！　ネストル……」ダニエルが立ち、九カ月の息子を膝からソファに落としそうになった。リビングを出ると、靴下のまま書斎に駆け込み、ドアを閉めた。

「テピト地区の死の館でわたしが見た、あのくそったれの白人野郎《チンガド・グリンゴ》が逃げたというのか。肉の固まりみたいにフェンスにくくりつけられて、くたばりかけて、何人もの武装した見張りに囲まれていたのに」

「シ、親分《パトロン》。いま手がかりを探しています。フレガーの車が見当たらないので、それに乗っていったのだと思います。DF（メキシコシティ）にいる全員に虱潰《しらみつぶ》しに――」

「どういうことだ？　やつが独りでやったはずはない。だれかが助けたんだ」

「かもしれません」

「かもじゃない、マドリガルだ！　ロス・バケロスの仕業《しわざ》にちがいない！」

「調べてみます、パトロン」

「いますぐCIAに電話して、あいつらがよこした人間はロス・バケロスに撃たれたと教えてやれ」

「まだわからないんですよ、ダニエル」

「わかっている！　コンスタンティノ・マドリガルが糸を引いているんだ！」

カルボが、電話で溜息をついた。「手がかりはすべて調べます。ことにマドリガルの組織網についての情報があれば」

「それじゃ、やつらの行き先はわかったぞ。ティファナだ！」

「ジェリー・フレガーはビザを用意していません」

「フレガーがやつらの手先だとしたら、もう用意してあるかもしれない。それをおまえには黙っていたんだろう」

「そうにちがいない、ダニエル親分」カルボは、用心深く答えた。「全員を国境付近とそっちへ向かう幹線道路に集中します」

「よし。おまえはマドリガルを調べろ、ネストル。わかったか？」

「シ、ミ・パトロン」

ダニエルは電話を切り、デスクのボタンを押した。「エミリオ、車を用意しろ。ただちに出発する」リビングに戻った。妻が戸口で立っていた。

「なんなの？」

「仕事だ。いつだって仕事だよ、ミ・アモル」

「また出かけるの？」

ダニエルはうなずいた。「シ、すまないが、行かないと」

ジェントリーは、ヌエストラ・セニョーラ・デル・ピラル教会で、きのうとおなじ会衆席に座っていた。だが、隣にラウラ・ガンボア・コラレスはいない。祭壇、十字架、奉納の蠟《ろう》燭《そく》を、ジェントリーは見つめた。香と蠟のにおいがする。

ラウラのことを思った。

ジェリー・フレガーは縛って、本人のトランクに入れてある。二時間かけてフォードを始末し、ラ・ソナ・ロサにあるフレガーのアパートメントにタクシーで行き、着替え、前金として渡した二万五千ドル相当のペソ札、携帯電話、その他の細かいものを持ち出した。すべてフレガーの車に積んだ。腫《は》れがひどくならないように、フレガーの足に氷を入れたポリ袋をくりつけたが、うまく歩けないので、どこへ行くのにもジェントリーは手を貸さなければならなかった。

北東にむかうハイウェイ85の途中で、ジェントリーは教会に寄った。作戦上は不必要だし、いくらか危険でもあったが、黒服組がまだドンセレス通りをうろついているとは思えなかった。

どうしてここに来たのか、なにをやろうとしているのか、自分でもよくわからなかった。だが、ほんの数分でも、ここに来て、座り、考えたかった。

ラウラのことを考えた。どんな扱いを受けているだろうか。いまごろおれのことをどう思っているだろうか。

まだ筋肉が痛かったが、もうひくひく動くことはなかった。足首と手首に火傷《やけど》と火ぶくれができていたが、我慢できないほどではない。胸の切り傷が灼《や》けるように痛む。手当てが必要だが、失血を心配するほど深くはない。それに、鋭い痛みは、神経を集中し、これから何時間か起きているのに役立つ。そのあと……そのあとで、薬のことを考えよう。

計画らしきものはあった。頼りない計画だが、行動を伴う。こういうとき、ジェントリーはじっとしていて最善を願うよりも、行動するほうを好む。

またラウラのことを考えた。おれは彼女を愛しているのだろうか、といぶかった。

それから、エディーのことを考えた。エレナ、赤ん坊、エディーが残していった命のことを思った。

愛するのがどういうことか、自分にわかっているのだろうか。

聖堂を見まわした。信者はほんの数人しかいないが、彼らを見つめて、彼らの愛の深さはどれくらいなのだろうと思った。

ちがう、とジェントリーは結論を下した。おれは彼らとはちがう。愛することを教わっていない。

憎むように条件付けられている。

そしていま、殺す心構えができた。

ゆっくりと立ち、会衆席を離れた。祈らなかった。十字は切らなかった。祭壇の前に行って跪拝《きはい》することもしなかった。

だが、十字架に向けて語りかけた。出口に向かう前に、中央の身廊からそっといった。祈りではなかった。要求だった。きのうラウラにいったように、手順がわからないので、脅しつけるような声でつぶやいた。

「ラウラはあんたを信じている。あんたの僕《しもべ》のひとりだ。助けてやれ。面倒をみてやれ。おれひとりじゃできない」

教会に寄ったあと、グレイマンはひとつも無駄のない動きをした。ベニト・フアレス国際空港へ車で向かった。到着の数分前に、さきほど買った携帯電話をフレガーに使わせて、空港の〈ハーツ〉のレンタカーをフレガーの名前で予約させた。フレガーの車を長期用駐車場に入れ、レンタカーを受け取って、空港のべつの場所へ行った。そこでタクシーに乗って市内に戻り、レフォルマ地区でソカロ行きの市バスに乗った。ジェントリーはうまく歩けないフレガーに手を貸して、広場の南の長い二ブロックを進み、番人のいないホテルの駐車場を見つけた。そこでフォード・マスタングのエンジンを、キイなしでかけた。

午前二時半、ジェントリーとフレガーはメキシコシティをあとにして、北東のパチュカに向かった。車で九十分かかった。盗んだ車はパチュカで乗り捨て、長距離バス・ターミナルの前にある公園のベンチで、ターミナルがあく午前六時まで待った。始発バスで、北のファレスに向かった。ファレスの手前でバスをおりて、ティファァナ行きの地方路線のバスに乗った。

二十四時間の旅。

バスのうしろのほうにならんで座っているときに、フレガーがはじめて、文句や悪態ではない、まともな言葉を口にした。「どうしてあんな手間をかけたんだ？」

「手間って？」

「十二時間ずっと車に乗ったりおりたりだった。足が痛い。医者に診《み》てもらわないと」

「足跡を消すためだ。黒服組におれたちは見つけられない。やつらはあんたの車を探すだろうし、空港で見つける。飛行機に乗ったと思わせるためだと見抜くだろう。気が利いたやつなら、あんたがレンタカーを借りたのを突きとめる。やがて空港にレンタカーが残されているのを見つけ、やはり飛行機でメキシコから逃げたと思うかもしれない。しかし、頭のいいやつなら、タクシー会社も調べて、おれたちが撒《ま》こうとしたのに気づくだろうな。そして、やつらがすこぶる優秀で、運がよければ、おれたちがタクシーをおりたところから何キロも離れた場所で、あのマスタングが盗まれていたことを調べあげるかもしれない。だが、まあそれはないだろう」

フレガーが、ふくらはぎをさすった。足の腫《は》れが神経を圧迫して、燃えるような痛みがあった。

「やつらがそこまでたどり着いたとしても、パチュカでマスタングを見つけるには、FBI以上の情報網がなければならないし、たとえマスタングを見つけても、あそこのターミナルには監視カメラがなく、切符も現金で買ったから、ここまで追跡される可能性はまったくない」

「それでも、ティファナに向かっているというのは、想像がつくだろう？」

ジェントリーはうなずいた。「ああ、そうだな」わかりきっているという口調だった。「おれたちが着いたときには、ティファナのいたるところにいて、国境を監視し、おれたちを皆殺しにしようとしているだろうな」

「ありがたいこった」フレガーがいった。「それで、やつらに殺されないとしても、これがぜんぶ片づいたら、あんたはおれを殺すんだろう」

「いうとおりにすれば殺さない」

「嘘だ。CIAのやつにあんたがどんな仕打ちをしたか、おれは見たんだ。あんたを助けたのに。あんたはやつを殺した」

ジェントリーは肩をすくめた。くたびれたような笑みを浮かべる。「やらざるをえなかった」

「そうだな。二日後には、おれのこともそういうんだろう」

「妙なまねをしたときにはな」ジェントリーは、ポケットからジップタイを二本出した。メキシコシティの食料品店で拾ったものだ。それで輪をふたつこしらえ、ひとつに自分の左手を通し、もういっぽうにフレガーの右手を通した。それから、その結束用のプラスティック・バンドをきつく締めた。バスで配られる小さな毛布を取り、自分とフレガーの膝にかけた。だれかが見たら、男ふたりが手をつないでいるように見えただろう。通路の向かいの老女が、公《おおやけ》の場でふたりが睦《むつ》まじくしているのを見て、とがめるような笑い声を発した。

「で、やつらが国境にいるとわかってるのにティファナへ行って、ガンボア一家が越境するのを待つのか？」

「これからのことを説明してやろう、ジェリー。おれたちは国境へ行く。ティファナに。着いたら、エレナ、ルス、ディエゴが国境を越える。おまえは越境の手配をして、おれといっしょにホテルの部屋で待ち、無事にアメリカに着いたとエレナが電話で報せてくるまで、じっと座って顔を見合わせている。電話がなく、三人が越境できなかったら、ジェリー、おまえはホテルの部屋で、じわじわと死ぬ。ものすごくみじめな死にかたでな。一度こっきりで、まちがいなく越境できるように手配しなければならない。だから、名案を早く思いついたほうが身のためだ」

ジェントリーの話が終わる前に、フレガーがしきりと首をふった。「まちがいなく国境を越えるようになんかできない！　ああ、書類があれば、約束できる。でも、真夜中にやるのには、不確定要素がいっぱいある。二回か三回で越えさせると、いつもいうようにしてる」

「ガンボア一家は二回も三回もやれない。官憲に捕まって手順どおり処理されたら、デ・ラ・ロチャに消されてしまうだろう。やるのは一度こっきりだ」

「なにも約束できないっていってるだろう！」

ジェントリーは、肩をすくめた。目を閉じて、ヘッドレストに頭をあずけた。毛布を胸の上までひきあげた。「まあ、そういうことなら、ジェリー、おまえは死ぬしかないだろう」

42

ディエゴ・ガンボア・フエンテスは、メキシコ側の国境検問所の三〇〇メートル手前にある公園のベンチに座っていた。周囲の十歳以上の人間すべてに目を配っていた。悪いやつらに見られているのが怖かった。そこには悪いやつらがうようよいた。

その場所に座るのは、これが三日目だった。日を追うごとにディエゴは、ホセとラウラおばさんは現われないのではないかと思うようになっていた。それに、公園を歩いている男たちが、いよいよ黒服組の手先に見えてきた。気温は二〇度ぐらいなのに、ディエゴの大きな黒いサングラスと、ほとんど剃《そ》りあげた頭から、汗がしたたっていた。

ジョーの指示に従い、風体をかえていた。エレナおばさんとおばあちゃんもおなじようにした。黒服組が付近にいるのはたしかなので、ふたりはここから数キロメートルのホテルで部屋にこもっている。

きのうはちょっとした好運に恵まれた。ティファナ・カルテルの一員が、新顔を見かけ、自分たちの市場《プラサ》に割り込もうとする敵対するカルテルのひとりだと思い、当然の対応をした。自分たちの利益を脅かされたときの対応は、ひとつしかない——発砲したのだ。奇跡的にも一般市民は死傷しなかったが、利潤の高いこの渡河点で稼ごうとする新顔を見つけて追い払うために、ティファナ・カルテルの戦闘員がおおぜい駆り出され、ティファナの街路では日常茶飯事の機関銃の連射が、大幅に増加した。

ディエゴもあとのふたりも、銃撃の音は聞いていたが、カルテル対カルテルの市街戦の原因を知ったのは、昨夜のニュースを見たときだった。ティファナ・カルテルが、それと知らずに、自分たちを多少なりとも護ってくれるかもしれない、と三人は思った。黒服組は、北部にやってくると、それに巻き込まれ、足をひっぱられるはずだ。

ディエゴは、きょうは出かけたくなかった。午後三時に公園のベンチで待つのは嫌だった。おばさんも白人《グリンゴ》も来ないだろうし、ホテルを出たくなかった。いずれ自分が隠れ場所を出て、地元の密入国手配師《コヨーテ》と接触し、国境を越える輸送手段を手配しなければならないのは、承知していたが、あと二、三日遅らせたい気持ちだった。三人は金がとぼしく、手づるはなく、黒服組の出現に怯《おび》えていた。

自力で国境を越えるのは、かなり難しいだろう。

ひとりの男が、ベンチの前を過ぎた。ディエゴは、男が近づいてくるのにも気づかなかった。髪はレザーカットで短くしていた。野球帽をかぶっていたが、そうだとわかった。顎鬚《あごひげ》と口髭は濃かったが、短く刈りつめていた。目はミラー・サングラスに隠れて見えない。長袖のコットンのシャツに、だぶだぶのジーンズという格好だった。このあたりの労働者のありきたりの服で、カルテルの連中ほど上等ではない。それでも、男が目の前で歩度をゆるめると、ディエゴは恐怖に身をこわばらせた。

「ついてこい」男がスペイン語でそっとささやいた。

ディエゴはなまりに気づいた。声に。

ホセだ。あのアメリカ人。

あまりにも風体が変わっていたので、男が公園を横切り、小さなベスパのスクーターにまたがり、ふりむいたときも、ディエゴはためらった。おずおずとベンチから立ちあがった。ジョーがスクーターをとめて、ベンチに近づくまで、どうして気づかなかったのだろうと思った。まるでどこからともなく現われたという感じだった。

ディエゴがベスパのそばに来ると、ジョーがエンジンをかけ、うしろに乗れと合図して、ひとことも交わさずに通りを走っていった。

ジェントリーは、午後にフレガーがスクーターを借りた店に戻り、そこからディエゴといっしょにタクシーに乗って、ルスとエレナがいるホテルへ行った。女ふたりは、アメリカ人の外見があまりにも変わっていたので肝をつぶした。それらしい服を着たら、黒服組の一員に見えるはずだと、ふたりがいいつのった。

エレナとルスも、ディエゴとおなじように変身していた。ルスは髪を赤く染めていた。もとからの赤毛には見えない、ルスぐらいの齢の女が髪を染めるのは、そう変でもない。エレナは、新品らしい白い花柄のワンピースを着ていた。髪を切り、ラウラとよくにたボブにしていた。大きなサングラスをかけ、ハイヒールをはいていた。

だが、エレナが妊娠していることに変わりはない。変装しようという努力は高く買うが、ターゲットよりも髪が短いからといって、黒服組の殺し屋が妊婦に目を向けないことはありえないと、ジェントリーは思った。

ディエゴとジェントリーは、女ふたりをべつのタクシーに乗せて、スーパーマーケットへ連れていった。そこでタクシーを乗り換え、市内バスの停留所へ行った。タクシーが見えなくなると、ジェントリーは通りの一〇〇メートル先まで三人を連れていって、左手の狭い路地に曲がり、時間貸しの汚らしいモーテルに着いた。

病気もちらしい売春婦が表に何人も立っていたが、ジェントリーは先に立って三人を連れ、その前を通って、裏の階段を昇った。鍵を差し込んで、窓のない狭い部屋のドアをあけた。なかは暗かった。ここまで来るあいだ、話をすることをジェントリーが禁じていたので、ドアを閉めたとたんにエレナがいった。「どうしてここに来たの？」

返事の代わりに、ジェントリーは部屋の明かりをつけた。まんなかがくぼんでいるシングル・ベッド、擦《す》り切れた掛け布団《ぶとん》、そこに置かれたバックパック。ジェントリーは目で合図して、三人をバスルームに行かせた。

フレガーが、電話機のコードと梱包《こんぽう》用テープを使って、狭く汚いバスルームの配管に縛りつけられていた。小便のしみがついた陶器の便器に頭をもたせかけ、撃たれた足は薄汚れたバスタブの縁にあげていた。

「どうしてこんなに長くかかったんだ？」メキシコ人三人のうしろから見ていたジェントリーに、フレガーがきいた。

ジェントリーは、三人に向かっていった。「おれたちは見つかった」

「ラウラはどこなの？」エレナがきいた。

ジェントリーは、溜息をついた。「黒服組に捕まっている」ルスとディエゴにわかるように、スペイン語でいった。

ルスが叫び、ベッドに腰かけて、おいおい泣き出した。

エレナも泣き叫んだ。「どうして？」

「あのくそったれのせいだ」ジェントリーは、便器に縛りつけられているフレガーを指さした。

エレナが、フレガーを見た。フレガーは顔をそむけて、汚いフェイクタイルの上を這っていた長いムカデを見つめた。

「えっ……おれたち、これからどうするのさ？」ディエゴがきいた。

「三人ともアメリカに行かせる。それからおれはひきかえし、ラウラを取り戻す」

「だめ、だめ、ラウラを置いていけない」エレナがいった。

「そうするしかない。あんたたちには、邪魔にならないところにいてもらわなければならない」

「どうやっておばさんを取り戻すの？」ディエゴがきいた。

「ジェントリーは、ベッドのルスの横に腰かけた。「デ・ラ・ロチャが返すように仕向ける。デ・ラ・ロチャの人生をめちゃくちゃに壊し、ラウラを解放するまで壊しつづける。そして、解放したら……ラウラを連れて立ち去る」

「デ・ラ・ロチャを生かしておくの？」ディエゴがきいた。

「ラウラを取り戻すことだけが目的だ」

「デ・ラ・ロチャは、エデュアルドを殺したのよ」エレナがいった。

「それは知っているし、おれだってその代償を払わせてやりたい。しかし、ラウラを救うのに集中した場合、それは無理だと考えている」

エレナ・ガンボアが、長いあいだ強いまなざしでジェントリーを見つめていた。ジェントリーには、はじめのうち、そのまなざしの意味がわからなかったが、しだいに悟りはじめた。なにかをいい、なにかが伝わり、ラウラにある種の感情を抱いているのを表わして、それをエレナが察したのだ。

ジェントリーは顔をそむけたが、エレナがそばに来て、両手を握り、ぎゅっと握り締めた。ジェントリーは壁に目を向けつづけ、それから便器の横で身をよじっているフレガーを見た。

エレナが涙を押し殺しているのが、音でわかった。これが私戦になったことを、エレナは悟った。ジェントリーの言葉と行動から、それを読み取っていた。

ジェントリーが気まずい思いをしているのを、エレナは察したにちがいない。なにもいわずに顔をそむけて、義母の横に腰をおろし、両腕で抱いた。ふたりの顔を、涙が流れ落ちた。ルスは、ホセという名前で知っている男のほうを見あげた。「ありがとう、ホセ。ほんとうにありがとう」

ジェントリーは、スペイン語でいった。「まだ取りかかってもいない」

フレガーは、二十四時間のバスの旅と、その翌朝、ガンボア一家をアメリカに密入国させる計画の立案で、文字どおり疲れ果てていた。スクーターを借りさせ、モーテルに連れ戻して、便所に縛りつけられ、何時間もほうっておかれるまで、計画は完全にできあがってはいなかった。

情け容赦のないちくしょうめ。

前夜、バスに乗っていたときに、フレガーはティファナの犯罪組織の伝手《つて》に、熟練の密入国手配師《コヨーテ》に身許を保証してもらうよう手配した。そのコヨーテが、二日後の深夜にテカテ近くで大麻運び屋四十人が集団越境する準備をしているところだと告げた。麻紐《あさひも》に巻き込んだ大麻を運ぶのなら、そっちの密入国者も同道していいといわれ、フレガーはすぐさま同意した。そして、越境の正確な時間と場所を教わった。

つぎに、貸しがあるノガレスの知り合いを利用した。そこの市場《プラサ》を動かしている麻薬密売網とのつなぎを頼んだ。ノガレスから国境を越えてアリゾナ州に行けるトンネルのことを教えられ、ティファナで午前中いっぱい、新しい携帯電話を使って、しかるべき地位にある、しかるべき人間と連絡をとった。そして最後に、ガンボア一家を連れて帰ってきたジェントリーに便器から解放してもらってから、フレガーはノガレスとツーソンにまた電話をかけて、手配を完了し、話をした相手すべてに約束した。

ほとんどが嘘っぱちの約束。

この二十四時間についた嘘のせいで、おおぜいがフレガーを殺そうとするはずだった。まちがいなくそういうことになるだろうと、フレガーは確信していた。メキシコ北部は恐ろしく剣呑《けんのん》な男たちのいる地域として知られているが、フレガーの計画は、そのなかでももっとも卑劣で執念深い連中を瞞着《まんちゃく》することになる。その連中は、フレガーの本名も手先も知っているし、大使館に勤務していることも知っている。この苦境を脱け出したあと、なにごともなかったように副業をつづけることはできないだろう。

だが、ジェリー・フレガーは、グレイマンのほうをずっと恐れていた。この苦境を生き延びられるものなら、そのあとはどんな苦境だろうと切り抜けられる。いまは肝心な仕事をやらなければならない。

43

ジェントリー、フレガー、ガンボア一家の三人は、盗んだフォード・ロボのピックアップで、午前中に東を目指し、正午前にノガレスに到着した。そこで、ティファナで泊まったのと大差ないひどいモーテルにチェックインした。

午後はずっとそこにいて、食事をし、話をした。ガンボア一家は祈った。ジェントリーとフレガーは、赤くなった生傷をいじくり、夜を待った。

フレガーの計画は、自分の身を護ることを念頭に置いていた。テカテ付近の大麻密輸を、ぎりぎりになってDEAに密告する。大麻といっしょにヘロインも密輸されるらしいとさりげなく伝え、運び屋《ミュール》の数も四十人ではなく百人だとする。

ガンボア一家が国境を越えるあいだ、それでノガレスのトンネルのアリゾナ側で警戒がしばらくゆるむことを願っていた。

ガンボア一家の運命はフレガーの生死を左右する問題だし、それがいちばん成功の可能性が高い方法だった。

午後八時、ジェントリーはフレガーをバスルームの便器に縛りつけ、ガンボア一家ととももにモーテルを出た。ロボを走らせて、国境沿いのインテルナシォナル通りまで行き、そこで右折し、小さな丘を下った。左手が国境のフェンスで、錆《さ》びたトタン板と幾重かの金網と鉄条網から成っている。右手の坂の上には、粗末な家がならんでいる。アスファルト舗装がとぎれて、砂利と土の道を五〇メートルばかり進むと、木造の小屋の前でロボをとめた。

小屋の外に、ひとりの男が立っていた。ジェントリーは、運転席をおりる前から、男が厚手の格子縞シャツの下に銃を隠し持っているのを察していた。

密入国手配師《コヨーテ》だ。男は家族とともに越境し、ツーソンまで送る人間に引き渡す。そこまでずっと同道する。

コヨーテは、白人野郎《グリンゴ》をじろりと見たが、なにもいわなかった。

ジェントリーは、その男に嫌悪を抱いた。三人の命、いや、エレナが身ごもっているエディーの息子を入れれば四人の命が、いまこっちを嫌な目つきで見ている、このひとでなしの麻薬密売人の行動に懸かっている。

だが、ジェントリーにもガンボア一家にも、選択の余地はなかった。フレガーを信じるしかない。正直さや忠節を信じるのではない。そんな理由から、フレガーがこれをやるはずはない。自分の身を護るためにやっている。その動機だけでじゅうぶんだと、ジェントリーは考えていた。

コヨーテがガンボア一家の三人を小屋に差し招き、ジェントリーは闇に包まれた未舗装路で、しばらくいっしょに立っていた。「どれだけお礼をいっても足りないわ」エレナがジェントリーにいった。めそめそ泣いていた。

「いいから早く国境を越えろ。エディーの昔の友だちを探せ。海軍かＤＥＡの。そういう連中なら心配ない。手を貸してくれるはずだ。いい子を産むんだよ」

エレナがほほえんだ。「そうする」

目に涙を浮かべて、エレナがジェントリーを抱き締めた。「ラウラを助けて。ラウラの頼みの綱はあなただけよ。自分も気をつけてね」

エレナが向きを変え、小屋に向かった。ジェントリーはつぎにディエゴと握手した。「おまえが家長だ。わかっているな？」

「わかっています」

「エディーおじさんは、若いころにアメリカへ行った。そして成功した。人生がどういう形で終わったにせよ……ひとかどの人生を送った」

ディエゴがうなずき、星空を見あげた。「エデュアルドおじさんみたいに生きられればいいと思っています」背中を向けて、小屋にはいっていった。

ルスは、ジェントリーを長いあいだ抱いていた。短い祈りを唱え、十字を切り、向きを変えて歩み去った。

ジェントリーはいつしか、ルスがつぶやいた言葉を理解しようとして耳を澄ましていた。それに慰めを得て、神への嘆願に力づけられるために。

だが、理解できなかった。それに、気持ちはなにも変わらなかった。

一家が行ってしまうと、ジェントリーはあたりを見た。そのあたりでは、フェンスの向こうがだいたい見えていた。倉庫が数棟あり、明かりはついているが、動きはなく、静かだった。低木の生えている丘を登る道路が一本ある。遠い夜の闇に向けて長いリボンキャンディのようにくねくねと北にのびているのが、月光と星明かりで見えた。

あそこがアメリカだ。すぐ向こうにある。手をのばせば触れられるほど近い。

ジェントリーは、母国を五年も目にしていなかった。そこはもはや故郷ではない。ジェントリーにとっては、世界でもっとも危険な国だった。

むろん、メキシコを除けばだが。

それでも、うねっている叢林《そうりん》地帯を、憧れをこめて見渡した。前方の土や砂や回転草《タンブルウィード》が、乳と蜜の流れる地であるかのように。

なんと美しいんだろう。

いましがたそこへ送り込んだメキシコ人三人が、うらやましくなった。

強大な力を持つ母国の勢力が、帰国させまいとしているにもかかわらず、ジェントリーは母国を愛していた。国のためなら血を流すのも、ひとを殺すのもいとわない。べつのことのために死なずにすんだ暁《あかつき》には、国のために死ぬのもいとわない。

いつの日か、デニー・カーマイケルやCIA上層部の何人かと、決着をつけなければならない。

だが、それはあとのことだ。ずっとあとの話だ。

ジェントリーの悲しみに満ちた目と、憧憬を浮かべた夢見る表情が硬くなり、非情な目と決意のみなぎる勇猛な表情へと変わった。ピックアップに乗ると、電話を待つためにモーテルにひきかえした。

朝の七時に、電話がかかってきた。エレナからだった――国境を越えた。ガンボア一家はコヨーテと分かれて、自分たちだけでツーソンへ行き、サンフランシスコ行きのバスの切符を買った。バス・ターミナルで買った携帯電話の番号を、エレナは教えた。ジェントリーは、エレナとのあいだで、あらかじめ合言葉を決めておいた。無事だったときには、〝ホテル〟を探すとエレナがいう。脅迫されているときには、〝モーテル〟という言葉を使う。エレナが〝ホテル〟といったので、ジェントリーは長い安堵《あんど》の息を漏らした。それでも、ディエゴに電話を代わらせた。脅されている気配はないかと、しばらくディエゴの言葉に耳を澄ました。だが、おばとおなじで、ディエゴはただ疲れているだけのようだった。

ジェントリーは電話を切り、フレガーのほうを向いた。フレガーは、狭いモーテルの部屋で、もう一台のベッドに座っていた。一睡もしていなかった。足がずきずき痛み、もうじき殺されるという恐怖で、眠ることができなかった。

フレガーが、ジェントリーに視線を返した。「どうせおれを殺すんだろう?」

ジェントリーは首をふった。「いや。あんたはおれが頼んだことをやった。殺すつもりはない」

フレガーは信じなかった。「そうかい。おれが立ちあがって、そのドアを出たら、撃ち殺すんだろう?」

ジェントリーは、もう一度首をふった。「いや、ジェリー……ここにいればいい。あすの分まで払ってある。おれが出ていく」

フレガーは、困惑しているようだった。ゆっくりと首をふった。「ああ、そうかい」ジェントリーを信じていなかった。

「ただ、仕事はやめろ。アメリカ合衆国のために働くのはおしまいにしろ。わかったか?」

フレガーが、すぐさまうなずいた。驚くとともに、希望が湧いていた。「わかった。どうせあそこへは帰れない。カルテル同士が、おれを殺そうとして争うだろうよ。でも……どうすればいい?」

ジェントリーは肩をすくめた。「さあな。足をひきずりながらコペンハーゲンに戻ったらどうだ。どんな立場にせよ、アメリカ政府の仕事をしているという噂だけは聞きたくない」

「わかった。やめるよ」

「それから、もうひとつ頼みがある」

「いいよ」

「マドリガルだ」

「やつがどうした?」

「話がしたい。差しで」

フレガーが、ベッドのうしろの壁に頭をもたせかけた。「おい、エル・バケロ本人と話ができる人間は、どこにもいないんだ」

「でたらめだ。なんとかしろ」

「なあ、おれはロス・バケロスをおおぜい知ってる。何人かはカルテルの上のほうの人間だ。しかし、あんたをマドリガルに会わせられるような手づるは知らないんだ。やつは幽霊だ。

姿を見せない」

「マドリガルと話をする必要がある。男同士で」

問題外だというように、フレガーが首をふった。だが、ゆっくりとそれをやめた。自分を見おろしている男に目を向けた。「当ててみようか。これをおれがやるか、さもなければ撃ち殺すというんだろう」

「呑み込みが早いな、ジェリー」

フレガーは、空を見つめ、しばらく目の焦点が合っていなかった。ようやくいった。「何本か電話をかけさせてくれ」

44

ジェントリーは、縁石に腰かけていた。まぶしい陽光と、通過するバスや車の撒《ま》き散らす土埃《つちぼこり》と排気ガスが、むき出しの肌のすべての毛穴にはいり込んでいた。

家の前を男の子が、小走りに通った。自分が住んでいる町でよそ者を見かけたのを不思議がるようすで、縁石の男を眺めた。

ジェントリーは、両手をちらりと見た。揺れている。いや、ふるえている。アドレナリンが全身を駆けめぐっているときですら、両手はつねにしっかりしている。恐怖を抑制し、意識の奥にしまい込んで、目の前の問題にエネルギーを集中し、自分を信じることを体得している。どんな危険が目の前にあろうが、切り抜けるという確信がある。

だが、いまは確信がない。

喉の奥にしこりがある。

神経が尖《とが》っているだけだ、ジェントリー。ただの神経だ。だいじょうぶだ。

コークをひと口のみ、トルタをかじった。豚肉は厚くて、風味豊かだったが、ソノラン砂漠のまぶしい陽射しと不安のせいで、食欲がほとんど失せていた。

それに、周囲の男たちすべてが、うるさくつきまとってきた。

町に到着し、エルモシリョ発のバスをおりてから五分とたたないうちに、最初の脅しがあった。麦藁《むぎわら》帽子をかぶった筋肉隆々の若い男が、町の中心部に向けて歩くジェントリーとならんで歩いた。

「おまえはだれだ？」

ジェントリーは歩きつづけた。

「名前は？」

ジェントリーは、男のほうを見もしなかった。

「ここでなにしてる？」

またしても、町に来たよそ者から返事はなかった。地元のごろつきにすでに怪しまれているいま、アメリカのなまりを聞いたら、どういう反応を示されるだろうか？

若い男が、ジェントリーの足を踏んだ。

ジェントリーは足をとめた。向きを変え、男を見た。二秒以内に男を殺す四つの方法を考えた。

だが、だめだ。目的の場所へ、できるだけ穏便《おんびん》に行きたい。ひとを殺したら、そうはいかない。

ジェントリーは、歩きつづけた。じきに地元の男たちの小さな群れがついてきた。銃を持っているものも多い。ひとりがジェントリーの野球帽を取り、フリスビーよろしく汚れた通りに投げた。ティーンエイジャーがひとり、うしろからはしっこく走ってきて、カウボーイブーツの爪先で、ジェントリーの尻を蹴った。ジェントリーはよろけたが、体勢を立て直し、歩きつづけた。

そうしていま、この小さな町の中心にある店の前で、縁石に腰かけている。さきほどまで取り囲んでいた男たちは、ふっと姿を消していた。だれかが電話かメールで連絡を受け、地元の人間は失せろという命令が伝えられたのだろう。だれかがしゃべるのは聞いていない。馬鹿者どもを邪魔にならないところに移動させるには、目配せか身ぶりひとつでじゅうぶんだったにちがいない。

コーラを口もとに運ぶとき、両手がふるえた。電気ショックの火傷《やけど》はたいしたことがなく、ひどい日焼け程度だったが、拷問で受けた精神的動揺は、四日たっても消えていなかった。そしていままた、冷酷非情な男たちに身をゆだねようとしている。それが手のふるえと、神経に影響していた。

セダンがゆっくりと近づいた。茶色の四ドアが、通りの向かいのガソリンスタンドにはいり、ポンプの前を通って、とまった。四人の男が、仔山羊の角《クエルノ・デ・チボ》と呼ばれるAK－47アサルト・ライフルを持ち、おりてきた。爪先の尖《とが》ったブーツ、赤いパイピングの白いシャツという、カウボーイのいでたちだった。濃い口髭を生やしているが、顎鬚《あごひげ》はなく、ブーツは灰色のオーストリッチだった。

カウボーイズ――ロス・バケロス。コンスタンティノ・マドリガルの配下だ。

アサルト・ライフルを持ったふたりが、通りを渡ってジェントリーに近づいた。ジェントリーは、両手を体から離し、ゆっくりと立ちあがった。

町警のパトカーが通りかかり、いくぶん速度を落としたが、そのまま走っていった。

そういう町なのだ。アサルト・ライフルを持った男たちが、往来の激しい通りを渡り、両腕をあげている男に銃口を向ける。

だが、そんなことに、このあたりの警察は見向きもしない。

要するに、ソノラン砂漠のアルタルというこの町は、マドリガル・カルテルの縄張りだった。

ロス・バケロスは、アサルト・ライフルを腰まで下げていたが、銃口はジェントリーの胸に向けたままだった。

ジェントリーはすぐにボディチェックされ、セダンに押し込まれた。町を出て南に運ばれ、道端の雨裂にセダンが乗り入れた。そこでおりろといわれ、ジェントリーはおりた。セダンが南に向けて突っ走り、土煙のなかにジェントリーは取り残された。

土煙が晴れる前に、キャデラック・エスカレードがとまった。町からずっと跟《つ》けていたにちがいない。リアのサイドウィンドウがあいた。マドリガルにちがいないとジェントリーは思ったが、そうではなかった。それもまた配下のひとりだった。その男は肥っていて、若かった。〈レイバン〉のサングラスをかけ、カウボーイ・ハットは膝に置いている。馬鹿でかいリヴォルヴァー、コルト・パイソンを、ジェントリーに見えるように顔のそばでふった。

男が英語でいった。「日に焼けてないところが見たい、白人野郎《グリンゴ》」

「なんだって？」

「服を脱げ。ぜんぶ」

ジェントリーは、肩を落とした。「わかった」下着一枚になったが、男がそれに銃をふってみせた。ジェントリーは下着も脱いで、靴下だけで熱い土を踏んで立っていた。男が靴下も脱ぐよう命じた。ジェントリーは、片足ずつぴょんぴょん跳ねた。足首と手首に火傷《やけど》を負っている。足の裏まで火傷したくなかった。

ＳＵＶから男が三人おりてきて、虱《しらみ》がたかっているとでもいうように、ジェントリーの服を調べた。三人がかりで徹底的に服を調べると、ジェントリーにほうった。だが、順序がでたらめで、下着が最後に返されたので、それまでジェントリーは、土埃にまみれた服を丸めて持って、待たなければならなかった。

ようやく服を着た。そのあいだ、短い髪を通して太陽に灼《や》かれた頭皮がひりひりした。ジェントリーは、ＳＵＶの肥った男の隣に乗り、コルト・パイソンを肋骨《ろっこつ》に押しつけられた。ジェントリーが黙って前方を見ていると、ＳＵＶが南に向けて走り出した。

名もない集落の端にある小さな飛行場で、ＳＵＶがとまった。平坦な乾いた土地で、周囲の農地はすべて完璧な正方形で、ロバと低賃金の労働者によって耕作されていた。滑走路は舗装されていなかったし、その末端にとまっていた飛行機は、四十年以上前の型のようだった。その小さなプロペラ機、セスナ２１０は、メキシコのあちこちに麻薬を輸送するのにうってつけの軽飛行機だった。脚が頑丈で、高翼のため視界がきき、カルテルが切り拓いた、登録されていない滑走路のひどく荒れた路面にも着陸できる。

ジェントリーと肥った男が、その飛行機に乗った。野球帽をかぶり、座席の脇に置いたホルスターに四五口径を突っ込んであるパイロットのほかに、ふたりが乗っていた。いずれも膝にカラシニコフＡＫ‐47を置いていた。幅が二メートルもないような狭いキャビンで、飛行中にそんな武器で撃つのは難しいだろうと、ジェントリーは首をかしげた。

ジェントリーはつねに、そういう考えかたをする。危険が差し迫っていると考える理由はなにもなかったが、座って座席ベルトを締め、パイロットがエンジンをかけると、推定三秒間で周囲の男すべてを殺し、戦闘不能にし、武器を奪う計画を編み出した。パイロットは生かしておき、意識を失わせない。武器を取りあげ、指示どおりに操縦して飛行機を着陸させることを願う。いうことをきかなかったら、頭を撃ち、自分で着陸させればいい。

ジェントリーは腕のいいパイロットではない。飛行機を着陸させたのは二度ほどで、一度はもう飛べないねじれた金属と燃えるオイルの塊になり、もう一度は飛行機と見分けられないくらいめちゃめちゃに壊れた。

だから、〝カウボーイの国〟の山中へ行く飛行《フライト》のあいだ、機内のみんながお行儀よくしていることを、心から願った。

セスナが滑走路で弾み、よろめき、がたつきながら、空に昇っていった。南を目指しているとわかった。ほどなく太平洋が右手に見えてきた。

フライトのあいだは、何事もなかった。午後三時ごろに、べつの秘密飛行場に着陸した。西シエラマドレの緑濃い山地にある開豁地《かいかっち》で、トタン屋根に囲まれていた。そこがまだソノラ州なのか、それともシナロア州なのか、あるいは、メキシコでのジェントリーの悪夢がはじまった、エディー・ガンボアの墓があるナヤリト州なのか、まったくわからなかった。

どこであるにせよ、マドリガルのロス・バケロスが多人数いるはずだと確信していた。

それが的中した。

ジェントリーがセスナをおりて、肥った男がそれにつづくと、カウボーイ・ハットをかぶり、AK‐47をこれ見よがしに持った男たちを満載した、大型のフラットベッド・トラックの出迎えを受けた。ジェントリーは荷台に乗り、その男たちに囲まれた。トラックが村にはいり、そこから鬱蒼《うっそう》とした森に登っていった。道路は舗装されていないが、すこぶる状態がいいことに、ジェントリーは気づいた。荷台で体がぶつかったり押し合ったりするのは、道路の穴とはあまり関係がなく、ロス・バケロスの男らしさの誇示と反白人《グリンゴ》の態度によるものだった。

道路状態がいいのは、マドリガル・カルテルが建設し、管理しているからだ。倒木でこしらえた掩蔽壕《えんぺいごう》のそばをトラックが通ったとき、それが裏付けられた。ふたりが三〇口径の機関銃を操作し、道路を射界に収めていた。シエラマドレの森の厚い林冠の下に、粗末な建物群があるのが見えた。周囲でおおぜいが歩き、働いていた。上半身裸かTシャツにジーンズで、だれもが武器を持っていた。

ジェントリーの予想に反し、そこは麻薬製造施設ではなかった。どちらかというと、反政府勢力の基地のようだ。壁や見張り櫓《やぐら》はなかったが、ジャングルの要塞のふぜいがあった。孤絶した場所にあり、銃もそれを操る男たちもかなりの数なので、米陸軍レインジャー一個大隊よりも小さな部隊では、攻略が難しいだろう。

トラックが不意に停止した。ジェントリーは隣の男と肩をぶつけ合い、理解できない悪罵《あくば》を浴びせられ、荷台からおりた。

見通しのいい場所で、また裸にされて調べられた。小屋のまわりにいた子供や女や年寄りが、裸の白人《グリンゴ》という見世物を立って眺めていた。服が投げ返されるのを待つあいだ、犬や鶏《にわとり》が周囲をうろついた。

カウボーイ・ハットをかぶり、〝仔山羊の角〟を持った男たちが、ジェントリーが服を着るのを見守り、狭い長い踏み分け道を登らせ、機関銃陣地や、武器を持ってロバや馬にまたがった男たちのそばを通った。道沿いの森や、石ころだらけの曲がりくねった涸《か》れ沢から、男たちがジェントリーを睨《にら》みつけた。石の階段が造られている場所も、何カ所かあった。踏み分け道の蛇腹形鉄条網を設置したゲートは、三人に護られていた。ジェントリーが上の岩山を見ると、ライフルとカウボーイ・ハットが背後の太陽にシルエットになっていた。

ゲートを抜けると、前方がひらけて、松と樅《もみ》の樹冠の下に何棟か大きな建物があった。単純なコンクリート・ブロック造りで、トタン屋根だった。まんなかに道路が通っていて、戸口にはすべて武装した見張りが配されていた。寄せ柱《ヒッチング・ポスト》と水用かいば桶の近くに、数多くの馬とロバ数頭が立っていた。ジェントリーは、道路のなかごろの、大きな倉庫のような建物に向けて歩かされた。

入口の前で、右側にいた男が、拳銃の筒先をジェントリーの右こめかみに当てた。左側にいた男が、左こめかみに拳銃の筒先を当てた。三人目が前に出て、ジェントリーの額にリヴォルヴァーの銃口を当て、四人目が後頭部を銃口でつついた。

「よし《ブエノ》」指揮していた男がいった。前に立ち、スペイン語でいった。「ゆっくりとなかにはいれ。一度に一歩ずつだ」男がうしろ向きに進みはじめ、五人がひとつの塊になって動いていった。ジェントリーは、まわりで脚が調子をそろえて動いている蜘蛛《くも》の胴体になった気分だった。

戸口を通るあいだ、全員の銃が顔や頭にぶつかるので、ジェントリーはいった。「あんたらみたいに気の小さいボディガードは見たことがない」

前の男が、にやりと笑った。「おれたちが気が小さかったら、アルタルでその白いケツを吹っ飛ばしていた」行列はそのまま広い部屋にはいり、前の男がうしろ向きに進みながら、こういった。「頼むよ《ポル・ファボル》、マドリガルさんのランチにあんたの脳みそをぶちまけるのだけは願いさげだ」

45

ジェントリーが男の肩ごしに見ると、その部屋は集会所のようだった。奥の壁ぎわに、食事やソフトドリンクをいっぱいならべたピクニック・テーブルが何台かあった。武装した男が十数人、あちこちに立ち、土間をそちらに移動している行列を眺めていた。テーブルの上座に、ジェントリーと向き合ってひとりの男が座り、前には豆料理の皿があった。コーン・トルティーヤで豆をすくって食べている。トルティーヤを食べ終えると、〈テカテ〉ビールを缶からごくごくと飲んだ。

五、六人が、そのうしろに立っていた。いずれも、粗末な麦藁《むぎわら》帽子か、野球帽をかぶっている。

缶ビールをテーブルに戻したところでようやく、銃を四方から突きつけられているアメリカ人のほうを、男は見あげた。ジェントリーの前の男がさっと横にどいて、銃口を下げたが、胸に狙いをつけていた。

ようやくジェントリーに、目当ての男がよく見えるようになった。

コンスタンティノ・マドリガルは、麻薬王というよりは農民《カンペシノ》のように見えた。五十代で、大柄だった。肥っているというのではなく、がっしりしている。口髭ともじゃもじゃの髪は、黒から灰色に変わる一歩手前だった。デニムのシャツの前をはだけ、素朴な針金の十字のペンダントの左右で、毛むくじゃらの胸が汗で光っていた。

頭には野球帽をかぶっている。

またトルティーヤを折って、ブラックビーンにひたし、ねっとりしたそれを食いちぎった。くちゃくちゃ食べながらいった。「おまえ、グレイマンと呼ばれているそうだな。灰色《エル・オンブレ》の男《・デ・グリス》か」缶ビールを持ち、ポインター代わりにジェントリーを指した。「おれに会見できるやつはいない。ひとりもいない。しかし、みんなおまえの話をする。〝テレビでプエルトバリャルタのあの白人《グリンゴ》を見ましたか？〟と、みんながきく。おまえ、映画スターみたいだな。会わざるをえなかったよ」

マドリガルが、テーブルのランチの横に盛られた白い粉に濡れた指を突っ込み、その指を口に入れて、コカインを吸った。

そのあとで、〈テカテ〉を流し込む。

ジェントリーはいった。「会ってくれて感謝します」

「おまえは黒服組の殺し屋《シカリオ》をおおぜい殺した。おれの部下が殺した数よりも多い」ビールを飲みながら、弁解を聞きたいというように、周囲の武装した男たちを見た。だれもなにもいわなかった。

ジェントリーは左右に視線を動かした。どちら側も頬骨に食い込むほど、リヴォルヴァーの銃口を押しつけられている。「部下に銃をおろすようにいってもらえませんかね。くしゃみされたら困る。おれは敬意を表するためにきた。そっちにもおなじような礼儀を示してもらいたいだけだ」

マドリガルが、またトルティーヤを折りながら、にやりと笑った。「おれはおまえにかなり敬意を表しているんだぞ、グリンゴ。これが敬意じゃないと思うのか？　敬意を感じない相手を、おれがどう扱うか、見たほうがいいな。おまえの腕前は知っている。こうやっていても、おれを殺せるかもしれない。わからんが」

「殺そうと思っても、これではやれない」この際なので、ジェントリーは臆面もなく追従《ついしょう》を口にした。

「そういう予定じゃないのなら、おれになんの用だ？」

「奉仕《トゥス・セルビシオス》のために来た。無料《ただ》で」

「おまえの奉仕？」

「そうだ。あんたの許可が得られれば、黒服組をやっつけるのに手を貸したい」

マドリガルが、部下に手をふってさがらせた。四人が銃をジェントリーから遠ざけ、脇にどいた。それでも、銃器を持った男たちが、ジェントリーの五歩以内に十数人いる。マドリガルが、太い指でピクニック・テーブルを叩いた。「この一週間、おれの助けなしで、それをやっていたじゃないか」

「もっと大きい作戦の話だ」

マドリガルが肩をすくめ、ジェントリーに手で座るよう促した。ジェントリーは、向かいの折りたたみ椅子に腰をおろした。マドリガルが話しているあいだに、AK‐47を持った男が、〈テカテ〉のプルトップをあけて、ジェントリーの前に置いた。「おれはデ・ラ・ロチャと戦争していない。デ・ラ・ロチャと戦争したくもない。それでなくても、あちこちで戦争している。デ・ラ・ロチャにもおれにも、それぞれの市場《プラサ》がある。それに、陸軍と戦うだけでも厄介だ。おまえがやつの配下を殺すのを、高みの見物と決め込みたいね」笑った。

「そのほうが楽しい」まわりの男たちも、銃身の向こうで笑った。

ジェントリーには、マドリガルの言葉をすべて理解したわけではなかった。わかりづらい口語体にくわえて、メキシコ山地地方のつよいなまりがあったし、ジェントリーの習ったスペイン語は、ほとんどがスペインと南米の語法だった。部屋の向こうから、若い男が呼ばれて、マドリガルのそばに座った。

「息子が通訳をやる。チンガリトと、おれたちは呼んでいる」

ジェントリーは、その綽名《あだな》を心のなかで訳し、息子を〝ちびのくそったれ〟と呼ぶのは、いったいどういう人間なのだろうと思った。それを口に出してきくのは控えた。

まだ十六になったばかりの少年だった。金色の大麻の葉が刺繍《ししゅう》された野球帽をかぶっている。テーブルに呼ばれ、責任を課せられたことに、よろこんでいるようだった。黒服組との戦争には気が進まないというマドリガルの言葉を、チンガリトが伝えた。

ジェントリーは、英語に切り替えた。「デ・ラ・ロチャが、あんたが南米各国政府に築いた人脈の情報をCIAから教わったことを知っているか？」

チンガリトが通訳した。マドリガルが、首をふった。「いや。どうしてそれを知っている？」

「CIAの人間がそういった。デ・ラ・ロチャ本人もおれにそういった。あんたの製品《ブツ》の一部を手に入れようとしている」

「そんなことはさせない」

「そうかもしれない。あんたの製造を妨げるようなことをやる程度かもしれない。それでもむこうの力は強くなる。ちがうか？」

　コンスタンティノ・マドリガルが、べつの男を呼び寄せた。男の耳もとで、ちょっとささやいた。それから、ジェントリーに視線を戻した。「ダニエル・デ・ラ・ロチャの父親は、賢明な男だった。むろん競争相手だが、優秀なビジネスマンだった。ダニエルはいかれてる。正気じゃない。ヨットでのＧＯＰＥＳによる暗殺未遂には、うちのカルテルが関わっているといい、そのあとではＧＯＰＥＳ隊員の家族を殺したのは、うちのカルテルの仕業《しわざ》とほのめかした。だが、そういうのは、おれの流儀ではない。やつの流儀だ。世間の耳目を集め、何人も殺す。心理戦というやつだな。あいつは軍隊で仕込まれて、殺人鬼になったんだ。ものの道理のわからない男だ。いまでは、街で流行《はや》っている道端の偶像を崇拝している」嫌悪をこめて首をふった。「デ・ラ・ロチャの商売の実務と情報は、相談役がやっている。カルボといって、まともな男だ。カルボは敵だが、おれは尊敬している。うちの間抜けな部下を十人集めたよりも知恵がまわる」マドリガルが周囲に手をふると、何人かがくすくす笑った。

　息子がそこまでをすべてジェントリーに伝えると、マドリガルは語を継いだ。「おれが南米で製品を加工して、メキシコに持ち込むのに、提携している人間のことをカルボが知り、なおかつデ・ラ・ロチャが戦争を仕掛けてくる臍《ほぞ》を固めたら、われわれは時間と金をだいぶ無駄に使うことになる。金はあるが、そんなことに時間を無駄にしたくない」

「おれがそれを防ぐ」マドリガルの息子がすべてを伝える前に、ジェントリーはいった。

「やつの配下を何人か撃って?」

「ちがう。あんたの力を借りて、それよりもずっと大きくやつの商売を妨害できる。あんたから注意をそらして、おれに向かわせれば、その隙に南米の権益を護る手を打てるだろう。あんたが関わったことすらわからない」

それが通訳されると、マドリガルはしばし沈黙していた。さきほど相談していた男が、うしろに立っていて、身を乗り出そうとしたが、考えているあいだ、マドリガルはそれを手で制した。

マドリガルの息子は、ひとことも漏らさなかった。

ようやく、マドリガルがジェントリーに目を向けた。「おまえは独りきりだ。アメリカ政府の手先じゃない。それは知っている」

ジェントリーはうなずいた。

「それなのに、どうしてこれをやる?」

「デ・ラ・ロチャが、おれのほしいものを押さえている」

「ガンボア家の女だな?」

人里離れた山の隠れ家にいる粗野な身なりのカウボーイが、ラウラのことを知っていたので、ジェントリーはほっとした。つまり、ロス・バケロスには、黒服組の情報を手に入れられる諜報網がある。

ジェントリーはうなずいた。「おれにはひとつの使命がある。デ・ラ・ロチャがラウラ・

ガンボアを解放するよう仕向ける。捕らえていればとてつもない代償を払うことになるし、危険だと思い知らせて」

「若いダニエルは、頑固かもしれないぞ」

ジェントリーは、瞬《まばた》きもしなかった。「おれだって」

「おれになにを要求する？」

「情報と物的支援」

「人間は？」

「いらない。おれはいつも独りでやる」

「〝物的支援〟とは？」

「武器とピックアップ一台」

マドリガルが、満面に笑みを浮かべた。濡れた指でもう一度コカインを吸うと、また缶ビールを飲んだ。笑いながらいった。「シナロア出身の男みたいな口ぶりだ」

ジェントリーは、ひそかにほほ笑んだ。「それじゃ、決まりか？」

「おれはシナロアのマタロという村で生まれた」マドリガルが口にした地名を、ジェントリーは心のなかで訳した。〝彼を殺す〟という名の村。

マドリガルがつづけた。「黒服組は、陸軍将校、都会人、大卒だ。おもにメキシコシティ出身だ。残忍だ。たしかにきわめて残忍だ。しかし、デ・ラ・ロチャとその組織は、無法者ではない。おれたち、ロス・バケロスはどうか？　おれたちは山賊だ。無法者だ。おれたちの一党は、何百年も前から戦い、殺していた。牛を盗み、追いはぎをやり、インディオの居住地を襲って女を奪い、陸軍駐屯地を襲って武器を奪い、銀行強盗をやってきた」ビールをひと口飲むと、大柄なマドリガルがにやりと笑った。ヤクのせいで恍惚《こうこつ》としているのだと、ジェントリーは気づいた。

「いまはアメリカ向けの麻薬だから、動く金はずっと大きくなったが、そんなことはどうでもいい。おれは武装勢力の頭《かしら》だ。金なんかどうでもいい。おれが好きなのは戦うことだ」

「あんたの代わりに、おれがデ・ラ・ロチャと徹底的に戦う、セニョール・マドリガル」

マドリガルが、また間を置いた。口髭をなでて、ビールを飲んだ。「われわれ……つまり、このメキシコでこの手の大事業《エンタープライズ》を動かしている人間は、相手の家族には手出ししないことにしている」

「デ・ラ・ロチャの家族を付け狙うつもりはない。やつの麻薬売買についての情報が知りたいだけだ。ものすごく血なまぐさい戦いにはなる。だが、家族に遺恨はぶつけない」

チンガリトが通訳した。マドリガルが〈テカテ〉をちびちび飲みながら、しばし考えていた。ようやく肩ごしに手をふった。「こいつはエクトル・セルナ。おれの情報部長だ。じかに協力してくれ。そのほうがラトンの危険が減る？」

「鼠《ラット》？」

セルナの英語は流暢《りゅうちょう》だった。「密告者《たれこみや》のことだ。どんな組織にも潜り込んでいる。われわれも例外じゃない」

「つまり、黒服組の鼠から情報が得られるわけだな？　やつらの所在について、情報を教えられるような連中から？」

「黒服組の上層部の動きは監視している。むろん情報が得られる。向こうもおなじことをやってる」

「では、やつらの所在を二十四時間ずっと、つかんでいるのか？」

「二十四時間？　いや。しかし、おれたちが買収している人間に自分の動きをしゃべれば、それがこっちに伝わる。一例をあげよう。黒服組はあす、プエルトバリャルタへ行く。やつらは地元警察に連絡して、自分たちが行くことを事前に報せている。会議のためにホテルに行くときや、警備のために道路を封鎖させるときや、自分たちが隣のレストランで食事できるように駐車場の車を撤去させるようなときには——地元警察のこっちの手先から報せてくる」

「おもしろいな」ジェントリーは、マドリガルの顔を見た。「おれがプエルトバリャルタへ行けるよう、手配をしてもらえないか？」

「いいとも」マドリガルがそういって、手を差し出した。

ジェントリーは手をのばした。男、女、子供をおおぜい殺し、何百人も拷問した男、理性的な人間の想像するもっとも邪悪な人間像を具現している男の手を握った。

「ありがとう《グラシアス》、アミーゴ」

46

翌朝午前八時、ジェントリーは黒の古いマツダのピックアップに乗り、プエルトバリャルタ・マリーナの駐車場にいた。汚れたフロントウィンドウの二〇メートル向こうでは、数千万ドルの値打ちのヨットやプレジャー・ボートが水面で拍子を合わせて揺れている。遊歩道沿いの岩場で、イグアナが二四、朝の陽光でぬくもっていた。運転席側のサイドウィンドウからは、五階建ての高級アパートメントが見える。助手席側にならぶ商店や事業所の低い建物は、始業前なので暗く、静まり返っている。

ジェントリーは、ラムセス・シエンフエゴス・コルティリョと電話で話をしていた。ラムセスは、信頼できるメキシコシティの同僚と連絡をつけていた。ラムセスはまだ身を潜めていたが、ジェントリーは以前の携帯電話の番号にかけて、録音されていた指示どおりに、新しい番号にかけた。ラムセスが数分後に折り返しかけてきた。

ジェントリーがラムセスに電話したのは、あらかじめ注意するためだった。マドリガル・カルテルから情報と支援を受けるが、ロス・バケロスの手先になったわけではないことを、連邦警察のラムセスの味方に知っておいてもらいたかった。

ラウラのためにやっているつもりだった。

「いいか、ラムセス。すさまじいことになるぞ。おれのことや、おれと協力していることについて、あんたがまわりの人間にどういっているかは知らない」

「なにもいっていない。家族はマイアミの友人のアパートメントに移したし、おれがいまいっしょに仕事をしている連中は、ヨット強襲のあと、マルティンとおれが生き延びたが、マルティンがテキーラ近くで殺されたことしか知らない。その連中は、詮索《せんさく》しないほうがいいことを承知している」

「信用しているのか？」

ラムセスが、躊躇《ちゅうちょ》なく答えた。「信用している。黒服組のせいで、みんなひどい目に遭ってきた」

「そうか」

「堅気の人間ばかりだ。われわれはラウラを取り戻すのを手伝える」

ジェントリーは間を置き、汚れたフロントウィンドウごしに、アパートメントを出てきた中年の禿頭《はげあたま》の男を眺めた。マリーナのすぐ外にあるショッピング・モールを縁取る細長い芝生で、男はプードルを散歩させていた。やがて、ジェントリーはいった。「あんたの知り合いが堅気の人間なら、堅気のままにしておけ。おれがこれからやるようなことには……巻き込みたくない」

「いったいなにをやるつもりだ、ジョー？」

「この世を焼き払う。殺し、拷問し、穢《けが》す。ラウラ・ガンボアを捕らえているくそったれに憤怒《ふんぬ》をぶちまける。邪魔だてするものすべてを殺して、ラウラを取り戻す。ルールもへったくれもない」

「この土地にはルールなんかない、アミーゴ」

「おれがいうルールとは、人の道のことだ。そのすべてに背《そむ》く覚悟がある」

「いやはや《ディオス・サント》」ラムセスがつぶやいた。「あんたみたいな人間には、会ったことがないよ……なんていうか、アメリカにはいないな」

「おれは、ほかの正義漢とはちがう。敵のレベルまで落ちるのを怖れないからだ。あんたの知り合いが、正義漢で、いまも夜にぐっすり眠れるようなら……巻き込むのはやめよう。おれがこれからやるようなことでは、正義の味方よりもマドリガルと手を組むほうがいい。わかってもらえるな？」

「あんたは善良な男だ」

「ありがとう、ラムセス。しかし、おれがこれを片づけたら、そうはいえないだろうな。いままで会ったこともないくらいおぞましいやつだと思うはずだ」

「おれの番号はわかっているな。なんでも力になるし、他人は巻き込まない。なにか必要なものがあれば、いってくれ」

「ありがとう」

ジェントリーは電話を切り、犬を散歩させている男をしばらく眺めてから、マツダのドアをあけた。

四十秒後、プードルは取り残されて、キャンキャン鳴いていた。犬のリードは、まだあいていない商店の前の道路標識に巻きつけてあった。

三メートル四方の暗く湿った貯蔵庫は、かびのにおいがしていた。トカゲや蜘蛛《くも》が壁を這《は》い、天井からぶらさがっている。ジェントリーがまんなかに光が当たるようにして隅に取り付けた二〇〇万燭光の閃光灯の前で、そういった虫が動くと、恐ろしい影が映った。

そのまんなかに、プエルトバリャルタ市警のザビエル・ガルサ・グエッロ警部が座らされていた。マドリガルの情報部長によれば、ガルサは黒服組に金で雇われているシカリオで、南のグアテマラ国境から北のシナロア州南端に至るメキシコ西岸で、カルテルの警備活動を監督しているという。その地域でのデ・ラ・ロチャの活動を、ガルサはずっと組織的に支援してきた。麻薬輸送、麻薬製造施設、隠れ家を警備し、市内を通るデ・ラ・ロチャの車列を、回転灯付きのパトカーで護衛するということまでやっていた。

ジェントリーが禿頭のガルサの顔からダクトテープを引きはがすと、口髭がそのついでにむしり取られた。貯蔵庫の前の舗道に顔をぶつけたせいで、ガルサ警部の左目は腫《は》れて閉じていた。両手はうしろで縛られ、服は長く薄い捌き包丁《フィレナイフ》で切り裂かれていた。

最初の一時間、ガルサはジェントリーと話し合おうとした。東の山中にあるメタンフェタミン工場の場所を教えた。それで解放されると思ったのだ。相手はよそのカルテルの手先で、協力するというのを納得させることができれば、人脈が広くてデ・ラ・ロチャの大事業《エンタープライズ》の内部事情に詳しい警官は、殺すよりも生かしておいたほうが値打ちがあると、わかってもらえるにちがいない。

だが、やがてその白人《グリンゴ》が、光のなかに出てきた。姿を現わした。誘拐犯が被害者に、臆面もなく顔をさらけ出した。

汚職警官のガルサは、それがなにを意味するかを知った。

黒服組とのつながりを明らかにして誘拐犯をびびらせ、解放してもらうほかに、方法はないと悟った。

ガルサはわめいた。「おれに指一本でも触れたら、DLRが蜘蛛《ラ・アラニャ》におまえを付け狙わせるぞ！」

アメリカ人が片手をのばし、人差し指でガルサの汗まみれの額を強く押した。手で突き飛ばし、その動作を終えた。

それから、肩ごしにガレージに通じるドアをふりかえった。「そいつはいつ来るんだ？ ぜひ会いたいね」

「会えるとも、白人野郎《グリンゴ》！」ガルサは、怒りを抑えようとした。「いいか、いま解放すれば忘れてやるが、さもないと――」

「ああ、ザビエル……おまえは一生忘れないだろうよ。死ぬまで」ジェントリーは時計を見た。「あと三分は忘れずにいられるわけだな」

「なにがほしい？」ガルサの声が、悲鳴に変わっていた。

アメリカ人が肩をすくめた。「おまえからもらうものはない」

「ない？ それじゃ、これはなんだ？ なんのつもりだ？」

「おれは自然界の力だ、ザビエル。おまえは剣によって生きてきた……」向きを変え、暗い隅に見えなくなったが、すぐに鉈《なた》のような大きな肉切り包丁を持って戻ってきた。「だから、剣によって死ぬ。おっと、今回は代用の肉切り包丁だが」

「おまえはロス・バケロスの手先か？」

「ちがう」

「それじゃ、何者だ？」

「アメリカ合衆国」

ガルサが、汗まみれの禿頭を傾けた。「DEA？　いや、ちがうな」

「まあな」

ガルサは、わかったように思った。この男は麻薬を憎悪し、復讐しようとしているのだ。

「なあ、おれたちはビジネスマンなんだ。こっちの人間はみんなそうだ。われわれは供給しているだけだ。あんたらグリンゴには需要がある。その需要に応じているだけだ」

「それじゃ、児童ポルノを作るやつは、買いたいやつがいるかぎり、なんの責任もないわけだな」

ガルサは、誘拐犯の顔を見た。「なにも知らないくせに。あんたは金持ちのアメリカ人だ。おれたちの文化がわかってない！」

「じつはわかりはじめているところでね。これからおまえの首を斬り落として、袋に入れる。おまえらの文化とちょっぴり似てるんじゃないか？」

「地獄に落ちろ！」

「そうなるだろうな。だが、その前に……」ジェントリーは、ガルサの前で、茶色い箱に腰かけた。「名前と電話番号」

「名前と電話番号だ。おまえの組織の人間を教えろ。そうすれば手早く片づけてやる」

「なんだと？」

「おれを手早く殺すっていうのか？」

「それが提案できる最高の取り引きだ」

「名前と電話番号を教えなかったら？」

ジェントリーは時計を見た。肩をすくめる。「相棒……こっちには丸一日あるんだ」

47

プエルトバリャルタ市警のパトカーが数台、午後九時にその通りにとまった。警官たちがおりて、交通整理をはじめた。付近で停車しないよう命じて、つぎの交差点へ進ませた。一分後、白い装甲SUVの長大な車列の一台目が、海辺の豪華なレストランの前でとまった。

先遣警護の黒服組が、ダイニング・ルームで作業を開始した。物腰こそ慇懃《いんぎん》だがいかめしい顔の男が、ボーイ長といっしょにテーブルをまわり、携帯電話を集めながら、啞然《あぜん》としている客たちに、今夜の食事と飲み物の代金はこちらで持つと伝えた。四人が支配人といっしょに厨房にはいり、冷蔵室、冷凍室、通路、配膳室、洗面所、搬入口を調べた。従業員は頭から爪先までボディチェックを受けた。四五口径のMAC－10サブ・マシンガンを持った警備員ふたりが戸口に立ち、すこし下っ端のふたりがAK－47を持って、裏をパトロールした。

ダニエル・デ・ラ・ロチャは、警護部隊指揮官兼近接ボディガードのエミリオ・ロペス・ロペスとならび、装甲SUVに乗っていた。エミリオは、レストランを封鎖して安全を確保したという先遣チームからの無線連絡を受けて、ボスにうなずいた。ユーコンの運転手がリアドアをあけた。警護部隊で最優秀のボディガード・チームが、お頭《かしら》のまわりを固め、レストランにはいった。エミリオは、ジャケットの下の拳銃に右手をかけ、左手はお頭の腰のあたりに置いていた。無線機のイヤホンから、チームの最新報告が流れている。脅威があれば、エミリオがお頭をかばい、向きを変えさせ、数秒でSUVの車内に戻す手はずになっている。

お頭を警護する主力部隊のすぐうしろに、ネストル・カルボ・マシアスがいて、ブルートゥースのヘッドセットに向けて話をしていた。黒服組武闘団指揮官のハビエル・〝ラ・アラニャ〟・セペダは、地元の売人、用心棒、兵站《へいたん》担当、何機もあるダニエルの飛行機のパイロットのひとり、製造・調達責任者らとともに、その一団に混じっていた。

レストランの施設内でボディガード十四人がお頭の安全を護り、そのほかにダイニング・ルームに黒服組十九人が詰め込まれていた。

ダイニング・ルームは戸外にあり、太平洋から涼しい風が吹き、タイル式の中庭で渦巻いていた。ダニエル・デ・ラ・ロチャは、奥まったテーブルにいた。水音をたてている噴水の蔭で、美しく刈り込んだブーゲンビリアの格子のアーチが上にあった。黒服組は、中庭の周囲のテーブル四卓に分かれて座っていた。きょうはビジネス・ディナーではなく、ただのディナーだった。ここで食事をしてから、数キロメートル内陸部の隠れ家へ行く。十日前の虐殺事件以来、このプエルトバリャルタに来るのは、はじめてだった。ここに商用があり、ローカル航空会社、麻薬製造、麻薬輸送といった事業の部下と一日ずっと仕事をやっていた。

お頭が機嫌が悪いので、周囲は陰気な雰囲気だった。ガンボア一家と白人《グリンゴ》が逃げたとおぼしく、ダニエルは激怒していた。国境を北に越えたと確信していたが、狩り《ハント》はまったく終わっていなかった。アメリカ合衆国——アトランタ、シカゴ、ダラス。ロサンジェルスその他十数都市——で活動している配下すべてを動員して、ガンボア一家とあのグリンゴを探していた。

これまでのところ、カルボも、ラ・アラニャも、デ・ラ・ロチャの犯罪組織の構成員五万人も、ダニエルの期待に応えていない。

だが、それはじつのところ、どうでもよかった。ダニエルが気にしているのは、自分が〝彼女〟の期待に応えられなかったことだけだった。

ダニエルは、テーブル正面の数メートル離れた中庭の隅に視線を据えた。先遣警護チームが運んできた死の聖女《ラ・サンタ・ムエルテ》の祭壇が、そこにあった。高さがわずか九〇センチの聖女像には、メキシコシティの名婦人服裁縫師《ドレスメーカー》が手縫いでこしらえた最高級のウェディングドレスが着せてあった。そのドレスメーカーは、ラ・サンタ・ムエルテ用の高品質で高価格の服飾品のみを創作している。聖女像は、奉納の蠟燭《ろうそく》が飾られた台に立っていた。蠟燭の炎が海風でちらつき、髑髏《されこうべ》の上を影が踊って、まるで像が生きて動いているように見えた。

ダニエルは、死の聖女の目を見つめた。ダニエルにとって、それは石膏でできたからっぽの眼窩《がんか》ではなかった。奈落の底を見る窓だった。怒れる女神のたましいの覗き穴だった。

白いジャケットのウェイターが、銀色に輝く〈グラン・パトロン・プラチナ・テキーラ〉をテーブルに置いた。その横にクリスタルの皿が二枚あり、それぞれにカットしたばかりのライムと塩が盛ってある。小さなショットグラス一客も、やはりクリスタルだった。

ダニエルは、添え物には目もくれずに、テキーラの壜《びん》の首を持ち、透明な酒をラッパ飲みしてから、聖像を見つめ、要求されている供え物を渡すと、声に出していった。

ガンボアのまだ生まれていない子供を。

ウェイターが、メニューを持って居心地悪そうに立ち、ダニエルが祈りを終えるのを待った。まだ祈っている最中に、ウェイターが咳払いをした。

エミリオ・ロペス・ロペスは、お頭の真うしろの壁ぎわに立っていた。進み出て、ウェイターの腕を袖の上からつかみ、手荒くふりむかせて、接客が悪いことを理由に突き飛ばそうとした。だが、ダニエルが、テキーラを持ちあげて制した。

「いいんだ、エミリオ。ありがとう」ウェイターを見た。「シェフになにか軽いものを作らせろ。ティラピアのグリルなら申し分ない」

「かしこまりました《ムィ・ビエン》、ダニエル親分」ウェイターがそういって、失敗を命で払わずにすんだのにほっとしたようすで、厨房《ちゅうぼう》へ急いだ。

ネストル・カルボがテーブルに来て、ふたりでしばらく事業の話をしたが、ダニエルはうわの空で、とうとう相談役のカルボに、ひとりで食事をさせてくれと頼んだ。黒服組のあとの面々もそれを察して、それぞれのテーブルで食事をして、ひそひそ声でしゃべり、携帯電話やノート・パソコンをいじって、ターゲットが世界のどこへ姿を消したのかを必死で突きとめようとしているふりをした。

べつのウェイターが西瓜《すいか》の冷製スープを持って現われ、ダニエルは思案と憂鬱に沈みながら音をたてて飲んだ。ミネラルウォーターをがぶ飲みし、スープをスプーンで食べるあいまに、テキーラをちびちび飲んでいた。周囲の闇と、配下と、噴水と、隅のテーブルの聖像を、交互に見つめていた。中庭の客の上に紐《ひも》が張られ、凝った模様の提灯がいくつも吊ってあった。

ちょうど一分後に、糊《のり》のきいた白いジャケット姿のウェイターが、ダニエルのテーブルに来た。蓋《ふた》付きの料理を載せ、テーブルクロスをかけたサービスワゴンを押している。へつらうようにお辞儀をすると、空《から》のスープ皿をテーブルからどかし、蓋付きの皿を置いた。「ごゆっくりお召し上がりください《ブエン・プロベチョ》」と、ウェイターがいい、蓋を取って、サービスワゴンに戻した。

ダニエルは、ウェイターには目を向けず、返事もしなかった。ただフォークを手にして、ぼんやりと皿を見て、食べようとした。

手が跳ねあがり、皿から遠ざかった。

皿には、動物の臓物や、液体がにじんでいるおろした魚の頭や、そのほかの臭い屑がびっしりと載っていた。

「これはなんだ？」ダニエルはいった。

ウェイターが英語で答えた。「それはでございますね、くそじゃないですか。それから、これは……」ダニエルの前に手をかざし、握っている装置を見せた。「デッドマン・スイッチみたいだな」起爆装置だとはっきりわかるもので、ウェイターが親指で赤いボタンを押していた。装置からコードがのびて、掌《てのひら》を通り、白いジャケットの下に見えなくなっていた。

ダニエルは、ウェイターのほうを見あげた。

髪と顎鬚《あごひげ》をきちんと刈り、肌が浅黒く、黒縁の眼鏡をかけていたので、一瞬とまどったが、だれだかわかった。

グレイマン。

グレイマンが、ジャケットの前をあけて、ポリ袋をかぶせた大きな黄色い煉瓦《れんが》状の物体を取り付けてある網シャツを見せた。砂嚢《さのう》のようにも見える。低い声でグレイマンがいった。

「おれの親指が十分の一秒でもボタンから離れれば、この硝酸アンモニウム／燃料爆弾が起爆されて、ここにいる全員が死ぬ。おまえも含めて」

エミリオは、ずっと壁ぎわに立っていたので、ウェイターの背中しか見えなかった。さきほどお頭が祈っているときに咳払いをした無礼な馬鹿野郎ではないことは、確認してあった。べつのもっとプロフェッショナルらしい給仕だと納得がいったので、料理が出されるときには、あまり注意を払っていなかった。だが、ウェイターとお頭が言葉を交わしているのに気づいた。お頭がウェイターと長々と話をするようなことは、めったにない。

エミリオは進み出て、白いジャケットのウェイターの横にまわり、お頭の目が飛び出しそうになっているのを見た。すかさずスーツのジャケットに手を入れながら、テーブルに向けて突進した。ベネズエラ製の九ミリ口径サモラノ・セミ・オートマティック・ピストルを抜き、突進する途中で椅子を倒して、白人《グリンゴ》の頭に銃口を押しつけた。

ダニエルが、泡を食って両手を高くあげた。ボディガードがアメリカ人を容赦なく撃ち殺すおそれがあった。「だめだ！　だいじょうぶだ《トランキロ》！　なんともない！」

中庭にいた全員の手に、銃が握られていた。拳銃、サブ・マシンガン、ピストル・グリップ式のショットガン。テーブルに近づくものもいれば、遠ざかって、入念に狙いをつけるものもいた。みんなどうすればいいのかわからなかったが、お頭の希望に従い、自分の位置に戻った。

「みんな、いいからさがれ。エミリオ、拳銃をどけてさがれ。だが、備えだけしておけ。ラ・アラニャ、このくそグリンゴから目を離すな。わたしの身になにかあれば、こいつを殺せ」

ラ・アラニャ・セペダが、片手でMAC‐10サブ・マシンガンを構えた。三メートル離れて立ち、アメリカ人刺客《しかく》の顔に狙いをつけた。

「ここから生きて出られると思うなよ、阿呆《ペンデホ》」自信たっぷりに、ゆっくりとそういった。

48

ジェントリーは、体の芯《しん》まで凍えていた。厚手のポンチョをかぶってはいたが、食肉用冷蔵室に三時間いて、天井から吊るされた巨大な牛の半身の蔭に隠れていた。レストランに忍び込んだのは、午後三時だった。食材の配達にまぎれ込み、果物や野菜の箱を積んだ手押し車にバックパックふたつを隠して持ち込み、乾物貯蔵室に二時間いてから、夜間従業員がダイニング・ルームで夕方のミーティングとメニューの試食をやっているあいだに、冷蔵室に移動した。

そこで、黒服組とロス・バケロスの両方に買収されている警官が、表からメールを送ってくるまで待った。

さらに三十分待ち、体がふるえ、歯が鳴りはじめたところに、冷蔵室を出て、リネンの棚から盗んでおいた制服を着て、サービスワゴンと捨てられた魚のはらわたなどを見つけ、それでアントレをこしらえた。まだ骨の髄まで冷えていたが、ダイニング・ルームに向かい、デ・ラ・ロチャを見つけた。

ジェントリーは、ダニエルの耳もとでささやいた。「部下を遠ざけろ」

なった。

ダニエルが、手首を一閃《いっせん》して、黒服組を中庭から数歩さがらせ、ほとんどが闇に見えなくなった。

だが、ジェントリーは片手をあげた。周囲に聞こえるような声でいった。「全員じゃない」デ・ラ・ロチャに視線を戻した。「おまえの業務を裏で動かしている、ほんとうに頭の切れるやつはどいつだ？」

ダニエルの顔が、二頭筋みたいにひくついた。頸動脈《けいどうみゃく》がぴくぴく動くのが、ジェントリーの目に留まった。ダニエルが、歯を食いしばっていった。「決定はすべてこのわたしが下す」

「だろうよ、天才君。しかし、これからおれたちはビジネスの話をする。話し合いに同席させたい人間が、あの有象無象のなかにいるだろう」空いた手で、蠟燭《ろうそく》に囲まれている骸骨《がいこつ》人形を示した。「もちろん……おまえのちっちゃなバービー人形が、筆記してくれるのならべつだが」首をふり、にやりと笑った。悠然として、この場を〝仕切っている〟ことを示す態度だ。「まったく。あれはいったいなんなんだ？」

ダニエルの怒りが、なぜかいっそう加速した。中庭に張った紐からぶらさがる提灯の暗い明かりでも、顔が赤くなるのがわかった。ダニエルが数秒ためらってから、黒っぽいひとの塊を覗き込んだ。「ネストル、座れ《シェンタテ》」

ネストル・カルボが、デ・ラ・ロチャの隣の椅子に座った。胡麻塩《ごましお》の顎鬚《あごひげ》が、顔ににじむ汗の輝きで、きらきら光っていた。

ジェントリーは、年配の男をちょっと見つめた。「流行の成年後見というやつだな」

ジェントリーは、サービスカートを右側にして、席についた。ダニエルがきいた。「CIAのやつをどうした？」

「CIAの手先は撃ち殺した」どうということはないというように、ジェントリーは肩をすくめた。

「大使館の白人《グリンゴ》は？　ジェリーだったか？　あんたが逃げるのを手伝ったのは、やつだったんだろう？」

「ジェリーのことは忘れろ。あいつはアメリカ人のろくでなしだ。ろくでなしは、輸入するまでもなく、おおぜい抱えているはずだ。あんたは、NAFTA《ナフタ》（北米自由貿易協定）を拡大解釈してきたようだしな」

「いまごろおまえは、はるか遠くに逃げているものと思っていた。すこしでも知恵があれば、逃げていただろうな。どうしてここへ来た？」

「これからおまえの身になにが起きるか、説明してやろう、ダニエル。それから、ネストル、よく聞けよ。あんたが合理的な人間だというのを、こっちはあてにしているんだ。ダニエル、おれはおまえのビジネスを叩き潰す。仕入先《サプライヤー》を怖がらせて追い払い、船や飛行機や車やトラックを破壊する。おまえの組織から、利益をむしり取る、すこしずつ、徐々に」

ダニエルが、薄笑いを浮かべた。「おまえがそういうことをやったら、ガンボア一家のあの女を殺す」

「いや、殺さない。どうして殺さないか、理由を教えてやろう。いまのところ、おれはおまえの妻子には手を出さないつもりだ。それだけはあてにしていい。ラウラを取り戻したいだけだ。あちこちで破壊行為をやるといったのは、おれの手並みを見せるのが目的だ。いつでも思いどおりに、どこへでも行けるし、なんでもできるというのを、おまえに教えるためだ。ラウラになにかをやったら——おれが本気で怒るようなことをやったら——おれがどこへ行ってなにをやるか、じっくりと考えてみるんだな」

「あの女のために、こんな手間をかけているのか？　本気《エン・セリオ》かよ？」

「本気だ。彼女を返せば、不愉快なことはすべて終わる。クリスタル・メスを密売するクソ野郎の暮らしを心ゆくまでつづけるがいい。おれはもう邪魔しない」

ダニエルの顔が、怒りで真っ赤になった。かなりたってから、口をひらいた。「貴様は死んだも同然だ、ホモ野郎《マリコン》。死ね」

ジェントリーは、肩をすくめた。「腹心の部下を十人呼んで、おなじことをいってやれ。七十二時間以内に、そいつらの大半がそうなるはずだからな」

「われわれを見くびるな、グレイマン。われわれは黒服組だ。メキシコ陸軍でもっとも練度が高い精鋭部隊にいたんだ。おまえらの軍隊の訓練を受けてな。お山のカルテルの親玉とはちがう。オーストリッチのブーツを履《は》いて仔山羊の角《クエルノ・デ・チボ》をふりまわす助平じじい《カブロン》のマドリガルとは、わけがちがうんだ。米陸軍駐屯地のフォート・ベニングやフォート・ブラッグで訓練を受けている」

「フォート・ブラッグにいたとき、軍補助工作部隊《パラミリタリー》の訓練は、すべて目にしたはずだな」

「ああ、いっしょに訓練を受けた。世界最高の特殊工作員どもだ」

「ひとり残らず荒くれの悪党だ。だがな、これを忘れるな。そういう特殊作戦組織はどこもおれを殺すことを、必達《TOーD》リストのいちばん上に掲げている……おれを何年も付け狙っている。それでもおれはここにいる。ダニエル、おれはおまえがこれまで相手にしてきたようなやつらとは別格なんだ。なによりもそれを念頭に置くことだな」

ネストル・カルボは、それまで口をひらいていなかった。首をふり、すこし身を乗り出して、スペイン語でいった。「しかし、セニョール、あんたはたった独りなんだ」

ジェントリーは、カルボのほうに身を乗り出した。長いあいだ、非情な視線を合わせていた。「だから、失うものがなにもない」

ダニエルが、ジェントリーの手のデッドマン・スイッチを見た。「わたしがおまえを怖れるとでも思っているのか」

ジェントリーは、よくぞきいてくれたというように、心からの笑みを浮かべた。「怯《おび》えきっていると思うね。おまえのマッチョの外見の奥を、おれは見抜いている。妻子のことを考え、ラウラを見張らせている連中のことを考え、そいつらが取り返しがつかないことをする前に、電話をかけて、手出しをするなと命じたいと思っている。おれがやったことを知っていて、おれになにができるかを承知しているからだ。

おまえの世界では、万事が逆転した。おまえはこの地球にいる数千人の大麻中毒と、すこしも変わらない。おまえの影響力、成功、権力――すべて恐怖から生まれている。他人を恐怖に陥れることができなくなったら、かす同然になる。存在しなくなる。さて、察しはついたかな、アミーゴ？　おまえはご当地きってのおっかない代物《しろもの》ではなくなったんだよ」

カルボが、テーブルを指で叩いていた。ジェントリーのほうに身を乗り出した。「ここを出ていく計画もあるんだろうな？」

「ある」ジェントリーは、ウェイターのジャケットに手を入れて、小さな携帯電話を出した。「あと四ポンドの硝酸アンモニウム／燃料爆弾《ANFO》を、ここのどこかのテーブルの下に仕掛けてある。レストランから出るときにボタンをひとつ押せば」――携帯電話を差しあげた――「ひとり残らず死ぬ。おれの姿が見えなくなったら、すぐにここから逃げ出したほうがいいぞ。これ以上、手間をかける甲斐《かい》があるのかどうか、おれも迷っているんだ。今夜、ここでおまえたちをミンチにして、街の掟が変わったことをおまえらの手下に思い知らせ、ラウラが解放されるのを期待するほうがいいかもしれない」

ダニエルが、怒りのために爆発しそうに見えた。ジェントリーは、そっちから顔をそむけて、黒服組のお頭はこの場にいないとでもいうような態度で、カルボに話しかけた。「この男をつなぐリードは短くしたほうがいい。こいつはおれを見つけるために、この国をめちゃめちゃに引き裂きかねない。おれはいっこうにかまわない。こいつは、自分の時間とエネルギーを無駄にすればいい。しかし、おれがあんたたちの組織を恐怖で支配したら、どれほど高くつくか、せいぜい諭《さと》してやることだな。おれの望みは、あの女だけだ。女をこっちに渡しても、なんの損もないだろう。この馬鹿はわかっていないが、あんたたちの利益のためには、それが最善の方法だ」ジェントリーは立ちあがった。「こいつに、あんたのいうことを聞く耳があればいいんだがね」――隅の死の聖女像を手で示した――「あの気味の悪いくそあまのいうことではなく」

そういうと、ジェントリーは左手でデッドマン・スイッチを、右手で携帯電話を、高く掲げた。「おれを出ていかせろと、馬鹿者どもに命令しろ」

ダニエル・デ・ラ・ロチャが、かすかにうなずいた。目はジェントリーを睨《にら》みつけたままだった。カルボがテーブルを離れて、噴水の脇を通り、中庭の武装した男たちのほうへ行って、グリンゴに手出しせず、出ていくのを見ているようにと命じた。

「また会おう、グレイマン」ダニエルが、そっとつぶやいた。

「こんど会うときには、ダニエル、おまえは哀れな友だちとおなじ憂き目を見る」

ダニエルが小首を傾げたが、ジェントリーは向きを変え、中庭を出て、ボディガードの迷路を取り抜けた。数秒後には、両手を高くあげたままで、レストランを出ていた。


「わたしが席を離れているあいだに、やつはなにをいったんです?」テーブルに戻ると、カルボはダニエルにきいた。黒服組のあとの幹部も、お頭のまわりに集まっていた。

「友だちとおなじ憂き目を見る、とかなんとかいった」ダニエルとカルボは、しばらく黙って顔を見合わせていた。「どういう意味だ?」ダニエルは、年上の相談役にたずねた。

ふたりとも、サービスワゴンにゆっくりと顔を向けた。

「エミリオ、調べろ」

サービスワゴンに向こう側から近づいたエミリオが、拳銃の銃身で、リネンのテーブルクロスをめくった。覗き込むと、目つきが鋭くなった。「首です、お頭《ヘフェ》」

「グリンゴが首を斬る」両眉を高くあげて、カルボがいった。「メキシコのルールでやり合えるというのを、伝えるためだ」

「だれの首だ？」ダニエルはきいた。

エミリオがまた調べた。膝を曲げた。「これは……ザビエル・ガルサ・グェッロだと思います」ガルサは、黒服組の手先になっているプエルトバリャルタ市警幹部で、ダニエルとは陸軍でいっしょだった。十六年来の付き合いで、妻も、子供たちも、両親も知っている。

「よそへ持っていけ」ダニエルは立ちあがり、ラ・アラニャのほうへ突進し、ジャケットの襟をつかんだ。「よく聞け！　やつを尾行しろ。ひっとらえて、おまえですらやったことがないようなやりかたで拷問する！」

「シ、お頭。お頭をここから避難させるまで、通りの配下が尾行するように手配してあります。避難したら捕らえます」

「いいか、やつが悪夢に出てくるくらい痛めつけろ。夢でも吐き気を催すくらいにな」

「シ、お頭」

「行け！　グレイマンをひっとらえるまで、おれの前に顔を出すな。わかったな？《メ・エンティエンデス》」

「シ！　シ！」ラ・アラニャ・セペダが、耳に携帯電話を当てながら、急いで出ていった。

つぎにダニエルは、あたりを見まわし、横にいたエミリオに目を向けた。「きょうの先遣警護チームはどいつだ？」

エミリオが、顎を突き出した。「もう武器を奪って拘束してあります。この建物は今夜焼き討ちにして、支配人とボーイ長は撃ち殺します」

「結構。だが、これはおまえの失態だ」ダニエルの指が、警護部隊指揮官の胸に強く食い込んだ。

「わかっています、わがお頭《ミ・ヘフェ》」エミリオが、うなだれてそういった。

ダニエルは、すでに携帯電話で指示を出していたカルボのほうを向いた。「家に電話してくれ。ガンボア一家のくそ女に手を出すなといえ」

指示を終えると、カルボは携帯電話をジャケットにしまった。「指示しました」

三十九歳のダニエル・デ・ラ・ロチャが、やり場のない激しい怒りを爆発させた。甲高《かんだか》く叫び、テーブルの皿やグラスをつかみ、石の壁に投げつけた。

カルボが駆け寄った。「ダニエル、聞いてください！　落ち着いてください。あのグリンゴがいったことや、やったことはすべて、お頭からこういう反応を引き出すのが目的だったんです。お頭を動揺させようとしたんです。やつの目論見《もくろみ》にはまったらだめです！　よく考えて！」

「やつの心臓をえぐり出して、まだ動いているそいつに小便をかけてやる！」

「落ち着いて《トランキロ》！」

「おれのまわりの人間がちゃんと仕事をやれば、落ち着けるんだよ！　阿呆ども、どれだけドジを踏んだらすむんだ！」ダニエルは、酒壜を投げ、テーブルをいくつもひっくりかえした。まわりで黒服組が眺めていた。

カルボは、なおも説得した。「これを終わらせることができる、ダニエル！　いますぐに終わらせることが！」

ダニエルが、物を壊すのをやめた。年上の相談役のほうを向き、小首をかしげた。「女をグリンゴに返せというんだろう。エレナ・ガンボア奪回をやめさせたいんだな」

カルボが手をのばして、ダニエルの黒いスーツの襟を直した。「このめちゃくちゃな騒ぎを終わらせれば、また金を稼ぐビジネスに専念できます。みんなのために金を稼ぐんです。組織を大きくして、敵に対抗する力を強め、自衛する。政府や――」

「やめろ！　もうしゃべるのはやめろ、ネストル。おまえを信頼できなくなる前に」

「いつだって尽くしていますよ、親分。でも、相談役として、現状を説明し、リスクをとるときには、その理由を説明しなければならないと思っているんです。CIAが殺すことも捕らえることもできないどこかのグリンゴのために、リスクをとることはない。何週間も前にみごとに始末した警官のまだ生まれていない赤ん坊のために、リスクをとることはない」

ダニエルは、首をふった。「よく聞け、ネストル。おまえには命令をあたえた。グレイマンは死ななければならない。ガンボアの女房は、見つけなければならない」

溜息もつかず、顔色も変えずに、ネストル・カルボ・マシアスはうなずいた。「いままでもいったように、お頭に尽くします」

「よし」ダニエルは、誘拐作戦を指揮する部下のほうを向いた。「ロベルト、ラウラ・ガンボアを移動しろ。見張りを倍に増やせ」

「シ、お頭」

「エミリオ」ダニエルはどなった。エミリオはまだうしろにいた。「おれの警護も倍に増やせ」

「手配済みです、ヘフェ」

「行くぞ。グレイマンが携帯電話のボタンを押す前に」

ジェントリーは、携帯電話のボタンを押さなかった。もともと海辺のレストランの中庭には、爆薬を仕掛けていなかった。黒服組は、プエルトバリャルタの人気スポットになっている〝堤防《マレコン》〟遊歩道の雑踏で、ジェントリーを見失った。ジェントリーは、ウェイターのジャケットを路地で捨て、バーや軽食堂五、六軒を抜けて、駐車してあったピックアップによじ登り、ビーチサイドのアパートメントの二階バルコニーにあがった。今夜はそこで過ごすつもりだった。やわらかなパティオ・チェアの上で丸くなり、海風を顔に受けていた。

眼下では黒服組が通りを駆け抜け、SUVやピックアップの車列で歩行者の波をかきわけ髪の短い顎鬚《あごひげ》のアメリカ人と見れば捕まえて、戦闘用懐中電灯《タクティカル・フラッシュライト》で顔を照らし、いらだちのあまり突き飛ばしていた。

地元警察も、大挙してくりだしていた。黒服組の命令で、グレイマンを探しているのだ。いまごろはCIAにも噂が届き、自分を追っているアメリカの非合法作戦チームが近隣にいれば、プエルトバリャルタの中心街に急行するはずだと、ジェントリーは考えていた。

グリゴーリー・シドレンコの人狩り要員も、メキシコにいるだろうかと思った。アマゾンのジャングルにいるのを突きとめられたぐらいだから、こっちにも手先がいると考えておくほうが無難だ。

だが、いずれの勢力にも、街全体のアパートメントを虱潰《しらみつぶ》しに調べる能力はない。ひと晩はここにいても心配ない。それに、朝になればあきらめて、自分たちの包囲網をすり抜けたにちがいないと思うはずだ。

ジェントリーは、携帯電話に届いていたメールをスクロールした。すべてマドリガル・カルテルの情報部長のエクトル・セルナからで、貴重な情報ばかりだった。メキシコシティの銀行の住所。黒服組のメタンフェタミンやブラックタール・ヘロインを運んでいることがわかっている輸送機の機体記号《ティル・ナンバー》。隠れ家、倉庫、デ・ラ・ロチャの組織が所有していると見られる車両すべての駐車場の住所とGPS座標。

ジェントリーの攻撃目標一覧表《ターゲット・リスト》には、ありあまるほどの富がならんでいた。

ジェントリーは、セルナにメールを送り、翌日に必要になるものを要求した。品物の配達の詳細をセルナが折り返し伝えてくると、ジェントリーは携帯電話をポケットに入れ、星を見あげた。

下でまた衝突が起きていた。気が立っている男たちが、困惑している一般市民にどなっていた。

ラ・アラニャの配下はひとり残らず、上司を怖れている。ラ・アラニャは、まちがいなくダニエル・デ・ラ・ロチャを怖れている。

ジェントリーは一匹狼の戦闘員なので、組織の仲間を疑うこともない。組織そのものがないからだ。友人も相談相手もいない、孤独なひとりの男だ。

その代わり、だれひとりとして信用せず、あらゆる人間を疑う。瞬時に裏切って敵にまわるような集団のために働くよりも、このほうがずっといい。裏切られたことは何度もある。それに、自分を売る調教師《ハンドラー》のために働くよりも、このほうがずっといい。売られたことは、これまでに二度ある。

ジェントリーは、クッションのやわらかなチークの寝椅子に横になり、地上のクラクションや殺し屋も意に介さず、頭上の美しい夜空を見あげた。いまが安らかに過ごせる最後の休息で、これからの数夜はそうはいかないことを知っていた。

ラウラのことを思った。

49

ダニエル・デ・ラ・ロチャの邸宅は、ティグレ山脈の麓《ふもと》の谷にある。ダニエルの住まいのなかで、もっとも広壮で、さながら宮殿のようだった。末娘の名にちなみ、アシエンダ・マリセラ（マリセラの大農場）と名づけ、移動の多い日々のひまを見つけて、安らぎを味わうためにしばしば訪れていた。妻子はいま、クエルナバカの本宅にいる。そのほうが子供たちのためにいいと、ダニエルは考えていた。それに、敬虔《けいけん》なカトリック教徒の妻を怒らせないために、本宅には死の聖女を持ち込まないよう気をつけている。

アシエンダ・マリセラは、二十世紀初頭の巨大な住宅兼狩猟小屋《ハンティング・ロッジ》で、二〇〇ヘクタールの私有林に囲まれている。黒服組の幹部が宿泊するときには、警備部隊百人を近くのマサミトラという町の警察が増援する。ダニエルと配下が安全に難なく行けるように、谷からグアダラハラに向かうハイウェイにかけての専用滑走路、ヘリコプター離着陸場、舗装道路には、検問所が点在している。

大型の品物を貨物列車で運べるように、デ・ラ・ロチャの配下は森を通る鉄道に停車場まで設けていた。

そこは、ダニエルが部下と訓練するお気に入りの場所でもあった。岩壁、障害物コース、懸垂《けんすい》下降用の塔、戸外の長距離射場、道場など、さまざまな施設で、もと兵士が戦闘の技倆《ぎりょう》を磨《みが》くことができる。ダニエルは、ユーロコプターを操縦して谷間や雨裂を抜け、死をも怖れぬ飛びっぷりで部下の肝を縮みあがらせる。

プエルトバリャルタでのディナーの翌朝、ダニエルとラ・アラニャは、大農場のだだっ広い屋内射場で射撃訓練を行なった。ラ・アラニャの部下数人が、まわりで見守っていた。エミリオ・ロペス・ロペスは、お頭《かしら》のうしろに立ち、ここがダニエルの本拠のうちの一カ所であるにもかかわらず、忠実に警護していた。

ダニエルとラ・アラニャは、防弾の鋼板張りの天井に隠れているレールのフックから吊るされて移動する等身大のゴム人形数体を、新型のFN−P90サブ・マシンガンで撃っていた。標的の人形は、射場の奥にある三五メートル離れたスイング式の鋼鉄のドアの蔭から、一体ずつ姿を現わす。人間そっくりの標的が、攻撃する殺し屋よろしく前進し、左右に激しく動く。床の線路に載っている、低い松の壁の蔭に隠れるというようなことまでやる。

ダニエルとラ・アラニャは、動く標的を交互に撃った。それぞれが十数回撃ったところで、標的が横にすばやく動いて消え、つぎの〝襲撃隊〟が取って代わって、横手から現われたり、コンクリートの壁の蔭から跳び出したりした。

それは最新鋭のシステムで、数百万ドルの費用がかかっていた。しかも、ダニエルは、射場にふたりを常勤させ、敷地内に住まわせていた。

左から右へするすると動く標的を撃つあいだに、ダニエルのサブ・マシンガンの弾薬が尽きた。ダニエルは、P90を両手から離した。P90が落下し、首にかけた負い紐《ひも》がぴんと張った。ダニエルは、黒いスーツに手を入れて四五口径を出し、標的が見えなくなる前に、速射で頭に四発撃ち込んだ。

うしろの黒服のひとりが叫んだ。「そいつがグレイマンだ。グレイマンを殺《や》りましたね、お頭！」あとのものたちが、歓声をあげた。

ダニエルが、にんまりと笑い、イヤプロテクターをはずした。「だといいがな。もう一度やつと戦う機会があれば、こうしてやる！　昨夜はラ・アラニャがしくじって、くそったれの白人《グリンゴ》を取り逃がした。やつは生きたままプエルトバリャルタから逃げた。どいつもこいつも、わたしの期待を裏切ってばかりだ！」

ラ・アラニャの殺し屋《シカリオ》たちが、床に視線を落とし、天井を見あげた。

「カルボの諜報員が居所を嗅《か》ぎつけたら、おまえら阿呆と部下どもは全員、街でやつのにおいをたどる。わたしとおなじぐらい射撃がうまくないと、まずいことになるぞ」

従順に沈黙した男たちが、うなずいた。

ラ・アラニャがテーブルからP90を持ちあげ、射撃位置に戻ったが、エミリオはお頭の背中を軽く叩いた。「お頭、ウォームアップが済んだようですから、つぎの標的《ターゲット》もお頭が撃てばいいですよ」

ラ・アラニャがP90をおろして、さがった。ダニエルは肩をすくめ、四五口径とサブ・マシンガンの弾倉を交換した。

エミリオが、横の壁のブースから操作している射場の管理人に、顎をしゃくった。管理人がスイッチをはじき、奥のバックネットのドアが二カ所であいて、天井のレールのフックが、標的を射場に運んできた。

だが、その標的は、人形ではなかった。

人間だった。顔をさんざんに殴られ、粗い麻布の猿轡《さるぐつわ》をかまされた男がふたり、後ろ手に縛られ、フックからロープで吊るされていた。肩をきつく縛られ、体重がかかるせいで、痛みに身をよじっていた。

「お頭《エフェ》」エミリオがいった。「あいつらは昨夜のプエルトバリャルタのディナーで、先遣警護チームの責任者でした。きのうの晩に何時間か訊問して、グレイマンが建物内にいるのは知らなかったとわかりました。しかし、失敗の代償を命で払えと、おれは命じました」

ダニエルは、サブ・マシンガンをおろした。ゆっくりとうなずいた。「先遣チームのあとのものは？」

「ふたりは訊問中に死にました。あとのふたりは下っ端で、ダイニング・ルームに配置され、施設の事前安全確認には関係ありませんでした。責任はとらせませんでした」

男ふたりを吊るしたフックが、射場のまんなかでとまった。男たちの足は、床から三〇センチ浮かんでいた。人間標的は、フックの下でブランコのように前後に揺れた。

「指揮していた人間に責任をとらせるわけだな」

「もちろんです、お頭」

「エミリオ、あのふたりはおまえの部下だ。おまえが選び、訓練し、レストランに行かせた。指揮をとっていたのは、おまえだ」

エミリオが、口ごもった。

「責任をとるべきだと確信しているわけだな？」

「もちろんです。あのふたりに責任が」

「おまえに責任がある。おまえもいっしょに吊るされるべきだ」

エミリオは、お頭の顔を見た。筋肉ひとつ動かさなかった。ラ・アラニャは、P90をテーブルに置いていたが、ゆっくりと拳銃を抜いて脇に構えていた。妙なまねができないように、黒服組の殺し屋の指揮官が、黒服組の警護部隊の指揮官を威嚇《いかく》していた。

エミリオが、ラ・アラニャの顔を見た。驚きからは立ち直っていた。「それには及ばない。九ミリ口径は、ジャケットの下のショルダー・ホルスターに収まってる。おれが取って渡すか、それともあんたの部下が取るか？」と、ラ・アラニャに向かっていった。

ラ・アラニャが、空いているほうの手をうしろにのばし、部下を進ませた。そのシカリオが、うしろからエミリオに近づき、腕をまわしてジャケットに手を入れると、拳銃を抜き取った。

「考え直してください、お頭」エミリオがいった。声は落ち着いていたが、唇のふるえが激しい感情の動きを表わしていた。

「おまえはわたしによく仕えてくれた」

「その……光栄でした」

「ろくでもないグリンゴが現われて、なにもかもぶち壊したのは、あいにくだったな」

「お頭、もう一度だけチャンスをくれれば」

ダニエル・デ・ラ・ロチャは、その場でエミリオの頭を撃ち抜いた。向き直り、かがみ撃ちの姿勢になり、一〇メートル向こうで縛られて身もだえしている男ふたりのそれぞれの頭を四五口径で一発ずつ撃つのを、流れるようなひとつの動作でやってのけた。もがくのはとまったが、被弾の衝撃で死体が大きく揺れた。

エミリオはダニエルの足もとにくずおれて、丸くなっていた。

ダニエルは、身を起こした。「もう一度チャンスをくれだと？　ボディガードに二度のチャンスはない。わたしは一週間に二度も、危険にさらされたんだ」

周囲のシカリオたちは、ひとことも漏らさなかった。

ようやくダニエルが、拳銃をホルスターに収めた。「ラ・アラニャ」

「シ、わがお頭《ミ・ヘフェ》」

「これからは、おまえがわたしの近接ボディガードだ」

「ありがとうございます」

「礼などいうな。二度失敗したらどうなるか、見たはずだ」

「二度と期待を裏切りません」

その銀行家は、十九人乗りの双発ターボプロップ旅客機、フェアチャイルド・メトロから、マンサニリョ空港の駐機場におり立った。そこも太平洋岸にあり、プエルトバリャルタからは、南にほぼ二時間のフライトだった。太陽が高く昇っていたので、目を護るために、銀行家は四千八百ドルの〈モス・リッポウ〉のサングラスを額の上からおろした。

ボディガードふたりと銀行家を、リムジンが出迎えた。メトロに乗っていたのは、その三人だけだったので、機長と副操縦士と握手を交わすとすぐに、銀行家はタラップをおりた。三千ドルの〈ピネイダー〉のブリーフケースだけが荷物だった。

銀行家がリムジンに近づくと、運転手がリアドアをあけた。銀行家が車内に身をかがめたが、そのとたんにつんのめり、胸が爆発して豪華な革のインテリアに肉片が降り注ぎ、クリスタルのハイボール・グラスに血飛沫《ちしぶき》がかかり、スモークを貼ったサイドウィンドウにもぽたぽたと垂れた。

〈モス・リッポウ〉のサングラスが吹っ飛び、フロアを転がった。〈ピネイダー〉のブリーフケースが手から落ち、リムジンのリアタイヤにぶつかって跳ね返った。

肥満した体が、ぬるぬるになった革からうしろ向きにずり落ち、顔から舗装面に激突した。なにが起きたかを悟ると同時に、ボディガードふたりは銀行家の上に身を躍らせたが、手遅れだった。

死体を警護するほかに、もうなにもできなかった。

三六〇メートル離れたところで、グレイマンは折りたたみ式のサコー・ライフルの銃床を曲げてたたんだ。あっというまにカンバスのバッグに収めて、黒いマツダのピックアップの助手席側フロアにほうり投げた。

銀行家を一発で仕留めた。三三八ラプア・マグナム弾を距離三六〇メートルで使うのは、殺傷能力の無駄遣いだ。なにしろ、その六倍の距離で人間ひとりを殺す威力がある。だが、ジェントリーが見つけた空港の駐機場に近い山の斜面の小屋は、狙撃にはうってつけだったし、エクトル・セルナが用意した長射程用武器は、サコーTRGスナイパー・ライフルだけだった。

殺傷能力の無駄遣いは、気にならなかった。結果さえ出せばいい。そして、結果は火を見るよりも明らかだった。

三〇グラムもない鉛玉が、十六年におよぶマネー・ロンダリングのノウハウを消滅させた。

確かに、デ・ラ・ロチャはほかの銀行家も使っている。駐機場で仰向けにされて、ボディガードの必死の人工呼吸を受けているあの銀行家の後釜《あとがま》になろうとする有能な人間は、メキシコにはごまんといるだろう。しかし、デ・ラ・ロチャの業務の財政面にとって、あいつの死は手痛い打撃になる。

ジェントリーは、片時も罪の意識や後悔を感じなかった。時計を見て、アクセルを強く踏みつけた。

きょうのうちにやる仕事が、あとふたつ残っている。

「ギルベルト・モレノが、きょうの正午に狙撃手《スナイパー》に殺されました」

午後十一時三十分だった。ダニエルは、死の聖女像の前に額《ぬか》ずいていた。アシエンダ・マリセラのこの礼拝堂で、ダニエルはずっと無言で祈っていた。だが、カルボがうしろからはいってきて、ラ・アラニャと目配せを交わし、跪拝《きはい》しているお頭に悪い知らせを伝えた。

「グレイマンか？」

「まちがいありません。それに、それはほんの幕開きの一発でした。五時半に、コリマのわれわれの倉庫で、小さな爆発が起きました。インドからのエフェドリンの船荷をぜんぶやられました。フォコ（クリスタル・メス）の生産が一週間遅れます」

「ちくしょう」ダニエルが、目の前の骸骨《がいこつ》の花嫁から目を離さずにいった。「やつはやることが早いな」

「そのあと、ついさっきも攻撃がありました」

「どこだ？」

「やはりコリマです。阿片ペーストを積んだトラックが乗っ取られ、運転手が殺されました。トラックは崖から落とされました」

「ペーストの量は？」

カルボは、肩をすくめた。「ヘロイン輸送は、フォコほどの被害は受けていません……二日もあれば、生産が追いつくでしょう」

ダニエルがしばらく祈り、カルボは溜息を押し殺した。表情を消した。ラ・アラニャが見ていたし、コーナーラックの馬鹿げた人形にお頭が忠誠を示していることに年寄りの相談役がいらだっていると、告げ口されるのはごめんだった。

ダニエルが、死の聖女から視線を離した。「彼女は怒っている」

カルボは首をふった。「いや、ダニエル。怒っているのは彼だ。肝心な問題はグレイマンなんですよ」

ダニエルが立ちあがり、暗い礼拝堂を横切って、カルボに近づいた。「ひとりの男が、一日のあいだに、わたしの財務、ヘロイン生産、メタンフェタミン生産に影響をあたえた」

「シ、ダニエル」

「コリマの配下は探しているんだな？」

「警察部隊が総出で、われわれの現地の資産《アセット》といっしょにやっています。ですが、グレイマンはもう行ってしまったでしょう」

「どこへ行った？」

カルボは、肩をすくめた。「さあ。ただ、われわれの事業のべつの部分を狙うのではないかと思います。大麻、海運と陸運、飛行機、誘拐。やつが生きているあいだは、つぎにどこに現われるか、見当もつきません」

「われわれの事業についての情報を、だれが提供しているんだ？」

「われわれの業務の全容を知っているものでしょう。連邦警察内部のものか、あるいはマドリガル・カルテルのだれかか」

「マドリガルだ。わかっている」

「まだわかりませんよ」

ダニエルが礼拝堂を出た。ラ・アラニャがすぐあとに従い、カルボもついていった。

「マドリガルだ」ダニエルが、カルボに向かってくりかえした。

「〝彼女〟がいったんですね？」

ダニエルが廊下で立ちどまった。カルボのほうをふりかえった。ラ・アラニャが、お頭の脇に陣取った。ダニエルがいった。「この問題については、〝彼女〟の情報のほうがおまえの情報よりも役に立つことがわかった。自分の値打ちを高めるために、おまえはもっと一所懸命働かなければならない」ダニエルとラ・アラニャがまた向きを変えて、廊下の向こうに見えなくなった。

50

ジェントリーは、ラ・ロサブランカという山地の小さな町に近い、廃鉱になった銀山に身を潜めていた。グアダラハラまで車で行くのに便利で、太平洋岸にもメキシコシティにも抜けられる。どちらへも数時間で行ける。エクトル・セルナが用意してくれたのは、古いマツダのピックアップだった。夜のあいだ車を隠すのに、何年も使われていない山腹の横坑の入口を利用した。グアダラハラのキャンプ用品店へ行って、数千ドル分の装備を買ったので、山地の寒い夜にもつらい思いをするおそれはなかった。携帯ガスコンロ、小さなテント、ドライフード、大量の水で、必要は満たせる。ポータブル電源で携帯電話とGPSに充電し、ピックアップのそばの冷たい地面でなにかのプロジェクトの作業をするときには、明かりも使える。

ジェントリーは、坑内でいくつものプロジェクトを進めていた。

それに、メキシコ西部で攻撃するターゲットは、いくつもある。この二日間は忙しかった。ナヤリトの黒服組の地区首領を殺した。テピクにデ・ラ・ロチャが所有している飛行場で、飛行機二機を破壊した。マグダレナの北西にある倉庫を焼いた。

きょうは黒服組との全面戦争の四日目の朝にあたる。三時過ぎに起きたが、マツダの荷台に敷いた寝袋で、数時間とぎれがちに眠ることができた。近くの物音で、二度はっとして目を醒ました。二度とも、数挺あるAK－47のうちの一挺をつかんで、銃口近くに取り付けたタクティカル・フラッシュライトで周囲の闇を切り裂いた。そのたびに、背中をまるめた毛むくじゃらの生き物が、暗い坑道の奥へ逃げていった。

きょうは開始するのが遅いが、大きな計画を用意してある。付近の黒服組の拠点についてセルナから得た情報を、GPSに入力した。途中でターゲットを襲いながら、もっとも遠い目的地まで行くように、一連の経由点《ウェイポイント》を設定してある。うまくすると、一日の仕事が終わるまでに、五カ所を攻撃できる。ルートのすべての個所をかならず破壊できて、黒服組を殺せるとはかぎらないが、銀山に帰るのは真夜中になるはずだった。混乱を引き起こす場所は、殺されたり捕らえられたりする危険性を秤にかけて計画しなければならないし、いずれも支障なしにすばやく脱出できると思われる場所でなければならない。

正午前に、ジェントリーはグアダラハラの倉庫地区に車で行き、貨物列車数両から木箱がおろされるのを見ていた。南のチパスやグアテマラで栽培された大麻が梱包《こんぽう》されていると、セルナが断言している。双眼鏡で遠くから観察し、セルナの情報はたしかだと確信したが、荷物を積んだトラックは警備の厳重な駅のフェンス内で、エンジンをかけたまま一時間以上もとまっていた。トラックのそばの男たちが使っているウォーキイトーキイのFM電波を傍受しようとしたが、暗号化された無線機らしく、あまり聞き取れなかったので、どういう問題が起きたのか、突きとめることができなかった。ハイウェイで襲撃するつもりでいたが、午後二時になっても、いっこうに駅を出るようすがなかった。ジェントリーはしぶしぶ、この任務を中止する決断を下した。早くつぎのウェイポイントへ行って、日が暮れる前に大暴れしたいと、勇み立っていた。

二番目の場所もはずれだった。黒服組の隠れ家だったが、ドアを蹴りあけて突入し、AK－47を構えて各部屋を調べたところ、だれもいなかった。麻薬も銃も金もない。放火しようかと思ったが、グアダラハラのサポパンという市街地だったし、一ブロックが全焼しないともかぎらない。そこでマツダに戻り、急いで東を目指した。

ジェントリーの必達《To-Do》リストには、まだ三カ所が残っていた。せめて一カ所で、破壊する価値のあるものが見つかることを願った。GPSを見た。無駄な目標でなければいいがと思った。

つぎも黒服組の隠れ家。チャパラにある。

ダニエル・デ・ラ・ロチャは、寝室の外の涼しいバルコニーの寝椅子で寝ていた。戸外の雰囲気が好きだった。陸軍にいたころを思い出す。といっても、陸軍時代には、二〇〇ヘクタールの敷地の大農場にいて、豪華な寝室のバルコニーで寝ていたわけではない。

ラ・アラニャがうしろの寝室で、ドアの前に置いた背もたれの高い椅子に座っていた。M4カービンを横向きにして膝に置いている。横のバッグから、予備弾倉が何本も突き出ていた。

ネストル・カルボが、いきなりドアを通って駆け込んできた。ラ・アラニャが、カービンを持って勢いよく立ったが、カルボはそっちには目もくれず、猛然とそばを通って、バルコニーで寝ているダニエルのほうへ叫んだ。

「グレイマンが、チャパラの隠れ家を襲いました！」

ダニエルは、のろのろと寝椅子で起きあがり、目をこすった。「チャパラ？　やれやれ《マドレ・デ・ディオス》。あそこに隠してある金を盗まれたのか？」

「盗まれたんじゃありません。焼かれました」

ダニエルは悪態をつき、もう一度顔をこすった。「なんてやつだ《ケ・チンガド》！　いくらだ？」

「ぜんぶ焼かれました。約千七百万ドル。パレットに積んで銀行に運ぶ用意をしてあった金です。経理に正確な数字をきいて、あとで報告します」

「それをやつは焼いたのか？　火をつけて？」

「シ」

「警備していたものたちは？」

「ひとり死亡。もうひとりは行方不明で、おそらく――」

「それ以外は？　千七百万ドルだぞ。もっとおおぜいで警備していたはずだろう」

「十二人いました。あとは生きています。火事が起きるまで、その連中は異変に気づいていませんでした。グレイマンの姿は見ていません」

「その間抜けな見張りどもを、全員処刑しろ」

「シ」ラ・アラニャが答えて、廊下に首を突き出した。部下のひとりに命令をがなり、チャパラの隠れ家の生存者の悲運はそこで定まった。

「ダニエル」カルボが、やんわりと哀願した。「やつはわれわれに対し、四日間で十数件の作戦を仕掛けました。資本の損失と、生産減は、控えめに見積もっても、五千万ドル前後と思われます」

「一日千二百万以上の損害をわたしにあたえているというのか？」

「控えめに見ても」

「だが、どれだけつづけられるかな」

ラ・アラニャが、率直な意見をいった。「わがお頭《ジ・ヘフェ》。われわれの組織は、軍、連邦警察、敵対するカルテルと有効に戦えるように、できています。グレイマンのような機動力と技倆《ぎりょう》を備えた単独の敵に対する装備は、不足しています。われわれに捕らえられるまで、やつがどれだけ長くやれるかは、まったくわかりません」

カルボが、口をはさんだ。「やつがマドリガルから情報をもらっている可能性はあると思いますが、マドリガルの組織と協力しているとは思えません」

「ロス・バケロスの情報部長は、なんといったかな？」

「エクトル・セルナ・カンポス」

「よし。そいつに連絡しろ。これは戦争だといってやれ」

「ダニエル、いまマドリガルと戦争をすれば、金がかかるばかりです。それはできない——」

ダニエルが、金切り声をあげて、バルコニーから寝室に突進してきた。「わたしになにができないか説教するのはやめろ！　やつらはこの男ひとりを使って、われわれに戦争を仕掛けているんだ！」

「確認できていないんですよ！」

「わたしにはわかっている！」ダニエルは、口から唾《つば》を飛ばして、わめいていた。溜まりに溜まっていた、はけ口のない憤懣《ふんまん》が、腹の底から怒声となってほとばしった。「わたしはこいつをひっとらえた！　こいつは目の前でフェンスにくくりつけられていたんだ！　一週間前に拳銃で撃ち殺しておけば、こんな馬鹿騒ぎにはならなかった！　どうして撃たなかったんだ？　どうしてあのくそったれを殺さなかったんだ？　あそこで引き金を引かなかったせいで、部下をおおぜい失ってしまった」

カルボがいった。「やつを追いつづければ、やつはお頭《かしら》の部下を殺しつづける。手に負えるあいてじゃありません」

ダニエルは、自制を取り戻した。何度か息を吸って、うなじをさすり、手をふって斥《しりぞ》けた。

「どうでもいい。部下を失うのはよくあることだ。だが、面目は？　面目は失うわけにはいかない」

ラ・アラニャのほうを向いた。「肚《はら》は決まった。いまからロス・バケロスと全面戦争だ」

「わかりました《エンテンディド》、セニョール」

「どこだろうと、やつらを見つけたら、国のどこだろうと……」

ラ・アラニャが、お頭の目を見た。「殺す」

「そのとおり《コレクト》」

カルボは、まだ承服していなかった。「ダニエル親分、お願いだから聞いてください。ラ・アラニャがマドリガルと戦争したいのは、部下の戦いぶりをお頭に見てもらえるからです。グレイマンは技倆《ぎりょう》が高くてずる賢いから、ラ・アラニャの部下には殺せませんが、ろくでなしのロス・バケロスなら、街で何人でも撃ち殺せるからですよ」

ハビエル・〝蜘蛛《ラ・アラニャ》〟・セペダが、カルボをすさまじい形相で睨《にら》んだ。相手の首を斬り落とす直前に、何度となくそういう表情を見せている。「わがお頭《ミ・ヘフェ》、このじいさんがロス・バケロスとの戦争を避けたがっているのは、こいつが軟弱だからです。われわれはマドリガルに対して、長いあいだ鷹揚《おうよう》にしてきた。それなのに、シナロアの牧童《カウボーイ》どもは、こんな仕打ちをする！　やつらがグレイマンを殺して、おれたちに差し出すまで、戦いましょう。やつらの市場《プラサ》がやつらの血で真っ赤に染まれば、ロス・バケロスは一週間とたたないうちに、あのアメリカ人刺客は事業の重荷になると気づくでしょう。そこでおれたちは兵を引けばいい。お頭がそうしろといえばですが」

ラ・アラニャの話が終わる前に、ダニエルはうなずいていた。カルボのほうを向いた。

「ネストル、ロス・バケロスの情報部長と連絡をとれ。やつらがグレイマンを動かしているのは知っているといってやれ。このことは、われわれの市場《プラサ》への全面宣戦布告だと見なす。財産と人命の損失はロス・バケロスに責任がある。グレイマンが生きているかぎり、それなりの対抗措置をとる――そう伝えろ」

カルボは激怒し、不満をつのらせていたが、もう逡巡《しゅんじゅん》は見せなかった。お頭の機嫌を計る正確なバロメーターを備えていたので、反論する段階は過ぎたと察した。「シ、ダニエル。エクトル・セルナとただちに連絡をとり、戦争だと見なしていることを伝えます。それから、和平を受け入れる条件も伝えます」

最初の襲撃が行なわれたのは、わずか三十三分後だった。マサトランでマドリガル・カルテルの地区副首領を尾行するよう命じられていた下っ端の殺し屋《シカリオ》が、ロス・バケロス禁猟解除の指令メールを受信した。ふたりは戸外のカフェのテーブルをただちに離れ、タマーレの汁が残っていた紙皿をゴミ箱に捨てると、向かいの宝飾店にはいっていき、尾行していた相手とその妻とボディガードふたりを撃ち殺した。

その九十分後、バケロ四人が乗るトラックが、プエルトバリャルタからグアダラハラに向かうハイウェイで、ハリスコ州警の捜査車両のSUVに停車を命じられ、道端にとまった。四人はトラックに顔を向けてならべられ、処刑形式で射殺された。死体は、車に轢《ひ》かれた野生動物みたいに、暑い山地のハイウェイに放置された。

夜までにさらに十二人のバケロが殺害され、七人が負傷した。黒服組の四人が応射で死に、メキシコシティの連邦警察の双方の勢力が銃撃戦を引き起こした際に、ショットガンの散弾で通行人ひとりが怪我をした。

戦争開始から十二時間で三十二人が死傷した。だが、それはほんの小手調べだった。

さらに二日たち、ジェントリーはそのあいだ、すこぶる能率的に働いた。セルナからの情報は、あいかわらず役に立ったが、襲撃によって得た情報に比べると、だいぶ見劣りがした。コリマで見張りからスマートフォンを奪い、その電話帳から〝フォコ〟と注記のある住所を見つけた。〝フォコ〟がメキシコではクリスタル・メスを意味するのを知っていたジェントリーは、その住所へ行き、コンテナが山積みになっている、フェンスに囲まれた貯蔵施設を見つけた。警備員が数人当直についていたが、施設内に忍び込み、銀山でこしらえたANFO爆弾数個を仕掛けた。爆弾には、単純な無線起爆装置が取り付けてある。爆風の届かない距離に遠ざかると、何台も持っている携帯電話の一台の番号にかけ、クリスタル・メスのコンテナ六台が、噴き上がる黒雲に包まれて吹っ飛んだ。

近くの斜面に車をとめ、自分の作業の成果をほれぼれと眺めていたが、黒いBMWに乗った男ひとりが、現場から逃げ出すのを見た。ジェントリーは、そのスポーツクーペをピックアップで道路から突き落とし、残骸《ざんがい》から這《は》い出そうとしている黒服ひとりをみつけて、捕虜にした。男は四時間後に怪我のために死んだが、その前にナヤリトとハリスコでのデ・ラ・ロチャのクリスタル・メス事業について、貴重な情報を大量に教えた。

ジェントリーは、当面、クリスタル・メスを集中攻撃する方針を固めた。瀕死の黒服によれば、それがデ・ラ・ロチャのドル箱事業だという。クリスタル・メスは、生産コストが高いだけに、熟練労働者を殺したり、脅して追い払ったり、工場のインフラを破壊すれば、簡単に製造を激減させることができる。大麻や罌粟《けし》の畑を焼き払うよりも、そのほうがずっと望ましいと、ジェントリーは考えた。好機があれば畑の焼き討ちもやるが、手っ取り早く打撃をあたえる対象としては、〝フォコ〟がもっとも適している。

それにより、ジェントリーはアコポネタへ行った。マサトランへ向かう幹線道路沿いにある、小さな河岸の町だ。死ぬまぎわの黒服から、数カ所の住所を聞き出してある。山地へ行ってスーパー・ラブを攻撃する前に、そこを襲うつもりだった。

闇にまぎれて大混乱を引き起こす前に、ジェントリーは豆、ソフトドリンク、インスタント・コーヒー、水を補給するために、食料品店へ行き、洗面所を使うために隣の酒場にはいった。用を足し、両手の汚れを洗い落として、ドアのほうを向きかけたところで、急に動きをとめた。そこの壁に指名手配者のポスターがあり、顔写真の男がこっちを睨《にら》んでいた。

殺人容疑で指名手配
マドリガル・カルテルのアメリカ人殺し屋

地方の携帯電話の番号が、その下に記されていた。

ジェントリーは悟った。たとえこれを生き延び、メキシコから脱出したとしても、アメリカ政府にはメキシコの犯罪組織の殺し屋と見なされているから、二度とアメリカには帰れない。

ラウラは、それに値する女なのか？

そういう疑問が頭に浮かんだことすらが不愉快で、ジェントリーは首をふった。

もちろん値する。

壁から紙のポスターを引きはがし、ゴミ場に捨てた。

左手のドアが、きしんであいた。

ジェントリーはさっと体をまわし、拳銃を抜いて、洗面台の前に折り敷いた。

ターゲットの胸に銃口を向け、グロックのトリガー・セイフティの遊びの部分を、すでに押し込んでいた。

その男が両腕を高くあげた。動転してわめいた。「お助けを《マドレ・デ・ディオス》！」

ジェントリーは、グロック19の照門を通して前方を見据え、固めの引き金にかけた指に力をこめた。カウボーイ・ハットをかぶったその肥った男は、ただの農民だとわかった。〈コロナ〉をバーで二本飲んで、小便をしにきただけだ。

ジェントリーは、トリガー・セイフティから指を離して、身を起こし、拳銃をホルスターに収めて、泡を食っている農民には一瞥《いちべつ》もくれず、そばを通り抜けた。

くそ、ジェントリー、うろたえるんじゃない。

51

ジェントリーが位置につくまで、丸一日かかった。マツダで山中に分け入り、登り、這《は》い進み、武装した戦闘員が通るあいだ橋の下に隠れ、死んで銀山の隠れ家近くの雨裂に転がっている黒服から聞き出した位置とGPS座標を照らし合わせた。その間ずっと、中だるみが生じることを悔やんでいた。黒服組を毎日攻撃し、一日に何度も攻撃したかった。シエラマドレの山中を、存在しないかもしれないターゲットに向けて、身を隠しながら進み、二十四時間なにもせずにいると、作戦の成功に不可欠な衝撃力が鈍るのではないかと、不安になった。前日にデ・ラ・ロチャがマドリガル・カルテルとの全面戦争を開始したことは、もちろん知る由《よし》もなかった。ジェントリーが移動だけを行なっていたこの日は、黒服組にしてみれば血みどろの戦いの六日目で、ジェントリーがそこにくわわっていないことは、完全に見過ごされていた。

事件、死傷者、襲われた車列、強襲された隠れ家の数という尺度では、黒服組に対する衝撃力は、いやますばかりだった。

ジェントリーは、闇のなかを進んでいた。エクトル・セルナが用意した第二世代の暗視ゴーグルは、ジェントリーがかつて使用していたものに比べれば、骨董品《こっとうひん》に近かったが、じゅうぶんに役立った。谷底を横切り、デ・ラ・ロチャの配下がおおぜいいる村に、料理の火のにおいが嗅《か》げるほど近づいたが、地元民に姿を見られないようにした。午前一時、死んだ黒服がいっていた場所で渓流を見つけ、希望が湧いた。渓流をたどり、真っ暗な谷間にはいった。どこかで滝が轟音をたてていたが、まだそれが見えるほどには近づいていなかった。

ジェントリーは進みつづけた。暗視ゴーグルとGPSが導いてくれたとはいえ、ジェントリーの聴覚《きゅうかく》、嗅覚、自然界の知識、原野を音もなく移動する技倆《ぎりょう》が、これまで生き延びるのに役立ってきた。

午前五時、位置についた。小さな谷の上に突き出した岩盤を、なかごろまで伝いおりて、あとは梢《こずえ》の下まで滑りおりた。

夜明けまでまだ二時間あったが、トルティーヤとコーヒーのにおいが、切り立った岩盤のジェントリーのところまで漂ってきた。鶏《にわとり》が時をつくった。犬が吠え、山羊《やぎ》が鳴いた。人里のあらゆる物音がしていた。ときどき、マリファナ煙草のにおいが、未舗装路の三メートル上に隠れているジェントリーのところまで立ち昇ってきた。やがて、何台ものエンジンが始動された。ガソリンを使う大型発電機。自然光が頭上のジャングルからかすかに漏れているころに、五〇メートル前方の開豁地《かいかっち》から電灯の光が放たれた。目立たないオリーヴドラブ色に塗られた、プレハブの幅の広い建物が、バックして方向転換したジープのヘッドライトに浮かびあがった。銃を持った男たちがおおぜい乗ったジープが、ジェントリーの真下を通過した。

ジェントリーは、依然として闇に包まれたままで、攻撃の準備をした。

その日の午前七時、ネストル・カルボは、アシエンダ・マリセラの自分のオフィスで、携帯電話の通話を終えた。五時半からシャツにネクタイを締めた姿でデスクにつき、ジャケットは隅の革の椅子にかけてあった。マンゴージュースを飲み、コーヒーをちびちび飲みながら、アメリカの伝手《つて》に電話やメールで矢継ぎ早に連絡した。コンスタンティノ・マドリガルとの闘争は、一時間ごとに激化しているので、エレア・ガンボアの手がかりを探す作業は、早朝にやらざるをえなかった。ガンボア一家がバスでツーソンを出発し、おそらくは北東を目指したと思われる証拠があった。その問題のある漠然とした希少な情報に基づいて、カルボは一時間半かけて、シカゴとボストンの情報網に連絡をとった。情報源のすべてに問い合わせ、三十五歳の妊娠したメキシコ女を探すよう命じた。

干草の山から針一本を探すようなものだと、カルボにはわかっていたが、お頭《かしら》の指示に従うのも仕事のうちだった。

携帯電話が鳴った。けさはじめてかかってきた電話なので、すぐにパチンとひらいて出た。

「もしもし」

五分後、カルボはケヴラーのスーツのジャケットを着て、オフィスを飛び出し、ドアを閉めた。

ダニエル・デ・ラ・ロチャは、経験豊富なミドル級のボクサーみたいに、ジムの重いサンドバッグを叩いていた。チーク材の床の広いジムにいるのは、ダニエルだけではなかった。

早くも仕事に備えた服装の黒服ふたりがそばに立ち、トレーナーとスパーリングをしたり、スピードバッグを叩いたり、グラブをはめて重いサンドバッグを叩くお頭に、応援の叫びを浴びせていた。隅のサンドバッグのうしろにはトレーナーがいて、指導していた。

そして、ラ・アラニャもそこにいた。いまではお頭のそばを片時も離れない。ロス・バケロスとの戦争でお頭の意向に従って動く手下に指示をあたえるのも、近接警護をやりながらだった。

例によって例のごとく、五十七歳のネストル・カルボが、足早にジムにはいってきた。周囲の警護班などには目もくれず、すたすたとお頭に近づいた。

ダニエルは、壁の鏡でカルボに気づいていた。休むために腕をおろし、カルボのほうを向いた。「また悪い知らせを持ってきたんじゃないだろうな、ネストル？」

「スーパー・ラブ6が破壊されました」

「どういう意味だ？〝破壊された〟とは？」

「全壊です、ダニエル。いままであったものが、きれいさっぱり消滅しました。残っているのは火と残骸《ざんがい》だけです。ねじれた金属。死体。設備も原料も、完全に失われました」

トレーナーに額の汗を拭かせながら、ダニエルはただうなずいた。

カルボが、つぎにいった。「グレイマンは、二ロット分の製品《ブツ》をだめにしました。くわえて、重要な装置類も。数人殺されました。外国人が何人か、いなくなっています。誘拐されたのか、殺されたのか、自力で逃げたのか、まだわかっていません」

ダニエルは、胸と腕の筋肉をほぐしてから、右の拳を重いサンドバッグに叩きつけた。

「まだあるんです」カルボが、そっといった。「工場の管理人のオフィスから、ノート・パソコン一台が盗まれました。管理人がわたしの部下にいったところでは、すべてロックされ、暗号化されているそうですが、ひとつだけ例外があります。盗まれたとき、ファイルがひとつだけひらいていました。そのファイルには機密情報が含まれていますが、それがグレイマンの手に落ちたと想定しなければなりません」

ダニエルは、もう一度サンドバッグを叩くと、相談役のカルボのほうを見た。「どんな情報だ？」

「われわれがメキシコ国内に所有している不動産のうち、じっさいに居住している住所のリストです」

「ちくしょう！」ダニエルはわめいた。「こんどはマドリガルに所有地の場所まで知られたのか？」

「グレイマンがマドリガルの手先だとすればですが……そうです」

「クソ野郎《イホ・デ・プタ》！」ダニエルはわめき散らし、渾身の力をこめて、サンドバッグを叩いた。すぐにカルボのほうを向いた。「クエルナバカは？　クエルナバカの家はそのリストに――」

「載っていました、お頭」

「ネストル……子供たちが。妻が。そこはおれの自宅だぞ！」

「わかっています」

「やつは、おれの家族には手を出さないといった！」

「失礼ながら、ダニエル、これまでは手を出していません」

ダニエルは、手をふって最後の意見を斥《しりぞ》けた。「どうする?」グラブをはずすために、両腕をトレーナーのほうにのばした。年配のトレーナーが、あわてて手伝った。

カルボは、肩をすくめた。「二日前には、やつのせいで五千万ドルの損失が出ると文句をいっていました。それがいまは——新しいルートを開拓し、隠れ家を設置し、現在の施設からアメリカに持ち込む販売網を変更するとなると、その十倍はかかります」

それまで黙っていたラ・アラニャが、口を切った。「お頭、ここをすぐに出てもらわないといけません」

「妻と子供たちも」ダニエルがそっといった。「移せ」クエルナバカの警護班に連絡し、ダニエルの妻と子供六人を移動させるために、黒服のひとりがベルトから携帯電話をはずしながら、駆け出していった。

だが、途中で足をとめた。身をかがめて、ジムに戻ってきた。「すみません」だれに向かっていえばいいのかわからないというように、あたりを見まわした。「どこへ移すよう指示すればいいんですか?」

ダニエルがいった。「ポルトガルの別邸だ。メキシコシティの空港へ運び、今夜、ジェット機を迎えに行かせろ」

カルボは、首をふった。「だめです。ファロの別邸の住所も、リストにあります」

「ひとでなし《マザーファッカー》め」ダニエルが、英語でいった。メキシコ軍にいてアメリカで訓練を受けたときに、おぼえたのだ。「やつはわれわれを滅ぼそうとしている」

「いや」カルボはいった。「そうはなりませんよ。ガンボアの妹を返せば——」

「だめだ！」ダニエルがカルボの襟をつかみ、鏡張りの壁に押しつけた。「返すものか！」

「ダニエル、この失態の代償はあまりにも高い。金と時間と——」

「かまうものか！　そんなことはどうでもいい！　エレナ・ガンボアとアメリカ人刺客を殺せ！　やつらはわたしの子供たちまで脅かしている」

カルボは首をふった。お頭に暴力をふるわれるおそれがあっても、ひるまなかった。「だれもお子さんたちを——」

ラ・アラニャが、即座に割ってはいった。「お頭。ホテル・チェーン、コンドミニアム、あらゆる不動産を所有している友人が、いくらでもいますよ。ご家族はそこへ行かせればいい。フロアや建物を借り切ることもできますよ！　ご家族の警護は倍にしますし、お子さんたちには旅行だといえばいい」

カルボとダニエルは、一瞬睨《にら》み合った。と、ダニエルがカルボの襟を離した。睨み合いをつづけたまま、ダニエルがラ・アラニャにいった。「警護は三倍にしろ。それから、ここにいる全員に伝えろ。一時間以内にプエルトバリャルタに向けて出発する。あそこなら、どこよりもおおぜい警官を使える。ヘリコプターで行くぞ。ラウラ・ガンボアを連れていく。プエルトバリャルタでいちばん広い施設を占領して、グレイマンを消し、エレナ・ガンボアを見つけるまで、マドリガルとの戦争をつづける」

カルボは、ひとこともいわずに、憤然とジムから出ていった。オフィスに歩いて戻るあいだに、お頭の意向がどうあろうと、正気の沙汰ではないこの一件にけりをつけようと決意していた。アメリカ人に〝成年後見〟といわれた。ダニエルを侮辱するつもりだったのだろうが、アメリカ人刺客のその言葉には、一定の真実が含まれていると納得した。

52

ジェントリーは、マドリガル・カルテルから補給を受けるために、あらかじめ決めてあった受け取り地点へ行った。起爆装置と硝酸アンモニウムと燃料油がすくなくなっていた。盗品ではない携帯電話、現金、サコーの弾薬も必要だった。

だが、受け取り地点のトランクルームへ行くと、男がひとり前に立っていた。装備の隠し場所の九〇メートル手前で、ジェントリーはピックアップに乗ったまま、双眼鏡で見た。

セルナだった。独りきりだ。

ジェントリーは、ピックアップをとめた。おりると、ロス・バケロスの情報部長のほうを見た。「どうしてここへ来た？」

「エル・バケロが、あんたに話がある」

「会って話すのか？」

「シ、いますぐに」

ジェントリーはびっくりした。「会って話をする時間はない。電話じゃだめなのか？」

「だめだ。おれたちは、お頭《かしら》のところへあんたを連れていく」

「おれたち？」

「ああ、あんたを警戒させたくなかったから、姿が見えないようにしているが、二十人連れてきた。四方にいる」

「どうしてマドリガルは、おれと話がしたいんだ？」

「さあな」

ジェントリーは、シナロアの麻薬カルテル幹部を見据えたが、信頼できるのかどうかは、判断できなかった。選択肢を比較して考えた。ここでセルナに銃を突きつけて逃げることはできるだろう。だが、なぜだ？　マドリガルが腹を立てるような理由はない。むしろ逆で、ロス・バケロスの宿敵の事業運営に、甚大な被害をあたえているのだ。グレイマンを利用し、これまで以上に支援することを、ナルココリッド（二〇世紀初頭からメキシコ・アメリカ国境付近でよく演奏された民衆歌謡。革命戦士や麻薬密売人の物語が織り込まれていた）と呼ばれる物語歌《バラッド》にするよう奨励してもいいはずだ。

ジェントリーはうなずき、両腕をあげて、セルナにボディチェックさせた。セルナが銃四挺を取り除き、小さなウォーキイトーキイで部下を呼んだ。あっというまに、トランクルームの敷地の正面と横手の出入口から、巨大なダッジのピックアップが現われた。通路に乗りつけたその数台が、セルナとジェントリーを乗せ、車列を組んで北を目指した。

正午には、セルナとジェントリーは小さなプロペラ機で北西に向かっていた。十二時三十分に、山中の芝生の滑走路に着陸した。ふたりは大きなクライスラーのセダンに乗り、大きな町を通った。ここはどこなのかと、ジェントリーはセルナにたずねたが、シナロア南部だという返事があっただけだった。

二十分以上も走り、広い墓地の門をはいった。晴れた涼しい日で、よく手入れされた敷地にある壮麗な霊屋《れいおく》を囲んで、武装した麦藁《むぎわら》帽子の男たちが立っているのが見えた。エディー・ガンボアが眠る墓場とはまったくちがう。広い墓室を備えた立派な霊屋で、コンクリートや大理石は手彫りされ、金メッキの屋根があって、墓の前には等身大の像がある。

ジェントリーがききもしないのに、セルナがいった。「ここはすべて、うちの組織の人間を葬るための墓地だ。お頭はよくここに来て、昔の友だちの墓に詣《もう》でる。ここへあんたを招待したのは、大きな敬意を示したことになる」

招待されたわけではないことを、ジェントリーは承知していたが、聞き流した。クライスラーは数十基の墓のあいだの曲がりくねった道をたどった。なかには、小さな家なみの大きさの霊屋もあった。入口の上にある鉄の盾《たて》に、額縁入りの写真を飾ってある墓が多かった。石のAK-47、大理石のカウボーイ・ハット、実物大の馬のブロンズ像のような装飾もあった。キャデラックやダッジのピックアップのフロントグリルの実物が、墓石に埋め込まれていることもあった。実物大のステンレス製パイパー双発機が載っている、巨大な霊屋もあった。

それに、シナロアに咲く赤、黄、ブルーの花の半分が、この墓地で使われるのではないかと、ジェントリーは憶測した。

クライスラーは、いくらか小ぶりな霊屋の前でとまった。新しい墓らしく、武装した十数人がまわりに立っていた。マドリガル本人もいて、ティーンエイジの息子が横に立っていた。マドリガルは、赤いシャツにブルージーンズという服装で、麦藁のカウボーイ・ハットをかぶり、テニスシューズをはいていた。ジェントリーの見たところでは、首にかけた質素な十字架を除けば、身を飾るものは、馬の頭をあしらった金のバックルだけだった。

車をおりたジェントリーを、マドリガルが出迎え、握手をして、口髭に半分隠れた笑みを浮かべた。

マドリガルが話しはじめ、ちびのくそったれ《チンガリト》が通訳をした。「七日たったな、アミーゴ。ちょうど一週間前にあんたと会い、黒服組相手に暴れると、あんたは約束した。正直な話……黒服を何人か殺し、ブツをいくらか破壊して、あんたが死ぬと思っていた。あんたは立派な戦士だというのを実証した」

「ありがとう」

「ほんとうにシナロアの生まれじゃないのか？」

ジェントリーは黙っていた。チンガリトの訳す言葉はなかった。

マドリガルがつづけていった。「あんたのことを尊敬する。七日のあいだにあんたは、ここにいる情けない阿呆どもが七年かかってもやれなかったことをやった」周囲の部下を示しながらそういうと、訳しながらチンガリトが笑った。

ジェントリーはいった。「まだほんの小手調べだ。あと二、三日で――」

マドリガルが、さえぎった。「そのことで呼んだんだ」チンガリトが、遅れずに通訳するのに苦労していた。

「うちの殺し屋《シカリオ》九人が、昨夜、プエルトバリャルタで虐殺された。きのうグアダラハラで、おれが使っているハリスコ州警官五人が行方不明になった。二、三日中に、切り落とされたちんぼこをくわえて道端で死んでいるのが見つかるだろうな。おとといは配下十二人が殺され、ブツの一回輸送分が奪われた」

　ジェントリーは、一瞬睨《にら》み返した。「あんたのシカリオが殺されようが、おれには関係ない。だいいち、それを気に病むふりをしたら、あんたの知性を愚弄《ぐろう》することになる」

　チンガリトが通訳し、マドリガルが答えた。

「デ・ラ・ロチャがやらせたんだ。あんたがおれに協力していると考えて、その報復のためにな。これがうまくいくのは、おれたちが協力しているのを隠しおおせたときだけだと、あんたにいったはずだ」

「おれのやったことが、そっちの行為だと見なされるおそれがあることは、最初からわかっていたはずだ。あんたも、シカリオや麻薬には不足していないだろう」

「もちろん、こういう戦争は何年もつづけられる。やつらがおれにあたえる被害よりも、あんたがやつらにあたえる被害のほうが大きい。しかし、計画が変更になった。戦争はこれ以上やらない」

「いったいなんの話だ？」

「あんたの役目は終わったということだ。おれは取り引きをした。あんたの死体を黒服組に渡す見返りに、この戦争をやめられる。それに、ほかの見返りも約束された。おれは取り引きに合意した」

「ネストル・カルボと取り引きしたんだな」ジェントリーは断言した。デ・ラ・ロチャは、戦い、脅す仇敵のマドリガルとの和解に同意するような人間ではない。デ・ラ・ロチャは、

――黙認するはずがない。

マドリガルが、肩をすくめた。チンガリトが通訳した。「そうだ。ネストル・カルボ・マシアスは、黒服組の中核だ。あらゆることを知っているから、デ・ラ・ロチャ本人よりも力がある。カルボが、残り一カ所のフォコのスーパー・ラブを引き渡すといった。数十億ドルを稼ぎ出すはずの贈り物だ」マドリガルが、にやりと笑った。「あんたは、自分の市場価値を自慢すべきだな」

「ああ」

マドリガルが、また肩をすくめた。「悪いな、アミーゴ。だが、あんたを殺さなきゃならない。あんたが見ているこの美しい墓で、あんたの働きを称《たた》えることにしよう」

周囲の男たちが、詰め寄ってきた。ジェントリーは、必死の思いでセルナを探した。マドリガルのほかの配下に混じっているのが見えた。この話に不満足のようだったが、なにもいわなかった。

ジェントリーは、チンガリトの顔を見た。「おれはカルボよりずっと役に立つ。そう伝えろ！」

チンガリトが通訳した。

マドリガルが答えた。「あんたのおかげで、ほしいものが手にはいる。おれはそのスーパー・ラブがほしいんだ」

ジェントリーの頭に、うしろから袋がかぶせられた。

「マタロ」マドリガルがいった。チンガリトは通訳しなかった。マドリガルの生まれた町の名だと、ジェントリーにはわかった。だが、それは命令でもあった。

こいつを殺せ。

頭のうしろで、拳銃の撃鉄を起こす音がした。

ジェントリーは、ひとことだけ叫んだ。「待て！《エスペレ》 なんていった？《ケ・ディヒステ》」

そのとき、マドリガルがいった。

ジェントリーは、スペイン語で答えた。「カルボ、といった。ネストル・カルボを捕らえてやる。あんたがカルボを捕らえたら、ダニエル・デ・ラ・ロチャも黒服組も一巻の終わりだ。それは知っているはずだ」ジェントリーは、視界の外のエクトル・セルナに向けて、大声でいった。「エクトル、カルボの頭のなかを覗いてみたくないか？ やつの知っていることを、ひとつ残らず知りたくないか？」

黒い袋の下で、ジェントリーは汗をかいていた。顔と首の筋肉がすべて緊張し、頭に一発撃ち込まれるのを待った。といっても、撃たれたのは感じないはずだ。自分の死のことではなく、ラウラの死のことを思った。独りきりで怖がっているラウラの姿が、脳裏に浮かんだ。危害をくわえるなという命令が取り消されたとき、周囲の男たちがラウラに迫る光景を思い描いた。

なんとしても、ラウラを助けたかった。

腕や背中をつかまれて、墓室のほうへ進ませられた。歩いているあいだ、うしろから叫び声や命令をどなるのが聞こえ、うしろで扉が閉まった。あたりは涼しく、暗かった。

袋がはずされた。左右にひとりずつ立ち、ジェントリーのこめかみに銃口を押しつけていた。

墓室の奥に小さな丸いステンドグラスがあり、正面にいるマドリガル、チンガリト、セルナがその明かりで見えた。

セルナがいった。「カルボは厳重に警護されている」

ジェントリーは、恐怖のあまり舌がもつれそうになった。「おれには強い動機がある」

こんどはマドリガルがいった。「あんたは助かるためになんでもいうだろう。カルボを捕らえられるとは思えない」

「おれが死んだことを、カルボにどう証明する?」ジェントリーは英語でいい、チンガリトが同時通訳した。

マドリガルがいった。「ここのどの霊屋にあんたが納められたかを伝える。霊屋に封をする前に、カルボの手先が来て死体を確認する」

ジェントリーは、セルナのほうを見た。「おれの死体をここで見せるときにはみずから来いと、カルボにいってやれ」

「カルボが来るはずがないだろう?」

「来ざるをえないだろうな。あんたとの取り引きのことを、デ・ラ・ロチャにいえるはずがない。取り引きを秘密にするためなら、無理のない要求には応じるはずだ。それに、あんたたちと会見すれば、どういう利益があるか、興味をそそられるにちがいない」

マドリガルが、首をふった。「同意するものか。やつにしてみれば、危険があまりにも大きい」

「好きなだけ人的資源を連れてこいといえばいい。待ち伏せ攻撃されないように、武装した配下を百人連れてくればいい。下見の人間をよこしてもいい、と」

「百人いても忍び込めるのか？」

「もちろん無理だが、そんなに連れてこられるはずがない。デ・ラ・ロチャに知られず、秘密に動いているわけだし、この話し合いのことは気取られたくないだろう。カルボは馬鹿じゃないから、警護陣を連れてくることはまちがいないが、ふだんの近接警護よりも規模を大きくすることはありえない。会見の噂が組織内で漏れないように、人数を抑えるはずだ」

「あんたは、その警護をすり抜けるのか」

「やらざるをえないだろう」

マドリガルがいった。「しかし、カルボを捕らえてもらったとして、あんたにどう役立つ？　ガンボア家の娘とカルボを交換するわけにはいかないぞ」

チンガリトが通訳し、ジェントリーはすこし鼻の穴をふくらましたが、気を取り直した。

「カルボを捕らえたら、あんたに渡す。ただし、デ・ラ・ロチャには、おれがカルボを捕まえているといい、ラウラと交換するよう要求する。受け渡しの時間と場所を決める。あんたたちには、黒服組が探しに来る前にカルボから必要なことを聞き出す時間がある。おれはラウラに近づいて取り戻すチャンスをものにできる」

マドリガルが、長いあいだジェントリーを見つめていた。やがてほほえんだ。「無法者みたいな考えかたをするんだな。あんたの企みも、いかにも無法者らしい」

「これが初ロデオじゃないとだけ、いっておこう」

「あんたの提案には興味があるが、ひとつだけ問題がある」

ジェントリーは、それを見抜いていた。「デ・ラ・ロチャに情報を流している組織内の密告者《たれこみや》のことが心配なんだろう。そいつが計画をあらかじめカルボに教えるのが」

マドリガルがうなずいた。

「それを防ぐ方法がある」

「そんなことが、どうやって――」

ジェントリーは、マドリガルの目の前で、姿がぼやけて見えるほどの速さで動いた。すっと体を低くして、拳銃二挺の射線から脱け出した。それと同時に、拇指球《ぼしきゅう》を中心に体をまわした。両手があがって、すさまじい速さで上に突き出され、男ふたりの手から拳銃をはじき飛ばした。そして、土埃《つちぼこり》の舞う空気のなかでくるくると舞う拳銃の一挺を受けとめた。また拇指球を中心にまわって、立射の姿勢になり、大型のリヴォルヴァーをコンスタンティノ・マドリガルの胸にまっすぐに向けた。

それらすべてに、一秒とかからなかった。武装解除されたふたりが、あとずさった。マドリガル、チンガリト、セルナは、なにがなにやらわからず、驚愕して、じっと見つめた。

五秒後、ジェントリーはリヴォルヴァーをまわし、用心鉄からさかさまにぶらさげた。

進み出て、マドリガルのほうへ差し出した。「受け取ってくれ。そいつでおれを撃つか、それともデ・ラ・ロチャとの揉《も》め事をおれに解決させるか。ここにいるだれも信用できないのなら、全員を撃ち殺せば、情報が漏れるおそれはなくなる。おれはここに残る。あんたは出ていって、おれとの戦いで全員死んだが、おれを始末したといえばいい」

驚きのあまり、マドリガルは口をあけたままだった。息子の顔を見て、通訳されるのを待ったが、チンガリトもあんぐりと口をあけていた。マドリガルに促され、通訳を再開した。ジェントリーの言葉をチンガリトがスペイン語でくりかえすと、マドリガルは、いましがたの信じられない動きを一同が見たかどうかをたしかめるかのように、墓室にいる男たちを見まわした。

　マドリガルが、リヴォルヴァーを受け取った。それでゆっくりとボディガードふたりのほうを示した。「あのふたりは……信用している」

　セルナのほうを向いた。「エクトルもだ。それに、おれのチンガリトも。家族なんだ。それに、おれを騙《だま》すほど馬鹿じゃない。そうだな、おれ《ミ》の息子《イホ》？」

　チンガリトが、父親を裏切るほど馬鹿ではないという言葉に、うなずいて同意した。

　ボディガードのひとりが、床から自分の拳銃を拾いあげた。もうひとりが、マドリガルに渡された一挺を受け取った。ふたりとも衝撃と屈辱を半々に味わっているようだった。

　マドリガルは、すぐに気を取り直した。「みごとだった、アミーゴ。じつにみごとだ。おれをこの場で殺せたのに、そうしなかった。あんたに二日やろう。エクトルもおれも、計画のことはだれにもいわない。だが、断言しておくぞ。生きているカルボをおれに引き渡さなかったら、部下をひとり残らず動員して、おまえを追わせる」

　ジェントリーはうなずいた。「カルボはあんたのものだ。約束する」

　誇りをかなぐり捨てて、マドリガルと握手をするのは、この一週間で二度目だった。今回のほうが前回よりもそれがつらいのは、そもそも、自分がいったことがすべて真っ赤な嘘だったからだ。

53

四十六時間後、装甲をほどこした黒いシヴォレー・サバーバン三台が、シナロア州東南部の谷間を通る二車線の道路を、西に向けて疾走していた。先頭車両はダッシュボードに置いた赤い回転灯を光らせ、小さな村やときどきぶつかる交差点を、武装した運転手はほかの車の往来を無視して突っ切った。

この車列がとまらずに、高速で走りつづけなければならないことを、運転手は知っていた。

十三人の護衛のうちのふたりに挟まれて、二台目のミドルシートのまんなかに座っていたネストル・カルボ・マシアスは、携帯電話で副官と話をしていた。プエルトバリャルタのあらたな屋敷で拠点を確立し、なおかつきょう一日、ダニエルを手いっぱいにさせて、カルボの所在に疑問を持たないように仕向けるのが、カルボの副官の仕事だった。カルボはプロフエッショナルだし、お頭《かしら》に嘘をつくのは嫌だったが、いまは成年後見が必要だとわかっていた。白人《グリンゴ》の刺客《しかく》や、ドレスを着せた合成樹脂製の骸骨《がいこつ》花嫁や、逃げ隠れしている妊婦の腹の赤ん坊探しなどのために気をとられて、長年かけて築いたものを台無しにされたくはなかった。

お頭の命令に背《そむ》いて、ロス・バケロスのエクトル・セルナに会うことで、金のかかる戦争を終わらせ、なおかつお頭が探している憎い敵のグリンゴの死体を渡すことができる。一週間にわたって財産と手下を失いつづけてきたが、その大赤字を食いとめられる。

マドリガルとの戦争を終わらせるには、ハリスコ州の北西の端にあるメタンフェタミン工場という、かなり高い代償を払わなければならない。しかし、カルボはその物々交換の品物を、抜け目なく選んでいた。その工場は、建設費用と時間がかかったわりには、十三カ月前に操業をはじめてからずっと、思いのほか効率がよくない。地域のインフラが貧弱で、熟練労働者も見つけづらい。それに、陸軍がその地域で大麻根絶を集中して行なっているため、買収できない大卒の若い陸軍中尉に工場を発見されるのではないかと気が気ではなかった。そこでカルボは、組織に一日数百万ドルの損失とてつもない面倒を引き起こしている男の命と引き換えに、失態を招きかねないその工場を譲ることにした。

そう難しい決断ではなかった。

セルナと会うのが、カルボにとっては取り引きのいちばん不安な部分だったが、心配は無用だと判断していた。カルボの先遣チームが会合の場所を調べ、その隠れ家にはセルナを含めたマドリガルの部下数人がいるだけで、付近にほかのロス・バケロス部隊はいないと報告してきた。

ダニエルに会見のことを知られないように、きょうは軽装備の少人数で行くと、カルボはボディガードたちに命じていた。この企てはぜったいにダニエルには明かせないとわかっていた。いまのお頭《かしら》の思考には、道理や理性がはいり込む余地はないし、どんな形であろうと、どんなやりかたであろうと、マドリガルとの取り引きに合意することはありえない。

三台から成る車列が、山中の隠れ家に向けて狭い谷間を猛スピードで抜けていたときも、カルボは携帯電話で副官と話をしていた。
「お頭は、ＣＩＡがマドリガルに協力しているにちがいないといってます。メキシコシティ《ＤＦ》のＣＩＡ局員に殺し屋《シカリオ》を差し向けろというんです。ラ・アラニャと、アメリカ大使館を直接襲撃する話までしています。正気の沙汰じゃないですよ！」

サバーバン三台の前方で、大きなコンクリート・ミキサーが、左手の砂利採取場から道路に出てきた。激しく振動するミキサーの回転をあげるのに苦労している巨大な黒いトラックが、たちまち道路をふさいだ。赤と白のミキサーをまわし、ガタゴト揺れながら坂を登っていった。

サバーバン一号車の運転手が、クラクションを鳴らし、回転灯の明滅を速めて、コンクリート・ミキサーのすぐうしろに迫った。

カルボはそれに気づかず、話をつづけていた。「あの女に手間をかけるのは無駄だ。ガンボア一家を探すのは無駄手間だ」

先頭のサバーバンが、コンクリート・ミキサーに追いついたとき、谷間の幅が狭まり、カーブに差しかかった。アスファルト舗装の狭い道路の左右には、一、二メートルの余裕しかなく、切り立った岩の斜面に挟まれていて、追い抜きは不可能だった。一号車の運転手はヘッドライトで何度もパッシングして、クラクションを鳴らした。コンクリート・ミキサーは加速していたが、カルボの警護専門の運転手が安心できるような速度ではなかった。速度が落ちたため、三台は無線でやりとりをはじめた。

　カルボはまだ気づかない。

「ダニエルがおまえのところに来て、わたしの所在についてあれこれ聞きはじめたら、教えてくれ。いつでも電話して、ダニエルに適当な話をする。おまえが自分でごまかすのはやめろ。ダニエルは父親とおなじで、嘘を嗅《か》ぎわけられる」

　谷がさらに狭くなり、コンクリート・ミキサーは、どうにか時速六五キロメートルまで加速した。車列先頭の運転手は、クラクションを鳴らしっぱなしにして、コンクリート・ミキサーのうしろで蛇行していた。助手席のサイドウィンドウがあけられ、そこに乗っていたボディガードが、トラックの運転手に助手席側のサイドミラーで見えるように、M4カービンを突き出してふった。

　鳴りつづけのクラクションのほうへ、カルボは話をしながら視線を向けた。

「なんでもない。車がつかえている」膝に置いたメモを見おろした。「そうだ。スーパー・ラブの座標を向こうに教える。アメリカ人《ノルテアメリカノ》の死体を見たら、連絡――」

　一号車では、助手席に乗っていたボディガードが、シートベルトをはずし、サイドウィンドウから上半身を出して、腹立たしげにカービンをふりまわした。運転手がヘッドライトでパッシングし、山中の谷間のもっとも狭い部分に差しかかると、大声でののしった。無線機で後続の二台に警告しようと、手をのばし――。

　前方で大型コンクリート・ミキサーが急ブレーキを踏み、横滑りして停止した。高圧がかかっているコンクリートが、長さ一五〇センチのシュートから幅六〇センチの奔流となって飛び出した。先頭のサバーバンは、ブレーキを踏む前に、砂利を含んだどろどろのコンクリートのなかに突っ込んだ。スリップしてコンクリート・ミキサーの後部に激突し、エアバッグがふくらんだ。ボンネットとフロントウィンドウが、コンクリートに覆《おお》われた。何百リットルもの灰色のコンクリートが一号車の車体にかぶさり、狭い道路中に飛び散った。サイドウィンドウから身を乗り出していたボディガードは、車外に吹っ飛び、背骨が折れ、M4カービンはコンクリート・ミキサーの前輪よりも先まで滑っていった。

そのうしろで、カルボの乗るSUV二号車の運転手が、甲高《かんだか》く叫んだ。「つかまれ！」カルボが携帯電話から目を離し、逆光になっていた朝日をフロントウィンドウごしに見たとたんに、二号車のブレーキがロックし、滑って先頭車に追突した。

携帯電話が手から吹っ飛び、カルボはフロントシートに叩きつけられた。左右のボディガードも同様だった。

カルボの警護チームの指揮官は、二号車の助手席に乗っていた。衝撃から体勢を立て直すと、M4カービンを股のあいだから持ちあげ、ウォーキイトーキイをつかんで、最後尾のSUVに大声で命じた。「三号車！　バック！　バック！　バック！」

最後尾のサバーバンの運転手がバックしはじめ、二号車もおなじようにした。

二号車がバックしはじめたとき、カルボはシートに戻っていたが、また前方に投げ出された。右側のボディガードがカルボの体をつかみ、覆いかぶさった。そのとき、ボディガードとカルボは、やや後方にあたる岩の崖の上で光が閃くのを見た。爆発の轟音が一秒遅れて届き、つぎの瞬間、カルボとボディガードは、崖の茶色い低木林から石や土くれが吹っ飛ぶのを、ただ見守るばかりだった。安楽椅子ほどもある大岩がいくつも崖からはがれ、頁岩《けつがん》の大きなかけらや樹木や土をはじき飛ばしながら、車列めがけて転げ落ちてきた。

カルボのSUVで、だれかが叫んだ。「危ない！」

そのすさまじい地滑りは、カルボの二号車をそれた。運転手が急ブレーキを踏み、カルボは革のヘッドレストに肩をぶつけ、上に覆いかぶさっていたボディガードに激突した。リアウィンドウから見ると、最後尾の三号車がちょうど岩と泥と砂埃と植物の塊の直撃を受けたところだった。崩落してきた何トンもの土砂がサバーバンに激突して、大きなSUVを裏返しにし、乗っていた六人ごと埋めてしまった。

一号車の上には、なおもコンクリートがなだれ落ちていた。運転手は、コンクリート・ミキサーとの衝突から回復し、しぼんだエアバッグをどかして、セレクターをバックに入れた。タイヤが空転したが、路面をグリップし、やがてバックしはじめた。運転手のまわりのボディガードがわめき散らし、一号車の後部が二号車のフロント・グリルにぶち当たった。数秒後にコンクリート・ミキサーがバックし、何トンもの灰色のコンクリートを押し分けて、一号車に激突した。

シュートからなおもコンクリートが流れていて、ボンネットにじかに落ちてきた。

二号車のミドルシートで、カルボの左右を護っていたボディガードふたりは、武器をサイドウィンドウに向けて、降車しろという命令を待った。助手席に乗っていた指揮官はためらった。「待て！」と叫んだ。「敵が何人かわからない。情報部長は車内にいたほうが安全だ」

全員が無言でしばしじっとしていた。と、三号車の負傷したボディガードが、無線で連絡してきた。「負傷者が出た。何人か死んだと思う。助けてくれ」

指揮官はチャンネルを切り替えて、その送信を地元警察につないだ。

そのうしろでは、動揺してはいるが集中力を研ぎ澄ましていたカルボが、フロアの携帯電話を見つけて、通話を切り、この地域の配下の番号にかけた。

一号車の運転手が、最初にその男を見た。汚れたブルージーンズ、黒い革ジャケット、バイザーにスモークを貼った黒いバイク用ヘルメットという格好だった。右手に黒い拳銃を持ち、左手に提げた黒いリュックサックを脇でぶらぶらふっていた。

「ああ、ちくしょう《ア・ラ・チンガダ》！ グレイマン《エル・オンブレ・デ・グリス》だ！」運転手はそういって、ウォーキイトーキイをつかみ、あとの二台に伝えようとした。

だが、二号車でもすでにグレイマンの姿を捉えていた。「例の白人野郎《グリンゴ》だ！」カルボの左側のボディガードが叫び、リアドアをあけて、銃身の短いサブ・マシンガンを構えた。

そのとたんに、うしろに吹っ飛び、カルボの膝に倒れた。額と左頬にふちがぎざぎざの穴があき、濃厚な赤い血が噴き出して、カルボのスーツが血まみれになった。

カルボは、ボディガードの体を道路に向けて突き飛ばし、身を躍らせてドアを閉めた。その拍子に、まだ通話がつながっていなかった携帯電話を取り落とした。

警護指揮官が、装甲をほどこしたSUVの反対側に出て、ボンネットごしにグレイマンと交戦するために、ドアをあけようとした。だが、助手席側は何メートルもの厚みのコンクリートが積もっていて、あけることができなかった。

そこで、指揮官はカルボの右側のボディガードに向かって叫んだ。「おりられるか、ためしてみろ！」助手席側のドアに向き直り、サイドウィンドウをあけはじめた。

一号車では、運転手がフロントシートのセンターコンソールを乗り越え、最初にコンクリート・ミキサーに追突したときに投げ出されたボディガードがあけた、防弾の重いサイドウィンドウを閉じようと必死になっていた。あとのものたちは、どうするかをいい合い、無線機に向かってわめき、三号車の生き残りの悲鳴と哀願の声に邪魔されながら、二号車の指揮官と連絡をとろうとしていた。

バイクのヘルメットをかぶった男が、一号車の運転席側のサイドウィンドウに近づき、ロをあけてあるリュックサックから、大きな長方形の物を出して、防弾ガラスにどすんと押しつけた。濡れた大きな魚でもぶつけたような音がして、透明なガラスの面にそれがくっついた。車内の武装ボディガードがわめくのをやめて、いったいなんなのだろうと思いながら、つかのまそれを見つめた。金属製——おそらく鉄——の黒い容器で、黒いタールのような物質に覆われている。グレイマンがリュックサックを地面から持ちあげて、巨大なコンクリート・ミキサーの側面をまわってひきかえすのが見えた。

「爆弾だ！」運転手が叫んだ。

「なかにいればだいじょうぶだろう？」後部のボディガードがきいた。

「ああ」防弾ガラスが護ってくれると思い込んでいるひとりが答えた。

もうひとりが、二号車の指揮官を呼び出して、指示を仰ごうとしたとき、サイドウィンドウのガラスは車体の装甲ほど頑丈じゃないと、べつのボディガードが不安を口にした。

ガラスにくっついている箱を五秒も眺めていたあとで、ようやく運転手が命じた。「脱出しろ！」

三つの手が、サバーバンの車内で、それぞれちがうドアのレバーをつかんだ。

そのとき爆弾が起爆され、炎、鋼鉄の弾子、防弾ガラスの破片がSUVの車内にほとばしり、つづいて音速よりも速い衝撃波が襲いかかった。車内にいたものは全員、百分の八秒のあいだにずたずたの肉片と化し、強化されたシャシーの上で、重い車体が揺れた。フロントウィンドウが砕けて飛び散り、コンクリート・ミキサーのシュートに破片が当たった。車内の死体を炎が呑み込んだ。

カルボも含め、二号車でまだ生きていた四人は、ただ見つめるばかりだった。自分たちの車とおなじ一号車が、グレイマンの爆弾に生残《せいざん》できなかったことがはっきりすると、警護指揮官は車からの脱出を命じた。

運転手が最初にドアから出た。四五口径の拳銃を抜き、転げるように道路におりた。

前方のサバーバンの窓から濛々《もうもう》と噴き出している黒煙のなかに、バイクのヘルメットをかぶった男が現われた。やはり左手にリュックサックを提げていたが、拳銃は右に高く狙いをつけていた。

運転手が脅威の方角に拳銃を向けようとしたが、胸に三発くらい、きりきり舞いをして、四五口径が手から飛んだ。四発目が頭蓋《ずがい》の右に撃ち込まれ、首ががくんと横に倒れて、即死した。アスファルト舗装の道路に死んだ運転手が倒れると同時に、SUVの左右のドアがあいたが、すぐにまた閉まった。

二号車のなかで、カルボが生き残りのボディガードふたりをどなりつけていた。「やつと戦え！　外に出て戦え！」ボディガードふたりは、シートで腰をずらすばかりで、恐怖のために凍りついていた。見守っていると、ヘルメットの男がサバーバンの横に立ち、リュックサックに手を入れた。

「まだ爆弾がある！」ひとりが叫んだが、グレイマンが取り出したのは、一枚のボール紙だった。それをサイドウィンドウに押しつけた。車内の男たちは、黒い字で単語がひとつだけ書いてあるのを見た。

「カルボ」

三人はしばし無言で座っていた。タールに覆われた鉄の容器が運転席側のサイドウィンドウに叩きつけられる音が、沈黙を破った。黒いヘルメットの男は、SUVからすこし離れて立ち、拳銃を構えて待った。

十二秒後、サバーバンのサイドドアがあき、ボディガードのひとりにブーツで蹴とばされて、カルボが転げ出た。たちまち、SUVのそちら側の道路にじわじわと流れてきた、どろどろのコンクリートの上に倒れた。ドアがばたんと閉まった。カルボは悪態をつき、立とうとした。バイクのヘルメットをかぶった男が、拳銃でサバーバンのほうを狙ったまま進み出て、五十七歳のカルボのネクタイをつかみ、コンクリートからひきずり出して、道路脇にひっぱっていった。コンクリートだらけになったカルボの漆黒のスーツをつかみ、拳銃はサバーバンに向けたままで、コンクリート・ミキサーの脇をまわり、姿を消した。

カルボから手を離すと、ジェントリーはリュックサックに手を入れた。黒い携帯電話を出し、カルボに渡した。

スペイン語でいった。「4を押してから、送信ボタンを押せ」

カルボはいわれたとおりにした。送信ボタンを押したとたんに、一五メートルうしろで爆発が谷を揺るがした。破片がコンクリート・ミキサーの車体に当たり、斜面に散乱した。

三十秒後、コンクリート・ミキサーは西に向けて走っていた。現場でまだ生き延びていた数人は、土砂に生き埋めになっていた。


午後三時、その電話は黒服組の情報部員によって傍受された。録音されて、わずか二十分後に再生され、ダニエル・デ・ラ・ロチャとラ・アラニャが聞いた。携帯電話からの発信で、電話をかけたのはグレイマンと呼ばれるアメリカ人だと判断された。宛先はマサトランにあるロス・バケロスの隠れ家の固定電話で、そこからエクトル・セルナの携帯電話に転送されていた。

やりとりはすべて英語だった。

「だれだ？」

「おれだ」

「どうしてこの番号にかけてきた？　どこで知った？」

「あんたが教えてくれた番号は、黒服組にばれている。カルボ本人から聞いた。この番号は、このあいだジェリー・フレガーに聞いた。ここにかければ、あんたに連絡がとれるとわかっていた」

「カルボを捕らえたのか？」

「そうだ」

「信じられない。しかし、この回線は危ない」

「心配ない」

「どうしてわかる?」

「カルボが知らなかった」

「嘘をついているとしたら?」

「怯《おび》えてて嘘をつくどころじゃない」

間があった。「いいだろう。やつをいつ渡してくれるんだ?」

「カルボがいうには、テピックの隠れ家は黒服組に知られているそうだ。場所を変えたほうがいい」

長い間があった。「いいだろう」

「きょう行くはずだった隠れ家に連れていく」

「だめだ。いまごろはばれているだろう」

「おれが知っている場所はそこだけだ。よもやそこへ連れていくとは、やつらにも予想外だろう。やつらが来ると考えられる理由はない」

「気が進まない」

「やつを渡してほしいんだろう?」

「むろんだ」ちょっといいよどんだ。「何時だ?」

「午前零時」

「どうしてもっと早くしない？」

「ほかにもおれを探しているやつらがいるみたいだ。ＣＩＡ。ロシア人。足跡を消してそこまで行くのに、時間がかかる」

「迎えに行ってもいい。いまどこに――」

「午前零時。コンコルディアの牧場で。そこへ行く。配下と銃をしこたま用意しろ」電話が切れた。

54

午後五時、黒服組の幹部が、プエルトバリャルタの中心街から連邦ハイウェイ200を南に十五分車で行ったところにある、波の館《カサ・デ・ラス・オラス》という、ビーチを見おろす一〇〇〇平方メートルの現代的な屋敷の広大なリビングに集まっていた。緑の多い一〇エーカーの敷地を、二十数人の殺し屋《シカリオ》がパトロールし、会合の警備を行なっている。そして、その周囲には、デ・ラ・ロチャが買収したプエルトバリャルタ市警の警官たちがいた。パトカーで近隣を巡回しているほかに、武装した高速モーターボートが二艘《そう》、波の砕けるところの沖寄りに浮かんでいた。

会議の主要な警備はラ・アラニャが担当し、ダニエル・デ・ラ・ロチャとならんで立っていた。

「午前零時五分に、コンコルディアの牧場を四個チームで攻撃する。東西南北から、それぞれ一台ずつのバンが突入する。第五チームがその主力のあとから突入する。カルボを回収し、連れ出すのが目的だ。夜明けまでにここに集合する」

ダニエルは、ミネラルウォーターを飲み、高さ四・五メートルの窓から、左手のバンダラス湾を眺めた。さまざまな理由から、注意が散漫になっていた。相談役を救出する任務に、自分が同行しないということも、大きな理由のひとつだった。熾烈《しれつ》な銃撃戦になるとわかりきっている。ダニエルを矢玉にさらすのは、組織にとって危険が大きすぎると判断された。武闘団指揮官のラ・アラニャも残る。これはダニエルの命令で、ラ・アラニャは不服だったが、エミリオ・ロペス・ロペスが処刑されたあとは、ラ・アラニャがダニエルの警護を指揮しているので、屋敷でそばにいるのが当然だった。

ダニエルもラ・アラニャも、かつては戦闘で部隊を率いる立場にあったので、一五〇キロメートル北で、兵隊たちが戦い、血を流し、死に、殺すあいだ、ビーチの大邸宅で控えていたくはなかった。だが、そういう心境よりも道理が重要だった。

それに、ダニエルは、今夜、武装したボディガードが二十人たらずという、警護が比較的手薄なこの屋敷にいても、戦いをまぬがれることはないという勘がしていた。

間近に迫っている作戦の打ち合わせがほぼ終わると、まもなく戦闘に出発する男たちが、武器や装備を身につけはじめた。ダニエルはリビングを出て、大広間に通じている高くなったダイニング・ルームへ行った。この貸し別荘に着くとすぐに、ダニエルは長いテーブルをどかして、自分のいちばん大きな死の聖女像をそこに置くよう命じた。骸骨《がいこつ》像は、ダイニング・ルームの高い天井から木の床まで届くカーテンの蔭で、台座に据えつけられ、燭台が像を囲むように部屋の周囲にならべてあった。ダニエルは、自分の守護神である死の聖女の前にひざまずき、妻子のために祈り、グレイマンの死を願って祈った。

最後の祈りの前に、死の女神の顔をゆっくりと見あげてから、ラ・アラニャを呼んだ。ラ・アラニャが、リビングで円陣を組んでいた配下のところから、三段上のダイニング・ルームに駆けあがってきた。

「シ、ダニエル親分」

「白人野郎《グリンゴ》がきょう電話した番号は、ほんとうにフレガーから聞いたんだと思うか？」

「いや、カルボが教えたんでしょう。情報部員が傍受してると知ってるからですよ。カルボじいさんは、じつに抜け目ないですからね」

ダニエルはうなずいた。「ああ、まったく抜け目がない」

ラ・アラニャが、指図を待つようすで佇《たたず》んだ。

ダニエルは、そっちをふりかえって、見あげた。「今夜は、ここに残るもの全員に戦闘準備をさせろ」

ラ・アラニャがうなずいた。合点のいかない顔だった。「わかっています」

ダニエルは立ちあがり、カーテンを抜けて、ダイニング・ルームを出ると、屋敷の奥にあるスイートルームに向かった。


バンダラス湾のミスマロヤ沖には、小さな無人島が点々とある。ぜんぶひっくるめてロス・アーチ岩群《アルコス》と呼ばれているのは、何世紀ものあいだ砕ける波に打たれた岩の小島が、どれもアーチを形成しているからだ。昼間のロス・アルコス周辺の海洋保護区は、スキューバダイビングやシュノーケリングをやるひとびとやプレジャー・ボートがひしめいているが、午後十一時になると、岩の小島のまわりの海にいる生き物は、魚、ロブスター、アオアシカツオドリ、その他の海鳥ぐらいのものだった。

その五〇メートルほど岸寄りでは、民間のモーターボートが二艘、水面で揺れていた。どちらにも、M16アサルト・ライフルを膝に置いた男四人が乗っていた。そのうちそれぞれふたりが、M16の銃身下にM２０３擲弾発射機《グレネード・ランチャー》を取り付けていた。

また、それらのモーターボートは、無線機と、四方の穏やかな水面を照らすことができる、二〇〇万燭光の探照灯を装備していた。

その二艘は、戦闘艦艇とはいえないまでも、高速攻撃艇のようなもので、波の館《カサ・デ・ラス・オラス》に裏手の海から潜入しようとするものがいれば、やっかいな障害になることはまちがいなかった。

コート・ジェントリーは、ロス・アルコスの岩島のひとつで、アーチの下の暗い小さな洞窟にしゃがみ、打ち寄せる海水に腰まで浸かっていた。モーターボート二艘の向こうの、白砂のビーチに目を向けていた。懐中電灯を持ったふたりが、ライフルを背中に吊り、砂浜をぶらぶらと往復している。狭いビーチの右手には白い岩山と茶色の頁岩《けつがん》の斜面がある。

そのふたりの向こう、ビーチの奥にある宮殿のような屋敷に、ジェントリーは視線を走らせた。現代的なガラスと鋼鉄の建築で、どこもかしこも固い金属の縁とガラス面に覆《おお》われている。焦点を絞っていたのは、巨大な窓に沿ってのびているバルコニーだった。ガラスの奥に、蠟燭《ろうそく》とおぼしい暗い明かりが見えた。敷地内はほとんど照明が明るい。警備も厳重なはずだった。だが、ここから見る建物は、しっかりと戸締りをして、静まり返っているようだった。

広壮な屋敷の南に張り出した部分の屋上に、完全な闇に包まれ、ユーロコプターＥＣ１３

5がとまっていた。遠くの山の斜面の明かりと街灯に、シルエットだけが浮かんでいた。

ジェントリーは、数分かけて小さなゴムボートの空気を抜き、海岸から見えないように、洞窟の乾いた片隅に押し込んだ。そして、水面よりもすこし高い岩棚にならべた装備のほうを向いた。スキューバの器材とフィンをつけて、巻いた長いロープをタンクにかけ、BC（浮力調整器）にグロックを取り付けた。服を入れたバッグ、予備弾倉その他は、装備着装帯《ユーティリティ・ベルト》につなぎ、収納した。

防水ケースから携帯電話を出し、電源を入れて、電話を一本かけた。いう必要があることだけいって、相手がわめき、悪態をつくのもかまわずに電話を切った。

携帯電話をケースに戻した。ケースをバッグに入れた。

午後十一時二十分、ジェントリーは洞窟内で静かに潜降し、手袋をはめた手で岩を押して動き出し、キックして、ロス・アルコスから岸に向けて泳いでいった。


二十分後には、モーターボート二艘の警戒線を通過し、深度一八メートルに潜降したまま、水面に出る泡をごくすくなくするために、できるだけゆっくりと浅く呼吸していた。さらに二十分たつと、波が砕けるところの真下にいて、海底がビーチに向けてじわじわと上り坂になっていた。波が来るたびに勢いよく押され、引き波で戻されたが、ジェントリーはキックしてできるだけ前進を速め、十分間の激しい格闘の末に、岸に近づいた。潮の流れに身を任せて、屋敷の光の届くビーチから南に押し流され、岩場に達した。

スキューバ器材をはずし、タンクのバルブを閉め、水ぎわの大きな岩の下に隠した。フィンと動きづらいウェットスーツを脱いだ。ネオプレーンのウェットスーツの下は、頭から爪先まで、黒いコットンに身を包んでいた。底のやわらかな靴をはき、黒い目出し帽をかぶると、ズボンのカーゴポケットに予備弾倉を入れ、ベルトのホルスターに黒いグロックを収めた。

午前零時、ビーチの見張りの視界、モーターボートの探照灯の届く範囲、屋敷の窓にいるかもしれない見張りの視界にはいらないように気をつけながら、ジェントリーは岩を登っていった。

ゆっくりとしか進めず、骨が折れたが、屋敷の南側に達し、物蔭に身を隠しながら、音をたてずに用心深く正面へと進んでいった。

ダニエル・デ・ラ・ロチャは、蠟燭《ろうそく》の明かりに照らされたダイニング・ルームで台座に据えられた偶像の前でひざまずいていた。背後のだだっぴろくて天井の高いリビングは、だれもおらず、がらんとしている。どちらの部屋も、百本以上の白い蠟燭の明かりに照らされ、湾を見渡すリビングの窓からも、周囲の光が射し込んでいた。床、テーブル、壁の燭台、長細い燭台で燃えている蠟燭は、光だけではなく、刺激的な香料入りの蠟のにおいも発散していた。

ダニエルは、上半身裸で、無駄な肉のない筋肉質の体は、刺青《タトゥー》に飾られていた。胸には赤と黒とブルーで大きな死の聖女が彫られ、背中には六人の子供の名前が、飾り文字で刻まれていた。左右の二頭筋には銃、腹には陸軍の部隊徽章。そのほかに、彫る場所さえあれば、引き締まった体のいたるところに、黒服組の死んだ仲間の名前があった。

ダニエルは、蠟燭に照らされた部屋で独りきり、なおも跪拝《きはい》して祈願をつづけていたが、やがてゆっくりと顔を起こした。

ふりむきはせず、英語でいった。「おまえが来ると、彼女が教えてくれた」

それにだれも答えなかったので、ダニエルはいった。「われわれがあの電話を傍受していたのは、知っていたんだろう。われわれを欺いて、ここにいる殺し屋《シカリオ》をコンコルディアにおびき出したんだな」

答があった。力強い声で、威厳がこめられていた。「筋肉ひとつでも動かしてみろ。その彼女のドレスにおまえの脳みそをぶちまけてやる」

グレイマンは、グロックでダニエル・デ・ラ・ロチャの後頭部を狙いすまし、だだっぴろいリビングの白いタイルの上を音もなく近づいた。リビングを見おろす二階のバルコニーがあることに気づくと、拇指球《ぼしきゅう》を中心にして体をまわし、照準線を保ったまま銃口を動かし、上に脅威がないかと確認した。だが、バルコニーはリビングとおなじように暗く、静かだった。そして、オープンプランのダイニング・ルームとおぼしい前方の部屋は、ダニエルがくだらない骸骨《がいこつ》像のための祭壇室に変えられていた。

「立ってもいいか？」

「ゆっくりとな。その前に頭のうしろで手を組め」

ダニエルは従った。ジェントリーは、六メートルほどに近づき、周囲に目を配ったが、目の前の麻薬組織の親玉の警護があまりにも手薄なことに、まごついていた。

「ふりむいてもいいか？」ダニエルがいった。落ち着き払っているように見える。

ジェントリーは、首をさっとめぐらし、銃口を真うしろに向けてから、左手と背後のバルコニーをもう一度見あげた。

なにもない。暗く、静かで、なにもない。

「ゆっくりとだ」

ダニエルがふりむき、下にいるジェントリーのほうを見た。「おまえが来るはずだと、彼女が教えてくれた」

「くどいな。ラウラはどこだ？」

「ネストルをマドリガルに渡さなかったんだな？」

「ああ、渡していない」

ダニエルが、薄笑いを浮かべた。「ロス・バケロスは、おまえに腹を立てるだろうな」

ジェントリーは、単刀直入にいった。「ラウラはどこだ？」またさっと体をまわし、銃口がぼやけてみえるほどすばやくグロックをふって、四方に目を配った。

「おれのネストルと、おまえのラウラを交換したいんだろう？」

「そうだ。カルボを返す。そして、ラウラとおれがいっしょに出ていく。だれも損をしない」

ダニエルは、肩をすくめただけだった。背後のバルコニーに対して無防備にならないように、壁に背を向けられればいいのだがと思いつつ、ジェントリーはあとずさった。

なかごろにあるソファまでジェントリーがさがると、ダニエルがいった。「ネストルは、あの電話を部下が盗聴していると教えたんだな。それでおまえは電話をかけた」

ジェントリーは答えなかった。

「ネストルは、この住所も教えた。おまえに協力したわけだから、ネストルは裏切り者だ。そもそもマドリガルと手を組んだときに、わたしを裏切ったことになる。おまえの身柄をネタに、やつはわたしに隠れて取り引きをした。きょうの午後、すべてが判明した。その結果、おまえの交渉の決め手は、なんの価値もなくなった」

「なにがいいたい?」

「わたしがいいたいのは……おまえが今夜カルボを連れてきたら、わたしがこの手で殺すということだ」

ジェントリーは、長いソファに沿い、脇に移動しはじめた。

「これでわかっただろう、アミーゴ。せっかくここに来たのに、女と交換するものはなにもない」

ジェントリーは、頭を働かせ、その難問を解決しようとした。「いや、ある」

「なんだ?」

「ラウラの命とひきかえに、おれの命をやる。ラウラをここから逃がせば、おれたちはこうして睨《にら》み合いをつづけ、ラウラが安全だとわかったら、銃を渡す。おれとラウラと交換だ。いいだろう?」

「おまえの提案には、ひとつ難点がある」

「なんだ?」

「おまえの命は、もうもらった」

頭上の背後から、ジェントリーの耳に足音が届いた。十数人がバルコニーにあがっていた。左手に六人、背後に六人。監視カメラでやりとりを見ていたにちがいない。

全員がM4カービンを持っている。

ちくしょう。

55

「わたしは殺し屋《シカリオ》のすべてをコンコルディアに送りはしなかった。といっても、これが残った全員ではない。じつは、念のために武闘団指揮官を残した。今夜は彼の力が必要だからな」ダニエルは、左手に目を向けた。「ラ・アラニャ」

台座の左手のカーテンがあいた。奥に黒服のラ・アラニャが立っていた。ギラリと光る長い山刀《マチェーテ》を両手で握り、腕を高々とあげていた。

手錠をかけられ、猿轡《さるぐつわ》をかまされたラウラ・ガンボアが、その下でひざまずいていた。リビングのジェントリーを見おろし、いましめにあらがって体に力をこめた。

ジェントリーは、グロックをラ・アラニャの額に向けた。

「そいつをすこしでも動かしたら、おまえを殺す」声がふるえを帯び、かすれていた。

ダニエルが、ジェントリーを嘲笑《あざわら》った。「考えてもみろ、アミーゴ！　おまえがラ・アラニャを撃ったら、まわりの連中がおまえの体にしこたま弾丸を撃ち込む。そして、おまえが倒れて死にかけているときに、わたしがみずから女の首を斬り落とす」ダニエルが、組んでいた手をほどき、脇におろした。「白人野郎《グリンゴ》、いまのおまえにとっていちばん難しいことがなにか、わたしは知っている。女を救うことや、わたしを殺すことや、生きて逃げ出すことではない。ちがうな、グレイマン、この瞬間、もっとも難しいのは、"三すくみ《メキシカン・スタンドオフ》"という言葉を頭からふり払うことだろうな」自分のジョークに、自分で笑った。

「おれたちで片をつけられる、ダニエル。あと数分で――」

「黙れ！」ダニエルがどなり、うしろを向いて、カーテンをあけ、小さなトランクを引き出した。蓋《ふた》をあけて、中身を持ちあげた。

黒いポリ袋だった。人間の首がはいっているにちがいないと、ジェントリーは即座に憶測した。そのとおりだった。ダニエルがそれを出して、高く掲げた。ジェントリーはおぞましいものに焦点を合わせ、その顔を見た。

エレナ？

ちがう。男だ。

ラムセスか？

ちがう……髪の色がもっと明るい。

百本もの蠟燭《ろうそく》のちらちらと揺れる光は、うつろなあいた目に生気を取り戻させることはできなかった。ジェントリーは顎に力をこめた。声が漏れた。「ジェリー」

「ラ・アラニャの殺し屋《シカリオ》が、おまえのアメリカ人の友人がカンクンでクルーズ船に乗ろうとしたところを捕らえた。拷問し、ガンボア一家がノガレスで国境を越えてツーソンへ行ったことがわかった。その先の計画のことをこいつに教えなかったのは、賢明だったな。フレガーは軟弱だった。それでもひと晩中責めて、おまえの居所を知らないと判断した。つまり、フレガーはエレナの行き先を知らなかった。結局、なんの役にも立たなかった」

ダニエルは、アメリカ大使館職員の首を、ジェントリーの右手の大きな窓のほうへ投げた。暗い隅に転がっていき、見えなくなった。

「エレナ・ガンボアがほしい。このちびのラウラを捧げると聖女にいったが、笑われただけだった。おまえの命も捧げるといったが、おまえが死んで得をするのはわたしだから、贈り物にはならないといわれた」

ダニエルがそういう話をしているあいだ、ジェントリーの目は周囲をくまなく眺めていた。リビングにはいるのに通ったドアのほかに、もう一カ所出入口がある。左手のアーチが、家の正面に通じていることはまちがいない。ダイニング・ルームのカーテンの向こうにも、アーチがあるはずだと思った。そこは、広大な屋敷の南に張り出した部分に通じているにちがいない。

逃げ道を知ることになんの意味があるのか、自分でもわからなかった。十数人の照準器に捉えられ、そのうちのどこかを目指そうとすれば、まっぷたつに引き裂かれるはずだ。

ダニエルがいった。「そこで、わたしから提案しよう。エレナがどこに隠れているかを教えろ。配下をそこへ行かせて、エレナを捕らえたら、ラウラを逃がす」

「おれを人質にしろ。そうしたら教える」

ダニエルが、首をふった。話し合いにうんざりしているように見えた。「だめだ」ラ・アラニャのほうを向いた。「腕が疲れてきたんじゃないのか？」

ラ・アラニャは、依然としてマチェーテを高くふりかぶっていた。「シ、お頭《かしら》」

「長くはかからない、アミーゴ」ジェントリーのほうを見た。「決めろ。あの女を生かすか、殺すか？」

ラウラが大きな茶色の目で、ジェントリーのほうを見た。黒い布で猿轡《さるぐつわ》をかまされていたが、それを嚙《か》み、立ちあがろうとした。ラ・アラニャが片手でラウラを押さえつけ、片手はマチェーテを握ったまま、筋肉のついている首筋に斬りつける構えをとった。

表から、カラシニコフを連射で撃ちまくっているとすぐにわかる銃声が聞こえた。それを聞いて、全員が身をこわばらせた。つづいてべつの武器の音がくわわった。距離は二〇〇メートルも離れていないが、銃撃の音は激しくなるばかりだった。

近隣で自動車の盗難防止警報が鳴り響いた。

「何者だ？」ダニエルは、ジェントリーにきいた。「マドリガルの手の者か？」

ジェントリーは、肩をすくめた。もちろん知っていたが、できるだけ長いあいだ疑念を植えつけておいたほうがいい。「たぶんＣＩＡだろう。もしかするとロシア・マフィアかもしれない」

ロス・バケロスだと知っていた。ジェントリーはロス・アルコスの洞窟からセルナに電話して、カルボはここにいると告げた。セルナが計画変更に腹を立ててわめいたが、ジェントリーはそれをろくに聞かないで電話を切った。

ＡＫ－47の銃声がなおもつづくと、ダニエルが不安な顔になった。ラ・アラニャに命令した。「五人だけ残し、周辺防御に行かせろ。パイロットにヘリの準備をさせろ」ラ・アラニャが、バルコニーの男たちに命令をがなり、ベルトのウォーキートーキイを取って指示した。武装した五人が残り、その全員が東のバルコニーに移動した。移動しながら、グレイマンにずっと狙いをつけていた。

ダニエルが、フレガーの首を入れてあったトランクのところへ行った。そこから大きなガンベルトを出した。銀色の四五口径セミ・オートマティック・ピストルが二挺、納められている。ベルトを腰に巻いてバックルを留め、黒いズボンの太股《ふともも》に紐《ひも》を巻きつけてホルスターを固定してから、グレイマンのほうをふりかえった。

「おかげでやるしかなくなった、馬鹿め」

ジェントリーは、銃口をラ・アラニャからそらし、ダニエルに向けた。「ラ・アラニャに命令したら、おまえを先に殺す」

ダニエルが笑った。「アメリカ人というのは、どうしてそんなに身のほど知らずなんだ。おまえはたった独りで、拳銃一挺しかない。おれがラ・アラニャに命令したら、そんなひまは――」

激しい爆発が屋敷の外で起こり、天井から漆喰《しっくい》が雪のように降ってきた。だれもが音のほうを向いた。

ひとりを除いて。ジェントリーは、頭を働かせながらも、複数のターゲットに注意を向けていた。

ちくしょう。

一か八かに賭けるのは嫌だったが、ほかに方法はない。

だが、ひとつだけ、切り札を隠してある。その強みを遺憾《いかん》なく発揮しなければならない。

ジェントリーが持っている拳銃は、グロック17――どこにでもあるセミ・オートマティック・ピストル——と、外見はほとんど変わらない。ダニエル、ラ・アラニャ、バルコニーの殺し屋《シカリオ》たちも、そう識別したにちがいない。だが、それはグロック18だった。そのふたつは外形がおなじだが、18は連射《フルオート》で射撃できる、めずらしい拳銃だった。銃身にガスを逃がす穴があり、九ミリ弾を一分間に千二百発の発射速度で撃つことができる。

そういったことを、ジェントリーは瞬時に考えて、攻撃計画を立てた。

ラ・アラニャがラウラの上でマチェーテをふりかぶっているので、最初に斃《たお》さなければならない。ほかに方法はない。左手上方の五人は、お頭とおなじケヴラーのスーツを着ているし、グロックの九ミリ弾では貫通しない。薙射《ていしゃ》して五人とも顔に命中させるか、せめて抗弾素材の弱い部分に一、二発撃ち込み、衝撃で吹っ飛ばしてから、弾倉を交換するしかない。

ダニエルは左手のシカリオ五人とはちがい、まだ銃の狙いをつけてはいないが、四五口径二挺で二秒とたたないうちに戦いにくわわるだろう。完璧な速さと正確さで、グロックの緊急再装塡を行なわなければならない。その間、最初の連射を生き延びたシカリオのM4からの射撃も避けなければならない。

十八発を一分間に千二百発の発射速度で連射。一秒以内に撃ち尽くす計算になる。

それに、ジェントリーが注意しなければならない要素が、もうひとつあった。撃ち合いがはじまったら、敵の銃がとっさにいまいるこの場所に向けて発射されるおそれもある。生き延びるには、身を躍らせながら精密な射撃を行なわなければならない。M4カービン五挺が狙いをつけているところから、できるだけ速く離れる必要がある。

これをやりおおせる見込みがある人間は、この地球にはほかにいないと、ジェントリーは自信を持っていた。それでも、生き延びられる可能性は二五パーセント以下だと踏んでいた。

拳銃使いの世界では、これを〝ばらまいて祈る〟という。

ジェントリーは、それをやろうとしていた。

56

「エレナ・ガンボアはどこだ？」ダニエルがわめいた。また爆発が起きた。屋敷のすぐ外側だ。どうやらロス・バケロスは、RPG（ロケット推進擲弾）発射機を何挺か持ってきたらしい。

ダニエルがいった。「ラ・アラニャ、五秒以内にこいつが答えなかったら、くそ女を殺せ！」

ジェントリーは、深く息を吸い、吐き出してから、ラウラを見て、ダニエルに視線を戻した。

ダニエルの刺青《タトゥー》を彫った胸よりも下に、銃口を向けた。ダニエルがすぐさまベルトの四五口径二挺を抜こうとした。

行動する潮時だ。四五口径がこちらを向いたら、方程式は解けなくなる。

リビングの暗い明かりのなかで、ジェントリーはぼやけて見えるほど速くグロック18を動かし、その場に立ったままで引き金を絞った。ラ・アラニャ・セペダの鼻に狙いが定まった刹那《せつな》、弾けるような音がして、煙と炎をあとに残し、一発が銃身を離れた。その一撃の結果もたしかめず、ためらうことなく、ジェントリーは上半身を左に向け、膝の力を抜いて、ソファの前のタイルの方向に尻餅《しりもち》をついた。二千分の一秒、ダニエル・デ・ラ・ロチャの胸に狙いをつけたが、撃ちはしなかった。ダニエルはまだ拳銃を抜いておらず、ジェントリーの脅威の相関図《マトリックス》では最下位だった。ジェントリーのグロックの銃口は、沈黙したまま左へと動いた。

カービンの乾いた銃声がひとつ響いた刹那、ジェントリーのグロックが仕事に取りかかった。硬い床に尻がぶつかると同時にジェントリーは引き金を絞った。グロックから荒々しく弾丸がほとばしり、上のバルコニーの殺し屋《シカリオ》五人を右から左へ薙射《ていしゃ》した。

超音速の九ミリ弾を右から左へと放つあいだ、〝マシン・ピストル〟の銃身の穴から噴き出す灰色の煙を通して、黒いスーツの男たちがきりきり舞いをし、あとずさり、つんのめるのを、ジェントリーは見た。

あっというまに弾薬が尽きて、遊底被《スライド》が後退したままになった。ジェントリーは早くも床を左に転がり、応射から遠ざかろうとした。両肩をまわして転がり、ソファの裏を通りながら、両手で再装塡した。親指で横のキャッチ・リリース・ボタンを押して空《から》弾倉を落とし、コットンのカーゴパンツの腰から三十二発入りの長い弾倉を抜いた。二回転して起きあがったが、姿勢は低いままだった。あとずさりで走りながら黒くて長い弾倉を押し込み、遊底被を戻して、一発目を薬室に送り込み、そのあいだずっと連射の結果を見定めようとした。

また銃声が聞こえた。全滅していないということだ。ジェントリーは、あとずさりしながらグロックを上に向けた、ラ・アラニャがラウラの横に横たわっているのが見えた。ラウラは、死の聖女像の台座のそばで、横向きに倒れていた。左に視線を向けると、等身大の骸骨《がいこつ》の花嫁が載っている台座の向こうに、カーテンを抜けて逃げるダニエルの刺青《タトゥー》を彫った背中が、ちらりと見えた。バルコニーから銃声が響いた直後に、ジェントリーはカーテンめがけて一発放った。それから、体をくるりとまわし、シカリオ五人のほうを向いた。引き金を絞ったまま両膝をつき、頭上の黒服五人の位置に三十二発をすべて撃ち込むと同時に、床に身を伏せ、敵の照準から逃れようと必死で這《は》い進んだ。

弾薬が尽きて、また薬室があいたままになると、ジェントリーは跳躍して立ちあがりながら、最後の長い弾倉を装塡した。ふたたび蠟燭《ろうそく》に照らされたリビングを横切ったが、こんどは床から天井まである窓の真ん前を通った。背後のバルコニーの敵に銃口を向けたまま、ラウラのそばへ行った。シカリオひとりが、欄干《らんかん》からはみ出していた。カービンの負い紐《ひも》がジャケットにひっかかり、裾《すそ》が頭にかぶさっていた。生きているものも死んでいるものも、ほかには見えなかったが、敵をすくませるために、ジェントリーは念のため短い連射を二度放った。

横向きにすばやくダイニング・ルームを横切った。うしろからひんやりする風が吹きつけた。風が部屋を渡り、蠟燭やカーテンがはためくのが見えた。シカリオの射撃で、バンダラス湾を見晴らす壁いっぱいの窓が吹っ飛んでいた。かなり強い海風が吹き込んで、燭台がぐらつき、厚いカーテンがばさばさ鳴った。あっというまにリビングの三カ所で火災が起きた。

バルコニーを狙ったままで、ジェントリーはラウラを見おろした。小柄なラウラは、まだ横向きに倒れていたが、指先でラ・アラニャのマチェーテを拾いあげ、見えないうしろの手首のいましめを切ろうとしていた。自力でそうやっていることに、ジェントリーは感心した。

「おれがやる」といって、いましめを切った。

周囲の薄茶色の木の床が、血でべったり濡れていた。

ラウラの血ではなく、ラ・アラニャの血であることを願った。

自分の血でもないことを。

ジェントリーは、傷を調べはしなかった。時間がない。素足のラウラに手を貸して立たせた。ラウラがぎゅっとしがみつき、一瞬、ジェントリーは室内の脅威、表の銃声、燃えてはためいているカーテンに目を配ることから注意がそれた。ラウラをぎゅっと抱いて、目を覗き込んだ。ラウラは目を瞠《みは》っていた。血走っているが、生き生きとしている。ジェントリーは、あいたほうの手でラウラを抱いた。

すぐにラウラが身をふりほどき、猿轡《さるぐつわ》をはずし、しゃがんでラ・アラニャのジャケットを探った。ホルスターからマイクロ・ウジを抜き、立ちあがった。

ジェントリーはいった。「離れずについてこい。スキューバの器材を隠して――」

「わたしたちは、デ・ラ・ロチャを殺さなければならない」

「だめだ！　やめろ！　おれはきみを助けにきた！　助けた！　行くぞ！」

ラウラは激情に目を丸くしていたが、頭のなかにどんな考えがあるのか、ジェントリーにはわからなかった。ソファや椅子にも火がまわり、海風が小さな炎を煽《あお》って、煙と燃えかすが渦を巻いていた。「あいつを生かしておくもんですか」ラウラは、ジェントリーに背を向け、カーテンの奥に姿を消した。

「くそ」ジェントリーは叫んだが、ラウラを追った。

57

階段の上で、ジェントリーはラウラに追いついた。屋敷の周囲では激しい戦いがつづいていたが、そこは暗くて静かだった。眼下はたいへんな騒ぎで、パトカーのサイレンが、一般車両のクラクションとともに物悲しく響き、絶え間ないライフルの銃声がそれに重なっていた。暗い廊下を進むジェントリーとラウラを、リビングからの煙が追ってきた。ここに連れてこられてからずっと地下蔵に入れられていたので、どこに向かっているのかわからないと、ラウラが小声で教えた。

屋敷のなかから、自動火器の連射音が聞こえていた。マドリガルの配下が、デ・ラ・ロチャの配下を圧倒して、屋敷に追い戻したようだった。ラウラがべつの階段を見つけた。血の跡に気づいたジェントリーは、カーテン越しにあてずっぽうで撃ったときに、デ・ラ・ロチャの背中に当たったのだろうかと思った。ふたりは、最初のうちは慎重にゆっくりと進んでいたが、ヘリコプターのローターの回転があがってゆく音が頭上から聞こえてきたので、闇のなかを駆け昇った。

屋上に出るドアをあけると同時に、ジェントリーとラウラは武器を構え、発砲した。パイロットの服装の男が、銃を持って黒いヘリコプターのそばに立っていた、ラウラの射撃ははずれたが、ジェントリーはグロックを単射にして、男に四発を撃ち込んで斃《たお》した。死体がくずおれると同時に、ユーロコプターのローターの回転が速くなり、機体が数センチ浮かんで、軸を中心にまわり、機首が湾の方角を向いた。

「デ・ラ・ロチャよ」ラウラが叫び、ヘリコプターのほうへ駆け出した。

「逃げられた！」ジェントリーは、ローターの甲高《かんだか》い音に負けないように叫んだ。だが、ラウラは耳を貸さず、離昇するヘリコプターに向けて、屋上を全力で走った。

ジェントリーは大声で悪態をつき、ふたたびラウラを追って駆け出した。

ダニエル・デ・ラ・ロチャは、くそったれの白人野郎《グリンゴ》、グレイマンに、左肩の上のほうを撃たれていたが、ここから逃げられれば、だいじょうぶのはずだった。ダニエルは熟練のヘリコプター・パイロットで、ユーロコプターのこの型での飛行時間は百時間に及ぶ。いまはとにかく、ロス・バケロスの攻撃から遠ざかればいいだけだった。グレイマンと女が階段を昇って追ってくるのはわかっていたので、パイロットに四五口径を一挺渡して、機外に追い出し、離陸する前に屋上に出てくるやつがいれば撃ち殺せと命じた。

流線型のヘリコプターを左に傾け、揚力が増しはじめたとき、背後で昇降口のドアがあいた。めいっぱい叫ばないと聞こえないくらいやかましかったが、離昇しながらダニエルは叫んだ。「屋上で待てといっただろうが――」

サブ・マシンガンの熱い銃身が、後頭部に押しつけられた。「着陸して！」ダニエルの右の耳に、例の女が甲高《かんだか》く叫んだ。

信じられなかった。

肩ごしに見ると、女の姿があり、その向こうに、あいたままのドアからはいってきたグレイマンがいた。ダニエルは推力をあげてサイクリック・コントロール・スティックを前に押し、グレイマンがあやうくドアから落ちそうになった。ついに倒れたグレイマンが、フロアを転がり、壁の貨物固定用ストラップをつかんだ。ラウラは操縦席にしがみついていて、銃口が一瞬それたが、またダニエルの頭に押しつけた。「着陸して！ さもないと撃つ！」

「パイロットを撃つのか。馬鹿な女だ」ダニエルは、わめき散らしながら馬鹿笑いしていた。グレイマンにヘリコプターが操縦できるのかどうか、見当もつかなかった。操縦できると判断したほうが賢明だったので、速度を増し、墜落寸前の機動を行なって、機体を激しく左右に揺らした。こうすれば、たとえグレイマンにヘリが操縦できたとしても、墜落を防ぐ前に操縦系統を奪うのには間に合わない。

プエルトバリャルタの中心街を目指そうとしていた。市警を買収してるし、この頭のいかれたくそったれから護ってくれるはずだ。

ヘリコプターは、海面すれすれを、北に向けてジグザグに飛んだ。操縦に能力の大部分を集中しつつ、ダニエルは左手をコレクティブ・ピッチ・レバーから一瞬離し、左腰の四五口径を抜いた。女とグレイマンには見えないように、それをすぐに取れる左太股《ふともも》の下に入れた。

ラウラは、デ・ラ・ロチャの頭にサブ・マシンガンを突きつけたままで、ジェントリーのほうを見た。「これを操縦できる？」

ジェントリーは、まだ感覚を取り戻すのに苦労していた。ヘリコプターに乗り込もうとしたときに、デ・ラ・ロチャが機体を揺らしたせいで、ひどい打撲を受けていた。脇腹に痣《あざ》ができるか、肋骨《ろっこつ》が折れているような感じで、キャビンに叩きつけられたとき金属のフロアにぶつけた右膝にすさまじい激痛があった。

騒音のなかで、ラウラが質問をくりかえした。「このヘリコプターを操縦できる？」

ジェントリーは昇降口まで這っていき、投げ出されないように副操縦士席のうしろの手がけをつかんで、さっと昇降口を閉めた。キャビンが急に静かになった。三人とも、ほぼふつうの声で話ができるようになった。

「シックス！　教えて！　この卑怯者を殺してもいい？　ヘリコプターは操縦できる？」ラウラは、デ・ラ・ロチャの短い髪にウジの銃口を強く押し込んだ。デ・ラ・ロチャはわめき、ラウラに悪態を浴びせながら、コレクティブ・ピッチ・レバーを左右に動かしながら、北に向けて飛ばしつづけていた。

ジェントリーは、たしかに回転翼機の操縦訓練を受けていたが、なにしろ昔のことだし、この大型ヘリコプターほど複雑なものは、一度も飛ばしたことがなかった。コンピュータの画面、計器盤、スイッチ、レバー、照明をひとしきり見て、ラウラの質問に答えた。「だめだ！　こいつを撃つな」

ダニエル・デ・ラ・ロチャが、大声で笑い、サイクリック・コントロール・スティックを引いた。ヘリがどんどん高度を増した。「聞いたか、くそあま？　わたしが死ねば、おまえたちも死ぬ」目をかっと見ひらき、歯を見せて、にんまりと笑った。

ラウラは、マイクロ・ウジをデ・ラ・ロチャの頭にしっかりと突きつけていた。デ・ラ・ロチャは、ヘリコプターを上昇させ、一秒ごとに安心していった。北の湾内を目指し、プエルトバリャルタ中心街の明かりに近づいていった。「おまえには撃てない、ラウラ！」危険を悟らせようとするかのように、くりかえした。「わたしが死ねば、おまえたちも死ぬ」

高度五〇〇フィートに達していた。

ラウラが、大きな茶色の目で、ジェントリーを見た。

その目が細い糸のようになるのを、ジェントリーは見た。

まずい。

ラウラが、デ・ラ・ロチャのほうに向き直った。肩をすくめた。「だったらわたしも死ぬ、くそったれ」

「やめろ！」ダニエル・デ・ラ・ロチャが、悲鳴をあげた。

「やめろ！」コート・ジェントリーはわめいた。

ふたりの叫びは、短いけたたましいゲップみたいなウジの連射音にかき消された。デ・ラ・ロチャの後頭部が破裂し、照明のついている計器盤や画面や透明な広い風防に飛び散った。命の失せた体が、ハーネスに押さえられたまま、前方にくずおれた。四五口径が、左手から落ちた。

ヘリコプターの前進の勢いがゆるみ、やがて勢いを失って、機体がゆっくりと右を向き、マレコンの明かりが前方にひろがった。機首がさがった。血まみれの風防から見えていたリゾート都市の街明かりが見えなくなり、視界が暗くなって、黒い海が迫ってきた。

ラウラが十字を切り、祈りはじめた。

ジェントリーは、野獣のような動きで身を躍らせ、ラウラを乗り越えて、副操縦士席につこうとした。両手と両膝と両肘を使っていた。一瞬、無重力になったが、右手で背もたれをつかんで体を安定させると、計器盤中央のサイクリック・コントロール・スティックをつかんだ。スティックを強く引いた——強すぎた——たちまち機体の姿勢が元に戻り、ジェントリーは機長席と副操縦士席のあいだの無線制御盤に胸をぶつけた。息が詰まったが、這《は》い進んで、体をひねり、こんどは座席の向こう側のコレクティブ・ピッチ・レバーをつかもうとした。レバーを引いて、ローターのピッチを増し、回転をあげると、きりもみ降下しかけていたのが抑えられ、ヘリコプターがまた力強く飛ぶのが感じられた。

だが、操縦しているヘリコプターの座席に顔を下にしていて、ヘリコプターが右に急旋回しているため、遠心力に押さえつけられて、動けなかった。一瞬だけサイクリック・コントロール・スティックから手を離して、手をのばし、フロアの左踏み棒《アンチトルク・ペダル》を押した。急な操作によって、ハイテク・ヘリコプターは急に旋回をやめた。ジェントリーは座席の上を前方に転がり、まっさかさまになって、足がヘッドレストの上に載った。

「なにをしているの？」ラウラがきいた。祈るのをやめて、ジェントリーの異様な動きが目にはいっていた。

「手を貸してくれ！」ジェントリーは、必死で叫んだ。ラウラがジェントリーの足をつかんで、デ・ラ・ロチャの膝の上のほうに押した。ジェントリーが座席でもがいているあいだに、ヘリコプターがまた前進の勢いと揚力を失った。だが、機体の腹と水面が七、八メートルしか離れていないところで、ようやくジェントリーは両手と両足をしかるべき操縦装置に置いて、水平にまっすぐ飛ばせるようになった。

バンダラス湾を、北に向けて突き進んでいた。右手一〇〇メートルにあったマレコンの街明かりが消え、プエルトバリャルタのホテル街が見えてきた。

ジェントリーは、涼しい夜気を吸った。胸をぶつけてからはじめて、深々と吸う空気だった。

左に目を向けた。首がほとんどなくなっているデ・ラ・ロチャの死体が、ハーネスから横ざまにぶらさがっている。裸の胸を血が流れ落ちていた。

ラウラはまだ後ろの座席に座っていた。「ヘリコプターは操縦できないって、いったじゃないの」笑みを浮かべてそういった。

「聞いてくれ。着水するのが、いちばんいいと思う」

「陸地におりるより海におりるほうがいいのは、どういうときなの？」

ジェントリーは口ごもった。「パイロットがへたくそなときだ」

ラウラが、ジェントリーの顔を見た。「冗談でしょう？」

「あいにくほんとうだ」

「わかった」ラウラがまた祈りはじめた。

五分後、ユーロコプターEC135は、街の北にあるマリーナ・バヤルタの水面の三メートル上で、あぶなっかしくホヴァリングしていた。真夜中にもかかわらずヨットのデッキにいた少数の人間が、ためらいがちなヘリコプターの離れ業《わざ》を見た。ヘリコプターは、一瞬、右手に降下し、つづいて左に降下し、それから機首を下げて、水面の一五〇センチ上で水平直進になった。そこで突然、エンジンがマニュアルで切られるような音がした。そのまままっすぐに水面へと落ちて、衝撃でローターがばらばらになり、あっというまに沈んでいった。

マリーナの黒い水面の下にユーロコプターが見えなくなってから数十秒後に、ふたりの人間の頭が水面に浮かんだ。その男と女が、すぐに岸へと泳ぐのが見えた。水上警察の警備艇のサイレンがあたりに響くころには、ふたつの人影は闇に見えなくなっていた。

58

ネストル・カルボは、両手両脚をひとつに縛りあげられ、銀山の坑道に横向きに転がっていた。寒さと恐怖のために、がくがくふるえていた。大きな鼠《ねずみ》が夜通し走りまわり、体の上を通った。鼠はカルボを怖れなかった。それもそのはずだった。こんなふうに縛られていては、やっつけることはできない。麻布の猿轡《さるぐつわ》をかまされているので、大声で脅して追い払うこともできない。

だから、寒い闇のなかで一夜を過ごした。くそったれの鼠どもに踏まれ、小便や糞《ふん》までかけられて。

ここで死ぬのだろうと思った。いずれ飢え死にするか、渇きのために死ぬか、そのほかの病気に屈してしまうだろう。それに、よしんばグレイマンが戻ってきたとしても、どうなる？　頭に一発か？

カルボは、横になったままふるえ、鼠や、伝染病や、飢えや、脱水でじわじわと死ぬことを思った。

身ぶるいして、いっそグレイマンが戻ってきて、頭に一発撃ち込まれるほうがましだと思った。

坑道の向こうに明かり。エンジンの音。すぐにマツダのピックアップが横坑にはいってきて、とまった。グレイマンがおりてきた。ピックアップのヘッドライトで、グレイマンがひどいありさまなのが見てとれた。服は破れ、一歩進むたびに苦痛に顔をゆがめている。足をひきずるようにして、グレイマンが上から覗き、そばにひざまずくと、拳銃を抜いた。

いよいよだ、とカルボは思った。目をぎゅっと閉じた。

拳銃の冷たい銃身が、こめかみに押しつけられた。

そのとき、麻布の猿轡が、口からはずされた。

グレイマンはいった。「デ・ラ・ロチャは死んだ。ラ・アラニャも死んだ。そうすると、あんたはどういう立場になる？」

カルボは、目をあけなかった。「さあ……わからん」

「あんたが黒服組を牛耳ることになるんじゃないのか？」

カルボは目をあけたが、遠い目で前方の壁を見ただけだった。「いや……わからん」

「おれは黒服組の頭目と取り引きをする用意があるんだがね」

「そうか」カルボの声はかすれていた。はじめてグレイマンの顔を見あげた。

「エレナ・ガンボア探しを中止させれば、あんたを解放する」

「いいとも！　もちろんそうする！　わたしはもともと興味が――」

「ここだろうと、アメリカだろうと、ガンボア一家になにかが起きたら、おれは戻ってくる」

「わ……わかった」

た。

グレイマンは、カルボのいましめを切り、マツダに乗って、ひとこともいわずに走り去った。

ネストル・カルボ・マシアスは、茫然として立ちあがり、服についた汚れをゆっくりと払い落とすと、灰色の髪をうしろになでつけ、銀山の出口に向けてとぼとぼと歩きはじめた。

ジェントリーは、プエルトバリャルタのグアダルペの聖母教会の聖堂で、木の会衆席に座っていた。あたりに視線を配りながら、そわそわと足を動かしていた。

待っていた。不安にさいなまれながら。

ラウラが脇の戸口から姿を現わし、ひんやりとしている明るい聖堂を見まわして、ジェントリーを見つけるとほほえんだ。近づいてきて、抱き合うと、ラウラはジェントリーの手をとって、細いアーチをくぐり、狭い聖具室へ行った。そこの木のベンチに、ふたりはならんで腰かけた。

一週間前にプエルトバリャルタで味わった苦難や心痛について、ふたりはしばらく話し合った。ふたりとも、最後に会ったときよりもずっとました外見になっていた。ラウラが道端のバス停留所で泣き、ジェントリーがマツダのピックアップで走り去った。それ以来、身なりを整え、傷を手当てし、この先どこへ行くのかを算段する時間があった。

ジェントリーは、これがどういう話になるのかを心配していた。この女と深い関係を結ぶことはできないし、毎晩、夢のようなことを考えるわけにはいかない。自分の命が危険にさらされていることがわかっている。ラウラが置かれていたような状況とはちがい、自分の難問は短いあいだに解決するようなものではない。別れて二度と会わないということを、どうラウラにいえばいいのか、ジェントリーにはわからなかった。嘘っぱちに聞こえるだろう。

しかし、いうしかない。

ラウラが単刀直入にその話を持ち出したので、ジェントリーはできるだけやんわりと別れ話をする覚悟を決めた。「シックス。わたしは自分の将来について考え、祈っていたの」

「わかった」ジェントリーはいった。「じつは――」

「わたしの心は決まっているの。どうしたいのか、わかっている。なにが必要か。どうすれば自分が幸せになるか、わかっているの」

まいったな、とジェントリーは思った。いよいよだ。

短い間があり、ラウラがいった。「修道院にはいります。修道女になります。長くかかるけど、それが自分にとって正しいことだと、わたしの心が知っている。召されているのを感じるの。すぐにはじめます」

「驚いたな」ジェントリーは、声に出してそういった。

「あなたが会いに来てくれたらうれしい。わたしからは会いに行けない。修道院を出られないから。でも、ときどき便りがあればうれしい」

ジェントリーは、落ち着こうとした。こういう展開になるとは、思いもよらなかった。

「ああ。そうだね。そうしよう」

「あなたのためにお祈りしたいの」

まだまごついたまま、ジェントリーはいった。「お好きなように《ノック・ユアセルフ・アウト》」

ラウラが、小首をかしげた。「どういう意味？」

「それはその、祈ってくれてもいいという意味だ。とてもありがたい」

「主は不思議な手段で御業《みわざ》をなさるの。シックス、あなたこそ、わたしが目にしたなかで、もっとも不思議な〝手段〟よ」

ジェントリーは、悪魔自身ではなく神が自分を通じて物事をやっていると、信じたかった。だが、わからなかった。自分には理解できないことだった。

しかし、自分がひとを殺したことや、これまで生き延びるのに使った方法を、悔やんではいなかった。目の前の女を救うために流した血の一滴一滴について、片時も悔やんだことはなかった。

ラウラは美しい。善良で、完璧だ。

それに、こうして生きている。

「神とともに歩みなさい、お友だち」ラウラがそういって、ジェントリーを抱き締め、目を覗き込んで、立ちあがると、聖具室をひきかえし、聖堂へ姿を消した。

そして、行ってしまった。

ジェントリーは、しばらく独りで座っていたが、やがて立ちあがり、聖堂に戻ってしばらくそこにいた。広く、空虚に思えたが、なんとなく温かく迎えられている気がした。世界のあちこちの教会で時間を過ごしたが、作戦上の必要からで、自分の仕事の細部から意識が離れることはなかった。いま、生まれてはじめてあたりを見まわし、こういう場所のことを考えた。こういったことすべてに、なにかの意味があるのか？

十字架に視線を戻した。長いあいだ見つめてから、ささやいた。「ありがとう」

携帯電話が鳴った。エクトル・セルナに番号を教えてある。

聖堂の横の戸口から、晴れた午後の涼しい表に出た。「ああ」

セルナではなかった。マドリガルだった。山地のなまりのあるスペイン語だったので、理解するのに苦労した。

「カルボを生かしておいたんだな？」

「ああ」

「なぜだ」

「あんたらにも競争相手は必要だろう」

長い間。「おまえに銃を渡されたときに、殺せばよかった！」

「そうだ」ジェントリーは率直にいった。「そうすべきだった」

「殺してやる」

「順番を待てよ、カウボーイ」

「おまえは役立たずのくそったれのくたばりぞこないだ！」

「おれは無法者《アウトロー》だ」

また長い間。「人間がほかの惑星で暮らすようになったら、最後にここに残るのはおまえだ。だれもがおまえの死を望んでいる」

「そうだな」

「いずれだれかがおまえを殺《や》る。それはわかっているはずだ」

「わかっている。そのだれかになれなかったのを悔しがる人間が、おおぜいいるはずだと思うと、胸がすくんだよ」ジェントリーは通話を切り、数ブロック離れたところで、公共のゴミ箱に携帯電話を投げ捨てた。

エピローグ

ジェントリーには、サンブラスがまったくちがう土地のように思えた。朝の八時に到着すると、肌寒い季節に変わっていて、住民が仕事場や学校に向かっている通りのゴミを、太平洋からの海風が捲《ま》きあげていた。

ジェントリーは、かなりラテンアメリカ人らしくなっていた。デニムのジャケットにブルージーンズという格好で、安物のバックパックを背負い、バスからおりた。浅黒い肌、サングラス、短い髪、顎鬚《あごひげ》、山羊鬚《やぎひげ》で、おなじ年頃の男たちにうまく溶け込める。ヘッドホンをかけて携帯電話にプラグを差し込んでいたが、音楽は聞いていなかった。

そうではなく、ヘッドホンも変装の一部で、グレイマンが聞いているリズムは、うしろの足音や、周囲の人間のひそひそ声の会話だけだった。このサンブラスに着いたあと、二週間前にはじめて来たときよりもずっと警戒していた。

やつらが追っていて、近くまで迫っていることがわかっていた。

そいつらが何者なのかを考えるのに神経を遣うのは、とっくにやめていた……もうどうでもいい。

山に向かう道路を歩き、ロブスター食堂や、小さな教会や、パトロール中の武装海兵隊員多数が乗るトラック数台のかたわらを通った。前にここに来たときも、おなじ急坂の道を歩いて、エディーの墓を見に行った。そこで妊娠しているエディーの妻と、ばったり出会った。それから多くのことが変わったが、ジェントリーには以前の変化のくりかえしに思えた。切り傷、打撲、擦《す》り傷、火傷《やけど》を負ったが、自分の冒険の旅はこれまでとおなじだ。

メキシコは、ジェントリーにとって道路の瘤のひとつでしかなかった。

墓地の入口に向けて歩いてゆくと、左手にトタン板とプラスティック板とコンクリート・ブロックでこしらえた安普請の霊屋があるのが見えた。前方の道路をイグアナが走って横切った。十九世紀なかばの古い教会と便所に通じる門の手前、墓地の境界の下の坂にあった最後の家で、鶏がコッコッと鳴いていた。

だが、ジェントリーは墓地を過ぎて、なおも登っていった。ほとんど無意識のうちに、ふつうの安全策としてそうしただけで、危険や脅威を察したからではなかった。迂回し、大きく弧を描き、立ちどまり、おなじ道をひきかえし、跟《つ》けている人間の有無を物蔭で待ってたしかめ、幻のように地形を抜けるのは、身についた習癖になっていた。

墓地を通り過ぎてかなりたってから、ようやく左に折れ、山のもっと高いところに出て、二階の高さの野生化したバナナの木に囲まれた、丈の低い草の原っぱにはいった。森の奥へはいってから、墓地の方角へ進んだ。エディーが眠っている墓地をもう一度見るだけのために、バスに三時間乗り、ここへ来た。友人を偲《しの》ぶために、なにかを土中に埋めようかとも思った。

しかし、たいしたものは持っていない。

ジェントリーは、感傷的な男ではなかった。むしろ、その正反対に近いかもしれない。社会的に好ましくない性格とはいわないまでも、感傷性とは縁遠い。だが、ここに来なければならないという気がした。そもそもの発端となった場所をもう一度訪れるために、時間と金を費やし、手間をかける必要があると思った。

藪《やぶ》を押し分けて進んだ。

理由はよくわからなかったが、ここを再訪するのが正しいことに思えた。

スペイン軍の要塞跡の漆喰《しっくい》を塗った岩に、よじ登った。

エディー、ラウラ、エレナ、ダニエル・デ・ラ・ロチャのことは忘れられないだろう。しかし、今回の件はもうひきずらないようにして、心境を一変する必要がある。

岩からおりて、密生した蔦《つた》のなかを進み、墓地の真上に出た。あとは急斜面を数メートル下ればいいだけだ。

ラウラへの思いを捨ててしまわなければならない。夢のような愛や欲望の幻惑を捨てなければ、グリゴーリー・シドレンコとの戦いをつづけることはできない。

ジェントリーはぴたりと動きをとめた。ゆっくりと叢《くさむら》に身を沈める。

くそ。心のなかでつぶやいた。

身を隠したと確信すると、肘《ひじ》と膝で這《は》い、低木や蔦やバナナの森にあとずさった。そして、腹這いのまま右に一〇メートル移動した。それに十分かかったが、そこで彫刻のある白い石の蔭にしゃがみ、バックパックから小さな双眼鏡を出して、太陽の角度をたしかめてから、白い石をまわるように転がり、双眼鏡を目に当てた。

　どこだ？　どこにいる？

　エディーの墓標がある区画の南の霊屋《れいおく》の列に、動きがあるのが感じられた。イグアナがいたるところにいたが、その動きは周囲に溶け合った自然なものではなかった。それに光の閃《ひらめ》きが伴っていた。朝の陽光が、ガラスから反射したのだ。さきほどは、それを察知しただけでジェントリーに内蔵された警報システムが作動し、さっと身を隠したのだ。そしていま、動きがあったその付近を双眼鏡で調べ、さきほど警報を作動させたものを探した。

　あそこだ。

　くそ。

　人影。伏せている男。エディーの墓からの距離は七〇メートル。全身をカムフラージュ・スーツで包み、周囲や前方の藪とほとんど見分けがつかない。この地域の木の葉や小枝の覆《おお》いの下から、ライフルの銃身と望遠照準器の先端が突き出ていた。

　すぐうしろに相棒がいた。露出した銃身や陽光を反射するおそれがある照準器がないので、もっとうまく身を隠していたが、首《こうべ》をめぐらしたときに見つけた。

　くそ。ジェントリーは山の斜面の墓地を丹念に見た。あのふたりだけのはずはない。世界のどこの組織であろうと、グレイマンを殺すのに、ふたりしか派遣しないことはありえない。ほかには見つけられなかったが、まだいるにちがいないと思った。墓地を見おろすこの林のなかにいるかもしれない。追撃部隊を埋伏させるには賢明な場所だ。

一瞬だけだが、何者だろうと思った。シドレンコの手先か？　特殊活動部《SAD》の索敵殺戮《ハンター・キラー》チームか？　デルタ・フォースか？　ロス・バケロスか？　黒服組か？

それが重要か？　どうでもいい、と判断した。

双眼鏡を、エディーの質素な十字架に向けた。

斜面の下にある墓標は、裏側しか見えなかった。また汚い言葉が書かれているのかどうか、知るすべはない。バックパックには白いペンキとブラシが入れてある。最初に会ったときにエレナがやっていたように、ここを永遠に去る前に十字架を白く塗り直し、エディーの評判を回復することを考えていた。

だが、下にいるくそったれどものせいで、その計画はぶち壊しになった。

四五メートル離れたところに、エディーの孤独な十字架がある。この町には、それを護るものはひとりもいない。詣《もう》でるものもいない。遅かれ早かれ、カルテルに買収されていた殺し屋、名もない顔も定かでない人殺しのひとりにすぎないとして、エディーはこの町の住民に忘れ去られてしまうだろう。

ジェントリーには、それをどうすることもできない。訣《わか》れを告げることすらできない。

自分とおなじように身じろぎもしない辛抱強い狙撃手《スナイパー》を観察して、その茂みに一時間じっと横たわっていたが、やがてあとずさりで藪を抜け、野生のバナナの林を通って、道路に出た。山を下り、ロブスター食堂の前を通ってひきかえすと、バスに乗って町を出た。

訳者あとがき

『暗殺者グレイマン』『暗殺者の正義』につづくグレイマン・シリーズの第三弾『暗殺者の鎮魂』をお届けする。主人公がアメリカ流のハイテク装備や最新兵器の支援をほとんど受けることなく、ときにはほとんど武器も持たずに強敵を斃《たお》すのが、このシリーズの醍醐味《だいごみ》だが、今回もグレイマンことコート・ジェントリーは、期待を裏切らない戦いぶりを見せてくれる。

ＣＩＡやその他の国の組織など、グレイマンを探し出して殺そうとしている敵は、世界各地で目を光らせている。ジェントリーは、アマゾンの奥地で、つかのまの平和を味わっていたが、そこも安住の地ではなく、辣腕《らつわん》の人狩り屋《マン・ハンター》によってついに発見された。ショットガン一挺しか持たないジェントリーを、ヘリコプターで襲来した、自動火器を持つ戦闘員十数人が追う。銃弾を避け、ジャングルを突っ走って逃げるジェントリーは、自然の脅威を利用して、追っ手を撃退しようとする……。

だが、今回、ジェントリーの最大の敵は、メキシコで強大な勢力を誇る麻薬カルテルだ。カルテルは政界や警察を牛耳り、豊富な武器を保有して、暴力組織を動かし、流血と脅しでメキシコの社会を支配している。〝銀か鉛か《プラタ・オ・プロモ》〟――つまり、カネをもらっていうことをきくか、それとも銃弾を撃ち込まれるか――を相手に選ばせる。買収に応じなければ殺す、というわけだ。

メキシコ湾岸の町に向かっていたジェントリーは、かつてラオスで命を救ってくれたDEA（麻薬取締局）捜査官ガンボアが、メキシコ連邦警察の精鋭、GOPES（特殊作戦群）に属していて、作戦中に不審な横死を遂げたことを知り、メキシコ太平洋岸の町を墓参のために訪れた。そこでガンボアが汚名を着せられていることがわかり、偶然にはじまったガンボアの遺族との短い交流をきっかけに、カルテルとの戦いに巻き込まれる。

いつも独りで敵と戦ってきたジェントリーには、年寄りや妊婦も含めたガンボア一家が足手まといだったが、彼らを連れて逃亡し、追いすがるカルテルと戦うことを余儀なくされる。いっぽう、敵方のカルテルの頭目ダニエル・デ・ラ・ロチャは、〝死の聖女《ラ・サンタ・ムエルテ》〟を崇《あが》める不気味なカルトにとらわれていた。麻薬をビジネスと見なす合理的な考えかたをすれば、ガンボア一家などほうっておくべきだった。しかし、デ・ラ・ロチャは腹心の部下の忠告に耳を貸さず、〝ラ・サンタ・ムエルテのお告げ〟に従い、あらゆる手段を講じてガンボアの寡《か》婦《ふ》を狙っていた……。

コート・ジェントリーは、けっして超人ではなく、疲れ、負傷し、血を流し、苦痛を味わうが、勝負をけっしてあきらめず、どんなときでも血路をひらく。とはいえ、残虐な敵に捕らわれ、拷問を受けるような場面では、かなりはらはらさせられる。本書では、ことに危地に追い込まれる場面が多く、いったいどういう工夫で切り抜けるのだろうと、そのたびに思ったものだ。

それに、ジェントリーの戦いは終わることがない。生きているかぎり、果てしなくつづく。このメキシコで窮地を脱しても、彼を付け狙う敵がいなくなったわけではない。当然ながら、戦いはまだまだつづく。そう、ご明察のとおり——第四弾 *Dead Eye* の刊行予定が、アメリカではすでに決まっている。そこでどんな死闘がくりひろげられるか、期待に胸がふくらんでいる。

二〇一三年九月

冒険小説

パーフェクト・ハンター 上下
トム・ウッド／熊谷千寿訳

ロシアの軍事機密を握るプロの暗殺者ヴィクターが強力な敵たちと繰り広げる凄絶な闘い

ファイナル・ターゲット 上下
トム・ウッド／熊谷千寿訳

CIAに借りを返すためヴィクターは暗殺を続ける。だがその裏では大がかりな陰謀が！

暗殺者グレイマン
マーク・グリーニー／伏見威蕃訳

〝グレイマン（人目につかない男）〟と呼ばれる暗殺者が世界12カ国の殺人チームに挑む

暗殺者の正義
マーク・グリーニー／伏見威蕃訳

グレイマンの異名を持つ元CIA工作員の暗殺者ジェントリー。標的に迫る彼に危機が！

樹海戦線
J・C・ポロック／沢川 進訳

カナダの森林地帯で元グリーンベレー隊員とソ連の特殊部隊が対決。傑作アクション巨篇

冒険小説

不屈の弾道
ジャック・コグリン&ドナルド・A・デイヴィス／公手成幸訳
誘拐された海兵隊准将の救出に向かう超一流スナイパーのカイルは、陰謀に巻き込まれる

運命の強敵
ジャック・コグリン&ドナルド・A・デイヴィス／公手成幸訳
恐るべき計画を企む悪名高きスナイパーと、極秘部隊のメンバーとなったカイルが対決。

脱出山脈
トマス・W・ヤング／公手成幸訳
輸送機が不時着し、操縦士のパースンは捕虜を連れ、敵支配下の高地を突破することに！

脱出空域
トマス・W・ヤング／公手成幸訳
大型輸送機に爆弾が仕掛けられ着陸不能になった。機長のパースンは極限の闘いを続ける

傭兵チーム、極寒の地へ 上下
ジェイムズ・スティール／公手成幸訳
独裁政権を打倒すべく、精鋭の傭兵チームがロシアの雪深い森林と市街地で死闘を展開。

訳者略歴　1951年生，早稲田大学商学部卒，英米文学翻訳家　訳書『暗殺者グレイマン』グリーニー，『ブラックホーク・ダウン』ボウデン，『ねじれた文字、ねじれた路』フランクリン（以上早川書房刊）他多数

HM=Hayakawa Mystery
SF=Science Fiction
JA=Japanese Author
NV=Novel
NF=Nonfiction
FT=Fantasy

暗殺者《あんさつしゃ》の鎮魂《ちんこん》

〈NV1292〉

二〇一三年十月二十五日　発行
二〇一四年四月二十五日　二刷
（定価はカバーに表示してあります）

著者　マーク・グリーニー
訳者　伏《ふし》見《み》威《い》蕃《わん》
発行者　早川浩
発行所　株式会社　早川書房
郵便番号　一〇一 - 〇〇四六
東京都千代田区神田多町二ノ二
電話　〇三 - 三二五二 - 三一一一（大代表）
振替　〇〇一六〇 - 三 - 四七七九九
http://www.hayakawa-online.co.jp
乱丁・落丁本は小社制作部宛お送り下さい。送料小社負担にてお取りかえいたします。

印刷・中央精版印刷株式会社　製本・株式会社川島製本所
Printed and bound in Japan
ISBN978-4-15-041292-0 C0197

本書は活字が大きく読みやすい〈トールサイズ〉です。